by ***JEAN PLAIDY***

琴・普雷迪 —著　顏湘如 —譯

VICTORIA VICTORIOUS

The Story of Queen Victoria

維多利亞女王

目錄

前言 7
1 邪惡的叔伯們 9
2 等待的歲月 65
3 加冕的女王 147
4 芙蘿拉·海斯汀與內廷陰謀 197
5 婚禮 225
6 戀人的爭吵 259
7 叛亂連連 355
8 戰爭與兵變 399
9 大災難 447
10 雅莉珊卓 473
11 狄斯累利先生與格雷史東先生 493
12 致命的十四日 537
13 再會了，約翰·布朗 575
14 登基五十周年慶 599
15 終點將至 619

「願賜予她勝利
幸福與榮光
長久領導我們
天佑女王」

前言

我很小就開始寫日記，媽媽說這對我有好處。她會看我的日記，讓我覺得像寫作業似的；然後她和女爵李琴便能促膝議論：這孩子想像力太豐富，感情太充沛，不夠端莊；她太衝動，太多情緒風暴。這些，當然都是事實，但在我所謂的遭囚禁期間，我始終脫離不了她們，從我出生那天起，直到一八三七年六月二十日，大主教與宮務大臣來到肯辛頓宮告知我已是女王的那一輝煌時刻為止。

記憶中，我從未獨處過，甚至得睡在媽媽的臥室，而李琴總會坐在一旁陪我，直到媽媽就寢，以免我落單。在那值得紀念的一天，最早浮現在我腦海的念頭之一竟是：現在我可以一個人了。這意義何其深遠！

因此在日記裡我會寫一些能獲取她們認同的內容，有時候那並非我真實的感覺。寫作、音樂與繪畫一直都帶給我莫大樂趣，而且我深信若非命運另有安排，我能在其中任何一個領域出人頭地。

小時候我被監視，有那麼多想做的事都不能做，當我開始對此感到沮喪時，多麼渴望能有一本祕密日記讓我寫下每天發生的事，因為若不即時記錄，很可能會遺忘重要細節。我想寫我在肯辛頓宮的生活，想寫李琴、史佩絲、我那些栩栩如生的美麗玩偶娃娃，還有我那幾個聲名狼藉的叔伯；我想寫邪惡的康羅伊爵士，寫他對媽媽的影響，以及他企圖陷害年幼無知、無力抗拒的我的決心；我希望永遠不要忘記他讓我不寒而慄的感覺，因為我相信當時他在我眼中就跟邪惡的獨眼叔父坎伯蘭一樣充滿威脅。我想要坦白我對媽媽逐漸改變的感覺。當然，人必須愛自己的母親，這是人的本分，但我總希望能阻止自己的雙眼看到那麼多事情，阻止自己的心作出這樣的結論。然而這是誰也辦不到的事，更遑論一個可能當上女王的人。

倘若能有一本祕密日記，我就能傾吐心事，就能記錄自己的感覺驟變，就能為那些瞬間爆發的情緒（亦即媽媽所謂的情緒風暴）找到原因。或許也能因此更了解自己與他人。

但如今，此時此刻，我已是自由之身，原本象徵著我的一切的那個人被帶走後的孤獨歲月中，我終於能為所欲為；我喜歡花很長時間回憶過往，重讀日記，並寫下當初若只是給自己看的話原本會寫的內容。現在與當時寫的已有所不同，從書寫中似乎更能看清自己、認識自己，我完全沉迷其中。我回想起在肯辛頓宮的童年，那個我曾稱之為牢獄的地方。我也愛回顧當我初次領悟到自己不同於周遭的其他孩子，領悟到自己是注定要登上王位的維多利亞的那個時刻。

那樣的命運主宰著我的童年，這也是媽媽操心的原因。她是多麼渴望我當上女王，遠比我自己這一生都更加渴望，而且最好是在我未成年之前，那麼她便能代理政務。她是多麼痛恨可憐的三伯父威廉，因為他就是不肯死！她是多麼痛恨我所有的叔伯！她會說那是為了要保護我，我絕不能忘記我欠她的天大恩情。可憐的媽媽，她不知道一個人不可能只為了盡本分就付出全心全意的愛，不管再怎麼想也辦不到。有些時候媽媽真是令人厭煩。

如今我可以只寫給自己看，無須顧慮筆下文字會遭到何種誤解，也不再有媽媽和李琴睜著銳利雙眼想從我單純的觀察紀錄中找出不得抒發的字句。可憐的媽媽！親愛的李琴！如今她們再也不能批評我了。我是個孤獨的寡婦，只剩下較幸福快樂的那段日子的回憶，並期望在懷念往昔的同時獲得些許慰藉。

1 邪惡的叔伯們

就是這些了，我那群堪稱臭名遠播的叔伯，漢諾威王室的眾王子。王室的香火無論如何不能斷，因此凡是適婚的叔伯都必須負起責任，讓香火的繼承無虞。當初夏蘿特健健康康、活蹦亂跳，看起來應該能長命，還能像她祖母一樣生出一大群健康的兒子，眾人的野心因而蟄伏著，如今卻受情勢煽出熊熊烈焰。適婚的公爵無一不渴望能生下王位繼承人。

假如不是堂姊夏蘿特死得那麼悲慘（連同腹中胎兒一起），我恐怕永遠不會出生，世上也永遠不會有維多利亞女王。我想每個人的生命中都有很大的機緣因素，但我總覺得自己更是如此。若非發生這樁舉國同哀的悲劇，父親可能會繼續和為時二十五年的伴侶聖羅蘭夫人過著違反禮節的體面生活，如果違反禮節也能體面的話；母親則可能會留在列寧根，並可能另嫁他人，因為儘管是帶著兩個小孩的寡婦，她其實只有三十一歲，還有生養能力。而我恐怕永遠無法出世。

當家庭女教師李琴告訴我這些事，我發覺很難想像一個沒有自己的世界。她是個碎嘴的人，喜歡說三道四，偏偏有關於我家族的醜聞傳言似乎無窮無盡。她帶著歉意說這些都是歷史，既然我的前路已定（其實當時還不確定我會登上王位），就該略知一二。

很不幸，我的父系家族頗有製造醜聞的本領，不過他們若都是道德的典範，我與李琴的談話就無趣多了。幾乎所有叔伯的行為都有違王室禮法，甚至連幾位姑母也未能倖免於謠言之外。可憐的爺爺，一生忠於妻子、謹守道德準則，個性與兒子們截然不同，卻因為精神失常受到監禁；奶奶夏綠蒂王后儘管也同樣潔身自愛，卻始終不受人民愛戴。在我們的歷史上有許多王后因為生不出子嗣而不受認同；夏綠蒂王后在這方面堪稱鞠躬盡瘁，一共生下十五個孩子。「一堆累贅」、「財庫都掏空了」，有人這麼說。要討好人民何其之難！

我最有興趣聽堂姊夏蘿特公主的事，這是當然了，因為我的生命是她的死亡所造就。她父親在我出生時身為攝政王，到了我七個月大左右成為喬治四世國王，他製造的醜聞比其他任何兄弟都要多，而這個家族中最大的醜聞之一就是夏蘿特雙親的關係。

夏蘿特嫁給我舅父李奧波親王，與他們同住在克雷爾蒙的露伊莎．盧易絲告訴我他們非常相愛。夏蘿特是個野丫頭。「再沒有更適合的字眼了。」露伊莎說這話時嘴唇微顫，暗示著虛弱的身子讓夏蘿特更惹人憐愛。這點讓我大惑不解，為什麼有些人的缺點反而能討喜，而美德卻不一定能激起相同的親善感。

然而，夏蘿特這個蔑視禮教、狂放不馴的野丫頭，竟然擄獲身旁所有人的心，尤其是她那年紀尚輕、個性和脾氣都與她南轅北轍的丈夫李奧波親王。

「她去世的時候，親王心都碎了。」露伊莎跟我說，「每個人的心都碎了。」

後來與李琴談及此事，我說大家之所以愛她，或許是因為她已不在人世，我發現人死後似乎比在世時更令人喜愛。

但一般認為夏蘿特之所以成為全國的希望是因為她是攝政王的獨苗、是王位的繼承人，雖然攝政王的兄弟們有許多後嗣，卻都是私生子女。因此當頗得人心的夏蘿特因難產而母子雙亡，家族立刻陷入一片驚慌失措，因為無人繼承的漢諾威王室將從此終結。更久之後，我與李琴說起此事，她證實了露伊莎的說詞，夏蘿特確實深孚眾望。

「她的死太出乎意外了，」她說，「該怎麼辦呢？攝政王雖然成了親，卻因為婚姻不幸福不肯與妻子同住，所以他那邊沒有希望。那麼其他人呢？有二王子約克公爵弗德烈克，」她搖了搖頭。「他是攝政王最喜愛的兄弟，也是備受尊敬的紳士，不過有個不好的傳聞……」

「當然會有不好的傳聞了，」我說，「一向都有的。」

「這個就跳過去吧……」

「不，李琴，這個不能跳過去。」

這段對話發生在我少年初期，當時的我已經養成某種專橫態度，也往往因此受到母親強烈責難。儘管我是個愛恨強烈而分明的人，此時的我已經知道自己的宿命，因而決定要讓身旁的人服從我（即便是我親愛的李琴也不例外），正如同我已打定主意不會因為母親或討厭的康羅伊而灰心喪志。因此我堅持要她說出關於二伯父弗德烈克的傳聞。

「當然跟女人有關。您那些叔伯多半都有女人的問題，而且幾乎都是事實。您的二伯是陸軍統領，對方則是個想攀高枝的女人，名叫瑪莉．安妮．柯樂，據說出生在大法官法庭巷附近一條名叫插銷巷的小巷弄裡。她最初嫁給一位作曲家，結果丈夫的師傅愛上她，還送她去受教育。我不知道她原來的丈夫後來怎麼樣了，總之後來又有個第二任姓柯樂。說實話，像她這種女人，情夫總是一籮筐，後來也不知用什麼方法，就讓您的弗德烈克伯父留意到她了。」李琴噘起嘴。「她這種人一逮到機會就大肆揮霍，要是以為他們會很看重金錢，那就錯了，這位瑪莉・安妮夫人用的可是最高級的餐盤。公爵答應一年給她一千鎊，好讓她能過著她認為與自己才華相匹配的生活，可是錢向來是王室的一大問題，當瑪莉・安妮沒再收到錢，便到處想辦法增加收入。她想到她可以收賄替人謀職。」

「二伯父幫她了嗎？」

「看起來應該是。他遭到控訴，爆發很大的醜聞。女方還威脅要公開他寫的信……」

我點點頭沒有作聲。經驗告訴我要是太常開口，顯露出太感興趣的樣子，李琴就會驚覺自己太口無遮攔，有趣的洩密過程也會就此（暫時）告一段落。

「此外當然還有……他的婚姻。他和芙德莉卡公主幾乎是一結完婚便立刻分居，您也知道，公爵夫人帶著愛犬和其他寵物住進歐特蘭莊園，直到離開人世。所以雖然弗德烈克排行第二，但他年紀大了，不可能期望他再有子嗣……」

我最愛聽叔伯們的傳奇故事了。只可惜如母親所說，這些是令家族蒙羞的醜聞，要探聽實在不易，只能珍惜每隔很長一段時間從李琴口中得知的訊息。

緊接在弗德烈克伯父之後的是威廉伯父。他本是克拉倫斯公爵，正巧趕上時機登基當了英王威廉四世。他一直是個相當荒謬的人物，與其他兄弟都不一樣。其他叔伯無論是什麼樣的人，至少都十分有修養、有禮貌、舉止高雅，三伯父威廉卻不然。他的成長背景不同，年紀輕輕便隨船出海，並以身為一名豪放水手自傲。他很聒噪，喜歡當眾高談闊論，詆毀這個、那個的，有時前後言詞很不一致。年輕時的他想必是個相當浪漫的人，才會和女演員桃樂絲・喬丹發展出一段情，還生了十個孩子。他與桃樂絲在布夕共組家庭，儘管沒有正式名分

（就像父親和聖羅蘭夫人），仍生活得和樂融融。叔伯們似乎都偏好這類的男女關係。不過夏蘿特一死，他不得不盡快找個妻子，一如我的父親。到了後來，桃樂絲沒能獲得善待，隻身去了法國，在那兒鬱鬱而終。威廉伯父曾向幾位女士求婚（其中沒有一個是貴族），卻屢屢遭到公開拒絕而顏面盡失，好不容易有一位威肯小姐點頭答應；但夏蘿特去世後，繼承人的需求迫在眉睫，他只好拋棄她，迎娶薩克森—邁寧根公爵的女兒雅德蕾德。我後來非常喜歡她。

其實，日後與我母親發生嚴重衝突的正是這位三伯父克拉倫斯公爵。繼克拉倫斯之後便是我父親。我經常很希望自己無需仰賴他人的描述就能認識他，從未見過親生父親真是悲哀。我最愛聽關於他的故事，哪怕一定會有些不好聽的話。

我知道他想娶聖羅蘭夫人，我後來也認為家族成員會有如此多敗德醜行，主因在於王室婚姻法，因為根據這條法規，國王未滿二十五歲的子女未經王室同意不得結婚，而年滿者則必須獲得國會同意。就某方面而言，這是條殘酷的法規，但鑒於王子們的天性，我想有其必要性。

因此父親知道他永遠無法獲准與聖羅蘭夫人結婚。聽說她不僅長得美，而且和善、聰明。她從革命中的法國逃出來，想必是個非常浪漫的人。

攝政王十分敬重她。他對於品性不端的兄弟總是寬大為懷，這倒也應該，因為他自己也有許多失檢行為。可憐的聖羅蘭夫人！我替她感到難過，不過有不正當關係的女人必定料想得到這種結局。

父親非結婚不可。要讓家族繁衍下去，繼承人關係重大。人選除了薩克森—邁寧根的雅德蕾德，還有列寧根親王的遺孀維多利亞。哪個嫁給哪個似乎沒有那麼重要。我常想如果雅德蕾德是我母親，我的人生該有多麼不同，但話說回來，那個我應該也會不一樣，所以這樣的臆測毫無意義。

最後決定由比威廉更有修養、更具威儀的我的父親迎娶維多利亞，因為她得費心追求。青春已逝的雅德蕾德身邊乏人追求，由不得她挑三揀四；反觀維多利亞曾一度為了王國利益出嫁，如今守寡後有權利選擇自己的下一任丈夫。

於是維多利亞嫁到肯特，雅德蕾德嫁到克拉倫斯。

肯特之後，是坎伯蘭。打從我幼年時期就當他是邪惡的厄尼斯叔父。看到他的外表，再勇敢的孩子也會懼怕，主要是因為他左眼瞎了，我不敢說還有什麼比瞥見那個空空的眼窩或他偶爾戴上的黑眼罩更可怕。不過與其說是厄尼斯叔父的外表，他的惡名恐怕才是讓我幼小心靈生出警惕的主因。

其實他的名聲與外表頗為相符，主要得歸因於在我出生前九年，他捲入了一樁醜惡無比的事件。當時他的一名隨從，名叫塞里斯，被割斷喉嚨陳屍於他的床上，而公爵本人則是頭部受傷，若非他用劍擋住攻擊的武器，恐怕也已一命嗚呼。他沒有解釋究竟怎麼回事，但塞里斯有個美麗的妻子，而厄尼斯與女人的關係向來風評不佳。一般認為是厄尼斯叔父與隨從為了隨從之妻起口角，進而在爭執過程中受了傷。這起案件令人極其不快，始終難以忘卻。

大約在夏蘿特去世前三年，他娶了一個和他同樣聲名狼藉的女人，就是他的表妹、麥克倫堡公爵之女菲德麗卡（英國王后夏綠蒂正是她的姑母）。她結過兩次婚，先後嫁給普魯士的腓特烈與索姆斯—布朗菲斯的菲德雷，兩人都離奇死亡。

也就是說，厄尼斯叔父和菲德麗卡嬸母兩人都涉嫌謀殺，因此我這股厭惡感並不完全來自母親對他們的憎恨。

索塞克斯叔父是喬治國王與夏綠蒂王后的第六個兒子、第九個小孩。他住在肯辛頓宮，我小時候時常見到他。他是個所謂的怪人，對於家族醜聞史的貢獻不難預料，也是婚姻問題。他的男女關係並不複雜，事實上這點不算是叔伯們的大罪惡。只要女人謹守分際，就連喬治四世也（多少）稱得上忠誠。六叔父索塞克斯在歐陸時愛上奧古絲妲·茉芮貴女，並在當地結了婚，回到英國後又重新舉辦一次婚禮。只可惜，兩人雖然情投意合，卻未能得到國王與國會同意，於是這樁婚事無效。這對幸福的夫妻起初並不在意，但我想這類因素終究會破壞婚姻關係。索塞克斯一直以來都很叛逆。我記得聽說過他很小的時候，曾因為在選舉期間穿上代表海軍上將凱佩爾顏色的衣服，而被關在自己的臥室，因為國王與凱佩爾上將是對立的。或許正因為家規太嚴，孩子們自然會叛逆。索塞克斯叔父就這樣叛逆了一輩子。

喬治國王死後，長子成為攝政王，索塞克斯再度被迎回宮廷。他結了第二次婚，娶的是喬治．巴金爵士的遺孀西西莉亞．巴金夫人，婚禮就在肯辛頓宮舉行。既是怪人，索塞克斯從不在乎別人如何看待他的行為，由於他是知識份子，家族裡的成員多半抱著懷疑的心態看他——當然了，攝政王除外。其實索塞克斯堪稱是個好人，也經常支持一些善行義舉，只不過因為婚姻才招致惡名。

最後一位叔父是劍橋公爵阿朵夫，看起來這些叔伯年紀愈輕，個性愈不粗野。阿朵夫叔父是家中第七個兒子、第十個小孩，年輕時去了德國，並在軍中立下彪炳戰功。克拉倫斯慌張地到處找老婆時，他答應會代為留意適當人選，最後尋覓的目光落到赫塞—卡瑟伯爵領主的女兒奧格絲妲郡主身上。他寫信給克拉倫斯讚賞她的美貌，信的內容愈來愈諂媚，最後顯然是阿朵夫本人愛上這位淑女。事實的確如此，因為他自己娶了她。沒錯，眾叔伯中劍橋公爵確實是最平凡的一個。

就是這些了，我那群堪稱臭名遠播的叔伯，漢諾威王室的眾王子。王室的香火無論如何不能斷，因此凡是適婚的叔伯都必須負起責任，讓香火的繼承無虞。當初夏蘿特健健康康、活蹦亂跳，看起來應該能長命，還能像她祖母一樣生出一大群健康的兒子，眾人的野心因而蟄伏著，如今卻受情勢煽出熊熊烈焰。適婚的公爵無一不渴望能生下王位繼承人。

事實上，克拉倫斯、肯特、坎伯蘭與劍橋全都各就定位。從整個王室家族乃至全國上下都充滿臆測。究竟誰能獲得眾所覬覦的標的呢？

可憐的雅德蕾德伯母生產後，孩子不幸夭折，克拉倫斯可說是出師不利。坎伯蘭和劍橋都生了兒子，也都取名為喬治，這是個適合國王的好名字；不過他二人年紀較輕，假如克拉倫斯生育失敗而肯特公爵夫人卻有了子嗣，那麼勝利將屬於肯特家。

這過程該有多刺激呀！我可以想像可憐的威廉伯父大聲地咆哮催逼雅德蕾德伯母；也能想像坎伯蘭咬牙切齒地和那個惡名與他不相上下的邪惡妻子，不知暗中在謀畫些什麼。劍橋呢？我猜他會懷抱些許希望，不過機會實在渺茫，其他所有兄長都生不出孩子幾乎是不可能的事。

我聽說了一件發生在父親身上的怪事。那是我出生時，他發現生下的不是日夜企盼的兒子，而是女兒，這才回想起一段往事。他結婚前曾經到列寧根的森林裡去，我想他肯定是滿懷疑慮，憂心忡忡地考量著自己即將帶給聖羅蘭夫人的痛苦。當時他正要去拜訪我母親，夜裡下榻在某間旅店。與幾名同伴同桌而坐時，有個吉普賽女人走進來，從眾人當中選中了他，問他要不要算命。

大夥兒都笑起來，和一般人一樣裝模作樣地佯裝不信那一套，卻偏偏忍不住好奇。吉普賽人拉起他的手，說他很快就會結婚，而且會生下一個偉大的女王。

他感到不可思議，倘若她看穿他的心思想要迎合他，應該要說國王才對。

他說：「不，是國王。」

但吉普賽女人搖搖頭，仍堅稱：「是女王。」

他被深深打動，因而下定了決心。他必須認清自己對家族與國家的責任，必須迎娶維多利亞，並確保聖羅蘭夫人受到妥善照顧。

在英國並無女人不得繼承王位的撒利族法，而且吉普賽女人說是偉大的女王。

這個嘛，是預言，而且我真誠地相信這是最接近事實的一則預言。

一八一九年來臨了，這是王室的嬰兒年。三月，克拉倫斯生了一個小女嬰，但沒能存活。劍橋家生了男孩。五月又多了兩個嬰兒，坎伯蘭家的喬治生於二十七日，但我已在十九日先行誕生。

父親欣喜若狂。當時他很確定吉普賽人的預言就要成真。

我喜歡想像我的育兒室，氣氛多麼歡欣。知道自己是個何等重要的嬰兒，那感覺一定很愉快。不過那對我可能不是件好事，恐怕只會讓幼年的我更加任性、更會耍性子。

要負責照顧我的露薏絲．李琴，帶著她的學生、我同母異父的姊姊費歐朵公主來到英國與我們同住。我就是從她與費歐朵口中得知無數早年的事情，日後她們倆都是我深愛的人。

我就這樣誕生了，一個健壯的女嬰。「胖嘟嘟得像隻山鶉。」有人這麼說。李琴則是噘著嘴，點了一下頭說：「打從一出生就打定主意，什麼都得照您的意思來。」

費歐朵說我是有史以來最可愛的寶寶。我敢說當她有了自己的孩子，便不會再這麼想了！何況我也懷疑她接觸過多少新生兒呢。但無所謂，她會這麼想代表了她的愛。洋溢著興奮之情的不僅是肯辛頓，還有薩克森—科堡。科堡的親戚們總會聚在一起歡慶家族喜事，這點與我那些老是起衝突的英國親戚迥然不同。

我的外祖母薩克森—科堡—薩爾非公爵夫人說我是「五月花」，我聽說時覺得這外號很可愛。「英國人喜歡女王，」她接著還說，「而對於他們心中永遠哀悼且深愛的夏蘿特的外甥女，同時也是堂妹，他們會倍加珍惜。」自從伊麗莎白女王統治後，英國人確實偏愛女王，人民對她是何等尊崇！有人說她是有史以來最偉大的君主，而且還是女性！是的，自從伊麗莎白以降，英國人非喜歡女王不可。

眾人為我取名時爭論不休，最後在圓頂廳大吵一頓後才告落幕。

大伯父攝政王非常不喜歡母親，三伯父威廉也一樣。費歐朵告訴我，據母親的說法，那是因為她年輕又健康，而可憐的他們卻是年邁體弱的老男人，要想生育健康的下一代已無指望。攝政王甚至很討厭母親的穿著打扮。她愛極了羽毛飾和沙沙作響的絲綢，還有一圈又一圈的荷葉邊，攝政王說那是低俗品味。他雖然有諸多缺點，卻是決定品味高雅與否的權威人物，這點全國皆知。對此我始終不完全苟同，因為我發現人往往會將自己喜愛的視為好品味，而持不同意見的人就是品味低俗。無論如何，那份嫌惡確實存在，而我母親是如此強勢，當然覺得批評她的人大有問題。

費歐朵還跟我說，為了替我取名大費了一番周章。父親一心認定我將來會成為女王，所以非得為我取一個符合身分的名字。經過深思熟慮後，決定以喬治安娜做為我的第一個名字，之前已經有過三個喬治，而且可能還會有第四個，因此這似乎是最佳選擇。其次依序是夏蘿特（以紀念讓我能有此機會的公主）、歐葛絲妲、亞歷山蒂娜（取自沙皇之名），最後的維多利亞則是取自母親之名。

當然，依禮法規定，起名必須上呈給攝政王獲取同意。費歐朵說母親大力反對，「只是取個名字，何必這麼小題大作？」別人或許也會這樣反問她。我的名字當然重要，而毫無疑問地，攝政王對我抱有幾分疑慮。擁有權位的人看到自己的繼承者，畢竟不是一件舒服的事，會有種被逼向墳墓的感覺。所有的君主到了某個時間都會有這種感覺，尤其當他過度肥胖，還有痛風與其他疾病纏身，卻又極力想顯現年輕時的青春與俊美。

我的雙親知道會有麻煩，因為就在舉行儀式的前一晚，他送來一封簡短信箋，說喬治安娜這個名字不能擺在俄國皇帝名諱之前，他不能讓儀式照常進行。

很遺憾我無法根據親身經驗回憶那一幕，儘管事件的主角是我。圓頂廳裡除了從倫敦塔搬來的黃金洗禮盆之外，還有取自詹姆斯宮禮拜堂的深紅色天鵝絨簾，必定十分莊嚴壯觀。我有三位教父母，其中最重要的是俄國沙皇亞歷山大一世，其次是姑母符騰堡王后夏洛特（原為英國的長公主），第三位則是外祖母薩克森—科堡—薩爾非公爵夫人。這幾位身分顯赫的教父母當然沒有親自出席，而是由伯父約克公爵、嬸母奧格絲妲郡主與姑母格洛斯特公爵夫人代表。

攝政王終於還是來了，從那一刻起，麻煩也隨之來臨。我可以想像在他與母親之間閃掠過的敵意。我們聚集在那個金碧輝煌的廳室裡的黃金洗禮盆前面，母親已作好迎戰準備。我曾多次見到她流露出想必與當時相同的情緒。

大主教將我抱在懷中等候，請攝政王宣布我的第一個名字。

「亞歷山蒂娜。」他說完略作停頓。

大主教等候著。

「夏蘿特。」父親低聲說。

但攝政王責難似地搖搖頭，表達堅決反對的態度。

「歐葛絲妲？」

「不行，」攝政王說，「就讓她隨母名吧。亞歷山蒂娜．維多利亞。」

於是，在母親的忿忿不平與父親的驚惶失措中，原本應該冠上那許多符合未來女王身分的偉大名字之後離開圓頂廳的我，結果只得到兩個。

攝政王對於我父母的作為深表不滿，並稱之為僭越。他人還健在，而且顯然希望王儲能系出其他兄弟，只因為對我那位打扮得花枝招展的母親（我想他是這麼形容她的）深惡痛絕。

而「胖嘟嘟得像隻山鶉」的我，則是精力充沛又健康地準備好開啟我的人生，可能將繼承王位的人生。

我們家非常貧窮，父親債臺高築。事實上，他結婚的原因之一就是希望能解決這些債務——雖是次要原因沒錯，但畢竟是原因之一。他在這方面的希望似乎落空了，眼看已不得不縮減開銷。

不出所料，舅父李奧波（**最親愛的**舅父李奧波）伸出了援手。後來對我影響極鉅的舅父李奧波是母親的弟弟，也曾是夏蘿特公主的忠誠夫婿。他是那樣真心實意地贏得她的愛，又以那樣令人讚佩的方式約束她，因而在英國獲得些許名望，只是始終不得攝政王與威廉伯父的歡心。舅父為人節制、謹慎，凡事絕不容一絲差錯，沒有這麼高道德標準的人往往會討厭這種人，我想是因為他會讓他們深切領悟到自己的缺點。威廉伯父對李奧波舅父的諸多譴責之一，就是他用餐時不喝酒。伯父對此相當生氣，有一次忍不住厲聲說道：「閣下，與我同桌用餐的紳士是不喝水的。」有些人或許會畏縮，舅父卻不為所動，仍繼續喝他的水。

不過李奧波舅父仍保留著曾與夏蘿特公主共度無比美好時光的克雷爾蒙，由於我們家經濟實在過於拮据，他便將房子借給我們。於是我們遷往克雷爾蒙。

年紀漸長後，我愈來愈喜歡造訪克雷爾蒙。就王室住所而言，這地方很小，但李奧波舅父曾告訴我，夏蘿特第一次來訪時有多快樂。她說這裡最適合已婚戀人居住，因為能遠離社交圈，過著簡單的生活。我深愛此地，一部分是因為地點本身，一部分則是因為它屬李奧波舅父所有，而凡是有關他的一切，我都深愛不已。回顧那許多年，我發現他是第一個贏得這份我亟欲奉獻的愛的男人。如今想來，那是因為我的生命中需要有一個非常重要的男人，小時候是父親，後來則是丈夫。必須得有他在，因為儘管我專斷蠻橫，對自己成為統治者的命運毫無疑問，卻也多少想要被統治。事情總是這樣。人真是奇怪，我們對自己的了解真是少之又少。可是當你帶著因哀愁而平靜下來的心，或許還有多年來拾取的智慧，回首過往，便會發現自己錯失了多少。

我們就這樣去了克雷爾蒙——門口有十三層階梯的克雷爾蒙。每當我急於見到李奧波舅父而往上跑，總會一面數著階梯。我好喜歡撐著山形牆的那些科林斯柱，進到一樓的寬敞廳室也感到興奮激動。我記得總共有八間廳房，舅父常常帶著我走過那些廳房，述說他曾和夏蘿特在裡面做些什麼、談些什麼；我們總會相擁而泣，李奧波舅父是個容易掉淚的人，我覺得這個特質能展現出一個男人的高度感性。

我知道母親對於命名儀式上的意外插曲非常憤恨，覺得太匪夷所思（據李琴事後告訴我），我竟然只有兩個名字，而且是在英國並不響亮的名字。亞歷山蒂娜太具有外國味道，當時他們叫我蒂娜，直到後來才改稱維多利亞。

叔伯們都滿懷憤懣，尤其是坎伯蘭，因為他有個兒子，而我卻早一步出生；當然還有威廉伯父，因為他妻子為了生子的一切努力盡付東流。緊張的局勢絲毫沒有隨著王室聯姻而終止，反而變成像競賽一般。對此最痛心疾首的莫過於攝政王了，就好像大家都迫不及待等著他撒手歸天。

父親帶我去參加閱兵典禮，攝政王一見勃然大怒，高聲質問道：「這個孩子在這裡做什麼？」

我敢說父親一定露出了得意的笑容。誰也無法忽略我將成為王儲的可能性，更遑論攝政王。

我接種了疫苗，引起一陣不小的騷動。數年前，愛德華．金納醫師發現為人注射牛痘可以避免感染天花。多數人都抱持疑慮，但是如果王室認為這對公主有好處，對他們也不會有什麼壞處。真有趣，李琴說，自從我首創先例後，種牛痘竟然就此大受歡迎。

由於家裡太窮，父母認為住在德意志會比住在英國便宜，便盤算著要搬家。此外，在海邊租屋似乎是個好主意，不僅能節省花費，還能享受海風，因為，這對大家都好，對蒂娜寶寶更好。

前往沿海途中，我們在索茲伯里略作停留，父親在嚴寒的天氣中去參觀大教堂，感染了風寒，直到抵達錫得茅斯都不見起色。

在那兒發生了一樁驚人意外，很可能讓我一命嗚呼。當時我躺在搖籃裡，窗玻璃忽然碎裂，一支箭飛入房內，射穿我的睡袍衣袖，只差一點就射中我。我奇蹟似地並未受傷，他們都說是天意，但假如箭穿透我的身子，而且這並不是不可能，我肯定活不成。

我可以想像全家上下的驚惶無措。有些人必定聯想到眾叔伯，尤其是都曾經捲入離奇命案的坎伯蘭夫婦二人。但最後發現是一個淘氣男孩射的箭，他堅稱並無惡意，只是在玩打仗遊戲罷了。

我毫髮無傷，眾人都鬆了一大口氣，因此只將男孩嚴斥一番後便不再追究。

與此同時，父親的風寒卻益發嚴重，一週後竟轉成肺炎，使得他臥病在床。李奧波舅父帶著他最信任的年輕醫師史托瑪匆匆趕到錫得茅斯，但父親性命不保的態勢很快就明朗了。

所有人都大為震驚，因為他的身體向來比其他任何一個兄弟都要健康。

最令他放心不下的就是要拋下我們離開。他原本滿懷希望想要調教我繼承王位，如今得由母親獨力照顧一個幼兒，而且還是個身分特殊的孩子，不禁讓他憂心忡忡。

想當然耳，他轉而求助於李奧波舅父。

關於那段憂慮不安的日子，我是從母親口中聽來的。她對丈夫的家族總是展現出強烈恨意，對自己家人則是悲憐摯愛。我還很小的時候，總把父親家族的成員視為猛獸怪物，把薩克森—科堡那邊的親戚視為慈愛天使。

「就這樣，」母親告訴我，「在錫得茅斯那棟小屋裡……妳父親走了。我們會變成什麼樣子？我們幾乎一無所有……連回克雷爾蒙的旅費都不夠。而克雷爾蒙當然也不是我們家，只是妳的好舅舅李奧波借給我們住的地方。我急慌了。唯有一件事讓我稍感安慰，那就是妳父親指定我為妳的唯一監護人，可見得他有多信任我。妳知道嗎？他最後對我說的一句話是『不要忘記我』。妳就知道他到最後心裡想的還是我。」

我陪著母親掉淚，一如往常地遺憾他未能活久一點，未能讓我認識他。

「他是個偉大的將士。」她對我說，「他希望妳永遠記住妳是將士之後。」

「我會的，媽媽。」我說，「我會的。」

「他也是個偉大的自由主義者……和改革家羅伯．歐文十分友好，去世前還說要去新拉納克找他。他竟然會死……他是那麼身強體壯……頭髮還很黑，鬍子也一樣。不過，他確實稍微染過色……但無所謂，髮鬚看不出異樣，他看起來也很好，那麼年輕、那麼充滿活力……結果呢……就在這麼短的時間裡……死了。」

媽媽最愛戲劇效果了，我當時雖然陪著她一起哭，後來卻也懷疑她對父親的死是否真有那麼強烈的感覺。她是個喜歡依自己方式行事的人，但也的確會對康羅伊爵士稍作讓步。據說康羅伊爵士的長相與父親有幾分相似，或許這也是媽媽如此尊重他的原因之一。

媽媽繼續向我傾訴她是如何落得一無所有……沒了夫婿，阮囊羞澀，置身於一個幾乎語言不通的陌生國度。

「我幾乎不敢寄望妳父親的家族會伸出援手。」她用嗤之以鼻的輕蔑口吻說道，每次提到他們，她都是這種口氣。「沒錯，小氣的國會承諾萬一我守寡，每年會給我六千英鎊。那是在妳出生前一年，我想作此承諾時，他們一定以為這筆錢不需要付太久。」

「媽媽，」我說，「他們畢竟把我們在肯辛頓的家給妳了。」

「不過就是幾個簡陋的房間！」她駁斥道，「而我呢……幾乎什麼都沒有，只替妳父親扛了一身債。我當然會盡力解決那些債務……遲早罷了。」

她的確非常令人敬佩，我心想。她極有能力，這點我可以確定，但我好希望她對父親的家族不要如此充滿恨意。

「我心想我們只有一條路可走，」她又接著說，「那就是回德意志，可是妳的好舅舅李奧波不贊成。他說：『為了孩子的未來著想，她必須留在英國。她必須說英語，她必須**做個英國人**，不能受到其他任何影響。這裡的人民喜歡自己人。』所以我才留在這裡，而親愛的李奧波……陪我們留下的他放棄太多太多了！我不敢想像要是沒有他該怎麼辦。」

「親愛的、親愛的李奧波舅舅。」我喃喃地說。

「他是個了不起的人。妳能得到這樣一個舅父和這樣一個母親照顧，真是幸運。沒錯，妳沒有父親，但擁有這麼多也足以彌補了。」

我熱切地回答說的確如此，不過心裡想的是李奧波舅父而不是母親，因為當時的我正好進入開始疏遠她的狀態。

「他對妳和妳親愛的亞伯特表弟都同樣悉心照護，亞伯特和妳有同樣的理由要感激他。其實亞伯特只比妳小三個月，你們可以說是同年。」

「希望有一天能見見他。」

「妳李奧波舅父不僅有心教育妳，也喜歡討妳歡心，我相信他總有一天會安排你們碰面。」

「那就太好了。」我回答時的熱切是真心實意，只是當時根本不知道結果竟然那麼美好。

當然，李奧波舅父的決定是對的。由於我們沒有足夠的錢啟程離開錫得茅斯，是他支付旅費讓我們前往肯辛頓宮，並在那兒住了幾年。

父親生前似乎指定了康羅伊爵士為遺囑執行人之一，待我年紀稍長後，覺得這個選擇不是太好。母親並不這麼認為，但我真的很討厭康羅伊爵士竟然與我們同住一個屋簷下。

母親十分依賴他。她老是說自己沒什麼朋友，但只要有李奧波舅父和康羅伊爵士，便讓她覺得有勇氣面對這個讓她難以適應，卻（因我之故）不得不生活在此的國家。

父親家族裡有幾名成員曾試圖表達友善之意，就是我的兩位姑母蘇菲亞公主與格洛斯特公爵夫人。當時她們年紀都大了。蘇菲亞終生未嫁，但許久前曾是一樁醜聞的主角。有一位姓葛斯的將軍與她墜入情網，不料造成嚴重後果，迫使蘇菲亞被匆忙送離宮廷生子。宮外重重疊疊的隔離終究還是有用的，她在姊妹們協助下，偷渡到威茅斯產下一名男嬰。蘇菲亞並不後悔，她愛那位將軍也愛兒子，兒子長大後都還會來看她。喬治三世的孩子們成長環境過於奇特，以至於每個人似乎都難逃被捲入醜聞的命運。祖父不肯讓任何一個女兒出嫁，因為他深愛她們……太過深愛了。可憐的爺爺！在人民察覺之前，他想必早就瘋了。總之，蘇菲亞向母親表達了善意，此外還有直到中晚年才嫁給格洛斯特的「傻比利」的姑母格洛斯特公爵夫人瑪麗。

還有一人應該也對她十分友善，就是當時的克拉倫斯公爵夫人雅德蕾德，然而母親視克拉倫斯伯父為敵，對雅德蕾德也大有疑慮；這位伯母當上王后之後，我才知道她是我此生有幸遇到最仁慈的女子之一。但要消除媽媽的偏見是不可能的事。所以說她原本可以不必像她自己想的那麼孤立無助。

父親過世九天後，又發生一起極度重大的事件。

既盲又瘋的可憐爺爺與世長辭了，攝政王登基，成為國王喬治四世。

如今回想起來，很難分辨哪些是我的記憶，哪些是從別人口中聽來的。不過有一些事我記得特別清楚，其中之一就是造訪溫莎覲見國王。

我正一邊玩著玩偶娃娃，一邊和費歐朵談論這些娃娃。我愛極這個姊姊。她長得十分美麗，由於比我年長十二歲，顯得非常成熟。此時的我約莫七歲，她必然已十九歲了。我還有一個同母異父的兄長查爾斯，比費歐朵大三歲，不過他人在列寧根顧守封地，只偶爾才會到英國來。費歐朵一直與我們同住，我打從心底相信她也很喜歡和我在一起，正如我喜歡和她在一起。

她對玩偶娃娃的興趣幾乎和李琴不相上下。李琴覺得娃娃美妙無比，我之所以會開始收集娃娃，便是她的主意，我們還聯手替娃娃做了一些衣服。

向來注重教育的李琴指出玩偶娃娃象徵著歷史人物，其中當然少不了伊麗莎白女王。「偉大的女王。」李琴如此稱呼她，但是當我對她了解更深之後，卻不那麼喜歡她。她的行為舉止似乎不一定正當。

雅德蕾德伯母一直很疼愛我，倘若媽媽許可的話，她會希望更常見到我。伯母送給我一尊漂亮的娃娃，不但比其他娃娃都大，服飾也華麗到讓李琴覺得不應該替它另作打扮。因此在我收集的歷史人物娃娃中，它就只叫做「大娃娃」，而且總會讓我想起慈愛的雅德蕾德伯母。

費歐朵說伊麗莎白女王的裙裝有一綻裂小縫。這我知道，那正是被我重摔以後扯破的，因為我聽說她駕崩時衣櫥裡有三千件衣服，數目可觀得嚇人。她必定是個極其虛榮之人，這陣子我就要讓她的裙子留下一個破洞。

「這是所有娃娃當中最漂亮的一尊。」費歐朵說，「我相信李琴很快就會把裂縫補好。」

「這個愛慕虛榮的人，就讓她暫時穿著破裙子沒關係。」

費歐朵笑說：「妳一定不太喜歡伊麗莎白女王。」

就在此時媽媽進來了，全身都在打顫。媽媽經常看起來像在打顫，若非出於憤怒，就是出於興奮，原因在於她身上那許多羽飾、她戴的項鍊與耳環，還有上衣的荷葉縐邊和沙沙作響的裙襬。總讓人感覺她隨時處於激烈的情緒中。

她有事情告訴我們。平時她會派人來召喚我們，而且還不能忘記要恭恭敬敬地行屈膝禮。我們必須隨時向媽媽展現敬意，隨時記住她為我們做了什麼，記住她始終在為我們的利益犧牲自己。

但這次由於事關重大，她免去了平日裡的繁文縟節。

「終於，」她宣布道，「那個人終於覺得該邀請我們去溫莎了。」

一聽就知道她說的是國王伯父，因為他就住在溫莎。

「我有些猶豫要不要接受邀請，可是……」媽媽這麼說。

我明白她的意思是會接受邀請，而我也在無意中得知，她之所以氣惱，正是因為沒能早點受邀。

「怎麼說呢，他畢竟自稱是國王……」

「其他人不稱他作國王嗎？」我天真地問道。我話說得直接，誠如媽媽與李琴經常對我說的，我在這個成長階段裡太不懂別人話中的含意了。總而言之，媽媽是在暗示只有國王會自稱為國王。

「妳得學會不要亂插一些愚蠢的話。」媽媽說道，身子顫晃得更勝以往。「我們要前往溫莎已是事實，我會堅持受到該有的待遇。妳要抬頭挺胸。妳平時有沒有戴那條冬青項鍊？」

「有的，媽媽，只是我覺得沒戴也無所謂。」

「恐怕不是如此。妳什麼時候可以不要戴，得由**我**來決定。妳現在怎麼沒戴？」

「李琴說玩娃娃的時候可以脫下來。」

她指的是一截綁在繩子上的冬青細枝，我必須把它套在脖子上，以便保持抬頭的姿勢，否則下巴就會碰到樹枝的刺。這是一種讓我厭惡至極的折磨，一有機會總會哄騙李琴讓我取下項鍊。

我看得出來媽媽對我的氣惱其實起因於她對國王的嫌惡，但她偏偏又很高興國王邀請我們去溫莎。

她看著較年長的女兒說道：「費歐朵，妳要和我們一起去。」

「那真是太棒了，對不對，姊姊？」我說。

費歐朵一把摟住我。有時候我覺得她是想要保護我不受母親的嚴苛對待。

「這趟旅行妳會很快樂的。」她說。

「是啊，尤其有妳在的話。」

媽媽臉色緩和了些。她喜歡看到我們倆相親相愛。

「那好吧，」她接著說，「我會擬定計畫。維多利亞，妳千萬記住，一言一行都不能出差錯，以免招致批評。國王非常注重禮節，這也是他自己所能保有的唯一美德。所有人都會盯著妳看，一有閃失，肯定會被發現。妳若是表現得不得體，就會有人投以惡毒的眼光，並嚼起舌根來。」

我已經開始感到緊張。幸而費歐朵捏捏我的手為我打氣，我心想：有她在，不會有問題的。

很顯然地，這是最重要的一趟造訪行程。媽媽對我所有的叔伯（包括國王在內）都表現得不屑一顧，但不管怎麼說，他**還是**國王，而我們（即使媽媽也不例外）全都是他的臣民。

李琴努力地為我作好準備。

在國王預定接見我的溫莎小舍裡，將會見到一位陪同的夫人，我必須十分留意不能惹惱她。

「一位夫人？妳是說王后嗎，李琴？」

「呃，不……不是王后，是一位夫人，康寧漢夫人。她是國王非常重視的朋友。」

「我知道國王和王后都不太喜歡對方。」

李琴面露驚惶。「關於這件事，您絕對不能說。」有時候她會擔心是否跟我說得太多。我也開始察覺到類似的跡象。

「看到國王的時候，您可能會很驚訝。」她繼續說道，「他已經很老了。」

「是啊，李琴，我知道。媽媽經常這麼說。」

李琴臉色更加驚惶。「您說話一定要謹慎。明智的做法是當國王跟您說話時才開口，而且只回答他問的問題。」

我開始愈來愈緊張了。

「別擔心，」費歐朵說，「想說什麼就說什麼，我相信不會有問題的。」

親愛的費歐朵是多麼善於撫慰人心！

搭乘馬車前往溫莎小舍的途中，媽媽不停地耳提面命。「希望妳的禮數都很熟練了。態度一定要莊重。妳最近好像養成一種笑得很低俗的習慣，妳會把整排牙齒全露出來，千萬不要這樣。要微笑，只能讓嘴角微微上揚……還要記住他雖然是國王，妳卻也是王室成員。」

「是的，媽媽……是的，媽媽……」

我其實沒有用心聽，而是顧著欣賞鄉間風景，同時好奇國王伯父會是什麼模樣，還有為什麼一提起康寧漢夫人與其家人（他們似乎也和國王同住在溫莎小舍），媽媽就會把嘴噘得高高的。我要問問李琴。不，不能問她，她有時候也可能守口如瓶。還是問另一位女教師史佩絲女爵……或是費歐朵。能有一個如此親密又年長許多、已經成熟卻還不算大人的姊姊，多好啊！對，就來問費歐朵。

我暗暗將手伸進她手中，她捏了捏好讓我安心。我是多麼愛她呀，我心裡想著：我們將要永遠在一起。

目的地到了。

重要的時刻終於到來，我受引領到國王面前。

我看見一個龐然大物，就連那張寬敞華麗的大座椅讓他一坐似乎也嫌小了。他全身橫流在椅子上，就好像有人試圖把他倒進去，卻有一部分溢了出來。這樣的聯想讓我不禁想笑，但我仍極力忍住笑，優雅地行屈膝禮，這是我有史以來蹲得最低的一次。我相信這會令人印象深刻，理應如此，因為自從知道要來覲見國王，我就開始不斷練習了。

「妳就是維多利亞呀，」他的聲音輕柔，如音樂般悅耳，而我最愛音樂了。「孩子啊，到我這裡來。」

我於是走上前去，仰望那張巨大臉龐；他的領結直接就抵在下巴上，臉頰的肉也似乎在抖動。他有漂亮的粉紅色臉頰，還有一頭濃密鬈髮。我暗想：某些部分的他還真美麗。

我凝神注視他，他也同樣凝神注視我。

過了一會兒他說道：「把妳的小爪子給我。」

爪子！這樣稱呼手多奇怪啊！聽起來有趣極了，我因而忘了媽媽的囑咐笑出聲來。

他拉起我的手，握在他那隻巨大、白皙、戴滿閃閃發光的戒指的手中。

他也跟著我笑起來，如此看來我至少沒有惹惱他。

「多可愛的小爪子。」他說著轉頭面向緊站在他座椅旁的那位女士。她長得極美，只是十分肥胖，不過比起國王還差得遠。或許是穿著打扮讓她看起來如此豔光照人。國王說：「親愛的，把她抱上來，我想仔細看看她。」

於是我坐上他的大腿，感覺軟綿綿、晃來晃去，像個羽毛坐墊。和他的臉距離這麼近，感覺好奇怪。他那粉嫩臉頰與縷縷鬈髮讓我深深著迷，兩者都彷彿年輕人所有，但是眼下的眼袋卻又顯老。

他看我的神情好像覺得我的樣子很有趣，由於他聲音動聽、神色和藹，我不禁納悶媽媽為什麼這麼恨他。他根本不像我預期得那麼令人畏懼，反而像我想討好他一樣地想討好我。

他說我能來看他，他實在太高興了。「妳做得很好。」他最後加了一句。

「他們說我一定要來。」我回答道。

我隨即感覺到說錯話了，因為聽起來好像我並不想來。於是連忙又說：「我好興奮。可是要記住的事實在太多……希望我沒有做錯什麼。」

他笑了，是相當友善的一笑。他說：「親愛的小維多利亞，我絕不相信妳會做出**任何一件**在我看來是錯的事。」

「可是我真的會做錯事……」

「也許每個人都會吧……多多少少。」

「您也會嗎，國王伯父？」

唉呀！我竟然這麼說！媽媽一定在聽。天哪，待會又少不了一頓訓斥了。

他仍然面帶微笑。「是啊，即使國王伯父也會。」

「我應該說國王陛下才對。」

「妳知道嗎？我比較喜歡國王伯父。」

「真的嗎……國王伯父？」

這時我們倆又都笑起來。我鬆了一大口氣，而且我也挺喜歡坐在他肥厚的大腿上，看著那張又老又年輕的臉，暗自希望我的頭髮也能鬈曲得像他那麼漂亮，同時想著他和我所預期有多麼不同。

「妳看起來很開心，」他說，「我想妳應該很享受這趟旅行，也發現到國王伯父不像是別人口中那個老怪物。」

我聳起肩膀點點頭，因為事實正是如此。

他問了我一些問題，我告訴他玩偶娃娃的事，還說伊麗莎白女王的裙子已經破了幾天，李琴都沒發現，我覺得很高興。「她太虛榮了，所以她活該。」我說。

國王也同意。

接著他說要給我一樣小玩意紀念這次會面。我不太懂他的意思，但想必是禮物吧。果然沒錯，只聽他對胖女士說：「拿上來吧，親愛的。」

她拿來一幅鑲在鑽石間的迷你畫像，是一個非常俊美的年輕男子。

「好漂亮啊，」我驚呼道，「好英俊的年輕人。」

處。

「妳不認得他嗎？」

我滿臉疑惑，抬起雙眼看他。胖女士點點頭，想向我解釋。我沒聽懂。

「我想畫像完成以後我就變樣了。」國王傷心地說。

這時我明白了。我仔細一瞧，確實發現畫中人的容貌與眼前這位既年輕又年邁的慈祥國王有些許相似之處。

我微微一笑。「這是您嘛……國王伯父。因為畫像實在太小，而您現在又比較大……我才會一開始沒看出來。」

這話有點遲了，所幸他似乎不是太在意。

他轉向胖女士說：「把小畫像別在她衣服上吧，親愛的。」

擦了香水、一身綾羅綢緞的胖女士彎下腰來，微笑看著我，遵照吩咐做。

「好了！這樣妳就會記得這一天了。」

「噢，我怎麼可能忘記……絕對不可能。」

「妳是個乖巧的小女孩，」他說，「我送給妳一樣禮物了，妳要回送我什麼呢？」

我絞盡腦汁。送一個玩偶娃娃？伊麗莎白女王好嗎？……可以把她的裙子補好。

他微笑說道：「親一下就是最好的禮物了。」

這簡單。儘管對伊麗莎白女王有所不滿，我還是很慶幸不必將她送走。他將臉湊上來，我快樂得無以復加，因為此次造訪原本讓我打心底害怕，沒想到竟是這麼輕鬆，也因為他慈祥和善，一點都不介意我喊他國王伯父。或許有點因為自己沒能一眼認出畫中的美少年是他而讓他略感受傷，我張開雙臂抱住他的脖子親了他兩下。

接下來一陣短暫的靜默。我做了一件可怕的事。媽媽會說我的舉止太過粗俗，李琴也會因為我讓她丟臉而難過。她們一次又一次地告誡我，一旦到了國王面前，只能牽起嘴角微笑，而且不能經常露出笑容，否則國王會震怒，會說我藐視王威。天哪，我做了什麼好事！

我連忙抽身之後看見了他的臉，只見他眼中含淚，轉眼間似乎變得比畫中人更迷人許多。他張開雙臂將我緊緊抱住，感覺就像躺在羽絨床上。

他說：「妳是個可愛的小女孩，帶給我莫大喜樂。」說完還親我一下。

在那一刻，我深愛國王伯父。

接見結束後，來到已為我們備妥的坎伯蘭小舍的寢室時，我還想著國王伯父。媽媽對我的行為舉止未置一詞，實在奇怪得很，但她卻若有所思。

我渴望著能與費歐朵獨處，以便問她這番怪異的沉默是怎麼回事。另外還有一件事我也想問問費歐朵。她對國王有何看法？她去覲見國王時，他的態度很明顯是喜歡她的，不但把她的座椅安排在王座旁邊，並與她交談許久，我還聽到他們倆的笑聲。我想她也相當喜歡他吧。其實，要不喜歡他很難，他對每個人都那樣地和藹可親、充滿魅力，若是不看到他，很可能會把他想像成有如迷你畫像中那個英俊年輕人。

直到媽媽上床前，李琴都坐在我的臥室裡，因此我沒有說話，只是躺在床上默想著這趟造訪之行。媽媽上樓時我還醒著。

她走到床邊低頭看著我。「還沒睡？怎麼了？」她問道。

「我不知道怎麼了。」我回答道，「就是還沒睡著。」

媽媽說：「今天太興奮了，因為去覲見了國王。」

我心想：要開始了。我馬上就要聽到自己有多麼丟家人的臉，抱住國王脖子的舉止有多麼不當，何況他只要求我親一下，我卻親了兩下，根本是冒犯王威。我可能會和可憐的華特・雷利爵士[1]一樣被關進倫敦塔，他也是我最華麗的玩偶娃娃之一。

「今天國王的心情很好。」媽媽說。

我本來想說自己有多喜歡他，又覺得這不會是媽媽想聽的話。

「妳得小心一點，維多利亞。」

「是的，媽媽。」

「別忘了妳的伯父是國王。」

「喔，我不會忘記的。」

「有時候他的言行幾乎不像個國王。」

「我覺得他人很好，媽媽。他有漂亮的頭髮，還有粉嫩的臉頰……可是他卻已經很老很老了。」

「事情不一定像外表所見。那頭髮不是真的，是假髮，臉頰也是粉擦出來的。」

我驚呆了，試圖想像沒有那頭漂亮鬈髮的他會是什麼模樣。

「真的很好看啊。」我仍想為他說話。「就算鬈髮不是真的，他的慈祥也是真的。」

媽媽置若罔聞，只一臉嚴肅地說：「如果他向妳提出任何建議，妳一定要馬上告訴我。」

「什麼建議，媽媽？」

「我想他很喜歡妳。」

「是啊，他是。他說我是個可愛的小女孩，也不介意我喊他國王伯父。我想他喜歡這個稱呼。」

1　譯注：華特・雷利（Walter Raleigh, 1554-1618）：英國伊麗莎白女王時代著名的冒險家，同時也是作家、詩人、軍人、政治家。由於未經允許而與女王的侍女結婚，女王一怒之下將他關進倫敦塔。

「有可能！萬一他問妳想不想住在溫莎，妳一定要馬上告訴我。」

住在溫莎！那就可以常常見到國王了！可以在庭園裡騎馬……說不定偶爾還能獨處……這樣的未來看起來倒不壞。

「住在溫莎……」我激動地說。

「妳一定要馬上告訴我。說不定國王會想把妳奪離我的身邊……妳的家……把妳留在溫莎。」

「為什麼，媽媽？」我急切地問，「為什麼？」

「別管為什麼了。」

又是這句一成不變的話！如果一直不知道為什麼，就會對太多事情始終無知。

她親親我。「好了，睡吧。」

但我睡不著。你無法強迫人睡覺，一如你無法強迫人別管為什麼。

那只是開端而已。國王顯然下定決心要讓我這趟造訪之行愉快盡興，並讓我牢記不忘。費歐朵告訴我國王問她我喜歡什麼，她說我喜歡舞蹈和音樂。他便宣布：「那麼就來安排舞蹈和音樂吧，無論如何都得讓小維多利亞開心。」

費歐朵對我說她也覺得他很迷人。他對她關懷備至。事實上，我慢慢覺得相較於我，他更喜歡讓她坐在身旁。不過他對待我也已無可挑剔。每當見到我，他都會雙眼發亮，那眼神只能以溫柔形容，其中還帶有一種泫然欲泣的悲憫神情，此外他的臉頰會顫晃、雙唇會抖動，好像覺得我很有意思。

音樂廳裡有一場餘興表演，我被安排坐在他旁邊。欣賞舞者出神入化的舞技時，我情不自禁地鼓掌，聆聽演唱時更是心醉神迷。國王不停地看著我，面露微笑；我如此外露的興奮（有一回甚至從位子上跳起來）或許會讓媽媽感到不滿，國王卻似乎很開心，當我心懷疑慮望向他，他對我說：「是的，我十分贊同。親愛的，我要是也像妳這麼輕巧靈活，應該也會這麼做。他們值得獲得這樣的讚賞。」

我驚覺到凡是我喜歡而媽媽不認同的事，他總會提出評論。有一回我無意間發現他在盯著她看，那表情和看我的時候截然不同。

他喜歡我，我暗忖，可是他不喜歡媽媽。

他朝我俯身說道：「我知道妳想請樂師們演奏點什麼，一首妳最喜愛的曲子。對吧？」

「是啊。」我回答。

「那麼是哪一首呢？」

我定定地看著他，看著他那粉紅雙頰與美麗的鬈髮與滿布皺紋、眼袋浮腫的雙眼，心中對他充滿了愛，因為他待我那樣好，讓我覺得可以展現真實的自我，不必做那個媽媽希望我做的小女孩。

我說：「〈天佑吾王〉，這是最好的一首歌了。」

他再次用那種奇怪的眼神看我，說道：「對，我著實認為妳是個非常乖巧的小女孩。謝謝妳。我會告訴樂師們說妳想指定曲目。」

他隨即高聲說道：「維多利亞公主想要求樂師們演奏一首她選擇的樂曲。說吧，親愛的。」

我站起身來，以宏亮而清晰的聲音說：「請演奏〈天佑吾王〉。」

眾人紛紛鼓掌，臉上無不掛著微笑。我聽到有人低聲說：「她已然是個小小外交官了。」不知道那是何意。

接著樂隊開始演奏，除了國王之外，所有人都起立，我覺得好高興，心想不知道媽媽會不會說我選得好。國王顯然是這麼想的，才會忽然牽起我的手緊緊握住，暗示我們其實是交情深厚的摯友。

翌日，我們前往參觀國王設立在沙坑門處的動物園。

這是讓人興高采烈的一天，之所以令人如此愉快的原因之一是媽媽沒有來。她沒有受邀同行，我猜想國王應該知道我很樂意逃離她嚴厲挑剔的目光。我在某些方面的觀察力十分敏銳，因此很快便推斷出雖然他喜歡我

（也許更加喜歡費歐朵），卻不喜歡媽媽，而且只要一有機會就會讓她知道，這性情與他其他眾兄弟無二。

這一天真教人興高采烈到了極點，讓我看到一些前所未見的奇特動物，諸如斑馬、瞪羚等等。

回到媽媽身邊後，我不得不回答無窮無盡的問題。還有誰去了？都說了些什麼？問題沒完沒了，但我仍沉浸在愉快的回憶裡，這是多美好的一天，無須隨時隨地受監視。

次日，我和媽媽還有李琴正往維吉尼亞水村的方向走時，忽然聽見路上響起車輪聲。媽媽牽起我的手，將我拉到路邊等候，接著便看見一輛豪華的雙座四輪馬車朝我們駛來。我從未見過馬車跑得這麼快，不料馬車靠近後隨即停下。

坐在車上的正是國王與姑母瑪麗。

他停下馬車，說今天天氣很好，然後看著我露出那饒富興味的微笑。

「把她丟上車來。」話聲方畢，便有一名穿著銀藍相間制服的馭車夫跳下來，把我抱上馬車，坐在國王與瑪麗姑母中間。

「繼續上路吧。」國王高喊道。我們就這樣駛離了，被留下來站在路邊的媽媽和李琴不僅顯得憤怒也十分惶恐。我真的相信媽媽以為國王要綁架我。國王放聲大笑，我想他看到媽媽的驚慌模樣應該十分開心。

起初我有些擔心，但很快便拋到腦後，因為坐在馬車上以我從未體驗過的速度一路疾馳，實在快意。

「妳覺得如何？」國王拉著我的手高聲問道。

「太美妙了。」我大喊道。這時我猛然領悟到我可以愛怎麼喊就怎麼喊，也可以想做什麼就做，想說什麼就說。除了美妙的馬車之旅外，我還脫離了媽媽的監督。

國王不斷和我說話，姑母瑪麗則只偶爾說上一、兩句，不過始終面帶微笑，似乎非常喜歡我。

國王問了我一些問題，我告訴他我很喜歡騎我心愛的小馬蘿西。牠想跑的時候著實可以快速飛奔，不過有時候得哄一哄。我還提到上課的情形，說我有多討厭算術、有多喜歡歷史，因為教師李琴女爵教得有趣極了。

他深表同感地傾聽著，我於是向他透露我最喜歡的其實是跳舞、唱歌。

他一點也沒有國王的架子。談論到某些人時，他會改換表情和說話方式。他極善於模仿人，有一些我認得出來。

我說：「我從來沒想過和國王也能這麼說話。」

「啊，」他說，「很多人會說國王壞話，他們這樣通常更難贏得真情。如果做一件事能討好某些人，就會得罪另一些人……所以根本沒有辦法時時刻刻取悅所有人。」

我略加思索後說，一個人只要做好事就能討上帝喜歡，那麼所有人也得跟著喜歡。

「除了惡魔以外。」他暗示道，「妳要知道，惡魔喜歡罪人。所以我說得才正確，對不對？」

「您當然是對的，因為……」

「因為我是國王？」

「不是……」我明智地說，「因為**您就是對的**。」

瑪麗姑母笑著說我們應該到維吉尼亞水村去，因為沿途風景很美。

我們來到國王的漁殿，下了馬車，進入一處船屋，裡面有幾位重要人物。國王將我介紹給他們，他們對我顯得畢恭畢敬。其中一人是威靈頓公爵，我從李琴口中聽過不少關於他的事。他是滑鐵盧之役的英雄，在我們的歷史上扮演著非常重要的角色。他是個很偉大的人物，但我不太喜歡他，因為他頗為傲慢，應該是想提醒所有人記得他的重要性。我猜想因為滑鐵盧已是接近十年前的往事，他認為人們已經開始淡忘，因此理應時時喚醒大家的記憶。他長得不太高卻相當瘦，有個鷹勾鼻和一雙似乎能看穿人的眼睛，讓我有些不自在。國王似乎非常喜歡他，或至少是尊敬他，我猜是因為滑鐵盧之故。

現場有音樂表演，樂隊演奏了〈天佑吾王〉，我拍著手抬起頭，以充滿愛的目光看著伯父，他發現了也報以極為和藹可親的微笑。

只可惜再美好的時光也終究會結束，我又被帶回到有媽媽等候著的坎伯蘭小舍。

她簡直像在拷問犯人！「國王說了什麼？」「妳是怎麼回答的？」「然後呢？」「然後呢……？」問答之間媽媽不停地咂舌。「妳不應該這麼說的，妳應該說……或是說……」

「可是媽媽，」我斷然地說，「我覺得國王喜歡我說心裡話。」

「他想知道真實的情況，他想給妳設下圈套。」

「不是的，媽媽。他只是想要我笑得開心、玩得盡興。」

她對著我猛搖頭，說道：「妳年紀太小了，維多利亞。」

「但我會慢慢長大，沒有人會永遠年紀小。」

「妳不夠認真聽別人說話。妳太急於說出妳自己心裡的想法。」

「可是媽媽，我怎麼能說出別人心裡的想法呢？」

她掉轉過頭，我忽然替她感到難過。為她感到難過還挺奇怪的，因為家裡每個人都對媽媽言聽計從……好吧，也許不是全部的人。也許不包括康羅伊爵士，有時候甚至是她聽從他。

造訪溫莎之行終於到了尾聲，得回肯辛頓去了。國王與我們道別時，吩咐侍從把我抱到他腿上。他對我說我的到訪讓他非常開心，希望我也一樣。

「是啊，我真的也很開心。」我說，「本來很害怕的，沒想到這麼好玩，所以更加開心。」

「妳為什麼害怕？」

「大家都會怕國王。」

「因為聽了別人的話而覺得國王可怕嗎？」

「對，因為這樣。」

「我畢竟不是那麼可怕的魔鬼吧？事實上我覺得我們倆都十分喜歡對方。」

「對，我喜歡您，國王伯父，而且我覺得您也喜歡我，因為您讓我度過這麼快樂的時光……還送我畫像。」

他微笑著說：「說說看，待在這裡這段時間妳最喜歡什麼。」

我遲疑了片刻之後才說：「喜歡的事情太多了，不過我覺得最棒的是當您說『把她丟上車來』，然後我們乘著馬車飛奔。」

「我那麼說了嗎？」

「對，『把她丟上車來』。」

「這實在不是國王該說的話，對吧？不過伯父、姪女之間也許可以原諒……哪怕姪女是公主而伯父是國王。那是妳最喜歡的一件事。」

我點點頭。

「妳是個可愛的小女孩，」他說，「我相信妳會永遠保有妳今天這種可愛本性，無論發生什麼事……無論周遭有些什麼人……都無法改變妳。」

隨後我道了再見，他再次親親我。

想到要離開他，我幾乎潸然淚下，他也非常傷心。

媽媽想知道他到底說了些什麼，我又如何回應。我照實告訴她，並加了一句：「我覺得國王肯定是全世界最好的人之一。」

這話她不愛聽，不過這次去覲見國王讓我有了些許改變。我感覺到有時候說心裡話比說該說的話更好。

反正國王也是這麼想。

然而我不明白的事情太多了。媽媽說得對，我的確年紀太小，經常覺得像在黑暗中掙扎摸索。

但有一點我很確定，這次的覲見讓媽媽非常不安。不只是為了我，也為了費歐朵。

造訪溫莎之後的生活顯得枯燥乏味，有太多課要上，假期又少得可憐。我若是抱怨，李琴就會說求知是我的責任，公主絕不能是個無知的人。

「可是要學的東西實在太多了！」我哀嚎著。

「當然多了，」李琴反駁道，「我們全都要活到老學到老。」

「多悲慘的未來啊！」我又哀嚎。她聽了發笑，說這和學習的樂趣相比算得了什麼呢。

我想要爭辯，想要說我知道許多更有趣的事物，但李琴搬出她最得意的主張：「您還太小所以不懂，時候到了，您自然會明白。」

因為我確實年紀小，也不能證明事實並非如此。不過我經常渴望逃離課堂，然後去找費歐朵，在美好的夏日裡，兩人一塊上花園去，我喜歡在那裡澆灌植物。我有一個極為特殊的澆花器，我最喜歡看著水灑出時那美麗無比的景象，只是老是弄溼雙腳。這時費歐朵會偷偷送我進屋，而史佩絲女爵（她有點管不住自己的嘴又非常慈愛，深得我心）則會幫我換上乾爽的鞋襪與裙裝，因為不能讓媽媽和李琴知道而更添刺激。絕不能讓她們知道，否則就會被禁止澆花。

我們常常跑到索塞克斯叔父的花園裡替他澆花。他在宮中也有和我們一樣的廳房，雖然他是個怪人（和大多數的叔伯一樣），卻非常和藹可親。我還小的時候很怕他，因為有一回尖聲大叫後，有個人對我說：「要乖一點，不然會被妳索塞克斯叔叔抓走。」我猜那人會這麼說，是因為他住得離我們很近。在那之後很長一段時間，我總是心懷疑慮地看待他，直到後來才發現他是最不可能抱怨的人，無論如何他都只會埋頭在書堆、鳥群和音樂中，根本不會注意到我的吵鬧。但話說回來，我本來就很害怕所有的叔伯，直到後來認識他們為止——唯有一人例外，就是坎伯蘭叔父，他真的讓我打心眼裡畏懼，而我相信這並非毫無來由。

總之，在那些美好的夏日裡，我們總會和史佩絲女爵（她向來就不像李琴那麼嚴格）到肯辛頓的庭園裡去，偷偷溜進索塞克斯叔父的花園，費歐朵捧著書，我提著澆花器，史佩絲便坐在費歐朵身旁的草地上看著我，偶爾出聲警告我別把水淋到腳上。

聞著薰衣草香，聽著蜜蜂嗡嗚，藏身在從宮中住所的窗戶看不到的地方，我是多麼快樂呀。每當來到索塞克斯叔父的花園，便會有一名年輕人加入我們。他是堂兄奧古斯特，索塞克斯叔父第一段婚姻生下的兒子。穿上龍騎兵團制服的堂兄英氣勃發，我澆水時，他很喜歡坐在費歐朵身邊陪她和史佩絲談天。氣氛十分輕鬆愉快，因為他們不時笑出聲來，老史佩絲則是坐在那兒不停點頭微笑，她高興時就會這樣。那是多麼歡樂的午後時光，後來卻嘎然而止，而我們也再不許踏進索塞克斯叔父的花園一步。

史佩絲失寵了，費歐朵也一樣。有一天我發現她在哭，便求她告訴我發生了什麼事。

「我和奧古斯特打算要結婚。」她說。

「哇，那太好了。」我歡呼道，「以後妳住得這麼近，我就可以天天到你們的花園去澆花了。」

費歐朵搖搖頭。「媽媽氣壞了，說要把我送走。」

「不行，朵朵……妳不能走！」

她哀戚地點點頭，看到她流淚，我也跟著哭起來。

「媽媽把責任都怪到可憐的史佩絲頭上，她可能也會被送走。」

費歐朵悲慘又痛苦，話也反常地變多了。

「她覺得奧古斯特不配。」

我已漸漸明白這類事情，便問道：「為什麼？他是我的堂兄啊。」

「話是沒錯，可是妳要知道，公爵雖然娶了茉芮貴女，但因為她不是王族，這樁婚事被視為無效，所以他們說我心愛的奧古斯特是私生子，我不能嫁他。」

「太不公平了。」我說，「要不然這是多好的事。」

「就是啊，妹妹。他們偏偏不允許。」

「索塞克斯叔父不會介意的。」

「那可不，他只在乎他的書和鐘，他的紅腹灰雀和金絲雀，才不會在意這個。可是媽媽說我們的行為不檢點。喔，不是妳……她沒有責怪妳。是我和可憐的老好人史佩絲。」

我擔心得沒錯。沒多久費歐朵就來找我，非常平靜而憂傷地對我說她要到德意志探望外祖母。

我變得孤伶伶，無所慰藉。可憐的老史佩絲不管走到哪都羞愧地低著頭，李琴對她則總是一副高高在上的態度。

與史佩絲獨處時，我抱著她說：「不要緊，我們在花園裡都很快樂。奧古斯特不適合費歐朵並不是妳的錯，妳怎麼會知道呢？他長得那麼英俊。」

史佩絲聽了將我緊緊摟住，說她最害怕的就是不能再陪在我身邊，這話讓我覺得好舒服，也稍稍獲得安慰。

有一次我無意中聽見史佩絲和李琴談話，明知偷聽別人說話是大錯特錯的行為，我還是忍不住，因為她們在談費歐朵。她們彼此交談時會用一種奇怪的語言。其實她們比較喜歡說德語，但媽媽不准，因為我必須以英語為母語，言談中絕不能有一絲德語口音。這點至關重要。雖然我也學德語，卻只能是第二語言。英國人不喜歡王室成員說英語時帶有外國口音。因此親愛的史佩絲和李琴通常都能操一口流利的英語，可一旦興奮起來（尤其是史佩絲），就會摻入奇怪的德語字眼或詞句。

此時她們正在談論費歐朵。

「會舉行die Berlobung……」說話的是史佩絲。

「是文定。」李琴嚴厲地指正。「我想那是確定的。她外祖母，也就是公爵夫人，會負責操辦。」

「我親愛的、可憐的小費歐朵……當時他們是那麼快樂。」

「當時的情形妳應該通報的。」

「Ach（唉）……wunderbar（多好呀）……這兩人……那麼年輕……Lieben（又相愛）……」

「史佩絲女爵，請說英語。」

「我忘了，我太不快樂了。公爵夫人怪我。我當時應該說出來，可是他們實在太快樂了……」

「妳竟還替他們送信！女爵啊，妳的行為實在輕率到了極點。」

「有時候……墜入情網……這種事難免嘛。」

「維多利亞也在場呢！」

「無辜的孩子……澆花澆得那麼開心。」

「連腳都弄溼了。」

「我一定都會幫她換上乾爽衣物。」

隨後史佩絲放低聲音，我聽不太清楚，但隱約能猜到她們在說我哥哥查爾斯。

這時我才察覺自己在偷聽，這是最失禮的行為，萬一被發現，必會受到嚴厲斥責，便連忙溜開來。我轉而向玩偶娃娃們解釋，有時候為了求知，不得不去聽聽別人不想讓你聽的事情。

我覺得珍．葛雷夫人[2]用很哀傷的眼神看著我，彷彿痛惜我的脆弱。我把她拿起來搖一搖。有些人就是太好了。

費歐朵很快就要離開，前往薩克森—科堡與外祖母同住。她傷心不已，但憂鬱的她也和快樂的她同樣美麗。她說話比平時少了許多忌諱，恐怕是因為就要離開了吧。她有些埋怨媽媽，總認為若不是媽媽，她應該就能嫁給英俊的奧古斯特。男方的父親不會介意，殊不知媽媽和舅父李奧波有充分的理由反對。

「他們為什麼這麼反對呢？」我問費歐朵。

---

2 譯注：珍．葛雷（Jane Grey, 1537-1554）：曾登基為英國女王，但僅九日（一說為十三日）便因繼承資格不符國會法令而遭黜。

「根本是荒唐至極的理由。就因為他們不承認他是嫡出。他們也不承認公爵的現任妻子。」
「媽媽不喜歡她，我知道。她都喊她巴金家那個女人。」
「因為她嫁給公爵以前是巴金爵士的遺孀。國王一定不會反對……除了媽媽和李奧波舅父，誰都不會反對。」
「我敢說李奧波舅父是為了妳好……媽媽也是。」
「可是他們沒有為我的幸福著想。我愛奧古斯特啊，維多利亞。」
她說著就哭了，我也跟著哭。她緊摟著我說：「查爾斯出了點問題。」
「什麼？」
「他愛上了瑪莉．柯勒貝絲柏。」
「她……身分不配嗎？」
「很可能是。」
「他們會把查爾斯趕走嗎？」
「他們不能那麼做。」
「那會禁止他娶她嗎？」
「我想查爾斯不會容許自己被禁婚。」
「但他是媽媽的兒子，如果媽媽說……」
「無論如何，人總有長大成人，能夠主宰自己人生的一天。」
這句話在我聽來充滿深意。
我緩緩點了點頭。
我說：「我希望查爾斯能娶柯勒貝絲柏。人應該與相愛的人結婚，不是這樣嗎，費歐朵？」

「當然是了，妹妹。」她說完把我抱得更緊，然後我們倆又同聲哭泣起來。

*

費歐朵離開後，我成了孤單一人，媽媽說我意志消沉，李琴則寬厚些，說我憔悴了。我告訴娃娃們我有多不快樂，還說我再也沒有勇氣進入索塞克斯叔父的花園，儘管知道他的花兒一定很懷念我的澆花器所給予的潤澤。

在戴維思牧師主導下的生活，似乎被各種課程填滿了。湯瑪斯．史都華負責教我習字與我痛恨的算術；巴瑞茲先生教德語，葛蘭帝諾先生教法語。我的語言能力很強，上起課來頗為愉快。接著要開始學義大利語了，這門課也相當有趣。此外還有西敏區聖瑪格麗特教堂的風琴師薩爾先生負責教音樂，藝術學院院士李察．衛斯托負責教繪畫，波兒丹小姐負責教舞蹈與儀態。我的時間被這些傑出人士忙著瓜分，已所剩無幾。

通常我不是個好學生，可憐的戴維思牧師會為我嘆氣，這我知道。我也想討他們歡心，只是無時無刻都在學習實在累人，有時候難免就會發作起媽媽所謂的「情緒風暴」。有一回，薩爾先生對於我彈鋼琴的表現失望之至，便說：「音樂沒有所謂的王室之道，即便是公主也必須和所有人一樣勤加練習。」我氣餒之餘砰一聲闔上鋼琴蓋，說道：「喏，你瞧，這種事沒有什麼必須的。」可憐的薩爾先生！他當下呆愣住，不過當天的鋼琴課也就此告一段落。

儘管我不勤奮用功還偶有情緒風暴，我認為這些人還是相當疼愛我。有不少次，出於對他們油然而生的感激與感情，我不顧媽媽的叮囑，真實展現出來讓他們知悉。媽媽會說這樣的偏差行為很低俗，他們卻覺得可愛。因此無論如何，我們相處得十分融洽，我經常努力地取悅他們，他們也對此讚賞不已。

可是費歐朵走後，我真的很寂寞，憂鬱的情緒怎麼也無法排解，一點辦法都沒有。

每週三李奧波舅父會到肯辛頓來看我們，這是格外特殊的日子，我會和李琴站在窗前等候著預告他到來的馬車輪聲響起。我最喜歡看著他步下馬車了，多麼英俊挺拔的一個人。「我覺得李奧波舅父肯定是全世界最傑出的男人。」我對李琴說。

一有人來喚我，我就會衝下樓撲進他懷裡。這個時候媽媽會站在一旁，對於我真情流露而未能端莊自持，沒有絲毫的不悅。

李奧波舅父也不在意。

他會問我是否仍一如往常地愛他，我則會信誓旦旦而熱情地回答是。

我會坐在他的腿上，聽他對我說要乖乖聽話、要盡自己的本分，要記住這是獲得圓滿的唯一正道。

媽媽說：「最近風暴發作了好幾次呢。」

「風暴？」舅父像回音般應道。「我可不喜歡聽到這種事情。」

「她還在為索塞克斯的事鬧脾氣。」

舅父顯得很傷心，讓我幾乎難過得掉淚。

「我是去澆花的，」我試著解釋，「花的確需要澆水。」

舅父嘆了口氣。

「因為費歐朵走了，風暴發作了好多次。」媽媽說。

「天哪，」舅父說，「這可不像我的公主。」

「不，李奧波舅父，」我糾正道，「你的公主就是這個樣子。」

「只要覺得沒有受到公平對待，風暴就會席捲而來。」媽媽補上這麼一句。

「我最親愛的，」李奧波舅父說，「妳姊姊確實極有必要離開。妳現在也知道了她的行為有多愚蠢，如今為她作這些新的安排，相信她會很快樂。」

「她和奧古斯特在作安排的時候，她非常快樂。」

母親和舅父交換一個眼神，彷彿在說「你瞧吧」。

接著李奧波舅父開始詢問我的上課進度，一個惹人不快的話題，之後他以優雅而令人愉悅的態度談論起用功讀書的樂趣，我坐在他腿上看著那張俊美臉龐，注意力不知不覺從他的說話內容轉移開來，心裡只想著他人真好，我有這樣一個舅舅實在太幸運了。

最後他說我也該到克雷爾蒙來看他，並問我樂不樂意。

「再沒有比這個更叫我樂意的事了，」我對他說，「除了讓費歐朵回來以外。」

「真遺憾這不是最讓妳樂意的事情。」李奧波舅父說。我感到很羞愧，因為我知道他凡事都想拿第一。可是讓費歐朵回來的確是我最大的希望，這點我不能否認。

他待了好一會兒，起先和我談天，後來送我回李琴那兒，再與媽媽單獨說話，等到要離開時，我才下樓和他揮手道別。

我愛極了克雷爾蒙！我蹦跳著爬上前門階梯，邊跳邊數，直到得意洋洋地征服第十三階。李奧波舅父正等著將我抱入懷中，李琴則謹守分寸保持距離。接著她會回肯辛頓去，讓我獨自留在舅父家。露伊莎也來迎接我，見到我她顯得格外高興，讓我甚至忘了失去費歐朵一事，而準備享受在克雷爾蒙的每一刻。

「能在家裡接待心愛的小外甥女，我實在太高興了。」李奧波舅父說，「自從失去我摯愛的夏蘿特之後，妳是帶給我最大慰藉的人。」

於是舅父開始緬懷起夏蘿特，我猜他十分樂在其中，我們感傷了片刻，但氣氛並不沉重。這棟舒適宜人的宅邸名稱取自建造者克雷爾蒙伯爵，四周環繞著美麗的伊歇爾谷地，但其實是一處紀念夏蘿特的殿堂。我之所以知道，是因為在那裡經常聽人提起她。

露伊莎帶我到房間去。

「您能來，我真的好開心。」她對我說，「我們要好好地聊個夠，對吧？」

我興高采烈地點頭稱是。露伊莎也是個長舌的人，和她聊天最有意思了。她們這些人就是那麼和藹又愛閒聊。

她在每個房間都保留了夏蘿特的紀念物品。誰說夏蘿特死了？沒有，她還繼續住在克雷爾蒙，彷彿每個房間都有她的存在。李奧波舅父和露伊莎讓她存活了下來。

露伊莎常常提起她。我不介意，我喜歡聽她的事情。有些人擁有一種神奇能力，可以將自己的缺點變成優點，她就是這種人。「她真是個野丫頭，」露伊莎說話的口氣好像這是件了不起的事。「可敬的親王盡一切努力想調教她，卻還是失望放棄了……那失望中包含多大的愛意啊。」

太令人驚訝了。我得知國王原本反對李奧波，一心想把夏蘿特嫁給奧蘭治親王。「可是她選擇了李奧波。」我心想夏蘿特想必比可憐的費歐朵聰明，不知她是如何辦到。就因為是個野丫頭？當然了，她可是王位繼承人。或許這也有點關係。

「您真該瞧瞧她穿上新嫁衣的模樣……是銀絲緞布料……國王還送給她許多珠寶，都是英國女王和王后代代相傳的。但她最喜歡一只鑽石手鐲，您猜猜為什麼？因為那是李奧波親王送的禮物……對她而言最珍貴。」

我聽得眼眶泛淚。

「她好喜歡克雷爾蒙。這裡對她而言比所有的王宮都更重要，她堅持要活得像個平凡的家庭主婦。唉，她想怎麼做就會怎麼做，夏蘿特就是這樣。她甚至還會下廚……而且對附近一帶的窮人好得不得了。他們非常喜歡她。她會照顧夫婿的起居，李奧波雖然覺得有趣，卻仍時時提醒她保持王族的端莊體面。當然沒有用了。夏蘿特對於端莊體面不甚在意。我還記得她經常替親王梳頭。呵，他們當時是多麼幸福。能夠服侍她是一大樂事，沒想到……她就那麼走了。她是那麼健康、那麼快樂，因為懷上了孩子……她的孩子。什麼未來的國王或女王的，她沒有想太多，只想著這是她的小寶貝。然後……就出事了……那麼突然地……我整個人都呆住了，心裡像有什麼東西死去似的。我無法想像少了夏蘿特可以照顧，後半輩子該怎麼過。」

克雷爾蒙仍是一處喪宅，真不明白為什麼我在這裡感到如此快樂。但話說回來，這裡的服喪氣氛並不悲傷。我感覺到若是終止服喪，他們反而會很不快樂——尤其是李奧波舅父。

我與舅父談了許多關於夏蘿特的事，諸如他如何引導她，如何讓她在婚後有所改變。在此之前，她根本不受控制。她和父母的關係都不好，很難想像還有比她的雙親更不適任的父母了。「我最親愛的，妳應該要十分感恩，能有妳李奧波舅舅隨時在關心妳的健康福祉……還有妳媽媽也是。親愛的，我們會好好呵護妳，因為可憐的夏蘿特從來沒有受到呵護……當然，我是說在嫁給我以前。」

「那時候的她一定非常幸福。」

舅父面露微笑回想往事。「她很崇拜我。我最心愛的夏蘿特。孩子啊，但願妳永遠不會體會到她離開人世時我所體會到的哀傷。」

回頭細想與李奧波舅父的這些談話，我才發覺其中夾雜著那麼多的愁緒。對舅父而言，生活是非常嚴肅的事，但我毋寧相信生活也可以相當歡樂。我喜愛跳舞、歌唱與歡笑——這些全是媽媽口中的粗俗之舉（做得過頭的話）。也許我就是個粗俗的野孩子，難怪媽媽和李琴得如此嚴密監視我。但我還是很喜歡和李奧波舅父談天的這些時刻，我喜歡陪著他為他的憂傷掉淚。他深受許多疾病所苦，也常常和我談起：他有些莫名的病痛，也很容易感染風寒。自從發現國王的濃密鬈髮是假髮之後，我忽然也端詳起舅父的頭髮來，他想必是察覺了，便解釋說：「我戴這玩意只是想給頭部保暖。」

「喔，」我回答，「這是好理由，因為你的確經常頭痛，親愛的舅父。」

我還發覺他會穿厚底高跟的鞋子，雖然曾一度以為是為了顯得高一些，但現在猜想應該是為了治療某種腳疾。

那次造訪期間，李奧波舅父隨口提起他為我作了極大的犧牲。我驚訝萬分，他又接著說道：「我被推選為希臘國王，但我婉拒了。」

「你是說你本來可以當國王？」

「是的，我本來應該當國王的，但那又如何？我第一個想到的是：那就得和小維多利亞分開了。」

「呵，李奧波舅父，你竟然為了我放棄王位？」

「很值得呀，我親愛的。至少我認為值得……如果我親愛的小外甥女能讓我引以為傲的話。」

「會的，舅父，一定會的。」

「我知道。親愛的，絕對不要忘記我有多愛妳。」

我發誓不會忘，並對於他為我放棄王位一事感到無任歡喜。

然後他跟我說到我的小表弟，這位表弟在我降臨人世整整三個月後出生在一個名叫羅森瑙的美麗地方。

「這個可愛的小男孩是我姪子，也是我所見過最漂亮的男孩之一……而妳則是我的外甥女。我常想我何其幸運，能有這兩個可愛的孩子可以疼愛。」

「你很疼愛他囉，舅父？」

「的確。」

我有點嫉妒這個入侵者，很想問問舅父比較喜歡他還是我，但轉念一想這或許不是個好問題，便等著想多聽聽關於這個男孩的事。慶幸的是他年紀比我小，感覺上我占了些許優勢。

「他有個哥哥大他還不到一歲。」

「我有個姊姊大我十二歲。」

李奧波舅父充耳不聞。他不想再重提費歐朵的傷心遭遇，而想談他的小姪子。

「他名叫亞伯特，他哥哥名叫恩尼斯。」

「他們一定是德意志人。」

「他們的父親是薩克森—科堡—哥達公爵，他們倆都很可愛。」

「我真想見見他們。他們是我的表兄弟，對不對？」

「他們的確是妳的表兄弟，聽妳外祖母說亞伯特敏捷好動得像隻鼬鼠。」

「對，鼬鼠應該很敏捷沒錯。」

李奧波舅父有些不耐地微微一笑。「他有一雙藍色大眼睛，長得很俊秀，而且活力充沛，性情又好。」

「他聽起來很完美。」我不安地說。

「他很會惡作劇。」

這聽起來更教人喜愛，我又多問了幾個關於他的問題。

「我相信妳和表兄弟們會處得很好。」李奧波舅父繼續說道，「他們現在沒了母親，而妳沒了父親。」

「我明白。」我說。

「這讓你們之間產生了連繫。」

「我會見到他們嗎？他們會來這裡嗎？我想媽媽不會希望我到德意志去。」

「總有一天，妳很有可能會見到他們。」

「希望如此。」

「其實，」舅父微笑著說，「我一定讓你們見面。」

在那之後，他經常與我談起這對表兄弟，聽到我問有關他們的事，也顯得十分高興。

費歐朵回到肯辛頓來了。她看起來變得不一樣，不再是當初離開時那個心碎的費歐朵，而是散發出一種平靜祥和的神氣，我想是認命了吧。

她很快就要嫁給霍恩洛─朗根堡伯爵。

我們見到彼此分外喜悅。我無法容忍她離開我的視線，還把所有的娃娃拿出來給她看，其中有一、兩個是新的。媽媽說過我不應該再玩娃娃了。她不明白我這些娃娃並不是普通娃娃，對我來說它們是一群真人。李琴要我留下娃娃，她也和我一樣喜愛它們。她說它們具有教育意義，凡是她喜愛的事物都會獲得這樣的評語。

「我走了以後有什麼改變？」費歐朵想知道。

還會有什麼改變？肯辛頓的生活總是一成不變。

除了與奧古斯特別離之外，我相信費歐朵在德意志的生活應該很愜意，因為媽媽對她和對我一樣嚴格，讓她也覺得像在坐牢。因此我猜想，儘管要嫁的人不是奧古斯特，而是霍恩洛─朗根堡伯爵，婚後能夠得到相對自由的生活，她應該還是歡喜的。

「他是什麼樣的人？」和她在一起時，我問道。李琴就坐在一旁做女紅，我們從未真正獨處過。

「他人很好。」

「長得英俊嗎？」

「嗯，非常英俊。」

「那妳愛他嗎？」

「我必須愛他，因為他即將成為我的夫婿。」

費歐朵的口氣和媽媽或李琴一樣。發現她變了讓我怦然心驚。她已經跨越界線變成大人，而大人向來不說心裡話，只說他們認為正確的話。

我有點傷心，便不再多問伯爵的事。

費歐朵的婚禮會在肯辛頓宮舉行，場面極為盛大。我穿了一件美麗的白洋裝，李琴也花費好一番工夫替我捲頭髮。她提醒我，舉行婚禮的圓頂廳就是我受洗的地方。

「是啊，」我說，「還在那裡發生一場風暴呢，因為國王不肯讓我叫做喬治安娜。妳知道嗎？我覺得他現在不會介意用他的名字替我命名了。我們見面的時候，他對我那麼好。」

「所以您才叫維多利亞。也好，這是個很美的名字。」

「我認為這個名字非常好。」我說道：「我真的覺得喬治安娜不適合我。但或許是因為我已經習慣維多利亞了。畢竟我曾經被叫做蒂娜，真高興這個稱呼變了。」

李琴搖搖頭，幫我調整一下髮捲。

「好啦，您看起來真漂亮。」

「費歐朵會由國王交給新郎，」我格格笑道，「說真的，他一定比較想把她留在自己身邊。」

「這種事情可不能亂說。」

「可是我們在溫莎的時候，他看起來真的很喜歡她。」

「我想他也喜歡您。」

「當然是了，但更喜歡費歐朵，而且是不一樣的喜歡。」

「您這雙雪亮的眼睛有時候能看到表面上不存在的東西。」

「親愛的李琴，不存在的東西怎麼看得到呢？」

「來吧，我自作聰明的小公主，我們去看看新娘準備得怎麼樣了。」

費歐朵打扮得好美，我本來擔心她會害怕，但一點也不。倒是顯得疏遠了——已經不再那麼年輕，或許因為學會隱藏情感而產生了隔閡。不知道我以後會不會這樣？但願不會。

她戴了一條華麗的鑽石項鍊，我一眼就注意到。

「這是國王送的禮物。」她告訴我。

「啊，我就知道他喜歡妳！好漂亮。費歐朵，我相信他很想娶妳。」

「胡說！他年紀都多大了。」

「有時候老人很喜歡年輕漂亮的女孩。」

「妳還真是觀察入微！」

「李琴說我看到不存在的東西。怎麼有人辨得到呢？」

「一般原則不適用於維多利亞。」

我聽了笑起來。

「別跟其他人這麼談論國王。」她給我忠告。

「為什麼？我認為這是事實。」

「親愛的妹妹，妳太坦率了，妳知道嗎？」

「妳說話的口氣跟媽媽一模一樣。」

「不會吧……千萬不要。」

說完我們又笑起來，彷彿再次回到從前。

我們來到圓頂廳。經過窗口時，我看見宮外的人潮。

「他們最喜歡看王室婚禮了。」李琴說。

鐘聲鳴響著，每個人看起來都非常快樂。唯一令人遺憾的就是新郎不是奧古斯特。不過，我覺得人不能奢望魚與熊掌兼得，雖然新郎肯定是婚禮中很重要的一部分。

進入圓頂廳時，我左右張望尋找國王。他不在，倒是克拉倫斯伯父來了。媽媽對克拉倫斯伯父的厭恨與對國王的厭恨不相上下，但我挺喜歡他的。他個性非常爽朗，我想他會很樂意與我們親近，但媽媽當然不會答應。伯父總是非常親切地微笑待我，而且我真的很喜歡雅德蕾德伯母。她親親我，並問起玩偶娃娃的狀況，就好像把它們當成真人，讓我更加喜歡她。我告訴她「大娃娃」適應得好極了，它比其他娃娃來得大，衣裳雖然只是宮女服，華麗程度卻毫不遜色。「我覺得它看起來和伊麗莎白女王差不多一樣高貴。」我說。

「哎呀，親愛的，」雅德蕾德伯母說，「伊麗莎白女王聽了可會不高興喔！」這話讓我發笑。雅德蕾德伯母加入後，母親留意到了，不禁皺起眉頭。我本不該如此輕率地與伯母交流。

我隨即發覺廳內不安的氣氛愈來愈濃。國王人呢？他應該要出席婚禮扮演重要角色，少了他便無法進行。克拉倫斯伯父以宏亮的聲音說：「國王顯然是不來了，不需要再拖延，就由我來代替他。」母親本來應該會抗議，但我知道她很猶豫是否該再多等國王一會兒，也讓自己再繼續受辱，或是乾脆請克拉倫斯伯父主持。原本以為能由國王把女兒嫁出去，如今卻改由一個公爵代行，她必然覺得是奇恥大辱。

但是看樣子國王的確不會來了，於是克拉倫斯取代了他的角色，我也站上伴娘的位置。

就這樣，我的姊姊費歐朵成了霍恩洛—朗根堡伯爵的妻子。

媽媽事先便已想到要我提著裝滿小禮物的籃子穿梭在賓客之間，並在遞出禮物時接受所有人鼓掌。

婚禮結束後，新郎、新娘去了克雷爾蒙，我們則返回宮中住所。媽媽對國王與丈夫的家人怒不可遏：他們真是粗魯、沒有教養，聯手對付一個孤苦無依的寡婦。他們盡一切可能在羞辱她，看到她女兒嫁給伯爵心裡就不痛快，還嫉妒她的小女兒如此健康。

國王再活也沒多久了，接著繼位的是那個鳳梨頭笨蛋。他沒有能力生出繼承人……他什麼能力也沒有，只能一步步走向墳墓。

她真的火冒三丈，我和李琴、史佩絲坐在房裡都能聽到她的咒罵。史佩絲睜大雙眼，似乎挺興奮的，李琴卻唯恐我聽到不該聽的話。

我聽到康羅伊爵士那討厭的聲音在勸她、安撫她，一如平時。

史佩絲點著頭彷彿在暗自盤算什麼，李琴則是緊抿雙唇，只要康羅伊爵士在附近，她都是這副表情。李琴對康羅伊爵士的感覺和我一樣，讓我覺得很滿意。

許許多多事情不斷發生著，我卻毫無所悉，而是後來才得知，並在將破碎的小事證逐一拼湊後才明白原委。

坎伯蘭叔父很可疑。百姓視他為食人魔。他確實希望讓兒子喬治（我見過一、兩次，實在是個好孩子）登上王位，也著實不希望我擋路。由於父親比較年長，我的順位在喬治．坎伯蘭之前，他的父母為此十分氣惱。他們倆惡名昭彰，但現在我無法確定是因為這件事而謠言四播，或者他們真的想要我的命。

我還很小的時候，他們到處謠傳說我身體虛弱，難以活命，媽媽只好帶著我在大庭廣眾下散步，好讓所有人親眼看見我有多健壯。我的確是胖嘟嘟的，健康結實得不得了。長大後我還是會跟媽媽或李琴出去散步，通常會一直走到阿普斯麗邸，沿途經常有民眾停下來朝我歡呼。

媽媽後來才說她之所以從來不讓我獨處，就是因為顧慮環繞在我周遭的勢力，她有必要隨時保護我不受傷害。但恐怕不完全是如此，因為我後來發現媽媽想要我完全照她的意思做事，就像個受她操控的傀儡。

以坎伯蘭夫妻為中心的醜聞不只一樁，而且也不是無關緊要的小事。很久以前便有一樁涉及公爵的隨從，如今又發生另一樁：葛拉夫茲勛爵被發現割斷喉嚨死於床上，證據顯示他是自殺身亡。他為什麼要這麼做？因為他的妻子與坎伯蘭公爵有染。此外還有一事絕不能輕忘，那就是公爵夫人也曾有過兩任丈夫都英年早逝的可疑過去。

蘇菲亞姑母年紀輕輕便生下一個孩子，據說是葛斯將軍之後。如今聽說蘇菲亞的孩子的父親其實是她的弟弟坎伯蘭公爵。

關於這家人的醜聞無窮無盡。

從前，雅德蕾德伯母偶爾會來拜訪母親，我總覺得媽媽對她的態度十分高高在上，其實克拉倫斯公爵比父親年長，身為他妻子的雅德蕾德地位應該更高才是。若換成別人可能會因此感到困窘（多數人都會，尤其是媽媽），但她不然。我真的覺得她喜歡來肯辛頓看我，因為她總是對我非常慈愛，和我說話時，臉上也有一種特別的神情。她不時會問起我的小馬蘿西和那些娃娃，還會問我都做些什麼。她希望我到布夕去玩，還跟我說了一些有關她舉辦的宴會的情形。兩個小喬治都去過——坎伯蘭家和劍橋家的。「好可愛的小男孩，」雅德蕾德伯母說，「劍橋家的喬治現在和我們同住，因為父母親出國去了。他和另一個喬治感情非常要好，我們會一塊唱歌、跳舞、玩遊戲。」我多想去布夕啊！

只可惜媽媽從來不准。我問媽媽為什麼，她會脹紅著臉喃喃地說什麼那些令人厭惡的克拉倫斯之子之類的。

後來我知道了，她說的是威廉伯父和女演員桃樂絲的孩子與孫子，而雅德蕾德伯母則是在嫁給威廉伯父後，收養他們為家人。又一樁家族醜聞！

這段時間主要陪伴我的人是薇多．康羅伊，我從來沒有喜歡過她，因為她是她父親的女兒，而且隨著年齡漸長，我愈發憎惡他出現在我們家裡。我可以確定提防他是對的，因為李琴和史佩絲也都不喜歡他。她們跟我說得不多（至少李琴說得不多），但史佩絲老是噘起嘴喃喃喊他「Das Schwein」（那隻豬）。

薇多和她父親一樣，有點目中無人，好像忘了我是公主，又或者是覺得有一個這麼重要的父親，她也可以和我平起平坐了。

有幾次我問媽媽為什麼不能去參加雅德蕾德伯母的宴會，不能去見見個性溫和且有幸得以與伯母同住的喬治．劍橋，還有可能不像他父母親那麼惡劣的喬治．坎伯蘭。

但媽媽態度堅決。為了她口中所說的「那群野種」，我就是不能去布夕。「雅德蕾德竟然能做到這種程度，的確令我驚訝。」她又補上這一句。

於是我又重回上課、李琴的陪伴、散步、與娃娃們為伍的生活。

有一天和李琴外出散步，現身於群眾眼前時，我在一家商店櫥窗看見一尊漂亮的娃娃，隨即停下腳步說：

「啊，李琴，它好漂亮！」

李琴也附和稱是。

「我想把它買下來，」我接著說，「我常覺得大娃娃和其他娃娃有點格格不入，有了這尊的話，就能和它作伴了。」

娃娃標價六先令。

「我會問問夫人能不能讓您買。」李琴說。

媽媽和李琴交頭接耳商量著怎麼做對我比較好，最後的結論是不能讓我覺得只要開口就能要到任何東西。如果我自己出錢就可以去買娃娃，那麼我就得省下零用錢。同時我可以請店家先將娃娃保留起來，直到我有能力付錢。

聽起來是個很棒的主意，想到可以自己買娃娃，我也很高興，有一種獨立自主的感覺。店主人急於想討好，便說當然可以保留娃娃直到我有錢來買。

「你不會讓別人買走吧？」我焦急地問。

他沒有回答，卻拿出一張大標籤掛在娃娃脖子上，上面印著「已售出」三個大字。

每天從他櫥窗前經過，以目光搜尋娃娃，讓我感到很興奮。它就坐在那裡，等著我，而我每天早上都歡天喜地地數著錢。終於存到六先令之後，我得意地去迎接我的寶貝。

我欣喜若狂地抱著它走出店面，但隨著李琴走著走著，看見有個窮人坐在長椅上。每回看到有人挨餓受凍，我都會很沮喪，晚上就寢時也會想起他們，想到自己有多麼暖和、多麼受寵就惶惶不安，因為太不公平了。

我不許與人交談，只能向歡呼的民眾微笑揮手。但我還是跟這個人說話了。我說：「等一下。」然後在李琴的驚惶注視下跑回店裡，請店家收回我的美麗娃娃，並將六先令還給我。「已售出的標籤再掛回去，」我說，「等我存夠了錢會再回來，但現在我想討回我的六先令。」

他把錢給我後取回娃娃，再將已售出的標籤掛到它脖子上。

「這是怎麼了？」李琴上氣不接下氣地大喊。但我已經跑開，把六先令放到那個窮人手中。

李琴在我後面氣喘如牛。「公主啊。」她用震驚的口氣高喊，幾乎眼眶泛淚，但並不生氣。

她用力握住我的手。「您真是個貼心的好孩子。」她這麼說，我覺得她好像快哭了。「我好以您為傲。」

聽完她轉述此事後，媽媽說了什麼，我不知道。原本以為會挨罵，結果媽媽什麼也沒說。後來我又存到六先令，漂亮娃娃脖子上的「已售出」標籤隨即被取下，它也加入了我的收藏，我猜想大娃娃一定非常開心。

我和媽媽在克雷爾蒙住了幾天。在那裡的時光多歡樂呀！李奧波舅父花了許多時間陪我，聽他說話我從不感到厭煩。他說要有善良品德，說到人生的目的，還說每個人天生有一定的使命，要責無旁貸地完成。

他人實在太好了，有時候我覺得他好到不像這個世間的人，而這個念頭讓我不寒而慄，因為這句話通常都是說死去的人。

不過也許他並沒有那麼好，也許他生命中也有過一些祕密。當時我不了解發生了什麼事，只是意識到有點不尋常。年紀小實在很令人喪氣，明明察覺到有事發生，卻不能完全明白其意義。當大人以為你沒留意，就會偷偷摸摸互使眼色（李琴和史佩絲老是這樣），而你也會因此開始納悶深思。那是什麼意思？一定有什麼非常祕密的事，而且多半是很驚人的祕密。

這件事發生在克雷爾蒙庭園裡。

某天傍晚我和媽媽外出騎馬，每次和她一起練騎，我都喜歡超前一些。她允許我這樣，只要不離開她的視線即可。

好啦，我人就在大庭園裡頭。樹林間的一塊空地裡突然冒出兩個女人，她們一看到我立刻止步，但我卻騎上前去問道：「妳們好，妳們是誰？」

較年長的婦人似乎受到頗大的驚嚇，倒是較年輕那人不但長得很美，也十分泰然自若。「您好，公主殿下。」她說，「我叫卡樂琳．鮑爾，是史托瑪醫師的表妹。」

「喔，史托瑪醫師的表妹啊。我舅父非常看重史托瑪醫師呢。」

這時媽媽來了。她直勾勾地盯著那兩個女人。較年長者頓時雙頰緋紅，年輕那位則微微昂首，儼然一副挑釁姿態。

媽媽對我說：「走吧。」然後沒有對那兩人說一句話便掉轉馬頭。

我迷惑又抱歉地看著她們二人，但也只能跟著媽媽離開。

「叫妳別和陌生人交談，要我說多少次？」她責問道。

「可是媽媽，她們又不是陌生人。那是史托瑪醫師的表妹。」

「我還想知道她在園子裡做什麼呢。」

「應該是來拜訪表哥吧。」

「以後再也不許做這種事。」

我當然知道卡樂琳有些特別。我會問李琴，不過她八成不會告訴我。史佩絲也許知道。

我自己倒是發現了一點，因為回來以後媽媽叫我回房，但我還沒來得及離開，李奧波舅父已經來到玄關。

「親愛的，騎馬騎得高興嗎？」他問道。

「高興啊，舅舅。我還遇到史托瑪醫師的表妹。」

媽媽生氣地瞪我，連舅父也略顯窘迫。

「回房間去，維多利亞。」媽媽說。

舅父並未試圖挽留我。

他們倆一塊走進客廳，我必須承認上樓之前我踟躕了片刻，因此聽到她說：「真叫人不舒服，維多利亞竟然碰上那個女人。」

「我認為無妨。」舅父說道。

「無妨！讓她就這樣住在這裡！這裡耶……你和夏蘿特一起生活過的地方耶！」

「夏蘿特已經走了很多年了。」

這時門關上了，我才上樓去。

那是什麼意思？我遇到那個真的十分親切的年輕女子和她的女伴，媽媽為什麼這麼生氣？這一切都好神祕。不過我發現媽媽對李奧波舅父不太高興，事情實在太奇怪了。

後來我得知卡樂琳是舅父的情婦。我有點震驚，雖然當時對於人的本性已略有了解，卻總以為親愛的李奧波舅舅應該會超脫於這類事情之上。

雅德蕾德伯母憂心忡忡，因為傳聞說克拉倫斯公爵瘋了。家族裡出過瘋子，民眾就會起疑，只要性情有點古怪就會被冠上發瘋的標籤。

我知道威廉伯父有些特殊；他會說話說個不停，而且往往毫無重點，有時也會忽然暴跳如雷，可是我也聽說他對孩子都很好。克拉倫斯的私生子孫繁多，因為如今孫子也一一出世了。這些孩子和威廉伯父、雅德蕾德伯母同住的布夕宅邸似乎熱鬧滾滾。小傢伙們常常在樓梯扶手上溜滑梯，還想出各種花招整威廉伯父，他卻從不在意，只是跟著他們大笑。威廉伯父在許多方面都讓人感到親切愉快。唉，我多想去參加雅德蕾德伯母在布夕舉辦的宴會呀！我一點也不介意和克拉倫斯之子們一塊玩耍。不知道在樓梯扶手上溜滑梯是什麼感覺？想到自己也在肯辛頓宮裡做這種事，我不禁吃吃偷笑。

雅德蕾德伯母來見媽媽，兩人促膝密談。看得出來伯母神色憂慮。

李琴事後來找我，非常嚴肅地告訴我：我必須很小心，隨時都要有人在旁照顧。

「本來就都有啊，李琴。」

我聽完後去問史佩絲，透過她得知他們都很擔心坎伯蘭叔父。目前他與國王住在溫莎小舍，而國王已逐漸年邁力衰，凡事都仰賴坎伯蘭。

媽媽說：「真正統治我們的人是坎伯蘭。現在的國王根本無足輕重……一點用都沒有。他正打算除掉克拉倫斯，我們知道那是什麼意思。」

她說話的對象當然不是我，而是康羅伊爵士，只是我無意中碰巧聽到。

康羅伊說：「什麼都阻止不了他。」

「他已經證明了這一點。真是個禽獸。天啊，這些兄弟們……全都瘋了。」

「別說了，親愛的夫人。」康羅伊說。他看到我走進房間。

「李琴呢？」媽媽問我。

「她就在這裡，媽媽。」

是啊，他們非常為我擔驚受怕，因為覺得我可能會發生什麼可怕的事。媽媽才不在乎威廉伯父被除掉，老實說她恐怕還會很高興。

媽媽不許我獨自一人上下樓。難道她以為會有人溜到後面推我一把？

然後轉眼間，危機解除了。

國王崩逝於溫莎。

可憐的國王伯父！想起那次駕車前往維吉尼亞水村，想起他當時說：「把她丟上車來。」我心裡好難過。如果媽媽與他的關係友善一點，讓我更常去找他，我敢說我應該會愛他。

他病了極長時間，而且據說受到邪惡的坎伯蘭公爵莫大影響。他已經半盲，到後來則是成天躺在床上，儘管天氣溫暖也燒著火，喝著大量櫻桃白蘭地。清理他的寓所時，發現他長期以來囤積衣物，堆滿櫥櫃的長褲、外套、靴子想必都已經放置多年。還有五百本袖珍版書籍，裡面全放著錢，清點後金額高達一萬英鎊。此外也有女人的髮絡、女人的手套和許多情書。

親愛的國王伯父！若是能認識年輕、英俊、聰明、迷人的他該有多好。只可惜我只見到一個痴肥、戴著假髮、塗了胭脂的老人，不過他多少還是讓我為之著迷。

雖然我為國王的逝世感到傷心，媽媽卻不然。她難掩內心的喜悅。

「現在瘋子威廉登上王位了。」她笑了一聲又說，「不知道他能撐多久？」

想到威廉伯父當國王，感覺很奇怪，他對每個人都太友善了。媽媽說他根本沒有王威。他那群本不該出生的孫子在扶手溜滑梯或是惡作劇整他時，他都會呵呵笑。而親愛的、樸素的雅德蕾德伯母成了王后。

我想不出有哪對夫妻比他們更不像國王、王后了。

我坐在教室裡，李琴走進來說：「該上歷史課了。」

我很開心，歷史是我喜愛的科目之一。

李琴遞給我《郝萊特表冊》，裡面有英國歷代國王與女王的族譜。我發現書裡多夾訂了一頁。

我說：「這是什麼？以前沒看過。」

「是啊，」李琴略顯神祕地說，「您沒看過，因為它不存在。但現在應該有必要讓您看到了。」

「為什麼？」

「您認真研讀就是了，好嗎？」

那一頁似乎是以我的名字起頭。我清楚看出了它的涵意。威廉伯父是英國國王，他沒有合法的繼承人，而在他之後便是維多利亞。

我抬起雙眼看著李琴的臉，她也正盯著我看，神色中混雜著憐愛與懼怕、溫柔與焦慮。

「這就表示，」我緩緩地說，「威廉伯父死後，我將是女王。」

李琴點點頭。

我感到一陣暈眩。那許多事情似乎都落入定位：媽媽的所有擔憂、坎伯蘭叔父的所有威脅、媽媽堅持要讓我得到我應得的。我（極為可能）注定成為英國女王。

我聲音發顫說道：「我比我想像得離王位更近。」

「是的，我親愛的。」李琴說。

「現在我明白你們為什麼全都急著要我用功學習……連拉丁文也不例外。妳跟我說拉丁文是高雅語法的基礎。李琴哪，我現在明白了……真的真的明白了。」

我將手放在她手中，眼淚撲簌而下。

「我的小公主，」李琴說，「您會做得很好……做得非常好。」

「許多人會誇耀這個地位有多麼輝煌崇高，」我說道，「但是也有艱難之處。」我微微鬆手，正色加上一句：「我會好好做的。」

2

等待的歲月

那第一次的相見該怎麼說呢？現在回想起來，真令我好不傷心，我記得他就站在我面前，高大、英俊，我從未見過如此英俊的男子，而且十分美麗，那雙又大又清澈的藍色眼睛，是那麼真誠、那麼嚴肅。如今我有點自責，因為曾有那麼一刻，我對他的一板一眼略感厭煩。對心愛的亞伯特，我怎能有一分一秒、一絲一毫的厭煩呢？

我的發現不可能不造成影響。可能成為女王一事令人目眩神迷，我應該是展現了矯揉造作的新姿態。這無可避免，然而我也試著提醒自己：儘管參加無數舞會與盛宴、搭乘豪華馬車穿梭街道間，以及向忠誠的人民揮手都帶來莫大樂趣，卻也必須牢記自己的責任。我想到被我施捨了六先令的那個窮人。他和許多像他一樣的人都將是我的臣民，我希望讓他們所有人都幸福快樂，也讓我自己活在愉快的狀態下。

我變得愈來愈浮躁，對宮中生活的限制厭恨至極。坎伯蘭叔父如今失寵了，新王威廉曾經譴責他，並清楚宣示不會像兄長喬治那樣容許他牽著自己的鼻子走。此時的我擺脫了那份威脅，坎伯蘭不至於膽敢傷害即將登上王位的人。喬治伯父的辭世造成深遠的影響。

我常常躺在漆成白色、垂著印花棉布簾的法式床上假裝入睡，而李琴則坐在一旁等候媽媽上床就寢，這時我會暗想自己也不過是個囚犯，一言一行都在她們的監視下。

身為王位的假定繼承人，須得日以繼夜受到監護，偏偏又才年方十一，著實是一大考驗。我覺得有太多事情需要知道，而除了李琴和史佩絲，也沒有其他能傾吐的對象。我深愛史佩絲，更愛李琴勝過愛任何人，但只要我一挑起某些話題，便總有一道屏障自動升起，從她們眼中可以看出（就連比較口無遮攔的史佩絲也一樣）：這件事「還是別讓孩子知道的好」……暫時。如果費歐朵在的話，情況應該會不同。唉，我好懷念費歐朵！然而人離開久了就會變得疏遠，從親愛的費歐朵的來信，看得出來她已經愈來愈習慣與她的安斯特一起生活，並似乎愈來愈喜歡他，她不只是將就妥協，而是真正享受著即將使她成為人母的婚姻生活。

儘管身旁環繞著一群決心保護我、絕不讓我落單的人，但說也奇怪，我仍經常感到孤單。

我對自己的言行舉止非常小心，盡可能表現得和以前（得知自己未來可能走的路以前）無任何不同。

六歲時我已經意識到自己是王室的一份子，總是一副不可一世的傲慢神態，如今回想起來不禁失笑。當小貴女貞恩．艾禮斯被帶來陪我一同玩耍，我高傲地命令她不許碰我的玩具。「雖然我叫妳貞恩，」我告知她，「妳卻不許叫我維多利亞，要叫公主殿下。」我至今依然記得當時小貞恩一臉茫然的表情，隨後便轉過頭自顧自地玩起來。

現在的我長了年紀也長了智慧，絕不能再有類似情形發生。不過十一歲仍舊不算大，更不算睿智的年紀。

自從在庭園裡遇見史托瑪醫師的表妹後，媽媽便不再那麼熱情滿滿地喜歡李奧波舅父。我之所以感覺得到，大概是因為當時李奧波舅父是我生活中最重要的人——也許除了李琴之外。

我有些不安，本想問舅父為什麼史托瑪醫師的表妹住在克雷爾蒙會讓媽媽不高興，不料還沒機會開口，就發生一件重大事故轉移了我的注意力。

每次造訪克雷爾蒙，我都備感珍惜，而事發之際我正巧又去了。

李奧波舅父滿心歡喜地迎接我，露伊莎也因為我的到來顯得快樂無比。我自然也開心，但馬上就留意到舅父的神色似乎有些不自然。我問他身子是否安康，他說他深受失眠所苦。

「親愛的舅父，你工作太勞累了。」

「如果不能盡自己的責任，我不可能快樂。」

「可是我堅持你一定要多休息。」

「我最親愛的維多利亞小醫生，人不是那麼容易就能休息的。我的風溼到了夜裡疼得尤其厲害。」

「像你這麼好的人竟然受這麼大的苦，太沒道理了。」

舅父嘆氣道：「孩子啊，這恐怕是我的命。」

他哀戚地看著我，我則愛憐地想著他的一身病痛：為了舒緩雙腳而特製的鞋子、為了給頭部保暖而戴的假髮、為了不讓肩膀受寒而偶爾圍上的羽毛圍巾。但儘管如此體弱多病，舅父看起來一點也不像個病人。

還有一點我絕不能忘記：他為了和我在一起，放棄了希臘的王位，他也提醒過我許多次。

「有多少人為了當國王願意放棄許許多多！」他曾這麼說，「我卻覺得自從我心愛的夏蘿特去世後，妳是我最親近的人，能夠引導妳，我的人生會更有價值。」

親愛的李奧波舅父啊，你給我太多太多了！

「我的小維多利亞，」他說，「我想和妳談談……非常嚴肅地談談。」

我很詫異，因為在我看來，舅父說話從來沒有不嚴肅過。

「這件事我思考了很久，終於有了結論。比利時人民斷絕了與荷蘭的關係，讓我深感憂慮。」

「這樣不好嗎，舅父？」

「有可能是很好的一件事。不過他們需要一位統治者……一位有權勢的統治者。他們需要一個國王。」

「也許他們會有的。」

「是啊，孩子，他們即將會有了。這人就在妳面前。」

我急速地環顧四周。

「不，親愛的。在這裡。」

「是你，李奧波舅父？」

「正是我。」

「你是比利時國王！可是舅父……」

「他們提議要我去當國王，為了考慮此事，我失眠了好幾晚。」

「你本來就常失眠了，舅父。」

「對……對……但自從他們提出建議後更嚴重了。」

我默默等著，心裡開始覺得非常焦慮。

「現在我知道我的責任何在。但要和我疼愛的小外甥女道別卻是最教人難過的事。」

「這麼說……你要離開了？」

「我非離開不可，孩子。我心裡極渴望留下來……和妳在一起……引導妳……一如這許多年來。但是我心知肚明我對比利時臣民有責任。所以，我最親愛的維多利亞，我要走了。我們要經常聯絡，妳寫的信多有趣啊，將來在繁重的工作之餘，這將是支撐我的力量。我會時時盼望妳的來信……事實上我也會守護著妳……我絕不會遠離妳……不管發生什麼事，妳都要告訴我。」

我心下一陣悽然，與李奧波舅父同聲哭了起來。

我就要失去他了。以後再也不能造訪克雷爾蒙，即便有機會來，少了他的宅院該有多冷清。

我回到宮裡後告訴了李琴，她也大感驚愕。

倒是媽媽沒有我想像得那麼不快樂。當然了，她非常尊崇李奧波舅父，凡有重大事情總會找他商量，但自從卡樂琳與她母親造訪克雷爾蒙後，媽媽的態度似乎變得不太一樣。

我無意中聽到李琴和史佩絲談論舅父離開的事。

史佩絲用一種預言的口吻說：「這表示那個男人的影響力會愈來愈大。」

長大會讓人更有見識，因此我知道她指的是康羅伊爵士。

我整個人鬱鬱寡歡。生活竟能如此出其不意地變得憂傷，先是失去心愛的姊姊，如今又要失去我最愛最愛的李奧波舅父，真是晴天霹靂。

我愈來愈意識到康羅伊爵士的存在。

李奧波舅父走了之後，他便似乎時時陪在媽媽身旁。同住在宮裡的蘇菲亞姑母經常到我們的住處來，她好像也非常喜歡他。他們總是一塊談笑，有他在，媽媽顯得很不一樣，跟他說話時表情變得柔和，語氣也變了。

我向李琴提到這個發現，她隨即厲聲回道：「胡說八道！」

真希望費歐朵在，那麼就能和她談論了。

我向來不善於掩飾自己的感覺，對喜歡的人或許是熱情洋溢而且（據媽媽說）過度外顯，但對於不喜歡的人也會忍不住表現出來。

我想必是流露出了對康羅伊爵士的不喜。

我知道李琴和史佩絲也都不喜歡他。他常常帶著極盡嘲弄、令人十分不快的眼神看她們，也曾經當著我的面和媽媽談起她二人，口氣相當輕蔑。他說史佩絲是個愚蠢冒失的老女人，也對李琴嚼香芹籽的庶民習性嗤之以鼻。令我震驚的是媽媽竟然和他一起大笑，李琴一直都是我們母女倆的好友，媽媽此舉簡直形同背叛。

康羅伊爵士是個自視甚高的人。我對他有了不少新的認識，因為自從舅父離開後，他好像拚命想吸引我注意。他放棄了軍旅生涯，受雇於父親；他有一半愛爾蘭血統，在愛爾蘭有一片產業為他提供些許收入；他其實是個冒險家；他總是神氣活現，似乎很有自信能展現其他人（尤其是女人）難以抵擋的魅力。這點或許其來有自，因為媽媽就好像非常喜歡他，還有蘇菲亞姑母和家裡的幾名女性也都是。我並不討厭康羅伊夫人，只是她實在太無足輕重，很難引起注意。至於他女兒微多很會裝模作樣，自然不是我喜歡的伴。我自覺不停地在提醒康羅伊一家人：我認為他們根本微不足道。

薇多尤其經常提起自己的父親，彷彿他才是這裡的一家之主。「我父親這麼說……」「我父親那麼說……」一副傳達法令的口吻。

我便是從她口中得知他如何譏諷我父親的男女關係。

國王瘋了，薇多對我說；她還稱呼雅德蕾德伯母為「麻臉王后」，原因在於伯母的肌膚不十分白淨，有時會長斑——而這樣的稱呼肯定出自她父親之口，他就是會說這種惡毒言語的人。她也告訴我說伯母希望我嫁給那兩個可怕的小喬治其中一人，不過她父親一定會仔細留意絕不讓那樣的事發生。

薇多一天到晚說那些「雜種」想盡辦法要從國王那裡挖寶，她指的就是那群克拉倫斯之子。她說讓他們到宮裡來根本是讓王室丟臉，所以她父親認為應該禁止我和他們混在一起。

從薇多口中聽到這些話真叫人怒火中燒，我向媽媽據實以告，她卻只說：「哎呀，她只是個孩子嘛，倒是妳應該管管自己的脾氣。」

我也向李琴說了。她沮喪萬分，可憐的老史佩絲則說：「真不知道這個家會變成什麼樣子。如今比利時人民的好國王已經不在我們身邊，情況愈來愈糟了。」

康羅伊爵士不僅對我的人際關係嗤之以鼻，也因為知道我不喜歡他而嘲弄我。

「那群小娃娃怎麼樣啦？」他會這麼問，聲音中帶著竊笑，彷彿暗示我都多大了還在玩娃娃。你無法向他這種人解釋這些其實不是普通娃娃。

然後他會笑我：「妳一天比一天更像格洛斯特公爵了。」

格洛斯特公爵娶了我的瑪麗姑母，是最惹人厭的人，因為腦筋不太靈光而有「傻比利」的外號。

若非實在太生氣，我很有可能被他弄哭。

不過這些都只是惱人的小事，我必須學會觀察這個人可能惹出什麼真正的麻煩來。

有一天我到媽媽的住處向她請安。史佩絲陪著我，但我先跑進去。

進入房間時，康羅伊爵士正在和媽媽談話。我聽到一些片段：「……攝政……因為老頭兒不可能活到她成年……」

母親與康羅伊爵士站得很近，他握著她的手。

我聽見他說：「妳一定會是個美麗的攝政者！」

我屏住了氣，以為他打算吻她。

這時媽媽看見我了，史佩絲也已經進來守在我身後。

媽媽滿臉脹得通紅，耳環則因為憤怒而顫晃。她似乎抖得比平時更厲害。

「維多利亞，」她怒聲說道，「妳在這裡做什麼？」

「媽媽，這是我來向您請安的時候。」

「天哪！妳怎麼能這樣躡手躡腳地到處亂走。」

我經常被斥責太吵鬧，這回卻換了新詞，讓我覺得非常不安。

「好吧，來都來了……」

「看來公主並不是獨自前來。」康羅伊爵士用嘲弄的口氣說。

母親眉頭一皺。「噢……史佩絲……」她喊這個可憐女爵的名字時充滿輕蔑。「是妳啊。不過這裡不需要妳了。」

可憐的史佩絲脹紅了臉尷尬地退下，留下我與他們倆獨處。媽媽的心情似乎怪怪的，康羅伊爵士則仍一如往常沉著鎮定，一面用那種令人不快的批判眼神看著我，就好像對我身上某種缺陷感到有趣，我不禁開始納悶自己是不是變得太胖，因為他老是這樣暗示我。

片刻過後再見到史佩絲，她似乎仍驚魂未定。這件意外事故始終縈繞在我心頭，我想聽聽她的看法。

「史佩絲，」我說道，「妳會不會覺得媽媽和康羅伊爵士站得太近了？」

史佩絲睜大茫然的雙眼看著我，見她未吭聲，我又接著說：「我真的以為他就要親媽媽了。」

史佩絲喘了一口氣，但還是默默地看我。

「我想，」我繼續說，「也許媽媽不喜歡我們去那裡看見他們，呃……那個樣子，因為她一開口就罵我，有時候人做了自己覺得不安的事就會這樣。」

又過了片刻，史佩絲才回過神來。

「親愛的公主呀，您絕不能說這種話……當然了，這也不是事實。公爵夫人無疑是在聽取他的建言……關於某個……呃，文書……某個事件……因為有必要拿給他看才會站得那麼近。」

「我沒看到什麼文書，」我說，「他手裡握著的是媽媽的手……不是文書。」

「那是您看錯了，我不應該再說這個了……跟誰都不行。」

我非常困惑，而這讓我更加機警。可憐的史佩絲整個人心神恍惚，我知道她也忘不了那一幕。我聽到她和李琴在竊竊私語，雖然聽不清內容，但從李琴的態度可以知道她正在嚴厲地奉勸史佩絲。

蘇菲亞姑母在肯辛頓宮的住處舉行一個小宴會，除了有音樂演奏外，我的兩位堂兄弟喬治・劍橋與喬治・坎伯蘭都會到場，雅德蕾德伯母也會來。

如今已貴為王后的雅德蕾德伯母前來請媽媽答應讓我參加。

「維多利亞的嗓音美極了，」伯母說，「我們真的很希望她來。」

媽媽誠摯地說我可以去。

媽媽從來不把雅德蕾德伯母當成王后對待。說實話，看她們倆在一起，會覺得媽媽的地位比較崇高。有人或許會因此懷恨在心，雅德蕾德伯母卻不會，她一心只求平和，只求克服家族的爭端紛擾，讓我們所有人聚在一起。我常想，如果大家都像她，我們應該會是個快樂的家族。

我一整個上午都在和薩爾先生練唱，李琴說其他課程可以暫停一次。薩爾先生誇我有副好嗓子，大家一定會聽得很盡興。

李琴幫我穿上美麗的白色絲質連身裙，綁上藍絲帶蝴蝶結，再搭配白緞舞鞋。

「李琴，」我說，「我看起來會不會太胖？」

「您看起來很漂亮。」

「可是很胖！康羅伊爵士說我是個胖嘟嘟的小公主。」

「那個人哪！親愛的，您要是胖嘟嘟，那麼胖嘟嘟就是件好事。大家都會覺得您好漂亮，再聽到您唱歌……就更是目瞪口呆了。」

「李琴哪，妳真是全世界最好的人。」

「好了，好了，別激動。別忘了您還要表演呢。」

多麼愉快的午後時光！我確實很喜歡那兩位堂兄弟，他們都聽得很專注，演唱完後掌聲如雷，雅德蕾德伯母親親我，讚美我的歌聲有如天使。她還低聲說她好高興我能來參加，說國王希望我去看看他，又說只要媽媽同意，一定會有許多像這樣讓所有孩子相聚的歡樂聚會。

我猜想她指的是克拉倫斯的小私生子們。這我可以肯定媽媽不會答應。我忽然覺得奇怪，一個王后這麼愛小孩，而區區一個公爵夫人卻認為孩子配不上她。

我說道：「我很樂意來，也很樂意去見國王。」

她微微一笑，彷彿與我共享一個祕密，隨後說她會盡力安排。

當我回到住處，卻發現李琴顯得心煩意亂，史佩絲則悲傷得近乎歇斯底里。

「怎麼了？」我大聲問道。

史佩絲說不出話來，反而是李琴走上前來張開雙臂抱住我。

「史佩絲女爵要離開我們了。」她說。

「離開我們！」

「是的，她要到您的姊姊那兒去。費歐朵現在當了母親，所以需要她。公爵夫人認為費歐朵比您更需要她。」

「可是我不能失去史佩絲。」

史佩絲暫時放下悲傷，向我投以慈愛的眼神。我朝她奔去。「親愛的、親愛的史佩絲啊……這是什麼意思？我去找媽媽……我不答應。我去找王后。我不答應，史佩絲。」

李琴連忙說：「您不可以這樣說話。隨便說要見王后是很不得體的，不論國王或王后都會不悅。這樣做是大錯特錯。史佩絲女爵非去不可，儘管我們很傷心，但要想想您的姊姊迎接她時該有多喜悅。她需要有人幫忙照顧小嬰兒。」

「費歐朵一定能另外找到人幫她照顧小嬰兒，而且她也不會希望我失去親愛的史佩絲。我要去找媽媽。」

「事情已經定下了。您的母親和……呃……康羅伊爵士已經決定了。」

「那個討厭鬼。」

李琴和史佩絲都沒有反駁我。她們跟我一樣痛恨他。

我抱住史佩絲，我們倆緊緊相依，淚水交融。我知道，她也知道，這件事我們無能為力。

總有一天情況將會不同，我如此告訴自己。

寓所裡一片愁雲慘霧。媽媽成日嘟著嘴，每當我提起史佩絲，就說她是個好管閒事又愛嚼舌根的老女人，不太適合待在這個家裡。

「可是我愛她。」我表達抗議。

「妳不能這麼激烈，」媽媽說，「妳對這些人表現出的熱情讓妳變成一個低俗的小孩。」

「這些人！我們在說的是我最愛的史佩絲。」

「天哪，妳的風暴又要發作了對吧？聽我說，維多利亞，我已經盡一切可能用和妳身分相當的方式養育妳長大。現在妳知道妳必須很小心……要比其他人都小心得多。妳有妳的天命要履行，這也是為什麼我要奉獻畢生心力將妳撫養成人。」

有人為你作這麼大的犧牲奉獻總是教人心慌，而且不能否認的是，媽媽的確不辭勞苦隨時陪在我身旁。我經常希望她能少一點熱忱，但無論如何，她所作的犧牲還是一樣多。

我看得出來自己說不過她，便繼續悶不吭聲地想心事。

李琴心下擔憂。如今我知道她當時在想：今天是史佩絲，明天可能就是我了。

幸好當時的我並不知情，否則可能會徹底陷入恐慌。如果想到還要失去李琴，我應該會受不了。

我是從史佩絲口中聽到更多相關情形。我猜想在接到解雇通知後，她更覺得可以理直氣壯地說三道四。

「這一切呢，」她告訴我，「全是他那個女兒惹出來的。」

「薇多？」

「唉，要是沒有那兩個人就天下太平了……我是說她和她姊姊珍妮。」

她不知不覺說起德語來，但我也能聽懂十之八九。就在我出發前往蘇菲亞姑母的寓所後不久，薇多便來找正在做編織女紅的她。

薇多辱罵了她，還質問為什麼她沒有受邀到宴會上演唱，為什麼維多利亞去了，她卻沒有？真不公平。她父親地位那麼高，是全國最重要的人，這個大家都知道，一切都由他發號施令。

「我實在聽不下去，」史佩絲說，「便衝著她大喊：『妳這個沒教養的野孩子。妳和妳那個暴發戶父親，你們根本沒有權利住在這裡……』她罵我是德意志的老太婆，還說我是老傻瓜笨蛋，我……還有那個嚼香芹籽的李琴，說她之所以被封為女爵，純粹是因為她必須和上流人士為伍，光是『Fraulein』（女教師）的頭銜實在不怎麼體面。」

「薇多還真是個討厭的小孩。」我說。

「所以啦，公主，我再也嚥不下這口氣，就去找公爵夫人。是我沒有想清楚，因為太生氣了。我說：『康羅伊家那個孩子對我很沒禮貌……』而您的母親聳聳肩說她只是個孩子，然後我就再也無法保持鎮定了。」

「親愛的史佩絲，」我說，「妳從來都不太鎮定。」

「我說了不該說的話。」

「什麼話，史佩絲？告訴我。」

她搖搖頭，我花了好一會兒才讓她鬆口。

「我說：『還有那個男人，公爵夫人。維多利亞公主已經留意到……您和他之間的情誼……』」

「妳真的這麼說了，史佩絲？」

史佩絲點點頭。

啊，現在我明白了，媽媽是心虛。原來康羅伊爵士拋向她還有其他人（比方蘇菲亞姑母便是其一……但更常是媽媽）的挑逗眼神是有含意的。我感到失望透頂。

我試圖安慰可憐的史佩絲，便對她說能和費歐朵在一起，她會很開心。

「費歐朵是這世上最惹人愛的女孩了。親愛的史佩絲，她比我更好……」

「對我來說，沒有人比我心愛的小維多利亞更重要。」

「史佩絲啊，妳去了會很高興的！以後再也不會有情緒風暴……而且妳也知道我那些風暴發作起來有多快。少了風暴，多了可愛的小嬰兒。妳也知道妳有多愛他們，尤其是費歐朵更討人喜愛。妳會喜歡的。妳會同意這真是最好的安排了，可以遠離風暴來到可愛的小嬰兒身邊。」

我和她抱頭哭泣，李琴來了，看見我們並未斥責，只是與我們同坐，神情十分哀傷。我失去了費歐朵、李奧波舅父，如今則是史佩絲。

我惴惴不安地暗忖：接下來會是誰？

我對媽媽的感情很快起了變化，全是因為康羅伊爵士。我一天比一天更討厭他，也怪他趕走了史佩絲。我直覺他也想用同樣的方法弄走李琴，但我絕不容許這種事發生。

我漸漸對周遭的情勢一目了然。媽媽屬於那種想要控制身邊所有人的強勢女人，倘若注定成為女王的人是她，她會欣喜若狂。事實上，有朝一日我登上王位，她也會想一起登基，不是在旁輔助，而是代我統治。而除了她，還會有那個可憎的男人。他們將會是王與后，他們將會如同現在治家一樣地治國。

媽媽提到國王時總是充滿不屑，說他是個老笨蛋，說他肯定是瘋了，說她從來沒見過比他更不像國王的人。他走在人群中就像個普通人，有些人或許能刻意這麼做，蠢笨的威廉卻不然，他的外表就是他的真貌：一個瀕臨瘋狂的愚蠢老人。有一次他甚至說自己和妻子都是沉默寡言的人。他們夫妻喜歡坐在爐火邊，王后做女紅，他「稍微打個盹」。要是有件事鑽進心眼裡，他就會全然不顧體面，滔滔不絕地談論起來——內容前言不對後語、叨叨絮絮又枯燥乏味。這些是她對他的看法。譴責他之餘，媽媽甚至會說雅德蕾德伯母的好話。「她真可憐，要忍耐那麼多事情。國王最好能趕快去追隨祖先們，把王位交給更適任的人。」

「更適任的人」指的當然就是受媽媽控制的維多利亞！

如果我未滿十八歲，就得受她控制。到了那個神奇年紀後，我就能對媽媽說：不行！妳不能這麼做或那麼做，因為我期望妳別做。那該會是什麼樣的日子啊！

媽媽現在整個人活力充沛，對我說話也比較開誠布公了。

「將來會需要攝政，」她說，「也就是說，假如他在妳滿十八歲以前去世的話。妳還不到十二歲，還有六年，他不可能撐那麼久。」

威廉伯父待我向來和藹可親，我討厭聽她這樣談論他；何況我那麼喜歡雅德蕾德伯母，我相信一旦威廉伯父過世，她必然傷心欲絕。

我暗想：攝政！由媽媽攝政！不會吧！老天保佑千萬別讓威廉伯父在我十八歲以前去世。

我本以為失去史佩絲的哀傷永難平復，孰料竟有一個更大的災難逼近。他們打算送走李琴。

我想他們兩人都明白要把李琴踩在腳下須得更加謹慎。我很愛史佩絲，但李琴對我更為特別。我常說直到當時為止，她是我最好的朋友，而且這是真心話。凡是遇到任何困難，我總是找李琴求助，她也都會一一排除。當然了，她一直是個嚴格的紀律執行者，不過我想這是我需要的，也為此十分敬重她。這讓我有安全感。

我實在無法想像生活中少了李琴，當我一發現情況不對，便下定決心加以阻止。

我聽到雅德蕾德伯母對媽媽說：「妳可不能這樣做，這等於是殺了可憐的李琴。維多利亞是她的命。」

我進去以後，她們立刻噤聲，但我已經知道了。

我絕不讓他們這麼做，我堅定地告訴自己。

我正慢慢長大，我注定要成為女王，他們必須明白對待我一定要小心翼翼。

有一天，媽媽對我說：「親愛的費歐朵現在好快樂，生了兩個小寶貝，多麼可喜。她需要為他們請一個很好的家庭教師。」

我有所警覺，連忙說：「我相信她和伯爵會找到一位優秀的家庭教師。」

「有一個人是費歐朵最想找的。」

我等著，就要來了。

「是誰？」我語氣冷靜地問。

「這個嘛，就只有那麼一個。」媽媽輕笑一聲回答道，「她是非常好的家庭教師，現在妳又慢慢長大了，需要不同的教導。費歐朵會很高興，李琴也一樣。孩子們有她帶真是太好了。」

我萬分堅決地說：「媽媽，我絕對不能失去李琴。」

康羅伊爵士也進來了，我知道這件事是他們一起商量安排的，如今他又來幫腔，更讓我火冒三丈。

母親笑了起來。「好啦，好啦，妳小時候她對妳有極大幫助，我知道妳有多喜歡她。」

「妳不知道我有多喜歡她，媽媽，」我說道，「她是我有生以來最好的朋友。」

「親愛的孩子，妳有許多朋友，以後還會有更多。」

「再也不會有人像李琴了。」我說。

媽媽又笑了。「天哪，妳的感情還真強烈。」

「是的，媽媽，」我說，「感情強烈而且意志堅定。」

康羅伊爵士用令人不快的訕笑聲說道：「女王親自下令了。」

「我不是女王……現在還不是，約翰爵士。」我反駁道，「不過我不許你們把李琴送走。」

「妳不許。」媽媽說。

「我就是這麼說的，媽媽。我不許。」

「妳還只是個孩子。」

「我夠大了……而且我正一天天長大。」

「多深刻的聲明，」康羅伊爵士譏諷道，「而且我們誰也不能不贊同。」

「如果你們企圖送走李琴，」我告訴他們，「我會去找國王請他禁止。」

「那個鳳梨頭的老東西。」媽媽不屑地說。

「媽媽，他是國王，他比某些人更讓我尊敬。」我惡狠狠地瞪著康羅伊爵士。「我是他的臣民，你們倆也都是。這一點我們最好都要記住。」

他們錯愕地盯著我，看得出來媽媽想把我變成以前那個小小孩敷衍過去。但是自從看過史書裡那個表冊後，我獲得了新的身分地位。我將會成為女王，而眼前這兩人則是透過我王儲的身分才成為要人。若沒有我，他們會變成什麼樣？沒錯，我還年幼，但這件事對我至關重要。我正在學習治理。

看得出來他們多少受到撼動，兩人都瞠目結舌，沒錯，我敢說他們有點驚駭。

「啊，」媽媽說，「看來又有一場小風暴了。」

「不是小風暴，媽媽，」我糾正她，「是大風暴。李琴不能離開我。」

「妳真是傲慢……自大……」媽媽結巴起來，憤怒得耳環不停亂顫。

「我是王位繼承人，」我說，「可能很快就會當上女王，雖然我希望威廉伯父還會活很久。但現在你們聽好我說的話：李琴要留在我身邊，我知道國王會禁止你們送她走，不管你們怎麼說他，他還是國王，我們最好都要記住我們是他的臣民。」

說完後我轉身走出房間，害怕得全身發抖。

我的堅決態度肯定嚇著他們了，因為連我自己也嚇著了。不過毫無疑問，他們知道自己打了敗仗，因而從此絕口不提李琴離開的事。

我獲得一次勝利，但並不意味著我大大改變了些什麼，一切仍在媽媽的掌控中，雖然她察覺到我對於自己深深在意的事十分頑固（套她的話說），但在她眼裡，我依然是個孩子。

在母親與國王之間扮演調停者的雅德蕾德伯母暗示說，既然已經承認我是下一任繼承人，就應該讓我多在公眾場合露面。媽媽同意了。

雅德蕾德伯母極盡所能想讓母親與國王達成和解，但我不得不說她之所以未能成功都是媽媽的錯。國王不喜歡她或許是事實，但假如不是她持續不斷地堅持她所謂的權利，並企圖凸顯我的存在，就好像威廉伯父已經作古而我也已登上王位似的，我想他們之間即使沒有友誼，應該也能達成適度的妥協。偏偏她就是不願意。

與其說我是受邀入宮，倒不如說是奉詔參加雅德蕾德伯母的慶生宴會。我想去，我最愛這種場合了。我對那兩位喬治堂兄弟很感興趣，在幾次難得的聚會中，他們都對我十分關注，此外還會有跳舞、唱歌與遊戲，這些都能讓我玩得盡興。雅德蕾德伯母總會盡一切可能讓所有年輕人快樂，因此我要是能去，一定會很開心。

不料這次慶生會失敗了。我本以為在李琴的事件上獲勝後，應該可以撼動媽媽的影響力，但其實不然，有時候我甚至自覺完全懾服於她。

每當想到康羅伊爵士與母親是用什麼方法趕走可憐的史佩絲，又如何企圖對李琴重施故技，我便感到惶惶不安。我真的很擔心，有時也覺得自己太年輕而無能為力。

在雅德蕾德伯母的慶生宴會上有一定的禮節要遵守，即使國王也不例外，雖然媽媽說從來沒有國王像他這麼沒威嚴。在某些方面，這倒是事實。國王會四處走動，與身分極卑微的臣子交談，而且當來訪的賓客起身告辭，他會親自送他們出門，扶他們上馬車，然後向他們揮手道別——之前確實沒有國王做過這種事。他是個直率的水手，不會因為當了國王而有所改變。

出發前，媽媽繼續對我說教。「國王會試圖壓制妳，妳一定要確保妳該有的地位，絕不能讓人忘記妳是合法的王位繼承人。妳感情不能太外放，妳老是這樣。也不能表現得好像見到國王是妳的莫大榮幸，我答應讓妳去，也同樣是他的榮幸。不要一見到人就微笑，要讓他們知道妳是嚴肅的……妳知道自己的位階……」

於是，每當國王朝我這邊看，我就垂下雙眼，因為擔心露出太友善的笑容，而倘若不笑又會像在生悶氣。

我很慶幸宴會終於結束。

然而我的行為舉止受到了注意。雅德蕾德伯母顯得迷惑而不開心，國王則蹙眉怒視。

我聽說他非常生氣，還說：「那個孩子就是不肯看我，這種事我不能接受。她愈來愈像她母親了。」

母親很是高興，說我表現得很有王者之風。我沒有她那麼高興，也對自己傷了國王和雅德蕾德伯母的心而過意不去。

母親說我應該出門走走，公開亮相，讓百姓認識一下他們未來的女王。

我喜歡旅行的新鮮刺激，也喜歡造訪新的地方。該下榻何處、該在什麼時候與群眾會面等等行程皆由康羅伊爵士與媽媽安排。我們每到一處都受到熱烈歡迎，令人感覺非常愉快。只不過每次都是媽媽發表談話，坐在前座，偶爾才介紹我出場，然後告訴眾人說自從我出生後，她如何費盡心力照顧我。

有件事讓我非常憂慮，那就是不管到哪裡，康羅伊爵士都會命人鳴放二十一響禮砲。

我對李琴說：「我還以為只有對君主才能這麼做。」

李琴搖搖頭。她還沒完全回過神來，以為康羅伊爵士和母親可能將她送走的餘悸猶存。她比平時更沉默慎言，但我知道她同意我的說法，堅持鳴放二十一響禮砲是不對的。

聽說國王得知消息後十分震怒。「這裡、那裡，到處都有禮砲砰砰響，」他說，「這砰砰響聲得立刻結束。」

康羅伊爵士回覆說由於維多利亞是王儲，鳴放禮砲合乎禮數。我想他是愈來愈放肆了。他以為國王來日無多，眼裡已見到我坐上王位，由媽媽攝政，而媽媽又聽命於他。

人竟如此貪戀權勢！猶不久前，因為坎伯蘭想剷除我為自己鋪路，我的性命似乎岌岌可危；如今則是康羅伊爵士在冒險，威廉伯父畢竟是國王，而康羅伊爵士卻大大冒犯了他。事實上，他一直驅策著媽媽做出更大膽莽撞的行為，不過事實上，她倒也不太需要別人驅策。

我們來到懷特島的諾里斯城堡。禮砲正在樸資茅斯轟隆作響向我致敬之際，母親忽然召喚我去參加國王的加冕禮。

「妳，」媽媽說，「要走在國王後面。身為王儲，那是妳的位子。」

但國王似乎另有想法。從溫莎傳來更進一步的消息，我被指定走在眾公爵後面。

「絕對不行！」媽媽大喊。

「當然不行！」康羅伊爵士應和道，「我們的小公主一定要安排在屬於她的位子。」

我和李琴談及此事。「我在哪裡又有什麼差別。反正我就在那裡……又不是說走在叔父後面就不再是王儲了。」

李琴說公爵夫人似乎把我的位子看得很重要，非要我走在國王後面不可。

「國王會很生氣，」我焦慮地說，「上次見到他沒有露出笑容，已經讓他不高興了。李琴啊，其實我是想笑的，我喜歡他，更喜歡雅德蕾德伯母。可是……實在好難。」

「人生往往都很難啊，親愛的。」李琴說。

爭論依舊持續著。「不行，」國王說，「要走在王室公爵們後面。」

我相信他並不那麼在乎我走在哪裡，只是因為太不喜歡媽媽而不肯退讓。

「不給她適當的位子就乾脆別去。」媽媽說。

結果就是乾脆別去。

我沮喪大哭。我有多想去參觀加冕禮呀，但最主要是因為我痛恨爭吵。

我只好從馬波羅邸觀看加冕遊行。

過後不久，全國人民開始為了改革法案議論紛紛。

李琴詳知內情，並向我一一解釋說明。

「麻煩開始了，」她說，「因為有一些所謂的衰廢市鎮，也就是說當地不到兩千人就能選出一名國會的代表，反觀其他有些地方，卻是由一名議員代表非常多數的人民。而且有些人根本無權投票。」

「這樣好像很不對。」我說。

「看來您和大多數人所見略同。」李琴說。

我們的寓所裡瀰漫著濃濃的陰謀氛圍，康羅伊不僅密謀著詭計，還會和媽媽商量對策，一切其實都是為了他們個人的利益，對於國內情勢並未多加留意。

我知道情況非常嚴重，聽說全國各地都爆發嚴重暴動，更令我憂心如焚。

出門散步時，我看見牆上貼著標語：**還我權利**。

李琴說：「人民相信一旦法案通過，他們的夢想全都會實現。」

人人都能得到一切，我看到另一個宣傳標語寫道。

我不懂這怎麼可能。

「當人執著於一個念頭，就會作出最瘋狂的要求。不管聽到什麼都會照單全收。」李琴說。

「我絕對不會。」我說得果斷。

「當然不會了。您得到很好的教養，我教導您要獨立思考……不管真相多麼不堪，都要面對。」

「如果法案通過了，而人民發現自己並未擁有一切，那才是不堪。」

「他們會學到教訓，」李琴說，「我聽到一名女僕說法案通過以後，她的福瑞德就會娶她，他們會在鄉下有一棟小屋。」

「天哪！」我嘆道，「她該會有多失望啊！」

「孩子們則以為法案通過後就不用再上學，每天都能去野餐、吃草莓果醬。」

「他們就是為了這個暴動？」

「他們暴動是因為雖然法案在下院通過了，卻被上院給否決，於是格瑞伯爵請求國王賜封新貴族，以便讓法案能夠通過。」

「那我就不懂了，李琴。如果法案遭否決，還要引進新人來讓它通過……那為什麼就非要通過這法案不可呢？」

「親愛的，您現在即將陷入極大的困境。國王拒絕了格瑞的要求，所以他不得不請辭，國王別無他法，只好召威靈頓回任首相。威靈頓的阿普斯麗邸的窗子被砸了，他們說威靈頓是全國最不受歡迎的人。」

「滑鐵盧戰後他可是最受歡迎的人，到現在才多久？」

「就是啦！可見得人心變幻莫測，前一天還是最受歡迎的人，第二天就變成最不受歡迎的了。」

「就像民眾先以棕櫚枝鋪道歡迎耶穌進入耶路撒冷，之後又將他釘上十字架。」

「對……就像那樣。」

我深入思考了改革法案，其實那寥寥數人在國會中便有一名代議士，而其他地方卻是數千人才有一名，甚至有些地方連選舉的機會都沒有，這樣實在不對。當然了，這些人當中有不少是未受教育，根本不知道自己在選什麼。他們甚至連自己的名字都不會寫，更遑論投票了。整個情況似乎異常複雜，但我就是不喜歡聽到暴動的消息。之前聽到太多關於法國大革命的事情，因此暴動總會令我心驚膽顫。在課堂上聽到可憐的瑪莉王后與路易十六如何遭到暴民虐待，又如何以最屈辱的方式上斷頭台，我也會感到痛苦。

後來威靈頓得以組閣，格瑞爵士也重新上任，讓我鬆了一口氣。國王賜封了新的貴族，通過了改革法案，國會席次也根據市鎮居民人數有了較公平的分配。

全國終於平靜下來。

然而一想到威靈頓如何失去政權與民心，我不免對人民的善變感到失望，因為不管他個人對改革的看法如何，他畢竟在滑鐵盧打敗拿破崙，拯救了國家。想到憤怒的暴民朝阿普斯麗邸丟擲石頭，就讓我傷心不已。

我愈來愈意識到自己的責任重大——如果母親堅信屬於我的命運（而這也的確是我與生俱來的命運）果真應驗的話。

母親依然經常帶我公開亮相，享受我的身分應得的榮耀，絲毫不受威廉國王加冕的影響。八月，我們離開肯辛頓前往威爾斯。出發前媽媽給了我一本日記本，要我每天寫。那是我第一次發現寫下自己想法的樂趣，不過我寫下的一字一句媽媽都會看到，這點我當然心知肚明，因此下筆非常小心。不能透露我熱中的事物，除非是鄉間景致或能討她歡喜的事；也不能記下我對康羅伊爵士的深惡痛絕與懷疑。如果真寫了會怎麼樣呢？我一面想像，一面忍不住偷笑。於是我儘管每天乖乖地寫日記，卻並未透露內心的想法。而媽媽看了非常滿意，她肯定覺得我比真正的我更純真無邪許多——因此應該也更容易調教吧。

離開倫敦後，我們前往伯明罕、渥佛罕普頓、舒茲伯利，接著越過麥奈橋，在波美立斯租屋停留一個月，我還在藝術節中頒獎。在我們停留期間，當地爆發霍亂疫情，因而倉促地決定繼續上路。

由於去了太多地方，如今回想起來恐怕已混淆不清，但我清楚記得待過查茨沃斯，也造訪過貝爾珀的幾家紗廠。

我也記得牛津，因為康羅伊爵士就在那裡獲授予民法博士學位與榮譽市民權，讓我大為光火。不過我最氣的還是博德利圖書館之行。當時，館內有位先生非常自豪地拿出伊麗莎白女王的拉丁文練習簿，我瞄了一眼，立即發現她的語言程度在我之上。他們一再讚嘆如此年幼的孩子竟有如此造詣。

「她當時才十三歲啊！」媽媽說著瞪了我一眼，因為我正巧也是十三歲。

「她使用這本練習簿時，正是十三歲沒錯，夫人。這是本館最寶貴的珍藏。」

「她真是個聰明絕頂的女孩。」

「我想應該從來沒有人超越過她。」老先生說道。

伊麗莎白女王！她好像陰魂不散地糾纏著我，曾經一度有位議員還提議讓我改名為伊麗莎白，希望我成為伊麗莎白二世。他們說有鑑於第一任伊麗莎白的卓越能力，以及她在位時的輝煌盛世帶給國家無數利益，讓我改名會是個好預兆。

沒錯，就是這件事加上康羅伊爵士為自己的晉升（我若有能力的話，一定會加以阻止）沾沾自喜，使我的牛津之行徹底掃興。

在這些場合中，媽媽總是活躍顯眼，儼然女王之姿對人民談話。要是國王看了，不知作何感想。而我也能確定會有人向國王報告她的不當舉止。

所以，能回肯辛頓倒是令人高興的事。

我已進入新的階段。大家全都明白已經十來歲的我，不再是小孩了。

媽媽為家中新添一名女侍，她是海斯汀侯爵的女兒芙蘿拉貴女。媽媽說她會成為我的朋友，可是她大我十二歲左右，和李琴又是一見面就互看不順眼，我們的友誼發展得並不迅速。我開始覺得想要選擇自己的朋友。

如今有許多訪客上肯辛頓宮來，我想是因為我漸漸長大了，而媽媽雖然巴不得將我與王室家族隔離開，卻很歡迎知名人士來到宮中。我還記得被引介給羅伯・皮爾爵士[3]時，內心是多麼充滿敬畏——李琴談論過許多關於此人的事。他非常親切，由帕默斯頓勛爵[4]陪同前來。他用很認真的態度與我交談，彷彿把我當成大人，同時給我一種他認為我很漂亮的感覺；我不得不承認這讓我感到十分有趣也很開心。

我很確定我會喜歡與重要人物會面。

我對康羅伊爵士的態度也軟化了些。媽媽很愛狗，他便送她一隻我有生以來所見過最可愛的查理王小獵犬。我一見到牠就愛上牠了，我敢說牠對我也是一樣，一見面立刻奔向我，並抬起美麗的雙眼盯著我看。

我大喊：「牠好可愛！是誰的狗？」

媽媽說：「是我的，叫衝鋒。約翰爵士剛剛送我的。」

即使如此也改變不了我對衝鋒的喜愛。我甚至為了看牠而期盼能到媽媽的房裡去。媽媽養了兩隻鳥，一隻是極討人喜歡的鸚哥，一隻則是經常跑出籠外在房內亂飛的金絲雀，常常無預警便棲落在你頭上。不過我還是最愛小衝鋒。

有一天媽媽對我說：「我看衝鋒其實是妳的狗。」

「牠太可愛了。」

「你們倆應該是互相一見鍾情吧。約翰爵士說我應該把牠給妳。」

「他真的這麼說？」我高聲喊道，高興得脹紅了臉。

康羅伊爵士正好進房來。我總覺得他們會一起商量該對我說些什麼。其實挺像在演戲，而其中一人就在舞台側邊等候登場的暗號。

「我知道妳有多愛牠。」康羅伊爵士一面說一面露出那向來令人厭惡的微笑。

不過我當然愛衝鋒了，也真的想把牠據為己有。

「我真的很愛牠。」我說。

「那麼……牠就是妳的了。」

我把牠抱進懷裡，這個可愛的小東西，牠也知道了，便開始舔我的臉。

「別這樣，衝衝。」我興高采烈地說，牠則高興地吠了幾聲。

「太謝謝妳了，媽媽。」我說。

「約翰爵士送妳這麼好的禮物，妳一定非常感謝他吧。」

「謝謝妳，約翰爵士。」這話說得恐怕有點不情願。「我現在可以帶衝鋒走了嗎？」

「當然可以了。」媽媽露出優雅的微笑說，「我會派人把狗籃給妳送過去。」

我隨即離開，能得到衝鋒太教人高興了。但我並未因此而多喜歡康羅伊爵士一點。

我快樂得不得了，衝鋒讓生活起了極大變化。我替牠洗澡，在牠脖子繫上緞帶，一次又一次地對牠說，牠現在屬於我了。

那一年令我欣喜若狂的不只衝鋒。我的音樂師傅認為我對唱歌有莫大興趣，本身也稱得上是表演者，因此有望帶我上歌劇院。

啊，我竟能享受聆聽由天籟之聲唱出的美妙樂音！我歡喜得無法自已。我在媽媽給我的日記本裡，以前所未有的自然筆觸提及此事，說它帶給我由衷的喜悅。媽媽難得一次對我的興奮之情顯得相當高興，還說只要我的舉止端莊合宜，沒有道理不能常上歌劇院。

此外，李奧波舅父給我寫了幾封長信，說他打算結婚了，這讓我十分驚訝。夏蘿特已經去世多年，這些年

---

3 譯注：羅伯・皮爾（Robert Peel, 1788-1850）：英國重要的保守黨政治人物，曾兩度擔任英國首相，也是倫敦警察廳創立者。

4 譯注：亨利・坦普爾（Henry Temple, 1784-1865）：英國政治家，第三代帕默斯坦子爵，一般多稱之為「帕默斯坦勛爵」，也曾兩度任首相。

來他多半活在懷念她的哀痛中，如今終於決定不再孤單度日。

我當然想聽聽所有關於對方的事，因為我不相信有人配得上李奧波舅父。

他回信寫道：

我最親愛的：

妳說想聽聽對於新舅母的描述是吧？她非常溫柔可親，一舉一動無不是中規中矩，而且為了讓他人快樂，隨時都準備且樂於犧牲自己的安樂與喜好。在她眼中，善良、優點、美德比美貌、財富與娛樂更重要得多……

再來是外貌。她和費歐朵一般高，髮色金黃，淡藍色眼睛，表情非常溫柔……

由以上描述看來，我這位小妻子或許不是個高個兒王后，卻是我極為重視而珍惜的至寶。

我好為李奧波舅父高興。除了德貌兼備之外，這位奧爾良的路易絲出身也極為高貴，是法蘭西國王路易─菲利浦之女。看來舅父的這樁婚事必然很完美。

我希望他不會因此而不再經常寫信，當我表達這股憂慮，他向我保證絕對不會，並強調在他心中我的福祉仍一如以往地重要，假如我面臨任何問題，一定要寫信告訴他，他即使絞盡腦汁也會幫我解決。我是他最寶貴而心愛的人，是他所寵愛的孩子，這點永遠不會變。

想到與李奧波舅父之間儘管有大海阻隔，他卻仍像在我身旁一樣，隨時準備傾聽我訴說，確實令人欣慰不已。

十四歲生日就快到了。我的確正在長大，但距離那神奇的十八歲還有四年之久。

雅德蕾德伯母說會替我舉辦一場舞會，我高興極了。那將會是一場少年舞會，參加者全是與我年齡相當的年輕人。

受邀參加屬於我自己的舞會，這讓媽媽很難堅持要我拒絕，她若是這麼做，又會引發我的情緒風暴。幸好我無須發作。

我一早醒來就覺得生氣不耐，因為媽媽床上的被褥還隆起一團，顯示她還在睡。實在太荒謬了，一個十四歲少女竟還得睡在母親的臥室！坎伯蘭叔父已不可能傷害我，她以為他會做出什麼事來？派侍從偷偷來悶死我嗎？就像從倫敦塔裡失蹤的那兩個王子？

這是個美好的早晨。除了可以看到衝鋒窩在床腳下，春光也那樣美麗動人，我可以聽見園中鳥鳴啁啾，也知道樹梢已萌生綠芽，春花綻放著鮮豔亮麗的色彩。出生在五月真好。

今天是少年舞會舉行的日子。

像今天這樣的日子，送禮是最令人開心的一部分。媽媽是個送禮高手，總能教人心花怒放。她送了一個親手縫製的袋子、一只黃玉與綠松石相間的手鐲、一些手帕與書籍；李琴送的是一個精美的瓷籃和一尊也是瓷製的精緻人像。禮物都好美。唯一煞風景的是有康羅伊家人在場，就好像他們也是家裡的一份子。他們家五個小孩都在：薇多、珍妮，和三個兒子。他們合送我一條錶鏈。至於討厭的康羅伊爵士送的東西，還是讓我忍不住打心裡喜歡。那是一幅衝鋒的美麗畫像，畫得那樣栩栩如生，彷彿就要衝出畫框奔向我的懷抱。

我不禁高聲歡呼。媽媽喜形於色，但我立刻覺得掃興，因為察覺到她和康羅伊爵士交換了一個眼色——我最痛恨的那種親暱的祕密眼神。

雖然沒有受邀，康羅伊爵士仍隨我們去了聖詹姆斯宮。他確實儼然成了家裡的一份子。

我下定決心要讓威廉伯父知道，我對於我們兩家之間的尷尬氣氛感到多難過，也要讓他明白這不是我造成的。因此當王后帶我到國王的私室見他，我很是高興，伯母想必猜到我的心思了。她真是個可人又善解人意的女子，一心只希望每個人都快快樂樂，忘卻這些爭執。

我戴著國王送的耳環，走向他之後，張開雙臂抱住他的脖子親親他。

我說：「我好高興能像這樣……私底下和您見面，親愛的威廉伯父。這樣要謝謝您送我這副美麗的耳環，就簡單多了。」

他立刻變得親切和藹。他無意與我爭吵，只是針對媽媽一人。他其實是個令人感到溫暖的老紳士，而且非常感性。我看見他眼眶噙著淚，十分感動人。

「這麼說妳喜歡這對耳環囉？」他問道。

「很漂亮。」

「那麼妳雅德蕾德伯母送的胸針呢？妳覺得如何？」

「也很漂亮。我很幸運能有你們這麼好的伯父、伯母。」

他拍拍我的胳臂。「好孩子，」他說，「乖孩子。妳說得對，雅德蕾德，她不該有那樣的命運。」

看得出來母親與康羅伊爵士的想法惹怒了他。雅德蕾德連忙說道：「今天晚上大家會玩得很開心。少年舞會真是個好主意，不是嗎？」

我說再也沒有比這更好的主意了，還說雅德蕾德伯母總能想出好點子。

威廉伯父很高興，因為他喜歡聽到王后受讚美。

「妳要和喬治開舞。」

我知道她指的是喬治．劍橋。國王和王后都很喜愛他，或許是因為他雙親不在國內而與他們同住的緣故。聽媽媽說他們自己無法生育，因此將他視如己出，也在為他的將來打算。

我知道那代表什麼意思——他們打算讓他娶我。他們希望他能成為王夫，我不認為他能當上國王。

媽媽得意地說：「他們將會遭受重大打擊。」

無論如何，當天晚上我實在太興奮了，無暇顧及遙遠的未來可能發生的事，我也準備要好好地和喬治．劍橋跳支舞。

我很喜歡他。他是個舞姿優雅的迷人男孩。他也說我跳得很好，只可惜沒能常常出席雅德蕾德伯母為年輕人舉行的聚會。他還說我很漂亮，這種話愈常聽到愈好，因為我對自己的長相有些疑慮，一則正是因為太過豐腴。因此聽到讚美總是愉悅的。

他告訴我可憐的喬治．坎伯蘭快要瞎了，他父母很為他擔心。我為喬治．坎伯蘭掛念不已，傷心了好一會兒。我想不出還有什麼比失明更慘的遭遇。

可惜的是波兒丹女士必須坐在一旁，留意我的每個舞步是否正確，感覺好像在上課。若非有舞蹈師傅在場，和喬治．劍橋跳舞的感受應該會不一樣。

王后為我安排了其他幾位舞伴，他們好像全都覺得與我共舞是無上榮耀，這讓我興致盎然又快樂。她也帶我一同進餐，就坐在她和國王中間。我沒有往媽媽的方向看，但我知道她心中惱怒，因為國王對她視若無睹，而她卻認為自己應該像出宮巡遊時一樣，在我身旁接受所有人致意。

眾人舉杯敬酒，其中有不少是敬我的，國王舉起酒杯對我露出熱情的微笑，我也報以微笑。坐在我另一邊的雅德蕾德伯母同樣笑靨燦爛，我暗想如果沒有這些家族糾紛，我們該有多快樂。

駕車回肯辛頓宮時，我知道媽媽心裡不痛快。她對康羅伊爵士說：「他們的盤算顯而易見。他們一定會失望的。」

我知道她指的是喬治．劍橋和我一起開舞的事。但我快樂到無心理會。

翌日醒來後，我在日記上寫道：「我在午夜跳舞，多麼有趣啊。」

幾天過後，媽媽告訴我有幾位表兄弟要從德意志來訪。

「妳會發現他們都是迷人的男孩。」媽媽說，意思就是他們會比喬治．劍橋更討喜許多。「妳李奧波舅父聽說他們要來很是開心，他說妳應該認識一下德意志那邊的表兄弟。」

「這樣很好啊，媽媽。和表兄弟們見面向來都很有趣。」

「這回來的是符騰堡的表兄弟。妳李奧波舅父說哪天得讓妳見見薩克森—科堡的恩尼斯和亞伯特。我敢說他們是他最偏愛的姪子。」

「如果李奧波舅父最喜歡他們，我應該也會最喜歡他們。」

媽媽面露微笑，難得一次對我感到滿意。

不久，符騰堡的表兄果然來了，是鄂奈斯與亞力山大。跟他們在一起十分愉快。我很喜歡他們拉著我的手行禮時腳跟互碰發出喀嗒聲，好典型的德意志風格！我暗忖，多有魅力呀！他們二人皆是身材高䠷、長相俊美，讓我難以抉擇自己究竟比較喜歡誰。

國王與王后聽說符騰堡的表兄造訪肯辛頓，決意為他們舉行一場舞會。我興奮至極。

「你們會喜歡的，」我對表兄說，「雅德蕾德伯母辦的舞會最好玩了。」

媽媽嘟嘟噥噥地抱怨，康羅伊爵士去了她的住處，我猜是去商討關於受邀的事。我整個人陷入驚惶，唯恐她找藉口拒絕，我可以確定如果她膽敢的話，她是想拒絕的。

我不明白為什麼她巴不得讓符騰堡的親人與外界隔絕，我倒是挺以他們為傲的。

那一天與次日，媽媽無論走到哪裡都緊抿著嘴，我以為她馬上就要說出我拒絕接受舞會邀請的話來，結果並沒有。當出發的時間一到，我們搭上馬車前往聖詹姆斯宮，我才大大鬆了口氣，並決定要玩個盡興。跳舞將會是很愉快的事。舞會上不但有喬治．劍橋，還有符騰堡的兩位表兄——而他們全都會想要與我共舞。我應該會一直跳到午夜，再也沒有比這個更教人興奮的事了。

到達之後，國王與站在他身側的王后一起迎接我們的客人，他們也留下我站在一旁，一併接受賓客的致意。媽媽本想站在我旁邊，不料國王示意康羅伊爵士帶她繼續往前走。

我看見媽媽的臉脹得緋紅，耳環顫晃，心不由得往下沉。無論如何，我們畢竟已安然到了這裡，現在不可能再耍出什麼花招了。

我雙腳不停抽動，迫不及待想要跳舞，但國王卻極為慈祥地對我說：「我很想能多見到妳，卻沒能如願。王后想要替妳安排一些聚會，有些人妳應該見一見。像是妳表兄，也就是年輕的喬治。他隨時都在這裡。妳喜歡他嗎？」

我說我非常喜歡喬治表兄。

他接著對我說他是個多好的男孩。「歲數和妳差不多。年紀相仿的人聚一聚很好。」

我說這是一定的。王后帶著鼓勵的笑容看我，說她很樂意為我辦幾場舞會，因為知道我最愛跳舞了——以及唱歌。還說我的歌喉有如黃鶯出谷，我們應該舉辦音樂會，她會邀請一些人……傑出的歌唱家。她聽說了我非常喜歡歌劇。

我談起自己的興趣來，他們二人慈祥無比地微笑看著我。

接著王后說道：「我知道維多利亞等不及要跳舞了。對不對，親愛的？」

「讓她和喬治跳吧。」國王說，「我想看他們倆共舞。」

雅德蕾德伯母牽起我的手。「喬治在那兒，我們過去吧。」

我們移開後，媽媽立刻如旋風般掃過來，看她的臉色就知道即將發生可怕的事。

「我是來向王后告辭的，我要帶家人離開了。走吧，維多利亞。」

「可是媽媽，」我怒喊道，「舞會才剛開始啊。」

「快來。」她厲聲回道。

「但這舞會是為妳的貴客們舉辦的呀。」雅德蕾德伯母反駁道。

「我的客人都累了。」

「他們……他們看起來精神奕奕。」雅德蕾德伯母說道。

「他們下午去參觀了大庭園。」

「可是他們好像……」

「完全累壞了。我不能讓客人過度勞累，請王后務必體諒。」

「國王會十分惱怒。舞會畢竟是特意為他們舉行的。」

可憐的雅德蕾德伯母！我幾乎覺得她和我一樣可憐。我怒不可遏，我是那麼想跳舞，而雅德蕾德伯母卻是憂心如焚，只怕國王與我母親爆發口角衝突。幸好他並未察覺發生了什麼事，但我能想像他事後發現之後，會有多生氣。

雅德蕾德伯母打算掩飾一切，試圖裝作這並非對王威前所未見的侮辱，而事實上這就是。

「小爵爺一定要到溫莎來住幾天。」她說。

「他們的時間都已經排滿了。」媽媽冷冷地說。

我看到王后退縮了一下，卻並未應聲，媽媽則牢牢抓著我的手。

馬車載我們回肯辛頓的途中，我默默坐著，既羞且怒。

儘管接下來幾天過得興奮有趣，那天晚上的記憶仍揮之不去。我愈來愈為兩位表兄著迷，尤其是當我似乎多關注其中一人時，另一人竟會略顯嫉妒。

我們偶得天賜良機，去聽了偉大的音樂家帕格尼尼演奏小提琴。他將幾首變奏曲演繹得出神入化，一同前去的李琴也聽得如癡如醉，令我十分高興。只可惜康羅伊爵士也一起同行，不過即便是他也破壞不了如此美好的經驗。

後來媽媽提議應該帶表兄出遊，讓他們看看鄉村風景，也許可以去懷特島。這本該是理想的安排，只是媽媽又堅持要讓王旗飄揚在諾里斯城堡上空，還要鳴放二十一響禮砲，讓我再次想起威廉伯父與舞會上那令人尷尬到無地自容的一刻。

然而，有件事值得慶幸。康羅伊爵士與家人並未同住在諾里斯城堡，因為他在島上擁有一棟小屋，名為「奧斯波恩小舍」，距離城堡不遠，我們當然也前去拜訪了康羅伊家人。我覺得那裡實在太舒適宜人了，或者應該說如果沒有他們家人在的話；我的確喜愛此地勝過諾里斯城堡。不過在城堡裡無須與他同處一個屋簷下，真是幸事一件，哪怕只是小小幸事。

這段日子過得多麼逍遙快活啊！和表兄一起散步、騎馬，帶著衝鋒到海邊去，這個小東西，只要有我一起分享，什麼東西牠都愛。表兄會陪牠玩耍，牠很喜歡他們。雖然鄂奈斯非常討人喜歡，但我可以確定牠比較偏愛亞力山大，因為我也是。有時候我會獲介紹給百姓認識，他們會對我歡呼，還會鳴禮砲，看得出來我的重要性與受歡迎程度讓表兄印象深刻。

媽媽會緊盯著我，並告訴我不能因為鳴放禮砲、升起王旗就得意忘形。「那些都是為了王權，而不是為了妳，孩子。」

我於是指出那必定是為了威廉伯父了。

她一聽便說：「別老是惹我生氣，維多利亞。」

不過我喜歡真相，即使明知最終會惹惱媽媽，我也可能堅持己見。她與我已漸行漸遠，我把她看得太透徹了。我不禁納悶她究竟有多喜歡我，而她如此令人窒息的愛又是否只是為了王權。在眾多儀式典禮上，她總會站到我前面去，就好像她才是王儲與人民想一睹尊容的人，也不管他們口中高呼的是我的名字與「天佑小公主」。她當然喜歡聽到這些，這代表我比國王更得民心，只是每次她都希望民眾對著她歡呼。事實上，他們並不喜歡她。

他們喜歡我是因為我是王儲，是將來要成為女王的人；我年幼、純真、面帶微笑，一副心滿意足的模樣。

媽媽則總是顯得傲慢，彷彿自己高高在上，人民當然不喜歡這種感覺。

有一次我預定為一座碼頭開幕，卻發生一件尷尬的意外。媽媽忽然認為我變得太自大，決定讓我學一次乖。她說主持開幕的人不會是我，而是她。

我大吃一驚。這種時候還要待在現場實在好丟臉，因為當媽媽向市長與顧問們宣布將由她代我主持碼頭的開幕，現場一片愕然。

眾人驚慌失措得不知該如何應對。後來市長才吞吞吐吐地說群眾都是來看小公主的。

「他們會看到她的，」媽媽說，「只不過開幕儀式由我主持，就請開始吧。」

媽媽有時候並不怎麼聰明。她似乎沒有意識到此舉大大惹惱了民眾，他們也比以前更討厭她了。

更糟的是，她察覺到眾人的失望之後，竟對他們說，我們無法留下參加儀式結束後的午餐會，因為在他處已有約在先。

我可以想見他們為了籌備午餐會所花費的心力以及民眾的期望。

的確，媽媽不只是傲慢，而且愚蠢，原本應該能快樂無比的許多日子都被她搞砸了。

當時我沒有將自己的感覺寫在日記裡。怎麼可能寫給媽媽看呢？當我費勁地（以最漂亮的筆跡）寫日記時，經常暗想倘若能在事發時記下自己的心情，應該會輕鬆許多，也應該會更了解自己許多。但我不得不記住媽媽和李琴會閱讀我所寫的每個字，這也是當初媽媽給我日記本的用意。因此我就像練習寫作，只有在寫到歌劇與表兄來訪帶給我的喜悅時，才會真情流露，因為這些話題都不會激怒媽媽。

最後也最令我尷尬的是，當我們回到諾里斯堡，一封格瑞伯爵的來信正等著母親拆閱，信中聲明王旗與禮砲只有在國王與王后入住時才能使用。

在碼頭開幕儀式上遭受民眾冷淡對待後仍餘怒未消的媽媽，此時更加憤慨了。

與表兄們告別真教人傷心，我幾乎潸然淚下。他們也一樣。

「拜託，拜託，要很快再來看我們。」我懇求道。

他們說直到我再度來訪之前，他們都會很不快樂。

媽媽看見我們如此友愛，不由得露出和藹的笑容，由於表兄們即將離開，我們倆也難得一次共體哀傷。

他們是那樣親切友善、個性溫和，而且對一切事物都感興趣。

我在日記中寫道：「無論是吃早餐、午餐、晚餐，或是騎馬、乘船、駕車、走路——總之無論何時何地，我們都會想念他們。」

我殷殷期盼著李奧波舅父來信，見他信中說會盡快帶新婚妻子路易絲來英國與他最疼愛的孩子見面，心喜不已。

因此這是一件值得期待的事。

當他來信說很快就要當父親了，我更是高興萬分。

「這個，」我對李琴說，「正是他需要的。他將會因此感到快樂。他為夏蘿特公主哀悼太久了。」

「其實啊，」李琴說，「我覺得他偶爾還挺享受哀悼的情緒。」

我不完全明白，但她已不肯再多說。李琴是不是有點嫉妒我對李奧波舅父的愛呢？若是涉及他人的嫉妒心，我的虛榮感就會凌駕於我較善良的本性之上，就像對表兄們那樣。知道自己對別人的重要性是多麼令人欣慰的一件事。

但不管如何，我還是不太喜歡聽到在我眼中十全十美的人（如李奧波舅父）受批評。

我的十五歲生日即將到來，很希望雅德蕾德伯母能再為我舉辦一場舞會。十四歲的那場生日舞會，我玩得不亦樂乎，這回媽媽肯定無法壞事。再過三年，我便將年滿重要無比的十八歲。

媽媽愈來愈愛爭吵，每天都會因為威廉伯父還不肯死而說一些傷人的話；如今只剩三年了。只要一有關於他生病的小傳聞，她便樂不可支。在我看來，如此強烈地盼望他人死去實在是大錯特錯。這簡直形同謀殺……從某方面而言。

就在我生日前不久，我接到來自李奧波舅父的壞消息。他的寶寶夭折了。

親愛的舅父必定傷心欲絕！終於，他寫信來向我訴說他的悲傷、他的孤寂，說人生對他太殘忍，這番重大打擊幾乎把他和路易絲都擊垮了。

我試著安慰他，長篇覆述他多年來對我的教誨，他回信說我的書信帶給了他慰藉。

雅德蕾德伯母沒有忘記我的生日。她來拜訪媽媽，並趁我在場時提醒我們生日快到了。

「我們得再辦一場少年舞會，」她說，「我知道在我們為妳辦的十四歲生日會上，妳玩得有多開心。國王和我都說一定要再辦一次。我永遠忘不了妳和堂兄喬治開舞的情景。」

我看見媽媽氣惱地揚起頭來，深怕會發生不可收拾的事。

「親愛的雅德蕾德，」她說，「妳想得真是周到，不過妳忘了我才剛剛痛失我弟弟的小孩呢。」

王后一臉惶然。「啊……我忘了……」

「我可忘不了這種喪親之痛。」

「也許吧，」王后見我垂頭喪氣，便說，「維多利亞可以來，這是她的生日，應該略作慶祝。」

媽媽雙眉高聳，露出她一向的高傲神態，耳環也顫晃起來。「我不明白維多利亞怎麼可能不一起哀悼。李奧波是她的舅父呀……她最喜愛的舅父。」

王后露出我所見過最近似惱怒的神情，同時也透著一絲隱忍。「那好吧。」她說道，不久她便告辭了。

「也太麻木不仁了吧！」媽媽說，「有些人一點親情都沒有。」

「我想她只是想讓我開心。」

「她理該知道現在不是跳舞的時候，如果妳有一丁點為人著想的細膩心思，就絕對不會想做這件事。」

我默不作聲，或許是賭氣吧。我不懂，生日當天留在家裡對李奧波舅父的小嬰兒有何好處？

我想雅德蕾德伯母應該十分難堪，但依其本意，她可不想把我的生日搞得更糟。

第二天她寫了便箋給母親，說很遺憾不能舉辦舞會，不過我生日那天早上，她會造訪肯辛頓宮以傳達她與國王的祝福。

接下來媽媽做了一件無禮之至的事，比生日的事情更讓我羞愧。

她回了一張便箋給王后，說她（以及公主）正值喪中，不方便接見客人。

我很震驚，忍不住和李琴說起此事。

「媽媽竟敢跟王后說她不接見！接見！這口氣好像她自己就是王后。李琴啊，我覺得好丟臉。」

李琴搖搖頭，卻並未即刻為母親辯解。我猜她是想起了康羅伊爵士企圖解雇她時，媽媽默許了。

不過生日氣氛倒沒有我擔心的那麼哀戚，因為收到費歐朵令人振奮的來信。她說要來看我們。

費歐朵如今是個幸福的母親，有四個孩子：查爾士、伊萊莎、小赫曼，現在又多一個小寶寶維克多。雖然經常通信，我和親愛的姊姊也已六年不見，想到能再次與她面對面談天，實在太興奮了，也讓我過了一個快樂的生日。

我會發現她變了，費歐朵如此警告我。說到這個，她應該也會發現我變了！我試著回想自己九歲的模樣。我可以想像我美麗的費歐朵，正如同婚禮上的她……絕對錯不了。她向來都是美麗的，這點我想我這輩子都望塵莫及。

馬上就要見到費歐朵，連媽媽都十分歡喜，不停忙進忙出、發號施令，準備迎接他們到來。她只顧著談論那幾個可愛的小寶寶，原本鎮日盤據在她心頭關於威廉伯父遲遲不死與她本身在國內的重要性等事，似乎都暫時拋到腦後了。

他們抵達那天是個風和日麗的六月天。實在太教人興奮了！李琴嘴裡猛嚼香芹籽，整個人彷彿高興得傻了。只見費歐朵正與夫婿安斯特及孩子們步下馬車。

我正要飛奔過去，媽媽卻一手按住我的肩膀，然後自己走上前去親吻費歐朵。

接著才輪到我。

「我最最可愛的小維！」

「我最最親愛的費歐朵！」

「哇，妳變了好多！」

她也一樣。她不再是離開英國時那個苗條優雅的女子，身材豐腴不少，但仍美麗如昔。我對她的愛瞬間滔滔回湧，見到她真是太開心了。

啊，多麼喜悅的重聚！我勾著費歐朵的臂彎，媽媽則伸手摟著她。媽媽看起來快樂極了。儘管費歐朵不是天生注定要當女王，媽媽還是真心愛她，也愛她的孩子。有費歐朵在，連媽媽都顯得不同於平日。我喜歡霍恩洛—朗根堡伯爵，更愛那群孩子。他們喊我維多利亞姨母，這種感覺好奇怪，但我喜歡。

「我們要聊個痛快。」我說。費歐朵聽了捏捏我的手。

他們休息片刻後，費歐朵和我決定帶著李琴到庭園裡駕車散心，這是我最大的樂趣。

李琴一路笑個不停，我們天南地北地聊著從前一起度過的時光與一起做過的事。費歐朵跟我們說起孩子的事，我相信她已經把奧古斯特以及我在一旁澆花時他如何與她談話等等一切，都拋到九霄雲外了——如此再好不過，這表示所有人為她著想的結果是對的。

費歐朵停留期間安排了一個行程，就是造訪溫莎。我猜媽媽應該想拒絕，但受邀的人是費歐朵與安斯特，他們也欣然接受，因此媽媽也無計可施。

第一天我們本來打算去看歌劇，費歐朵說覺得好累，媽媽慈愛地看著她說：「親愛的，妳得上床休息。這一整天下來真夠累人的，我可不想妳累壞了。」

我情不自禁地大喊：「費歐朵，上床去吧，我會坐在旁邊跟妳聊到妳睡著為止。」

「不行，」媽媽口氣強硬地說，「妳得上歌劇院去。大家都等著妳呢。」

我只好去了，雖然很想留下來陪費歐朵。但我得承認看歌劇確實也很愉快。演唱者是茱莉婭・葛里西[5]，我覺得她的歌聲宛如天籟，劇目則是羅西尼的《科林斯之圍》。接著歌劇之後還有芭蕾舞劇《林中仙子》，由塔黎歐妮[6]擔任主要舞者。我猶如處於一種極樂狀態。

我竟能在一天之內見到費歐朵、葛里西和塔黎歐妮，這可以說是截至目前為止最令我興奮悸動的日子之一。

次日清晨醒來，我內心充滿美好的期待感覺，對自己說的第一句話就是：費歐朵在這裡。

那段時間何等歡樂！我（極罕見地）想方設法要和費歐朵獨處，那樣我們才能輕鬆自在地說話。不過旁邊總會有人在，不是媽媽就是李琴。我愛極她的孩子，他們是那麼地熱情又有趣。

我們前往溫莎，費歐朵受到國王與雅德蕾伯母盛情款待，但我必須承認國王十分明顯地無視媽媽的存在，我快樂的心情也因而略帶憂懼，深怕他們之間會引發風暴，到時可以想見媽媽會立刻帶領所有人離開。

不過費歐朵的來訪似乎讓她態度軟化了，我相信她也希望費歐朵能盡興。費歐朵本就是溫和、喜好和平的個性，她比我更能坦然接受命運。也許媽媽是對的，我是因為知道自己有一天可能登上崇高地位，心裡受到影響。也許這給了我不輕易屈服的決心與毅力。

想與費歐朵獨處的最佳方法就是騎馬，因此我們經常騎馬出遊。當然還有其他人同行，但有時候只要略施小計便能甩開他們。某日我們擺脫其他人之後，策馬緩緩走過一條小徑，我對她說：「我想我們逃脫了。」

5 譯注：茱莉婭・葛里西（Giulia Grisi, 1811-1869）：義大利知名歌劇演員，也是義大利貴族。

6 譯注：瑪莉・塔黎歐妮（Marie Taglioni, 1804-1884）：義大利與瑞典混血的芭蕾舞者，是歐洲舞蹈史上的重要人物。

費歐朵很快地看著我說：「妳有時候會覺得想逃脫嗎？」

「有時候會想一個人待著。」

費歐朵微笑道：「我懂。有時候是不是覺得自己像個囚犯？」

「對，好像是。因為旁邊老是有人在，連晚上都得睡在媽媽的臥室。我最大的願望之一就是能有一個自己的房間，偶爾可以到那兒去……一個人待著。」

「我懂。」

「妳在這裡的時候……也有這種感覺嗎？」

「媽媽很堅決地想要照顧我們，只是有時候像個獄吏。不過妳就快滿十八歲了，維多利亞，到時候……」

「到時候我就自由了。」

「妳將成為女王，會不會有點害怕？」

「這讓我變得非常嚴肅。」

「妳會做得很好的，這我知道。」

「我會努力。而且我會獲得自由。」

「我想，」她說，「妳會知道如何達成自己的心願。不會太久了。妳也會像我一樣結婚的。」

「對妳來說這代表了自由。」

「一個人永遠不可能真正自由，總是會受到責任的束縛。」

「對，可是能有偶爾獨處的自由。」

她忽然說道：「妳覺得那些表兄弟如何？」

「他們都很好啊。」

「我們有幾個表兄弟，不知道妳對薩克森—科堡那邊的表兄弟有何想法，我倒覺得他們是最好的。」

「李奧波舅父寫給我的信中提起過恩尼斯和亞伯特。他覺得我會很樂於和他們見見面。我相信他們總有一天會來看我們。」

「我確定他們會的。」

「他們長什麼樣子，費歐朵？」

「非常英俊。李奧波舅父非常用心地照顧他們。」

「就像他照顧我一樣。」

「他對家人感情很深。」

「跟我說說那兩個表兄弟。他們長什麼樣子？」

「都很高，也長得好看。兩人當中我更喜歡恩尼斯。」

「為什麼？李奧波舅父信中大力稱讚的是亞伯特。」

「他們倆都討人喜歡。恩尼斯更是坦率又平易近人。」

「亞伯特不坦率也不平易近人嗎？」

「不是的，不過亞伯特比較聰明、比較機靈。我的意思是恩尼斯比較……單純。」

「我好想見見他們。」

「他們一定很想念母親。」

「為什麼？」

費歐朵直直盯著我看。「看來妳還沒聽說那樁醜聞囉？」

「妳是說關於我們的表兄弟？」

「這個嘛，也不完全是關於他們，而是他們的父母。」

「趕快告訴我。」

費歐朵遲疑著，我哀嘆道：「拜託，費歐朵，妳別像其他人那樣總有祕密瞞著我。無論是哪件事，他們老是認為我太年幼，妳可別像那樣啊，親愛的姊姊。」

費歐朵說：「好吧，反正妳遲早也會知道。他們的母親是薩克森—哥達的璐薏絲，嫁給薩克森—科堡的恩尼斯特公爵本該是美事一樁。但是事情卻不順利。長子恩尼斯出生後，她與公爵之間的相處出了問題。公爵未能如預期般忠於婚姻，夫人十分孤單，宮裡便有些人向她獻媚討好。關於她有一些難聽的傳聞，之後不久亞伯特就在羅森瑙出生了。那是一座美麗的黃石城堡，四周樹林環繞，有橡樹、山毛櫸、榆樹和白楊……從窗口可以眺望圖林根森林。亞伯特就在一個美好的八月天誕生於這座城堡。」

「我知道，就在我出生後三個月。」

「對，你們差不多同年。他一出生就是個格外漂亮的小孩。有些嬰兒醜得很……長大後才逐漸變得好看。亞伯特卻不然，他是天生美相……他當時的父親是公爵，因為他的親生父親死了。璐薏絲深愛這個孩子，據說更甚於愛長子恩尼斯。她說他有藍色眼珠、俊俏的鼻子加上酒窩，就像個天使。在他三歲左右，已經醞釀好一陣子的紛擾終於爆發成公開的醜聞。」

「什麼醜聞？」

「被丈夫冷落的璐薏絲和某些人建立了情誼，其中一人叫羅以南．馮．漢史坦。她在夫婿的宮廷裡有一個大敵名叫邁希米連．馮．史金博斯基，此人一心想要毀了她，做得倒是很成功。他到處散播與事實完全不符的醜聞與謠言，不久公爵便堅信妻子紅杏出牆，因而決定離婚。」

「離婚！」我失聲驚呼，「太可怕了！小亞伯特和恩尼斯好可憐！」

「是啊。兩個孩子深愛著母親，她卻被送走了，家裡瀰漫著哀傷的氣氛。不過人民都愛戴璐薏絲，認為她是遭人中傷，並大聲疾呼要取馮．史金博斯基的命。他歷經千辛萬苦才活著逃出邦國。可是還是離婚了，當時亞伯特才七歲。璐薏絲後來改嫁馮．漢史坦，但是三十歲就去世了。」

「好令人悲傷的故事！那亞伯特和恩尼斯後來怎麼樣了？」

「他們交由祖母和外婆撫養……還有李奧波舅父。他們深受寵愛，但一定還是很懷念母親。」

「那是肯定的。她似乎非常溫柔，又大大地受人誣陷。現在我更渴望和薩克森—科堡的表兄弟見面了。」

「公爵後來又娶了符騰堡的梅莉，但我認為這段婚姻也不太幸福。」

「他就不應該聽信那個壞蛋馮．史金博斯基的讒言。多奇怪啊，亞伯特沒有母親，我沒有父親，我們之間好像有一種特殊的連繫……」

我若有所思地繼續往前騎，心裡始終惦記著亞伯特表弟。

有媽媽和國王同在一個屋簷下，就很難冀望日子過得平順。每天起床時，我總會祈禱別出什麼差池，祈禱媽媽能保持較平穩的心情，費歐朵的存在似乎帶來了這樣的效果。我覺得現在她的舉措，比起未來的攝政者倒更像位母親。

國王安排我們去看賽馬，能從王室廂房裡觀賞一群駿馬競跑，多麼有趣。我高興得蹦蹦跳跳，不斷地替馬兒加油，最後媽媽不得不用力按住我的雙肩。我發現國王似乎覺得有趣，也頗喜歡我一時忘記自己尊貴身分的樣子。

雅德蕾德伯母微笑說道：「我們一定要再來。」

然而一如我所擔心的，麻煩來了。

某個晚餐前的傍晚，媽媽彷彿驀然想起自己的重要性，並擔心過去幾天的鬆懈可能會讓人誤以為她已準備好被貶到暗處。

當時我們正等著入席用餐。國王開始不耐煩，無疑是不明白王后為何還不暗示我們進餐廳。

雅德蕾德伯母緊張地試圖繼續談話，以免眾人留意到時間。不料國王忽然高喊：「我們在等那個女人嗎？」

大家都知道「那個女人」是誰，我感覺到全身開始發燙。

「她真是惹人厭，」國王接著說，「我們上桌吧，不等她了。」

這時候媽媽現身了，全身上下又是蝴蝶結又是羽飾又是晃來晃去的首飾，果真是花枝招展。我開始覺得她常常有點打扮過度。

雅德蕾德伯母以若無其事的平靜口氣說：「現在去用餐了，好嗎？」

她是我所認識最機智圓滑的女性。她討厭爭吵的場面，嫁給像威廉伯父這樣的人，要避免那類場面，她可說是經驗老到。

我們進去之後，我坐在國王與王后中間，雖然他對我和顏悅色，我卻一再攔截到他朝母親方向怒視的目光。

這其實只是個小意外，但的確讓費歐朵的造訪留下缺憾。

唉，費歐朵離開的時候到了。我們含淚分手。她說她會再來，我也一定要去看她。與可愛的孩子們分別更令人加倍不捨。這正是親人來訪最糟的一點：造訪結束後，實在教人太傷心。

寫日記讓我稍稍得到慰藉，而且這次可以寫下真實的感受。

「早餐時沒能見到費歐朵打開門，牽著小女兒微笑走進來，也沒能得到她例行的親吻，真教人傷心。一點吃午餐，我又再度深深想念起親愛的費歐朵。今天我真的好想她。三點，和李琴一起駕車出遊，少了費歐朵，整趟行程似乎也變得索然無味。七點用晚餐，餐後蘇菲亞姑母來了。我們度過一個無聊而抑鬱的晚上……」

如此相愛的人卻得被迫分離，這是多麼悲傷的事。

十六歲生日即將到來。我在在意識到自己再過兩年就十八歲了。我故意趁媽媽聽得見的時候大聲說出來，她顯得異常驚愕。她不希望我長大，不時訓誡我不能太自私、不能太自大；說我老是任性而為，有時為了達到目的頑固不已。現在我明白她的意思了。她希望威廉伯父現在就死，那麼她才能當攝政者。

我在日記中寫道：「今天是我的十六歲生日。聽起來好老呀！但我覺得接下來，在我滿十八歲之前的兩年比什麼都重要。」

而媽媽當然讀了我的日記。

她在宮裡為我辦了一場慶生音樂會，請了我最喜愛的幾位藝術家前來，我珍愛的、美麗而才華洋溢的葛里西也在其中。這真是最美好的生日禮物，昔日對媽媽的愛又重新湧現，因為她竟如此費心地討我歡心。緊接著我看見康羅伊爵士和她交換一個得意洋洋的眼神，驀地一個想法掠過心頭：如今我已漸長，他們便試著對我稍加安撫。

無論如何，這場音樂會著實精采，不會再有比這個更教我歡喜的禮物了。

生日過後，一直在抱怨宮裡准許我們使用的空間太少的媽媽作了一個決定：既然還有那麼多空房，她便自行安排使用了。

她選了十七個房間，每間都非常寬敞。

「有何不可呢？」她對康羅伊爵士說，「這是供王儲使用的。我想我們還是得徵求那個老廢物同意。」

他們同聲大笑，但後來便轉為惱怒，因為國王不肯答應讓他們使用那些房間。

「李琴啊，」我說，「我們的房間夠用了，而且有那麼多家庭要住在這裡。」

李琴沒有應聲，但我相信她同意我的說法。

我的堅信禮在聖詹姆斯宮的王室禮拜堂舉行，許多家族成員都出席了。我穿了一件白色蕾絲禮服，戴了一頂以玫瑰花裝飾的軟帽，但一如平時，陷於疑慮的痛苦中，不知道媽媽又會做出什麼事觸怒國王。事前她非常嚴肅地訓過我，要我親切友善地對待周遭的人，但也不用太友善，還要我多克制一下，不要像平常一見到人就微笑，或是對於我自以為喜愛的人就滔滔不絕地讚美個沒完，沒錯，我的確是滔滔不絕。

「媽媽，」我說道，「我一向都知道自己喜歡誰，這和自以為是不一樣的。」

她置若罔聞，又接著說打從我出生開始她就照顧我（這倒是真的），她是我唯一能信任的人，只要我凡事都聽她的，就不可能偏離正道。我有點不懂得感激康羅伊爵士，這讓她很傷心，我應該對他友善一些。

我緊抿著嘴。無論媽媽有多堅持，也不管我正準備舉行堅信禮，我若是不樂意就不會表現出友善。一開始就出問題了。國王說母親的隨員太多，得讓一部分人離開。當他命令康羅伊爵士離開禮拜堂，母親勃然大怒。

我沮喪極了，但國王拉起我的手輕輕捏了一下，暗示說他絲毫不生我的氣。當然了，母親就在我旁邊，我站在祭壇圍欄前，夾在她與國王之間。

我必須脫下軟帽，媽媽接了過去；堅信禮儀式結束後，大主教開始教誨我有關將來必須負起的重責大任。看來我將來的日子會很不好過，如果這是當女王無可避免的命運，我寧可維持現狀。真不明白為什麼人人都那麼渴望登上大位。依大主教的說法，這只會給自己帶來嚴苛的責任與難以承受的重擔。

他說話時，在我身旁的國王開始不耐，兩腳動來動去，我猜他正打算要求大主教結束冗長的訓話。幸好大主教明白了國王的意思，主動告一段落。

我們退離到私室後，國王說：「好啦，結束了。」然後傾身靠向我說道：「不用太在意那個玩意。那些教士啊！」他輕蔑地搖搖頭。「我有個禮物送妳。妳是個好女孩，應該好好享受人生。」

我說：「威廉伯父，您真是個慈祥的人。」

他送給我一套祖母綠珠寶首飾，王后則送我一頂相配的祖母綠三重冠。我衷心地向他們道謝，雅德蕾德伯母擁抱了我。

「一切都好嚴肅，對吧？」她說，「妳可別因此喪氣。通常情況到最後都會大為好轉，我相信對妳也是一樣。」

親愛的雅德蕾德伯母，慈祥的威廉伯父！我比以往都更加希望能與他們友善相處，也不需要向媽媽隱藏我對他們的愛。

回家途中，媽媽說我對國王與王后有些過度熱情。他們送我貴重珠寶也只是恰如其分罷了，珠寶畢竟屬於王者……所以很快就會是我的了。

她隨即微露喜色，因為她說他（也就是國王）看起來不太自然，似乎行走有些困難。

我說：「我不想去想他死的事情。我不想當女王。」

媽媽笑說：「妳不該為了大主教的訓誡而驚慌失措。我想他認為妳太年幼，有些不穩重，這也是事實，妳需要有人提個醒。妳應該感謝上帝，有照顧妳、引導妳的母親，一個始終以妳為生活重心的母親。」

「是的，媽媽。」我回答道，心想事實的確如此；但我多希望她能以其他人事物做為生活重心，把我放到邊緣一點。

回家後，她給了我一只手鐲，裡面裝著一綹她的髮絲。

「讓妳可以記得我……永遠。」她說。

*

莫大的喜悅在等著我。李奧波舅父來信說很快便要與妻子出發前來英國，而這趟英國行最令他高興的莫過於見到他最心愛的孩子。

我興奮得雀躍不已，李琴甚至擔心我因此病倒。媽媽安排我們前往蘭斯蓋特，以便讓李奧波舅父能一起同住。這倒是避開溫莎那群討厭鬼的好方法，如果留在肯辛頓，她確定他們一定會來打擾。

於是我們去了蘭斯蓋特。

好消息不只一樁。費歐朵又生了，是個女兒，母女均安。

「為了取名我們考慮良久，」費歐朵寫道，「最後決定以小女嬰最親愛的姨母之名為她命名。因此她就叫維多利亞，但是我身邊不能有兩個維多利亞，否則我會搞混，那麼首名還是叫雅德蕾德，次名才叫維多利亞。我想王后應該會很高興。我們在溫莎時，她待我們那麼好。因此嬰兒名為雅德蕾德・維多利亞・瑪麗・露伊莎・康斯妲絲。」

我和李琴都笑了。「好奇怪喔，這麼一個小嬰兒竟然是……我的外甥女。查爾斯也已經有一個小孩，他可以照自己的意思做，果真娶了柯勒貝絲柏，婚後生活很幸福。可憐的費歐朵，本來想嫁奧古斯特的……不過現在的她看起來確實很幸福，所以或許這是最好的結果。但我覺得親愛的費歐朵即使順從別人而不是自己的希望，也能讓自己過得快樂，這點我想我永遠也做不到。」

「妳有妳自己的意志。」李琴說，語氣中帶有一種不情願的羨慕。

我為這位新加入的小成員準備禮物，心思卻灌注在我渴望一見的李奧波舅父與新舅母身上。

我希望在蘭斯蓋特一切順利，不會有任何事情惹惱媽媽。她很愛李奧波舅父，也知道他對我的期望與她自己無異，因此應該沒有理由爆發衝突。然而，她滿心不高興，因為到了蘭斯蓋特，不能在我們下榻的館邸上方升起王旗，當然也不再有「砰砰聲」（威廉伯父對禮砲的說法），這讓她有了抱怨的藉口。

我們決定到亞比昂飯店去等候李奧波舅父搭的船，因為從飯店裡便能看得見。從住處前往飯店途中，看見蘭斯蓋特的民眾如此用心布置街景，我感到十分欣慰，我們經過時，他們還高喊「小公主萬歲！」或是「歡迎維多利亞！」媽媽坐在馬車裡儼如帝王般揮著手，民眾卻是沉默以對，並繼續喊著我的名字，像是努力釐清他們歡呼的對象不是她。

李琴以及康羅伊夫人帶著芙蘿拉・海斯汀，也和我們一起來。康羅伊夫人本不該來，她是那麼微不足道；而芙蘿拉與李琴又互看不順眼，我真是寧願媽媽帶其他人來。

不過有什麼關係呢？李奧波舅父搭乘的船愈靠愈近了。

他終於到達，比我上回看到他時略顯老態，因為已事隔四年又兩個月。

他朝我走來，我奔上前撲進他懷裡。媽媽面露微笑，絲毫沒有不悅的神情。李奧波舅父喜形於色，群眾亦然，他們喜歡看到外放的熱情。

李奧波舅父捧著我的臉，說我長大了許多，說這是他一生中最快樂的時刻之一。

我對他說，能和我最喜愛的舅父相聚，真是太美好了。

他介紹了他的新娘，而最令我開心的是我一眼就喜歡上她。她苗條又美麗，有一頭金色秀髮和一雙藍眼睛，還戴了一頂顏色相配的藍色軟帽。穿著一襲淺褐色絲質連身裙的她氣質高雅出眾。

「啊，妳和舅父描述得一模一樣！」我大喊道。

「妳們一定要彼此相愛，」舅父命令似地說，「因為那是我的希望。」

「我會的，我會的。」我用媽媽會以急躁來形容的口氣說道，「我已經是了。」

的確不假，因為我馬上就知道我們會成為朋友。

李奧波舅父設法安排時間與我長談，就我們兩人。他說話的口吻也像大主教那樣嚴肅，但從舅父口中說出來何其不同！他讓我深刻意識到將來要面對的責任，但也一再提醒說他會隨時在旁協助，我只須寫信給他就行了，他會一如既往地引導我、安慰我。我正在快速成長，不再是小孩了，有許多事情需要深思。他聽到一些傳聞令他深感困擾。國王似乎有意讓我嫁給堂哥喬治．劍橋，他認為這不是個好主意，我父親那方的親戚有些人性情非常古怪，不像母親家族的人這麼正經、正直、循規蹈矩。

我告訴他我覺得兩位喬治都是很好的孩子，而喬治．坎伯蘭也不太像他父母親。說實話，他其實非常迷人，聽說他雙眼即將失明，實在教人傷心。

「他的眼睛是治不好了，」我說，「他父母煩惱不已，雖然我知道他們不是好人，卻是真心愛他。」

「我親愛的孩子啊，」李奧波舅父說道，「妳很容易受到情緒左右，妳知道嗎？當然了，妳為喬治・坎伯蘭感到遺憾，他也確實十分不幸，但這或許是他父親作惡的報應。關於那位先生有許多不堪聞問的傳言。」

「因為父親邪惡而讓喬治失明！天哪，我覺得這樣太不公平了。」

「孩子，上帝的行事方法不容我們質疑。夠了，就別再說這兩位堂兄弟了。他們也許討人喜歡，卻絕對比不上妳德意志的那些表兄弟。妳覺得鄂奈斯和亞力山大怎麼樣？」

「他們人很好。」

「我敢說比妳的坎伯蘭和劍橋都要風趣得多吧。」

「這個嘛，他們不一樣……而且非常會逗人開心。」

「妳覺得他們很好，我知道，但妳還沒見到薩克森—科堡的表兄弟呢。」

「妳是說恩尼斯和亞伯特。」

「他們是我這輩子所認識最討人喜歡的男孩。」

「我聽說了。」

「如果妳喜歡亞力山大和鄂奈斯的話……」

「我喜歡啊，舅父，我喜歡。」

「那麼這兩人會讓妳更加著迷得多。」

「我什麼時候可以見到他們？」

「快了，孩子，就快了。」

「我好期待見到他們……尤其是亞伯特。」

「嗯，亞伯特確實是個很好的孩子，我視他如己出。親愛的，他和我的親密程度就跟妳一樣，如果可以透露一點的話……」

「說吧，舅父，求求你。」

我以為他要告訴我關於亞伯特母親的醜聞，這件事我也想問問他，但出於謹慎，強忍了下來，因為感覺上費歐朵或許不該告訴我，萬一我開口提了，她可能會因為多嘴受到申斥。

我的顧慮顯然沒錯，舅父並未提及。他說的是：「這件事，我本不該偏心，但實在難免。我可以告訴妳，維多利亞，但妳別說出去。妳的表兄弟當中，我最喜歡的就是亞伯特。」

「那麼我可以肯定他也會是我最喜歡的一個。」

「但願如此了，孩子。這是我強烈的希望。」

接著他終於談到亞伯特。說他最喜歡騎著他的英國小馬穿越森林；說他會蒐集植物與地質標本。

「比起戶外運動，他更喜歡研究學問，有一次還跟我說他不明白為什麼大家那麼熱愛打獵，顯見他的感情非常細膩，妳說呢？」

我表示同意。「他非常聰明嗎？」我問道。

「他非常用功好學。」

「他可能會覺得我很輕浮。」

「妳母親跟我說妳有一點……而且情緒很容易凌駕於理智之上。老實說，親愛的，我認為這並不一定是件壞事。妳熱情洋溢，愛的時候就全心全意去愛。我相信亞伯特會很讚佩妳這一點。表達感情對他而言就沒有那麼容易，妳可以幫助他讓情感更外露，他則可以幫助妳內斂一些。」

幫助亞伯特的這個想法，我喜歡。

「他性情極為溫馴，只有不公或不誠實的事才會令他發怒。我記得有一次在羅森瑙看他們玩打仗遊戲，其中有一組人馬要試圖攻占城堡，另外一些人負責防衛。亞伯特分在攻擊的那一組。有一名隊友找到從後方襲擊的途徑，亞伯特卻不答應。他說凡是不光明正大行事就不配當薩克森武士，敵人必須正面迎擊。」

「好高貴的情操！」

「亞伯特的確是高貴。妳會發現他是有史以來最值得敬佩、最高貴也最英俊的武士。」

「我好想見他。」

「妳會的……應該很快了。」

「你會安排嗎，李奧波舅父？」

「我會的。他將會帶著我的祝福來見妳，我殷切期盼你們能看到對方的優點，並明白能為彼此付出些什麼。」

「希望他很快就會來。」

舅父將我拉近，溫柔地親親我。「我親愛的孩子，妳一定要明白，對我來說你們的福祉就是這世上的一等大事，妳的還有亞伯特的福祉。」

「我覺得我已經愛上他了。」我說。

「我確信妳會深愛他的。」

接下來李奧波舅父開始談論其他事情，同時說明我必須學會謙恭，這是基督徒最重要的美德之一。命運將我困在一個艱難的處境中，重責大任正在前方虎視眈眈地等著我。我對他說這個我知道，在堅信禮上大主教已經說得很清楚。

「要時時留意不得虛偽，這是現代人最容易犯的罪過。親愛的，儘管我衷心熱愛舊日英格蘭，卻仍不得不遺憾地說，社會與政治現況讓這個國家的許多人都變成假道學和騙子。一般人重視事物的外表更勝實質。妳必須保護自己不受這些習性所害，要永遠忠於妳的寶貴性格，永遠謹慎小心……但同時也要純粹而真實。」

啊，聆聽他這番高談闊論真是受益匪淺！不過有太多該做與不該做的事，而且往往還會互相牴觸。我得說心裡話，卻又必須小心；我得傾聽那些偽君子的言論，並忠於自我，但同時還得謹慎，也就是要掩飾我的真實感覺。若要忠於自我，又怎能做到呢？

我覺得應該很難做得好，因為一切都好矛盾，但我還是安慰自己：在我需要李奧波舅父時，他都會在，儘管隔著一道海峽。我也應該盡快見見這位亞伯特表弟，他似乎集結了人世間的所有優點於一身，完美無缺。

我也和路易絲舅母度過一些快樂的時光。舅父不在的時候，她也會變得有一點點輕浮，使我們之間的相處更為親密愉快。我對她說她總是看起來那麼優雅端莊，我也好喜歡她的衣服。我們聊起許多關於服飾的細節，她告訴我什麼顏色最適合我，還帶我到住所去參觀她的禮服。她說這些衣服對我來說有些老氣，但我試穿了一下，並在鏡子前走上幾步。她偏著頭看我，說法國時尚與我很相配。其實法國時尚與每個人都相配，因為那是世界頂尖的。她說的確實沒錯，有些禮服穿在我身上果真相當好看。她個子嬌小但比我苗條，而且她身材極好，我卻有點胖。

我說：「我的衣服全都是少女服裝，真希望能有幾件成熟一點的衣服可穿。」

「會的，」她說，「畢竟妳已經不是小女孩了。」

我一時情急吐露真言：「我想媽媽希望一直把我當成小女孩，愈久愈好。她好擔心我馬上就年滿十八。」

我連忙住口，驚覺自己口不擇言。我得牢記舅父的訓示。只是我對媽媽的憤恨似乎是與日俱增。

李奧波舅父與路易絲舅母道別離去的傷心日子到來了。

我撲進舅父懷裡啜泣道：「別走。」

他輕撫我的頭髮，說與我分開，他也很傷心。

「但是我還有國家要治理，孩子。」

我緊抱著路易絲舅母。「我會很想念妳的。少了妳，日子該有多無聊。」

舅父附在我耳邊低聲說：「我很快就會讓亞伯特表弟來安慰妳了。」

這話的確讓我稍獲慰藉，但眼看飄揚著比利時旗幟的船駛離，我還是悲傷難抑。

我心想，還要過多少年才能再見到李奧波舅父呀？

舅父離開過後不久我大病了一場。後來蘭斯蓋特總會讓我想起舅父、舅母離開後，幾乎緊接著而來的那段暗淡時光。

我只隱約意識到床邊有人影晃動。當然有親愛的李琴，還有媽媽也在。她們以為我活不成了。可憐的媽媽想必絕望到極點，因為她的希望全寄託在我身上，而我也想像得到坎伯蘭公爵夫婦的興奮之情。我的死對他們的利益正如威廉伯父的死之於母親。有了瀕死的經驗後，我才體會到，為了自己能過更舒適的生活而盼著他人離開人世，有多麼不應該。

我記得李琴剪掉了我大部分的頭髮。

「這是為了妳好，親愛的。」她喃喃地說，她看著自己曾那麼慈愛地為我燙捲的髮綹，聲音不禁激動顫抖。最危險的一天來了，度過那天之後，她們也相信我會活下來。

當時我好愛她們，李琴自不在話下，她是我最親密也最忠實的朋友，另外還有媽媽，一直照顧著我的她顯得那麼焦慮，少了那些縐邊與羽飾更顯得蒼白虛弱。

沒想到我變得那麼孱弱，沒有人攙扶幾乎無法坐起身來。

「她需要非常細心的照顧。」李琴說，而提供這項照顧的人正是她，如果她認為最好讓我獨處，就連媽媽也不能靠近。不過媽媽和李琴是互助合作，主要目的就是讓我康復。

我覺得累壞了！除了睡覺還是想睡覺，於是便日以繼夜地睡，隨時睜開眼睛都會看到有人坐在床邊，若不是李琴就是媽媽。

她們準備了營養的食物供我進食。「盡量吃一點吧，親愛的，就算是為了媽媽。」又或是「妳要是不吃，李琴會擔心的。」因此我會盡量吃下去，讓她們開心。

「休息吧，」她們會說，「妳一天天好起來了。」

我相信她們，但仍覺得自己虛弱得不得了。

我發覺無論李琴或母親都不願讓我照鏡子，因此猜測她們是不想讓我看見自己的模樣。有一天李琴拗不過我，又眼看我就要發起脾氣，終於拿來一面鏡子。我簡直不敢相信鏡中人是我自己，昔日那張豐腴而容光煥發的臉，竟變得那麼瘦小而蒼白！眼睛顯得巨大無比，還有頭髮……我絕望地舉手去摸。

「等妳好了以後會再長出來的。」李琴說。

「我得了什麼病啊？」我大喊。

「妳感染了傷寒，親愛的。但是妳病好了，頭髮還會長得像以前那麼漂亮，妳也一樣……很快的。年輕人得這種病總是很快就能痊癒。」

「可是李琴，我十六歲了，已經不能算是年輕人了吧。」

「還是年輕啊，妳馬上就會康復，有我在，妳放心。」

「妳一直都守在我身邊？」

「不分日夜呢，親愛的，我不能來的時候也有妳媽媽在。」

「真教人安慰。李琴，妳老實告訴我，我的頭髮還會長嗎？」

「我發誓。」李琴說著放了一把香芹籽到嘴巴裡，她每次激動起來就會這麼做。

「呵，我最親愛的李琴，我好慶幸有妳在身邊照顧我。妳真是我這一生最寶貴的朋友。」

她點點頭，親我一下，然後要我休息。「妳休息得愈充分，營養食物吃得愈多，就會愈快好起來。」

我相信李琴。我很快就會復元了。

某天傍晚發生了一起令人十分不快的意外，之後很長一段時間，每每想起總不免背脊發涼。

當時天色正逐漸變暗，我忽生不祥之感而驚醒，看著漸暗的房間，感覺到四肢沉重，這感覺如今已習以為常。我不明白自己是被什麼給驚醒。房內熟悉的物件逐一清晰起來，李琴就坐在火邊，針線活已從手上滑落，她睡著了。

房裡有人，正悄悄走向床邊。

我在驚恐中看出那人正是我視為惡敵的康羅伊爵士，只見他躡手躡腳、悄無聲息地向我靠近。

我猛然驚起，問道：「你來我房間……想做什麼？」

他將食指放到唇前，瞄了李琴一眼。

我又接著說：「我生病了，不見客。」

「我不一樣，我只是妳的老朋友。」

「不見。」我語氣強硬。

此時他就近在床邊，一手握住我露在被子外面的手。我立刻將手縮回。

「說兩句話就好。」他低聲說，「就兩句。只是要妳給我一個承諾。」

「什麼承諾？」

「妳的正式承諾……如此而已。給完承諾我就離開。」

「你以為我會隨便給你一個不知道內容的承諾嗎？」

「妳母親也認為妳最好這麼做。」

「我要知道承諾什麼。」

「再簡單不過了。」他仍舊壓低聲音，可憐的李琴也繼續打著盹，照顧我把她累壞了。他斜瞥她一眼，微微一笑，然後繼續說：「妳當上女王以後會需要一個私人祕書，我已經跟隨妳多年，相當了解妳，也極為尊重妳，這個職位理應屬於我。就請妳正式允諾我吧，我只想要這個。給我承諾我就會走，並且告訴妳媽媽說妳答應了。她會非常高興。」

「不要，」我堅決地說，「不要，不要。」

「妳目前身子非常虛弱，可以等妳完全康復之後再詳談……現在只需要妳的承諾……妳作個正式承諾就行了。這是我唯一的請求。等妳恢復了，應該不會太久，之後我們可以一塊兒談談……妳母親、妳和我。」

「我不會給什麼承諾。」

「事情很緊急。」

「為什麼？」

「時候一到，妳就得作好準備。」

「我已經準備好了。」

「妳還年輕……年輕貌美，又喜歡跳舞、唱歌、玩樂，也確實應該如此。所以妳需要一個祕書來負責那些繁瑣的工作。我這裡有一份文件，只要妳簽個名就行。」

「不要，」我反覆地說，「不要。」

這番對話一直是低聲進行，但這時候我拉高了嗓門說道：「你走吧。我還很不舒服，不能受到這樣的打擾。」

我的聲音吵醒了李琴。她驚慌地一躍而起。

「什麼？」她結巴地說，「怎麼會……？」

「妳請繼續歇息吧，女爵，」康羅伊爵士語氣殷勤地說，「公主和我正在處理一點小事。」

「公主身子不舒服。」

「我對她絕無危害。只是輕鬆地聊一聊。」

「公主不見客。」

「別這樣，我可是家裡的一份子。何況我是得到公爵夫人的允許來見公主的。」

李琴毫不退讓，我知道她向來就是這麼了不起。

「我不許你打擾公主。請你立刻離開。」

「親愛的女爵，妳越權了吧。」

「保護公主不受任何騷擾是我的職責。她希望你馬上離開。」

他求救似地轉向我，我則大聲說道：「沒錯，我是。你走吧。我不會給你承諾，別來煩我。」

「好啦，好啦，」他安撫道，「我們可不希望風暴發作，對吧？」

「我想發作就會發作，」我反駁道，「而且不管是現在……還是以後，我都不會任命你當我的私人祕書。請你離開。」

李琴走到門邊將門打開，他聳聳肩，然後向我們行了個禮，臉上帶著我最痛恨的那抹蔑笑。

「我恨死那個人了。」我說。

「他是個惡棍。真是遺憾……」

「對，李琴，說出來吧。真是遺憾有他在這裡。他好大的膽子！竟敢就這樣跑進我房間，趁我太虛弱無力抵抗，想逼我作出承諾。他想要的就是這個，他還以為我病得太嚴重無法對抗他。我清楚得很。」

李琴輕撫我的頭髮。

「親愛的李琴，妳為了照顧我累壞了。」

「您不能動氣啊，我的心肝寶貝，這樣對身子不好。他進來的時候我睡著了！我無法原諒自己。」

「我竟然睡著了！」

「我把他應付過去了。李琴，他們……他開始著急了，因為我已經滿十六歲，媽媽可以在我當上女王之後擔任攝政者的時間只剩不到兩年了。誰知道呢，也許兩年後她還是希望當攝政者。」

李琴不發一語，因為太過懊惱了。她嘴裡不停地喊我寶貝，我有個感覺，她也和媽媽一樣並不希望我長大。

我花了好長一段時間才把病養好。李琴每天晚上都會替我梳頭，她總是說頭髮慢慢長出來了，很快就會像以前一樣濃密，我不知這是事實或是安慰我的話。不過我的確開始覺得更強健、更像昔日的自己了。

我想有很多人認為我會從此一病不起，坎伯蘭公爵肯定是其中之一。他是多麼渴望自己當上國王，然後傳位給雙眼失明的可憐喬治。他雖然狡猾又冷酷，行動卻輕率魯莽，也往往因此壞了自己的計畫。

我確實聽到一件令人不安的事。在我生病期間，他經常陪在國王左右。還記得當初他是如何隨侍在先王喬治四世身旁直到他辭世，又是如何試圖說服喬治伯父堅持讓我前去溫莎，導致媽媽焦慮不已，因為她深信坎伯蘭會趁機除掉我。如今我病了，他便開始討好威廉。

這不是件容易的事。儘管被說是笨拙的老傻瓜，威廉伯父卻有一定的洞察力，不會輕易上當。

至於那件事，就是在一次宴會上，當眾人為君王的健康敬酒時，坎伯蘭竟舉起酒杯說：「願上帝保佑王儲王子。」

桌旁頓時一片鴉雀無聲，坎伯蘭表現得就好像我已經死了，如此一來他便是下一任繼承人。

威廉伯父勃然大怒，滿臉通紅地站起來，舉杯高喊：「願上帝保佑王儲公主！」

我親愛的威廉伯父！

媽媽聽了開懷大笑。我聽到她和那個討厭鬼談起這件事。

「他這下完了！他有點太胸有成竹了吧。」

看來她說得沒錯。坎伯蘭從此消失於宮廷，我的病情也開始好轉。

回到肯辛頓真是一大樂事。那兒有個驚喜在等著我，我發現我們換了更好的住所，現在共有十七個廳房，環境大為改善。

「這全是為了女王的尊貴身分著想。」媽媽說。

我本想提醒她我還不是女王，但還是按捺住了。她興奮得不得了，因為李奧波舅父來信說有兩位表兄弟將陪同父親前來英國，與親戚見面總能令她歡欣。

來者是她的兄長斐迪南和他的兩個兒子菲第南與奧古斯圖。我有些失望，起初聽說表兄弟要來，我還以為是恩尼斯與亞伯特。但無論如何，期待表兄弟來訪總是有趣的，我也和媽媽一樣引頸期盼。

不久之後他們來了，兩個人都很好，尤其是較年長的菲第南。正要前往葡萄牙結婚的他，看起來似乎具有非常浪漫的特質。

這回也和上一回表兄弟來訪一樣：一塊兒騎馬、散步、跳舞、唱歌，他們還帶來李奧波舅父與路易絲舅母的消息。我很為他們開心，因為他們最近生了一個兒子，隨父親起名為里奧波。聽說孩子平安出世，我的欣喜之情無法言喻。先前失望過一次的路易絲舅母，想必更加歡喜。

當威廉伯父與雅德蕾德伯母邀請兩位表兄造訪溫莎，我立刻陷入憂懼，唯恐國王與媽媽之間又劍拔弩張。他的確對她視若無睹，晚餐時還刻意要我坐在他與喬治．劍橋之間。但或許得歸功於雅德蕾德伯母的圓滑機智，終究沒有真正爆發口角，媽媽和國王之間都只是怒目而視。

造訪結束我感到很慶幸，卻也很遺憾，因為我真的很喜歡溫莎，國王也一向對我慈愛有加。我們經常跳舞，這是我最大的樂趣。我幾乎沒有機會跳舞。媽媽說我只能和王室的人跳舞，這表示能和我跳舞的對象少之又少。不過表兄弟們也喜歡跳舞，還經常在客廳裡帶著我起舞飛轉，這當然是可允許的。

他們離開時我好難過，心裡不停地告訴自己，有這麼討人喜愛的表兄何其幸運。

這有如序曲。兩位表兄離開後不久，媽媽便把我叫到住處，手裡揮著一封信，我知道一定是好消息。我的心開始怦怦狂跳。真的會是……？終於來了？

「妳大舅父恩尼斯特要來了。」

恩尼斯特舅父！就是對妻子璐薏絲（亦即亞伯特的母親）殘酷絕情的那個人。

「還有，」媽媽接著又說，「他會帶他的兩個兒子同行，也就是妳的表兄弟恩尼斯和亞伯特。」

「哇，媽媽！」

「我想妳應該會很高興。李奧波舅父聽說他們要來也很歡喜。他說非常希望妳和亞伯特會喜歡對方，其實李奧波舅父很確定你們會，他說他太了解你們兩人，也把你們當成他最心愛的孩子。」

「呵，媽媽，真是太好了！」

「他們會在五月裡來。」

「來替我慶生？」

媽媽點點頭。

我說：「我的十七歲生日！」媽媽略顯不悅，但我會把握每次機會提醒她我的歲數。

我興奮地和李琴討論他們的來訪。我要拿我的畫冊給他們看。不知道亞伯特……他們兄弟倆……喜不喜歡畫畫。不知道他們會不會唱歌？喜不喜歡跳舞？

「這些才藝應該也都是他們教育的一部分。」李琴說。

「對，李琴，可是學過和喜歡是不一樣的。」

李琴拍拍我的肩膀，對我淡淡一笑。

無可避免地，麻煩開始現身了。以前我沒有察覺到大家是何等焦慮地想要我嫁給他們為我選擇的對象。置身於我這個地位，就代表家族裡會有不同意見，而母親與國王心儀的人選不同，這早已是定論。

國王滿心希望我嫁給喬治．劍橋。喬治無疑是個非常迷人的男孩，由於父母人在國外，他多少可以說是雅德蕾德伯母一手帶大，而膝下無子的王后與國王也將他視如己出。他們認為他是我的理想對象。但另一方面，李奧波舅父與我母親則看中了亞伯特。我自然較偏向李奧波舅父的選擇，因為我景仰他、崇拜他。當然了，我一生中最親密的友人是李琴，但那不一樣，我沒有把她當成偶像，只是單純愛她。再者，李奧波舅父身為男人更顯得偉大而重要，當時我覺得假如亞伯特是他的首選，必然也會是我的首選。事實上，在未見到亞伯特之前，我已經愛上他的形象了。我已決心要愛亞伯特，如果李奧波舅父認為他是這世上最迷人也最適合我的年輕人，那麼他一定就是。

國王對於李奧波舅父的意圖了然於胸，正如同李奧波舅父也同樣了解國王。我聽過國王形容李奧波舅父是「那個喝水的傻瓜，老覺得自己有病，成天穿著墊高鞋、圍著羽毛圍巾，大搖大擺地四處走動」。至於舅父對國王的評價也同樣令人不敢恭維。

當國王試圖阻止大舅父與兩位表兄弟前來英國，可真把我嚇壞了。但首相似乎出面說不能這麼做，因為沒有政治理由禁止他們來訪。於是威廉伯父千方百計要破壞他們此行，最後決定邀請奧蘭治親王父子前來英國，而且造訪時間剛好與大舅父子重疊。奧蘭治親王長久以來便是李奧波舅父的敵人。

看來一如往常，應該會有人出手破壞這趟訪英之行。

李奧波舅父怒不可遏。

他給我寫了信：

我最親愛的孩子，妳那位國王老伯父的舉措著實匪夷所思。此回邀請奧蘭治親王父子，將自己的意志強加於他人身上，可真教人大開眼界……

昨天之前我接到一封寄自英國的半正式書信，信中暗示你們家族親戚的訪英計畫最好不要在今年成行。也就是說，國王與王后的天曉得是幾等親大可以成群而來、高高在上，而你們的親人卻被禁止入境，況且妳也知道，你們所有親人向來對國王是何等恭敬友善。這確實是我這一生中聞所未聞，真希望能因此稍稍激勵妳的志氣；如今就連英國殖民地也廢除了奴隸制度，我不明白為何獨有妳擺脫不了此命運，宛如英國宮廷裡供人消遣的一個小白奴。但他們從未花錢買過妳，因為據我所知，宮裡從未有過這方面的開銷，甚至國王也從未為妳的生活花過一分半毫。我想英國很可能會發出樞密令禁止我到訪……

我毫不懷疑，以國王對奧蘭治一家人的熱情，必會極度無禮地對待你們的親戚；不過這也無關緊要，畢竟他們是你們的客人，不是他的……

他是多麼憤怒啊！我又是多麼失望啊！永無寧日的家族紛爭竟然又讓一樁美事蒙上陰影。

但沒有任何事能真正破壞那次的邂逅。

亞伯特！那第一次的相見該怎麼說呢？現在回想起來，真令我好不傷心，我記得他就站在我面前，高大、英俊，我從未見過如此英俊的男子，而且十分美麗，那雙又大又清澈的藍色眼睛，是那麼真誠、那麼嚴肅。如今我有點自責，因為曾有那麼一刻，我對他的一板一眼略感厭煩。對心愛的亞伯特，我怎能有一分一秒、一絲一毫的厭煩呢？

首先是恩尼斯特舅父向我露出親切熱情的微笑，其次是亞伯特的哥哥恩尼斯，他也很高大、英俊，但比不上亞伯特，而且他非常瘦，太瘦了。亞伯特稍微……只是稍微壯一點，壯得恰到好處。

媽媽無比和藹而高雅。當她願意讓愛凌駕於隨時受重視的需求之上，她是多麼充滿魅力！這次的相聚展現了極美好的家族情感。媽媽知道李奧波舅父對亞伯特和我的期望，也全心全意支持，因此這是我所經歷過最快樂的場合，因為我與心愛的亞伯特第一次相遇。

要回想細節太難了，何況如今他已撒手人寰，只空留回憶，回想往事太教人傷心。但我記得我們一起走進客廳，知道媽媽喜愛養鳥的恩尼斯特舅父送了她一隻漂亮的鸚鵡，亞伯特告訴她說就算把手指伸進鸚鵡嘴裡也不會被咬。

「好漂亮的繽紛色彩！」我大喊，「媽媽，我要畫妳的鸚鵡。」

「維多利亞對自己畫的小素描很有自信。」媽媽說。接著親愛的亞伯特說他想看看，於是我便坐到沙發上，翻著我的素描簿給坐在左右兩側的表兄弟看。

恩尼斯恭維道：「畫得真好。妳是個了不起的畫家。」

亞伯特則評論說畫得的確相當不錯，這畢竟是真心話。

接下來我們開始談論音樂，我發現他們倆都很有興趣，而且會彈鋼琴、唱歌。與亞伯特來段二重唱真是美妙的經驗！

媽媽拍手說我們的合音美極了。

我的十七歲生日到了。再過一年便要滿十八——神奇的十八歲。十七歲眼看就要到來。我在日記中寫道：「我的第十七年在今天結束了。我已是個真正的老人。」

白晝何其短暫。每天早上醒來，我心想：表兄弟在這裡，親愛的恩尼斯，還有最親愛的亞伯特。

有時我不禁納悶，若非李奧波舅父事先在我心裡刻畫出亞伯特如此完美的形象，我會對他如此著迷嗎？

或許是我回憶時不斷讚美，想像的感覺比實際的感覺更強烈。其實所有的表兄弟都讓我印象非常深刻，我是否可能像愛上亞伯特那樣愛上他們任何一人呢？而我是當時就愛上了亞伯特，還是後來那刻骨銘心的愛讓我以為早已愛上他？

那段日子，我們並沒有那麼相似，只是後來變得想法相近、欣賞的事物類似，奮鬥的目標也相同。

那個時候的我輕浮好玩。我是那麼喜歡跳舞！也總喜歡熬夜沉溺在輕鬆的消遣娛樂中。我性情急躁，幾乎一眼就能愛上某人並表露出感情。我也可能討厭人。我這個人毫不受節制，而我親愛的亞伯特卻是拘束的化身。

再者，他對跳舞不甚在乎，而這卻是我最喜愛的消遣活動；到了晚上他總是十分睏倦，而我只要有活動便毫無睡意，只想盡情享受。

是啊，我們並不那麼相似，而是後來才一起成長。因此當時的我或許並不像我後來所想的那麼欣賞他。

我們受邀前往溫莎。儘管國王不希望他們來，卻也很難忽視他們。造訪期間我憂懼交加，但幸好一切都相當平順。我發覺亞伯特在某次國王接見時打了呵欠，生怕其他人也看見了。我可以想像國王會如何批評。但他倒也不一定能說話。他常常打起瞌睡來，這大家都知道，因為每當他睜開眼總會說一些風馬牛不相及的話。

亞伯特天生淡漠、寡言，我恰恰相反。他聰明機智，細心體貼，頭腦比他哥哥好。每當我看著亞伯特，就納悶自己以前怎會覺得恩尼斯英俊。

這是一次美好而令人難忘的造訪，結束之後我孤單得難以承受。那段日子過得多麼充實又刺激。

亞伯特道別時顯得遺憾卻平靜，反觀我則是忍不住淚流滿面。

「親愛的亞伯特……親愛的恩尼斯……你們一定要再來。」

媽媽也哭著說能和心愛的親人相聚是多麼令人歡喜的事。

「我們一定要多聚聚。」她說。

我寫了封信託恩尼斯特舅父轉交給李奧波舅父，信中告知了與亞伯特會面的喜悅。

> 敬愛的舅父，我必須感謝你努力地讓我對親愛的亞伯特抱持著快樂無比的期望。因此親愛的舅父，請容我告訴你，我和他相處得非常愉快，他的各方面我也都非常喜歡。他擁有一切可能讓我幸福快樂的特質。他是那樣感性、那樣親切、那樣善良，又那樣溫柔。此外他還有世上僅見最令人愉悅又喜愛的容貌。
>
> 如今我只能懇求你，最親愛的舅父，請好好照顧這個現在我最為重視的人的健康，讓他接受你特別的保護……

他們離開後，我落寞了數星期，唯一的慰藉就是回想他們造訪期間的點點滴滴，以及親愛亞伯特的一些睿智言談。

許久以後他對我說，那次造訪之後再見到李奧波舅父時，舅父問他對我印象如何，他只說了一句評語：「她非常討人喜歡。」

他告訴我的時候，我笑了，還拿他這句評語和我給予他的那許多溢美之詞作比較。

但誠如我所說，當時我和亞伯特的個性南轅北轍。

兩位表兄弟離去後的那些日子，多虧有衝鋒給我安慰。這可愛的小東西似乎能了解，每當我呆坐陷入回憶，牠便跳到我腿上，緊緊依偎著我，像是在說：兩位表兄弟走了，但妳還有我。

「是啊，可愛的衝衝，我有你。」我說道。接著一轉念便想起亞伯特跟牠玩得那麼興味盎然，因為這一人一狗馬上就喜歡上對方了，我想到這兒不禁又傷心起來。

由於即將年滿十八，我生出一種新的獨立感，對康羅伊爵士的厭惡更是有增無減。我絕不會原諒他趁我生病之際進入我的臥室，想利用我身子虛弱無力抵抗的機會逼我作出承諾。這是懦弱的行為，而他正是這種人。媽媽依然和他十分親密，我開始覺得他們倆是「同謀」。威廉伯父長命不死讓媽媽怒火中燒，對待我變得極其專橫，每天總要重覆好幾次說她為我做了多少。有一回，我非常冷淡地回說：「不，媽媽，妳是為妳自己做的。」說完便丟下她，大步走出房間。

我想她頗為震驚，因此事後保持緘默，卻和康羅伊爵士密商許久。

我漸漸變了。我開始覺得家裡有兩股勢力，而母親和我是互相對立的。有時候也覺得我在這個家裡只有一個真正的朋友，那就是親愛的李琴。

這段時間，我同母異父的兄長列寧根親王查爾斯正好來訪。他有兩個可愛的小男孩，我很喜歡陪他們玩耍，但我相信查爾斯站在母親那邊，也和她和康羅伊爵士一同計畫如何讓我屈服於她的意志，即便成年後仍然讓她攝政，並由康羅伊爵士擔任我的私人祕書。我知道那將意味著什麼，也就是一切由他們決定，我只能服從。

不行！絕對不能那樣。

蘇菲亞姑母也住在肯辛頓宮，由於方便又無須拘禮，便經常到我們這兒走動。有很長一段時間，她微微迷戀著康羅伊爵士，我知道她在替他暗中監視。我那麼討厭的這個男人究竟有何魅力，竟能讓眾多女人無法抗拒？因此在蘇菲亞姑母面前，我總會謹慎發言。

另一個狡猾人物是芙蘿拉，我從來沒有喜歡過她，因為她對李琴粗魯無禮，經常嘲弄她的德式習性作風與她嚼香芹籽的愛好。和她充滿愛的無私奉獻相比，這嗜好有什麼要緊？哪像其他人！

如今回想起來，可以看出我當時確實很不喜歡媽媽。

我想要和她畫清界線，不希望國王與王后以為我贊同她對他們的所作所為。我的母親恐怕不是一個很聰明的女人，對於我的逐漸改變，她非常不安，卻又不試著改採圓融一點的方式。她本可輕易地重新贏得我的心，因為她畢竟是我的母親，我對她有一股強烈的責任感。我想要愛她，也很努力去試了，但她就是不讓。她肯定知道自己屢次僭越王權讓我難堪不已，卻依然故我。我想她內心深處是無法接受我已不再是小孩的事實。

雅德蕾德伯母邀請我們八月十三日到溫莎，讓我至為苦惱。

媽媽說：「我們受邀去為雅德蕾德慶生。」

「哇，那一定很有趣。」我大喊。

「我們看不到，」媽媽說，扮演著她最喜愛的高傲攝政者的角色。「我們不會去。」

「可是媽媽……」

媽媽舉起一手制止，我看見康羅伊爵士在看我……眼神帶著揶揄……他知道我想去溫莎，而且就算不想去，我也會認為應該出席類似的場合。

「雅德蕾德，」媽媽極少稱呼她王后。「她忘了再過幾天就是我的生日，我可不想在溫莎慶生。」

「我想夫人應該想去克雷爾蒙過生日吧。」那個討厭鬼說。

「你說得沒錯，約翰爵士，」媽媽說，「我正打算這麼做。所以我會謝絕這個女人的邀請。她一定以為自己的生日比我的生日重要得多。」

「不會的，媽媽，她根本不會那麼想。」我開口道。

但媽媽只是微笑對我說：「親愛的，這些事妳不懂。」然後轉向康羅伊爵士，當我不存在似地說道：「我馬上送信過去。」

我怒氣沖沖地回到李琴身邊。他們竟敢這樣對我？我為什麼會允許這種事情？我為何不說我是王儲？現在我隨時都可能成為女王……但我並不希望如此，我想要威廉伯父活下去，我不想當女王……在妳已無法干預之前都不想。

是啊，媽媽和我之間的戰爭開始了。

國王的生日是二十一日，就在王后生日後不久，由於是國家重要大事，我當然必須出席。媽媽無疑很想擺足架子予以拒絕，但即使想，也不能這麼做。

於是我們出發前往溫莎。

國王先去了西敏宮宣布國會休會，在回溫莎之前，決定去一趟肯辛頓宮，因為知道我們不在家。我不知道關於我們住處的事他是否略有所聞，我只聽說媽媽曾經要求多一點房間，但遭到拒絕。病後回到肯辛頓時，我自然以為是國王大發慈悲，應允了請求，沒想到並非如此。我敢肯定他本來就有所懷疑，如今媽媽無禮地拒絕女王慶生的邀請，無疑更大大激怒了他。

事實是國王來到肯辛頓宮巡視我們的住處，發現儘管他拒絕提供更多房間給媽媽，她還是故意違背他，頓時怒氣沖天。

他回來的時候，我們在休憩廳裡，他便直接來此，雙眼圓睜，臉色緋紅，憤怒之情毋庸置疑。

我走上前去屈膝行禮，他稍稍軟化了些，但當我親吻他、他回親我時，可以感覺到他氣得渾身發抖。我知道那是因為媽媽，但還是感到意外。

媽媽就緊站在我身後。她向來不滿我先受到招呼致意。國王並未忽視她，他微微欠身，幾乎細不可察，盯著她的雙眼目光如炬。

接著他用整個客廳都能清楚聽見的聲音說：「我有一處宮殿遭人任意使用。我剛剛離開肯辛頓宮，雖然我已明令禁止，卻還是有人使用了部分廳室。我無法明白這樣的行為，也不能容忍。這對國王是大不敬。」

媽媽一臉慘白站在原地，但仍傲然昂首直視國王。我羞愧至極，幾乎就要哭出來。我早該知道的。她真是大膽！我是那麼喜歡宮裡那些漂亮的房間，倘若知道我們無權使用，我應該會討厭，應該會逼她清空房間。對，我應該會那麼做。我不該容許媽媽有此作為，應該讓她知道她的重要性來自於和我的關係。

我想要離開溫莎，實在無法面對這群人。我在他們臉上看到幸災樂禍的興奮神情，好想跑開躲起來。

王后說：「國王太累了。他已經奔波了一整天，從西敏宮到溫莎的行程可不輕鬆。」

她與國王一同走出去，媽媽和我跟隨在後。我無法正視媽媽。我知道我應該把對她的滿腔怒火表現出來。我內心裡有一部分並不在乎，但我還是克制住了。也許時機尚未成熟，但就快了。

我徹夜輾轉難眠，而同在一個房間的媽媽竟似乎睡得很安穩。我不明白她怎能容許自己這樣的行為。要是有人藐視她的權威或企圖剝奪一丁點她認為屬於自己的尊嚴，她必定怒氣難消；可是她偏偏不斷地挑戰國王，這其實也是挑戰王權。

更糟的還在後頭。

當我滿十八歲，當我挑起責任後，絕不允許她對我頤指氣使。

我迫不及待想離開溫莎，媽媽和國王同在一個屋簷下太讓我提心吊膽了，何況我鮮少見到他像前一天那麼生氣，簡直就像要昏厥過去——萬一真是如此，也是媽媽的錯。

也許明天就能離開了。

因此當天晚上我戰戰兢兢地下樓用餐。我的恐懼絕對其來有自，雖然國王對我親切備至，我卻發現雅德蕾德伯母不安地看著他，每當她擔心爆發爭執時就會露出這種神情。國王好像當媽媽不存在，目光有如穿透空氣似地穿透她，但一轉向我卻又非常和藹可親，不停地拍我的手。他說明年五月我就滿十八歲了……還有九個月，到時我就成年了。這話他強調了一、兩遍，雖然沒有看著媽媽，但我想他是講給她聽的。

在場有上百名賓客，因為是他的生日，場面自然極為隆重盛大。用餐結束後，王后向國王敬酒，他則起身回禮。

所有人都感到輕鬆自在，就連王后似乎也放鬆警惕，產生了一種安全感。晚宴即將結束，整個過程沒有絲毫不愉快。

事情就在這時候發生了。

國王起身回應眾人的敬酒。大家都以為他又會一如往常叨叨絮絮，但很快地便從這種自以為是的想法中清醒過來。

「謝謝各位祝願我繼續保持健康，」他說道，「我期望上帝能再多給我九個月的生命，在那之後萬一我死了，就不會出現攝政者。」他看著我說：「那麼我便能放心地將王權交由那位年輕淑女獨立行使……」他邊說邊指向我，我則瑟縮在座位上，不敢看媽媽。「……也就是王位的假定繼承人，而不是落入此刻坐在我身旁的某人手中。此人不僅被一群專進讒言的小人所圍繞，她本身也無法行止有度地體現自己的身分地位。此人還曾經惡劣而持續地羞辱我，如今我決定不再忍受這一連串大不敬的行為，而其中我特別要控訴一件事，那就是這位年輕淑女始終被隔離在我的宮廷之外；她本該經常出現在我的宴客廳，卻一再遭阻撓而不得前來，但我已下定決心，絕不再讓舊事重演。我會讓她知道我是國王，我決心伸張王權，將來凡是宮廷裡舉辦的活動，也會堅持要求公主出席，因為這是她的職責所在。」

我聽著聽著，淚水似乎就要奪眶而出。他太憤怒了，他受到太深的傷害，雖然知道他不可能被視為好國王，但他畢竟是個溫文慈善的老先生。說起來他更像個豪爽的鄉紳，他會冒失犯錯，會叨叨絮絮，還經常前言不對後語，但他慈祥善良，對這樣一個人還能再奢求些什麼呢？

我流下羞愧的淚水。我為媽媽感到羞恥，她坐在位子上似乎是驚呆了，難得一次無言以對、驚惶失措，儘管前一晚國王才發過脾氣，她卻好像還是不敢相信自己的耳朵。

一如往常又是王后出面解圍。國王一坐下，她便起身，示意席上的女士們隨她離開餐廳。

我們進休憩廳後，媽媽的怒氣才爆發。

「我……我這輩子從未受過這種侮辱。」她怒喊道，「我們馬上走，我現在就叫馬車。」

「不行，媽媽，」我反駁道，「不能這麼做。拜託，媽媽，聽我的。」

媽媽心神過於煩亂，沒有注意到我口氣之堅定。

王后輕聲細語地說：「你們今晚不能走，時間太晚了，等到明天吧。」

我想媽媽也明白在這個時間要前往克雷爾蒙根本是不可能的事，因此抿嘴握拳地勉強答應留下過夜。

「可是我一刻也不會多待，」她大喊，「明天一早我們就走。竟然這樣被羞辱……在那麼多人面前……」

我的心登時轉硬。不錯，她確實公然受到斥責，可是媽媽，我認為是妳罪有應得，徹頭徹尾地罪有應得。

經過此事後，所有人都看清了我與母親之間關係破裂。我無法同情她，無法原諒她在國王拒絕後仍占用肯辛頓宮的廳房。那些是他的廳房，那是他的宮殿，自行取用可以說是偷竊。

媽媽就是不能記取教訓，導致後來又發生一起不幸的意外。

國王任命了他與桃樂絲生的女兒（如今已是萊耳與杜德利男爵夫人）為肯辛頓宮管理人，意味著她在宮裡也擁有一些廳房。

媽媽怒不可遏。她說宮殿應該是專為王室成員提供便利，這可不包括女演員的私生子在內。但國王顯然不這麼想……一直以來我都聽說他非常疼愛那群克拉倫斯之子，而且自從雅德蕾德伯母來到英國，便將他們全都當成繼子對待。

我不喜歡他們，不是因為出身，而是我覺得其中有幾個太目中無人。不過這不包括萊耳與杜德利男爵夫人，我倒是挺喜歡她的。她來的時候已是大腹便便，後來在宮裡分娩，上下一陣忙亂，惹得媽媽忿忿不平。國王派來幾位御醫，據說男爵夫人的情況相當嚴重。

媽媽事先安排了一場晚宴，我對她說：「媽媽，妳得取消宴會。國王的女兒住得這麼近，情況又不樂觀，我們不能辦宴會。」

媽媽生氣大嚷：「國王的私生子和我有什麼關係？憑什麼為了那種人，我就不能宴客？」

「媽媽，」我說，「她住在這裡。大家都很擔心她。」

媽媽聳聳肩，還是繼續籌備。宴會照常舉行，不料尚未結束，男爵夫人便去世了。

我嚇壞了，真不想和類似行為牽扯上關係。我去找李琴，她當然也贊同我的想法。這個家裡能讓我吐露真實感覺的人似乎只有她了。

在此之後，我變得更加冷漠疏離，而且愈來愈難掩飾自己的態度，與媽媽之間的關係也降到冰點。

哥哥查爾斯試圖勸說我，我則明白地告訴他不要干預與他無關的事情。我心裡很難過，因為我並不想與家人打壞關係，只是查爾斯只聽媽媽的一面之詞，便想說服我，沒有她，我將一事無成。

「不對，」我堅決地說，「有了她，我才會一事無成。」

他說我需要康羅伊爵士來擔任祕書，說他無法想像那對我會是多大的負擔，一個這麼年輕又缺乏經驗的女孩怎能獨立治理國家？

我說：「自然會有一群大臣幫我。」

那些是我想要的人。不是媽媽，不是康羅伊爵士，不是哥哥查爾斯。

查爾斯很快就離開去找李奧波舅父。

就在他拜訪舅父後，史托瑪男爵來了。

我知道他和亞伯特非常親近，夏蘿特去世時，他也陪在李奧波舅父身旁。他比舅父年長三歲，極有智慧，我常聽舅父這麼說，而我當然相信他說的每句話。李奧波舅父迎娶夏蘿特時，將這位克里斯欽．弗德烈．史托瑪醫師帶到英國擔任私人醫師，由於舅父自己也是病痛纏身，自然非常需要他。舅父對史托瑪信任有加，甚至讓他協助教養亞伯特，對他的敬意可見一斑。

我熱情地迎接史托瑪男爵，母親也是。他是李奧波舅父的親信，我很樂於見到他，但我很快便察覺他也聽信母親的說詞，開始力勸我接受康羅伊爵士當我的祕書。

對此我異常堅持。過去幾個月來，我已堅強許多，或許是因為媽媽動作頻頻，讓我愈來愈看到她醜陋的一面，但也或許只是因為我長大了。

哥哥查爾斯加入史托瑪，試圖削弱我的決心。我還年輕，太年輕了，他們一再反覆地說，真讓人想摑他們一記耳光。我太缺乏經驗了，他們說。

我指出他們對這個國家並不熟悉，比我還缺乏經驗。

他們聽了愕然，但我斬釘截鐵地告訴他們，我不會被迫作出將來可能後悔的決定。

稍後，利物浦勛爵來到肯辛頓。他見了康羅伊爵士，我知道後者為保住自己的政治地位費盡唇舌。我若能有任何發言權，他的地位早已不保。我猜他告訴利物浦勛爵我還無法勝任統治者，還需要有人引導，說我年紀還太輕。這些都是他說過也經常向我暗示的話。

我好不容易才得以與利物浦勛爵單獨見面。

他說：「既然妳不肯在即位後，讓康羅伊爵士擔任私人祕書，那麼妳願意把自己交託給首相嗎？」

我見過墨爾本勛爵一、兩次，留下非常好的印象，便立刻回答說這樣再適當不過。那麼也許能讓康羅伊爵士擔任王室司庫一職，利物浦勛爵建議道。

「不行，」我說，「絕對不行。康羅伊爵士不能在我的內廷擔任任何職位。」

我懇求利物浦勛爵盡可能理解我不得不採取的立場。

他目不轉睛地看著我，然後說：「我理解。」

這下感覺好多了，因為我相信只要能擺脫那個讓我極其厭惡的康羅伊、逃離母親的掌控，並得到一個像首相這樣飽經世故者的建言（他畢竟掌管了國家事務），我就能抱著些許信心面對未來的任務。

國王信守了堅持讓我出席他下次宴會的承諾。他的大發雷霆想必讓母親深受震驚，儘管她嘲笑他是個老丑角，卻也明白王命一下就得遵從。

她對他的侮辱似乎無動於衷，還說他傷害自己多過於傷害她，這點我不認同。不過我早已不再認同母親的任何想法。

眼看我的十八歲生日就要到了。不知為何，我總認為一旦到達那個年紀，從前不得不忍受的許多惱人瑣事就會煙消雲散。

母親一提到國王就好像他命不久矣。的確，我知道他愈來愈衰弱，她卻是恨命運弄人，讓我在國王在世期間悄悄地、慢慢地來到了十八歲。有時候看起來彷彿是我和威廉伯父在競賽，他會不會在我滿十八歲前去世？他也是這麼想的，而且我很確定他下定決心不會在我成年之前撒手西歸。他痛恨我母親正如同母親痛恨他，也許他的恨意更深，因為知道母親一心盼著他死。

當我發現王后缺席，不禁心慌意亂。她不在時，一切都無法順利進行。國王告訴我她身體不舒服，所以堅持要她休息。

我表達了關懷之意，他龍心大悅，說道：「她很快就會康復的，妳也知道她太操勞了。」

「我知道她不在的時候，大家都會很想念她。」我說。

他點點頭，卻在同一時間瞥見了母親堅持邀請同來的康羅伊爵士。

國王傳喚宮務大臣，只見柯寧罕勛爵匆匆趕來。

國王指向康羅伊爵士說：「我不容許那個人出現在我的宴會上。把他趕出去。」

柯寧罕面露惶惑。國王咆哮道：「你沒聽見嗎？趕出去！趕出去！我不許他在這裡。」

換作他人定會羞愧得無地自容。我從未見過任何人被逐出國王的宴客廳。

康羅伊爵士卻傲慢地對柯寧罕勛爵笑了笑，被請出去時，臉上也掛著一抹滿不在乎的微笑。

我好高興。即使其他人企圖說服我應該讓他成為我內廷的一員，至少國王的看法與我一致。

我一連接到幾封李奧波舅父的來信，信中滿是忠告之言。這倒也沒什麼不尋常，他本來就經常向我提出建言，只是現在愈來愈關心。不知道媽媽跟他寫了些什麼，而哥哥查爾斯如此倉促地前往比利時，又跟他說了什麼。

十八歲生日飛快地接近。他們都知道我一旦屆齡，就不再是他們費盡心思想要循他們的途徑導引的那個孩子了。

這一年李奧波舅父十分快樂，因為路易絲舅母又產下一子，因此有一段時間他信中洋溢著這股喜悅。我與他同喜，私心也寧可聽到寶寶的消息，而不是許多要我做這個、不要做那個的指令，何況在我看來有些指令似乎相互矛盾。

新生的寶寶名叫腓力普，李奧波舅父說小里奧波對這個弟弟甚感興趣，卻對他的外貌很不以為然。他偏著頭盯著新生兒看了大半晌之後說：「pas beau frère（弟弟不漂亮）。」

「現在他稍微改觀了，」舅父寫道，「不過看到他時，那張小臉仍會作出古怪表情。之後要為他們冠上頭銜，我想小里奧波就封為布拉班公爵，腓力普則封為法蘭德斯伯爵。」

想到兩個小小孩竟擁有如此顯赫的頭銜，我不禁面露微笑。我也感到格外開心，因為李奧波舅父終於走出與夏蘿特的婚姻的痛苦，找到了幸福。

現在他幾乎鮮少再提及家人，倒是經常訓示我應該如何挑選內廷成員、應該如何與閣員互動……當時機成熟時。我開始憂慮起來，只希望時機暫且不要成熟。

李奧波舅父寫道：「我的目標是讓妳不會成為任何人的工具。」

讀完信後，這句話縈繞在我腦海許久，甚且浮現出一個堪稱不忠的想法。不成為任何人的工具……沒錯，也包括你在內，親愛的舅父。

在我生日的前幾天，柯寧罕勛爵造訪了肯辛頓宮，媽媽遣人來喚我到會客廳。我到了之後立刻意識到有大事發生，媽媽臉色鐵青，康羅伊爵士自然也是一臉氣惱。

柯寧罕勛爵向我鞠了個躬說道：「國王陛下命我帶來一封信，而且必須親自交給您。」

「謝謝。」我說著取過信來。

若是可以，媽媽必然已替我將信收下，我猜在我到達以前，她和康羅伊爵士曾試圖染指此信，只可惜國王特別囑咐了柯寧罕勛爵只能把信交給我。

我覺得神氣極了。

媽媽說：「好啦，拆信吧，親愛的。」

我發現康羅伊爵士那雙蛇蠍般的眼睛正盯著我看，便回答說：「我回到起居室以後再拆。」

我充滿了自信。再過幾天就是我的十八歲生日，現在媽媽還想干涉我的事已嫌太遲。她渴望成為英國攝政者的心願已然落空，如今她也該明白我已長大成人，不會再容忍他人干涉。

我走出客廳，拆開信一看，國王表示要給我一年一萬英鎊，還要送給我自住的家——可與母親分居。

我樂不可支。感覺就像一名囚犯，終於自由在望了。

然而我當然不可能如此輕易逃脫。媽媽和康羅伊爵士查出了信的內容，便共同擬訂一份文書要我簽字。我讀完後拒簽，因為上面寫著我滿懷感激地接受一萬英鎊的慨贈，但因年紀尚輕又無經驗，因此請求繼續住下來。文書中還說我的收入不應該「不受母親管制」。

我說我想問問某位閣員的意思，例如墨爾本勛爵。

他們滔滔不絕地說個不停。媽媽一再反覆地說她為我做了多少事，說我誤判了自己的力量，說我脫離束縛的時間太短了，對自己尚無把握，需要聽從建言。我想到李奧波舅父，但我知道他會說「簽吧」，因為他說過我暫時還需要依附母親。

我心想：如果簽了，也只是幾天的事。一旦滿十八歲，我高興怎麼做就怎麼做。

我簽了名，只為打斷母親的叨念並逃離那個男人的邪惡目光。

我一離開他們就立刻後悔了，於是我寫了一份聲明給國王，說那份文書並非出自我的本意。

我知道他會理解，他也顯然理解了。

那重要的日子終於來臨。我的十八歲生日。我成年了。

當我躺在床上思索這個日子的意義，忽然聽到窗下傳來歌聲。是科芬園劇院的音樂總監喬治．羅德威，我後來才得知那首歌是他特地為我的十八歲生日所作。

我猜這是媽媽特意安排的驚喜。她如此貼心地用我最喜愛的娛樂來討好我，但我並不感激，反而冒出一個想法：她實在太擔心了，所以努力地想安撫我。

國王送給我一架平臺鋼琴，是我所見過數一數二的華麗鋼琴。我立刻衝上前去彈了起來，媽媽則是面有怒容。我知道她很想退回禮物，但她辦不到，因為那是我的，而我已經十八歲了。

晚上將在聖詹姆斯宮舉行一場盛大舞會為我慶生，這是國王與王后送我的另一個禮物。真是太好了！這次不許媽媽加以破壞。我很想告訴國王收到他的禮物我有多開心，以後每次彈著這架美麗的鋼琴，我絕對會對他心存感激。

看來所有人都留意到了這一天的重要。倫敦市派出一個代表團來向我道賀，我接見他們時，媽媽也在一旁。

她真教人生氣不耐！她就是學不乖。我一直以為她想必已經了解不能再把我當成小孩看待，殊不知正當我打算向代表團回禮，誠摯地感謝他們不辭辛勞來到宮裡祝福我時，媽媽竟把我推開，自行與他們交談。我清楚地認知到我尚未準備好表達自己的意向，我依然像小時候一樣懾服於她。因此我默默地聽她告訴他們：我的一切都要歸功於她這個寡婦的教養，她為了我奉獻犧牲，從未怠忽職責。

代表團員們既驚愕又失望，因為他們想交談的對象是我，而且也不太喜歡媽媽；他們不喜歡她的浮誇打扮，不喜歡她的口音。我無法想像曾經那麼堅持要我說英語不帶一絲德語腔的她，為何看不出他們憎惡她的腔調呢。

我發覺自己皺起眉頭，冷漠而嫌惡地看著媽媽。

當天稍後我們搭馬車穿過街道。

「我們得露個面。」媽媽說。

我想回答：「不，媽媽，是我得露個面，有沒有妳作伴都無所謂。」

但她依然故我，當民眾高呼我的名字，她卻像女王似地將頭側傾。我對著他們微笑揮手，看到大家如此愛戴我，心裡暖洋洋的。

但媽媽似乎仍覺得眾人歡呼的對象是她。

接著便該準備去聖詹姆斯宮參加舞會了。和以往一樣，一碰到類似場合，心裡總不免湧起陣陣憂懼，不知道國王和媽媽之間又會發生什麼衝突。

我最愛舞會了！我想翩翩起舞，跳上一整晚。要為一場盛會畫下句點，再沒有比跳舞更令人快樂的選擇了。而媽媽會把一切都搞砸——如果她能夠的話。

不過這次她沒有，倒不是因為她已不懷恨，只是因為國王與王后都沒有出席。

這是個美妙無比的舞會。舞動之際，我將過去一年的惱怒與恐懼都拋到腦後。陪我開舞的是諾福克公爵的孫子，他舞跳得極好，舞步精準而完美。我感覺彷彿在空中飛舞。

而這只是開始而已。

我一直跳著，沒有歇息，乘車回家途中，街道上還有人民在向我歡呼，我是多麼地快樂。

十八歲！我通過了人生的轉捩點！

第二天在日記裡，我大書特書，描寫群眾是如何夾道佇立，只為了目睹我乘車經過。

「我太開心了。」我寫道。

我一直待在起居室裡，幾乎沒有和媽媽說話，她晚上就寢時，我也假裝睡著了。

她和康羅伊爵士怔忪不寧。

媽媽寫了字條給我。她大概以為書面比口頭更能感動我，因為她一開口就會暴怒，一大串惡毒言詞如砲火猛射，我則是置若罔聞。她盛怒咆哮之際，我會呆若木雞地坐著，然後再藉故離開。

她和康羅伊爵士想必感覺到我正逐漸脫離他們的掌握，兩人心焦如焚，也許康羅伊爵士尤然。儘管媽媽想要成為攝政者的鴻圖大計未能成功，她畢竟是女王的母親，總會有一定的地位，而康羅伊爵士卻可能從此斷送前途。

「妳還那麼年輕，」媽媽寫道，「到目前為止，妳的一切尊榮都要歸功於妳母親的名聲……」

不，媽媽，我暗想。我所擁有的任何一點尊榮都是我自己的，儘管有這樣一個母親。

「對於妳自己的才能與理解力不要太樂觀……」

不，媽媽，我沒有。我只是決心不再當妳和妳友人康羅伊爵士的傀儡……

六月過了一大半之後，溫莎傳來重大消息。國王已非常虛弱。

在一八三七年六月二十日星期二那個永難忘懷的清晨，我從睡夢中被喚醒，發現媽媽站在床邊。

「快醒醒，維多利亞，」她說，「坎特伯里大主教和柯寧罕勛爵帶著御醫來了。他們等著要見妳。」

「為什麼，媽媽？現在幾點？」

「六點。」她說，「但別管時間了。他們正等著要見妳。」

我知道這是什麼意思，不禁打了個寒噤。

我下床後穿上睡袍與拖鞋。

「來吧。」媽媽說著帶我走進起居室。

來到門口時，我停下腳步看著她。

「媽媽，我自己進去。」我說。

她直瞪著我看。

但是當時我知道自己占據著什麼地位，甚至可以感覺頭頂著王冠。如今我已無須聽她發號施令。

「我自己。」我再說一遍，口氣堅定。

的。

她一臉愕然，但並未企圖攔住我。

那三人見我趨上前來，立即下跪，我明白這是何意。我泰然自若地伸出手讓他們親吻，彷彿事先演練過似的。

他們稱呼我女王陛下，我登時一陣情緒激動，我和他們都熱淚盈眶。當時我披散著頭髮，還只穿著睡袍與拖鞋，看起來想必既年輕又無助。

大主教告訴我國王駕崩時十分安樂，他臨終前已將心靈轉託於宗教，作好了死亡的準備。

我轉向柯寧罕勛爵詢問王后的情況，因為我知道她愛他。

我說：「請代我向王后轉達哀悼之意。」

柯寧罕勛爵回答：「我會即刻遵行陛下的旨意。」

我隨後便離開，走進臥室更衣。

我十八歲。我是女王。說也奇怪，腦海中第一個浮現的念頭竟是：現在我可以一個人獨處了。

3

加冕的女王

「我最親愛的妹妹，這一天終於來了……我們所有人等了這麼多年的這一天。想想妳有多麼光輝美好的未來呀！希望妳享盡世間的幸福歡樂。」

「祈求上天讓我能做對的事吧，費歐朵。」我說。

「我知道妳會的。」

我說：「我會做我認為對的事，但那會是真正對的事嗎？」

我穿上黑色洋裝，下樓吃早餐。一切都不同了。如今我是女王，有個念頭在腦中一再反覆出現：我必須好好表現，必須展現智慧，必須克盡己責，必須放下所有輕浮的玩樂欲望，必須為國效力。

李奧波舅父會告訴我該怎麼做，一直以來他都在旁指引我；但他終究是另一國之君，比利時國王插手英國的統治其實並不合適。我知道將來得提高警覺，即使對李奧波舅父也不例外，因為一個好國王（而我確信他是）必會將自己國家的利益放在第一位。

是的，我必須小心翼翼。

用早餐時，史托瑪男爵下樓來與我談話。他很有智慧，但畢竟是李奧波舅父的人。當上女王之後，一切都變了。

我與他談起威廉伯父，也談起對雅德蕾德王后的同情不捨，因為我明白她必然哀慟逾恆。

用餐後我離開他，進入起居室寫信，一封給李奧波舅父，一封給費歐朵。

署名「維多利亞．R[7]」，多奇怪的感覺。

我寫信時正好收到首相來信，說他將會在九點以前前來拜見。

墨爾本勛爵當首相，我非常滿意。之前見過他一、兩次，對他英挺的外表、彬彬有禮的風度與風趣的談話留下極深刻的印象。

收到信時，李琴就在旁邊，我對她說：「我要**單獨一人**見他，將來我也打算單獨見所有的閣員。」

李琴點點頭。她明白，卻有些不安，擔心王位會改變我。

「它會改變我，」我告訴她，「但親愛的李琴，我對妳的愛永遠不會變。妳會發現女王也可能像從前的公主一樣重情。」

說到這兒，我們都哭了起來，她跟我說我是她生命的意義，此話令人動容。

墨爾本勛爵依約到來。多有魅力的一個人！他鞠躬行禮，親吻我的手，然後用那雙美麗、充滿淚水的藍灰色眼睛凝神注視我，讓人覺得很溫暖。我知道他是想到我這麼年輕便要肩負起千斤重擔。

他的態度畢恭畢敬，讓我感到十分自在，雖然他對我的年輕深有所感，卻也同時傳達了對我的信心，相信我有能力勝任接下來的任務。

「墨爾本勛爵，」我說道，「長久以來我就一直想保留你統領內閣的職務。」

「臣感激不盡，陛下。」他回答道。

「我知道再沒有比你更好的人選。」

「感謝陛下仁慈。」他接著說，「臣秉持職責送來陛下將在樞密院公開宣讀的聲明，請您稍微瀏覽，看是否恰當。」

「是你寫的嗎，墨爾本勛爵？」

「確實由臣執筆。」他說時嘴唇微噘，我覺得十分有趣，不由淺淺一笑。

「我相信一定寫得恰如其分。」我說。

「這只能交由陛下定奪。樞密院會議可以在宮裡舉行，時間應該是十一點半，臣會在十一點左右再次前來晉見，以防您有任何不同意之處。那麼臣便不再占用陛下的時間，好讓您仔細研究此聲明。陛下若有需要，臣隨時恭候差遣。」

「你真是貼心，墨爾本勛爵。」

他回答道：「微臣感謝陛下恩寵。」

他話中帶著戲謔，在我聽來風趣極了。由此可知，以後和首相的會面將不會如預期般枯燥乏味，儘管討論的問題極其嚴肅，氣氛也會是輕鬆的。

7 譯注：拉丁文Regina（女王）的縮寫。

我打從第一天就知道自己何其幸運能有墨爾本勛爵當首相，他不但善良、誠實、聰明，還如此具有魅力。

他走後，我細讀了聲明，並寫下想法。我得在樞密院諸公面前表現出適度的威嚴與謙虛，這點至關重要。

我認為墨爾本勛爵的聲明表達得高明得體，由於他也會在場，我應該博取他一定程度的信任。他先前看我的眼光讓我有了自信。他著實是個感情豐富的人，從他眼中可以看出他在在意識到我的年輕，也因而產生了保護心態，但卻又無時無刻不忘記我是女王。想到這點便令人甚感欣慰，也再次慶幸首相是他。其實也很可能會是其他人，例如威靈頓公爵或皮爾爵士，他們當然都具有高尚情操，只是少了墨爾本勛爵的魅力。一個女王對首相的倚賴確實大哉。

十一點時他又來了，問我在樞密院會議開始前，有沒有什麼話要對他說。

「希望我不會讓他們失望。」這麼說是因為我覺得可以和墨爾本勛爵這樣說話。

「怎會讓他們失望，陛下！他們會為您深深著迷的。老實說吧，女王比國王更迷人，而一個美麗年輕的女王……那就更無可匹敵了。無須疑慮不安。您的年輕……您的性別……這些都是優勢。」

「你真的這麼想？」

「是的。」

「但也許不是所有人都跟你一樣啊，墨爾本勛爵。」

「但願不是，陛下。我可不希望自己屬於平庸之輩。」

我情不自禁地笑了，心情也跟著輕鬆許多。他讓我覺得這倒也不是太嚴酷的考驗。

「我只是不知道該如何面對他們。」

「忠於自我就好，陛下。再沒有人比您更悅人了。」

呵，他真是太會安慰人了！面對那些人時，我應該時時刻刻想著他。

會議在肯辛頓宮的紅廳舉行。

媽媽本想陪同，但她也漸漸明白從今早開始一切都已不同。

我獨自前往。坎伯蘭與索塞克斯兩位叔父還有墨爾本勛爵正等在門口。坎伯蘭的樣貌一如往常地令人厭惡，相較於英俊的墨爾本勛爵真是天差地別；墨爾本對我露出無比迷人的微笑，眼中閃著光（但敬意絲毫未減），彷彿我們倆之間有什麼密謀。

我被帶到座位坐下。宣讀聲明時也一直坐著，很高興沒有出任何差錯。

接下來是一連串的儀式。有許多樞密顧問要宣誓就職，我還接受了諸位叔父行君臣之禮，還有一些重要人士，諸如帕默斯頓勛爵、威靈頓與皮爾爵士等，向我行親手禮並宣示效忠。

我並不緊張，也感受到所有人（除了墨爾本勛爵外）都驚訝於我自信的態度。他們大概以為會看到一個緊張兮兮的年輕女孩。

我回到我的房間接見墨爾本勛爵、約翰．羅素勛爵[8]、奧博瑪勛爵（我的掌馬官）與坎特伯里大主教。

墨爾本勛爵悄聲對我說：「您太出色了。不愧是女王……徹頭徹尾。」

然後試煉才算結束。

他的表達方式真令人動心！

我想告訴他，原本可能是個嚴厲考驗的場合反而成了鼓舞人心的經驗，這得歸功於他以及他為我喚起的自信。

想到將來還能不斷與他會面商議便興奮不已。我心想，這個國家受到非常妥適的管理。

我花了幾個小時寫信。最主要的是必須向雅德蕾德王后表達哀悼之意，她待我向來是那麼慈祥溫柔。親愛的伯母呀！此刻的她該有多麼徬徨孤單。她應該也會想到我——無疑會回想起我兒時的點點滴滴。送我「大娃

---

8 譯注：約翰．羅素（John Russell, 1792-1878）：英國輝格黨政治人物，曾兩度擔任英國首相。

娃」那時應該是最快樂的回憶之一。但也有許多不那麼愉快的回憶——全都是因為媽媽。這倒提醒了我。

李琴進來時，我對她說：「李琴，我的床要移出母親的房間，以後我要自己睡。」

「我會命人立刻去做。」李琴說道。

我反覆思考著關於李琴的事。如今應該在內廷幫她安插個職務。

她回來後告訴我說床已經移出母親的房間。「公爵夫人相當生氣。」她又加了一句。

「算了，」我回答道，「這恐怕不會是唯一惹她生氣的事。」

李琴搖了搖頭。

我說：「李琴，妳要擔任什麼職務？」

「我向上帝禱告，只要維持原狀就好了。」

「李琴，我已經不需要家庭教師了。」

她面露驚惶，我連忙張開雙臂抱住她，接著說道：「可是我永遠都需要妳。」

她輕聲啜泣起來。親愛的李琴啊！她這一生最害怕的就是和我分開。

她說：「親愛的，我想我不要擔任什麼職務比較好，只要讓我留在您身邊……永遠……我是愛您的……而且不可能有人比我更愛您了。」

「我最親愛的李琴，妳永遠都是我的朋友。我就給妳一個『女王貼身女侍』的頭銜，妳看如何？」

「有這種職位嗎？」

「我來製造一個不就有了，何況有什麼理由不能讓妳首開先例？我會問問墨爾本勛爵。」

「首相！他不會想管我的事情的！」

「他當然會了，李琴。他是最善解人意的人，他是那麼親切和藹……那麼樂於助人。」

「您太快下斷論了。您老是這樣。」

「但有時候卻是很明智的斷論。我打從第一眼就厭惡康羅伊爵士，而且我愛妳。我這樣不對嗎，李琴？再說妳竟敢批評女王！」

我們倆擁抱在一起，這時衝鋒醒了，爬出狗籃跳入我懷裡。

「可愛的衝衝！牠就是不甘寂寞。」

我感到非常快樂，對未來充滿信心。有李琴做為摯友，有可愛的衝鋒，如今還有……墨爾本勛爵。

他再度造訪，我喜從中來。他一開口就說大家都對我在樞密院會議上所表現的儀態印象深刻。

「請相信臣，陛下，他們全都不勝仰慕。」

「我想是康羅伊爵士讓大家以為我是個輕浮膚淺的少女。」

墨爾本勛爵沒有否認。

「我要將他趕出我的內廷。」我告訴他。

「這我並不訝異。然而，他還是會留在公爵夫人府內。這件事我們得……很快地……找個時間詳細商量一下……當然了，如果陛下允許的話。」

「好，我很樂意。」我說。

「到時候再來處理康羅伊師傅的事……陛下和臣一起。」

我笑了。身邊有這樣一個人真好！

「對了，剛才說到樞密院會議有多成功。聽說他們稱讚陛下的手芳香細緻。」

「他們真的這麼說？」

墨爾本勛爵一手按在胸口，舉目向天。

「臣可以發誓，陛下。」

我又笑了，他也跟著一起笑。他就是有這種天賦能讓一切都變得有趣。

他離開後，我決定不讓康羅伊爵士再多待上一天，反正此舉已獲得首相首肯。於是我送了字條通知他，我已不需要他服侍。

不知道他會有何反應。我想像著他去找母親，然後兩人一起哀嘆命運殘酷，竟讓我成年坐上王位，毀了他們共同治國的宏遠計畫。

能夠脫離他們讓我高興到甚至心生些許同情，但不多。畢竟還有太多其他的事需要我操心。

我說要在樓上用餐……獨自一人。

多麼舒暢痛快呀！感覺可以心滿意足地回顧這一天發生的事。

整天都沒有見到媽媽，到了去向她道晚安的時候，有些忐忑不安。

她看起來不太一樣，甚至可以說消沉。見她如此不同於以往，我心裡有點難過，但仍強迫自己記住她製造過的所有紛亂，也提醒自己，若想讓她快樂，只有屈服於她，也就是說讓她來治理國家。

不行，我必須堅定不移。她自大到了極點，誠如先王所說，她不適合參與任何國事。她不了解人民，而且在等待的那些年當中做了許多令人反感的事。

不行，媽媽，我心想，妳的野心必須到此為止。

我親她一下，冷冷地說了聲晚安。她一臉受挫，但她知道已無轉機。媽媽再也不敢建議我該怎麼做。

我轉身離開後回到臥室，我自己的臥室，裡面只有我的床，沒有其他人的。

我有生以來第一次得以獨寢。

我躺在床上，回想我當上英國女王的第一天。

就在第二天，墨爾本勛爵來找我。

「關於我們的朋友康羅伊爵士的事，想與陛下商量商量。」他說。那句「我們的朋友」的口氣隱隱透露出康羅伊爵士絕非朋友，墨爾本勛爵也和我一樣不喜歡他。

「好啊，這件事我很想盡快解決。」

「此人是個騙子。」

墨爾本勛爵何其聰明，竟這麼快就發現了！康羅伊爵士欺騙了那麼多人，主要是媽媽，但就連蘇菲亞姑母以及芙蘿拉之輩也都情願為他效力。

「昨天正要離開樞密院時，」墨爾本勛爵繼續說道，「史托瑪男爵來找我，說有些關於康羅伊爵士的事十分緊急，想和我談談。」

「這麼快？」我問道。

「他是個識時務的人。其實陛下是可怕的敵人……迎戰各方邪惡勢力從不退縮。」

他真了解我！

「史托瑪男爵說康羅伊爵士提出了條件。」

「條件？」我驚呼道。

「是啊。像是某種條約吧。但他似乎不明白自己已經戰敗，竟還提出荒唐無比的要求。他想要三千英鎊的年俸、巴斯一等勳章、貴族身分與樞密顧問一職。老實告訴陛下，臣看到紙上寫的內容簡直不敢置信，連紙張都拿不穩。」

「意料之中。」

「的確如此，陛下。」

「真是可惡，我不會答應。」

「說得正是，陛下。但重點是除非我們稍作妥協，否則他仍可能留在公爵夫人府裡服務。陛下可以將他逐出內廷，這也是明智之舉，但是公爵夫人的內府又是另一回事。」

「但我們總不能屈從於他的要求吧。」

「此事十分棘手呢，陛下。」

「棘手？我就是想把他趕走。」

「我們也都想。我們衡量過康羅伊師傅的能力後，都希望他……離開。且再等等吧，陛下，讓他再焦急疑慮一陣子。」

「我很希望聽到他離開的消息，很希望再也不用見到他。」

「您無須見他。事實上，我猜想他也無顏正視陛下，至少應該會羞愧至此吧。不過他真的會嗎？他可是個狡猾的角色。」

「我想把他徹底連根拔除。」

「啊……『那真是求之不得的圓滿結局』。但陛下，處事還是得圓滑些。就暫且擱著吧，反正無傷。」

「而這段時間他會待在我母親那裡。」

「這得由公爵夫人決定。」

「但如果我希望……」

他偏著頭看我，美麗的眼中帶著一絲極為溫柔的神情。他說：「陛下的希望就是首相的律法。陛下，請相信臣，倘若臣揮一揮魔法杖就能達成您的希望，臣絕不推辭。只是此事……此事難辦，既然面對的情況棘手，三思而後行總是上策。」

「就聽你的建議吧，墨爾本勛爵。」

他拉起我的手親吻。

不能直接將康羅伊爵士逐出門去徹底了斷，雖然有些遺憾，但聽墨爾本勛爵的肯定錯不了。

我天天與墨爾本勛爵見面，對他的敬意與日俱增。

我現在已不再那樣渴切盼望李奧波舅父的來信，既然有了可就近諮詢的人，便不再需要他的建議。我想他或許感受到了。由於寫信的次數與內容都減少，他想必能理解我有新的職責，身分地位也已大大改變。

他在來信中寫道：

我親愛的孩子，妳初登高位，但我原來對妳的愛卻不會改變或增加；對於妳新的生涯，我憂慮不已，願上帝助妳，也希望我有此榮幸能對妳有所裨益，能出一份心力助妳成功……

聽說樞密院諸公宣示就職的過程非常順利，我真為妳高興……那份聲明的翻譯寫道：「J'ai été elevée en Angleterre.」（我在英國成長）我想建議妳盡可能常說妳出生於英國。喬治三世對此十分自豪，而妳的堂兄弟們無一出生於英國，因此faire reporter cela fortement（特別強調這一點）對妳有利。不管再怎麼讚美自己的國家與國民都不嫌多。歐洲有兩個國家自讚自誇的地步著實已臻荒謬，一是英國，一是法國。妳對國家的迴護至為重要，而妳剛好出生於英國，且從無一刻離開過，若有人企圖指稱妳不愛國就奇怪了……

李奧波舅父對英國人的批評讓我有些著惱。但我告訴自己，他畢竟不是英國人，外國人看待我們總會抱持某種偏見……或許就像我們看待他們一樣。在我看來，墨爾本勛爵是個十全十美的英國紳士，很難找到比他更討喜的人了。

能認識墨爾本勛爵，我實在太幸運了！

之前聽說他是個擁有所謂「不名譽過去」的人。他曾涉及兩起離婚案件，還有一段風風雨雨的婚姻，獨生子已過世，他卻仍充滿幽默感。在我眼中，他隨時都覺得人生滑稽有趣。

我很希望聽到所有關於他的事，只不過當然不能當面問他。

要找出答案還是有方法的。

我指派了索色蘭公爵夫人海莉葉・雷弗森—高爾擔任管理衣裳的女侍長。她長得極為美麗，而美麗的人向來吸引我。她喜愛衣裳服飾、閒聊八卦，但也會參與各種善行義舉。其實她是個非常有趣的同伴，最好的一點是她愛說話，而且好像對宮裡的每個人都瞭若指掌。

我發現很輕易就能在不知不覺中和她聊起墨爾本勛爵。

她也認為他確實是個風趣又迷人的人。「最不可思議的是，」她接著說，「經歷過那麼些醜聞的他還能當上首相。」

我並不是一次便探聽到整個來龍去脈，又不能每次與海莉葉獨處就拿墨爾本勛爵當話題，不過我總會拐彎抹角地提到他，幾星期後終於拼湊出大部分真相。

他名叫威廉・藍姆，在兄長去世後繼承了爵位，就連出生也帶有浪漫色彩。他母親是美麗的伊莉莎貝・米爾邦克，外祖父是約克夏的一名從男爵，母方家族比藍姆家更為高貴，因為墨爾本勛爵的父親只是第一代子爵。藍姆家族世代都是律師，累積了大筆財富，相較之下堪稱新興貴族。

墨爾本勛爵夫人喜歡受人讚美仰慕。據說艾格勒蒙伯爵便是她的情夫之一。

「墨爾本勛爵的長相酷似伯爵。」海莉葉告訴我，「聽說他小時候在派特沃茲待了很長時間，伯爵對他關懷備至。由於沒有哥哥陪同，威廉很明顯受到特殊待遇，所以傳言也許是真的。」

「太驚人了！」我欣喜地說。

「但也浪漫。」海莉葉補上一句，我暗自認同。舉凡與墨爾本勛爵有關的事似乎都不脫浪漫。

「他年輕時想必英俊非凡。」海莉葉又說。

「他現在還是很英俊。」我堅定地回應。

「這倒也是。像他這種人從出生到死亡都很迷人。他最具魅力之處就是一副無所謂的樣子……我的意思是他從未費勁爭取過什麼，只是理所當然、順其自然地接收一切。他看起來泰然自若，我指的不是對人，對人他當然是風度翩翩。我指的是對周遭發生的事，他總是一派閒適安逸、不慌不忙。」

「我想那是因為他見過太多世面。」我說。

她也同意。

「他的確見多識廣，什麼地方都去過。他與喬治四世十分友好……尤其在他攝政期間。他去過卡爾敦邸、荷蘭邸，當然還去過貝斯布羅伯爵在羅漢普頓的宅第，也就是在那裡認識了貝斯布羅伯爵的小女兒卡洛琳·龐森比小姐。聽說她貌美動人，有個外號叫『愛麗兒』……精靈女王。」

「她一定很漂亮。」我說，「我想妳接下來會告訴我勛爵愛上了她。」

「很不幸地……正是如此。」

「為什麼不幸？」

「一開始女方家人認為他配不上她。」

「墨爾本勛爵？配不上！」我怒吼道。

「他當時還不是墨爾本勛爵，只是威廉·藍姆。但後來兄長去世，爵位由他繼承，他們才改變心意。新婚之初夫妻倆過得很幸福，但後來女方變得……放縱。」

「放縱？怎麼個放縱法？」

「做一些離經叛道的事。」

「可憐的墨爾本勛爵！」

「有人說他為了忍受這些才練就那種疏離、淡漠的態度，只有這樣才能和那位古怪的妻子相處。他們有個孩子……是兒子，和其他小男孩很不一樣。」

「妳是說他精神有缺陷？」

「是的，正是此意。」

「墨爾本勛爵太可憐了。他是那麼好的一個人！那麼歡愉……隨時都是。」

「不過您有沒有發現他有點憤世嫉俗？」

「我會說他在嘲笑世事……因為覺得有趣。他聰明絕頂，這點我可以肯定。」

「他只是把自己封閉在書堆裡。」

「他還真是博覽群書。」

「是啊，確實如此。」

「那夫人後來怎麼樣了？」

「後來，之所以引發大醜聞是因為拜倫勛爵。」

「那位詩人？」

「是的。夫人熱戀上他，而陛下想必也聽說過此人的名聲。」

「聲名狼藉。」

「她不停糾纏拜倫。而拜倫對女人非常殘酷，相好過後就拋棄。在卡洛琳・藍姆完全不顧顏面，如影隨形地追著他跑之後，他也和她好上了，還在墨爾本大宅住了一段時間……據說是九個月。但就像對所有女人一樣，他當然也厭倦了她，之後自然而然就把對方拋棄了。」

「後來怎麼樣了？」

「她嫉妒得發狂，也就是說行為比以前更肆無忌憚。她寫了一部小說。我找到一本舊書讀了，書名叫《葛樂納文》。女主角亞芬達勛爵夫人自然便是卡洛琳本人，亞芬達勛爵是墨爾本勛爵，而壞蛋葛樂納文則是拜倫。這本書流傳極廣，整個上流社會的人都在讀。可憐的墨爾本勛爵與她分手後又回到她身邊，雖然住在同一個屋簷下，但我想是各過各的生活。」

「墨爾本勛爵怎能忍受這種生活？」我問道。

「聽說是他的個性使然。他培養出了現在那種超脫漠然的特質，因此能夠置身事外，冷眼旁觀，不讓自己攪和進去。他全心投注於書本上，據說即便是現在，他仍從未錯過任何一部出版品。對他而言書才是最重要的，能讓他隔絕於日常生活之外，對什麼都漠不關心。卡洛琳當然氣瘋了，她希望自己的外遇事件能讓丈夫嫉妒得發狂，但他沒有，他只是一笑置之。在這種情況下，或許只有這樣才能活得下去。」

「他是個了不起的人。夫人後來怎麼樣了？我知道她已經死了。」

「拜倫一死，事情也隨之落幕。她在無意中得知消息，深受打擊。當時整個人變得瘋癲，不得不加以隔離。她去了墨爾本的布洛凱館邸，最後就在那兒過世了。」

「對可憐的墨爾本勛爵而言，這想必是個快樂的解脫。」

「肯定是吧。當時他已經是國會議員，後來成為愛爾蘭坎寧政府的輔政司。他去了愛爾蘭之後，再次捲入另一樁醜聞。那裡有一位布蘭登勛爵夫人與他關係友好，但布蘭登勛爵指控他與自己的妻子過從甚密而告上法庭。」

「他和那位夫人或許只是朋友而已。他是個非常友善的人。」

「審理此案的首席法官大人向陪審團指出，墨爾本勛爵和布蘭登夫人一樣堅決否認指控，卻沒有人能提出反證。因此案子就撤銷了。」

「我相信這是正確的裁決。」

「後來又發生了佳蘿琳・諾頓的事。」

「此人我聽說過。她不就是劇作家謝里登的孫女嗎？」

「是的。陛下，她是名魅力十足的女子，夫婿比她年長幾歲，卻是微不足道的人物。雖然原本是國會議員，但改革法案通過後，有幾個市鎮遭合併，他也喪失了席次。諾頓夫人請墨爾本勛爵幫夫婿找個職位，墨爾本也的確幫忙找到了。」

「他一向都是這麼好的人。」

「墨爾本與佳蘿琳之間有一些情誼，因為佳蘿琳十分聰慧，也喜歡與人深談。她和丈夫起了口角，丈夫說要和她離婚，並將墨爾本列為私通的共同被告。」

「這就是他涉及的第二宗離婚官司。」

「不難想像此事引起了軒然大波，因為他是首相，托利黨人自然認為機不可失，決定善加利用。諾頓家的僕人出面作證，結果證明他們遭人收買，其中還有不少人的名聲根本大有問題。不久，判決的結果對墨爾本勛爵有利，托利黨人大失所望。」

「我相信這也是正確的判決。」

「您的國王伯父很是高興，但卻也說墨爾本能逃過此劫實在幸運，他的友人都勸他以後要當心點。無論是布蘭登或諾頓的案子，他的確是福星高照。之後他也遞出辭呈了。」

「他當然會這麼做。他會覺得這樣才能捍衛自己的名譽。」

「威靈頓公爵不肯接受他請辭。我認為他的想法是：像墨爾本勛爵如此出類拔萃的政治人物，只因一連幾次的不走運而葬送前途未免可惜。」

「他想得太對了！」我打了個寒噤。萬一墨爾本勛爵果真辭職了呢？那麼首相便會是其他人。我無法想像還有誰能像墨爾本一樣令我滿意。我真的很慶幸他沒有請辭成功。

「他那個兒子呢？」

「死了。」

「唉，他這一生過得也太悲慘了！」

「從某方面而言他是幸運的。卡洛琳夫人其實並不適合當首相夫人，想一想她可能製造出什麼樣的醜聞來。所以沒有她，對勛爵反而更好。至於兒子……就算活著也會是他的傷痛。想想看，博學如墨爾本勛爵卻有個目不識丁的兒子。」

「是啊，說得沒錯。只是他的一生確實悲慘。」

「他恢復的狀況非常好。」

「他是個了不起的人，而且當然了，向來有些人一看到比自己強的人就想弄垮他們。」

「陛下說得對，不過勛爵大人確實捲入了這些事件，而他的女人運似乎也的確差了些。」

「我一向覺得他行止得宜，從不逾矩，因此我敢肯定他是受到一些寡廉鮮恥之徒所害。」

公爵夫人直目注視著我說道：「看來墨爾本勛爵讓陛下留下了不錯的印象。」

「我覺得他誠實坦率，我也相信他一定不會對我說謊。」

我很高興能得知他某些過往經歷。一個歷盡滄桑的人自然會變得老練世故，這讓我對他更加敬佩欽慕。我喜歡他那種閒淡漠然，尤其喜歡他以那樣圓融宜人的態度保護人吧，我想。他給了我勇氣，那是我當時最需要的；他讓我感覺自己完全有能力勝任，並且相信在這樣的人引導下絕不會失敗。

得知墨爾本勛爵曲折驚險的過往之後，我覺得與他更為親近。一個經歷了這麼多變故仍看似毫髮未傷的人，最令我佩服了。我認定這是面對人生的正確態度，將來也得努力效法。

有一回我告訴他，對於他能在我即位時擔任首相，我始終心存感激，最後還加上一句：「因為很可能會是別人。」

「不管由誰擔任，應該都有同樣的能力輔佐陛下。」

「這是我第一次不認同你的看法，墨爾本勛爵。」

「是啊，陛下。」

「墨爾本勛爵，我必須要求你不得反駁女王。」

隨後我們放聲大笑。他則站起身來，鄭重地彎腰鞠躬說：「萬請陛下恕罪。沒錯，老實說，臣心裡是完完全全贊同陛下的。」

他的話裡無一絲正經，他把所有的事都當成玩笑，具有十足的撫慰作用。

我向他提起密友海莉葉，說我一天比一天更喜歡她了。

「陛下真是充滿熱情的性格。」

「任誰都會喜歡海莉葉，她長得那麼俊俏……那麼高䠷。真希望我不是這麼矮小，其他人好像都一一長高了……只有我例外。我老是得抬頭仰望人。」

「不，陛下，是每個人都得仰望您。」

「我指的是身高。」

「有許多公眾人物都是身材矮於一般人卻成就非凡的典範。想想納爾遜勛爵，他個子就不高。還有拿破崙……」

「我可不想像他那樣。」

他一手插進外套口袋，擺出一個拿破崙的姿勢，逗得我忍俊不住。

「我想陛下不用擔心，這個可能性微乎其微。」他說，「啊，這樣的例子比比皆是。依臣之見，高大魁梧的女性是最缺乏魅力的。」

「聽你這麼一說，我覺得好些了，墨爾本勛爵，一如往常。」

「臣能說個祕密嗎？」

「當然，請說。」

「您還記得第一次樞密院會議時，您走進來，看起來是多麼年輕……多麼嬌小……多麼莊嚴嗎？在場沒有一人不是眼眶泛淚，您的……纖弱征服了所有人。正因為您看起來如此年輕、如此動人，使得在場所有男士都願意為您獻上性命。倘若面對的一位身材壯碩的女王，我很懷疑他們會有同樣情緒。」

他眼中含淚看著我，我心想：對，他說得對。他們確實很喜歡我，我可以感受得到。如此說來，身材嬌小或許也不是壞事。

我又笑起來。

「當然了，」我接著又說，「我是有點胖。」

「我們可不想被一具骷髏統治呀，陛下。」

「是因為公爵夫人實在太美了……」我試著解釋，「我很喜歡注視她的臉。她是那麼地生氣蓬勃……幾乎時時刻刻都是。她有個秀氣的鼻子，鼻形極美，我的就顯大，這點你不能否認。」

「我只能說在您臉上，這樣的形狀、大小恰到好處。其實陛下可知？小鼻子的人多半難成大器。」

「是嗎？」

「無可否認。」

我笑道：「女王和首相有這樣的對話還挺奇怪的。我們應該談正事才是。海莉葉就很正經嚴肅。」

「她似乎擁有一切優點。」

「她人非常好，十分優雅高貴。她很關心窮人，參與了一些與奴隸、煙囪清潔工與礦場童工有關的委員會，還說政府應該為這些人做點什麼。她句句肺腑之言，有時候讓我忍不住哭泣。想到那些小孩拖著拖車走過地下通道……身子彎得低低的……他們年紀還那麼小……比嬰兒大不了多少。」

「做這份工作總比餓死好。」

「海莉葉認為應該為他們做點什麼。能不能研究一下？海莉葉說這是政府的問題。」

「若是生計被剝奪，我不認為這些孩子會快樂。這些事最好還是別管。」

「我會擔心，夜裡總會想起。」

「陛下不該為這種事煩心。索色蘭公爵夫人非常值得敬重，身材那麼高䠷，還有個最秀氣的小鼻子，但這並不代表她便是所有智慧的源頭。誠如我所說，身材較小、鼻子較大的人才能擁有更多那分令人稱羨的特質。」

於是我又跟著他笑起來，他讓我忘卻了礦坑底下的那群小孩。我告訴自己，說到底，有工作的確強過餓死。

但我和墨爾本勳爵還是有過一次意見不合，而且我態度之堅定恐怕讓他十分吃驚。閱兵典禮將在海德公園舉行，我萬萬想不到媽媽竟提議讓我搭乘馬車。我相信她的用意在於搭乘馬車的話，她就能陪在我身旁。我想像著她坐在車上，對著向我歡呼的群眾高傲地點頭回禮。

我不由得失笑。

「當然不了。」我說道，「君王得騎馬閱兵。搭馬車閱兵，虧妳想得出來！」

媽媽說我自從感染傷寒以後就沒有騎過馬，恐怕身子不能負荷。

我確實從那時起便沒有騎過馬，也花了很長時間調養，可是搭馬車……絕不！

我將此事告訴墨爾本勳爵，他卻出乎意外地說：「我贊成公爵夫人的提議。陛下不能騎馬閱兵。」

「坐在馬車裡怎麼閱兵呢？」

「那很簡單。大家都會諒解的。」

「諒解什麼？說我的情況不適合騎馬……說我害怕？」

「陛下，那樣太冒險了。要是騎馬就得和威靈頓一起。」

「那有何不可？」

「非搭馬車不可。國會議員們會堅持。」

「他們可以這麼做嗎？」

他嚴肅地點點頭。

「那好吧，」我說，「要是不能騎馬，就不要閱兵了。」

他詫異地看著我。這是我第一次看見他為之語塞。

我壓根不相信閱兵會被取消，但真的取消了。大家都很擔心（包括墨爾本勳爵）已經好一段時間沒有騎馬的我，體力恐怕負荷不了。

當然，我明白他是關心我，我們的關係也沒有產生任何變化。但我想我堅持己意的強硬態度有點嚇著他了。

肯辛頓宮並不是君王的理想住處，因此在即位後兩週左右，我便決定以白金漢宮做為在倫敦的居所。那裡的廳房天花板挑高、光線明亮、舒適宜人，我很滿意。在宮裡仔細巡視有趣極了。我下令讓畫廊與拱廳適度通風，還要在女僕臥室裝設水槽。我應該很快就要前往溫莎，正好趁這段時間完成這些事。很高興衝鋒喜歡這裡的庭園，我們總會一起在草地上嬉鬧得不亦樂乎。

我對白金漢宮只有一點不甚滿意。由於空間太過寬敞，李琴的寢室彷彿遠在天邊。母親當然有她專用的廳室，我也特地安排讓我們的活動空間離得遠一些。有時候我會在半夜醒來，聆聽四下的寂靜。若是聽到木板吱嘎作響，便覺得是腳步聲。在肯辛頓宮時，我從未感到緊張，怎麼可能會緊張？當時我從未落單過，李琴總是坐在一旁，直到媽媽上床。而如今終於如願以償得以獨處，卻又覺得夜晚恐怖。

有一天我和墨爾本勳爵談及此事。他每天早上都會來討論國事，當然也會聊聊其他話題，總之一點也不像女王與首相的交談，我甚至還經常帶著衝鋒。那天當墨爾本勳爵以迷人悅耳的聲音說話，衝鋒立刻予以回應，而且一轉眼就舔起首相的手，我很是歡喜。

「太神奇了，」我高喊，「我可要告訴你了，牠不是對每個人都這麼友善的。」

「牠知道我是您的朋友。不過我很有狗緣。」

「狗兒知道誰對牠們好。」

「在動物的世界裡，供應食物就是對牠們好，不過我相信狗有一種特別的感應力。」

「我也這麼想。」

「這個小東西會拚上自己的命去保護您。」

「對，每當夜裡醒來，看見牠睡在狗籃裡，我也有這種感覺，就覺得非常安心。」

接著，因為我和他說話也能像和李琴一樣毫無顧忌，便告訴他半夜醒來時會有點打哆嗦。「四下實在太安靜了……地方又那麼大……我覺得……挺孤單的。」

他甚感憂心。

「你也知道，」我解釋道，「我一直都很想一個人睡，也直到當上女王才如願。以前我總是睡在媽媽的房間，媽媽就寢前也總有李琴陪著。我一刻也未曾落單過，於是我心想：只要一當上女王，第一件事就是獨寢。早在第一天我就命人把我的床搬出媽媽的房間。可是到了白金漢宮，我發覺自己會不安。獨自躺在床上時，會聽見走廊上有吱吱嘎嘎的聲音……有時候像是腳步聲，然後我想到那許多在床上遭人謀殺的國王和女王。」

「其實陛下是很安全的。」

「他們也都這麼以為啊……但其實不然。我想到倫敦塔裡的小王子和害他們送命的那個邪惡叔父理查。」

「也有一說，他並沒有殺害他們。」

「如果不是他，那麼是誰？」

「有人說是亨利七世。這是霍勒斯．沃波爾[9]在幾年前率先提出的看法。」

「我沒聽說過。」

「我們得找一天討論一下證據。」

「但他們神祕失蹤的事實並未改變。另外還有愛德華二世、理查二世，至於亨利六世和第一代克拉倫斯公爵又怎麼說？他應該是被推入馬姆齊甜酒桶裡淹死的。」

「陛下先祖們的人生還真是戲劇化！可是考慮到時代因素，我想那是無可避免的。」

我忽然想到擁有戲劇化人生的可不只是國王。我親愛的墨爾本勛爵也有其戲劇性的經歷。

他接著又說：「不過不能讓陛下再繼續恐懼下去，一定得讓您睡得安穩。陛下最信任的李琴應該就在身邊吧。」

「在白金漢宮裡，她距離我似乎好遠。」

「我知道該怎麼辦。可以在牆上鑿一個洞，裝一扇門連接隔壁房間，而隔壁房就是李琴的臥室。」

「我不希望不能獨處。」

「當然不希望了。獨處，這是一大成就。您不能再回到受監護的日子。看來必須立即動工，之後陛下定能安穩入睡，不會再滿腦子想著先人血淋淋的下場。」

「墨爾本勛爵，」我說道，「你真是太厲害了，凡事都有答案。」

那項工程在最短的時間內完成了，入夜後我逐漸覺得分外舒坦，對於搬到白金漢宮一事更是滿意至極。

我想在這裡宴客，算是慶賀喬遷之喜吧；但似乎不可能，因為還在為威廉伯父守喪。不料墨爾本勛爵竟如此先進，他認為守喪是落伍的傳統，早該廢止，並提議王室遲早應該廢止此陋習。他說可以舉辦一場音樂會，氣氛不要太歡慶，而是配合守喪期間，盡可能肅穆隆重。

---

9 譯注：霍勒斯・沃波爾（Horace Walpole, 1717-1797）：英國藝術史家、文學家，也是輝格黨政治人物。

「這主意太好了！」我歡呼道，並隨即著手策畫。

我邀請了我最喜愛的藝術家，當然就是葛里西女士，另外還有亞伯塔琪夫人[10]、拉布拉契先生[11]與坦布里尼先生[12]也加入陣容，聆聽他們的美妙歌聲讓我欣喜陶醉不已。音樂會辦得非常成功。

暫停守喪一日是個絕佳的主意，我對墨爾本勛爵如是說。我確信威廉伯父地下有知也會贊同，他向來就是喜歡享受生活的人，絕不想看到眾人因他去世而悲傷。墨爾本勛爵也同意我的想法。

幾天後，我出席了即位以來的第一場正式活動，也就是啟用海德公園貝斯沃特路側新落成的大門，我為之命名為「維多利亞」。我很喜歡這種場合，也真的很喜歡見到民眾，但我事後對墨爾本勛爵說，希望他們不會看厭了我。

「似乎沒有這種跡象，陛下。」他說。

「還沒有，因為他們還不常見到我。但你要知道我還年輕，可能會當女王很久很久。」

「但願如此啊。」他情緒激動地說，美麗的眼中噙著淚水。我再度暗自慶幸有他當我的首相。

我對他說：「再過一陣子，等守喪的話題稍退，我想每週舉辦一場小型舞會，不用太盛大……只是讓朋友相聚的小舞會。你也知道我很愛跳舞。」

「人都喜歡做自己擅長的事。」這是個令人愉快的讚美，而他也覺得每週一場舞會的主意不錯。

「也許可以請一個樂團到宮裡來，在晚餐前與晚餐席上演奏。」

「又是個絕妙主意！」墨爾本勛爵說道，「看得出來您會讓宮廷更富有文化氣息。」

「你真的認為這是好主意……真的？」

「我認為陛下所有的主意都是好的。」

「那麼騎馬閱兵呢？」

「凡事都有例外，這是自然定律。」

「我相信你真的很擔心我墜馬。」

「陛下太久沒騎馬了，何況閱兵既費時又勞累。」

「去溫莎以後，我會每天騎馬，我會向你證明我的騎術不輸從前。」

「我相信您能做到。」

「八月我們就去溫莎。」

「陛下知道即將舉行選舉了吧。」

我大吃一驚。「你還會是首相吧。」

「如果我們再度得勢的話。」

「否則呢？」

「那麼我的位子無疑會由皮爾爵士取代。」

「不行！」

「他是個非常值得敬佩的紳士……極受好評。」

「我無法忍受你不在我身邊。」

「那麼我們會盡力贏得多數席次。」

「我真恨那些托利黨人！」

「他們當中也有一些十分值得尊重的紳士。其實他們的觀點與我們相左，也不完全是他們的錯。」

---

10 譯注：愛瑪．亞伯塔琪（Emma Albertazzi, 1814-1847）：英國女低音歌劇演員。

11 譯注：路易吉．拉布拉契（Luigi Lablache, 1794-1858）：有法國與愛爾蘭血統的義大利歌劇演員。

12 譯注：安東尼奧．坦布里尼（Antonio Tamburini, 1800-1876）：義大利男中音歌劇演員。

「你們當然會東山再起。」

他一聽雙眉高聳起來，我心頭則襲上一股惶惶不安。我知道私底下有不少議論，因為我內廷的侍女都是輝格黨人的妻女。皮爾爵士感到不滿，認為我應該混用輝格黨人與托利黨人。

事實上，李奧波舅父也是這麼想。他曾寫信要我慎選內廷女侍，絕不可受到政治干預。但我和墨爾本勛爵已擬定名單，而且商談得不亦樂乎；所有的女侍自然皆屬輝格派系，墨爾本勛爵屬輝格黨，因此我也是。當然了，我不再像以前那麼聽李奧波舅父的話。他畢竟是外國人（這樣形容一個關係如此親密的人，似乎很奇怪），而墨爾本勛爵就在這裡，當然遠比舅父更熟悉英國政務。

根據法律規定，君主崩逝後，國會必須改選，因此我有職責正式解散國會。若非害怕選舉結果可能從我身邊奪走墨爾本勛爵，我應該會喜歡這樣的場合。履行如此正式而隆重的職務確實令我雀躍萬分，這些工作是那麼地莊嚴，我相信自己做得很好；那段時間幾乎毫無批評的聲音，我的確是個受愛戴的小女王。

出發時我穿了一件鑲有鑽石飾胸片的白緞繡金連身裙，外面披著毛皮襯裡的大紅斗篷，王冠上也鑲著鑽石，整個人光芒四射。

群眾間不時傳來讚嘆聲，宣讀講稿時，我不禁為自己能治理這樣一個國家深感自豪。

演說結束後，墨爾本勛爵走上前來，情緒異常激動。

「您表現得太好了。」他說。稍後他告訴我，知名演員法妮．肯布爾也在現場。她不僅稱讚我聲音優美，還說從未聽過有人說英語說得如此悅耳動聽。

我很開心，也知道這並非謬讚。我一直都孜孜不倦地練習演說，因為媽媽堅持要我不帶一絲德語口音，我只得一再反覆練習，讓口齒清晰、發音完美無誤。再者，聲音是我的本錢之一，無論是說話或唱歌。若不是當了女王，我可能會朝歌唱家之路發展。

只可惜我始終擔心著即將到來的選舉可能奪走我的首相，使得這次精采表現黯然失色。

緊接著選舉熱潮洶湧而至。海莉葉經常提及。她讓我看了一位名叫柯羅克的托利黨員發表在《評論季刊》裡的一篇文章，他呼籲讀者注意我身邊圍繞著輝格黨領袖的女眷；此外皮爾爵士也不斷發表言論，聲稱我受控於墨爾本勛爵，亦即某一特定政黨的首腦——此事必須加以糾正。

某些期刊甚至出現「解救女王脫離輝格暴政」之類的標題。

輝格暴政！他們竟敢這麼說！我與首相的關係乃是建立在理解與信任上。

我也看到傳遍全國的一首歌詞。

「女王與咱同在，」輝格黨人大言不慚；
「因為她賞識，所以留下咱。」
也許是吧，但請容我心存疑竇
一旦被識破，你們還能留多久？

托利黨愈來愈得民心，而我本該能盡情享受的生活（因為我發現自己能全心全意投入這個新角色，並完全樂在其中）則被這股莫大的恐懼給破壞了。我試著想像皮爾爵士每天來見我，想像他一板一眼的態度、他不苟言笑的表情，到時候政治恐怕便不像墨爾本勛爵以無比風趣的方式解釋時那麼容易理解了。也不可能再有愉快的談天時刻。我應該也不能再把衝鋒帶在身邊，我敢說這個小可愛一定不想舔皮爾爵士的手。

「上帝啊，求求祢，讓輝格黨繼續執政吧。」我祈禱著。

關於坎伯蘭叔父有不少傳言。他在威廉伯父去世後成了漢諾威國王，那頂王冠沒有落到我頭上是因為漢諾威採行撒利族法，也就是說女子不能繼承王位。坎伯蘭叔父堪稱是個暴君，一到達漢諾威便推翻立憲政府，讓自己成為類似獨裁者。於是輝格黨回應托利黨的競選主張時，強調坎伯蘭公爵可能回到英國製造紛亂的危險，他們決心要不計任何代價將他摒除於外。那個惡人想把撒利族法引進英國，那麼他便能再多戴上一頂我們的王冠。有些漫畫將我們（我和坎伯蘭叔父）畫在一起，我看起來美麗、年輕又天真無邪，簡直像個天使，而叔父則被畫成有如窮凶極惡的怪物，加上那個大又空洞的眼窩更教人反感。這叫做「對比」。

輝格黨人堅稱只有他們能為我保住王冠。

我永遠忘不了發布結果的那天。

墨爾本勛爵立刻趕來見我。我奔上前去凝視著他，卻解讀不出真相。他總是這麼喜怒不形於色。

「請告訴我事情怎麼樣了。」我懇求道。

他緩緩地說：「托利黨獲得了許多席次。」

「不會吧！」我大喊。

「三十七席，」他說，「但我們還是打敗了他們。陛下，現在站在這裡的依然是您的首相。」

他拉起我的雙手親吻一下。我抬起頭望著他，發現他熱淚盈眶。

八月底來到溫莎，我卻想念白金漢宮。鄉間景致顯得十分蕭條。溫莎有許多禿鼻鴉，那持續不斷的嘎叫聲不僅單調，還有一點沉悶。

我喜愛倫敦，喜愛街道與人群。當然，在溫莎的庭園裡可以盡興地騎馬，這裡的場地可能也是所有王室宅邸當中最好的一處。只不過最初幾天我確實想念倫敦。

後來墨爾本勛爵來了。他騎著一匹駿馬到來，我便與他一同騎馬出遊。森林美得如詩如畫，墨爾本勛爵則是妙語如珠，逗得我樂開懷。

李奧波舅父來信說要來看我，而且很快就會到達溫莎，這消息令我興奮悸動不已。能再見到我最喜愛的舅父，真是太好了。我熱情洋溢地與墨爾本勛爵談起舅父，勛爵只是靜靜聆聽。

接下來溫莎開始像個家了。早上有墨爾本勛爵在（他預計在城堡待上一小段時間），我們一起審閱文書，有了他的解釋易懂得多。現在仍由他掌權執政，我開心極了，不過他確實警告過我內閣只是極微弱的多數，政府處於這樣的狀態並不健全。

「放心，我們會打敗那些愚蠢的老托利黨人。」我說。

「沒有這麼簡單啊，陛下，」他說，「沒有這麼簡單。」

「比起羅伯爵士，大家當然會比較喜歡你吧？」

「可不是人人都像陛下這般聖明。」他回答道，我們又同聲大笑一番。

內廷裡有幾個小孩。我最記得柯寧罕家那幾個，因為他們的黑色睫毛美極了，而且老么會口齒不清地喊我「你王」，我覺得非常有趣。可以的話，我會和孩子們玩耍嬉戲，在長廊上奔跑很好玩，此外我也很沉迷於和女侍們玩板羽球。

我會每天閱讀，考克思的《羅伯．沃波爾爵士傳》[13]對我來說有點艱澀，但華特．史考特爵士[14]的部分小說，以及費尼摩爾．庫柏[15]與布爾沃—利頓[16]的作品，我倒是讀得津津有味。

我讀完後總會和墨爾本勛爵討論，他自然應該是讀了萬卷書，所以能優雅而博學地與我探討這些著作。我想起海莉葉說過他因為無法忍受卡洛琳夫人，便一生埋首於書本之中。

---

13 譯注：威廉．考克思（William Coxe, 1748-1828）：英國神職人員兼歷史學家；羅伯．沃波爾（Robert Walpole, 1676-1745）：英國政治家，被公認為英國第一任首相。

14 譯注：華特．史考特（Walter Scott, 1771-1832）：蘇格蘭歷史小說家兼劇作家，在當代便已名聞國內外。

15 譯注：詹姆士．費尼摩爾．庫柏（James Fennimore Cooper, 1789-1851）：極受歡迎的美國作家，著作等身。

16 譯注：愛德華．布爾沃—利頓（Edward Bulwer-Lytton, 1803-1873）：英國小說家、劇作家兼政治人物。

我常常深思他一生中的傷痛，也因此更加喜歡他。

七點半用晚餐，我安排了樂團在一旁伴奏，以那輕柔的旋律為背景果真舒心宜人。用餐過後，我通常會玩紙牌或西洋棋或跳棋，就這樣度過無數愉快的夜晚。威廉伯父的守喪期滿後，將會定期舉辦舞會，也會有更多音樂會，但以目前而言，安靜的桌上遊戲或許較合時宜。

媽媽會在她專屬的桌旁與幾名侍從玩惠斯特牌戲，也只有玩這個才能讓她保持清醒。有時她會試著與我四目交接，露出懇求的眼光，有時則是憤怒的眼光。和她的關係如此劍拔弩張，我覺得很難過，但別無他法，因為只要稍一心軟，她就會企圖支配、威嚇我，讓我重新接納康羅伊爵士。他依然留在她的府內。目前尚無任何動靜，在要求未獲許可之前，他是絕不肯搬走的。我和墨爾本勛爵談過一、兩次關於他的事，但他總說：「時機尚未成熟，再擱一陣子吧。」

因此我與媽媽之間的態勢始終令人侷促不安。

見到李奧波舅父實在太高興了！他將我摟進懷裡，然後再往後一推，細細端詳，喃喃地說：「我的女王……我的小女王。」

他一次又一次地親我，之後我才去擁抱路易絲舅母。

要聊的話題太多了。小表弟們都好嗎？他們見過費歐朵嗎？孩子們最近說了哪些名言呢？小里奧波仍然覺得「弟弟不漂亮」嗎？

我們一塊兒在庭園裡散步。我喜歡看李奧波舅父與墨爾本勛爵交談……我如此看重的兩人非得彼此欣賞不可，當我發覺他們果真如此，歡喜之情不可言喻。

騎馬出遊或一同散步時，舅父會盡可能與我獨處，然後提起亞伯特表弟。

「妳還記得當初見面時，妳有多喜歡他嗎？」

「記得呀，所有的表兄弟我都喜歡。」

「可是我覺得妳對亞伯特有種特殊的感情。」

「沒錯，我的確認為他是我最喜歡的一個。」

「他是個出色的年輕人。」

「我想也是。」

「他很希望能再見到妳。」

「請他一定要來。他哥哥恩尼斯呢？」

「他們倆都健康無虞。」

「那就好。亞伯特看起來有點虛弱。」

「虛弱？」舅父失聲驚呼。

「他有時候很疲累，又不喜歡熬夜。我最愛熬夜了。我覺得讓夜晚早早結束很可惜。」

「啊，因為亞伯特當時正在發育，這段期間會很容易疲倦。」

「真的嗎？我不記得我會這樣。但話說回來，我不像亞伯特長那麼高。」

「我認為你們倆是天作之合。」

「噢，」我說，「你想到結婚了。」

「妳沒想過嗎？」

「有太多事情要做，所以沒有，舅父，我沒想過。」

「我相信妳想過一次……就是亞伯特在這裡的時候。」

「當時我還年幼，心思浪漫。如今我肩負國家重任，幾乎沒有時間去想……其他事情。」

舅父笑道：「妳即位的時間實在太短，將來妳就會知道王族除了主持儀式、簽署文書之外，還有其他責任。」

我可能惹得他有些不快，便試圖安撫。

「妳說得當然對了，舅父。」我說，「我希望亞伯特能再來一趟。」

「喔，他會的，他會的。」

接著他開始談論其他事情，說到很快再度進行選舉的可能性，因為兩黨勢均力敵，導致政府運作困難。我告訴他因為和墨爾本勳爵相處極為融洽，輝格黨能繼續執政讓我鬆了一大口氣；又說想到他可能被取代，我一點都高興不起來，還說親愛的拉布拉契正在替我上歌唱課，每週兩堂。

「在繁忙之餘，這的確是輕鬆愉快的消遣。受邀授課的拉布拉契高興得不得了。他想讓我多以法語演唱，但其實我比較喜歡唱義大利語，感覺上和旋律契合許多。親愛的舅父，你得和我來幾首二重唱，我學了一些你最喜愛的歌曲……正是為了能與你合唱。」

他十分開心，也果真和我合唱了。舅父說我的嗓音有如黃鶯出谷，還要我代他稱讚拉布拉契教導有方。

到了晚上，我會和路易絲舅母下西洋棋，她的棋藝相當高明，應該是經常與舅父切磋的緣故。

有一回我們正在下棋，幾位男士顯然很期望我打敗她，紛紛圍到棋桌旁觀戰，其中包括墨爾本勳爵、帕默斯頓勳爵與柯寧罕勳爵。他們個個替我下指導棋，卻經常意見相左。我覺得當你專注地思考戰略卻有旁觀者不斷提出建議，天底下再沒有比這個更擾亂人心的事了——尤其是下棋的時候。我也自然輸給了舅母。

我轉向在一旁出主意的人說：「比利時王后戰勝了我的樞密大臣。」

他們都覺得有趣，我卻覺得要是沒有他們擾亂，我會表現得更好。

舅父與舅母在溫莎待了三星期。我力勸他們再多住些時候，但舅父直言他還有個國家要治理呢。

他臨行前說：「亞伯特經常想起妳，希望你們很快就能碰面。」

我向他保證，我很樂於再見到亞伯特。

然後他們走了，我多麼想念他們！

於是我立刻坐下來給李奧波舅父寫信：

我最親最愛的舅父：

謹以此隻字片語寄上我訴說不盡的感謝與難以言喻的哀傷，感謝的是你對我如此體貼關愛，哀傷的則是你們的離去。我有多麼悲傷、多麼孤寂，有蒼天為證。最親愛的舅父啊！我該會多麼想念你，無論在哪個角落。我該會多麼想念與你的對話！我該會多麼想念在你的保護下騎馬出遊。呵，我真的真的好難過，一提起你們倆就忍不住掉淚。

再會了，我心愛的、如父親般的舅父！願上天佑護你，也請不要忘記最愛你、最忠於你、最依戀你的、如孩兒般的外甥女。維多利亞·R

我多麼慶幸當時墨爾本勛爵與帕默斯頓勛爵就住在溫莎，他們確實有助於紓解我的憂傷——兩人都功不可沒，尤其是墨爾本勛爵。

在溫莎的一大樂事便是閱兵。我穿著幾乎堪稱溫莎的制服，還配上藍綬帶。我在溫莎有一匹美麗的小母馬，名叫芭芭拉，只是太活蹦亂跳，因此在墨爾本勛爵的堅持下，我去閱兵時騎的不是這匹，而是另一匹穩重的老馬利歐伯。勛爵的堅持果然明智，參加這種為時兩個半鐘頭的儀式的確需要有耐心的坐騎。

「好啦，」事後我對勛爵說，「我已經向你證明我可以騎馬閱兵了，告訴你吧，首相，我絕不會坐在馬車裡閱兵……除非很老很老以後。」

「陛下真是了不起。」墨爾本勛爵說完隨即別過頭去掩飾自己的情緒。「恕臣不敬。」他說。

親愛的墨爾本勛爵！我對他的喜愛與日俱增。

不得不離開溫莎時，我難過不已，雖然只待了六星期，我卻已愛上這裡。快樂的時光總是過得特別快，在這美好的一年裡，我度過了有生以來最歡樂的夏天。人民喜愛我，每當我出現在公開場合便能聽到讚美聲，和心愛的舅父共度了三星期，而墨爾本勛爵也保住了首相之位，儘管如某些人所說贏得驚險，但畢竟是挺住了。選舉或許是唯一美中不足之處，但墨爾本勛爵說得對，持續的完美可能有些乏味，不妨偶有烏雲蔽空，才更讓人體會到夏日晴空之美。

不過一切都很順利，光輝閃耀的一年繼續著。

唉，非得離開溫莎不可了，我得回倫敦主持國會開議。

回程中順道造訪了布萊頓，下榻之處當然就是我那位性情古怪的喬治伯父命人建造、風格怪異至極的宮殿。

這稱不上愉快的經驗，因為墨爾本勛爵與帕默斯頓勛爵已返回倫敦，而這宮殿的中國式外觀與天花板低矮的廳室也不吸引我。從這個奇怪的建築裡只能瞥見一丁點海面，無趣得很。

我寫信給墨爾本勛爵講述我對此地的印象，並強調我有多遺憾他不在身邊。

他以他慣有的迷人風格回了信，坦誠感謝我對布萊頓之行的描述。

承蒙陛下不棄，願與臣下同享美景，臣亦求之不得；但陛下立即便將察覺臣不在為好，否則恐將落人口實，指臣企圖利用民心坐收政治之利，並將陛下個人受百姓愛戴一事與臣本身及政府混為一談……

他說得也許沒錯，但人民實在太麻煩了！他們為什麼就不能接受墨爾本勛爵為首相，對他心存感激呢？我可以確定沒有人比他更適任。

我十一月驅車進入倫敦，民眾熱情歡呼歡迎我回來，能再回到心愛的白金漢宮令我高興萬分。國會開議式之前，我要先參加倫敦市市長在市政廳舉辦的宴會。

這回我明白地看出媽媽不太了解我們之間的狀況。

她寫了一張便箋要求我允許康羅伊爵士出席宴會。

我驚訝不已。難道她不知道康羅伊爵士提出了什麼要求？墨爾本勛爵稱之為勒索。我真心希望這件事能圓滿解決，把康羅伊爵士趕出宮廷，偏偏交涉事宜仍懸而未決。

「女王呢，」媽媽寫道，「應該忘記公主的憎惡。」

我將字條拿給墨爾本勛爵看。「我真的很討厭那個人。」我說，「我永遠忘不了當初他自以為能掌控我的時候，對我有多麼無禮。」

「如今，」墨爾本勛爵說，「是您能掌控他了。」

「可是他人還在這裡。媽媽說我對他的態度已經引發議論。」

「居於高位者的態度總會引發議論。」

「她說我對這件事的固執傷害自己更甚於傷害康羅伊爵士。」

「您覺得受傷嗎？」

「沒有，他一切都是罪有應得。他是這世上最可憎的人。」

「那就無視他吧……直到我們作出決定為止。」

「我該怎麼說？」

「什麼都不用說，別管母親的信了，擱著就好。」

「我真的好希望能跟他一了百了。」

「會的……就快了。目前呢……順其自然吧。什麼都不要說，這是上上策。」

我嘆了口氣。實在好希望解決事情，從此再也不用想到康羅伊爵士。

媽媽又來信了。

說真的，我最心愛的天使，這件事也鬧得夠久了。我非常尊敬約翰爵士，更忘不了他為我、為妳所做的一切，儘管很不幸地他不討妳歡心……

這就是了，媽媽，我暗想。我就是忘不了他有多不討我歡心，而妳和他的關係也令我深感震驚。

我永遠永遠不會忘記當日打開門看見他們在一起的情景，以及史佩絲的悲慘下場。

然而，乘車通過倫敦街道前往市政廳途中，我便將這些苦澀情緒拋到腦後了。到處人山人海，無數民眾都前來一睹女王經過，同時表達他們的忠誠。多麼感人的畫面！我微笑揮手，淚水在眼眶打轉。他們了解，也因為我真情流露而愛我。由於我坐著，他們看不出我有多矮，不過墨爾本勛爵說得極對，有不少個子矮小的人卻是功勳卓著，因此不該為自己的身高所擾。

共有五十八輛馬車，市長約翰．柯文爵士帶領著各郡郡長與倫敦市法團的成員來到聖殿門迎接我。這場面真是壯觀動人，我不得不承認我已漸漸愛上類似的儀式場合，不但讓我成為矚目焦點，還有民眾爭相高喊出對我的愛。

不料媽媽又寫來一張充滿怒氣的字條。餐宴上她被安排到不當的位置，竟然讓一些不配的人坐到她的上位，她得見我一面，我不該如此殘忍地將自己的母親摒於門外。她這封信不是寫給女王，而是寫給女兒。

我還是見了她，感覺彷彿又變成肯辛頓宮的那個小孩。媽媽的表現顯然是忘了我已是女王。她憤怒得全身顫動，說我對待她、對待康羅伊爵士都太過分了，說我不知感恩，把她為我做的一切忘得一乾二淨。她一發不可收拾，全是我以前聽過無數次的話，諸如她是如何為我犧牲一切、如何以我的福祉為唯一考量。

進入房間以前，我還覺得自己似乎嚴苛了些，因此下定決心要多和她見面，她畢竟是我的母親。但一看見她這副模樣，舊日的憤恨又回來了，我也再次硬起心腸。

我始終保持漠然淡定，她則繼續說著：「妳對太后可親切了，不但去看她，還說她現在要搬入馬波羅邸，需要什麼家具儘管到溫莎去拿。妳為那個痲臉老太后雅德蕾德做再多都嫌不夠，是吧。妳可憐的母親待遇可就大不相同了。」

我說：「太后對我向來很好，我也一直很喜歡她。她現在哀痛欲絕，因為失去了她心愛的國王，我想盡可能讓她快樂起來。」

「妳老是向著她。就會跟我，也就是妳的親生母親作對。雅德蕾德想要讓妳跟我疏遠。」

「她從來沒有這麼做過。」

「妳看看那些舞會的邀請……正好趁機把妳和喬治．劍橋湊成對。」

「她認為我應該過正常的童年生活，我應該有點娛樂，多和其他孩子相處。她知道我在肯辛頓多像個囚犯。」

「真是聞所未聞的無稽之談。還有那些私生子……那群克拉倫斯之子，妳對他們也照顧得無微不至。」

我說：「他們從來沒有傷害過我。雅德蕾德伯母也視他們如己出。」

「那就是她笨！這些人妳都特意善待，而妳可憐的母親呢，以前那樣照顧妳，把一生都奉獻給妳……」

我冷冷地說：「媽媽，妳讓我衣食無虞，可是妳的目的是為了藉由我變成攝政者，所以我對妳才那麼重要……妳不是為了我……而是為了妳自己。妳總是把我推到一邊，荒謬的是常常都是在民眾來看我的儀式上。他們高呼我的名字，妳卻當成在向妳致意，其實從來都不是，而且也不是對我，而是對女王的身分。我們就持平地說，老實地說吧。我現在是女王了，我不會把康羅伊爵士留在我的內廷，也不會聽憑妳指使。這裡有妳的住所，除非受邀離開，否則還得請妳安分地待在那裡。」

我轉身走出房間，留下沮喪又張皇失措的她。

如今她不能再懷疑我的決心了。我已成年，我是女王，她必須服從我。

十天後，我主持了國會開議。

國會的第一個會期討論了王室年度費用，值得高興的是議員們投票決定給我三十八萬五千英鎊的年俸，其中有六萬英鎊可做為私用金，比威廉伯父分配到的還多出一萬英鎊，太令人滿意了。我現在富裕了，不過從小李琴就教我要節儉，我知道一個人不管擁有多少，假如奢侈浪費就永遠不夠用。我不該像父親那樣，也希望我死的時候不會像他留下高築的債臺。他還有部分債務尚未償還，我第一件該做的事就是拿出私用金清償這些債。

身為女王理應有巨大開銷，但自從存下六先令去買心儀的漂亮娃娃那時起，我便一直很小心。媽媽的年俸又多了八千英鎊。

「這筆錢，」墨爾本勛爵告訴我，「完全是看在陛下的面子上給的。」

「哇，政府對我真好！」我高呼道。

「其實，」墨爾本勛爵坦承道，「有一些反對的聲音。到處都有一些非常惡劣的人。您知道嗎？我相信我們那位討厭的朋友康羅伊卯足了全力想阻止您獲得這麼龐大的金額。」

「噢，」我說，「他真是個魔鬼。」

「朋友『friend』和魔鬼『fiend』只差一個字母呢，轉換還真方便。」

我覺得這說法十分風趣，也是墨爾本勛爵一貫的風格。

此事過後不久，墨爾本勛爵便試圖除去康羅伊。

「這個人糾纏不休，著實是我們的肉中刺。」他說，「我想最好還是把事情給解決掉。」

「那我是再高興不過了。」我說。

「那麼，」墨爾本勛爵接著說，「我們每年支付他三千英鎊，再給他一個從男爵爵位，這樣就能讓他閉嘴了。」

「這不就等於答應了他的要求？」我問道。

「有時候和敵人妥協會比較好，可以省卻許多麻煩。我們總不希望這個人製造麻煩吧？」

「我覺得有點……軟弱。」

「有時候示弱才是真正的強大。」

這話聽起來太深奧，雖然很不想看到敵人得償所願，但我最後還是答應了。殊不知事情還沒結束。提出的條件大多獲得滿足的康羅伊並未心存感激，反而還堅持要求受封為貴族。

「那就沒辦法了，」我說，「為什麼要讓這個人因惡行得利？」

「我們本身還有許多事要操心，還是早早擺脫他吧。只要一有空缺，不妨給他一個愛爾蘭的貴族爵位，也許還能讓他離開這個國家。」

「我很樂意見他離開。」

「那麼就這樣辦吧。愛爾蘭的貴族爵位一旦出缺……而我又還是首相的話。如此一來，我們那位貪得無厭的先生應該能滿足了。」

墨爾本勛爵暗自微笑，我忽然閃過一個念頭：他可能是想到如果真有愛爾蘭的貴族爵位出缺，他可能已不在授爵之位上。這不禁使我憂心如焚，把所有關於康羅伊的想法全拋到九霄雲外去了。

聖誕節來臨，我們在白金漢宮過完節才出發前往溫莎。時光飛逝，那光輝燦爛的一年將近尾聲。這是我一生中最興奮快樂的一年。

如今我才發覺受到如此嚴密監視的日子有多令人厭煩，在我心裡，肯辛頓宮將永遠留下監獄般的印象。也許這正是白金漢宮與溫莎這麼吸引我的原因。

我很快就要滿十九歲，已經不算年輕。我知道應該考慮婚姻大事，但還不到時候。我想到了很明顯與我是天作之合的亞伯特。李奧波舅父非常期盼我們能結合，他當然是對的。我還記得亞伯特的迷人風采，頗為英俊，但也十分嚴肅。他不像墨爾本勛爵具有歡樂的感染力，凡事都能開玩笑，經常讓人捧腹大笑。我知道有人說我笑得太大聲，而且還張著嘴笑，說這樣太粗俗，但墨爾本勛爵卻說笑就應該這樣，壓抑的笑有什麼用，只不過是對笑這件事的一大嘲弄罷了。

他真懂得安撫人，總能讓我自覺缺點變成了優點。凡事都能找他商量、討論，而且肯定會得到一個既有趣又令人安心的答案。

李琴說我應該克制一下脾氣。雖然發作得快、消退得也快，我還是應該加以控制。

我問墨爾本勛爵會不會覺得我脾氣火爆。

「也許是有點暴躁。」他回答。

「暴躁！我是熱情。我覺得深深地……但這一刻過後便又恢復好脾氣了，很抱歉是我不好。喬治四世伯父就是這樣。」

「謝天謝地，您在其他方面並不像他。」

他喜歡談論我親人的事，以生動有趣的方式述說了不少關於他們的故事。在墨爾本勛爵告訴我之前，我從來不知道索塞克斯叔父原本是去替威廉伯父找新娘，卻自己愛上了她。我也不知道瑪莉亞·費茨赫柏的悲慘遭遇，而且據說喬治伯父直到死之前都愛著她，甚至後悔沒有為她放棄王位。

他說起故事是那麼詼諧幽默，儘管有些故事讓人略感哀戚，他也很快就能把我逗笑。

多麼美好的一年啊，為我帶來了與墨爾本勛爵的情誼。

他沒來看我總讓我悶悶不樂。他的活動太多。我總忍不住暗自尋思他上哪去了，也常說沒和他一起用餐實在遺憾。

有一回他告訴我輝格黨正面臨極為艱困的處境，差距這麼小的多數黨要想運作政務簡直難如登天。「我們恐怕撐不了多久了。」他說。

「可是你一定得撐下去。我以女王的身分命令你。」

「唉，陛下，這些事得由選民決定……何況自從通過改革法案後，我們的形勢就受到各式各樣的情況牽制。」

但我不肯讓這麼不祥的預言破壞這些美好的日子。

我希望那美好一年當中的一切都能照舊。

時值一八三八年五月二十四日，我十九歲生日到了……這是我當上女王後第一次過生日，當然要特別慶祝。

當天媽媽很掃興地送給我一本《李爾王》。我一向不太喜歡那齣戲，而我明白她是想叫我想想那些不孝的女兒。果然是媽媽的一貫作風！

但我太快樂了，顧不了那麼多。

加冕禮預訂於六月二十八日舉行，慶祝活動會在那個重要的日子前展開，正好碰上我的生日。

有一場盛大隆重的舞會，大家都爭相討邀請函。墨爾本勛爵和我一起檢視賓客名單，他說其中有些人請求受邀未免太莽撞、丟臉了。

坐在他身旁勾選適當的人，不當的便加以剔除，實在有趣極了。

這場舞會當真盡興！我隨時想跳舞就能跳，無論是方舞或法國花式舞，不過當然不能跳華爾滋，因為華爾滋的舞伴得用手摟住我的腰，此舉十分不得體，除非是國王或是身分與我相當的王公貴冑。因此我只好與姑母們一起坐看其他人跳著極其賞心悅目的華爾滋。

墨爾本勛爵沒有出席，我感到非常憂慮，因為我知道他沒出現只有一個可能：就是病了。

次日上午收到他的便箋懇求我原諒他的缺席時，我才舒了心。他確實有些不適，但當天早上已經稍微好轉。

我立刻回信給他，請他好好保重。我告訴他舞會非常成功，唯一的缺憾就是他不在；還有除非他親自來見我，讓我確信他已完全康復，否則我絕不可能放心。

當他終於來見我，而且風趣依舊，我才安下心來。

即將到來的加冕禮有太多準備工作要做。

我坦白對墨爾本勛爵說我有點緊張。

「放心吧，到時您會非常喜歡的。」他向我保證，「整個首都洋溢著興奮之情，全國上下都想看看這位小女王受加冕。」

「希望一切順利圓滿。」

「我們一定會讓一切順利圓滿。」他信誓旦旦地說。

而我知道他會。

費歐朵與兄長查爾斯一同前來觀禮，能再見到她真教我心花怒放。我和姊姊有太多話要說，她聊到孩子時，神情看起來很幸福；她和我不一樣，性情較為順服，令人讚賞。大人認為她應該怎麼做，費歐朵就會毫無怨言地照做，我對她極為讚佩，也為了能與她重聚而喜不自勝。我對哥哥的熱情便少了些，因為他不斷試圖插手康羅伊爵士的事，而且他與那個人向來友好，這也意味著我們在某些重大事件上定會互生扞格。

隨著兄姊到來，我也較常與媽媽見面。她對我有點小心翼翼，但仍盡量表現得與我之間並未失和，而我也盡可能配合。

我無法騰出許多時間與費歐朵相處，因為有太多事要忙，除了準備加冕禮之外，幾乎整個上午都要和墨爾本勛爵一同審批文書，偶爾夾雜著輕鬆有趣的對話片段。

國會經表決通過撥給我二十萬英鎊做為加冕禮費用，確實十分慷慨，當初威廉伯父僅僅拿到五萬英鎊，我敢說他們對我如此大度都得歸功於我敬愛的首相。

典禮過程還包括遊行前往西敏寺，之前兩位君主的加冕禮並無此儀式。

「上一次舉辦加冕遊行是在一七六一年，」墨爾本勛爵說，「也就是您的祖父喬治三世。」

「為什麼要回到那個時候？」我問道。

「這次要辦一個前所未有的加冕禮。我們即將有一位少女君主，而我敢向陛下保證，人民最愛的莫過於年輕的女王了，當然會想一睹風采。」

「你讓我愈來愈不緊張了。」我對他說，這也是事實。

到了西敏寺接受這冗長而可怕的酷刑之際，有他在一旁讓我安心不少。

大日子來臨了。前一晚我幾乎未曾闔眼。前幾天當中，民眾大批大批湧入倫敦，直接就露宿街頭，後來我聽說人數多達四十萬。

清晨四點，我被公園裡的砲聲驚醒。可以聽見群眾互相叫嚷，然後樂隊開始演奏。

七點，李琴來到我床邊。

儘管睡眠不足，我仍覺得興奮不已且作好了準備。我走到窗邊往外看，公園裡人山人海，樂隊繼續演奏著，到處可見穿著紅外套的士兵。

李琴忙著張羅早餐。

「親愛的，您現在得吃點東西，我可不能讓您空著肚子出發。」

為了讓她寬心，我吃了一點，但情緒實在太亢奮，顧不得吃東西。

費歐朵到我的梳妝室來，情緒激動地抱住我。

「我最親愛的妹妹，這一天終於來了……我們所有人等了這麼多年的這一天。想想妳有多麼光輝美好的未來呀！希望妳享盡世間的幸福歡樂。」

「祈求上天讓我能做對的事吧，費歐朵。」我說。

「我知道妳會的。」

我說：「我會做我認為對的事，但那會是真正對的事嗎？」

「我相信妳會治理得非常好。」此話一畢，費歐朵已激動得再無法出聲。

親愛的姊姊！我多希望能再像小時候一樣，與妳共度歲歲年年。在這種時候便會有無數思緒紛紛湧現。我想起當年她在索塞克斯叔父的花園裡是多麼快樂無憂，而我們的親密互動也在那時告終。她想締結的婚姻受到阻止，但她似乎還是夠幸福的。

婚姻！這件事我還不願去想。眼前有加冕禮先得操心。

十點離開白金漢宮，沿憲法山路轉上皮卡迪利街，再由聖詹姆斯街一路走到特拉法加廣場。此處人潮洶湧前所未見，我想有許多人是為了來看這座廣場，因為前不久才決定在廣場上為納爾遜勛爵豎立紀念碑。隊伍行進緩慢，民眾想看到我，紛紛從四面八方往前擠。我的許多德意志親人也來了，但已先一步往前行。大多數國家都有代表出席，法國派來蘇爾特元帥。事後墨爾本勛爵風趣地向我描述他受歡迎的情形。他說：「民眾瘋狂地向他歡呼，好像有多高興見到他似的。這很奇怪，因為不久前他還是我們的敵人之一。」民眾向他歡呼，或許是因為他一身英挺華麗的戎裝，又或者更可能是因為他讓我們有機會在滑鐵盧打敗法軍。總之，蘇爾特受到群眾熱烈歡迎，但我一出現更讓群情亢奮到極點。我微笑揮手，一面揩去眼角的淚水，我親愛的子民們的忠誠太令我感動了。

「小維多利亞萬歲！」他們高呼道，「天佑我們的小女王！」

這時我想到墨爾本勛爵說得沒錯，身材矮小並不是什麼大缺點，反而似乎能討人民喜愛，激發他們的保護心理。我深深感動。

我們經由國會街到達西敏寺時，已經十一點半。

我進入禮服室，披上斗篷。牽裾侍女已等候著我，八人都穿著同樣的白緞銀絲綢衫，並妝點著銀色玉米穗軸與粉紅色小玫瑰，美不可言。

典禮開始後，我忽然有些擔心，不知道自己應該做些什麼，便低聲詢問德罕主教，但他無法告訴我，因為他也不知道。真教人驚慌困惑。事後我告訴墨爾本勛爵，他說那場面完全就是手忙腳亂。

頌歌一起，我很高興終於能退到聖愛德華禮拜堂內，脫下大紅斗篷與長袍，換上一件亞麻小禮服，外面再套上金絲罩袍。原本戴著的鑽石頭飾取下後，我未戴帽子或頭飾走進了西敏寺。

我被引領坐上聖愛德華寶座，柯寧罕勛爵捧著加冕袍走上前來替我穿上。

王冠戴到我頭上的那一刻，我抬起頭正好看見墨爾本勛爵，彷彿吃下一顆定心丸！他定定地注視著我，親切而英俊的臉上帶著慈父般的神情。他依舊是那似笑非笑卻又異常溫柔的表情，像是在說他以我為傲，同時也覺得這場儀式雖然莊嚴卻也挺有趣。我暗忖：事後談論起來該有多好玩！

鼓聲、喇叭聲、吶喊聲……這一切都在在令人難忘。媽媽簡直是嚎啕大哭，就為了吸引注意，但鮮少人將目光投向她，大家都全神貫注地看著我。我只能暗自祈禱千萬別辜負人民對我的信賴。

我頭戴王冠，靜坐著接受眾主教與貴族行禮宣誓效忠。

可憐的羅爾老勛爵已高齡八十二歲，兩腿僵硬得連走路都困難，卻還試著爬上王座前的幾層階梯。結果滑了一跤，滾下階去。

我嚇壞了，但他隨即起身又想爬上階梯。我沒有讓他這麼做，而是自己步下臺階迎向他。

在場所有人都倒抽一口氣。我明白此舉太不成體統。羅爾勛爵不敢置信地看著我，此舉堪稱深得人心！至於羅爾勛爵，在行禮宣誓時目不轉睛地瞪著我，彷彿把我當成天使。不過是個尋常舉動，似乎有點大驚小怪了。

墨爾本勛爵事後說：「我就知道您會有這樣的舉動。」

「做這種事不是太符合女王的身分。」我喃喃地說。

「這是自然而然展現的仁厚之舉，出現在女王與奴僕之間更值得稱揚。您做得對，人民都在談論。此事比您的高雅魅力更能擄獲人心。」

我最懷念的莫過於墨爾本勛爵上前行禮的那一刻。儀式中，臣子以手碰觸王冠然後親吻我的手，無一刻不令人感動。而墨爾本勛爵則是溫馨地捏捏我的手，仰起臉半含笑半嚴肅地看著我，像在告訴我表現得確實極好。他眼眶泛淚，他每回注視我時都是這樣；我很喜歡看這雙眼睛，因為它讓我更加確信他對我的愛有多麼深刻而真誠。

我抬起雙眼望向王室包廂正上方的樓座，親愛的李琴就坐在那裡。她帶著無比驕傲的神情微笑看我，我也報以一笑，希望能傳達感激之情，感謝她在我一生中給予我這麼多愛、為我付出這麼多。

在她身旁的是親愛的老史佩絲，這回隨著費歐朵一起回來。我還找不到機會和她說話，但在她離開英國前一定得抽個時間。親愛的史佩絲，憶及往日她會傷心嗎？我恐怕永遠忘不了她是怎麼被送走的。當然她現在很快樂，費歐朵會照顧她，而她也很愛費歐朵——其實在我之前，她便是費歐朵的教師了。她會疼愛費歐朵的孩子。是啊，她現在一定很快樂，只是難免有傷心的回憶，而且我想我永遠不會忘記當她得知自己遭驅逐時臉上的悲痛表情。因此我猜她也不會忘記。

儀式持續進行，到了最後，我穿著紫色天鵝絨長袍與斗篷，帶著寶器，與所有的侍女與貴族一同走進聖愛德華禮拜堂。

「我從未見過更不像禮拜堂的地方了。」墨爾本勛爵低聲說，因為在祭壇上擺放了三明治和幾瓶葡萄酒。

「祭壇的新用途。」墨爾本勛爵竊竊私語，我則極力忍住笑。若能笑出來，那會是感到興味的輕鬆笑聲，畢竟是結束了一場不小的磨難。這時大主教進來了，本該交給我寶球，但卻沒有。

「除了陛下之外，好像沒有人知道該做什麼。」事後墨爾本勛爵這麼說。

「我也不知道啊。」我實話實說。

「可是您憑直覺就會知道。」

站在祭壇邊的他自己倒了杯酒喝。「我需要補充一點精力。」他小聲地說。

接下來要走過西敏寺。我頭上戴著王冠、左手拿寶球、右手持權杖，令人覺得很累贅，要拿這麼多東西，還要保持王冠端正，肯定不舒服。

當我走過西敏寺，只聽得歡呼聲震天，我慢慢地走，就好像在作平衡表演似的（我對墨爾本這麼說）。他說一定不會有人相信，因為我看起來就好像戴王冠、捧寶球、持權杖一輩子了，毫無生疏感。

此外還出了一個差錯，對我而言痛苦不堪的差錯。大主教為我戴戒指時套錯手指，戒指小太多，我痛得差點喊出聲來，後來費了好大力氣才將戒指拔下。

當我坐在馬車裡，王冠穩穩地戴在頭上，權杖與寶球拿在手中，穿過人群打道回白金漢宮時，不由得鬆了一口氣。

歡呼聲震耳欲聾，忠誠的祝願溫馨感人。離開西敏寺時是四點半，進到宮裡都已經過了六點。

李琴和親愛的老史佩絲都在。

她們協助我更衣。我告訴史佩絲，見到她我有多開心。

李琴說：「我太以您為榮了。您真是……完美無缺。人民也都這麼想。現在您累壞了吧。」

「其實不會，」我說，「我只覺得好得意。歌唱得好極了對吧？」

「是您好極了。」忠心耿耿的李琴說完，與史佩絲互看一眼啜泣起來。

我說：「現在可不是掉淚的時候。這是我一生中最感到驕傲的一天，我會永記在心。」

衝鋒奔上前來，唯恐自己被遺忘。牠跳入我懷裡，開始舔我的臉。

「拜託你稍微尊重一點，衝衝，」我說，「你的主人現在是加冕的女王了。」

但牠並不打算讓這個事實造成任何差別。

「洗澡時間到了，你這隻頑皮的老狗。」我說，「你跳進池子裡，之後又在草地上打滾。」我於是捲起袖子替衝鋒洗澡。

李琴說：「加冕禮過後做這種事還真奇怪。」

當天晚上八點吃晚餐，席間除了幾位叔父和我的兄姊，最令我高興的是還有墨爾本勳爵。用餐時我坐在厄尼斯叔父旁邊，墨爾本勳爵坐在我的另一邊，像是要保護我不受惡名昭彰的厄尼斯叔父所害。但是憑良心說，叔父在加冕禮上表現得無可挑剔，誰能想得到他曾計畫奪我的王位呢？

墨爾本勳爵問我累不累。

我說：「一點也不。你呢，墨爾本勳爵？」

「不會，我清醒得很。老實說我必須配帶的國劍真的很重，不知道您怎麼能拿得住權杖和寶球？」

「真正壓得我難受的是王冠。」

「這有象徵意義，」他說，「坐上王位後的責任，有時很艱辛。」

「除非有個賢能的首相分憂解勞。」

他捏捏我的手。

「您做得很好。」他說，「好極了。那些禮服長袍很適合您，尤其是加冕袍。」接著他提到蘇爾特所受到的歡迎，並說英國人是個對敵人非常寬宏大量的民族，甚至還特地為蘇爾特大聲喝采，以免他覺得受冷落，若是其他國民就可能會冷落他。

墨爾本勳爵以他特有的詼諧口吻談論英國人的特質，我覺得太有意思了。

他整晚都在我身邊，一次又一次地誇我表現得太完美了。「各方面都是。」他說。

「要是我隨時都知道自己在做什麼就好了。」我說道，「有些時候我還真是一頭霧水，應該有人告訴我的。不過有些神職人員也和我一樣弄不清狀況。」

「這種事情別人無法提供建議，」墨爾本勳爵說，「只能留給本人去做。而您做得毫無瑕疵，格調絕對高尚出眾。」

「那麼我應該感到滿意了……既然我最親近的好友這麼說的話。」

他溫柔地看著我說，我沒有被累垮真是太好了。

「今晚，」他又接著說道，「您一定會比您所想的還累。」

「昨天晚上我幾乎徹夜未眠。街上喧鬧得不得了，而四點就被砲聲吵醒。」

「這世上最能讓人保持清醒就是知道即將有大事發生……還有興奮感。您應該可以滿意地就寢睡一下，因為一切都圓滿落幕了，而且最大功臣就是您。」

我會的，我對他說；但在他離開之前，我們還到陽臺上觀賞綠園施放的煙火。

然後我才上床，結束了直到當時為止我一生中最興奮、最感驕傲也最重要的一天。

如今我是加冕的英國女王了。

4
芙蘿拉・海斯汀與內廷陰謀

「他有一大缺點，」我說，「光是這點我就永遠不能原諒他。」

墨爾本勛爵悠悠地看著我，我又接著說：「那就是，他不是你，墨爾本勛爵。」

話一說完，我立刻奔出房間，因為再也忍不住淚水。

歷經那種近乎狂喜的幸福感之後，恐怕很難避免樂極生悲。人生便是如此，給予之後哄得人產生安全感了，卻又再次奪走。

加冕禮過後，生活開始變得暗淡，而所有紛擾的核心正是那個討厭的康羅伊爵士。他還留在宮內。真是荒謬，我貴為女王卻無法選擇讓哪些人待在我的屋簷下。

墨爾本勛爵的回答是：「陛下，通常國王與女王比一般人更沒有選擇周遭友人的自由。」

他承認康羅伊爵士是個大問題。「他是公爵夫人府裡的人，如果夫人將他解雇，我們自然樂見其成。但是夫人不肯，而除非我們答應爵士所有的無理要求，否則他也不肯走。所以只能放任他不管。他遲早會走的，只不過我們無法以勝利之姿趕他走。」

於是我們便放過他，但他卻不肯放過我們。

宮裡慢慢形成兩個黨派：一派為我，一派為媽媽。我一點也不喜歡這樣，可是有些當事人卻覺得刺激。這頗符合媽媽戲劇化的個性，而且自從我登基後，她就被貶到極其低微的地位，因此她似乎覺得既然掌控不了我，也要盡可能讓我不好過。

她的女侍與我的女侍之間衝突不斷。李琴與我的關係因而更加親密。

我對她說：「妳還比較像我母親。」我甚至有一、兩次喊她母親。「我要另外替妳取個名字。」我說，「雛菊好嗎？我向來很喜歡雛菊。」

李琴笑得頗為開懷。那段日子她過得十分快樂。她（當然還有墨爾本勛爵）是我最重要的心腹。

我重讀日記時，發現屢屢出現墨爾本勛爵的名諱，心想不如改為墨爵士更顯親密。我告訴他時，他感到有趣，還說這主意不錯。

「這樣比較節省，是個優點。即便是女王也不能太奢侈。」

還有一事更增添我的不安。墨爾本勛爵暗示說多數黨的差距那麼小，讓他的執政愈來愈困難。

「那些該死的托利黨人，」他說，「不斷地阻撓我們。」

我不太喜歡聽到粗話，但出自墨爾本勛爵之口聽起來似乎便不刺耳，只是衝勁十足，惹得我發笑。

「真希望媽媽住到其他地方去，」我說，「宮外的其他地方。」

他略加思索後，要我記住我尚未出閣，以這樣的身分很難獨居。

「獨居！在這裡！有李琴還有那麼多女侍，你說這叫獨居？」

「一般認為未出嫁的女子最好有個保姆，這是當下的習俗，不管我們私底下有多蔑視，表面上還是遵循習俗比較好。所以呢……在您有夫婿之前，應該讓公爵夫人繼續住下來。」

又是一樁讓我微感沮喪的事。我不太想結婚。我初登王位不久，受到人民愛戴，而且剛度過有生以來最美好的一年，我一點也不想改變。

但該來的還是來了。

我變得有些消沉。天亮後不再急著跳下床，而是躺在那裡想像那一天會是什麼情景，從前曾一度有過的興奮感似乎消失了。我略微發福。有太多餐宴得參加，當然不得不吃。我逐漸發現當上女王後，人民會觀察妳的一舉一動，加以評論，除此之外還會誇大其詞；我之所以有此深切領悟，是因為聽到街頭民眾說我變胖了。

我氣壞了。更教人生氣的是，我的體重的確略有增加。

「這樣對您是好的，親愛的。」李琴安慰道，「您需要營養。」

墨爾本勛爵卻沒有這樣安慰我。「您得多運動。」他建議道。

「我會騎馬啊，只是不太喜歡走路。」

「有時候有必要做點自己不太喜歡的事。」

「走路……頂著冷風！我真的不喜歡。手會凍僵，腳也是。」

「您應該走快一點，這樣能讓腳保持暖和，手上也應該戴手套。」

「我的手一遇冷就會發紅，所以我才戴戒指掩飾泛紅的部位，也因為戴了戒指就戴不下手套了。」

「脫下戒指或許就能戴上手套，這樣不是比較明智嗎？」

我感覺墨爾本勛爵毫無惻隱之心，也覺得他對我增重一事略有微詞。

但這樣說不公平，他依然一如往常地親切慈祥。主要是他真的憂心忡忡，深怕形勢比人強，致使他無法再繼續執政，到時候我就得換一個首相——但願不會。

也許我的不滿情緒正是根源於這股恐懼。我變得暴躁易怒，稍遇刺激就大發雷霆，李琴總會哀求我自制。

雖然我之前對索色蘭公爵夫人喜愛有加，如今卻已不再那麼喜歡，因為她總是那麼端莊高雅、妙語如珠。我覺得她為了展現機智幽默，經常設法坐到墨爾本勛爵旁邊，勛爵幾乎是受她獨占。

他有一群重要的輝格黨友人，經常受邀參加許多餐宴，那些場合我都不能去。

每當我向他抱怨，他總是雲淡風輕地顧左右而言他，他的個性就是這樣。我始終覺得我們不在一起的時候，他沒有我這麼難過。

他時常造訪荷蘭邸，對荷蘭男爵夫人讚不絕口。的確，像荷蘭夫人與索色蘭公爵夫人都是見過世面的女子，自然比我更懂得以適當的方式與他交談。有一次我向他問及此事，他說他認為與我之間的交談很符合女王與首相的身分。

「可是荷蘭夫人永遠不可能比我更喜歡你。」我高喊。

他用那溫柔迷人的表情看著我，熱淚盈眶地點頭，於是我暫時又恢復好心情。而當我追問到荷蘭夫人是否比我更吸引他，他則異常平靜而柔和地回答：「當然不會囉……」

然而真正的麻煩出在媽媽身上。她內府裡的女侍持續不斷地與我的女侍之間製造爭端，一如李琴是我內廷中最重要的一人，最得媽媽寵愛的則是芙蘿拉。

我從來沒有喜歡過貴女芙蘿拉，李琴更是憎厭她，而且這股惡感其來有自。她只要一逮到機會就會找李琴的碴，還不時對德意志人的習性說三道四，並取笑她嚼香芹籽的嗜好。

芙蘿拉貴女年紀不小了，我想八成在三十二歲上下，沒有結婚卻也稍具姿色，就是態度不討喜。她十分優雅也相當活潑，會寫詩，據說很伶牙俐齒，這多半意味著說話尖酸刻薄。當她發動言語攻擊，果真能讓人畏縮，這點倒是很像康羅伊爵士；事實上她與那個討厭鬼極為友好，我還聽過一些耳語（但我得承認是她的敵人之間流傳的），說他們倆有超乎友誼的關係。

墨爾本勛爵也不喜歡芙蘿拉。她的家族是忠心的托利黨人，因此身為輝格黨人的墨爾本勛爵將整個海斯汀家族視為敵人。他說芙蘿拉貴女就是典型的海斯汀家人，難怪李琴不喜歡她。

他也不怎麼喜歡媽媽，若非看在是我母親的份上，加上他又如此知書達禮，說出的話恐怕要多得多。不過有幾次他還是禁不住唆弄，說出了對她的看法。我總愛跟他談論我童年受到何種待遇，如何被一次又一次推開，又如何陷入尷尬的境地。

「公爵夫人真正有感情的不是您，而是權力，」墨爾本勛爵說，「她恐怕不是真有見地，否則應該明白自己的舉動徒勞無功。她可能也不像她佯裝得那麼愛您。」

他說得對極了！

有一天我和墨爾本勛爵在私室裡商討國事，也愉快地閒聊一下私事。媽媽竟無預警地進來，一臉神祕兮兮的表情，就好像認定她會出其不意地逮到我們在做什麼見不得人的事。

我惱怒之至。

我說道：「我正在和首相議事。如果妳想見女王，最好先預約。」

媽媽驚愕不已，卻未試圖辯駁，直接消失離開。

墨爾本勛爵望著我，表情中半帶興味半帶欽佩。

「公爵夫人應該知道當女兒自稱女王，就表示態度非常堅決。」

經過此事，被我視為我們兩派之間的戰爭似乎愈演愈烈了。

兩家的女侍對待彼此愈來愈惡毒，我和李琴常常談起她們之間的小鬥爭，有時感到氣憤，有時又覺得好笑。

但話說回來，我還是寧可不要這樣。

這段時間裡，康羅伊爵士繼續待著，我懷疑時下流傳的謠言有許多是他散布的，例如我變胖的事。另外有一個更惡劣的傳聞，我直到最近才聽說。傳聞說我和墨爾本勛爵的關係確實十分親密，甚至已逾越女王與首相之間的分際。

時值一八三九年，剛過完聖誕節。柯寧罕勛爵前來告知我已是女王的那個美麗清晨，距今彷彿已不只十八個月，這當中發生了太多事情。有件事我盡可能不去多想，卻總忍不住會想起。那就是我對李奧波舅父的態度的轉變。直到我成為女王之前，他可以說是我最尊敬的人，他取代了我從未見過的父親。無論什麼事，我都會徵詢他的意見，會努力地取悅他，也相信他所說的一切。對我而言，他其實更像是神。

如今卻變了。

自從登基後，我開始發現李奧波舅父的來信中有些話語讓我極為不安。一開始只是潛藏其中，隨著時間竟愈來愈明顯。舅父想操控歐洲情勢，而我正好居於非常強有力的位置。他一向對我有極大的影響力，現在自然會想到要利用我。

他信中有一句話似乎別具深意：「在妳作任何重要決定前，希望妳能先找我商議一下，如此也能為妳爭取時間……」

我回信向他保證我對他的愛與依戀不變，這也的確是真實感受，我不是會做作掩飾的人，天生就不懂得虛以委蛇。事實上，感情過於表露無遺是我的缺點之一。因此我的確仍深愛李奧波舅父，也絕對絕對忘不了他在我童年時期扮演多麼重要的角色。然而如今的英國女王已非昔日藏身於宮廷監獄裡的維多利亞小公主，她有責任（在自己的內閣協助下）治理自己國家的事務。

李奧波舅父希望一切都能以對他有利的方式進行。有一度他為了比利時的權利與法國、荷蘭斡旋，並希望英國站在他那邊。他需要英國的支持，卻不明白英國為何始終保持中立。只要我出面稍加遊說就可能拯救比利時，他如此寫道。

我只求仁慈的陛下偶爾向內閣大臣——尤其是令人尊敬的墨爾本勳爵——表示，只要不違背貴國的利益，妳並不希望貴國政府率先採取一些手段，導致短期內毀滅我國、毀滅你的舅父與其家人……

讀完此信我沮喪不已，並拿給墨爾本勳爵看。他看完後點點頭說：「交給我吧。」這話意思當然就是：擱置不理。

我等了整整一星期才回信，信中仍向舅父保證，說他若以為我會改變對他的情感，真是大錯特錯。但對於外務政策卻是草草帶過，只說我能理解也很同情他的困境，並請他放心，墨爾本勳爵與帕默斯頓勳爵都非常關心他與比利時的福祉。

我必須讓舅父清楚知道他不能命令我。我真心愛他，卻不能讓這份愛干涉到國家的外務政策。

這種種事端都教人苦惱，也增添我的不安。

元月中旬，李琴情緒激動地來見我，說道：「我有件非常有趣的事要告訴您。」

「什麼事？」我問道。

「是關於……蘇格女……」蘇格女是芙蘿拉的對頭給她起的外號，大概是因為她的原籍吧。

「唉，她又搞出什麼麻煩事來了？」

「陛下問得好。我覺得這會非常有趣，而且會造成大騷動。您知道她一直以來都和那個男人十分友好吧？

有時候惹得公爵夫人十分嫉妒，蘇菲亞公主也是。」

「我真是不明白這些女人為什麼這麼重視他。」

「他長得還算稱頭，那黏膩的說話方式也討女人喜歡。」

「我就是不明白怎會有人喜歡。不過這和芙蘿拉有何關聯？」

「您也知道康羅伊陪她到她母親家過聖誕。」

「知道，在蘇格蘭。魯登城堡對吧？我想他應該是家族聚會的一員。」

「她和康羅伊搭乘驛馬車回來，應該只有……他們倆。」

「芙蘿拉應該很高興，兩人總算能享受片刻的親密。」

「看起來的確如此。」李琴說。

「哎呀，妳到底想跟我說什麼。說真的，雛菊，妳有時候真的很討厭。」

「我不知道該不該告訴您。」

「妳明知道妳巴不得告訴我。我命令妳快說。」

「好吧，她結束歡愉的驛馬車之旅後，回來就抱怨身體不適，體態也出現明顯的變化。」

「妳究竟是什麼意思？」

「她的腰腹比一般未婚女子粗了些。」

「不，我不相信，芙蘿拉貴女不會的。」

「即便是芙蘿拉貴女也會有犯傻的時候。她去找寇拉克醫師，抱怨說肚子疼，還有明顯隆起。」

「怎麼了？」

李琴看著我揚了揚眉毛。

「不！不可能。」

李琴聳聳肩。「寇拉克醫師開給她大黃和吐根藥錠，她說吃完藥不疼了，腫塊也消了。但這似乎並非事實。這類腫塊不到時間是不會消失的。紙畢竟包不住火，現在終於真相大白。寇拉克醫師對某個女侍說芙蘿拉貴女懷孕了。」

「太丟人了！媽媽會怎麼做？」

「公爵夫人進退兩難。如果康羅伊爵士要對芙蘿拉貴女負責，公爵夫人就得做點什麼。」

李琴笑了起來，已經開始對媽媽的狼狽窘態幸災樂禍。

我說：「是不是應該馬上告訴媽媽？」

「塔維史托夫人覺得她接近不了公爵夫人，陛下也知道，公爵夫人很可能會拒絕見您的女侍。」

「也許該由我來告訴她。可是我們之間的態勢根本是水火不容，恐怕不容易。也許應該問問墨爾本勛爵的意見。」

「應該讓塔維史托夫人去問他。」李琴堅持道，「這種事由陛下出面多少有點不得體。」

我本想說我凡事都能和墨爾本勛爵討論，但轉念一想，最好還是讓塔維史托夫人先去找他，她便照做了。

我簡直等不及想見墨爾本勛爵。他覺得這樁意外事故頗為有趣，可能會引起不小的非議。

「我不明白為什麼這些女人這麼喜歡他。」我說，「之前有媽媽、蘇菲亞姑母，現在又有芙蘿拉。」

「他很了不起，能同時逗三位女士開心。」

「凡是不檢點的行為他都做得出來。」

「看起來他能做的還真不少。」

宮裡竟會出現這種行徑，真是可怕。我心裡毫不懷疑芙蘿拉懷了身孕，而將她逼入困境的顯然正是那個魔鬼的化身，那個禽獸不如的傢伙，他的名字我實在說不出口。

芙蘿拉臉色蒼白、病懨懨地到處走動，態度卻依然高傲。她聽到了傳聞，深感不可思議，並宣稱自己是處子之身，不可能懷孕。

「遇到這種狀況，只有一個辦法。」墨爾本勛爵說，「就是等著瞧。」

我召來寇拉克醫師詢問此事，李琴也在場，因為她覺得我單獨與醫師談論這種事不恰當。

「你直截了當地告訴她說她有身孕了嗎？」我問道。

他說沒有。

「那麼她現在所抱怨的一切都只是流言。也許你應該告訴她，說她的症狀很像懷孕。」

李琴說：「何不問她是不是偷偷結婚了？那麼她就會明白你的意思，如果她說不是，就叫她最好結婚。」

「這倒也是個辦法。」我說。

寇拉克醫師說不做詳細檢查很難確診，而他只透過芙蘿拉貴女的裙子看見小腹隆起。

「應該做個徹底檢查，」李琴說，「在芙蘿拉貴女接受檢查並證明自己清白之前，都不應該允許她出現在宮裡。」

我認為這樣似乎合情合理，便准許寇拉克醫師當面向芙蘿拉提出。醫師找芙蘿拉談過後，她非常苦惱，堅稱自己是清白的，絕不會接受檢查；她當然覺得接受檢查是痛苦而羞辱的事。

我派波特曼夫人去告知媽媽發生了什麼事。波特曼夫人回來之後說公爵夫人大為震驚，不相信芙蘿拉懷孕了，覺得又是宮裡的諸多陰謀之一。

她堅稱絕不讓自己的女侍接受這種檢查，這件事就到此為止。

媽媽依然愚蠢如昔。她以為事情解決之前有可能平息嗎？

芙蘿拉貴女了解情況，她是個聰敏的人；經過幾天的考慮後，又聽說查理．柯萊克爵士人在宮中，他又是這方面的專家，便答應接受檢查。

遺憾的是這些事情並未圈囿於宮牆之內，流言蜚語總有方法滲透出去，於是到處都在議論這件醜聞，以及女王如何在這場對抗宮廷淫亂行為的戰爭中挑起大樑。

好像人人都知道芙蘿拉要接受檢查。我可以想像他們臉上的猥褻表情。各種醜聞他們都愛，但又以這類為甚。他們已準備就緒，若非辱罵芙蘿拉為蕩婦，就是盛讚她為聖人，一切端看檢查結果。

聽到診斷結果，我們全都愣住了：芙蘿拉貴女仍是處女。

一從波特曼夫人口中聽到消息，我便斷定自己的所作所為很愚蠢。我應該對整個過程保持超然，根本不該有所偏袒。所有人都知道母親府內的女侍與我的女侍不和，當她的某個侍從引起偌大關注，倒像是我帶頭公然指責她了。

能怎麼辦呢？只好馬上召見芙蘿拉貴女，對於所發生的一切表達最深切的同情與遺憾。我派人傳話給她，要她當天晚上來見我，我有話當面對她說。結果芙蘿拉貴女回話說她十分疲憊又頭疼欲裂，儘管感激此番禮遇，仍懇請我容許她留待身子完全康復後再來拜見。

墨爾本勛爵前來見我。

他對檢查結果相當訝異，似乎不太相信。

「可是他們在芙蘿拉貴女的堅持要求下，開給了她一張證明，聲明她是處女。」

「有時候這種事可能很複雜。」

他沒有深入討論，這種可能顯得不得體的行為，墨爾本勛爵絕不會做。不過後來我還是從塔維史托夫人那兒聽說曾有人被認為是處女卻生子的案例；還有某種子宮脹大的情形，脹得就如同懷孕一般。

「這件事必須就此打住。」墨爾本勛爵說。

但事與願違，因為芙蘿拉貴女十萬火急地寫了信給弟弟海斯汀侯爵，侯爵雖然臥病在床，仍匆匆趕到倫敦。

他是個不惹出點是非來不會善罷甘休的年輕人，而媽媽也不會放過這種機會，敵人，也就是我和我的內廷，都已犯下戰略上的錯誤了。海斯汀醜聞引發的關注愈來愈大，芙蘿拉成了女主人翁，當然還得有一個在任何通俗劇中都不可或缺的壞人。這個角色，由我雀屏中選。儘管我與此事幾乎無涉，但正如船長要為自己的船隻負責，我也得為我的宮廷負責。

民眾多在私下怨我不該對聖潔的芙蘿拉貴女如此殘酷，我很快便發現街上的歡呼聲不再，偶爾甚至會聽到噓聲。

「芙蘿拉貴女做錯了什麼？」我聽見人群中有人高喊。真令人痛苦。

我開始覺得不舒服，晚上睡不著，胃口也變差了。

海斯汀勛爵鐵了心不讓姊姊的事件遭人遺忘。墨爾本勛爵告訴我，侯爵一來就找上他「要這個、要那個」，說是要徹底還他姊姊一個清白。

「已經還她啦，」我堅決地說，「醫師們都說了……」

「那不夠。他正在尋求法律諮詢，還威脅說要提訴訟。」

「告誰呢？」

墨爾本勛爵把頭一偏，鬱鬱地笑了笑。

「我一再向他保證此事與我們無關，」墨爾本勛爵接著說，「而唯一能安撫他的方法就是催促他去找威靈頓公爵談談。」

「他為何覺得他會幫忙？」

「陛下，大家都認為在滑鐵盧打敗拿破崙的人也能成功地解決所有困難。事後我見過威靈頓，他說海斯汀的情緒很激動，如果想幫所有涉及的人，最好的辦法就是把事情**蓋下來**。我完全贊同他的想法。」

數日過後，芙蘿拉貴女來見我了。

可憐的女人，看起來顯然真的病了。她向我跪下，但我拉住她的手要她起身。

「親愛的芙蘿拉貴女，」我說，「發生這樣的事，我真的很遺憾。」我的口氣充滿感情，因為這是事實。

「我們就把這一切都忘了吧。公爵夫人是最痛苦難過的了。」

「公爵夫人一直都對我那麼親切……那麼憐愛……那麼好。」

芙蘿拉貴女忽然哽咽起來，我再次親吻她。

「感謝陛下，」她說，「我會試著忘記的……為了公爵夫人。」

我相信芙蘿拉確實願意就此作罷，然而她身邊當然有人不肯讓她這麼做。

謠言繼續流傳，我猜想是康羅伊眼看有機會報復我而不停煽風點火。

之前我應該答應他的要求——只要能擺脫他就好！報上開始出現投書，而且無一不是讚美芙蘿拉貴女、批評我。

某日，墨爾本勛爵來見我，說他收到海斯汀勛爵來信，要求罷免詹姆斯・寇拉克醫師，將他逐出宮去。

「這個人是鐵了心要把事情鬧大。」墨勛爵說。

「絕對不行。」我回答。

「不會的，陛下，只要我能阻止。」

另外也有關於李琴的風言風語。「那個德意志女人。」大家這麼喊她。謠言不一而足，有些說她如何汲汲營營博取我的愛並排擠掉我的母親，有些說芙蘿拉貴女遭受如此痛苦折磨，她是罪魁禍首。我愈來愈感到痛苦，這一切實在太不公平、太無中生有了。我憂心如搗。

我萬萬想不到這件內廷事務竟會引起這麼大的風波，以至於讓我飽受抨擊。肯定是康羅伊爵士在背後策動，將零星片段的謠言告知報社的也是他。外國人也開始議論此事，而且更加誇大其詞、加油添醋。

芙蘿拉貴女曾寫一封信給姑父漢彌頓・費茲傑羅，當此信公開刊登於《審察人》週報，要想息事寧人已然無望。全世界的人都在談論。芙蘿拉貴女在信中詳述了事情的來龍去脈。她稱頌公爵夫人對她的同情與愛憐，並隱含著對我的批評，文中暗示我應該將寇拉克醫師與散布有關她的謠言等一干人免職，還說寇拉克是某些女人的工具，不應該讓他一人成為其他罪行更重大者的犧牲品。

墨爾本勛爵發表了公開聲明，大意是說我在第一時間便向芙蘿拉貴女表達了遺憾與同情。不料有一份親托利黨的報紙名為《晨間郵報》，卻決定繼續窮追猛打。

輝格黨政府在治理上更加跛足難行。我的內廷女官全都來自輝格黨家庭，這回還被視為策畫陷害芙蘿拉的始作俑者。民間耳語說，只因為內閣首長剛好是女王的特殊友人，女王就被那個黨牽著鼻子走，真是病態。

就好像鬧完這場還不夠似的，另一場更大的災難又逐漸逼近。

我知道下議院有些問題，起因皆來自於遙遠的牙買加。早在一八三三年，英國便已立法廢止殖民地的奴隸制度，由於牙買加的奴隸恢復自由，如今農場主人起而造反，要求討回奴隸。

向來將「棘手之事便盡量拖延」奉為圭臬的墨爾本勛爵與其同黨人士想暫時擱置該法案，直到達成部分協議，皮爾爵士與托利黨人卻不答應。當這項動議在下院進行表決，僅以極小的票數差距通過，因此墨爾本勛爵認定幾乎無法再繼續執政了。

我永遠忘不了他來找我那一天，臉上流露出一種莫大的哀傷。

「陛下，」他說，「您也知道這段時間以來，內閣在下院始終難以推動政務，因為我們實在是太微弱的多數，在這種情況下肯定無法長期執政。內閣已決定遵行這項關於牙買加奴隸的法案，可是皮爾爵士持反對意見，萬一他堅持不退讓，又得到下院多數議員支持，陛下的政府就不可能再繼續執政了。」

「不行，」我說，「不行，我不允許。」

他半帶微笑看著我，沒有多說什麼，只是用溫柔的眼神提醒我：這不是我能決定的。

他沒有待很久。他知道我心煩意亂，卻無言得以寬慰。

李琴發現我坐在椅子上發呆。

她跪下來，張開雙手抱住我。

「我好怕，」我說，「我怕那個可怕的皮爾會逼退墨爾本勛爵。」

「不會的，親愛的，不會那樣的！」

「墨爾本勛爵來見過我……來警告我。」說到這兒我忽然哭出來。「我絕不容許，李琴。我是女王，不是嗎？」

「好啦！」她安撫我說，「事情都還沒發生呢。墨爾本勛爵不會讓它發生的。那個人可聰明著。」

我試著相信她，卻做不到。生活變調了。誰能相信就在不久之前我曾經那麼快樂！

關於芙蘿拉貴女那件可怕的事仍存留在每個人心裡，報上文章時有所見，街頭民眾看我的眼神帶著嫌惡。這個我能忍受，但與墨爾本勛爵分離，我不能忍受。

事情發生了。內閣請辭。他神色憂傷地來見我，我知道那是因為我們之間的愉快關係即將告終。若非為此，他其實不太在乎辭去首相一職。我想治理國事對他而言堪稱一種負擔。我知道他寧可辭職、寧可一個人、寧可有多一點時間看書；他喜歡暢舒己見，全國各地的輝格黨重要會所理當都很歡迎他，聽說在那些場合對談的人個個口若懸河、舌粲蓮花，而他總是中心人物。

不行，切割這份親密的關係對我們兩人都是難以承受的痛苦。

我再也無法維持莊嚴的王者風範，面對這樣的苦痛折磨，還怎麼能夠！

「牙買加的事有什麼好吵鬧不休的！托利黨那些惡劣的傢伙！他們根本是抓住這個機會想製造麻煩。」

墨爾本勛爵面露苦笑，表示認同我的說法。

「不要怪牙買加，」他說，「就算沒有這件事，那群傢伙也會找到其他鬧事的根由。這次碰巧是我們覺得自己對，他們也覺得他們對。皮爾爵士是個德高望重的紳士，我想您多加了解後會很喜歡他。」

「我恨他！他的一舉一動活像個教舞的師傅，微笑時看起來又像是棺材外的銀飾配件。」

「您和查爾士．葛萊維[17]聊過吧？」

「他的談話生動極了。」

「想必是他這樣形容羅伯爵士的。無論如何，不管什麼跳舞或棺材的，他都是個能力超卓的人，也會盡力為陛下您效力。陛下儘管年輕卻深明大義，也有堅定的決心應上天召喚負起治國的責任，因此應該能理解這樣的轉變不得不然。唉，您不得不與新內閣合作的時間恐怕是來臨了，我相信您一定能做到盡善盡美……我還是會在一旁引以為榮地看著您。」

「你不會就這樣掉頭走開吧？你還會來用餐吧？如果你不這麼做，我會承受不了。」

「陛下太厚待臣了，這份關愛之心著實令臣惶恐。」

「胡說！這全是你應得的……甚至不只如此。你是我最敬愛的好友，從前是，將來也永遠會是專屬於我的墨勛爵。我對你的感情你很明白。」

「我知道您是為我著想……陛下待我一向寬大仁厚，相信您也會以同樣和善的態度對待羅伯爵士，我可以向您保證，他是個非常好的人。」

「他有一大缺點，」我說，「光是這點我就永遠不能原諒他。」

墨爾本勛爵悠悠地看著我，我又接著說：「那就是，他不是你，墨爾本勛爵。」

話一說完，我立刻奔出房間，因為再也忍不住淚水。

於是我終於與皮爾爵士面對面了。

我原本試圖說服威靈頓公爵組閣，但他不願意。他畢竟已近古稀之年，我必須承認這樣的年紀要擔負起國事重任確實過於年邁。

反觀皮爾爵士，意願高又有雄心壯志。我在黃色私室裡見他，不想帶他進藍色私室，那兒有太多與墨爾本勛爵會面的歡樂回憶。

光是看他站在那裡，我就不喜歡他——笨拙、粗野、缺乏教養。和我敬愛的墨勛爵何止天差地別！他既傲慢又保守，而且很沒自信。我對此感到欣喜，就讓他繼續這樣吧。他忸怩不安，身體重心不停地在左右腿之間轉換，我想到葛萊維形容他像個教舞的師傅，差點格格笑出聲來。至於棺材外的銀飾配件，只有在他微笑時能得見，而他卻是難得一笑。

我禁不住盯著他的腳看。他會踮起腳尖，彷彿準備跳舞似的。可不是嘛，那個形容太貼切了！

我一開口便強調，由於國會一連串令人遺憾的事件導致墨爾本勛爵難以繼續任職，因此請他組閣。他吞吞吐吐地表示願意，一方面似乎認為自己有必要高談闊論一番，卻又拐彎抹角地避開正題。想那墨勛爵率直、大方、不做作，又那麼慈祥親切，兩人的差別實在太大了！

與皮爾的見面次數愈多，他與墨勛爵的南轅北轍就更加讓我想念後者。

他向我提過一、兩個人名，是他打算邀請入閣的對象，我聽得心不在焉，時時只想著怎麼樣才能弄走他，把墨爾本勛爵找回來。他提到亞伯丁伯爵；此人也曾說過真正治理國家的人是墨爾本勛爵，我則是任他擺布的傀儡罷了，因此我不太可能對他有好感。林赫斯特勛爵；此人曾公開支持我母親與康羅伊爵士。詹姆斯·葛蘭姆爵士；我沒有任何不利於他的訊息，可是見過一、兩次面，感覺很像康羅伊，便已足以構成我討厭他的理由。我覺得皮爾的閣員會跟他一樣讓我心生厭惡。

---

17 譯注：查爾士·葛萊維（Charles Greville, 1794-1865）：英國日記作者，也曾於喬治四世、威廉四世與維多利亞女王在位期間擔任樞密院書記官。

唉，真是教人傷心難過！

舞蹈師傅總算鞠躬退下了。我本以為他後退時會撞到家具跌倒，沒想到並沒有，不免有些失望。

次日他再度拜見，繼續昨日未完的面談。我端坐椅上，高傲地看著他在地毯上不停搖擺身子。他真的非常不安。或許我應該對他寬大一些，但我就是忘不了是他把親愛的墨勛爵從我身邊踢走，而且還為此沾沾自喜。

「陛下，」他到最後說道，「有一件關於內廷的事。」

「我的內廷怎麼了？」我問道。

「是關於您的女侍。」

「我的女侍怎麼了？」

他緊張地輕咳一聲，然後踮起腳尖、抬起一腳，完全就像馬上要跳起小步舞來。然後才接著說：「陛下，她們全都是輝格黨人的女眷。既然……呃……情勢已有變化，最好也能作些改變。陛下應該能理解……」

「可是我並不理解，」我強硬地說，「我也不想讓內廷分崩離析。」

「陛下該不會是想留下所有的女侍吧？」

「一個都不能走。」我很堅決。

「女侍長……內廷女官……」

我直盯著這個可憐兮兮的人，口氣堅定地重覆一遍：「一個都不能走。」

「陛下，這些女侍全都嫁給了反對政府的輝格黨人。」

「我從不和女侍談論政治。我相信其中有些人也和托利黨人有親戚關係，這樣應該能讓你稍感欣慰吧。」

「擔任重要職位的女侍必須汰換。」

「這種事前所未有。」

「陛下，您是女王，自然有所不同。」

「我要維護我的權利。」

他顯得那樣悲慘而無助，我幾乎都要為他難過起來，但我仍繼續高傲地注視他，於是他說他或許應該找威靈頓公爵談一談。

「請便。」我明白顯示出樂於見他告退。

但當他走後，我情緒激動到忍不住坐下來寫信給墨爾本勛爵。

女王周旋於自己最倚賴與最敬重者的敵人之間，境況之悽慘，墨爾本勛爵想必能體會，但最淒慘的莫過於不能再與墨爾本勛爵會面如昔。

他很快便回信了，力勸我必須善加利用一切。他強調皮爾爵士才能出眾，並指出我不該因為他外表不討喜而產生偏見。至於內廷女侍一事，他倒是表示我應該堅持己意，因為那是我私領域的事。之後又補充說倘若羅伯爵士對這一點無法讓步，我最好也能重新考慮。

我很失望。我不會屈服於專橫的態度。那個舞蹈師傅得記住我是女王。

我回信給墨爾本勛爵：

我絕不答應放棄我的女侍。我想你應該很樂見我如此沉著而堅定。英國女王不會屈服於手段策略。拭目以待吧。

我重新振奮起來，將內廷女侍一事視為走出這悲慘局面之途。假如我不妥協，皮爾也不妥協，雙方將會陷入僵局，他便組不成內閣。

威靈頓公爵再次來訪，我並不詫異。

「陛下，聽說有個難題。」他說。

「是皮爾起的頭，不是我。」我反駁道。

他目不轉睛地盯著我看。我心想他是不是正拿我和拿破崙作比較，那麼他會發現這位小女王也和之前那位小伍長[18]一樣是個難對付的敵人。我要證明我的意志比拿破崙的軍事才能更強大，比法國的大砲更難以撼動。

「為什麼羅伯爵士這麼固執？」我問道，「難道他力量薄弱到連女侍都得附和他的想法？」

這麼一說似乎讓他認清自己輸了。

我即刻寫信給墨爾本勛爵告知這次的會面情形：

墨爾本勛爵不可認為女王魯莽行事。她認為對方乃藉此試探能否像幼兒一樣牽引她。

羅伯爵士請求再次晉見，倒也不讓我十分意外。

這回他很快便切入重點。「假如陛下堅持留下所有的女侍，請恕臣無法組閣。」

我保持冷靜，掩飾了內心的狂喜。然後頷首接受他的決定。

我喜獲墨爾本勛爵來信，告知他讓輝格黨閣員看了我的信，並建議我停止與皮爾爵士的所有協商。

我千情萬願地照做了，然後懷著萬分欣喜召回墨爾本勛爵。

他隨即趕來站在我面前，美麗的眼中充滿淚水。他笑著說我的行為太顛覆傳統了。

「若能獲得理想結果，這個重要嗎？」

「對誰而言理想？皮爾爵士嗎？」

我們齊聲大笑，我很確定自己露出了牙齦，笑聲也太響，但我不在乎，因為我太高興了。我更睿智地反思，若非有如此絕望的體會，絕不可能有如此歡愉的感受。

後來我們以原有的輕鬆方式談論此事。墨爾本勛爵提醒說我並未聽從他的建議，然而當整件事攤在眾閣員面前，他們說不可能拋棄這樣的女王、這樣的女子。因此，即使薄弱的多數導致施政綁手綁腳，他們仍決定捲土重來再試著繼續。

這是一大勝利。

當天晚上舉辦了一場盛大舞會，我一直跳到凌晨時分。我樂不可支，自從芙蘿拉・海斯汀事件發生以來，從未如此快樂過。

沙皇太子、俄羅斯大公儲亞歷山大的來訪，讓我忘卻了所謂「內廷陰謀」帶來的煩擾。這件事，若是照托利黨人的說法，可謂人神共憤。這次和芙蘿拉・海斯汀一事略有不同，因為我多了些支持者。派系有二，一是皮爾派，一是女王派。當然我也無視威靈頓公爵的建議，此舉頗為大膽。

無論如何，我向來歡迎來自其他國家的訪客，因為這意味著將有一連串娛樂活動，包括我最喜愛的舞會。我發覺這位俄國公爵十分迷人，長相好看，氣質高貴，而且我漸漸覺得他喜歡我的程度不下於我喜歡他。我想起了即位前德意志表兄弟來訪的情景。當時多麼有趣啊！我是那麼地開心，而當他們走後又是那麼地孤單寂寞。我也想起了亞伯特，不免有些內疚。初次見面時，我是那麼喜歡他，也默認了結婚的可能性，事實上幾乎是欣然接受。然而現在的感受竟如此不同！想必是因為那段日子裡，我總把自己想像成媽媽的囚犯，任何興奮的事、任何改變都求之不得……而婚姻正是如此。不過當了女王又全然是另一回事。每日的生活中有太多事情，甚至還有一些令人惱火的小事，諸如芙蘿拉與內廷女侍等事件占滿我的心思，讓我根本不願考慮結婚。

---

18 譯注：拿破崙的外號。

但是現在出現了這個迷人的年輕人，而他的社交圈也確實讓我覺得有意思。他極具俄國特質，也就是說時而面帶憂容，轉眼間又變得歡樂開朗，有點讓人捉摸不定，但也因此更令人感興趣。

他舞跳得神乎其技。他教我跳馬祖卡舞，是一種我前所未見的美麗舞步。真是趣味十足，因為大公動作非常敏捷，分開跳的時候得加緊腳步才能跟上他。接下來當兩人合跳，他會像跳華爾滋一樣帶著我迅速轉圈。

他還教我一種舞叫「祖父舞」，是在德國極為流行的鄉村舞蹈。男舞者必須跳過一條手帕，動作難度頗高，不時有人絆倒，惹得我笑個不停。我經常跳到凌晨兩點多，之後又會興奮得睡不著，躺在床上回想大公如何跳躍，而其他舞者又如何摔倒。實在太有趣了，我也愈來愈喜歡大公。

寫信給李奧波舅父時，我忍不住提起他，舅父的回信中，以極其冷淡的口氣懇請我不要魯莽行事。我知道他想到了亞伯特。

墨爾本勛爵也有些微詞。

我對他說生活中多點興奮的事對我有好處，最近實在有太多煩心事。

「如果事後會痛苦，這種興奮可就不太好了。」墨爾本勛爵如是說。

但我還是繼續學習新舞蹈，繼續熬到午夜，整個人投入一種興奮狂熱中。我覺得我已經半愛上這位俄羅斯大公了。

我需要這種興奮情緒，因為私底下仍感到不安。我已超越那種迷戀的心情，我已然從經驗中得知人生的災難可能猝不及防地瞬間降臨。芙蘿拉依然在宮中四下走動。與她在走廊上相遇的女侍都說她讓人毛骨悚然，感覺好像另一個世界的幽魂，用哀怨的眼神直愣愣盯著她們。她們說，她看起來「好像死了」，那些曾積極散布有關她謠言的人確實打心底怕她。

她宛如一道陰影籠罩著我。那件事在報上仍繼續餘波盪漾，海斯汀家族也極度不滿，由於他們是托利黨人，自然不會任由事件淡去。

在上議院，布魯姆勛爵時常攻擊墨爾本勛爵與其內閣，並陰險地暗諷我與我對首相的喜愛。這些邪惡的偽君子堅稱自己忠於君主，卻狡猾地攻擊女王。

就是有人不肯讓內廷女侍的事件遭人遺忘。情勢一觸即發。

威靈頓公爵為了康羅伊爵士的事情來見我。

「陛下，我早已努力想讓他的事告一段落。」他說，「我認為為了所有的人著想，還是讓他到國外去，而且我應該能順利與他達成決議。」

我鬆了莫大一口氣。我有個想法：一旦擺脫那個人，我的麻煩就結束了。

「我們必須付給他三千英鎊的年俸，並賜封他為貴族。墨爾本勛爵會作安排，而且給他的必須是愛爾蘭爵位。」

「假如他成了愛爾蘭貴族，就表示他能進宮來，我再也不想在我的宮裡見到他。我永遠忘不了他惹出的那許多是非。」

「確實如此，陛下。」公爵說，「不過看情形賜封愛爾蘭爵位可能得等上很長一段時間，等到有空缺時，首相或許已不是墨爾本勛爵，到時新任首相不見得有義務履行前任首相答應的條件。」

比起康羅伊受封貴族，墨爾本勛爵不再任首相的念頭更讓我無法忍受。

然而，公爵仍說服了我接受這些提議，其實我心想若是早點接受，也許就能避免海斯汀事件惹出的複雜糾紛。我很確定，要不是康羅伊爵士在一旁製造問題，內廷女官也不會引發這麼多議論。

於是我答應了，並與墨爾本勛爵一同慶賀康羅伊爵士的離開。

「雖然，」墨勛爵帶著愁容說，「還不知道他會不會就此讓我們平靜度日，不過能把他趕出宮去還是好的。」

不料儘管除去了他，他的邪惡影響力依然還在。芙蘿拉貴女繼續像個蒼白幽靈在宮裡走動，也會出現在公開場合，有些人會鼓勵她，而她所到之處也總會有喝采聲。她不時現身更使得傳言生生不息。

墨爾本勛爵仍舊語意模糊地說再等著瞧吧。我不確定他是否相信她真的遲早會生下孩子，或是以此暗示來安撫我。她要真生下孩子就好了！到時形勢會有多大的逆轉！輿論將會倒向我們，最終也會證實原本被視為惡人的我們其實是受人誣陷。

只不過芙蘿拉貴女還是一副鬼氣森森的模樣，外表虛弱得任誰見了都會心生憐憫。

在阿斯科特發生一件痛苦的意外事故，讓我永生難忘，備感屈辱。當時我照例和墨爾本勛爵騎馬經過平日的路線，清楚地聽到一個噓聲，緊接著便是那幾個可怕的字眼。我簡直不敢相信自己的耳朵。「墨爾本夫人！」這句話的影射讓我內心充滿恐懼。怎能有人說出這麼惡毒的話！就好像我與首相的關係並不全然光明磊落。

墨爾本勛爵倒是不慌不亂。他總是說不用太在意別人的羞辱，那就像天氣，太陽一出來，大家就會忘記曾下過雨。

偏偏這不是我能輕易忘記的事。

我後來聽說是蒙特羅斯公爵夫人與莎拉．英格斯翠夫人，她們二人都是母親府裡的女侍（但我可不會稱呼她們為「女士」），也都是忠貞的托利黨人，十分積極地在鬥爭我。

但這是目前情勢的徵兆。那個大陰謀家康羅伊散播的種子已逐漸成熟，而芙蘿拉病情始終不見好轉，更是於事無補。

有一天我留意到已經好一陣子沒見著她。

「也許，」墨爾本勛爵語帶玄機地說，「時候到了，她需要稍微隱身。」

到後來，我的確相信總有一天會聽到芙蘿拉生子的消息。或許我不該有此期盼，只是覺得有太多事情繫此一線。

我發現每當與墨爾本勛爵在一起，芙蘿拉貴女的名字總會不知不覺出現在談話中。

我送了個關切的口信給她，其實很不情願，但這是應策略需要。我慰問她的病情，並請她前來見我。她感謝我的關心，但很遺憾病得太重無法前來。

別無他法了，只能我去看她。於是，拋開內心的不情願，甚至於厭惡，我親自去探望她。

見到她我大吃一驚。她躺在長椅上，很明顯無法起身行禮迎接我。真不敢相信有人瘦到這種地步竟還活著。她活像一具骷髏，卻又有一個部位腫脹起來，我暗忖她一定是懷孕。

我擔心地問她情況如何，她回答說感覺還算好。

接著又加一句：「非常感激陛下的關懷，也很高興見到您氣色這麼好。」

我回答道：「等妳好些以後，我們再碰面……聊聊。」

她淺淺一笑，搖了搖頭。「我怕是不能再見到陛下了。」她說。

我打了個寒噤，的確，她看起來就像瀕死的女人。

我懷著惴惴不安的心情與她告別。

兩天後，媽媽送來一封便箋，建議我將當天晚上預定舉行的晚宴延期，因為芙蘿拉貴女病情惡化，倘若此時還歡宴賓客，她認為很不得體。

我不禁回想起那次在肯辛頓宮，威廉國王的女兒已奄奄一息，母親卻仍照常辦她的晚宴，也因而備受責難。我絕不能再引發批評，便下令取消宴會，並決定當晚只請墨爾本勛爵一人。

他比平時嚴肅了些。事實上，自從爆發內廷女官事件以來，他就改變了，而我也領悟到雖然他因為該事件而回任，卻只是暫時，除非下次選舉他的黨能大獲全勝。

我不至於天真到相信這是容易的事，哪怕這是我所盼望的。

那天晚上我們有點正襟危坐，就連墨爾本勛爵也不再相信芙蘿拉貴女會產下那個能為我們所有人平反、能讓我再度受人民愛戴的孩子。

翌日凌晨兩點剛過不久，芙蘿拉貴女嚥下了最後一口氣。

*

這無疑是天大的災難。芙蘿拉貴女死後比生前帶給我們更大的憂慮。

全國人民彷彿都在為她哀悼。更糟的是五位醫師為她解剖後，作出一個（對我而言）毀滅性的裁斷。芙蘿拉的肝臟長了腫瘤，胃受到壓迫才會脹大。

報界又開始報導此事，海斯汀勛爵則持續不斷為他們提供消息。全國各地都在談論芙蘿拉所受的苦難，以及女王的冷酷無情。

某份報上說，她的死因不是致命的肝臟腫瘤，而是心碎。

有一些小冊在街上販賣：「白金漢宮謀殺案」、「墓中芙蘿拉．海斯汀致女王陛下的心聲」等等。《晨間郵報》公開批評我在這件事上的行為，布魯姆勛爵則持續在上院強烈譴責我。

連墨爾本勛爵也意志消沉，只是仍試著表現得堅強。

「別理會它，」他說，「想想以前的人民是怎麼對待您的先祖，您的祖父、叔伯……他們一個也沒能逃掉。」

「可是人民愛我呀。」我哀嘆道。

「民心善變。這件事會平息下來，到時他們會重新愛您。」

「看樣子他們永遠不會忘記。」

「群眾是善變的，他們痛恨今日，深愛明日。」

「我實在不該聽信那些關於她的醜聞。」

「女王必須維護宮中的道德風氣。」

「沒錯，可是她並未失德。她根本沒有懷孕，確實是清白之身。她生病了，我們卻中傷她。我永遠忘不了她躺在長椅上的模樣，看起來就像已經死了。她自知命不久矣，還跟我說：『我怕是不能再見到您了。』我想我一輩子都不會心安。」

「陛下還年輕。臣可以保證，過不了多久便會忘卻。事情總會過去。不過現在還有她的葬禮，是件棘手的事。很遺憾她死在宮裡。」

「她要葬在蘇格蘭。屍體會運回老家。」

「很可惜她不是在那裡去世，否則便能省卻許多麻煩。」

「我得出席葬禮。」

勛爵靜默片刻後才說：「我想這不是明智之舉。」

「但若是不去，人民會怎麼說？」

「我擔心的是您若是去了，他們會說什麼……甚至於做什麼。」

「你認為他們會傷害我？」

「平民百姓將怒氣發洩在君主身上的情形並不是太罕見。」

我將臉埋入手中。

「就把它當成一次經驗吧。」勛爵安慰道。

「你覺得如果我沒有聽信謠言……如果我站在她那邊……」

「那麼就不會有怨言，您也等於做了一件善舉。」

「當初要是那麼做就好了！」

「我想，」他說，「您應該派出馬車，但絕不可親自前去。我不能答應。」

我想反駁，但他的語氣中帶著堅決——是的，甚至還有恐懼。這件事比我想的更加重要，這一週還喊著「和散那」[19]的民眾，下一週就會改喊「把他釘上十字架」。

墨爾本勛爵說：「她的遺體會用船載回魯登，遺憾的是送葬隊伍將從宮廷出發，由皮爾的警衛沿路護送。原訂計畫是六點出發，但我會下令讓他們提早兩小時。儘管如此，一定還是會有等候的群眾，我相信有些人為了看個清楚，會徹夜待在那裡。」

我暗想他心思真是縝密，我何其有幸得他相助。緊接著，那可怕的疑慮再次湧現。還會持續多久呢？芙蘿拉的棺木運回老家那天，氣氛哀悽至極。

人潮湧上街頭目睹靈柩沿著街道送往等候的船上。我可以想像那個畫面，群眾為她哭泣，口中喃喃咒罵我，民謠歌者則揮舞著手上的醜聞歌謠傳單。我實在難以承受，思緒不斷地回到也還不算太久以前的加冕禮，當時他們向我展現了多麼真摯的愛與忠誠啊。

後來得知有人朝我的馬車丟石頭，我不僅驚駭，也深感受傷。

墨爾本勛爵試著安慰我。「只是一個石頭罷了。民眾不是真心不滿您，只是想找個人怪罪，而他們總喜歡找位居高位者當代罪羔羊。她人已經走了，事情也會到此結束。到了明年此時，民眾會問：『芙蘿拉．海斯汀是誰？』」

我很想相信他。

19 譯注：出自《聖經》，有「求你拯救」之意。

5

婚禮

我很容易受牽引嗎？戀愛時或許是吧。我又是否愛得太輕易、太全心全意？也許我內心深處隱隱希望能受到男性主宰。例如李奧波舅父、墨爾本勛爵……我曾幾乎盲目地愛著李奧波舅父，直到墨爾本勛爵出現，讓我看見他的缺點。如今亞伯特將成為我生命中的男人。

但這一切都未能讓我片刻忘卻一個最重要的事實：我是女王。

經過那件事後，我一直悶悶不樂。墨爾本勛爵極力想讓我重新振作。

有一天，他問我對結婚有何看法。

「結婚？噢，我很久沒去想這回事了。」

「上一回想到是什麼時候？」

「很多年前了。你也知道李奧波舅父老是希望我嫁給亞伯特表弟。」

「的確，」墨爾本勛爵說道，「他表明得再清楚不過。但出嫁的人是您，您又怎麼想呢？」

「我不想結婚……還不想。」

「是嗎？您現在都二十歲了，已到適婚年齡……尤其對一個女王而言。」

「我覺得還應該再緩一緩，」我忍不住笑了。「我受教於你這麼久，難免和你想法一致。你不老是說『先擱著別管』嗎？」

「我相信這個建議已不只一次發揮效用。」

「這倒也是。所以呢，現在我會繼續遵行。你覺得亞伯特小爵爺怎麼樣？」

「他是德意志人。」

「你會不會覺得他有點太……一本正經？」

「多數德意志人都是這樣。」

「他到了晚上總是很累，也從來不想跳舞。」

「而陛下卻是永不疲倦又熱愛跳舞。」

「我認為我的夫婿不應該由李奧波舅父挑選。」

「這一點，」勛爵說，「我完全贊同。不過這件事應該考慮一下。我們不得不顧慮坎伯蘭的威脅。」

「但是我還年輕，而且儘管在海斯汀事件後，人民對我的喜愛稍減，他們還是不會要坎伯蘭的。」

「王族必須將目光放遠。您還是慎重考慮一下婚姻比較好。」

「李奧波舅父認為我和亞伯特表弟能互相了解。他在我即位之前到訪肯辛頓宮，給我留下很好的印象。」

墨爾本勛爵點點頭。

「那已經有一段日子了。」

「人都會變。」我說。

「有人成了女王，這可是個大轉變。」

我笑出聲來，隨即陷入深思。「如果人民能忘記他們不再那麼喜歡我，」我說道，「如果我們能抵擋住托利黨人……如果我們能繼續這樣下去……我不會再有其他奢求。」

「如果是個很重要的字眼，人生不太可能停滯不動。」

「你覺得我應該結婚。」

「我覺得您應該稍加考慮。」

我考慮了，也將李奧波舅父納入思考。儘管我們之間已出現一道鴻溝，我還是非常喜歡他。我秉性忠誠，絕不會忘記他在我童年時期的重要意義。父親尚未與我謀面便撒手人寰，是舅父取代了他，我還一度將他視為全世界最了不起的人。我沒有忘懷這樣的情誼，只是因為他有意插手英國政治，我才不得不與他保持些許距離。我的愛並未改變。

我心知肚明他打定主意撮合我和亞伯特。他愛亞伯特正如同他愛我，在他膝下無子之際，我們倆都是他的孩子。他最大的渴望就是讓我們結合。娶我為妻將會對亞伯特十分有利，他畢竟只是一個德意志公爵的小兒子，與英國女王聯姻可說是天賜佳偶。對我來說呢？我相信李奧波舅父認為亞伯特聰明、品德出眾，對我有助益。我們兩人的幸福他都關心。

不過我對自己沒把握。自從與亞伯特邂逅並對他深深著迷至今，我已成長許多。因為事先聽了李奧波舅父提到他那麼多優點，以至於當他到來，全身彷彿被善與美的光環所包圍。當時的我太年輕也太容易感動……或許到現在還是……但在墨爾本勛爵世故的引導下，到底還是成熟了一些。

在這之前，史托瑪已經離開好一段時間，因為李奧波舅父希望他將所有精力投注在亞伯特身上。舅父無疑看出了史托瑪可能無力引導我，因為我全心全意地依賴墨爾本勛爵，也只聽他的話。

我想應該寫信向李奧波舅父實話實說，於是便付諸行動，解釋自己很滿意目前的情況，而國人似乎也不急著想要我結婚，所以恩尼斯和亞伯特不要來英國會比較好……暫時先不要。亞伯特對此事有何想法？他應該理解我們並未訂下婚約吧？若能理解的話那是最好。我聽說了關於亞伯特的極高評價，因此我一定會喜歡他，但也許只是做為朋友、表親或兄弟。在我們重逢之前我無法知道，因此我不希望他對這樣的會面抱有任何期待。這麼一來，情況變得相當微妙，特別是如果不讓亞伯特清楚了解這一點的話。我想兩、三年內不需要急著作決定……我是說最快。

寄出信後我鬆了口氣。如此一來，舅父就能清楚了解我的心思了。

又有另一位舅父來訪，讓我陷入興奮的漩渦中。這次來的是媽媽的兄長斐迪南舅舅，帶著他兩個兒子奧古斯圖與黎歐柏，還有女兒薇朵兒。另外還有一位表兄亞利桑大．曼斯朵夫─普伊一同前來，他是媽媽的大姊索菲雅郡主的兒子，父親是一名在法國大革命中劫後餘生的法國貴族。我發覺亞利桑大十分吸引人，他風度翩翩也比較拘謹，不像其他表兄弟吵吵鬧鬧，還喜歡玩粗暴的遊戲，但我得承認我也喜歡這類遊戲。不過亞利桑大有一種浪漫氣息。他對我略感敬畏，雖然我一再向他確保無須如此，卻也欣賞他這點。我對墨爾本勛爵說這是一種非常得體的謙遜態度。

「他不完全是德意志人。」墨勛爵說，「因此他沒有條頓人的傲慢。」

「墨勛爵，」我說道，「我覺得你並不喜歡德意志人。」

「噢，」他神情輕鬆地說，「不應該以偏概全的。或許有一些德意志人個性也很討人喜歡……只是沒有其他國家那麼多罷了。」

「例如英國，」我譏諷道，「像康羅伊爵士或皮爾爵士這樣的紳士。」

「您這是誹謗，竟然將這兩人相提並論，一個是道道地地的正人君子，另一個卻是……」

「卑鄙小人。」我替他把話說完。「但你得承認他至少不是德意志人。」

我與他同聲齊笑，然後繼續享受訪客們的陪伴。我加入他們的遊戲，笑得和他們一樣響亮，也與他們相處得極為熟稔，不過我還是最喜歡亞利桑大，因為他比較嚴肅，而且好像有點愛上我了。

一如往常，造訪的時間總是太短。我去伍利奇為他們送行，還登上了要載他們離去的船隻。大家又是嘆息又是抱憾，他們也一再承諾會再來。船駛離時，我站在岸邊揮手，樂隊演奏著〈天佑女王〉。

接下來一次與墨爾本勛爵見面時，我察覺到他臉上略顯輕鬆，便說：「我的表兄弟們走了，你一定很慶幸，就承認吧。你不喜歡他們。」

我其實挺開心的，因為我以為他不喜歡他們是因為他們讓我忽略了他；再者，看著他們騎馬、跳躍、奔跑、跳著他們國家的舞蹈，也讓他自覺老邁衰頹。

「孩子就得玩遊戲。」他說。

「這麼說你覺得他們幼稚囉？」

「以他們的年紀，也許能稍微成熟一點。」

「我喜歡蹦跳嬉鬧。」

他鬱鬱一笑，不覺讓我沉思起來。

我重新端詳我如此摯愛的這個男人。他相貌英俊，有一雙美麗迷人的藍灰色眼睛，邊上鑲著深濃睫毛，那真是一雙會說話的眼睛，不時噙著淚水表達他對我的愛憐。接著我想到所有關於結婚的談話，想到政治局勢的動盪不安，還想到他可能被迫下臺帶給我的深刻恐懼，因為他一下臺，我們見面的機會將少之又少，托利黨內閣絕不會允許女王與反對黨領袖維持友好關係。我思索著這些，心想人生真是變化莫測，若以為自己能一輩子保持不變就太愚蠢了。

我一時衝動脫口而出：「墨爾本勛爵，我想命人幫你畫張肖像，掛在我的起居室內，那麼即使你不在，我也能隨時看到你。」

他深受感動，熱淚盈眶地說雖然他覺得坐著讓人畫像不是打發時間的最好方式，但既然是我的希望，他便會欣然忍受這番酷刑。

「哎呀，不會那麼糟的。」我告訴他，「我會來看畫畫的過程。」

「這倒是一大誘因。」

「或許衝衝也會想來。你也知道牠有多喜歡你。」

「那麼我肯定會有個合得來的同伴了。」

我不打算讓這件事說說就算了，便請來威廉·查爾士·羅斯爵士，並堅持要他在宮中作畫。靜坐畫像這件事，我比墨爾本勛爵更樂在其中，可以感覺得到他有些浮躁。我坐在他旁邊，衝衝跑來觀看進展，那一臉的好奇興味讓所有人都覺得有趣，更讓我一次次放聲大笑。

這是最好的方式，讓我忘卻最近歷經的一切不愉快，活在趣味洋溢的當下。

畫像完成後，我全然不滿意。雖然像墨爾本勛爵，卻一點也沒有本人那麼好看。

我對墨爾本勛爵提及時，他說：「啊，羅斯總喜歡讓畫中人比本人還醜，他覺得這樣有趣極了。」

「我不覺得，」我說，「我喜歡看到畫如其人。」

「畫家會說是透過畫家的眼睛看之類的。」

「是嗎？如果畫家看不到實際樣貌，就該去治療眼睛。」

藉。

「陛下始終是個邏輯大師。」

我掛起畫像，儘管與真人有些出入，至少還賞心悅目。而且確實覺得有它在，且是永遠在，就是一種慰藉。

李奧波舅父看了我的信想必甚為憂慮，因而來信說想要來作個短暫拜訪。他說短暫就表示時間真的很短。他打算連夜由奧斯滕德起程，我也得前往布萊頓，他可以在那兒與我會面幾個小時、談一談，然後返回。想到要去布萊頓，我興致缺缺，何況我也不信任這幾個小時談話的主意，唯恐會被迫答應自己不想答應的事。倘若他提出任何建議，我希望能有時間和墨爾本勛爵商量。

於是我回信說我不能去布萊頓，因為倫敦有太多事要處理。他知道我這些日子過得多麼煎熬，他對英國的情況瞭如指掌。

他必須正式到訪，那麼就去溫莎吧。我會很樂意在那裡款待他。

我想他有些困窘，因為以前我總是對他唯命是從。

然而，我所說關於亞伯特的事可能讓他非常煩心，才會答應安排造訪溫莎。

即將見到他，我仍興奮如昔，已將兩人曾有過的小小歧異拋到腦後。相較於一生的摯愛奉獻，那又算得了什麼！李奧波舅父當然必須為比利時的利益著想，當然必須盡可能結交盟友，倘若我能幫忙，他來求助於我是再自然不過了。

他與路易絲舅母連袂抵達時，正等著迎接的我奔入舅父懷抱，他也熱情地擁抱我。

「還是那個可愛的孩子。」他說。

「我已經二十歲了，舅父。」

「是啊……是啊……長大了。」

路易絲舅母顯得蒼老許多，不再是與舅父新婚時我所見到的那個爽朗年輕女子。因為舅父只能待數日，我多數時間都陪著他。他說有太多話要說，而談話主題就是亞伯特。

他說，我對婚姻的態度讓他大感驚訝。

我的回答是，我覺得這樣的態度很正常。

「我指的是妳自身的婚姻。妳似乎連想都不願去想。」

「不是的，舅父。只不過我還年輕，好像不必急在一時。」

「親愛的孩子，妳也說了妳已經二十歲，可以說相當成熟了，肯定已經能結婚。君主對國家有責任，得為國家留下繼承人，妳可知道妳的叔父坎伯蘭公爵、漢諾威國王，正在伺機而動？」

「你們老是拿他來嚇我，以前小時候我多怕他呀，覺得他是個恐怖的獨眼怪物，像希臘神話裡的獨眼巨人。」

「這麼想並沒有錯得太離譜。他現在就等著奪位，其實他一直在等。」

「舅父啊，我還不會死，我比他年輕得多。」

「別說死，孩子。講點道理吧。想想未來，想想大家對妳的期望。科堡的表兄弟來訪時，妳不也很歡喜？」

「是啊，他們好有趣……每個都是。我覺得亞利桑大很迷人。」

「我記得亞伯特和恩尼斯兄弟來訪時，妳也很歡喜。」

「是的，已經事隔多年，但我還記得。」

「我聽史托瑪對亞伯特讚賞有加，說他是個萬中選一的年輕人。」

「史托瑪若非深信不疑，不會這樣說。」

「確實如此。我對亞伯特抱著極大期望。」

「是的，我知道你向來如此。」

「妳和他……我的外甥女與姪子……你們倆是我最寵愛的孩子。妳還記得我開始鰥居，悼念夏蘿特與夭折的孩子那段日子嗎？妳和亞伯特便是我的慰藉，為你們打算，日復一日努力想找到能確保你們倆幸福的方法……」

「當然記得，舅父。你對我是那麼地好……對亞伯特也是。」

「你們二人的結合向來是我最深切的期盼。」

「是的，舅父，我知道。」

「若能見到妳和亞伯特結婚，我應該就再無遺憾了。」

「也許會的……到了適當時機。」

「我不確定亞伯特願意等待……無限期地。我想妳應該盡快下定決心。」

「不願意等待！可是我們並沒有協議……並沒有婚約。」

「這倒是真的。不過大家都知道妳和他……」

「為什麼大家會知道？我從未承諾過什麼。」

「不能讓亞伯特受辱。」

「我絕無意羞辱他。但結婚是大事，我希望能慎重考慮。」

「妳務必慎重考慮。繼續過目前的生活是不明智的。當然，我知道妳與母親有些不睦，我很傷心，非常傷心。妳們同住一處卻各過各的，還有那個死去的女孩引發的不名譽事件。」

「沒錯，但至少我們除去了康羅伊。」

「我也聽說了。真是不幸。還有一件事，妳和首相之間好像有非常特殊的親密關係。」

「我的首相是個十分出色的人。」

「我並不懷疑他才能卓越，可是難道能因此和女王有……有這樣的關係？」

「他是我的摯友兼顧問。」

「親愛的孩子，妳實在太善良、太誠實、太高尚，以至於想不到這世上有品德較差的人。王室承受不起醜聞，可能甚至會因此終結。為了一切的一切，妳必須慎重考慮結婚。」

「我已經考慮過，也決定將來再說。」

「這樣不行，妳需要快點結婚，妳需要一個體貼、穩重的伴侶，能夠站在妳身邊輔助妳，分擔妳那稚弱肩膀上的重擔。我會安排亞伯特和恩尼斯來找妳，當妳見到這個天賦異稟的年經人，應該就會完全同意我的想法。」

我不忍見李奧波舅父如此擔憂，便哭著說：「希望如此啊，舅父，真的希望如此。」

他們的來訪即將結束，我幾乎沒有時間陪路易絲舅母。可憐的舅母，如今竟如此不同！她依然風姿優雅，這是與生俱來的，但穿著打扮似乎已不復見往日的歡愉。我想她與舅父的生活想必極其嚴肅。

與墨勛爵的交往讓我懂得以不同角度看人。我當然深愛李奧波舅父，但他實在太嚴肅，多少也使得舅母的歡樂盡數枯竭。和他們在一起就不能像和墨爾本勛爵那樣開懷大笑，也聽不到那些令我深感趣味的冷面譏諷。在李奧波舅父面前，我不能笑，不能粗魯地笑。每回笑起來，總得記得摀著嘴，簡直和下巴綁著有刺的冬青一樣痛苦；可是笑應該是毫無苦惱才對。其實李奧波舅父太過完美，而我親愛的墨勛爵就只有那麼一點道德缺陷。那些離婚案，後來他的妻子卡洛琳夫人又變得那麼瘋狂，還和拜倫勛爵惹出天大的緋聞。這不是勛爵的錯，但他似乎確實牽扯上無數醜聞。這些事影響了他，讓他很容易相處，也增添了他的魅力。

我對李奧波舅父是否有些苛求？雖然安撫了他，也耐心聆聽他對亞伯特表弟的讚賞，但我是否又開始發拗了？我這脾氣墨勛爵知道，也毫不猶豫地提醒過我。所以，我算是在反抗亞伯特嗎？

無論如何，當舅父、舅母臨別之際，我照舊感受到每次分離的孤寂，並真心誠意地告訴他們我會非常想念他們。

他們一早便要出發，因此我在前一天淚漣漣地與他們道別，不過次日清晨我起了個大早，下床後跑到他們的住處，他們正提前在吃早餐。

在燭光照映下，他們顯得十分憂傷，我說我也是，因為他們要走了。這趟造訪實在太過短暫。李奧波舅父也認為如此，他重申對我的愛不變，也會繼續關心我。

「我最親愛的孩子，我希望在離開人世之前，能見到妳幸福。」他說。

「我是幸福的，舅父。」我回答，「只要能擋住托利黨人，加上最近發生的這些可怕事件都被遺忘，我就可以很幸福了。」

「我希望看到妳圓滿，希望看到妳受尊敬，希望看到妳為國盡責。」

這話意思就是希望我嫁給亞伯特。

在那離別的傷感時刻，我心想：「舅父啊，我會試著喜歡他，我真的會。」

我們再次擁抱，就此分手。

我回到房間，目送馬車載他們離去，駛往渡海船方向。

十月那個難忘的日子來了，確切地說是十月十日。

我醒來時發現李琴站在床邊。

「早安，雛菊，」我說，「我覺得有點反胃。」

「是昨晚的豬肉，」李琴說，「而且您還真是狼吞虎嚥呢。」

「妳的口氣跟媽媽一樣。妳應該很快就會指責我笑的時候露出牙齦。」

「您覺得很不舒服嗎？」

「不會，稍微而已。到園子裡走走就會好了。」

「還有另一件事。昨晚有些窗戶被打破，看起來好像有人心血來潮丟了一、兩塊石頭。」

「真可怕！」

「您要起床了嗎？」

「是，得起床了。」

早餐過後，我以為墨爾本勛爵會來見我，不料卻收到口信。他人也不舒服，應該是吃了豬肉的緣故。

「肉應該沒問題才對，」李琴說，「現在天氣還涼爽。」

「我得出去了，」我告訴她，「現在我只需要新鮮空氣。」

「穿暖和些，」李琴建議，「風很涼。」

在庭園散步時，我一面想著李奧波舅父來訪期間說的話。事實上，自從他離開後，我幾乎沒有想過其他事情，而想得愈多也愈下定決心不被迫走入婚姻。

墨爾本勛爵贊同我的想法。多麼善解人意的一個人！他不是太喜歡德意志人，總是一再強調他們的缺點。

親愛的李奧波舅父，我暗忖道，我確實愛你如昔，但你不能干預。

遠遠地我看見一名聽差正朝宮殿跑來。

「發生什麼事了？」我高喊著問，隨即發現他拿著一封信。

「陛下，」他氣喘吁吁地說，「我正要送信去給您呢。」

我取過信，發現是李奧波舅父寫來的。

我將信拆開讀了起來：「你的表兄弟恩尼斯與亞伯特今晚就到。」

我不敢相信。就在今天晚上！

回宮途中，我心跳怦然。

墨爾本勛爵說消息太突然了，尤其對吃了太多豬肉而消化不良的人而言。我們只得忘記身體的不適，準備迎接這兩位高貴的紳士。

「他們到的時候肯定累壞了，」墨勛爵繼續說道，「海峽內正吹著強風，他們這趟旅程可不輕鬆。」

一切準備就緒。我盛裝打扮，迫不及待地等候表兄弟的到來。

稍後我聽到庭院響起馬車的轆轆聲，便等在階梯頂端迎接他們。

他們來了，恩尼斯與亞伯特。我一眼就認出兩人當中較醒目的那人是亞伯特，當目光落在他身上那一刻，我的心狂跳起來，並立刻知曉一切再也不同。

這兩個年輕人朝我走來，我可能並未太注意恩尼斯，因為我全副心思都給了亞伯特。

他身材高大，臉色蒼白。墨爾本勛爵說得對，渡海過程十分凶險，我後來聽說可憐的亞伯特暈船暈得厲害。他穿著深色旅行裝，多少比色彩鮮豔的衣服更襯托出他的蒼白與那雙漂亮的藍眼睛。他的鼻形完美，嘴形也很優美，唇上留著細緻的小鬍子，還有稀疏的鬢毛。那身材多麼英挺！寬肩蜂腰。髮色和我差不多，所以也是金髮。恩尼斯的髮色就很深，眼睛也很美，只可惜我的心思真的都給了亞伯特。

他站在我面前，我抬起雙眼望著那張俊臉，登時感到喜不自勝。

我暗想，這，就是墜入情網。

呵，多麼教人喜悅的一次造訪……我認識了亞伯特！

當天我夜不能寐，躺在床上想著他。親愛的李奧波舅父呀，他是如此關心我的幸福。他當然是對的，亞伯特很完美，而我太幸福了。

我們有談不完的話題。亞伯特熱愛音樂，我們會一起唱歌，二重唱令人愉快無比。衝鋒（這個可愛又有眼光的衝衝）對亞伯特格外感興趣，亞伯特與牠玩耍的神情真是迷人。亞伯特做什麼事都從容優雅，他還帶了他養的靈猑一同前來。他的愛犬名叫伊奧斯。

他說：「我們是分不開的。」

噢，多感人的情分！我太能理解他對伊奧斯的愛了，正如同我對心愛的衝鋒的愛。

我盼望著第二天的來臨，幾乎無法入眠。我隔天一大早就起來給李奧波舅父寫信。他為我送來一個如此超卓不凡的表弟，我理應向他道聲謝。

「恩尼斯已變得一表人才，」我寫道，「亞伯特的美貌更是驚人，而且還如此平易近人、自然率真……總之他太迷人了……」

若非強逼著自己停筆，我可能會繼續細數亞伯特的完美之處。

封緘時我會心一笑。李奧波舅父一定會非常高興。

那天我們去騎馬，多教人興奮。我知道騎在馬背上的自己最有魅力，而且旁人看不出我有多矮。我不僅騎術精湛，馬裝應該也是除了舞會禮服之外最適合我的裝扮了。我愛我的馬群，牠們也會回饋這分愛，相處起來十分融洽。

我騎在兩位小爵爺之間，卻幾乎沒去注意恩尼斯，儘管他也極具魅力（這是當然了）。墨爾本勛爵也與我們同行，但這回他沒有騎在我旁邊，而是些微落後。

不久之後，我會與他單獨談話，我會與他討論我對亞伯特、對兩位小爵爺的看法，但目前我想暫時把這些思緒保留給自己。我有些失神落魄，但心下瞭然，再沒有人能像亞伯特這麼完美，這點我毫無疑問。李奧波舅父太聰明了，他早已知道誰最適合我。

亞伯特兄弟倆都說著一口流利的英語，聰明的李奧波舅父早先便堅持要他們精通此語言。當然了，他們帶有德語口音，但絲毫不妨礙聽者的理解。

騎馬途中我們談論了許多，但仍以音樂為主。亞伯特偶爾會譜曲，多聰明啊！果然不出我所料。我滿心期待聽聽他作的樂曲。他還提到羅森瑙，那是他出生的地方，也是他最愛的家鄉，那愛意充盈的語氣展現出他的真心與細膩情感。

聽他說完後，我好想去看看。

回到城堡後，我內心的愛意更加濃烈了。於是我與墨爾本勛爵在表兄弟到達後首度對談。

我說：「我想告訴你我對於這兩位表兄弟的看法。」

墨爾本勛爵異常溫柔地微笑看我。「我可以猜得到，」他說，「陛下從來不是一個會掩飾感情的人。」

「你覺得亞伯特英俊嗎？」

「毫無疑問，非常英俊。他的兄長則有一雙很美的深色眼睛。」

「亞伯特是藍眼睛。」

「千真萬確。」

「而且他比哥哥更好看。至少我這麼覺得。」

「我確實察覺到陛下的想法。觀察到目前為止，我認為恩尼斯是個非常聰明的年輕人。」

「喔，可是沒有亞伯特聰明。」

「我想恩尼斯可能頭腦比較好。」

我憤憤地轉向他，卻見他眼中閃著光。他當然是在捉弄我，但對於這麼嚴肅的事情，實在不該這麼做。

「看來陛下對於婚姻一事，有些改變心意了。」他說。

我微笑對他說：「是的，親愛的墨勛爵，我改變心意了。」

他點點頭。「這是我的推斷。您大概不想再拖延婚事了吧。」

「我看不出有何理由拖延。你呢？」

「完全沒有。既然陛下心意已定又如此堅決，婚禮愈早舉行愈好。我認為小爵爺也有同感。」

我沉默不語，墨爾本勛爵又接著說：「啊，難道他對自己的幸福命運還懵然不知？」

「這有一定的難度。亞伯特絕不會草率行事，也不會罔顧禮法。」

「但陛下的確不是時時恪遵禮法……請恕臣大膽直言。」

「我親愛的墨勛爵，無論你想說什麼，你是從來不遲疑的。正因為如此，我才會這麼珍惜我們的關係。」

他微微點了頭。「您應該會同意得先提親吧。」

「看來你了解難處所在了。」

「的確，而我相信陛下定能克服。那麼我們就能舉行王室婚禮，這正是現在需要的，民眾會非常高興。」

「他們現在可沒那麼喜歡我。」

「全世界的人都喜歡新娘……尤其是王室新娘。我們就來辦一場婚禮，到時您就知道了。」

「我對人民的感覺已經不同了。我永遠忘不了他們對我有多殘酷……還朝我的馬車拋石頭。」

「您結婚那天，他們會拋出飛吻和歡呼。」

「你確定？」

「百分之百。」

我帶著充滿愛的眼神微笑看他。他多會安慰人！不過他看起來有些疲倦，這時我才驚覺他竟顯得那麼老。

可不是嘛，他確實老了。

我想我是拿亞伯特的燦爛青春與美貌來和他相比。

親愛的墨勛爵！我會永遠愛他，並珍惜這些年來我們在一起的回憶。然而我已經開始遠離他。我應該要有另一個能共同商量難題、能分擔我個人與國家重擔的人。

戀愛的感覺多美好！又將會帶來多大的改變！

我心意已決。現在有件事要做。亞伯特不敢向我求婚，因為我是女王，而他只是一個小小公國的小爵爺，甚至還不是長子。我必須向他求婚。

十月十二日，另一個值得紀念的日子。那天我們出外打獵，回到城堡後，我請他進入藍色私室。他懷著期望進來，想必已經猜到接下來會發生什麼事。

我對他說：「亞伯特，我想你一定知道我為什麼請你進來。如果你能應允我的願望，我會非常快樂，而我相信你會的……我們結婚吧。」

親愛的亞伯特！他的歡喜難以言喻，而且也舒了口氣。李奧波舅父說得沒錯，亞伯特猜不透我的心思。

那麼，以後再也無須如此了。

此時，亞伯特把英語全忘了，我好開心。他用德語對我說他是多麼快樂，還說他最大的希望就是與我共度一生。

我們柔情繾綣地互相擁抱。

我一生中從未如此快樂過，走出藍色私室時，我已與亞伯特訂了親。

那段日子是那樣美好！我們一同騎馬、散步、唱歌、跳舞。我們的歌聲如琴瑟和鳴，我好喜歡唱亞伯特親自譜曲的那歌，在在流露著濃濃的淒美之情。我看得出來我們會非常幸福美滿。婚禮無法立即舉行，但我們討論後認為或許能訂在新年之初。亞伯特得與兄長回薩克森—科堡，由於我們倆的婚禮非同小可，舉行實際儀式前還有許多事情要安排。

亞伯特當然比我內斂，但我對這個出類拔萃的人只有滿心的愛，這點我無意偽裝。他坐著的時候，我會從背後溜上來親吻他的頭頂；分手時也會喊他回來再親一下。我的愛似乎滿溢而氾濫，但我想不出有何理由將它堵塞住。

李琴覺得我太熱情奔放。可憐的李琴！她是否有點嫉妒？我經常無意間瞥見墨爾本勛爵似笑非笑的眼神，我知道我充沛的情感讓他覺得頗為有趣。

無所謂，我就是我，天生就不會掩飾感情。

我想亞伯特偶爾會因為我展現的熱情而略感尷尬，尤其是與他人在一起時。親愛的亞伯特，我覺得他對自己的好運氣有點茫然而不敢置信。我比他大三個月，還是位女王，想必是身分地位之故，才使得我反應如此自然，也不太擔心旁人怎麼想我。我的叔伯都是依著本性想做什麼就做什麼，才會有幾個人有怪物之稱。我不全然是那樣。我只是真情流露，而且我看不出這樣有何不對。

亞伯特不得不告別的悲傷日子終於到來。

「不會太久的。」我向他保證，「然後我們就能一輩子在一起了。」

沒有他的日子顯得枯燥乏味，但婚禮的準備事宜極其繁雜。

墨爾本勛爵說他會替我擬一份對樞密顧問宣讀的聲明，以便正式告知我的意向。

與墨爾本勛爵同坐在藍色私室裡，讓人十分安心；這間私室再也不同以往，因為我正是在這四面牆之間向亞伯特提出結婚的請求。

我忍不住告訴了墨爾本勛爵，還說那樣實在很難為情。「但是可憐的亞伯特絕對不會求婚，總得有人開口吧。」

「我說過您會的，對不對？」

「是啊，你說過。以後可能還會有其他類似的情形發生，到時亞伯特得記住我是女王。」

墨爾本勛爵又用那種調侃的眼神斜睨著我，說道：「我確信亞伯特會記得，因為您不會容許他忘記。」

「墨勛爵，」我說道，「有時候我覺得你不夠賞識亞伯特。」

墨爾本勛爵默不作聲，我跺著腳再追問：「我說得對不對，墨爾本勛爵？」

「恕我斗膽對陛下直言，我認為他太過年輕，也許經驗不足。」

「每個人一開始都缺乏經驗。亞伯特會盡全力做我的後盾，他是那麼地好。」

「是的，他的確是個品德極為高尚的年輕人。」

「何況我們還有你在身邊呢，我最親愛的墨勛爵。」

這時他露出憂傷神色，表示他想到了托利黨人。

「親愛的墨勛爵，」我說道，「最近的我恐怕一直都心不在焉，脾氣有點暴躁。」

他和藹地微微一笑，說道：「這很正常。」

「我讓羅斯給亞伯特畫了一張迷你肖像，我要把它鑲在手鐲裡，隨時戴著。」

「希望這張畫得像。」

「這張畫得不像本人。我記得你說過羅斯喜歡把人畫醜，因為這樣很有趣。我覺得一點也不有趣，而是十分愚蠢。但是不管誰為亞伯特畫像，都畫不出他的一半好。」

他偏著頭看我，露出那向來令我感動的溫柔神情。親愛的墨爾本勛爵！雖然我愛亞伯特，但我內心永遠有一個角落屬於我的首相。

讀了李奧波舅父的信真教我滿心歡喜！他的字裡行間洋溢著喜悅。

我最親愛的維多利亞：

妳可貴的來信帶給我莫大欣喜。當我看見妳的決定，幾乎興起撒迦利亞之感：「如今可以釋放你的僕人安然去世。」

你將會發現亞伯特的特質與脾性是讓妳得到幸福的必要條件，也是妳的性格、脾氣與生活方式的絕配……亞伯特將會面臨艱難處境，但依我說，主要仍在於妳對他的愛。

墨爾本勛爵果然如我所想，是個友善而傑出的人。若是另一人居其位，恐怕只在乎自己個人的目的與其假想的利益，而不顧妳的幸福。我們這位好友卻不然，他知道怎麼做對妳最好，我深感他值得讚賞……

這封信讓我喜出望外，由於信中對墨爾本勛爵讚美有加，我便讓他看了信。他對李奧波舅父始終心存些許疑慮，我想應該讓他知道舅父至少對他評價極高。

墨爾本勛爵的評語卻是：「我想是西面……不是撒迦利亞。」

「什麼?」我不解地問道。

「主啊，如今可以釋放你的僕人……」

我微笑以對。他就是這樣的人。

「我好高興，」我說，「我親愛的李奧波舅父終於如願以償。」

「令我高興的是，」墨勛爵說，「女王陛下也如願以償了。」

接著他繼續談論關於向人民公布我決定結婚的事。

我穿上最樸素的禮服之一，不希望流露出絲毫輕浮。手上配戴鑲嵌著亞伯特迷你肖像的手鐲。接下來便準備赴刑場。

他們全都抬頭看著我，我想應該看見了我手腕上的肖像。他們會發現我拿著墨爾本勛爵的聲明稿，內容將會告訴他們我的來意。

墨爾本勛爵的文章總是措辭優美、文筆典雅，這篇也不例外。朗讀他的撰文是件樂事。我告知自己結婚的決定與對象，而且婚禮將在近期舉行。

宣讀完聲明之後，我走出了樞密議堂。

稍後墨爾本勛爵前來見我，臉上略帶憂色。即便面對芙蘿拉．海斯汀的事件糾紛，也從未見他面色如此凝重，因此我猜想必定出了大事。

「是我的錯，」他說，「我以為無須言明亞伯特小爵爺是新教徒。報紙對此大作文章，吵得不亦樂乎。報上說他是天主教徒，還說絕不能容忍本國統治者嫁給非新教信仰者。」

「可是亞伯特就是新教信仰者啊。他們怎麼會認為他是天主教徒？」

「陛下的李奧波舅父特別重視藉由婚姻讓親戚遍及全歐洲，其中有幾樁利益聯姻的對象是天主教徒。他們暗示說既然沒有提到新教信仰，亞伯特有可能便是墮落入天主教的人之一。」

「這件事很容易澄清。」

「的確。但這顯示人民決心不讓我們好過。」

「為什麼人民這麼不友善？」

「報社想銷售報紙，自然會搜尋各種特殊的小道消息。而托利黨人則是想阻礙我們，想製造爭議，逼我們出面辯護，希望遲早能打敗我們，讓我們不得不解散國會，進行改選。」

我聽了不寒而慄。

「求求你，墨爾本勛爵，讓他們知道亞伯特是個虔誠的新教信徒。」

「而且要盡速。」墨爾本勛爵說。

我理應作好迎接更多麻煩的心理準備。

雖然輕易便可證明亞伯特從來不是天主教徒（他是路德派信徒，自然毫無疑問是新教徒），卻仍有其他反對聲音。我想有些人就是見不得別人幸福快樂。

一般人會以為坎伯蘭叔父既已是漢諾威國王，應該心滿意足地放棄折磨我的念頭。我已非初登王位之人，也正式經過塗油禮成為英國女王，但他從不肯放棄希望。

很自然地，我決定讓亞伯特在所有儀式中站在我身旁，這表示他將優先於宮廷裡其他任何人，重要性也高於我的眾叔父。劍橋與索塞克斯公爵能夠理解，也理所當然地接受了；但坎伯蘭當然得唱反調。他不只是公爵，還是國王；他是我祖父喬治三世的兒子，若非命運不濟，讓我父親比他早一步出世，如今他已坐上英國王位。這個事實讓他一輩子刻骨銘心，現在開始要興風作浪了。他以羞辱的字眼稱亞伯特為「紙糊的殿下」，同時說服劍橋與索塞克斯依從他。

我怒不可遏，尤其是聽說托利黨人與眾公爵同聲一氣。我對皮爾爵士痛恨至極——那個討厭的偽君子，老是一副道貌岸然，卻不斷為我製造麻煩。當威靈頓公爵表態支持他，我感到深惡痛絕，進而聲明從此再也不見那個老人。

從前雖已嘗過他們冷酷無情之苦，但如今他們的惡毒針對的是亞伯特，讓我感到前所未有的憤怒。

李奧波舅父夙願已償，便寫信告訴我該怎麼辦。應該賜封亞伯特貴族身分，他說。

我將他的信出示給墨爾本勛爵，他卻反駁道：「國會絕不會同意。他們會擔心他一旦入貴族之列，有可能企圖統治國家。他們忘不了他是德意志人。」

我知道他們沒有忘記。報上稱他為「德意志幼主」。

我對墨爾本勛爵說：「他們好像覺得只要不是英國人就一無是處。」

「這是各國之間的共通特質。」他下此評論。

「他們說王室裡有太多德意志人。」

「自從喬治一世來了之後就很多了。」

「人民想要什麼？斯圖亞特家族？我可不記得他們對這個國家有多好。其中還有一任引發內戰。這就是他們想要的？」

「國民從來不想要自己擁有的，只知道緬懷那些因為過於久遠而看似光明的日子。」

「真希望他們能理智。」

「我們每個人都得試著理智。」

「亞伯特配得上最高的身分階級。我要向所有人挑戰，讓他得到國王的頭銜。」

墨爾本勛爵再次用那我再熟悉不過、半溫柔半惱怒的神情看著我。

「絕不可能，」他平心靜氣地說，「國會不能授予國王頭銜。」

「為什麼？」我反駁道，「既然亞伯特將會是女王的夫婿，不就等於是國王了嗎？」

「不，陛下，不能這麼說。他是小爵爺，永遠只能是小爵爺。假如您允許國會授予國王頭銜，那麼當他們時不時又決定要取消，您就不該感到訝異了。」

「法國人就這麼做。還有查理一世呢？」

「陛下不能去想革命與內戰，這些我們都不想要。這件事無庸置疑，亞伯特小爵爺不可能成為國王。」

「他不能受封貴族！不能受封國王！那麼他能當什麼？」

「陛下，他能當的就是女王的夫婿。」

我提到他的薪俸。墨爾本勛爵說依照慣例，君主的配偶能得到年俸五萬英鎊，這點他會請求國會同意。我情緒緩和了些，因為我知道亞伯特絕對不富有，他每年只有兩千五百英鎊的收入，因此五萬英鎊對他而言是一筆巨款。

我迫切地想寫信告訴他說他有錢了。我太有把握不會有任何阻礙，差一點就真的寫了。墨爾本勛爵提醒我安妮女王的夫婿丹麥的喬治，與瑪麗二世的夫婿奧蘭治的威廉都領到了五萬英鎊，不過奧蘭治的威廉另當別論，因為他本身就是國王。

我萬萬沒想到亞伯特竟然無法得到相同待遇。

墨爾本勛爵情緒低落地來見我。

「很遺憾，我要告訴陛下國會拒絕給予五萬英鎊，他們只同意給三萬。」

我憤慨已極。「太惡劣了。」我大喊。

「執政黨以一百零四票差距落敗。」

「三萬英鎊，而安妮女王那個蠢笨丈夫竟拿到五萬！他們怎能這麼笨？那個男人對國家有什麼好處？而我親愛的、聰明的亞伯特……」我實在太生氣，轉頭對墨爾本勛爵說，「你怎能讓這種事發生？你應該加以制止，你可是首相。」

「陛下應該知道首相也無力對抗多數。」

「我們一定要堅持。」

墨爾本勛爵連連搖頭。

「這樣真的多很多嗎？」我問道。

「確切的數字是兩萬英鎊。」

「我知道！」我吶喊道，「相較於國內的錢，這根本不算什麼……不算什麼。這麼做無非是為了羞辱亞伯特……還有我。我該怎麼告訴他？」

「我非常相信，」墨爾本勛爵說道，「如果亞伯特小爵爺知道現況，一定會第一個理解。」

「什麼現況？」

「國家的狀況。我們現在的經濟並不寬裕，失業人口很多，憲章運動者也不斷地擾亂秩序，卻仍有不少支持者。既然我們自己的人民需要救濟，實在不宜再花費大筆金錢在窮困的外國人身上，請恕臣直言，陛下，但人民就是會這麼想。」

我愣愣地瞪著他。我知道有一些麻煩事，但墨爾本勳爵總是輕描淡寫。索色蘭公爵夫人一直試著想引起我對墨爾本勳爵所謂「運動」的關注。「他們讓一些遊手好閒的人有點事做，就因此沾沾自喜。」他這麼說過。我曾經對沙福茲貝里勳爵感興趣，他付出極大心力改善礦場的環境，還揭發了掃煙囪工人的悲慘命運。當我向墨爾本勳爵提及此事，他卻說沙福茲貝里對自己的孩子十分冷酷，那份善心應該從家庭開始。這些事墨爾本勳爵都說得雲淡風輕，加上他又會將某些觀點表達得很有趣，我便也沒有多想。

如今情況似乎有異，我深刻地認知到了。我想起自己曾把存下來要買大娃娃的錢送給一個窮人，因為實在不喜歡看到街上有乞丐，便總想施捨給他們。想到爬煙囪的小男孩與礦坑裡的孩子，也於心不忍。

我有如大夢初醒，頓時忘了托利黨人拒絕付給亞伯特五萬英鎊，忘了憤怒。

「對，」我緩緩地說，「我非常明白。」

不知道可憐的亞伯特作何感想，因為他現在想必已經知情。我擔心他會覺得有點受辱，這是我最不願見到的事。但我敢說他會理解的，他會第一個察覺到人民的需求。

他冷靜地接受了這些無禮表現，來信向我提及他對府內家眷的想法，這時我才逐漸發覺亞伯特有多麼嚴厲的道德標準。我相信在他心裡並不認同墨爾本勳爵，因為此人畢竟兩度與有夫之婦鬧出緋聞，還有一段鬧得滿城風雨的婚姻。他應該也聽說了拜倫那樁醜聞；正如無數品德高尚者無法容忍絲毫醜聞，他應該會覺得涉及這類醜聞的人即使有可能是無辜受累，也已受到玷污。我並不這麼想，但話說回來，我也不是那麼品德高尚的人。

亞伯特認為在他府裡，輝格黨人與托利黨人可以兼容並蓄，若只有一黨獨大是不對的。這是隱約對我這個純粹只有輝格黨人的內廷作了批判。他一向希望他府中的成員能絕對品行端正。

我將信拿給墨爾本勳爵看，他苦笑了一下，但態度異常堅決。

「不能再有由不同政治傾向者組成的兩個家了。」他說，「陛下也已親眼目睹這種事會帶來多大災難，就在您自己的屋簷下，有您和令堂的兩個家。」

我同意他的說法。

「那麼，」他說，「就應該只有一個家，而我也不認為陛下會希望這個家裡有托利黨人。」

「我無法容忍家裡有他們的存在。」

「您是女王，由您決定。小爵爺應該有自己的私人祕書，不過暫時可以與我共用。喬治・安森是個可靠的人。」

「你真是周到，願意和亞伯特共用祕書。我馬上寫信告訴他。」

亞伯特立刻回了信。他認為和首相共用祕書並不是好主意。另外還有一事，他相信安森經常跳舞跳到大半夜。在亞伯特看來，身居此要職的人不該從事如此輕浮的消遣。

我憤憤難平。我就喜歡跳舞跳到大半夜，而我也居於高位。有時候我覺得亞伯特會忘記我是英國女王。他必須知道我遠比他更了解我的國家，以後也不該再提什麼要公平對待兩個政黨，要讓我痛恨的托利黨人進宮的事。他不知道他們有多可恨。

李奧波舅父來信了。他十分不滿，因為亞伯特沒有受封貴族，另外也因為依舊例女王的配偶可獲得五萬英鎊，他卻只得到三萬英鎊，而國會竟將這樣的羞辱視為合理。

我開始有點惱火了，對亞伯特也一樣。他根本不明白。李奧波舅父也不明白。

我寫信向亞伯特解釋說他對於侍從的提議實在行不通。這件事得交給我，我會替他安排最高水準、品行端正的侍從。我還告訴他說收到李奧波舅父氣憤難平的來信，說他生氣是因為我不聽從他的忠告。「這位親愛的舅父，」我寫道，「他似乎覺得無論到哪裡都應該由他發號施令。」

我想溫柔地告訴亞伯特：我雖然深愛他，也在各方面都尊重他，卻仍舊是女王，即便珍貴、高尚、聰明如他也絕不可忘記這一點。

我發現亞伯特是個外柔內剛的人。我對於他府內侍從的建議讓他深以為慮。他心想或許可以召集一些高貴、思想純正、操守高又不熱中政治的德意志侍從隨他到英國，也相信我能理解一個人遠居他鄉會有多孤單。

墨爾本勛爵嚇壞了。「德意志家僕！絕對不行！人民不會容許的。就算托利黨人也比德意志人好。陛下也知道人民有多不信任外國人。」

墨爾本勛爵側著頭看我，彷彿在提醒我他一向都不諱言異國聯姻有諸多困難。也許他認為喬治．劍橋比較合適——同樣是表兄弟，但他是英國人，不是德意志人。何況，墨爾本勛爵向來就表現出不太喜歡德意志人。

我正色告訴他，國籍不是問題所在。我要嫁給亞伯特並非因為他是德意志人，而是因為我愛他。

情況愈來愈緊張。假如亞伯特和我在一起，我們應該能好好溝通，進而相互體諒。寫信實在太難，白紙黑字顯得那麼明確……毫無轉圜餘地。而且郵寄曠日廢時，假如寫信時十分激動，等對方收到信時，情緒早已大大轉變了。

我多麼渴望見到他，當面解決這些難題。

亞伯特斷然拒絕與首相共用祕書，墨爾本勛爵說他願意放棄，讓祕書只聽亞伯特差遣。亞伯特勉為其難地答應了，這也算是克服了一個小小障礙。

但是障礙還多著呢。這次是亞伯特和我之間的事，因為怪不得別人，所以更痛苦。

我很努力地自我安慰說那是因為亞伯特不熟悉英國的風俗民情所致。他成長過程中家教嚴格，當然也就自然而然地品德端正。我不太相信他在童年時期有過許多情緒風暴，他想必無時無刻不意識到自己的責任，而且從未偏離過德行正道。

品德良好者的麻煩在於他們對於天生不那麼端正的人要求實在太高。

首先是為了蜜月起爭執。我收到亞伯特來信興奮地告訴我，他有多盼望來英國，有多期待我們的蜜月。地點要選在溫莎。可愛的溫莎，我們曾在那兒度過快樂無比的時光，我也是在那裡向他提出結婚的請求。婚禮會很累人。親愛的亞伯特常常覺得累，因為他起得很早，但也喜歡早睡。我還記得在幾場舞會過後，他看起來多麼委頓，甚至忍不住呵欠連連。「所以，」亞伯特寫道，「我們要去溫莎待上一整個星期，就只有我們倆。這點我堅持。」

當然了，我很高興他想與我獨處，但親愛的亞伯特並不明白，女王有許多職責。他當然無法了解像英國這樣一個國家該如何治理。他怎麼能呢？他不過是薩克森—科堡的小爵爺，而且還不是負責統治的那個。亞伯特不明白的地方太多，但他當然會學，而且既然是亞伯特，就能學得很快。他需要學習的事情之一就是不能對女王堅持什麼。

「我最親愛的，」我寫道，「你忘了我是一國之君，而國事是不能等的。國會已經開議，所以我不能離開倫敦超過一天。」

信寄出後我有點擔心。我們彼此互訴愛意的那段歡樂時光過後，發生太多衝突了。真希望能見到他。我想知道他對這許多阻礙作何感想。他信中的口氣有時候好令人寒心。我會不會過於傲慢呢？但沒有辦法，我不得不提醒他，他要娶的人是女王。

我將伴娘的名單寄給他。原希望他在各方面都能與我意見一致，哪怕是伴娘人選，因此，見到他否定我的選擇，我感到十分驚訝。

他建議刪除名單中兩名伴娘從，就是拉德諾與澤西兩位伯爵夫人的女兒。亞伯特指出，伴娘或許是純真少女，但她們的母親曾涉及醜聞。澤西夫人聲名狼藉，壞名聲傳遍了歐洲。亞伯特認為我們的伴娘不應該牽扯上醜聞。

我拿信給墨爾本勛爵看，他很詫異，接著卻笑了起來。

「這位小爵爺希望我們怎麼做？查看過去的史料？上帝保佑！我們應該找到什麼？伴娘的出身又如何呢？我倒是問問。他的父親是個聲名狼藉的淫蕩之徒，而且別忘了他的妻子，也就是聖人般的亞伯特的親生母親，正是因為不守婦道而被休掉。陛下，這事做得有點太過分了。」

儘管我很愛亞伯特，卻也認同墨爾本勛爵的話。這回亞伯特的提議確實有點說不過去。如果要實踐他的想法，墨爾本勛爵也當不成我的首相了。而我父親與聖羅蘭夫人沒名沒分地同居那麼久，又怎麼說？不行，亞伯特對品行的堅持過頭了，我必須寫信告訴他，伴娘的名單不能更改。

墨爾本勛爵看我的眼神有時會帶著某種哀傷，我知道他心裡在想什麼。我結婚後，我們的關係必定會起變化。經常陪伴我、為我灌輸觀念的人將不再是他。

我很容易受牽引嗎？戀愛時或許是吧。我又是否愛得太輕易、太全心全意？也許我內心深處隱隱希望能受到男性主宰。例如李奧波舅父、墨爾本勛爵……我曾幾乎盲目地愛著李奧波舅父，直到墨爾本勛爵出現，讓我看見他的缺點。如今亞伯特將成為我生命中的男人。

但這一切都未能讓我片刻忘卻一個最重要的事實：我是女王。

儘管有過這些爭執不快，婚禮仍訂在二月十日舉行。

晦氣真是如影隨形。這陣子我覺得很不舒服，似乎有染上麻疹的可能，幸好最後診斷結果不是。我可不想當個麻臉新娘。墨爾本勛爵感染了風寒，引起咳嗽。媽媽呢，當然不能期望她會讓我們安寧度日。她不想在婚禮過後搬走，而且非常積極地參與有關優先順序的討論。還是老樣子。

亞伯特的隨從帶著他的靈猩伊奧斯先一步到達。之前有人送了一隻小狗給我，是隻漂亮的蘇格蘭㹴，我替牠取名為萊弟。很高興有牠加入我的愛犬小家族，雖然每一隻我都愛，但仍以衝鋒最受寵。墨爾本勛爵說我養太多狗了，儘管這些狗喜歡他，但我猜他並不太喜歡牠們。

我收到許多祝福的訊息，還有一些禮物，每天早上醒來，我都會提醒自己離婚期又更接近一天了。

海峽的海象異常惡劣。「可憐的亞伯特小爵爺無疑會飽受折磨。」墨爾本勛爵的口氣隱約透著些滿意，但隨即又補上一句，「我相信他會以堅忍不拔的精神挺住的。」

一切彷彿都陷入混亂狀態。我興奮得睡不著也吃不下，深恐會出什麼差錯。

李琴責備我，要我冷靜下來。可憐的李琴，她其實也有點焦慮，我想凡是介入我生活的人她都憎惡，可是當然不可能有人像亞伯特這般重要。

我一次又一次向她保證我對她永遠不會變，但她可能不完全相信。

她去了趟溫莎以確保我們的蜜月都已安排妥當，為時三天，而不是亞伯特堅持的一星期。

媽媽無論如何都不肯同意我和亞伯特婚前同住一處，我抗議說：「不然亞伯特要住哪裡？難道媽媽要他在抵達的當天就結婚？」

媽媽堅稱說這樣「不成體統」，更令人驚愕的是，當我向墨爾本勛爵提出此事，他竟也認為亞伯特最好住到其他地方。

我登時勃然大怒，說道：「看起來所有人都盡可能地想阻撓我的婚禮。」

墨爾本勛爵耐著性子解釋道，他真的很努力在排除困難，但根據英國習俗，即將出嫁的新娘婚前不能與新郎同在一處過夜。

「那麼我認為這是天底下最荒唐的習俗，總之我要亞伯特在宮裡過夜。」

「就依陛下所願。」墨爾本勛爵饒富興味地淡淡一笑。既然我已明白表達意願，媽媽也只得答應。

於是亞伯特來到白金漢宮。我確信若有任何不妥之處，亞伯特會第一個知道。

見到那張我心愛的臉龐，喜悅之情難以言喻！之前曾擔心這樣做對不對的那些無聊疑慮，立刻都煙消雲散。他的臉色蒼白，因為渡海過程著實艱辛。亞伯特和大海真是無緣。但無論如何都無損他的俊美，當我凝視他美麗的藍眼睛，就知道自己有多幸運。

他在星期日到達，婚禮則是在翌日星期一舉行，那兩天可說是我最快樂的日子。我們一起合唱，演練婚禮過程，時間飛逝。

那個星期日晚上我興奮得難以入眠。這是我最後一晚獨眠了，還記得昔日遭媽媽軟禁時，我是多麼重視這件事。好像已事隔多年，其實也才三年不到。

在這種時候，我往往會在腦海中回顧過去……童年的所有小事件，快樂時光、風暴時光。這很自然。舊日生活就此結束了。

當我在二月十日那個美妙清晨醒來，便聽到大雨傾盆而下。真是不巧！應該是陽光燦爛才對！有句俗諺說「高空掛豔陽，幸福新嫁娘」。算了，也許太陽終究會露臉。不管怎麼說，和亞伯特在一起怎麼可能不幸福？

我第一件事就是寫信給他。

親愛的：

你今天好嗎？昨晚睡得好嗎？我休息得十分充分，今天感覺舒暢極了。只可惜這天氣！不過我相信雨會停的。我真心摯愛的新郎倌，準備好了以後傳個話吧。

永遠忠於你的維多利亞．R

馬路上人潮聚集。我們踩著鋪在地面的大紅毯走向馬車，重要時刻很快就要到來。

亞伯特在父兄陪同下出發時，我聽見了喝采聲。可以想像他身穿英國陸軍元帥軍服、胸前配戴我授予的嘉德勳章，是何等英姿煥發。他父親與兄長則穿著綠色軍服，以強烈對比襯托亞伯特的光彩。

我聽到鼓掌歡呼聲愈來愈響，因為是為亞伯特而發，我感到悸動不已。我一直很怕人民會對他無禮，但想當然耳，他們一見到他就會心生景仰。

接下來輪到我了。

媽媽將與我同乘馬車。我原本不贊成，卻也明白在這樣的場合必須放下歧見，考慮該怎麼做才是人民想見到的。

眾人一見到我立刻歡聲雷動。除了旗幟飄揚，還聽到號角聲。我發現群眾當中有人爬上欄杆與周遭的樹上，就是非看個清楚不可。

我滿心喜悅。芙蘿拉的幽靈已（幾乎）湮沒於記憶深處，內廷女官事件也已遭遺忘。我是女王，而今天是我大喜的日子。

當我步出時，那一身以霍尼頓手工蕾絲飾邊的蓬鬆白緞禮服，引起驚嘆聲連連。我輕輕摸一下藍寶石胸針，這是亞伯特送的禮物，因此在我眼中彌足珍貴。頸間的鑽石項鍊璀燦耀眼，頭上還戴著橙花花冠。

我與媽媽並肩而坐穿過街道，一路上夾道的民眾不停歡呼吶喊。我發覺媽媽不再像以前那麼愛出風頭，過去三年想必也學到一些教訓了，何況已經沒有那個討厭的康羅伊爵士在一旁指點她。

這讓我清清楚楚地想起加冕禮，當時我認為當女王是世上最了不起的成就，只要具有高尚品德便毫無困難。那時的我多麼天真！也許現在還是吧，在某種程度上。像這樣莊嚴的場合，總會讓人自覺好年輕、好不成熟。

我還不滿二十一歲，卻比我心愛的新郎大上三個月。關於英國、關於女王的職責，我有太多事情要教他，因為從他的表現看來，雖然無疑是聰明又優秀，卻不完全了解身為英國女王的職責與義務——他以為我們能度個長時間的蜜月便是一例。

西敏寺裡的氣氛莊嚴肅穆，整個儀式讓我深受感動，我尤其永生難忘亞伯特為我戴上戒指的那一刻。此舉確認了我們的關係，從此我們將一生相守。我們就這樣結為夫妻了。

亞伯特和我拍著手，充滿驚奇地看著對方。一切都會變得完美，直到永遠，我心裡暗想！與如此非凡的人在一起，怎麼可能不完美。

我無意間看見了雅德蕾德伯母。自從威廉伯父去世後，她竟衰老至此！但穿著白鼬毛皮飾邊的紫色絲質搭天鵝絨的禮服，她依然光彩照人。想起過去她對我的好：那個大娃娃，媽媽對玩偶娃娃一無所知，她卻能如數家珍；還有她知道我有多喜歡跳舞，便多次試圖安排我參與孩子們的舞會，只是媽媽都不准我去……我不禁激動地轉向她。儘管一再遭受媽媽的無禮對待，雅德蕾德伯母對媽媽始終友善懇切，全都只因為她想幫我。親愛的雅德蕾德伯母呀！見到她如此蒼老疲憊，好不心疼。我熱情地擁抱她。她抱住我一會兒，並低聲說希望我能過得非常幸福。

媽媽站在那裡，等著我上前擁抱並說出我有多感激她為我做的一切。我或許有不少缺點，卻不包括虛偽在內。不，媽媽，我暗忖道，不可能為了便宜行事就將過去一筆抹煞。

她張開雙臂朝我走來。我則是拉住她的一手握了握。從旁觀者幾乎細不可聞的屏息聲，我知道他們察覺了我的舉動。

隨後我在亞伯特陪伴下離開西敏寺，乘車穿過歡呼的人群回到宮中，陰霾的天氣一點也無關緊要。

等候著我們的婚宴顯得漫長無盡頭，好不容易才終於可以回到房間脫下婚紗。接著我換上天鵝絨毛飾邊的白色絲質禮服，戴上軟帽後，發現帽子大得彷彿包住了整個頭，這倒也不是壞事，因為還得搭馬車上街頭。一個人情緒激動時，總不希望被看得太清楚。

我下樓來，在那群向我們揮手道別的人群中，我認出墨爾本勛爵的高大身影。

我向他走去，當他彎身行親手禮，我對此人的所有溫柔愛意立刻湧上心頭。

我說道：「墨爾本勛爵，你永遠都要在我身邊。」

「只要您需要我，」他說道，「而且情勢許可。」

我點點頭。

「到溫莎來和我們吃頓飯吧。」

「三天的蜜月旅行期間？」我看見他嘴角上揚，正是我再熟悉不過的神情。

「是的。」我回答。

他彎腰行禮。

我顫抖著聲音接著說：「你身上那件大衣挺不錯的，墨爾本勛爵。」

「謝謝陛下讚賞，臣倒覺得像穿了一艘七四砲艦在身上。」

他還是跟從前一樣很會逗我笑。但我看得出來他眼中有淚。

不能和他說太久，因此我繼續往前走。這時我聽見他喃喃道：「願上帝保佑您，陛下。」

亞伯特就在我身旁。

馬車正等著載我們前往溫莎度蜜月。

6 戀人的爭吵

如今回想起來便能清楚看出我們個性迥異，而一切差錯極大部分都得歸咎於我。亞伯特實在太完美。記得墨爾本勛爵一度說過，品行高潔的人比罪人更難相處，因為聖人不僅自視甚高，還總想讓別人像自己一樣好。反觀罪人對聖人則毫無怨言，只要自己能繼續享樂，便也樂於讓他人自行其是。

那段日子何其快樂！真不敢相信自己何其幸運，竟能嫁給這世上最完美非凡的人。亞伯特的俊美令我傾倒，目光總難以從他身上移開。那兩天在溫莎的婚姻生活無比美好。

我們一塊兒騎馬，用兩架鋼琴彈二重奏，也去遛狗，不僅伊奧斯向我示好，小衝衝、以斯美和萊弟也在亞伯特四周蹦跳嬉戲，好像見到老友一般。

真是太好了，體形碩大的伊奧斯並不排斥我那群小狗，而我敢說衝衝一定覺得牠是個大笑話。我笑不可抑，肯定露出了牙齦，亞伯特也笑了，只不過較為含蓄。

我們的愛揉合了激情與柔情，我這一生從未如此滿足過。

亞伯特愛極溫莎。到了此時，我的第一印象雖已改變，但此地略感陰森，還有烏鴉不停啼叫的不祥之感卻依然存在。森林幽暗，充滿神祕氛圍，相關傳聞不少……其中有些頗不吉利。

我真正喜愛的始終是白金漢宮——這個寶貴而舒適的地方有著大而明亮的廳室，也是我逃離肯辛頓宮的拘禁後第一個家。而且它在倫敦。從窗口可以看見庭園，我想要欣賞的綠意盡收眼底，街道與人群也近在咫尺。倫敦有一種刺激的感覺始終很吸引我。

但亞伯特截然不同。他不喜歡城市，喜歡鄉間。他能說出樹木花草的名稱，還喜歡替我上課。我不太感興趣，卻還是為了他做做樣子。

他說能逃離一切社交聚會，能在合理的時間就寢，然後一大清早起床，是多麼愉快的事。他認為跳舞跳到三更半夜是十分愚蠢的行為，夜晚本來就是讓人睡覺的。

「可是亞伯特，」我高喊，「我最愛跳舞了，而且午夜過後好像總是比較刺激有趣。」

「那麼，」他回答，「早上妳就不會感到神清氣爽。清晨的工作效率是最好的。」

我說：「我會讓你改變想法。亞伯特，我想和你跳舞跳到凌晨兩點。」

見到他一臉錯愕，我才逐漸明白我們倆的嗜好有些差異。

李琴也來了溫莎，她的態度略有轉變。我發覺她不是那麼喜歡亞伯特，只怕他也不太喜歡她。

李琴急躁不安，她一向急躁不安。我猜想她是想讓亞伯特知道她一向對我有多麼忠心耿耿，還有當初我與母親吵得不可開交時，她也是我尋求慰藉與商量的對象——當然還有墨爾本勛爵。

「兒女與父母爭吵並非好事。」亞伯特說。

「不好的事經常會發生。你要是知道媽媽會做出什麼事來，你就能諒解了。」

「碰到這種事要寬容一點。」

我跳起來親他一下。「你人太好了，亞伯特。」我說，「我相信不管受到多大的刺激，你都不會和你的母親起口角。」

亞伯特面露憂傷，我想是我缺了點心眼，不該提起他那個因為紅杏出牆而被休的母親。

亞伯特對我有許多不了解之處，但是蜜月期間我並不感到疑慮不安。

有人到訪溫莎，墨爾本勛爵也是其中之一。見到他，我好開心！

他對我說我顯然很享受婚姻生活，他很替我高興。

母親必須離開白金漢宮。墨爾本勛爵原本希望她能住進漢諾威國王在聖詹姆斯宮內的府邸。

「他從來沒去住過，」墨爾本勛爵說，「所以應該不是難事。可是國王陛下卻堅決不答應。」

「天哪，」我嘆道，「如果媽媽繼續待在白金漢宮，我怕會有麻煩。亞伯特似乎覺得我對她有點無情。」

「那是他不了解情況。」

「對，不過我曾試著向他解釋。」

「我建議您為公爵夫人租下貝格雷夫廣場的英格斯翠邸。據我所知房子還空著，年租金是兩千英鎊。也許過一陣子能找到更合適的住處，但我想陛下應該希望她盡快搬走，所以要不要我著手安排英格斯翠邸的租賃事宜？」

「好的，請安排。我無法忍受她在我和亞伯特之間製造糾紛。」

親愛的墨爾本勛爵！一直以來他都對我這麼好、這麼體貼！

回到倫敦後，我準備迎接醉人的幸福生活。我多麼喜歡和亞伯特一同騎馬、散步，以及我們合奏的那些溫馨夜晚。恩尼斯經常也在，他們兩兄弟手足情深，不過恩尼斯的性情與亞伯特大相逕庭，他遠比弟弟更不嚴肅。我常和恩尼斯說笑，偶爾跳跳舞，亞伯特舞跳得極好，只是每次都想早退。雖然很想多跳一會兒，但每當亞伯特想離席，我還是會答應一起早退。

如今回想起來便能清楚看出我們個性迥異，而一切差錯極大部分都得歸咎於我。亞伯特實在太完美。記得墨爾本勛爵一度說過，品行高潔的人比罪人更難相處，因為聖人不僅自視甚高，還總想讓別人像自己一樣好。反觀罪人對聖人則毫無怨言，只要自己能繼續享樂，便也樂於讓他人自行其是。他還說：「我一直覺得古老的俗話說得好：『再壞的人也有丁點可取，再好的人也有些許不堪，因此再好的人都不宜批判其他人。』」

我覺得這話非常有趣，也很正確，不禁放聲大笑。每當我大笑，亞伯特就會從房間另一頭望向我，眼神不全然嚴厲，或許應該說是寬容，就好像看著一個犯了可愛錯誤卻還是必須加以糾正的孩子。

應該是教養不同吧。亞伯特從小備受祖母、外祖母寵愛，但過的卻是路德派信徒嚴謹的生活模式。他本性就嚴肅，頗有才能，也希望能加以運用。他是這世上最不適合被選作女王夫婿的人了。

「早睡早起，智慧滿溢。」這是他的名言之一。他無法理解我為何喜歡熬到半夜。關於我，有太多他無法理解之處；例如我對墨爾本勛爵的忠誠，還有我對李琴一心一意的愛。

他聽見我喊她雛菊簡直不敢置信。

「那不可能是她的名字。」他說。

「其實她叫露薏絲。」

「那妳為什麼叫她雛菊？」

「我想給她起個特別的名字。她是我生命中非常特別的人。這麼久以來，她是我最珍愛的朋友，以前我們一起度過美好的歲月，當我不快樂，她也總能安慰我。有些時候和媽媽同住真的很痛苦。你知道嗎？她以前常常要我在下巴底下掛一條冬青項鍊！」

「我相信她一定認為她做的一切都是為妳好。」

「才不呢，是為她自己好。」

亞伯特沉默不語。他覺得說父母親壞話幾乎就跟說上帝壞話一樣惡劣。他覺得李琴在內廷裡權力太大。我想他應該注意到了，每回提起她的名字，我就會出現執拗的臉色。而李琴也會狡詐地提及他。

她提醒我以前跳舞跳得多盡興。

「我記得那時候您跳舞跳到凌晨三點，說有多開心就有多開心。」

「是啊，我也記得，雛菊。我好愛跳舞，對吧？」

「我喜歡看您那樣活力充沛，穿上那一襲禮服翩翩起舞，多美啊。現在您多半都在看書呢，我親愛的，可別讓眼睛太疲倦。」

「亞伯特很喜歡看書。」

「你們應該多出去呼吸新鮮空氣。」

「亞伯特最相信新鮮空氣的好處了。」

「我們可不能變成嚴肅木訥的人，那就不是我的寶貝天使了。」

「不會的，李琴。不管我變成什麼樣，永遠都是妳的寶貝天使。」

聽了這話，她抱住我，要我保證我們之間的愛無論如何都絕對不會改變。

我慷慨激昂地告訴她：正是如此。

接下來亞伯特提起了我與墨爾本勛爵的關係。「可能有點太親密。」他說。

「我的幸福天使呀，當然親密了。我和墨爾本勛爵已是老友，自從我登基後他就是我的首相。」

「你們的關係似乎比一般認定的女王與首相的關係更親密。」

「墨爾本勛爵不是普通的首相，而且親愛的亞伯特，我也不是普通的女王。」

我露出牙齦大笑。亞伯特卻只淡淡一笑。

「親愛的，妳太感情外露了。」

「有何不可？喜歡一個人為什麼不能表現出來？」

「也許不需要這麼過度。」

「墨爾本勛爵一直是我最重要的友人，我也一直非常敬重他，我想不出有何原因需要隱藏這份敬意。我連睡覺都深怕那個叫皮爾的可怕傢伙取代他的位子。」

「你是說羅伯．皮爾爵士？」

「正是。他的舉動活像個教舞的師傅，好像隨時就要跳起小步舞來。」我想起那人的滑稽姿態，不禁失笑。

「我跟安森談起過他。他似乎對羅伯爵士評價頗高。」

「可是亞伯特，皮爾是我們的敵人。對你的年俸，他投了反對票。他還試圖想強行將那些卑劣的托利黨人弄進我的內廷來。他無所不用其極地想把墨爾本勛爵趕下臺。」

「他是反對黨的首腦，當然會這麼做。我相信羅伯爵士對英國有許多貢獻。他所創立的警察制度讓其他許多國家又嫉又羨，不只如此，我得到的結論是他的確以國家的利益為念。他婚姻幸福，過著合乎道德規範的生活，無論對哪個政治人物而言，這已經很不錯了。」

「親愛的亞伯特，你才剛來不久。我不喜歡皮爾爵士，而且我真心希望墨爾本勛爵能成功地阻擋他。」

「妳不喜歡他並不代表他不是個優秀的政治家。」

我打著呵欠說：「我最親愛的亞伯特，我真的很想唱你寫的那首優美動聽的歌。今天早上我聽見你和恩尼斯在彈奏海頓，我也很想再聽一次。」

亞伯特又露出他經常向我投射過來的那種眼神，氣惱卻溫柔。

是啊，我們確實非常不同。我確信亞伯特會改變，卻沒想過我可能會改變。我畢竟是女王。

他甚至對墨爾本勛爵略有微詞。他承認勛爵的風度翩翩有禮，但有點獻殷勤的感覺。聽說了墨爾本勛爵的往事後，發現他曾涉及醜聞，更令亞伯特不以為然。

「哎呀，那不是墨爾本勛爵的錯，」我解釋道，「事情就這麼發生了。」

「發生得這麼頻繁，未免太奇怪了。」

「人生就是這樣。墨爾本勛爵是個極為高貴而傑出的人，很多人會受到吸引，可能是這樣惹出了麻煩。關於你的事，他幫了不少忙，亞伯特。他為我們盡心盡力，想方設法地替你爭取那筆錢。我可以告訴你，皮爾爵士是你最大的死敵之一。」

亞伯特眼中再次流露出那哀傷恍惚的神情，看起來是那麼充滿靈性、那麼優美，我忍不住親了他並說道：「來吧，我們去找恩尼斯。」

亞伯特的家人不可能無限期地住下來，他父親離開的日子終於到了。

他與亞伯特告別時互相表達對彼此的愛，也聲明一定很快就會再見，還要經常見面。我說隨時歡迎他來英國。他以最優雅迷人的風度親吻我的手。

但是當他走後，亞伯特竟崩潰痛哭。

他如此落寞讓我驚惶萬分。我想安慰他，他卻得不到安慰。

「妳不知道與父親道別是什麼感覺。」他對我說。

「我當然知道，」我回答道，「可是親愛的亞伯特，我們在一起啊。我是你的妻子，我會安慰你。」

但他仍舊一臉憂鬱，我不禁有些生氣。他當然愛他的父親，而他如此在意也正說明他的多感。愛自己的父親是對的，亞伯特向來只會做對的事。然而他現在要和我一起共度人生了，這件事應該能稍解離別愁緒吧。

我對他而言似乎並不足夠。我們才結婚幾個星期，他當然不應該感到這麼孤單……這時一個奇怪的小疑慮偷偷爬進我心裡。我熱切地愛著亞伯特，但他也如我愛他這般深愛著我嗎？

起初我以為人民對我的婚姻絕對歡喜滿意，在婚禮上歡呼到聲音都沙啞了，不料他們似乎已厭倦過於迅速的認同，開始找起麻煩來。有時候我覺得世人都不想見到別人幸福。

麻煩事比較刺激，非找不可。

我聽說在王太后的某場餐宴上，眾人舉杯祝亞伯特身體健康時，劍橋公爵夫人竟拒絕起身，這個消息讓我十分難過苦惱。人民議論紛紛。我們家族的人就是這樣，老是擔心有人壓過自己，而我猜測他們是因為我沒有嫁給他們的兒子喬治而生氣。

報上有幾篇漫畫將亞伯特描繪成一個畏畏縮縮、只能聽命於妻子的丈夫；也有幾篇把他畫成老謀深算的人，為了原本屈屈兩千五百英鎊的年俸驟增為三萬英鎊而暗自竊喜。

科堡家族被描繪成野心勃勃、貪得無厭的人，正處心積慮地入侵歐洲所有王室。

我希望抑止這種現象，自然便與墨爾本勛爵談論起來。

「我們以新聞自由為豪，」他搖搖頭說，「人民不會允許任何人干預的。」

「可是那太殘忍了，」我抗議道，「而且不是事實。」

「沒辦法，」墨爾本勛爵回答，「身居高位的人就得作好受攻擊的準備。」

「這是為什麼？」

「因為目標明顯。民眾喜歡聽這些事，他們買報紙不是為了聽到一切都按部就班，那樣太無聊了。」

「這樣看人生真是悲哀。」

「人生往往是悲哀的。」墨爾本勳爵說，「別在意了，到時候自然會停止。」

有人甚至模擬國歌做了一首打油詩，我在街上聽人唱過，都能背下來了。

天佑我可愛的維多女王
願我的小女王萬壽無疆
天佑女王
亞伯特凱旋勝利
科堡家族光榮輝煌
個個惡名昭彰
天佑女王
墨爾本啊，快揚威吧
為我取薪俸
阮囊已羞澀
混亂皮爾之政治
阻撓托利之奸計
讓他們粉碎如磚石
一一下地獄
求主賜予我
最偉大神蹟

讓我掌權治理
今日我的維多
誓言尊敬服從
從此大權在握
是我國王亞伯特

我很怕亞伯特會聽到，他們除了惡意中傷之外，還企圖嘲笑他的口音。

好像什麼事都瞞不了亞伯特太久，他很快便察覺一切。之前他便已經指出內廷裡他認為效率不彰之處。

「親愛的亞伯特，」我說道，「你不必為那些愚蠢的人感到受傷。」

「我知道，」亞伯特說，「他們不喜歡我。我一下是個只聽妻子命令的無用蠢人，一下又是老謀深算的投機者。」

「他們都不知道你有多好！亞伯特啊，他們遲早會知道的，我們得耐心等待。」

他定定地直視著我說：「是啊，我們得耐心等待。」

我有種感覺，這句話比較像是自言自語，而不是對我說。

有一天亞伯特對我說：「妳會不會覺得無聊……這幾天晚上？」

「不會啊，亞伯特。」我回答，「我很喜歡晚上我們在一起的時候，你不喜歡嗎？」

他說：「我想我們可以邀請有趣一點的人到宮裡來。」

「可是我們見的人不都是宮裡的人。」

「在羅森瑙，我們會請作家、科學家、藝術家之類的人。」

「噢，我不喜歡那些人。他們老說一些我聽不懂的話。」

「妳可以學，學會以後一定會發現他們很有趣。」

「當然，羅森瑙只是個小宮廷，我想在這裡大不相同。」

「妳的大伯父喬治四世國王好像也接待過文化人士。」

「噢，一般都認為他很低俗，你也知道民眾並不喜歡他。」

「他肯定舉辦過一些很有趣的聚會。」

「我還以為你過得很快樂。」

他溫柔地牽起我的手親了一下。「我的小可愛，妳很迷人，只是我也懷念某些嗜好。」

「親愛的亞伯特，你不能懷念任何東西。」

「妳瞧，妳有妳的工作，妳要和首相商談，還有文書要審批。而我……我只是待在這裡。我很想幫妳。」

「你真是太好了！但是你要知道，我得商談國事，這只有女王能做。還有許多文書要批，女王的工作可不只是主持國會開議、舞會開舞等等，也不只是戴著王冠現身。」

「我要妳知道我隨時都可以幫妳。」

「親愛的亞伯特！」

這時我才想到他能做的事太少。在羅森瑙時他總是很忙碌，亞伯特不是個隨時想玩樂的人，他非常正經嚴肅。

墨爾本勛爵來了，留下一大疊文件讓我簽署。我想到一個主意，便叫來亞伯特。

「親愛的，」我說，「我這裡有一些工作，你能幫我嗎？」

他漂亮的臉龐立刻因欣喜而發亮。

「樂意之至。」他說。

「太好了。到私室裡來吧。」

他坐到我身邊。

「這些是什麼文書？」他問的同時隨手拿起來看。

我溫柔地將文書取回。

「只是要我簽章而已。」

「嗯，這我知道。妳要在某些文件上蓋章，不過這些文件都是些什麼內容？」

我把吸墨紙交給他。

「喏，親愛的，我來簽名，你負責吸墨。」

我簽完名之後將文件遞給亞伯特。我無法理解他的表情，但我想其中隱隱透著失望，而且他極力壓抑自己的真實情緒。

我開始覺得身體不舒服，早上會有噁心感。李琴以會意的眼神注視我。

「有可能嗎？」她說，「這麼快？」

那個令人吃驚的可能性發生在我身上了。我懷了身孕。我認為自己從來不像具有慈母性格的人，生孩子的念頭並未帶給我太多喜悅。我能想到的不是結果，而是即將展開的折磨過程。我喜歡已經到一定年齡、可以交談與玩樂的小孩，小嬰兒則從未吸引過我。

當然，我考慮過這個可能性。當上女王後便會得到生兒育女是重要職責的暗示，但我總把這件事擱在一旁，不太願意去想它——至少暫時還不願意。

我永遠忘不了露伊莎如何將克雷爾蒙變成紀念夏蘿特公主的殿堂；她將夏蘿特的房間保持原貌，與她生前一模一樣。我待在克雷爾蒙那段時間，也聽說了許多夏蘿特的事，對我來說她就像個活生生的人。她曾經那麼快樂、那麼享受愛情（而且跟我一樣，愛的也是科堡小爵爺，就是親愛的李奧波舅父），結果卻難產而死。有太多人死於類似的情況，包括宮裡的人……我認識的人。她們都很年輕、健康，卻還是死了。實在令人害怕。

「現在得好好照顧您了，」李琴說，「小爵爺怎麼說呢？」

「我還沒告訴他。」

「那麼，我是第一個知道的人囉。」李琴露出滿意的微笑。

「是的，李琴，妳是第一個。」

「您打算什麼時候告訴小爵爺？」

「等我一見到他就說。」

「男人不太了解這種事情。」

「女人比較了解應該很正常吧。對……我一見到他就告訴他。我們向來毫無隱瞞。婚禮前李奧波舅父寫信告訴我：『對彼此要坦白一切。如果吵架，就要在天黑前和解，絕不能心懷芥蒂就寢。』這是很好的建議，妳不覺得嗎，李琴？」

李琴說：「您得保持手腳暖和。您也知道您的手腳會有多冰冷。」

「夏天不會，我親愛的老雛菊。」

我知道她又要開始急躁不安，我挺喜歡這樣的。

告訴亞伯特後，他高興得不得了，幾乎無法相信我這麼快就有了。「什麼時候？」他問道。

「不知道。年底之前。也許會生一個十二月寶寶。」

他拉起我的雙手親吻，然後驚訝地看著我。

「妳好像不是很開心。」他說。

「我相信生孩子不盡然是愉快的經驗。」

「但可以想想未來的喜悅，一個小生命……我們自己的孩子……妳和我的。」

「我們的孩子，」我略帶尖刻地說，「卻是我要負責生。」我有點生氣，他似乎忘了我要承擔的風險。

「我親愛的妻子，」他親親我說，「此時此刻，全世界有成千上萬的女人正在生孩子。妳該不會告訴我說其他人都做得這麼自然的事，女王竟不敢做吧？」

我回答得很不客氣，一面試著壓抑住一觸即發的脾氣。「李琴雖然也高興，卻真的非常擔心我。她當然會盡量不表現出來，但我看得出來。」

「所以妳已經告訴她了？」

「對，當然了。」

「還有誰知道？」

「沒有了……到目前為止。」

「這麼說她肯定是第一個知道的了！」

「因為她剛好在。」

「李琴好像隨時都在。」

「那是當然，她一直都是這樣，我希望以後也一樣。」

「我們長大了就應該脫離老僕人。」

「李琴不是僕人。這點你必須了解，亞伯特。」

「我必須？」

「對，你必須。」

他又用那種痛苦的表情看我，讓我的怒氣開始往上升。這表示他正在按捺脾氣，小心地斟酌用字，那是我望塵莫及的一種教養。

他說：「我們得正式宣布。」

「現在還太早。」

「我不這麼認為，我相信人民會想知道。這孩子將會是王儲。」

「我得先問問墨爾本勛爵。」

「這麼說我的想法不重要囉？」

「亞伯特，你怎麼能說這種話！」

「因為這消息要第一個告訴李琴，而何時宣布要由墨爾本勛爵決定。很顯然我的想法無關緊要。」

若是平時，我會張開雙臂抱住他的脖子告訴他，對我而言他的想法是最重要的，可是此時的我噁心欲嘔，也很清楚接下來幾個月還得忍受極大的不適。

於是我冷冷地說：「你忘記我的身分了，亞伯特。我畢竟是女王。」

「我非常明白。」亞伯特用痛苦的聲音說，「請別以為我竟可能忘記！」

「那就好。」我說完便起身走開。

＊

我告知墨爾本勛爵時，他深深感動，可以看見淚水在他的眼眶打轉，我心想他是位多麼難得的朋友。

他說：「願上帝保佑陛下與孩子。」

我對他說出了內心的恐懼，他完全可以理解。

「這很正常，」他說，「不過您會受到最細心的照顧，我相信親愛的李琴會對您呵護得無微不至，而您的強健體魄也將有助於順利生產。」

這正是我想聽的話。

「現在起不能再到溫莎森林裡騎馬奔馳。」他告誡道，「跳舞也不能太劇烈。」

「亞伯特說我太貪吃了，也許我應該少吃一點。」

「啊，現在可得餵飽兩個人呢。漢諾威人一向重吃，他們需要食物，也喜歡食物。他們認為應該享受人生的樂趣，而食物正是其中之一。」

我和他齊聲大笑。聽他說話對我大有益處。

「你覺得我們應該正式宣布了嗎？」

勛爵搖搖頭。「最好是讓消息默默洩漏出去……而且一定會的。人民比較喜歡這樣。懂了嗎？沒有嗎？這會比赤裸裸的宣告更激起大家的興趣。」

「你想人民會高興嗎？」

「歡欣之至。再沒有比嬰兒更討人喜歡的了。婚禮、加冕禮……也是，不過嬰兒……無可匹敵，而且可以繼續當嬰兒很久。人民會說：『哎呀，多好呀。我們敬愛的女王跟我們是一樣的！』」

「你就不太喜歡嬰兒，墨爾本勛爵。」

「最初是不太喜歡，但我會喜歡這一個。他將是王室寶寶，是殿下，是陛下您的孩子。」

比起亞伯特，和墨爾本勛爵談話讓我放心得多了。

惹我生氣後，亞伯特感到很抱歉，再見到我時態度變得異常溫柔。我告訴他墨爾本勛爵認為應該讓消息洩漏出去，雖然他比較想正式宣布，卻也從此不再提及此事。

我們快樂極了，這個寶寶讓所有人都充滿喜悅，我便也試圖忘記即將面臨的可怕折磨，與眾人同享喜樂。

*

我發現恩尼斯臉色很差，對亞伯特說起時，他顯得十分尷尬。

我看得出來他在思量些什麼，便說道：「恩尼斯出了什麼事嗎？」

亞伯特面帶憂色說：「對，出事了……還是大事。」

「你得告訴我。」

「我一直在天人交戰，想找個藉口不告訴妳。」

「別忘了我們說過對彼此不會有任何祕密。」

他點點頭。

「我們發過誓的。」我追加一句。

「我知道。但這件事太令人反感，我不希望引起妳任何不快。」

「反感？恩尼斯？怎麼回事？」

「他得病了。」

「可憐的恩尼斯。」

「是因為他自己荒唐而染上的。」

我立刻想到他是不小心感染風寒，但這似乎不值得大驚小怪。

「這是上帝給所有敗德者的懲罰。他……呃……和一名女子發生了親密關係，結果染上一種可恥的疾病。」

「你說恩尼斯！」

「妳好像很驚訝。我不……全然。我知道他的習性。」

「可憐的恩尼斯！」

「他是罪有應得。」

「我想他並不知道……」

「妳想他不知道會得這種病？他當然不知道，他甚至以為犯了罪能不受懲罰。」

「可憐的恩尼斯！病得很重嗎？」

「沒有。感謝上帝，只是輕微病症，很快就能痊癒。治療的效果很好。」

「那就太好了。」

「他應該記取教訓。」

「還真是嚴厲的教訓呢。」

「嚴厲的教訓往往最有效。我已經跟他說過很多次他應該結婚。」

「是啊，可憐的恩尼斯，他應該結婚。」

「但願他能安定下來，不再過這種放蕩的生活。」

「真難相信兩兄弟竟有這麼大的差異。」我說。

亞伯特緊緊握住我的手，顯得十分欣慰。

「他會看到我們的幸福，或許也會因此興起結婚的念頭。」

「我想他已經觀察過我們。他經常興沖沖地談起表兄菲第南與葡萄牙女王瑪莉亞的幸福生活。妳也知道，他曾經在葡萄牙和他們一起生活過。」

「我記得瑪莉亞。她在我十歲左右來過這裡，喬治伯父為她舉辦一場舞會，我也受邀了，因為我們正好同年。那也是媽媽允許我參加的少數舞會之一。我記得她非常美麗，只可惜在舞會上摔倒受傷還哭了，只好送她回住處。」

「後來她成了菲第南的賢妻。菲第南是擁有國王頭銜的王夫，恩尼斯說瑪莉亞只接見菲第南見過的人。他們是一對幸福佳偶。我確信這對恩尼斯影響頗大，讓他了解到婚姻生活會有多幸福。」

「不過葡萄牙不算是大國，」我提醒他，「我想那裡的情況並不一樣。」

「非常幸福的婚姻，」亞伯特又重覆一遍，「菲第南是個極其幸運的男人。」

我重新將話題轉回恩尼斯。要不要告訴他我已得知他的病情？亞伯特露出心痛的表情。「要是讓他知道，他一定會很沮喪，但我又討厭欺騙……」

「交給我吧。除非恩尼斯主動提起，否則我什麼也不會說。」

「他絕對不會提的。」亞伯特大驚失色地說。

我也覺得他不會。雖然對恩尼斯遭遇的可怕命運感到驚駭，亞伯特對菲第南與瑪莉亞女王的評語卻更讓我思之再三。

儘管亞伯特一開始遲遲不願意讓安森擔任祕書，後來二人卻逐漸滋生了友情。亞伯特想邀請一些知識份子入宮，讓夜晚增添熱鬧氣氛，而安森正是這類的人。至於安森也對亞伯特生出深厚敬意（這不難理解），兩人多數時間都待在一起。史托瑪男爵也經常加入他們形成三巨頭，共同探討國家事務，因為亞伯特對政治極感興趣。令我大感訝異的是我（漸漸）發現亞伯特對政事竟如此嫻熟，也深知治國之道。

有一天我們一起喝茶（我一向喜歡這些時刻，因為兩人不會吵架），就像一對平凡夫妻，讓我感到愉快而溫馨。

這種時候我總會遣退僕人，自己倒茶，同時享受著悉心照顧亞伯特的感覺。

亞伯特會坐在那裡，饒富興味地遷就我，臉上掛著他那優美而宜人的特有微笑，而我則是充滿仰慕之情，暗自讚嘆他的英俊。文書中屢屢以「漂亮」來形容他真教人生氣，像在暗示他不符合英國人心目中雄赳赳氣昂昂的理想典範。

他當然有男子氣概！只不過也有一雙很美的藍眼睛與修長身材罷了。那些人根本是嫉妒他。

不知道話題怎會轉到內閣上頭。我本想請亞伯特幫我挑選舞會禮服的布料，他品味極為高雅，比我含蓄一些，但我喜歡聽聽他的意見，也樂於接納他的建議。

「妳的內閣當中好像有許多人品行不端。」他說道，「帕墨斯頓勛爵就很引人非議。」

「噢，」我笑著說，「墨爾本勛爵跟我說他們都叫他『邱比特』，因為他為太多女士帶來了愛。」

亞伯特露出受傷的表情。

我愧疚地說：「我覺得還滿適合他的。」

「從這個不太能看出他的性格。」

「他是個很機靈的人，墨爾本勛爵對他評價頗高。」

「我認為墨爾本勛爵不會太關心內閣同儕的品德。」

「墨爾本勛爵是個很善解人意的人。」

我知道有關品德的話題很危險，因為在墨爾本勛爵的教導下，我已開始對那些行為不太檢點的人抱持寬厚態度。「我們都是凡人，」墨爾本勛爵說，「只是有些人更具有人性。」我還記得自己聽完後格格發笑。

「就連威靈頓公爵也不是無可挑剔。」亞伯特繼續說。

「你是說亞博思諾夫人。」

「很遺憾，正是。」

「想不想再喝點茶，亞伯特？」

他把杯子遞給我。

「因此，」亞伯特又接著說，「有件事讓我很高興，那就是國會裡至少有一個人，而且是地位崇高的人，完全無可非議。」

「哦？」我的回答或許十分輕浮。「這個聖人是誰呀？不是我親愛的墨勛爵吧。」

「當然不是，我說的是皮爾爵士。」

我感覺到怒氣上湧。我知道自己向來脾氣暴躁，但自從懷孕引發種種害喜現象後，似乎更難自制了。

「親愛的亞伯特，」我的口氣像女王而不是他的愛妻。「我不想聽到有關於皮爾的完美，我討厭那個人，更希望他的黨永遠不會執政。因為我希望永遠不要再見到他。」

「從國內的局勢看來，他恐怕很快就會成為妳的首相。」

「但願不會有這種事。」

「親愛的，不面對現實是很不智的。」

「眼下的事實是我有一個非常好的內閣，而且正由我尊敬的人帶領著。我別無所求了。」

「親愛的，這和妳求什麼沒關係。想必很快就會選舉，那個搖搖欲墜的執政內閣也將必須下臺。你和墨爾本勛爵一對一的快樂時光將就此結束，他的位置也將由皮爾爵士取代。」

「這頓午茶都被你破壞了。」

「我親愛的妻子，請正視現實吧。妳也知道妳必須面對。不妨試著忘記妳對羅伯爵士的偏見，他是個好人。」

「他很沒教養。」

「恕我直言，親愛的，這根本是胡說。他受教於哈羅公學和牛津大學，在愛爾蘭擔任國務大臣也做得有聲有色。」

我笑了起來。「你知道嗎？亞伯特。」我說，「愛爾蘭人都叫他『橘子皮兒』，因為他反天主教。墨爾本勛爵告訴我的。」我忍不住發笑，覺得這個綽號取得真妙。但是亞伯特不覺得好笑。

「皮爾是個前途無量的人，我很尊敬他。」他說。

「亞伯特，你根本不了解他。他笨拙得要命，來見我的時候老是像個舞蹈師傅，還有人說他笑起來像棺材外的銀飾配件。」我不禁又笑了。

「這是卑劣的誹謗。」亞伯特說，「據我觀察根本沒這回事。」

「你見過他？」

「我很榮幸能與他結識。」

我大感錯愕，再也壓抑不了怒火，亞伯特竟背著我行事！他竟然請人為他引見敵人。我隨手拿起面前的茶杯潑向亞伯特的臉。

我隨即呆愣住……被自己嚇著了。

亞伯特倒似乎沒有我這麼吃驚。他站起身來，我看見液體從他的下巴滴流到外套上。這時來了一名僕人，亞伯特轉身對他說：「很有看頭吧？」然後向我行了個禮說道：「我得去換掉外套。」

我坐著愣愣地目送他離開，心裡自覺好愚蠢、好悲慘、好羞愧。

可是我真的很生氣。他竟敢如此貶低我敬愛的首相，還故意讚美敵人。他竟敢去和皮爾爵士見面！他也只不過是女王的夫婿。他好像忘了這點。

我自然要生氣。可是朝他潑茶水……這簡直有失女王的分寸。他是多麼冷靜啊！正好與我的暴怒形成強烈對比！除了乍然吃驚的神情之外，他只簡單說了一句話便離開去更衣了。

悔恨驀然湧上心頭。我是多麼地可怕！我怎能大動肝火到這種地步，而且還是對我最心愛的亞伯特！在獲得他原諒之前，我絕對快樂不起來。我的怒氣頓時被懊悔之情給淹沒了。

我想起李奧波舅父的話。絕不能讓這些爭執持續下去，要在裂縫加深之前修補好。我怎能如此愚蠢？我愛亞伯特。都怪我這惡劣的壞脾氣。就連對我缺點視而不見的李琴都說我應該克制一點，還有墨爾本勛爵也（閃爍著嘲弄眼神）說我脾氣暴躁。

我即刻前往亞伯特的更衣室。

我原本就要直接開門卻即時打住，改而敲敲門。

「哪位？」亞伯特問道。

「是我，維多利亞。」

「請進。」

他站在窗邊，緩緩轉過身來。我看到他已換好外套。

「亞伯特。」我哭著撲進他懷裡。

我抬起頭看他，只見那張俊美的臉龐仍帶著那抹溫柔的微笑。這一刻我是多麼地愛他。我毫不講情面地對待他，他卻不生氣。

「亞伯特啊，」我又喊了一聲，「我怎麼能這樣？」

他輕撫我的頭髮。

「你會原諒我，對吧？」

他微笑著說：「我想妳是真的感到抱歉。」

「我沒想到……」

「親愛的，妳經常都是這樣。」

「是的，我太衝動，太暴躁。說實話，我不是個討人喜歡的人。」

他溫柔地親我一下。「不是這樣的，」他說，「妳很討人喜歡，只是妳也有妳自己的脾氣。」

「我都來不及阻止，這怒火就往上升，然後爆發了。我一定得努力改變。」

他說：「我們一起來制服這個小惡魔。」

我破涕為笑。真是太輕而易舉了。

「這麼說你原諒我了？」

「原諒了，也忘了。」他說。

「亞伯特，」我高喊道，「你實在太好了。我根本不配你對我這麼好。」

亞伯特露出開心的笑容，我也很慶幸發生這麼一段茶杯插曲，讓我看清自己有多愛他（說得好像我本來不知道似的），更重要的是，他有多愛我。

與墨爾本勛爵獨處時，我忍不住告訴他這樁意外。他不顯驚訝，反而笑了。

「你覺得好笑？」

「坦白說，是的。」

我看見他嘴角不停抽動，也不禁跟著他笑。

「希望當時小爵爺沒有配戴嘉德勳章或甚至巴斯勳章。」

「墨勛爵，那是只有我們兩人的家常茶會。」

「非常家常，也幸好只有兩人。」

「我真是嚇呆了。」

「這只是龍顏大怒的小小示範，毫無疑問的，以前已經展現過，以後也還會有。」

「我打算要控制自己的脾氣。」

「善意可嘉，只不過有人說通往地獄之路都是由善意鋪就的。」

「墨勛爵，」我說道，「有些時候你還真是不受約束。」

「恕臣無禮。這恐怕得歸因於和陛下在一起所受到的刺激。」

「有時候，」我說道，「我覺得亞伯特太好了，也不禁覺得自己更差勁了。」

「陛下對自己太不公平。」

「你真的這麼想？」

「偶爾發發脾氣也沒什麼大不了，可以釋放情緒，同時也為生活增添些許情趣。」

「可是亞伯特在各方面都很好。你知道他哥哥恩尼斯的事嗎？」

墨爾本勛爵點點頭。「整個宮廷的人都知道這位小爵爺的境況。」

「我心愛的亞伯特何其不同！你知道嗎？墨勛爵，他對其他女人一點興趣都沒有，他唯一的願望就是和我共舞。」

「我想他還有另一個願望，就是希望舞會能盡早結束。」

我笑了。「舞會讓他筋疲力盡。他覺得那是浪費時間，而且跳舞熬夜會讓人早上醒來不那麼神清氣爽。」

「他的確讓我們所有人都很慚愧。」

「我也這麼想。當我拿他和其他男人比較……」

「相互比較會讓人受煎熬。我說呢，那是非常幸運的情形。別擔心他對女人興致缺缺，通常年輕時對異性不感興趣的男人，到了中年就會加以彌補。」

我睜大眼睛瞪著他，這才發現他又是開玩笑。

「其實，」我說道，「我只希望亞伯特能忠於自己。亞伯特是個天使。」

「就算是天使也會想做點事情。」

「什麼意思？」

墨爾本勛爵帶著揶揄的眼神看我。到了今日我已明白（甚至比當時的我還明白）他是個多好的朋友。他何其精於世故，因此比我自己還了解我和亞伯特之間的情況。他知道亞伯特煩躁不安，知道他當下處於多麼難堪的處境——除非他是個毫無骨氣的男人：那就是女王夫婿的身分，女王的哈巴狗。這樣的身分讓他根本無權忠於自我。

墨爾本勛爵的心情改變了，變得嚴肅。

他說：「小爵爺是個極有能力的人，如果您能多和他談談，他也許會很高興。」

「我隨時都會和他談話。」

「我是說關於正事……國事。我想您或許會發現他能提供寶貴的助力。目前他能做的事情太少，對一個充滿精力的人而言，恐怕會感到異常厭煩。」

「我想到過，所以才會在簽批文書時請他幫忙，讓他替我吸油墨。」

墨爾本勛爵淡淡一笑。「我想可以更善加利用他的能力。」

「我還是覺得生氣，他竟然去和那個討厭的皮爾見面談話。」

「他結識政治人物倒也不是壞事。」

「可是，是那個人耶！」我感覺怒火又冒起來。

「請陛下寬恕。但您真是打從內心嫌惡皮爾爵士。我覺得您若是多了解他，一定會改觀。踮腳尖的姿勢與成為賢能的政治人物並不衝突。」

「墨爾本勛爵，我不想談論皮爾爵士。」

他低下頭，然後說：「考慮考慮吧。我相信您會發現小爵爺非常樂於與您談論國事。」

親愛的墨爾本勛爵呀！他是何等高瞻遠矚！

「陛下，臣想請您幫個小忙。假如您願意接見我的一位老友，我會感到不勝榮幸。」

「親愛的墨勛爵，我歡迎你的任何友人進宮來。是哪一位呢？」

「是佳蘿琳・諾頓夫人。」

我十分興奮。她正是墨爾本勛爵所涉及的醜聞當中的那位女士。

「她受到不少中傷。」墨勛爵說。

「親愛的朋友，我很樂意接見她。」

墨爾本勛爵親吻了我的手。

*

我其實很想見見諾頓夫人。我發現她極具魅力，一雙美麗深邃的眼睛彷彿由內散發出光芒，五官有一種古典氣質，肌膚黝黑光滑。她十分健談但很風趣，我相信她也極為聰明，因為她是個略有名氣的詩人。由於好奇她的過去，我很高興能和她談談，也很想知道墨爾本勛爵有多喜歡她。

事後墨爾本勛爵告訴我，諾頓夫人覺得我氣質優雅迷人、平易近人、討人喜歡，而且本性善良。

「我也完全同意諾頓夫人的診斷。」墨爾本勛爵說，「陛下的優雅親切是我們所有人的典範。」

「我太高興了，因為我經常拿自己和亞伯特作比較，面對他那聖人般的高尚品德，我往往非常不安。」

「美德各有不同，」墨爾本勛爵說，「有時候最不明顯的反而最好。」

我接見佳蘿琳．諾頓，又在我和亞伯特之間引發一場小風暴。

「妳有必要接見那個女人嗎？」他問道。

「你是說諾頓夫人？是的，確實有必要，而且也很愉快，因為她是我最重視的朋友之一的一位老友。」

「我以為他會巴不得把這一切都拋到腦後。」

「墨爾本勛爵絕不會拋下老朋友，我相信他是個非常忠實的人。」

「他不可能希望大家記得那樁不幸事件吧。」

「我想他一點也不在乎。他從未企圖隱瞞他的過去。」

「那位夫人的夫婿好像控訴了墨爾本勛爵引誘自己的妻子。」

「的確如此。那個丈夫背後有托利黨人撐腰，這些卑鄙的傢伙發覺這是製造醜聞打擊輝格黨人的大好機會。最後判決墨爾本勛爵與諾頓夫人勝訴，也證明那位丈夫其實是個很不堪的人。」

「即便如此，涉及不名譽事件的人對國家沒有好處。」

「但假如他們是清白的呢？」

「不可能完全清白，否則也不會遭波及。」

「這我不同意。我覺得清白的人也可能受這種事情牽扯。你知道嗎？諾頓夫人是劇作家謝里登的孫女，是個才華橫溢的詩人、藝術家兼音樂家。我想他們正是你想引介進宮的那種人。」

「道德品行不夠格的話就不算。」

「唉，亞伯特，你要求太高了。」

「我只要求他們活得令人尊敬。」

「你怎能期望每個人都跟你一樣呢？」

「我期望的是具有一定的道德標準。」

「我信奉寬恕。」

「寬恕，沒錯。但這種事件不可能受遺忘，否則就會有人認為可以沉溺其中，然後被原諒，最後自然也會被淡忘。不過我的想法似乎並不重要。」

「這樣說太不公平！」

「這是事實。我能做什麼？妳想要來點輕鬆消遣時就找我，而妳和妳的首相進行那些冗長，而且應該多半充滿歡樂的密談時，就把我關在門外。何況那位首相不但名聲不太好，還可以把和他不名譽的過去有關的人帶進宮來，受到女王的盛情款待。」

我怒氣開始翻騰，隨即起身。

「亞伯特，」我說，「我不許任何人，包括你在內，這樣說墨爾本勛爵。」

雖然我發怒了（也或許因為正在氣頭上），但我可以表現得非常冷酷、非常具有威嚴，也因為身材矮小，處境過於不利，我會更想要展現天威。倘若我高個幾吋，也許就不會如此。

亞伯特站起來，一面鞠躬一面喃喃地說：「請陛下原諒。」

我尚未能反駁抗議，他已經走到門邊。「亞伯特，」我喊道，「回來，我話還沒說完。」

沒有回答，他人已經走了。

我怒火攻心。其一是因為他所說關於墨爾本勛爵的那席話，其二則是因為我還在跟他說話，他竟無視於我命令他回來，就這樣走開了。

我愛亞伯特，但他必須記得我是女王。要維持像我們這樣，女方居於較強勢地位的伴侶關係實在困難。我明白鮮少有男人喜歡這樣的身分地位，因為多數男人必須要掌控局面才能感到滿足，這是一種雄性特徵。亞伯特基本上是陽剛的，旁人大可以像報紙文章一樣揶揄他的美貌，但他終究是個道道地地的男子漢。

可是無論如何，他都必須接受我是女王的事實。

我怒氣難消，便走進他的更衣室。

「亞伯特，」我喊道，「我想跟你談談。」

沒有回應。亞伯特不肯服從我。他這是想做什麼？他在著裝打算出去騎馬或散步嗎？……不和我一起？

我看見鑰匙掛在門外的鑰匙孔上，於是走上前去，惡狠狠地一轉。好啦！這下他被鎖在裡面了。

我坐下來等著。一會兒他非得求我放他出來，到時候就能逼他開口了。我會告訴他，我還在說話的時候不許他轉頭就走，他別以為能把我當成一般的德意志妻子對待。我可是英國女王。

我等了又等。毫無動靜。

時間一分一秒過去。十分鐘、十五分鐘，太過分了。我的憤怒來得快去得也快，留下苦惱不已的我。我開始發覺自己太性急，儘管不同意亞伯特對諾頓夫人的看法，卻仍可予以尊重。我的標準很寬鬆，因為來自一個從不真正重視道德的家族，叔伯全是聲名狼藉、醜聞纏身，祖父雖然品行端正，卻如傳聞所說是瘋了。

亞伯特品德高尚、精神健全，我得學著控制自己的脾氣，我得傾聽亞伯特說的話。我覺得好悲慘，我希望他能原諒我。

亞伯特說得對，他的話當然對了。我等不下去了，便去轉動鑰匙。

「亞伯特。」我叫著。

「進來。」他回答得很冷靜。

我進去以後愣住了。他一點也不生氣，而是坐在窗邊畫畫。

「你在做什麼？」我問道。

他拿起素描，說道：「我忽然覺得窗外的景色很宜人。」

我看著他的畫。沒想到我坐在外面生氣、等候的這一大段時間，他都在畫畫！

他看著我，臉上依舊是我最熟悉的溫柔又惱怒的神情。

「妳喜歡嗎？」他問道。

「畫得真好。」

「我打算畫完以後送給妳，以便紀念妳把我鎖在更衣室的這一天。」

「噢，亞伯特，」我高聲喊道，淚水幾乎潰堤。「你實在太好了！太冷靜了！太了不起了！」

「Liebchen（親愛的）……」他在最溫柔的時刻總會脫口說出德語，「別傷心，事情都過去了。」

「是我亂發脾氣。」

「所以呢？這很不尋常嗎？」

「我不應該這樣，亞伯特，我知道我不應該，但它就是會滿溢出來。」

「妳情感太豐富……太多愛……太多恨。」

「我對你有滿滿的愛，亞伯特。」

「我知道，小可愛。」他說。

「那我為什麼會這樣？」

「因為妳是……維多利亞。」

「真的對不起，亞伯特，你一定要原諒我。」

「妳是我心愛的小妻子。」

「亞伯特，這麼說一切都沒事了。」

我們互相親吻，平息了另一場小風暴。但想當然耳，完美的婚姻生活裡是不會有風暴的。

恩尼斯病癒後已經向我們告辭離去。

亞伯特非常不捨與哥哥道別，分手後傷心不已。

恩尼斯明擺著是個放蕩不羈之徒，但絲毫無損亞伯特對他的愛，而他對父親也一樣。亞伯特與他們分手時的深切悲傷觸怒了我。

在我看來，母親在科堡那邊的親人也是行為不檢，和父親的家族無絲毫不同。見亞伯特對墨爾本勛爵如此吹毛求疵，我本想拿這件事找他談談，但即時打住了（我想我做得很好），因為我猜這恐怕又會引發一場風暴。

哥哥離開後，亞伯特悶悶不樂了一陣子，絕大多數時間都和安森、史托瑪在一起。他們會相約出門，我很好奇亞伯特是否又和皮爾爵士重溫舊誼。

我知道他正在研讀政治與歷史，特別是英國的。他說覺得很有意思，看他幾乎有一種悠然神往的感覺。

亞伯特說起話來小心翼翼。我相信他也和我一樣痛恨那些風暴。我的二十一歲生日快到了，也已懷有兩個月身孕。不適感略微減輕，卻開始覺得異常疲憊，我一直以來的想法得到了證實。生孩子是婚姻生活中非常無趣（但我得承認，也是非常必要）的一部分。

與墨爾本勛爵的會談總能讓我精神為之一振，每當覺得國事有些無聊，他就會轉而閒聊起來。他經常有一些軼聞趣事供我消遣……有些是時下的醜聞，有些則是往事。我常說我從墨爾本勛爵口中得知有關於祖先的事，比從史書上讀到的更多。

報上仍可看到關於我們的低級漫畫與狡黠的影射。

「別去看那些。」墨爾本勛爵如此建議。

自從那一回向亞伯特敬酒時，劍橋公爵夫人沒有起身，我便拒絕在宮裡接見他們一家人。有一天，亞伯特去參加雅德蕾德王太后舉辦的聚會。我沒去，因為覺得非常疲倦又不舒服，李琴說太勉強的話可能有危險。我被她說服了，但因事先已答應會去，亞伯特只好勉為其難獨自前往。

若是能留下來陪我，他會很開心，這份心意也讓我感到愉快而滿足。我們可以過個平靜的夜晚，一起合唱、彈鋼琴、埋首棋局，每回下棋亞伯特一定會設法贏棋。在家裡度過平靜的夜晚，早早上床，隔天清晨起個大早，這是他想要的。

亞伯特極有可能在宴會上睡著。他說宴會上多半是無關緊要的瑣碎話題，容易讓人昏昏欲睡。

「你不能讓別人看見。」我說。但別人當然看見了。我們不可能在公開場合打噴嚏而不被發現，而且很可能會被解釋成已經一腳踏入棺材。

就在這次宴會，用完餐後亞伯特便離開了。他以為這是告辭的好時機，卻忘了接下來還有演說。

劍橋公爵起身說話時，便提到他發現小爵爺已經離開。

「我們可以怪他嗎？」他問道，「他當然迫不及待想回家陪那位美麗優雅的女孩。」

這番話受到歡呼、報導、放大。

亞伯特氣壞了。「開這種低俗的玩笑不可原諒。」他說。

「劍橋夫妻倆不高興我沒有嫁給他們的兒子喬治。那是他們想要的結果，也是威廉伯父和雅德蕾德伯母想要的。所以他們才會說這種話。」

亞伯特說那是愚蠢、下流。

墨爾本勛爵卻輕聲竊笑，說那是對我極高的讚美。

我明白墨爾本勛爵的意思，也跟著他笑。不過亞伯特是真的生氣，他說這會讓民眾產生遐想……下流的遐想。

我倒是沒想到這個。真沒料到德行好的人對這種事想這麼多。

我的二十一歲生日到了。去年生日至今起了多少變化呀。我嫁為人妻，又即將為人母。

我向來最愛過生日了，一定要舉辦舞會慶祝。沒有舞會的生日像什麼樣呢！亞伯特卻希望當天能在鄉下靜靜地度過。我不得不提醒他，以我的身分地位，就算我願意，那也是不可能的事——但我當然不願意。

拆禮物樂趣無窮。亞伯特送的是銅製墨水臺，極為精緻。亞伯特喜歡實用的禮物。

他又和我談起媽媽。他不喜歡我們之間的不睦，因此亟欲加以終止。他說那樣不正常。我一再告訴他我童年遭受的待遇，他會溫溫地笑一笑，但我覺得他心裡認為我不是完全沒有責任。

這和李琴多麼不同，她只會站在我這邊！但話說回來，當時她在，她目睹了整個經過。

然而我對亞伯特的愛有增無減，他是那麼地俊美而高潔。我喜歡和他一起合唱、合奏，他若也喜歡跳舞就更好了。他舞跳得很好又優美，正如他做任何事情都很完美，只是他老盯著時鐘看，等候可以偷偷溜走的時機。他完全不想和其他人跳舞。我是多麼滿足，多麼感動呀！他與其他男人是多麼地不同！我想到他哥哥恩尼斯，不由得打了個哆嗦。嫁給亞伯特的我何其幸運。但是我真的希望他能喜歡跳舞。

墨爾本勛爵祝我生日快樂時充滿感性。

「我覺得我好老了。」我說。

「沒關係，」墨勛爵說，「當您四十歲的時候，就會覺得年輕許多。」

這話惹我發笑，但墨勛爵信誓旦旦地說這是實話。

我聽從了他的建議，和亞伯特談論起國事，我也因此領悟到自己對這些事一知半解。我一向都以墨爾本勛爵的意見為意見，其中有些事情也的確很無聊。

亞伯特可就不一樣了！他說有許多事情我應該留意一下。貿易逐漸衰退；過去四年歉收導致物價上漲，幾個大城還發生暴動。威靈頓公爵告訴亞伯特，除了戰爭期間，他從未見過一座城鎮像最近的伯明罕那樣慘遭蹂躪，而且還是被自己的人民。墨爾本勛爵認為這些事可以置之不理，其實不然，這些問題不僅要正視，還得採取一些措施。而且國外也有紛擾——西印度群島的殖民地發生叛亂，加拿大與愛爾蘭也有問題，還有，中國人也在製造麻煩。

亞伯特非常重視這些事情，我幾乎有點後悔答應讓他學習部分事務。

他常和許多人見面，我敢說他又和皮爾爵士見過面。他對於改革運動很感興趣，還當上廢奴與非洲教化會會長，我生日過後不久，他將以會長身分向會員發表演說。

他認真地練習演說，就像他總是用心地做每一件事。我知道他非常緊張，想想報上那些有關於他的惡毒漫畫與文章，他有此反應並不令人驚訝。

得知他的演說相當成功並獲得熱烈掌聲，我真為他高興。我知道百姓遲早會了解他的寶貴價值，只不過等待這一刻的過程令人無比厭煩，他的敵人實在太多。

我永遠忘不了六月的那一天。一開始是再尋常不過了。我們習慣會在傍晚六點搭著由四匹馬拉的小馬車出去兜風。那天我們一如往常出發，只有亞伯特和我帶著兩名車夫。

還沒走多遠，距離王宮頂多一百五十步遠，忽然傳出一記槍響。聲音大到我幾乎嚇呆了。

我機警地四下張望，看到一個個子矮小、面目可憎的男人趴在欄杆上，手裡拿著一樣東西直指著我們。我看出了那是一把手槍，因為那人離得很近，近到連他的面容都能看得一清二楚。此舉是有目的的，那就是殺害我。

緊接著又聽到另一聲槍響，簡直像噩夢一樣。到處都是人，有人高喊：「抓住他，殺了他。」

亞伯特臨危不亂，伸出一手緊緊摟住我。

「繼續上路。」他對車夫高喊，馬車又繼續向前疾馳。

「妳沒事吧？」亞伯特問道。

我點點頭，說道：「他企圖殺我，亞伯特。」

「殺我們。」亞伯特糾正說。

「可是為什麼呢？我們對他做了什麼？」

「人民會把國家現狀都怪到統治者頭上。親愛的liebchen，我很替妳擔心。妳確定沒事嗎……孩子呢……？」

「孩子好像沒受到驚動。」我說。

「我親愛的、勇敢的小維多利亞。」

真是奇怪。當我直視著那把手槍，並未感覺太害怕。事後我常想，統治者天生具有一種特質，本能地就知道自己可能隨時面對死亡。雖然人民會歡呼祝願他們萬歲，群眾裡卻也總有一些人渴望縮短那條命。

回到王宮，外面有群眾在等我們。他們發出狂熱的喝采。我面對了死亡，因此重新獲得他們的敬意。

墨爾本勛爵來訪，臉上盡是憂慮。

「陛下。」他低聲說，又是淚眼婆娑地看著我。

我微微一笑，回答他說：「我還在這裡，墨爾本勛爵。」

「謝天謝地，」他激動地說，「我必須告訴您，那個惡徒抓到了。倒是不費吹灰之力，他就呆呆站在那裡等著被抓。」

「是什麼樣的人？」

「敗類，」墨爾本勛爵不屑地說，「一個小革命份子。有一位米雷先生剛好帶著兒子在附近，馬上就逮到他了。」

我後來一直都記得，因為米雷先生的那個兒子約翰．米雷成了偉大的畫家。

「他十八歲。」

「這麼年輕就想殺人。」

「往往都是年輕人才會自以為擁有高尚的理想。他比一般人瘦小，身心都很薄弱……就是陰溝裡的一隻小老鼠。他住的閣樓房間裡全是具有革命色彩的報刊。他還以為自己是丹東[20]或羅伯斯比[21]呢。天哪，我一想到可能發生的事……陛下……」

他遠比我更為驚慌，我覺得有必要安慰他。「我還在呢，親愛的朋友。」我說。

「原本很可能會出事的。子彈就從您的頭上飛過，打進了牆壁。」他渾身發抖。「而且以陛下目前的狀況……」

「我想我都還沒意會過來事情就結束了。不過有人想殺我，這種感覺真討厭。」
「他們想殺的不是您，而是體制，是法律與秩序，是讓我們國家得以偉大的一切。」
我點點頭。「亞伯特很了不起。」
「是的。小爵爺表現得沉著鎮定。當時最應該做的就是若無其事地繼續往前走，他也了解到這一點。這是人民喜歡的。」
「人民多半還是忠心的。」
「那是當然。謀殺未遂最能激發出百姓的愛。萬一那名歹徒行凶得逞，您將會變成殉難聖人，謝天謝地，他沒有。由於你們逃過一劫，所以便只是受愛戴的女王與女王夫婿罷了。其實這樣比較好，雖然存活比遇害少了點價值，但是當活人總比當聖人好。」
「女王萬歲。」
這是墨爾本勛爵的一貫作風，將深深觸動內心的感覺輕描淡寫一筆帶過，這讓我為他感到心疼。他說得沒錯。我們在歌劇院受到熱烈的歡呼，民眾激動萬分地唱起了國歌，而且是正確版本。
我又像海斯汀事件發生前那樣受歡迎了。這麼說來，意外事故也有些好處。
我有些擔心那個年輕人，便和亞伯特談論起他來。
「其實，亞伯特，」我指出，「他相信自己是對的。他是真的瘋了。」
亞伯特很驚訝我竟能為他說話。然而本身如此完美的亞伯特和我不同，我比較不具美德，也因此較能輕易了解別人的缺點。

20　譯注：喬治・賈克・丹東（Georges Jacques Danton, 1759-1794）：法國大革命初期的領袖人物。
21　譯注：馬克希米連・德・羅伯斯比（Maximilien de Robespierre, 1758-1794）：法國大革命中最著名也最有影響力的人。

那個名叫艾德華・奧斯佛的年輕人，被控叛國罪關進新門監獄，這罪名肯定被判死刑。但是後來判定他精神失常，轉而送進收容所。

這個結果讓我稍微鬆了口氣。我從來不想嚴厲懲罰這樣的人，或許我寧可當他瘋了，這樣就能說他的行為失去理智，我不喜歡想到有人恨我恨到想殺死我的地步。

過後不久，墨爾本勳爵來看我，說是想和我談一件相當敏感的事情。槍擊事件發生後，政府有幾位閣員提出攝政的問題。

「你是說萬一我死了？」我問道。

墨爾本勳爵臉色十分不悅。

「我親愛的墨爾本勳爵，」我說道，「這完全合情合理。前幾天我很可能就那樣遭殺害了，而且我臨盆在即，我可沒有忘記堂姊夏蘿特公主的遭遇。」

「陛下著實聖明。我想我可以爭取到讓小爵爺受命為攝政王，萬一真的發生這種教人難以啟齒的痛苦悲劇的話。」

「你是說……亞伯特會是攝政王？」

「是的。」

我好高興。受到任命的他定會欣喜萬分，而我也開始了解到他有多麼自覺像個局外人，又被迫扮演著多麼艱難的角色。

「我認為議院的另一方不會有太多反對聲音，」墨爾本勳爵接著說，「皮爾肯定會支持的。」

「他當然會了。」我略帶諷刺地說，「他們可是好友呢。」

「是這樣的話就最好了。」墨爾本勳爵回答道。

我制止了他，因為不想聽到執政黨局勢不穩，皮爾可能很快會當上首相的消息。太令人鬱悶了。

我說如果國會同意任命亞伯特在我死後成為攝政王，我會很開心。

正如墨爾本勛爵所料，這項動議很輕易便過關了；索塞克斯有些微詞，這也是意料中之事。那邊的家人很氣我，套他們的話說，這是「引科堡人入室」。李琴也不樂意，整個人顯得消沉。

「傻雛菊，」我說，「為我的死作準備又不代表我就會死！」

這些日子她都憂心忡忡。自從我結婚後她就變了。親愛的雛菊，她不願接受人會長大的事實。孩子（她確實把我當成自己的孩子）不可能一輩子倚賴大人。可憐的李琴，她是多麼努力在對抗光陰荏苒！

對於我和她的關係，亞伯特當然深深不以為然，他認為我給她的愛理應要給母親。事實上，我結婚後比起之前很長一段時間更常見到母親，我想是亞伯特有心當我們的和事佬。李琴知道這事也頗為憤恨，因為她心知肚明母親斷定我們母女倆之所以關係疏離，少不了她從中作梗，因此絕不會原諒她，何況母親也一直嫉妒我對李琴的全心全意。

為此，可憐的李琴忐忑不安。她跟我說小爵爺對她百般挑剔，還會探聽內廷的事務，而內務一直都是她在料理的。我想事情處理得應該還算平順，從來沒聽說出過什麼差錯，不過依亞伯特那條頓民族一絲不苟的個性，自然會要求盡善盡美。

如今原本可能被李琴視為對抗我母親的盟友的墨爾本勛爵，也逐漸成了亞伯特的仰慕者之一，還努力促成他日後成為攝政王，這可是最後一根稻草。

她再也無法掩飾對亞伯特的敵意。

眼看著最心愛的兩個人水火不容，我真不知如何是好。一方面我有點受寵若驚，因為他們的敵意是出自於對我的愛。李琴肯定是嫉妒亞伯特。至於他是否也嫉妒她，我不知道，但他確實憎惡她對我的影響。

亞伯特開始在內務上找碴。在雇用兩個僕人後，他說其實只要一個人就足夠。他發現廚房裡有扇窗已經破了幾星期，卻沒有找人來修。

「唉，那是李琴的事。」我不假思索地說。

「可是李琴好像沒把它當成自己的事。」

「亞伯特，在這麼大的地方不過就破了一扇窗，」我說，「你何必小題大作。」

「窗子破了會招引入侵者，我不會稱這個為小事。我得考慮到妳的安全。」

「噢，亞伯特，你真體貼！我會跟李琴說窗子的事。」

李琴勃然大怒。「我從來沒聽說有哪個小爵爺會到處閒晃找破窗。」

「我想他不是故意去找的，李琴，他只是剛好看到。」

她噘起嘴，往嘴裡丟了一把香芹籽——這是心煩的象徵。

她告訴我人民並不喜歡任命亞伯特的主意。

「唉，人民喜不喜歡都是看心情。」

「最近我都不太敢翻開報紙。」

「雛菊呀，這不是真的吧。」

我知道她留了一些漫畫剪報，畫亞伯特的那些。這時她猛然打開抽屜，拿出一些剪報。

我從她手上拿過來。最上面一張的文字說明是「攝政王」，畫的是亞伯特（雖然一點也不像，卻看得出來是他）站在鏡子前面試戴王冠。

我笑了起來。「這完全就像他們會做的事。」

「他們不喜歡這件事，您知道的。」

「雛菊，他不是攝政王。他要到……萬一我出事以後才是。」

「我沒辦法去想這種事。」

我瞪著另一篇漫畫看。上頭是亞伯特握著一把手槍瞄準王冠，那指的應該是我。至少他們沒把我的人畫上去。說明文字寫道：「啊，親愛的，看看我能不能射中妳。」

「天哪，」我驚呼道，「太惡毒了。」

李琴看著我，點點頭。

我將剪報一撕為二，丟了出去。

「那是人民的想法。」李琴說。

「那不是。」我反駁道，「這是那群邪惡的人為了賣報而畫的。」

「Kindchen（孩子）啊……」

「雛菊，親愛的雛菊，妳不能這麼嫉妒。我內心充滿了愛，足夠分給你們兩人。」

但我還是憂慮，因為他們對彼此厭恨已極，我感覺只要他們仍同處一個屋簷下便永無寧日。亞伯特是我的夫婿，我們注定要一生相守，但失去李琴教我如何承受？

亞伯特對國政的涉入愈來愈深，要是覺得某件事單調沉悶，我往往便會交付給他。動盪的局勢讓他深感焦慮。失業情形嚴重，阿富汗發生動亂，與中國有諸多紛爭。與法國的關係也不太好，路易．拿破崙企圖東山再起，搭了一艘英國汽船在布隆涅上岸。不過東方的問題更嚴重。

亞伯特經常都在談論這些。英國與普魯士、奧地利、俄羅斯聯手試圖逼迫穆罕默德．阿里離開北敘利亞，法國卻持反對立場，甚至一度看似會支持穆罕默德．阿里對抗聯軍。

「所幸避免掉了，」亞伯特說，「我們可不想和法國打仗。」

亞伯特開始對這些事情興致勃勃，還會花很長時間與墨爾本勛爵、帕默斯頓勛爵商討。

他們倆都說他對時勢的理解很透徹。

八月，我要主持國會的休會式。我對墨爾本勛爵說，亞伯特不能和我同去真是荒唐。

「他可以出席，」墨爾本勛爵說，「只是他若搭乘王室馬車，會引發不好的觀感。」

「胡說，」我說道，「亞伯特對於現在的情勢了解甚多，是我的一大助力。這樣未免顯得荒謬。」

「人生多的是這種荒唐事。」墨爾本勛爵頗有同感地說。

亞伯特確實感到很受傷。不管他做了什麼、說了什麼，在別人眼中依然毫無分量。

幾天後，我正在用午餐時，收到墨爾本勛爵來信。亞伯特在一旁看著我拆信、讀信、臉色因喜悅而泛紅。

「噢，親愛的墨勛爵，」我大喊道，「他是這麼努力地想讓我高興。你聽聽這個，亞伯特。墨爾本勛爵發現丹麥的喬治親王曾經搭著王室馬車陪安妮女王去參加休會式，也就是說，有先例可循了。他說既然以前已經做過，沒有道理不能再做一次。親愛的亞伯特，他認為你應該和我一起出席休會式。」

看到那張親愛的臉上漸露喜色，感覺真是太好了。

李琴則沒有那麼高興。我心想墨勛爵和她何其不同，他會盡一切力量讓亞伯特在我們的關係當中感到自在，也因此讓我（和他）快樂。

李琴的全心全意付出有時候反而有些累人。

於是亞伯特與我同乘馬車，聽到那聲聲歡呼真教人開懷。

我將演說稿誦讀得完美無缺，因為實在太高興了。

那是多麼快樂的一天！

老姑母歐葛絲姐已命在旦夕。一直以來我都為她深感遺憾，她的命運比其他姊妹更加乖舛。蘇菲亞姑母至少有過一段短暫戀情，還生了一個兒子，我想即便是醜聞也好過平淡無奇吧。若無父親的阻力，歐葛絲姐姑母或許也能展現聰慧的一面。她善於繪畫，也頗具音樂才華，年輕時還曾作曲過，只可惜遭到嘲笑。她父親說音樂不是女子能從事的專業，要像韓德爾這樣的男人才能做得更好。可憐的歐葛絲姐姑母，向來那麼和藹慈愛的她除了侍奉母親、裝填鼻菸壺和照顧狗之外，毫無生活可言。如今她已奄奄一息。

她一直很疼愛我，總盼著我去看她，因此我也常去。

聽到她的死訊，我們並未太吃驚。

亞伯特說我經常去看她太勞累了。他為我擔心不已，打算帶我到克雷爾蒙去，可以清靜一陣子。

「妳不能熬夜，」他說，「早點上床，然後我們可以一大清早到樹下散步，妳也可以告訴我現在這些草木有多美，雖然妳對它們所知有限，非常有限。親愛的，在妳接受我的教導之前，對這種事可說是無知得很。」

「我對好多事情都很無知。」我喃喃地說。

他聽了十分開心。此話出自於一個溫順的、暫時忘了自己是女王的小妻子。

克雷爾蒙充滿了許多回憶。我能想像自己一下子又回到那段經常來此造訪李奧波舅父的童年時光。這是他與夏蘿特共同生活過的地方，是他曾經那麼深愛的地方！如今他與親愛的路易絲舅母婚姻美滿，還有一群令他無比自豪的孩子。我不禁好奇他是否還曾想起過夏蘿特與那個夭折的孩子。

這段日子過得很慵懶，散散步、狗兒在身旁汪汪叫，晚上來點音樂、下下棋，或者亞伯特會唸書給我聽。

「這樣對妳多好啊。」亞伯特說。

單獨相處真是美好……幾乎是。我時常想起已經去世的露伊莎，希望她已和夏蘿特及她的嬰孩相聚。露伊莎是多麼喜愛夏蘿特！她也愛我，但夏蘿特對她而言最為特別，我只能排第二。

我常去夏蘿特的臥室，也就是露伊莎保存得像個聖殿的地方，房內就和夏蘿特在此就寢（和去世）時一模一樣。

親愛的夏蘿特，一輩子快快樂樂、活蹦亂跳。「直到最後一刻都是，」露伊莎說，「萬萬想不到……」

我始終揮不去夏蘿特的影子，開始胡思亂想，可能是因為自己的狀態吧。我想像夏蘿特就在旁邊看著我，歡樂的眼神頓時變得憂傷。

我們的情況多麼相似！她承受著生下繼承人的深厚期盼……我也是。她只是王儲，我卻是女王，不過當時喬治伯父便已健康堪虞，王儲至關重要。而她竟死了，和腹中胎兒一起。

生產的風險何其之大。

我頓生恐懼，心想著：我也會遭到同樣命運，歷史將會重演。

這個念頭不斷縈繞在腦海。我會在克雷爾蒙生孩子，我會難產而死……就像夏蘿特那樣。

我考慮住進夏蘿特的房間。夏蘿特的死刑室，重新整飾過……已為我作好準備。

我想不通自己是怎麼回事。平常的我總是精力充沛，渴望享受人生。我有一切活下去的理由。那為何會生出那些病態念頭呢？純粹是恐慌吧，我想。

要不是亞伯特當機立斷，我真不知道自己會被這些想法帶往何處。

某日，我坐在夏蘿特的房間裡，聽到外面有個聲響。我喃喃自語地說：「夏蘿特……」

門把緩緩轉動。以我當時的狀態看來，的確以為會看到她。

結果是亞伯特走進來。

「心愛的，妳好像受到驚嚇了。妳在這裡做什麼？」

「亞伯特。」我撲進他張開的雙臂中。

「妳哪裡不舒服？妳為什麼一個人坐在這裡？」

「我在想夏蘿特。她就死在這個房裡。」

他滿臉驚恐地看著我。

「她本來健健康康的……」我接著說道，「大家都很意外。這真是可怕的酷刑。亞伯特，我好害怕。」

他溫言安慰我，並迅速將我帶離房間。

他說：「妳不能再單獨上那兒去。妳要是想去，我會陪妳。」

不知道為什麼這番話彷彿讓我心中的大石落了地。我覺得那代表不管發生什麼事，我們都會在一起。

他帶我進入我們的臥室，那裡陽光明亮充足。

「沒有什麼可怕的。」他說。

我搖搖頭。「生產很危險，會死人的。」我說。

「妳不會。女王不會。」

我笑了。「亞伯特，我有時候是有點自大。」

他沒有否認，只是輕撫我的雙頰。

「一切都會順利的。」他說，「沒什麼好怕。妳不會有事……我會在妳身邊。」

「一定要喔，亞伯特。」

「而且永遠都會。我永遠是對的，妳知道吧？」

我淺淺一笑。「我知道，亞伯特。」我說。

「那麼我告訴妳一件事。明天我們就離開克雷爾蒙。」

「好的，亞伯特。」我再應一聲，整個人瞬間放鬆下來。

有亞伯特照顧我，一切都會沒事。

預產期在十二月，但是到了十一月，離預定時間還有三星期，疼痛就開始了。幸好幾位醫師、產婆李麗太太還有保姆都已在宮中待命，寇拉克醫師也是其一。可憐的寇拉克醫師，因為海斯汀事件所損害的聲譽始終沒有完全恢復。另外還有兩名醫師和他一起：羅考克醫師和卜拉登醫師，他們認為德意志的醫生想必比英國醫生更有效率，便堅持讓史托瑪醫師在一旁候著，以備不時之需。

這酷刑般的折磨讓我恐懼不已，而且不是毫無原因。劇痛整整持續了十二小時，我此生再也不想經歷這樣的折磨。整個過程中我都知道在分娩室旁的房間裡還有幾位政府的官員在等候著，其中包括墨爾本勛爵、帕默斯頓勛爵，還有坎特伯里大主教。感覺一點尊嚴也沒有。但至少還算有些幫助，讓我能克制住痛苦尖叫的衝動。

一切必然都有盡頭，感謝上帝讓這磨難結束，讓我能躺回床上，筋疲力竭地聽著孩子的哭聲。

亞伯特就在我旁邊。

「孩子很完美。」

「是王子嗎？」

「不，Liebchen，是女孩。」

「喔。」

「這樣多好，」亞伯特說，「女孩可以當英國女王。」

他們把孩子放到我懷裡。我大概不太具有母性，看到孩子的第一個念頭竟是：多醜的小東西！她簡直就像隻小青蛙。

亞伯特卻不這麼想。他不停地說她很完美。

他真懂得安慰人！

李麗太太忙進忙出，照顧、呵護孩子的模樣就像是她生的一樣。我躺下休息後，接見了一、兩個人，墨爾本勛爵是其中之一。他眼中帶淚看著我，說道：「願上帝保佑您啊，陛下……您還有孩子。」

這話讓我深深感動。

媽媽也來了，還是老樣子。她是那麼渴望做為家裡的一份子，我不禁開始覺得自己對她太嚴厲了。她很喜愛亞伯特，覺得他十分優秀傑出，這也增添了我對她的好感。當然，她能重回這個家，亞伯特是最大功臣，她自然看重他。而且他是她家族的人，他們互相了解，媽媽對英國人從不肯將就妥協，就像英國人對她一樣。我想她是覺得亞伯特就像自己的家人。無論如何，看到他們倆關係和睦，我還是很高興，我也並非不願意忘記過去的對立。再說，我與媽媽的關係好轉也能取悅亞伯特。

亞伯特想為孩子取名為維多利亞，從我之名，由於媽媽也叫維多利亞，可以讓她認為孩子是以她的名字起名的。

我想加上王太后的名字雅德蕾德，她不但是我的摯友，又喜歡小孩，最主要還是因為可憐的她沒有自己的孩子。我知道這麼做能讓她開心，也讓她知道我沒有忘記童年時她對我的好。因此孩子名叫維多利亞．雅德蕾德，後面再加上瑪麗．露伊莎。

我恢復得很快。小嬰兒每天都有變化，小青蛙般的長相逐漸消失，變得比較像人了。我們請了一位乳母，性情極為開朗隨和，她叫騷塞太太，是那位著名詩人的弟媳。我特別安排每天去看孩子兩次，以確定一切安然。

我接到來自各方的祝賀，然而李奧波舅父的賀函卻讓我略感氣惱：

妳的驚訝完全可以理解，因為結婚還不到一年便生下漂亮的小女嬰，成為人人敬重的母親，但能有這樣的結果，我們還是感謝上蒼吧。

感謝上蒼！我心想。李奧波舅父，女人生產是何等艱難的過程，你有沒有一點概念？

……因此，我私自以為妳將會是個歡喜也討喜的Maman..... au milieu d'une belle et nombreuse famille（媽媽，膝下兒女成群）……

我大為光火，立即提筆寫道：

親愛的舅父，我想你不會真的希望我是個兒女成群的母親。男人從來不去想（或至少很少去想）我們女人往往要經歷多麼艱辛的過程。

自從童年那些快樂美好的日子以來，我和李奧波舅父變得何其疏遠！

有了這孩子，李琴當然高興。她對李麗太太和騷塞太太多有批評，但這也很自然，若是可以，她一定想把她們趕出育兒室，親自來照顧孩子。

每當嬰兒抱來給我的時候，亞伯特總會在。

他看著孩子讚嘆再三，而且和我有相同感覺：她的長相一天比一天好看。

「小維多利亞。」他輕輕喊著。

「你有時候也會這樣叫我。」

「對這麼小的嬰兒而言，這名字有點太沉重。」

「她好像一隻小貓。」

「小貓咪。」亞伯特說，然後我們開始喊她「貓咪」。這似乎比維多利亞適合她，因為自從我上位後，這名字有了一定的王者氣派。於是她成了「貓咪」，隨著時間一天天過去，我對孩子的愛愈來愈濃，也時常盼著和她見面，尤其又有亞伯特在的話。這是多麼幸福美滿的家庭畫面：有我、有我的夫婿，還有我們的幼女。

我發覺衝鋒有些嫉妒孩子。我和她在一起時，牠會站在一旁看我，然後低吠一聲，好像在說：「別忘了衝鋒。」

不過牠已不像昔日那般活潑好動。

「牠漸漸老了，」亞伯特說，「沒關係，妳還有其他的狗。」

「衝鋒只有一隻。」我提醒他。

孩子出生數週後，發生了一件很奇怪的事，對李琴（也因而對我）造成重大影響。事情發生在深夜，確切地說是在凌晨一點半左右，下人們都已就寢。保姆李麗太太被開門聲從睡夢中驚醒，連忙起身喊道：「是誰？」無人回答。她來到外面的走廊，看見我的梳妝室門緩緩向外打開，接著又驀地關上。李麗太太鎮定地跑到門邊，從外面將門鎖上，然後召來一名值夜班的聽差。

這個時候李琴也出來了。

「怎麼了？妳這是在做什麼？會把女王吵醒的。」

「有人在裡面。」李麗太太說，「我親眼看見的，看見門打開了。」

李琴高喊：「那是女王的梳妝室，有人想謀害女王。」

事後她將來龍去脈告訴我。她一心只掛念我，自從那個惡徒朝我開槍後，她便害怕會發生最糟的情況。李琴告訴我說，當時她壯起膽子，和渾身發抖的聽差（因為他很自然地以為會碰上刺客）走了進去，結果發現有個小男孩瑟縮在沙發背後。

這時候亞伯特和我都醒了，亞伯特也以一貫的效率接管此事。

我們記得這個男孩。他名叫瓊斯，幾年前曾闖入宮中。

「我喜歡這裡，」他說，「這裡很好，我就是忍不住想進來，沒有想要傷害誰。我喜歡女王。我聽到小嬰兒在哭。我沒有傷害的意思。」

亞伯特說：「把男孩帶走。天亮以後我再見他。房間搜索一下。」

「沒有人跟我來。」男孩說，「我爬了牆，自己一個人進來的。」

在這種狀況下，亞伯特的表現太了不起了。鎮定、沉著、專斷。

我們回到臥室。

我笑著說：「嚇壞人了……其實根本沒事。那個男孩以前進來過，叫瓊斯，沒錯，報紙上寫他叫『In-I-Go Jones[22]』。」

亞伯特說道：「這可不是鬧著玩的事。這次是個沒有傷害性的男孩，但也有可能不是男孩，不是沒有傷害性的人。這件事需要好好關心。」

消息當然見報了。報導的形式五花八門，全都因應讀者的喜好修飾渲染，寫出一篇篇精采故事。「In-I-Go Jones」當下成了小英雄。他說自己躲在一張沙發底下，聽到了亞伯特和我的談話。

「我現在要很謹慎地把這件事視為宮廷安全事件。」亞伯特說，然後秉持著他做每件事的態度，徹徹底底地調查起來。他把所有內廷的下人都找來詢問，發現不少矛盾之處。鋪張浪費的情形十分嚴重，有一些僕人以宮中的開銷大肆宴請友人，還替朋友安插差事，但最糟的是安全管理鬆散，窗戶與門鎖都不完善。

亞伯特說：「這一切都必須導正，而且我想我們要盡可能撙節預算並改善效率。」

無可避免地，廚房裡出現了耳語以及德意志人干預的風聲。

報界聽說了。「德意志入侵。」他們下這樣的標題。

著實教人氣餒。亞伯特做的一切其實都盡力做到最好，卻從未得到任何好評。

不過最生氣的莫過於李琴了。亞伯特涉入她的領域，還提出批評與改善的建議。她氣得緊抿著嘴。

「我從來沒聽說過小爵爺會進廚房。」她說，「只有不習慣置身於王室圈子內的人才會這樣。」

我自然為亞伯特辯解。「這是為了我們所有人好。他是為我們的安全著想……我的安全啊，雛菊。」

「您以為我就不關心您的安全嗎？如果真是刺客而不是那個小男孩，我毫不猶豫就會挺身擋在您和他中間。」

「我知道妳會。可是亞伯特是想阻止外人進入宮裡。」

「他沒來之前可都好好的。」

「可是這個男孩闖進來了。怎麼進來的呢？」

「男孩什麼地方都能爬上去。」

「如果男孩可以，其他人也可以。亞伯特說得對，安全上應該加強。若不加以監督，人就會變得懶散。」

「我監督了……」

我難過地看著她。她絕對猜不到我有多憂慮，因為我可以清楚看出她與亞伯特之間的衝突不會就此結束。總有一天我得在李琴和亞伯特之間作選擇，而我也只可能作出一種選擇。最最親愛的李琴，童年時陪伴我的人，我曾經發誓會永遠愛她……但那是在亞伯特來到我生命中以前的事。

小「In-I-Go Jones」為報界提供了一則有趣的故事，他作了一次小小的探險，造成的影響卻更深遠。

聖誕節眼看就要到了。

「我們要去溫莎過節。」亞伯特說。

我們應該以德意志人的方式慶祝，布置聖誕樹，把禮物放到桌上。之前媽媽已將這種過節方式帶過來，所以對我而言並不陌生。

---

22 譯注：「In-I-Go Jones」是伊尼戈．瓊斯（Inigo Jones, 1573-1652）的雙關語，前者意為「瓊斯我進去了」，後者則是英國史上第一位重要的建築師。

亞伯特非常開心。他為宮裡制定了新規矩，李琴面對他時吃了幾次敗仗，只得心不甘情不願地接受。他們之間維持著一種武裝中立，但我決定在溫莎過聖誕的期間暫時先不去想。

亞伯特與我同乘馬車出發，其餘下人隨行在後。緊跟在後的是寶寶和保姆們，李琴也和她們一起。她已將「貓咪」當作自己的孩子，讓個性直率的李麗太太十分苦惱。騷塞太太則是性情平和，不喜爭吵，無論被要求做什麼，她都泰然接受，我認為這是乳母應有的態度。

媽媽會到溫莎與我們會合。對此李琴也不高興。她知道在與亞伯特的對立當中，媽媽會是她的勁敵。亞伯特對我發揮了巨大影響，如今我已不再與媽媽為敵，甚至開始對自己的行徑感到良心不安，因為亞伯特讓我相信了我其實也有錯。

亞伯特想依循所有德意志的古老習俗，過一個平靜的聖誕，我不得不承認確實相當愉快宜人：散步、騎馬、唱歌、安安靜靜下盤棋、早早就寢、六點天色還暗就起床，準備到森林去看日出，同時漫步在美麗的樹林間，這些樹名我現在都知道了，而且還有許多其他植物生長其間。

做這些事我覺得很快樂，因為經過那場磨難後，我至今仍然容易疲倦。而且我得承認，平靜就是愉快。

不料，有天出了一件事，破壞了氣氛。

有一天早上，我走到衝鋒的籃邊看牠怎麼沒有跑到我身邊來，結果發現牠躺著不動。

「衝鋒！衝衝！」我喊道。

牠沒有動靜，於是我明白了。

我坐在那裡，眼淚撲簌簌地落下。亞伯特走過來看見了我。

他將我扶起，溫柔地摟著我，說道：「妳也知道牠老了。」

我點點頭。

「牠因為風溼而四肢僵硬，沒法像以前那樣奔跑，對牠肯定是一大折磨。牠非走不可了，Leibchen，該來的總是會來。」

亞伯特果真會安慰人。他說牠是我的好朋友，而我又深愛著牠，因此要將牠風光下葬。牠生前很喜歡跑到雅德蕾德小屋去，我們決定將牠葬在那裡。

我為牠訂製一塊大理石碑，在上面刻了亞伯特和我為牠挑選的文字：

在此安息者
衛鋒
維多利亞女王陛下最心愛的獵犬
享年十歲
依戀卻不自私
好玩但不惡劣
忠心且不欺騙
讀者
若想被愛被緬懷
不妨效法
衛鋒

每當到溫莎去，我都會走到牠墓前緬懷。

還在溫莎時，我寫了信給墨爾本勛爵。我天生愛寫文章，因此寫了許多信；經常是興致一來便提筆寫信給友人，而墨爾本勛爵又是那麼特殊的朋友，收到的信自然數量可觀。

我責備他沒有到溫莎來加入我們。我很希望他來，亞伯特倒沒有那麼期望。雖然亞伯特喜歡有意義的談話，但比較希望能嚴肅進行，偏偏墨爾本勛爵很難做到。亞伯特再次催促我邀請他所謂比較有趣的人士來一同用餐，他說談話經常都很無聊。和墨勛爵談話從不無聊，只是我親愛的首相那嘲諷式的人生態度並不吸引亞伯特，儘管亞伯特與墨爾本勛爵交好（這點亞伯特也明白），他卻不像我這麼喜歡有他作陪。

墨勛爵回信說由於局勢不安定，他不得不留在倫敦，並提醒我應該回去主持國會開議了，並為剝奪我在溫莎所享受的天倫之樂道歉。由於目前情勢艱難，他絞盡腦汁思考著女王該發表什麼樣的演說較恰當。此外，也得想想孩子的受洗命名儀式。

我回信說很捨不得離開溫莎，因為亞伯特深愛此地，我也愈來愈喜歡這裡了。這片森林讓他想起心愛的家鄉羅森瑙，而他也讓我體會到以前從未體驗過的大自然樂趣。但有一個原因讓我很樂意回倫敦，那就是有幸能見到墨爾本勛爵。

真正見到他時，立刻感受到他的態度頗為嚴肅沉重。他說情況不樂觀，國庫近乎空虛，我猜想他很擔心內閣馬上就要倒臺。我當然知道這是遲早的事。與亞伯特談論後，我得知政府不可能一直踉蹌不穩地走下去，而是遲早都得崩垮。真是令人喪氣的想法。亞伯特對於未來卻一點也不沮喪。我知道他認為皮爾爵士是一個比墨爾本勛爵更有價值的政治家。這件事我們沒有討論過，因為兩人都知道最後可能引發誰也不願見到的風暴。

我在一月底宣布國會開議，而命名儀式也決定在我們的結婚紀念日當天舉行。

李奧波舅父答應來觀禮。能再見到他我很開心，但已無小時候期盼他到來的那種狂喜，也希望他不會拿多生幾個孩子的責任或是與亞伯特的互動等事來訓誡我。他很可能也會向亞伯特提出忠告。我經常很好奇史托瑪跟他說了些什麼，而他對我們家庭中的諸多考驗又究竟知道多少。

下雪了，接著轉化成冰，還有強風猛力吹打著宮殿外牆。亞伯特樂在其中。他非常喜愛白金漢宮的庭園，不僅十分遼闊（實際面積有四十英畝），部分地方就像鄉下一樣。亞伯特會一面和我在樹下散步，一面給我上一些簡單的植物課，我則會盡量專注傾聽以討好他。

池塘結了冰便能去溜冰了，他開心不已。他告訴我以前他和恩尼斯在羅森瑙也會去溜冰。羅森瑙彷彿完美的化身；天氣總是恰到好處，兄弟之間儘管性格迥異，卻也似乎從無齟齬。我不由得開始懷疑距離能產生某種魅惑力，即使像亞伯特如此冷靜理性的人也會受到迷惑。

總之，他去溜冰了。我本想同去，卻被他禁止了……不過是用無比溫柔的方式。他說我生完小貓咪後尚未完全復原，只能在一旁觀看。我便和女侍們裹著毛皮大衣到戶外去，欣賞亞伯特在冰上滑來滑去、優美無比的英姿。我知道英國人不喜歡他的樣貌，說他不具英國男人應有的長相，那雙美麗的藍眼睛、深色睫毛配上清晰分明的五官，簡直與女人無異。男人應該像個男人，他們這麼說，意思就是他們喜歡英國男人而不是德國男人。他的身材也受到評論：腰太細、腿修長，一點男子氣都沒有，他們這麼說。

那天早上發生了一件可怕的事，我始終未曾忘懷。當時只差那麼一點，我就永遠失去他了。我還記得自己眼睜睜看著他消失在冰層底下的那個時刻。

我剛剛才想著天氣稍微轉暖了，然而意外發生前卻絲毫沒有想到冰可能融化。

「亞伯特！」我高聲尖叫，那幾秒鐘的時間裡我彷彿置身噩夢中。我想像著他被拖出湖中的景象，我看見他的身體躺在擔架上，冰冷僵硬。亞伯特，我心愛的，與我永別了。

這時忽然看見亞伯特的頭從冰洞探出來，我立刻起步狂奔。沒有時間再做什麼了，我得救他。

我小心地踩到冰上。亞伯特看見我，大聲喊道：「回去，冰太薄了，很危險。」

但我沒有理睬他，我不會袖手旁觀等著別人來救亞伯特。

我朝他移過去，冰層承受住了，我救他的決心勝過我的恐懼或軟弱。我走到了。

我伸出一隻手。

「回去。」亞伯特大喊。

但我仍繼續伸著手。他抓住了，接著讓我無限欣喜的是，他抓住我之後終於得以爬出水面。

「亞伯特。」我高呼他的名字，同時喜極而泣。但我即刻回到現實，全身溼透的他正冷得發抖。「快進宮殿裡來。」我說道。

脫去溼衣、裹上溫暖的毛毯後，亞伯特一面啜飲熱甜酒，一面溫柔地微笑看我。

「我勇敢的Liebchen。」他說。

「亞伯特呀，要是失去你，我也會想死。」我如此說，而且是真心的。

命名儀式的過程十分愉快。能見到李奧波舅父真是太好了，一旦面對面之後，原本的憤恨之情竟似再也無關緊要。他是教父之一，亞伯特的父親也是，但由於無法出席，便由威靈頓公爵代理。至於其他教父母還包括媽媽、雅德蕾德王太后、格洛斯特公爵夫人和索塞克斯公爵。

貓咪乖得出奇，而且完全沒哭。她對環繞在四周盛裝華麗的那些人，似乎十分感興趣。現在的她確實變得相當漂亮，讓我甚為欣喜，倘若繼續維持出生時那有如青蛙的樣貌，我恐怕會受不了。

墨爾本勳爵也到場觀禮。他以非常感傷的眼神看著我，我既感動又不安，因為我知道政府的情況糟透了。

「孩子的表現無可挑剔，」他說，「看得出來她會像母親。」

我笑了。

「她原本也可能鬧點脾氣的，」他又繼續說，「想想看，那麼一來整個儀式會進行得多不順利。」

即使有煩心的事，他也總能將每件事處理得靈巧圓滑。

儀式過後的晚宴，我安排讓墨爾本勳爵坐到我旁邊，我們聊了許多舊日往事，他依然機智詼諧如昔。

我忍不住想到萬一要由他人取代他的位置，我會有多傷心。

就在這過後不久，我有了一個令人震驚至極的發現。我又再度懷孕了。

我第一時間的反應是憤怒，然後恐懼緊接而來。不要，我不能再次經歷那一切……而且還這麼快。生完貓咪後才剛剛恢復，現在又要從頭再來一遍。

我愛亞伯特，儘管偶有一、兩次風暴，但婚姻生活堪稱美滿，只是我永遠無法喜歡這一面，這是婚姻的陰暗面。

亞伯特很高興又要迎接另一個孩子，而他的喜悅令我憤恨。

「你，亞伯特，又不用承受那些累人又痛苦的折磨。」

亞伯特說這是上帝的旨意，有了孩子就得生下來。

「那麼祂就應該讓男人多參與一點。」我反駁道。

亞伯特認為這種話是褻瀆，錯愕萬分，但我是認真的。

我告訴李琴後，她嚇壞了。「但這實在太快了。親愛的，您才剛剛恢復啊。唉，太糟糕了……這麼不留意，給我的小寶貝這麼大的負擔。」

她樂得趁機責備亞伯特，而當時我也想發洩，便由著她說。

我說：「討厭死了。那麼多人在隔壁房間等候……唉，我知道這是王室生產的慣例……」

「太不人道了。」李琴說。

「下次我不會允許。」

「您何必允許呢？」李琴問道。

「雛菊，我受不了，」我哭著說，「竟然又要再來一次，還這麼快。」

「好了，我的寶貝。」她哄著我。然而不管她再怎麼心疼我，都掩飾不了她開心的事實，因為她認為我對亞伯特有些氣憤埋怨。

看見心愛的兩個人如此誓不兩立，總是教我心煩不已。

對我來說，那是個悽慘的一年。接下來幾個月我又再次經歷所有害喜之苦，尤有甚者，情勢硬是改變了，我被迫面對將失去一個極為重要的人（我親愛的墨勛爵）的事實。

此外還有忠誠衝突的問題。我心裡始終記掛著與外國親人的情分，卻經常與我國的利益相衝突。帕默斯頓勛爵是個高傲的人，我知道他聰明幹練，絕不容內閣以外的人插手外務事宜，也就是說我的希望對他而言毫不重要。

令人苦惱之處在於英法之間的嫌隙愈來愈大，而李奧波舅父當然與法國關係緊密，因為路易絲舅母是路易—菲利浦的女兒。

原因還是為了那個麻煩人物穆罕默德．阿里。帕默斯頓想要擊垮他，同時藉此終結法國在埃及的優勢。羅素勛爵卻不贊同，這意味著政府本身內部便已分裂。墨爾本勛爵則還是和平時一樣想把事情擱著，我求他否決帕默斯頓的主張，與法國尋求平和的解決之道。但帕默斯頓不是一個能被否決的人。他下令英國艦隊採取行動，逼迫穆罕默德．阿里重新歸順鄂圖曼帝國的蘇丹。

帕默斯頓此舉成功後得意洋洋，因為結果顯示他的推斷是正確的。路易—菲利浦其實無意為他的埃及盟友出兵，反而加入其他涉及的國家，共同宣誓維護土耳其與埃及的現狀。

帕默斯頓大膽（而且成功）的行動令李奧波舅父與法國政府頗為驚慌，英法之間頓時瀰漫著冷冰冰的氣氛。亞伯特支持李奧波與法國，也讓我明白我應該站在他們那邊。

與此同時，內閣愈來愈無力。國外的勝利對人民的意義不大，他們重視的還是內政。

打擊發生在五月——也是我二十二歲生日當月。

政府的預算案傾向於自由貿易與降低糖稅，卻以三十六票的差距未能通過。皮爾爵士立刻發起對政府的不信任投票，結果通過了。確實僅一票之差，但那已足夠。

亞伯特表情格外嚴肅。「這表示要進行選舉了。」他說道。

「但願輝格黨能獲勝。」我急切地回答。

「心愛的，我認為那極不可能。」

「噢，亞伯特，一想到要由那些可怕的托利黨人執政，我就受不了。」

「我最親愛的，皮爾爵士是國內最傑出的政治家之一，或者甚至可以說是最傑出的。」

我最恨那些影射墨爾本勛爵的狡猾言詞，頓時感覺怒氣上湧。

「我無法忍受那個人。」我說得簡短。

「我想如果妳給他一個機會，就會改變想法了。當他來見妳，想必是感受到妳的敵意，才會有些緊張。如果妳能拋開喜惡，我想妳就能深入了解他。」

「人要怎麼拋開喜惡呢！」

「要不帶偏見去看待真實的他，而不是只把他當成妳想繼續留在內閣裡的那個人的對手。」

「親愛的亞伯特，你不知道那個人讓我多痛苦，他想趕走我的內廷女侍。在這個時候……以我的狀況……我無法再次經歷那一切。」

亞伯特安撫我。「過來坐下，Liebchen，我想和妳談談，希望妳能仔細聽，而且要答應我不生氣。」

「生氣……對你！」

他點點頭。「我要妳知道我所做的一切都是為妳好……都是想讓妳快樂……想讓妳的生活輕鬆一點，我知道妳這幾個月會很難熬。」

我倚靠著他。我最愛聽他這樣說話。

「我最心愛的亞伯特，我知道你對我有多好。我脾氣暴躁，又衝動……而且不一定懂得感激。但我真的知道……真的，我知道你愛我，也知道我們之間這份愛是我有生以來最美好的經驗。」

「我也這麼相信。親愛的，我們得面對現實。就要選舉了，而托利黨人也將獲勝。」

「你怎麼能這麼確定？我無法忍受。」

「幾乎可以百分之百肯定了。長期以來，政府便已搖搖欲墜，如今時間到了。」

「這麼說皮爾爵士會是新首相了。」

亞伯特點點頭。

「亞伯特，我受不了。上次遇到麻煩時，我好不容易才擺脫他們。」

「妳只是把時間延後，但還能再延嗎？親愛的，妳也知道這是無可避免的結果，政府是為國民，而不是為女王挑選的，而國民將會選擇托利黨。」

「偏偏在這個時候，在我處於這種狀況的時候。實在糟透了！這下子，內廷的問題又得傷腦筋了……就像上次一樣。」

「不會的。」亞伯特說。

「什麼意思？」

「我已經安排好，不會有問題。」

「上次皮爾會放棄是因為他動不了我的女侍。」

亞伯特遲疑了一下，然後深吸一口氣說：「關於這件事，我已作了安排。」

「關於我的女侍？」

「親愛的，冷靜點。妳要記住，我完全都是為妳著想。妳現在不能激動，該接受的就得接受。」

「如果他把他托利黨的女人帶進宮來，我會顯得多愚蠢？竟然不得不服從我的首相。」

「我作了一些努力，所以不會有這種情況。」

「可是女侍就得走了。」

「是的……她們必須走，不過她們要自行請辭……現在。」

「她們絕對不會的。」

「不，她們會。索色蘭公爵夫人、貝福公爵夫人和諾曼第夫人都會請辭……在大選之前。」

我情不自禁地鬆了一口氣，因為好害怕再度與皮爾爵士對立。我知道他不會接受我的內廷全部雇用輝格黨人，我也知道倘若解雇輝格黨女侍、接納那些偏向托利黨的人，對我定然是莫大的羞辱。我好害怕衝突……但如果她們主動請辭，則又另當別論。

「亞伯特，這是你安排的？」

「純粹為妳著想，親愛的。我完全明白妳的感受，也知道有過之前的經歷，現在要妳接受妳原本不肯接受的事，那會是多大的羞辱。所以……我作了安排。這些女侍都很樂意，也完全能理解。她們會辭職，然後當內閣組成後，妳只需要和首相討論新內廷人員就行了。想當然爾，妳的內廷不能再像以前那樣清一色都是輝格黨人，不過少數幾位還是可以的。」

「你全安排好了！噢……亞伯特！」

他說道：「我實在不想驚動妳。我本來不會做這種事，但現在這件事格外重要。」

我太感激他如此體貼的心意了。我並不願去想改換政府的事。或許失去了與墨爾本勛爵的親密關係，但如今有了亞伯特，情況將會不同，可說今非昔比。有亞伯特在身邊，一切都不一樣了。

「最最親愛的亞伯特呀，要是沒有你，我該怎麼辦？」

他謙虛地說：「這不是我獨力做到的，不能全歸功於我。我和其他人作了多次討論……像是安森、史托瑪……還有墨爾本勛爵也認為這是明智之舉。」

「他沒有向我提過。」

「我們都認為在事情成定局之前，最好別讓妳煩惱。如今女侍們已準備要辭職，而且會在大選結果出來以前完成。皮爾爵士會盡可能體諒……他一直都是如此，所以不會增添妳的不快。」

「你是說他知道這件事？」

亞伯特略一遲疑。「我們認為有必要向他透露，他是個非常善解人意……非常精明的人。相信我，他也希望這次的轉變能盡量讓妳覺得舒服。」

我倚靠著亞伯特，可以感覺到他原本有多害怕告訴我，如今，他整個人放鬆了。

不過他當然是對的，這我明白。我喜愛墨爾本勛爵，他是我親密的友人，我希望他帶領的內閣能繼續執政，那麼他便能繼續當我的顧問。可是，誰來治理人民當然得由人民自己決定。

我必須安於這樣的改變。

我可以……因為有亞伯特在身邊。我又再一次感謝上帝賜給我這麼好的夫婿。

墨爾本勛爵來見我的時候，我非常激動。

我說：「亞伯特跟我談過了，他說你知道他在做什麼。」

「離開您我並不覺得太難過，」墨勛爵回答道，「因為我知道有一個那麼值得信任的人在您左右。」

「這事太令人傷心，我無法多想。」

「改變是遲早的事，我們已經躲避很久了。」

「那個人……那個舞蹈師傅……要取代你！」

「當然，陛下並不需要跳舞的師傅，可是陛下，您需要好的閣員，我可以擔保皮爾是頂尖的。」

「亞伯特也這麼說。」

「亞伯特很聰明。」

「你會……經常來和我們一起用餐吧。」

他鞠躬行禮。

「我會給你寫信……寫長長的信告訴你我真正的感覺。」

「感謝陛下仁慈待我……一如以往。」

「親愛的墨勛爵啊，發生這種事實在太殘忍了，竟然在我……在我……」

「臣也深感遺憾，陛下。」

「全都怪你那個卑鄙的敵人，拿糖的事情大作文章。」

「陛下，只有在議會裡他才是我的敵人，議會外我們是很好的朋友。我堅信只要您多了解他，就會發現他是您非常好的朋友。」

我試著忘記自己可能馬上就要失去我的首相；我試著忘記自己身子愈來愈不舒服，並且，最終將要面臨一場痛苦磨難。

我想著亞伯特的付出，想著他如何努力地為我免除摩擦與不快。是啊，這實在不是快樂的一年。

牛津大學將頒贈榮譽學位給亞伯特，要和他一起前去領受的我殷切期盼著這趟旅行。我本就喜愛旅行，加上亞伯特受此尊榮，更教人欣喜。

這段時間裡，我們之間又產生一點小歧見，原本可能爆發口角，所幸我們多少都自我克制住，才得以避免。

亞伯特建議不讓李琴同行。

「她不去？」我高喊道，「可是亞伯特，李琴總是都陪著我，我從來沒和她分開過。」

「那是在妳結婚前。」

「那並沒有什麼差別。」

亞伯特認為有，我正想開口指責他對李琴不公平，他便說道：「貓咪不能跟我們去，她還太小，不適合旅行。照顧孩子的工作不是李琴負責的嗎？」

「是她沒錯。」

「那她怎麼能丟下貓咪不管？」

我明白這是避開許多摩擦的方法。對於亞伯特與李琴之間的矛盾對立，我愈來愈不安，而以我目前的狀況也不想被扯入爭吵中。

亞伯特把內廷女侍的難題給解決了，實在教人開心，我只想平平靜靜度日。現在很容易疲倦，脾氣也比以前更陰晴不定。我不想惹事，或許有點像墨爾本勳爵總想把事情擱著不管。

「沒有妳在身邊真的很討厭，雛菊，」我說，「可是妳不能丟下貓咪，她比我更需要妳。」

這話奏效了。李琴也不喜歡我不帶她去牛津，但另一方面，被認為是育兒室裡不可或缺的人又讓她得意之至。亞伯特真聰明，懂得提出這一點。

她動搖了。「我從未離開過您，」她說，「您一直都是我的小寶貝，我就不明白為什麼非要拖您到牛津去。」

「我不是被拖去的，雛菊，我會搭著馬車去，而且我向妳保證會受到悉心照顧。」

「以您現在的狀況……」

「離產期還有五個月呢。在那之前還不需要過著隱士的生活。我不會有事的。」我本想說亞伯特會照顧我，但這種話當然於事無補。

於是我和亞伯特去了牛津，他在那兒領受了他的榮譽學位，典禮由大學校長威靈頓公爵主持。

離開牛津的回程中，我們順道去了幾處莊園：在得文郡公爵的查茨沃斯莊園過了兩夜，接著到貝福公爵的沃本大宅，然後再到潘桑格，受到墨爾本勛爵的外甥庫柏勛爵的款待。

「全都是輝格黨人的莊園，」亞伯特說，「這樣好嗎？」

「他們是我的朋友，」我反駁道，「國人或許可以選擇我的政府，但我的朋友由我選擇。」

去了潘桑格之後，我們又到墨爾本勛爵的鄉間大宅布洛凱與他本人共進午餐。接受勛爵的款待真是無比愉悅，他也很高興能接待我們。

「能款待陛下真是榮幸之至。」他說，「以前總是我蒙陛下盛情。」

「親愛的墨勛爵，」我說，「無論發生什麼事，我都希望一切照舊。」

可是並沒有。當時大選正在進行中，結果輝格黨慘敗，托利黨贏得絕大多數席次。

*

這次會面極為哀傷。

我伸出手，他親吻我的手，然後抬起雙眼看著我的臉。他試圖表現得無動於衷，可是不太成功；見他未能做到，也讓我更加喜愛他了。

「勢不可違，」他說道，「其實老早便已看得出端倪。這次他們大獲全勝，三百六十八票對兩百九十二票，無疑是國人想要一個新政府。若不是陛下，事情早已發生了。」

「至少我又多留了你一陣子。」

「陛下的決心實在強烈。」

「和我的暴躁脾氣一樣嗎？」

「脾氣自然強烈，但很快就消散了，您的決心卻很持久。」

「親愛的墨勛爵，我該會有多想念你！」

「我能給您一個建議嗎？」

「當然，希望你永遠不會停止提出建議。」

「立刻傳喚皮爾，對他多一點耐心，我確信您很快便能和他建立起絕佳關係。」

「他會記得內廷女侍事件，他肯定像我討厭他一樣討厭我。」

「他是個忠臣，很尊敬陛下。相信我，他知道分寸。他也希望事情進展順利，一定會努力博取您的信任。」

「他像跳舞踏步的姿勢讓我很不自在。」

「那只是因為您讓他不自在。請別忘了您是女王。」

「我沒有忘。」

「請您展現雅量，給皮爾一個機會，您只需要做這個。他是個願意犧牲奉獻的人，將會竭盡全力為您效力。」

「聽你這樣說你的死對頭，還真奇怪。」

「陛下，我們的敵意只存在於政治上，我們對於國政該如何運作有不同想法，但他只是與我意見不同，並不代表他是壞人。事實上，我經常能夠很清楚地了解他的重點，每個問題都有很多面。」

「墨爾本勛爵，你真是個絕頂聰明的人……這麼機敏……這麼有風度。我該會有多想念你！」

我幾乎就要掉淚，他也是。

「您還有小爵爺，」他提醒我，「小爵爺令我感到欣慰，他將會陪在您身邊協助您。他很有智慧，請傾聽他的建議。嫁給他是您所能作出的最佳選擇。」

「我知道。」

「知道您有這樣一位助手，我感到非常安心……他就在您身旁……與您如此親近。」

「應該賜給他國王頭銜。」

墨爾本勛爵揚起雙眉，微笑看我。

「別忘了我跟您說過的。政府絕不該企圖授予國王頭銜，否則他們很快就會試著撤消頭銜。最好還是維持原狀。您已擁有小爵爺，就讓我們為此欣喜吧。」

「你會來看我吧。我們要常通信。」

「陛下對我這個老人實在太好了。」

「希望也有你對我這個少不經事的丫頭那麼好。」

他情緒激動得說不出話來……我也一樣。

這是我在墨爾本勛爵的首相任內最後一次見他。

他離開後，我走進畫室細細端詳幾幅我最喜愛的畫作，全是他誇獎過的。

我把畫送去給他。

他的回覆令我大為感動。

他說，他會加以珍藏，這些畫會提醒他，一定要記得且珍惜我的仁慈記掛。

那是非常非常傷心的時刻。

更令人難以承受的是緊接著墨爾本動爵之後，我就得接見皮爾爵士。

會面之前，亞伯特找我談過，除了稱頌此人的優點，還告訴我他有多盼望我們的關係能和睦。

情況倒不像我擔心的那麼折磨人。皮爾爵士沒有兩年前會面時那麼緊張不安，而且非常恭敬有禮，顯然急於取悅我。我心想，也許是我錯怪了他。當然，他不是墨爾本勛爵，永遠都不會是，因為墨爾本勛爵只有一個。不過他並不惹人厭。

他拿了一份內閣人選的推薦名單給我看，想知道我是否同意。

「我需要時間研究一下，羅伯爵士。」我說。

「理當如此，陛下。」

我注意到他不再那樣忸怩不安，也不再出現那惱人的踮腳尖姿勢。

然而他走了以後我還是很開心，也慶幸這第一次會面沒有造成太多煩擾。

我無法參與十月的休會式。事實上，我已不再出現在公開場合，因為很快就要臨盆。我一心只希望快點結束，然後（我暗忖）一定要休息很長時間，避開這累人的活兒。

亞伯特實在貼心。他明白我有多痛恨那麼多人近在咫尺，只為了等待寶寶誕生那一刻。於是他說應該等到最後一刻再告訴他們，那麼就能避免他們在悲慘的待產期間守在一旁了。

這讓我大感寬慰。雖然對生孩子這件事依然厭惡（就是討厭一個女王竟然像隻畜牲一樣），但是能享有較大的隱私也就比較不那麼丟臉了。

生產完畢我著實大大鬆了口氣，而且這回特別高興，因為我生下了盼望已久的男孩。

舉國同歡。男孩是多麼受重視呀！大家對可憐的貓咪便沒有同樣的感覺。

他是個健壯的孩子，一雙大大的深藍色眼睛，鼻子頗大，但嘴巴相當漂亮。我現在比較習慣嬰兒了，對他們剛生下來的醜樣不會那麼排斥，因為知道慢慢會改變。

新生兒讓亞伯特喜不自勝，滿口都是「我們兒子」或是「兒子」如何如何。

我說：「希望他長大以後就像你，亞伯特。」

亞伯特沉默以對，有些不好意思，但我敢說他也希望如此。

「還有，」我說，「要替他取名叫亞伯特。」

當然會有反對意見。這個男孩是王位繼承人，而英國從未有過亞伯特國王。有過愛德華（共有六個），英國人總喜歡國王有相同名字。我永遠忘不了，在幾乎確定我會登上王位後，曾有人希望我叫伊麗莎白，我毅然決然地拒絕了。

因此，愛德華是兒子命名的第一選擇。

「只有叫他亞伯特才是對的，」我堅持，「貓咪隨我命名為維多利亞，那麼兒子也應該隨父親命名為亞伯特……即使他也必須叫愛德華。」

聖誕節來臨，我們前往溫莎。兒子才剛剛滿月，貓咪當然已長大許多，但她不怎麼喜歡這個小弟弟。

亞伯特遵循德意志習俗，還有人特地從德意志送來幾棵樅樹。我們在樹上裝飾了五顏六色的小玩意和蠟燭，樹旁擺著放滿禮物的桌子。貓咪對這些樹著迷不已，驚奇地睜大雙眼直盯著看。

可憐的李琴羅患了黃疸，膚色很黃，看起來非常奇怪，而且一副病懨懨的樣子。我要她休息，她卻不肯，硬是堅稱育兒室裡少不了她。

除夕夜有一場舞會。在這個時候就連亞伯特也不能早退，得熬夜送走舊的一年。我們並肩而立、手牽著手，聽著喇叭聲揚起迎接新年。

「新年快樂，親愛的。」亞伯特說。

「我們倆都是。」我熱切地說。

我希望這一年能比去年快樂。

兒子的受洗命名儀式在聖喬治禮拜堂舉行。為了政治因素，大臣們認為理應邀請普魯士國王腓特烈．威廉當主要教父，其他教父母則有劍橋公爵、蘇菲亞公主與薩克森——科堡家族的三名成員。

感。

普魯士國王在這裡停留了大約兩星期，他為人親切，對英國的一切事物都極感興趣。我覺得他頗予人好感。

照例又有抗議，這回是因為兒子被授予薩克森公爵的頭銜。據說因為他是威爾斯親王，人民不希望聯想到他有個德籍父親。

亞伯特十分憤怒，但如今他已習慣這類評語，也比較能不予理會。

亞伯特認為他和我應該獨處一陣子，便建議前往克雷爾蒙小住。「就我們倆，」他說，「畢竟妳剛生完兒子，也得休養。」

於是李琴與保姆們返回白金漢宮，我和亞伯特則在克雷爾蒙度過一段快樂無比的時光。

天氣寒冷，還下著雪。我們盡情地沉醉其中！偶爾溜溜冰，亞伯特還堆了一個十二呎高的雪人。難得見他有如此嬉戲的興致，感覺真好。

但才一轉眼就得回倫敦了。麻煩正在那裡等著我們。

我們經常談起孩子的事。去年秋天，貓咪讓我們擔了不少心；她有點太瘦又顯得懶洋洋。但聖誕期間似乎好轉不少。

「她現在好漂亮，」我說，「媽媽送她的那件藍白連身裙再合適不過了。」

「妳母親非常喜歡這孩子。妳們能和好，我真的很高興，本來就不應該出現這些爭執，要不是……」

我用懇求的眼光看著他，彷彿在說：拜託，亞伯特，別破壞了在克雷爾蒙的這段美好時光。請不要說是李琴寵壞了我，說是她沒有管好我的脾氣，才會導致現在無法控制……否則我又會脾氣失控，一切就都毀了。

我雖未開口，亞伯特卻懂了，而他也不想破壞這個假期。

他轉而說道：「她現在年紀漸漸大了，不太適合照顧貓咪。還有，我們也該開始叫她的本名了。」

「那麼我會不知道你是在跟她還是跟我說話。」

「我們就叫她小維。」

「小維！很好。可是我不認為應該馬上丟掉貓咪這個暱稱。希望她沒事，我真的替她擔心。雖然在聖誕節看起來好些了。她好喜歡樹上的蠟燭！」

「她真是可愛。」亞伯特說。

回到宮裡，我們第一件事就是去育兒室。兒子睡著了，健健康康的。女兒情況就沒那麼好。我們驚慌失措地瞪著她看。接著亞伯特一把將她抱起。「這孩子病了，」他說，「怎麼會這麼瘦！她被餓著了！」

保姆（我記得她叫羅波茨太太）略帶敵意地瞪視亞伯特。只怕這些保姆跟著李琴有樣學樣，覺得亞伯特無足輕重，尤其是在育兒室裡。

保姆說：「我們在育兒室裡都照著醫生的吩咐做。」

亞伯特把孩子放回床上，大步走出育兒室，我也跟著出去。

進了我們的房間後，他說：「她們存心不良，好像密謀著要把我隔絕在育兒室外。」

我很為擔心孩子，也恨極這些煩心事，我知道這其實又是亞伯特和李琴之間的衝突，於是大發雷霆。

我大喊道：「你是說我把你隔絕在育兒室外嗎？」

「我相信那些有妳撐腰的人想這麼做。」

他竟討厭李琴到這個地步！他怎麼能？我有多想看到這兩人成為好友，偏偏他們互相憎恨，還常常讓我知道。

我怒氣一發不可收拾。「我覺得是你想把我隔絕在育兒室外。是你想掌控全局，那麼你就可以謀殺孩子了。」

亞伯特瞪著我，眼睛睜得不能再大，露出一臉困惑的表情。「謀殺我們的孩子……」他喃喃地說，「妳在說什麼……？」他動也不動地站著，緊抿嘴唇，彷彿力持鎮定。

接著我聽見他低聲說：「我必須忍耐。」然後便大步走出房間。

我很受傷，雖然氣自己，卻更氣他。他完全不肯試著和李琴和平相處，從我們結婚第一天就憎惡她，還鐵了心要和她鬥。

我了解李琴，他卻不了解她。我知道她會願意為我和孩子犧牲性命，可是亞伯特竟暗示，指道李琴要為小維生病負責。

我按捺不住怒火，便去找他。

他正站在窗邊看著外面。

「你現在是在逃避我囉？」我說，「我還在說話，你就這樣轉身走掉。」

「既然妳控制不住脾氣，我還能怎麼做？」

「孩子病了，」我說，「你除了污衊那些用盡心力照顧她的人之外，難道想不出其他事情可做嗎？」

「我就是擔心她們用錯方法照顧她。」

「你在育兒室裡擾亂了她們。」

「Mein Gott（老天爺）！」他高喊道，「就是有必要擾亂她們，她們根本是一群無能的傻瓜。難道只因為要安撫一個老傻瓜，就要我站在旁邊看著女兒被疏忽。」

「請不要叫雛菊是老傻瓜。」

「我高興怎麼叫她就怎麼叫。都是因為她才會有這個煩惱，她沒有資格照顧孩子。」

「她是我的保姆、我的教師，也是我最親密的朋友。」

「而且……我們也看到結果了。一發起脾氣就無法控制的毛病早在小時候就應該糾正。」

「亞伯特，你說話應該小心一點。」

「我高興說什麼就說什麼。有人企圖將我隔絕在育兒室外，不讓我照顧我的孩子，每天都在向我證明我在這個家裡毫無地位。」

「亞伯特，我是女王。」

「這想必是每個人都知道的事實，而我卻經常得受再三提醒。」

「亞伯特，這不是事實。」

「明眼人都看得出來。妳應該多傾聽事實，別再把那個瘋狂、平庸、愚蠢的陰謀者的話奉為真理。她滿腦子權力欲望，自以為是半個神，凡是拒絕認同她的人都一律被當成罪犯。」

「天哪，你竟敢這麼說！我真希望……真希望我根本沒結婚。」

「妳有沒有想過關於這一點，我們也許想法一致？李琴女爵……寇拉克醫師……我女兒的命就掌握在這兩個無能的人手裡。只要看看她現在的狀況就知道了。寇拉克醫師用甘菊毒害她，而且只讓她喝驢奶和雞湯，害她挨餓。這些伎倆以前就見識過了……用在芙蘿拉身上。如果這個宮廷能有效地管理，那個人老早就被趕出宮去了。我想是因為他和那位大人物女爵交好，而女爵又不可能犯錯。啊，我知道妳是女王，這是妳每天都要向我強調的事實，我在這裡純粹只是替王室傳宗接代、聽命行事。把孩子帶走吧，反正我沒有權力，她要是死了，看妳良心過不過得去。」

我從未聽亞伯特說過這麼長又這麼惡毒的話，我有生以來從未感覺到如此絕望而不快樂。

我還站在那裡，他已驀然轉身離我而去。

我哭得既激動又憤怒。他竟敢說這種話！可是這是他的感覺，而且看得出有幾分真實。我想不出該怎麼辦，很想叫他回來，兩人互相咆哮，讓辱罵的風暴鋪天蓋地。我無法忍受的就是沉默。

這一夜過得好悽慘。次日上午，亞伯特去主持新證券交易所的開幕，我則坐在宮裡沉思。

我再也受不了了。我們必須冷靜地、理智地談談。孩子的健康很重要，父母親有必要合力照顧。我寫了封信給亞伯特，說我們都太輕率，只根據惡意的謠言來認定事實。向來總有人會誹謗他人。我已經原諒他對我說那些無情的話，如今他應該來找我，我們應該談一談。

我知道亞伯特非常信任史托瑪，我們倆都是。李奧波舅父請他來就是為我們倆提供建言，而從我們小時候起，舅父就一直守護著我們。因此我猜想以亞伯特如此煩亂的情況，應該會去找史托瑪陳述他的一面之詞。

結果史托瑪來見我，說想要認真地和我談一談。他聽亞伯特說了關於我們之間的爭執。他說：「我覺得這些持續不斷的爭吵實在很令人為難。這段時間以來，我偶爾會考慮回科堡去，家人都在那裡，我應該回去和他們團圓。現在看到事態如此，更感覺無法在您舅父交託給我的任務上有所進展。」

「你不會要離開我們吧！」我高喊。

「我確有此意。我發現您是人在福中不知福，你們原本可以過得那麼幸福、享受那麼多的美好，誰想到……」

「亞伯特不該激我。我知道我脾氣暴躁，只要一發作起來就會口不擇言，我也很討厭這樣大吵大鬧。亞伯特應該記得我才剛生下兒子不久，女人不只生產前痛苦，生產後也痛苦，男人就是不懂……」

「這些情緒的爆發，除了身子虛弱外，還有其他原因。這個家裡衝突太多了。」

「這是什麼意思？」

史托瑪從未把我當女王看待，向來是有話直說，還暗示倘若不能開誠布公就乾脆都別開口，還是回到科堡的家人身邊算了。

他目光銳利地看著我說：「我們就面對現實吧。只要李琴女爵繼續留在這個家裡，這些吵鬧場面就會一直存在。」

我驚惶地注視著他。

他又繼續說：「這是事實。一個家裡無法同時容納小爵爺和李琴女爵。」

「他們倆我都愛……」

史托瑪聳聳肩。「如今您必須作出抉擇，看哪一個比較重要。」

「亞伯特是我丈夫。」

「正是。他會永遠和您在一起，但若是女爵繼續待著，您就別寄望能有幸福婚姻。」

「她是我最親密的朋友，有生以來，一直都是如此。」

我在想：我不能沒有亞伯特。我愛亞伯特，沒錯，可是我也愛李琴。

「我能說的就這麼多了。」史托瑪說，「只要有她在就會有麻煩，雖然目前您和小爵爺依然情深意濃，但愛意遲早會被持續不斷的歧見與激烈衝突所抹煞。我知道女爵對您全心全意地付出，只是她的愛具有太強烈的占有欲。她不喜歡小爵爺，因為她嫉妒所有奪走您的人。我要再說一遍，假如您想與夫婿、家人過著和諧的生活，女爵就應該走。」

「不，」我說，「不要。」

史托瑪聳起雙肩。「那麼我也無話可說了。」

「我做不到。要我怎麼向她開口？她會心碎的。」

「假如她留下，心碎的就會是您，還有亞伯特。」

「我不明白為什麼他們不能善待彼此。這座宮殿這麼大，為何容不下我們所有人？」

「這不是空間大小的問題。」史托瑪說。

他絕望地看著我，看得出來他已準備告退。

「等一下。」我說。

「還有事嗎，陛下？」

「難道沒有什麼解決之道……沒有什麼辦法可想嗎？」

我知道自己在告訴他：我不計任何代價都要留住亞伯特。史托瑪也明白這一點，我彷彿看見他眼中露出類似勝利的光芒。

「女爵有位妹妹住在科堡，」他說，「那位妹妹有小孩，女爵是最愛小孩的了。她可以去投靠妹妹……只要給予適當的撫卹，她可以過得非常愜意。」

「我該怎麼告訴她？不，不行，我做不到。」

「休假……先這麼做，之後可以演變成長假。」

我沉默以對。

我知道他說得有理。我愛李琴，和她分開的確令人傷心欲絕，可是亞伯特是我的夫婿，我必須忠於他更甚於我想要他。如果李琴走了，儘管會很想念她，但令我憂心忡忡的緊張氣氛就會消失，我應該就能平靜快樂地過日子。

史托瑪還繼續在說：「女爵最近身體不適，黃疸症尚未完全康復，因此需要休養，不能擔負責任。您應該建議她休個假，只是休假……一開始……然後再讓它變成很長的假。」

我點點頭，很慢地、很痛苦地。

史托瑪露出微笑，說道：「陛下聖明。」

我早已知道這是遲早的事，他們無法平和地同處一個屋簷下。自從他與李琴首次正面起衝突後，這便已無可避免。他們厭惡彼此，對我的愛讓他們成為敵人。

我不得不接受這個事實，只是不知道該如何告訴李琴。

亞伯特該會有多高興！他終於如願以償，除掉了李琴。

我得確認她過得舒適，得讓她完全衣食無虞。她經常向我提起那個妹妹和她的孩子們。唉，這將會是無比痛苦的事，但她很快就會再度快樂起來。

亞伯特會興高采烈地來找我，會告訴我他有多快樂，因為我作出這個決定。這是為了他，他知道也心存感激，以後再也不能自認為在宮裡無足輕重，我得讓他知道他對我是最重要的。

我等了又等，他卻沒來。

他人呢？史托瑪說過會立刻去見他。那麼我都已經作出這樣的犧牲，他為什麼不立刻來謝我呢？時間一分一秒過去，我終於再也等不下去。

我去了他的起居室。

出乎我意外的是他坐在扶手椅上，手裡捧著書。他竟然在看書……在這種時候？我感覺怒火又冒上來了。

他抬起頭微笑看我。

「你為什麼沒有來找我？」我問道。

「我們上次見面的時候，妳心情不太好。」他回答。

「我覺得你心情也不是太好。亞伯特，我跟你說話的時候把書放下。」

「這是王命嗎？」亞伯特有點冷冷地問。

天哪，我暗想，事情和我預期的不一樣。我做了那麼多，他怎能是這種反應？

「我進來以後，你就應該把注意力放到我身上。」

他說：「非常非常抱歉。」他說著起身鞠躬行禮。

「不是那樣，」我說，「我只要你跟我說話。」他仍然拿著書。

「把書放下。」我大喊。

「如果妳請我放下，而不是命令我，我會照做。」

「看樣子你想要我請求你和我說話。」

「也許這樣做比較有禮貌。」

火氣又上來了。「也許你想要我行屈膝禮、求你允許我說話，然後倒退著走出去，是吧？」

亞伯特站起來，拿著書走進臥室，關起門來。

這下我真的生氣了。我來是準備要和解，儘管千百個不願意，我還是同意讓李琴去休假，結果卻換來再次的爭吵。這我可不答應。

「開門！」我大叫。

「哪位？」他問道。

亞伯特就站在門的另一邊。我感覺得到。

「你知道的，我是女王，馬上開門。」

全無動靜。我真是悲慘，我原本可能嚎啕大哭起來，但淚水被怒氣給壓了下去。

我再次敲門。

「哪位？」亞伯特又問一遍。

「你在玩什麼把戲？你明知道我是誰。」

「告訴我。」他說。

「女王！」我吼道。

沒有動靜。他把我關在門外是什麼意思？我已經答應他們，也就是他和史托瑪的條件了，我輕率地就答應讓我最親愛的李琴去放長假，結果他現在是這樣的表現……大概是想向我證明他才是一家之主。

這樣當然很好，但我是女王。

我憤怒高喊，激動得聲音顫抖。「請你開門好嗎？」

「哪位？」他再問。

「女王。」我強忍著情緒說道。

我覺得很可憐、很沮喪。我想要見他，想要他開門，張開臂膀抱著我，告訴我這些荒唐的爭吵把我們倆都傷得那麼重，以後再也不會有了。我想要說我答應讓李琴走，我什麼都會答應，但我們必須在一起，因為我們的愛才是真正最重要的。

我的喉嚨像被什麼卡住，忍不住抽噎起來。我想亞伯特一定聽到了，才會用極為溫柔的聲音說：「是哪位？」

這時我明白了。他想要擁在懷裡的不是女王，而是他的妻子維多利亞。

我哭著說：「亞伯特，我是維多利亞……你的妻子。」

門倏地開了，他就站在那裡。

我朝他奔去，他也迎上前來將我牢牢抱住。

和他在一起是多麼地開心。我說我性情急躁，是個潑婦。他回說他根本不該說那些話。我們倆都認同這些爭吵全都出自於對彼此的愛，以後得多加小心，不能再犯，否則把天大的幸福都破壞了。我們多麼幸運。小維應該得到最好的照顧，所以要多請幾位醫師來，史托瑪也算上一個。

我知道李琴會抗議，她任由自己對亞伯特的嫉妒心蒙蔽了其他所有感情。

可是我們必須讓小維健壯起來，也必須保住我們的婚姻。

當然，我得面對李琴。我拖延著，後來是亞伯特先找她談。也許這樣並不合適。他所說的每句話，她都會抱持懷疑。

她跑來找我，很明顯地怒氣沖沖。

她說：「小爵爺跟我談過了。」

我知道接下來會如何。

「他打算把您從我身邊奪走。」

「不是的……雛菊。」

「是，他就是。他建議我去科堡度個長假。」

「我一直很擔心妳的健康，妳太勞累了。」

「為了心愛的人，我怎麼樣都不累。」

「我知道……我知道。孩子怎麼樣了？」

「她很好，她沒事。」

「她看起來確實蒼白、瘦弱，也有一點無精打采。以前她是多麼精力充沛。」

「是因為有人在找麻煩。」

「親愛的雛菊，我和小爵爺都認為妳需要到科堡好好度個長假。那裡有妳的妹妹，妳也知道妳多喜歡她的孩子。妳去吧……好好休息一下。」

她不敢置信地看著我，我也定定地與她四目相對。她很了解我，知道我的意思是她非走不可，而上次在育兒室的吵鬧場面也不能再重演。她不敢相信我與她之間的連結竟然比不過我丈夫。

我無法向她說出心中的話——親愛的李琴，我永遠不會忘記我們對彼此的意義。我愛妳，我很感激這許多年來妳給我的細心呵護，我也珍惜我們共度歲月的美好回憶。然而我現在嫁人了……我的丈夫與孩子必須擺在第一位。

我說不出口，但她知道我的心意。她知道我們要分開了，我有多難過；但她也知道我向新生活妥協了，我必須接受她的離去，一如我接受了親愛的墨爾本勳爵離去，自從亞伯特來了之後，他們已不再是我生命中最重要的了。

可憐的李琴！她看起來多麼悲慘。我按捺不住，兩手環抱住她靜靜地掉淚，她也抱著我哭泣，只是我們的淚水中都帶著認命。

*

李琴當然不能立刻就走。在這個家裡待了這麼長時間，需要作許多準備。她給妹妹寫了信，科堡的家人已準備好歡迎她。

她離開的事對我倆而言都太痛苦，我們不常談起，但我知道她在打包整理，決定要帶哪些東西走。

最令我們高興的是小維的健康開始改善了。亞伯特非常留意她的狀況，我覺得他對小維有種特殊情感。事實上，經過多年的驗證後，現在我知道他的確有。她實在太令人難以抗拒，而且也已經展現出亞伯特喜愛的聰明伶俐之象。

兒子還小，但我們認為他不像小維在他這個年紀時那麼早熟。不過現在最重要的還是他們的健康。

我和亞伯特的關係變得更親密了，我開始透過他的雙眼看事情，並察覺到自己的缺點。我受自己那火爆脾氣控制得太久，動不動就會發作，而且一發作起來總能說出最惡毒的話。

「我們要征服它，」亞伯特說，「我向妳擔保我們會做到。」

「它可不好對付。」我坦承。

「我們要準備屠龍。」亞伯特說道，神情就像準備出發去屠龍的聖喬治本人。「在它殺死我們之前，非把它殺死不可。」他說。

他說得一點也沒錯！他從來都是對的！即使關於李琴也不例外。我深愛著她，永遠不會變。忠誠、重情義確實是我的兩大優點，當然偶爾也會傲慢，或許是太早被冠上女王的身分。大家都知道我脾氣暴躁、個性衝動，經常不假思索先做再說……但至少我充滿了愛，而且愛得忠實。

然而儘管我愛李琴，卻也知道她喜歡干涉、占有欲強、心懷妒意，一心只想占住我內心最重要的位置，絕不退讓。她的確厭恨所有橫阻在我和她之間的人。她毫無組織能力，內廷事務搞得一團糟，到處效率不彰。那個男孩瓊斯揭露了安全上的缺失。亞伯特比我們任何人都更早看到這些事，而亞伯特是對的。

亞伯特的哥哥恩尼斯來信，據他說先前的疾病已完全康復，這樣是最好了，因為他即將結婚，新娘是巴登的雅莉桑蒂娜郡主。

我不太確定恩尼斯結婚是否明智，因為已知他的名聲以及那些敗行所導致的後果。不過亞伯特興奮不已，他對家人的感情深厚，深信這樁婚事將使恩尼斯獲得救贖。

我們受邀前往薩克森—科堡參加婚禮，但我走不開，國務繁重讓我不得不留下。如今再也沒有人掩飾真相了。皮爾爵士與墨爾本勳爵不同，他認為不能「擱著不管」，哪怕再令人不快，也應該讓我知道一切情勢。

雖然我不能去，亞伯特卻沒有理由不去。我很不想讓他離開，但那是他哥哥，他當然想出席他的婚禮，尤其這可能是救贖他的婚禮。

亞伯特被兩個願望拉扯著，一是想再見家鄉（那是他多麼熱愛的地方，不時都會提起那裡的松樹林與古老傳說），一則是留下來陪我。他選擇了後者，我真有說不出的欣慰滿足，但腦海也確實閃過一個念頭：他之所以選擇留下，有可能是因為李琴雖已決定要走，人卻還在宮裡，因此擔心他若不在，我恐怕會被哄騙做出什麼事來。

無論如何，我還是很高興他能抗拒重返家鄉的誘惑，陪在我身邊。

我寫信給李奧波舅父，告訴他我和亞伯特有多麼享受婚姻生活；而且我也收到雅莉桑蒂娜郡主來信，從信上看來，她是個非常溫柔、通情達理、信仰虔誠的女子，給人極大好感。

「這個，」亞伯特說，「正是恩尼斯需要的。」

我想到一個主意，既然亞伯特無法到科堡參加婚禮，可以讓新人來找我們。

「既然你不去科堡，就邀請他們來克雷爾蒙度蜜月吧。」我說。

亞伯特認為這個提議好極了，隨即寫了一封文情並茂、充滿金玉良言的信給恩尼斯。雖然恩尼斯是長子，亞伯特卻要嚴肅、懂事得多，因而總自視哥哥的保護者。

我越過他的肩頭看著他寫。

「不要把妻子丟在家裡，逕自去尋歡作樂。」他寫道，「如果你總是想追求最新流行，去看賽馬、去打獵，那怎麼也玩不夠。在這裡，有人就因為這些毀了自己。何益之有？」

親愛的亞伯特！他是多麼擔心。他竟有位性格如此不同的兄弟，還挺諷刺的。

儘管哥哥有諸多不足之處，他仍然愛他，並經常語帶感情地告訴我，他們如何一塊打獵、如何帶著狗徒步穿越森林、如何在河上與湖上溜冰。雖然家庭生活不安定，母親又涉入醜聞，他們卻有個快樂的童年……或許部分原因便在於他們對彼此的愛。

恩尼斯和新娘很高興有機會來英國，於是接受了邀請。

他們於七月間到來，我覺得這位新嫂嫂親切、迷人又明理。

恩尼斯還是跟我印象中差不多，依然歡樂開朗、彬彬有禮，但我當然知道他可說是個登徒子。由於他和亞伯特差異實在太大，讓我無法認可，而我也不像亞伯特那麼樂觀，認為他能很快從浪子變成好丈夫。

不過他們到達之前，我們度過了一段忙碌的日子。

我永遠不會忘記孟德爾頌造訪白金漢宮的情景，亞伯特和我都很高興。我一直很欣賞孟德爾頌的音樂，也毫不遲疑地告訴他。亞伯特和我一起接待，孟德爾頌邀請亞伯特為他演奏一曲，這讓我很高興。

「那麼回到德意志，我還能向人自誇，小爵爺為我演奏。」他說。

「好啊，彈吧。」我高喊，「我向你保證，小爵爺是個音樂家。」

亞伯特帶著譴責語氣喊了聲：「維多利亞！」但並非真的不高興。接著又對孟德爾頌說：「請原諒女王的熱情，那是出自於愛而不是嚴謹的評論。」

但是當亞伯特彈了一首賀茨[23]的歌曲，孟德爾頌聽得出神，還說這樣的演奏不輸給專業音樂家。

「請為我們高歌一曲吧，孟德爾頌先生。」我懇求道，於是他唱了他所作的《聖保羅》神劇中的合唱曲，亞伯特和我也加入合唱。

唱完後我鼓掌叫好，並問大師有沒有寫什麼新歌。

「女王非常喜歡你作的歌。」亞伯特對孟德爾頌說，隨即又對我說，「妳何不為他演唱一首？」

我感到遲疑，最後還是被說服了，於是我們移步到我擺放鋼琴的起居室。

媽媽也來了。現今的她和從前簡直判若兩人！我不禁納悶她往日的傲慢有多少是源自於那個討厭的康羅伊。謝天謝地，現在沒有他礙事了。見到我們關係改善，亞伯特最是欣喜。

我唱了〈朝聖者之歌〉與〈且讓我〉。孟德爾頌聽得如癡如醉，我覺得有一定的真實度，絕大部分的讚美是給女王的，但也有部分是因為演唱者。

這是一次非常愉快的非正式會面。有一度忽然颳起一陣風，把孟德爾頌的樂譜吹散一地，我連忙跑過去撿拾，我想他看見一個女王竟有如此自然的反應，應該頗為吃驚。

這是一段愉悅的插曲，不只因為我們樂於招待一位名作曲家，也因為他是亞伯特喜歡與之交談，而我卻提防著至今遲遲不敢邀請入宮的那種人。不過當然了，比起作家，和音樂家相處讓我更自在，因為我略懂音樂，談話時不至於茫然無頭緒。

二十三歲生日過後不久，發生了一件令人極其不快的事。

我們驅車駛過林蔭路時，亞伯特看見馬車旁出現一個膚色黝黑、其貌不揚的男人，他來到離我們兩、三步之外時，忽然拔出手槍對準我們。有人發出尖叫。我看見那人跑開來，可惜還沒被捉到便消失在人群中。

回宮後，此事惹得人心惶惶。當時真是千鈞一髮。歹徒逃走了，大家覺得很危險，因為他可能再度出手。

李琴緊張焦慮不已，緊絞著雙手，要我不能再外出，太危險了。她口中不停念念有詞，說要是她能抓到那個壞人就好了。

我說：「我可不打算一輩子都待在宮裡。」

與亞伯特獨處時，我們談起此事。

「我們必須出去，」我說，「那就出去吧……嚴密防範就是了。也許他還會再試一次，他們會提高警覺抓到他的。」

於是我們瞞著媽媽和李琴外出，隨身帶了兩名侍從官各守護馬車兩側。

沒想到那人真的又拿著手槍出現，但這回有警察守株待兔，只是他在被捕之前還是開了槍。

我很慶幸他落網了，否則每次出門都得擔心會不會見到他。

知道有人想殺我始終讓我感到沮喪，但我也總能臨危不亂，關於這點我和其他人一樣詫異。我無法解釋，不過祖父似乎也有這種本事，當初他險遭刺殺之際也是一副幾乎不以為意的神態。

皮爾爵士立即趕進宮來。他深感苦惱。

「陛下，此人名叫約翰．法蘭西斯，年紀二十出頭……是個細木工匠。」

「他精神錯亂嗎？」我問道。

「看起來不像，陛下。」

「羅伯爵士，想到他會因此而死，我無法承受。」

---

23 譯注：亨利．賀茨（Henri Herz, 1803-1888）：出生於奧地利的猶太音樂家兼鋼琴演奏家，後來定居並活躍於法國。

「他的目的是行刺陛下啊。」

「那也一樣……我就是不喜歡。我總覺得這些人是瘋了，怪不得他們。這可以說是生病了。」

「陛下真是寬宏大量。」

「我希望能饒他一命，我不想有任何人因我而死。」

「還是得懲一儆百，」亞伯特說，「否則還會有其他人想以類似的手段讓自己名聲大噪。」

皮爾爵士說：「是否赦免此人只能由政府決定。這不是王室的特權，但我會將陛下的意思傳達給國會。」

他確實傳達了，由於我心意十分堅決，法蘭西斯沒有被吊死，而是被判終生流放。

看來亞伯特是對的。

他說我對法蘭西斯過於感情用事，表現出這樣的寬厚之舉只會促使他人起而效尤。我不同意這種說法，並反駁說我很慶幸不會因為法蘭西斯的死而良心不安。亞伯特感到惱怒，卻是以溫柔的方式呈現，而這次的討論我也沒有以大發脾氣收場。我發現自己十分喜歡與亞伯特有這些小歧見，那麼我們便能各抒己見，進行討論。雖然李琴還在為啟程作準備，目前仍與我們同住，畢竟她的未來已定，因此這些討論多半是愉快融洽的小小對談，而且多半是亞伯特溫柔地說服我接受他的意見。

他說如果法蘭西斯得到應有的懲罰，後來就絕不會聽到約翰．威廉．賓恩的名字。

某天我和亞伯特正驅車前往聖詹姆斯宮的禮拜堂，他闖入了我們的生命。這個男孩（一個畸形的可憐人，身高不滿四呎，駝背）從人群中向我們的馬車衝來，手上拿著一把槍指向我們。

另外兩個男孩隨後追來，其中一人抓住那個駝子壓制在地，另一人則奪過手槍。

「只是幾個頑童在打鬧，」馬車繼續向前行駛之際，亞伯特說道，「妳要知道，親愛的，不懲罰犯罪之人是不智之舉，會讓人以為可以隨意對待我們而不會受罰。」

我指出法蘭西斯並非未受懲罰，他被終生流放到澳大利亞，這當然是懲罰，甚至可能和死刑同樣嚴酷。我很慶幸手上沒有沾染他的血。

亞伯特猛搖頭，好像認為我的論調不合理。

我們回到宮裡，才聽說警察認為方才那是在玩鬧嬉戲，便將那個男孩申斥一番，並嘉獎另外兩人反應迅速，他們是一對姓達塞特的兄弟。

但事情可沒這麼容易就了結。達塞特兄弟其中一人留下手槍加以檢視，雖然槍內裝填的是紙和菸草，卻也發現了火藥。當時若是開槍，恐怕也極度危險。

於是事情有了另一番發展。警方因為縱放可能行刺的嫌犯十分羞愧，立即對那個駝子展開搜捕，由於體型外貌特殊，追蹤並不困難。他們很快就找到了他，原來他並不是孩子，只是畸形的體態讓他看似孩子。他是一家藥房的伙計，沒多久就被捕了。他和法蘭西斯有著相同傾向。

「這些人，」亞伯特說，「都是醞釀中的革命份子。上個世紀末在法國，多的是這種人。」

那樁意外讓我印象最深刻的是當時正在牛津的皮爾爵士，如何十萬火急地趕進宮來。

當我聽說他來了，猜想一定是為了賓恩一案，便立刻讓人帶他來見我。

我永遠忘不了他進來時的臉色，顯然是煩亂欲狂。

「陛下，我一聽到消息就馬上趕來了。」他聲音顫抖。

「謝謝你的體貼周到，羅伯爵士。」我回答道，「但你也看見了，我們安然無恙。」

他凝視著我，我看見他眼中湧出淚水。「陛下，」他喃喃地說，「臣告退。」

他轉身後蹣跚離去。

我深受感動。之前我一直覺得冷酷、淡漠的這個人（雖然他和亞伯特已讓我相信他是個傑出的政治家），竟如此擔心我的安危，見我安好後，不只鬆了一口氣，還感動到掉淚。

賓恩被判處監禁十八個月。

然而這件事最重大的意義卻在於我對皮爾爵士的感覺改變了，如今他可以像墨爾本勳爵一樣受到信任，也成了一位寶貴的朋友。在已逐漸看清事實的現在，我不得不承認比起那個口才便給、那個具有無窮魅力與社交能力的人，也就是我親愛的墨爾本勛爵，皮爾確實是個比較有效率的政治人物。

皮爾爵士從不推諉，總是想把事情做好。我兩度生命遭到威脅，而且意外接連著發生，讓他格外憂慮不安，便進宮來與我商討。

「我確信，」皮爾爵士說，「賓恩並不是真心想取陛下的命。他頭腦簡單，無疑是想出名，是個可憐的人。但我們不能讓有這種想法的人以為可以隨便拿陛下的性命開玩笑。我建議立刻制訂一條新法，企圖行刺君主者將判以流放七年或監禁三年，外加鞭刑示眾。」

「你覺得人們為什麼會有這些企圖呢？」我問道。

皮爾爵士深思後說：「有一件事我很確定。這不是對陛下您的不滿。您對人民展現了關懷，在公開場合又表現得親切而平易近人，家庭生活也堪稱楷模。」

我不由得想到自己那些狂烈風暴以及和亞伯特之間的氣話，於是下定決心不再讓類似的場面重現，但我也愈發相信這些都得怪我。

「不，引發民眾內心那股不滿的不是陛下，而是國內的政局。」

我知道在諸多危機中，他指的是提出人民憲章的民權運動人士，亞伯特曾多次向我提起過。若是在墨爾本勳爵指導我的那段日子裡，他應該會聳聳肩置之不理：「一群閒來無事只會製造麻煩的頭痛人物。」然而與亞伯特的討論讓我得知他們的訴求是選舉改革與匿名投票。他們在全國各地發起暴動，而暴動總會讓人民驚駭得背脊發涼，因為法國大革命的殷鑑不遠，大家也都知道那個不幸的國家發生了什麼事。我們這些身居高位的人尤其憂心如焚，因為怎麼也忘不了法國那些高位者的遭遇。

國外的動亂不斷。威爾斯有一群自稱「蕾貝卡與眾女兒」的人起事造反；科布登[24]為了「穀物法」生出不少事來，讓皮爾爵士操心不已；還有英國國教在蘇格蘭引起一些爭議。

這些事湊在一起就成了動盪不安，而當國家面臨困境，人民表達不滿的方式就是攻擊統治者。

這一切都是亞伯特提醒我留意的，身為女王的我也的確應該留意，我對亞伯特無任感激。他不只告知我最新局勢，還會誦讀歷史以提升我的思想。坐在他身邊的感覺好極了。我喜歡聽人讀書，原本若是自行研讀可能無聊至極的東西，一經亞伯特讀出來就變得有趣了。

我慢慢在改變，愈來愈成熟。每當想起從前對皮爾爵士做的事，還喊他舞蹈師傅，未能認清他的價值，便十分慚愧。我眼睛變亮了，是亞伯特替我擦亮的。

保護君主性命的法案輕輕鬆鬆便於國會通過。墨爾本勛爵來見我的時候說，我展現的勇氣讓眾人大為感動。他看我的神情依然充滿愛，只是如今略帶傷感；但他確實很為我高興，因為我終於認識到皮爾爵士的價值，這點讓我覺得他很難能可貴。皮爾爵士畢竟是他的政治對手，而且墨爾本勛爵和我之間又曾有過非常特殊的情誼，但他太為我的福祉憂心，因此十分樂見我能夠珍惜皮爾爵士與亞伯特。

他始終是那麼好的一個朋友！

我險些落入一個與劍橋家有關的陷阱，處境原本可能很危險，還真多虧了墨爾本勛爵才得以脫困。皮爾爵士對於政治事務非常精明，但我覺得我親愛的墨爾本勛爵比較了解人性，以及人在某些情況下會有何反應，又是為什麼。墨爾本勛爵一直有碎嘴的老毛病；回顧以往的關係，我們對周遭眾人私生活的關心其實更多於對政治的關心，或者至少也是同等關心。

---

24 譯注：理查・科布登（Richard Cobden, 1804-1865）：英國自由派政治人物，極力主張廢除「穀物法」。

自從公爵夫人拒絕起身向亞伯特敬酒遙祝之後，我與劍橋家的關係就變得緊張。當然，他們絕不會原諒我沒有嫁給他們的兒子喬治。

我必須承認，在聽說奧葛絲．索墨塞貴女懷孕，而且喬治得負責的消息時，我確實有幾分幸災樂禍。

我和亞伯特討論這件事。敗德的行為總會讓他心煩，尤其又牽涉到家人。劍橋家始終對他抱持敵意，他說我正好可以趁機表達不滿，明白告知我不會允許他們繼續羞辱我們。

「妳對身邊的人都太寬厚了。」亞伯特的語氣中夾雜著溫柔與責難。「妳接受了那些醜聞事件的主角，例如妳自己的首相，也是一度經常陪伴妳的人，他也曾經醜聞纏身。」

若是稍早一些，這番話又會引發一場風暴，但是儘管和平時一樣，聽到特別喜愛的人受批評還是忍不住怒火上升，如今我卻能平靜地說：「有時候清白的人也會受醜聞波及，我從不認為他們應該受譴責。你的父親與兄長在這方面也並非毫無瑕疵，但在我看來，這只是更顯出你的高潔，因為你為他們辯護。」

亞伯特沒有再多說。他對自己家人的不當行為非常敏感。

無論如何，他真心認為應該對劍橋家採取一些作為，這一點我求之不得。

「某次宴客時請邀請公爵夫人前來，並告訴她妳不能接待奧葛絲貴女。」

「那喬治呢？」

亞伯特承認這是個難題，因為喬治是王室的重要成員，還有可能繼承王位。

不久公爵夫人便要求晉見，我答應了，而我不得不承認自己帶著些許興味期盼這次的見面。

「我有必要知道陛下為什麼對我的侍女下禁令。」她說道。

「親愛的公爵夫人，」我回答，「我還以為理由很清楚了。」

「對我卻不然，陛下。」

「去問問令郎或是妳的侍女吧，他們應該知道。小爵爺和我已經得知那位侍女的情況，我們不容許宮裡出現敗德醜行，也不會接待在某些方面犯了錯的人，如果涉及到王室成員就更糟了。不過我們會杜絕一切不檢點。」

「我可以向陛下保證，您得到的是錯誤消息……就像之前的另一件事。」

只要一提及芙蘿拉，總會令我膽怯。不只因為它為我帶來的麻煩，也因為想起那個可憐的女孩在罹患重症命在旦夕之際，還被指責傷風敗俗。

公爵夫人在盛怒下離開，臨走前還說她不會就此罷休。

我心亂如麻，尤其是當我發現這個傳聞毫無事實根據。

墨爾本勛爵即便已不再是首相，卻仍過著相當活躍的社交生活，對一般人私生活的情況也一清二楚。

當他要求私下見我，我很高興。

「親愛的墨爾本勛爵，」我歡迎地說道，「這就像從前一樣。」

「知道陛下已察覺現任首相的優點，我很欣慰。」

「我太年輕又缺乏經驗，很抱歉當時那麼說他。他是個非常可敬的人……說真的，感情豐沛無比，只不過不一定會表現出來。」

「不再是教舞的師傅了？」墨勛爵就是非得開開玩笑不可。

「他已經放棄那份職業了。」我笑著回答。

「那棺材外的銀飾配件呢？」

「我沒注意到。我只知道他是個可敬、正直、聰明的人，而且決心要為國家和為我盡心盡力……即使你和他可能在第一件事上面意見不一致，我相信在第二件事上也會一致。」

「的確如此。不過我來找陛下談的是關於劍橋家的事。現在陛下可不能再經歷一次海斯汀醜聞。」

「不……不會吧！」我大喊。

「現在可不會像當時那麼容易脫身……而即便是當時也夠難過的，不是嗎？」

我點點頭。「我永遠永遠忘不了人民那麼快就背棄了我。」

「民眾就是這樣。劍橋公爵夫人非常憤怒，她去找了報社。您必須謹慎再謹慎，因為此事有可能爆發成另一樁醜聞。您將會知道全國各地都發生暴動，還有失業問題，有關這些，皮爾會向您稟告。」

我點點頭。

「他會的。這沒什麼，這種事難免會發生。」

我看著他親愛的面容，心想皮爾爵士不會認為這沒什麼，他會說如果可以的話，不能讓這些事發生。這兩個男人天差地別，但關心我的心意卻無二致。

「有件事須得立刻去做。」墨勛爵接著又說，「必須向公爵夫人道歉。」

「道歉？我！」

「讓小爵爺去吧。他們懷恨的對象似乎是他。不過一定要快，以免它爆發成另一個海斯汀事件。再說，這事要是再繼續發展下去，前一件事也會被重新挖出來。那對陛下而言相當不智，也會非常難應付。」

「我會告訴亞伯特。」

「他自然不想丟這個臉，但陛下要讓他強烈感受到：您已察覺這將危及您在民間的聲望，這類醜聞可能造成的結果已有前車可鑑，因此您很確定非這麼做不可。」

「我完全明白。你真是我最親愛的好友，我會馬上去找亞伯特談。」

正如墨爾本勛爵所說，亞伯特對於道歉一事十分遲疑，我費了好大功夫才終於讓他感受到此事的嚴重性。我回想被海斯汀事件折磨得痛苦不堪的那段可怕日子，即使到現在也還偶爾會作噩夢。

「街上到處都有告示，亞伯特。」我說，「上面寫著『白金漢宮的謀殺』。我永遠永遠都忘不了，這種事絕不能再發生。」

最後亞伯特被說服，向公爵夫人道了歉，只是道歉的人不甚客氣，接受的人也很冷淡。事情終於可以落幕，不過劍橋家仍繼續對亞伯特抱持敵意，並明白表現出認為他的身分地位不及他們。

但多虧了墨爾本勛爵（在這類事務上，他遠比皮爾爵士見多識廣），這回至少安然度過危險了。

九月即將來臨。

亞伯特說，該是度個小假的時候了。他重整了育兒室，李琴並未提出抗議。九月是她預定離開的月份，亞伯特遣走了與李琴共事過的保姆，全數換新。

我們很高興小維現在健康茁壯，也變得非常可愛、有趣。亞伯特為她深深著迷。她對他有一份特殊情感，每當他走進育兒室就會大聲喊他，還會跑到他身邊抱住他的腿，讓我真是開心。他會用兩手將她高高舉起，我甚至看見過她騎在他背上，他則佯裝成一隻可怕的熊或是一頭猛虎，逗得她又驚嚇又興奮地吱吱尖叫。

多麼幸福的畫面呀！兒子也長得極好，但因為年紀較小，自然趣味也少了。

我理應很樂意去度假。明知李琴即將離去又得和她相處，其實負擔相當大。

她很傷心，是一種頗為無奈的傷心。如今她不再批評亞伯特，也確實看似十分期待新的生活，沒有太多傷感，然而她那沉靜憂鬱的神情真的讓我很痛苦。

我可以確定她妹妹是歡迎她去的，孩子們也會愛她。昔日我倆相處的情形，還有她如何全心全意投入我所有幼稚的娛樂當中，一切都還歷歷在目。

因此，單獨與亞伯特離開幾天放個假，對心情會有幫助。

我想應該去克雷爾蒙，這些日子以來我們常去。但亞伯特另有想法。

「我一直很想去蘇格蘭。」他說。

「蘇格蘭！感覺好遙遠。」

「那裡，」亞伯特說，「畢竟是妳王國的一部分。妳偶爾也該去露個面，人民會期待的。」

於是我們作了計畫前往蘇格蘭。

我多麼慶幸我們去了！

那是八月底的某日，我們清晨五點離開溫莎，三刻鐘後抵達倫敦，七點前就已在伍利奇。民眾聽聞我們會在此出現，聚集了不少人來看我們上船。由於場面看起來也像國家大典，因此劍橋公爵、掌馬官哲希勛爵、海軍大臣海丁頓勛爵、王室砲兵團上校司令官布魯姆菲勛爵，與第一海務大臣喬治．卡柯本爵士都現身了。只可惜下起雨來，我們不得不直接進入艙內的會客廳，隨後便出發了，船隊由三一社的輪船與郵船組成，有幾艘小型蒸汽遊船跟在後面，船上的人都熱切地想瞥見我們一眼。

見到蘇格蘭海岸已是三天後的事。蘇格蘭民眾沿著整個海岸升起大營火，熱烈地歡迎我們。

我們在九月一日才抵達目的地，抵達的時候卻看不見愛丁堡，因為籠罩在薄霧中。碼頭上，有巴克盧公爵與皮爾爵士前來相迎，真教人無上歡喜；皮爾爵士正是為了迎接我們特地趕到蘇格蘭來。

愛丁堡讓我十分陶醉，景致秀美，不同於其他任何一座城市，放眼只見石材建築而全無磚瓦，主要大街陡而險，城堡就矗立在城內正中央的大石頂上。

我愛上了蘇格蘭，有一部分是因為亞伯特太喜歡這裡了。當地人民讓我感覺很迷人，有不少女孩留著紅色長髮披垂在背上，很有魅力。我吃了粥，十分美味，還嚐了另一道叫「芬南鱈」的蘇格蘭傳統餐點，就是燻鱈魚。

探索蘇格蘭，那真是一段快樂無比的日子！民眾的奇裝異服讓我驚嘆再三，瞧瞧那些格子褶裙和格子呢衣！此外，我很快便習慣了風笛的聲音，還覺得聽起來非常浪漫。

我們四處遊歷，所到之處都受到熱情歡迎。假期即將結束雖然令人遺憾，但我也渴望能快點見到孩子，真是想念他們。儘管利特爾頓男爵夫人（如今被指派為王室教師）已告知孩子都健康愉快，我還是不時思念他們。

啟航南行的時候到了，我相信亞伯特備感遺憾。他站在甲板上看著蘇格蘭海岸線漸漸遠去。

他的感想是：「好個充滿魅力的地方。我們一定要很快重訪這個高地國。」

我熱中而興奮地附和。

我傷心欲絕，因為李琴離開的時候到了。

亞伯特滿心焦慮地看著我。我敢肯定直到這最後一刻，他仍擔心我會找藉口留下她。我當然是很想這麼做，二十年的心血付出不可能如此輕易抹煞，但我心裡清楚，我必須在李琴和亞伯特之間作出選擇，而且非選擇亞伯特不可。

何況，自從答應讓李琴離開後，亞伯特和我的相處愉快得多了，幾乎少有爭執，關係也變得更親密。蘇格蘭度假期間的一切都很完美。

我的人生取決於亞伯特。

李琴了解這一點，所以才願意離開。但憂傷宛如一朵沉重烏雲高掛在內廷之上。

和她在一起的最後一天了！這點我們倆都知道，因此稍有風吹草動就能催我落淚，而我其實本該緊抓著她，叫她不許走。李琴本身的表現倒是可圈可點。她知道我倒向亞伯特會比較好，他是德意志的同胞，她了解他。我深信若非嫉妒使然，她會欣賞他的。李琴是真心愛我……一如墨爾本勳爵。而愛卻是自私的，這是我學到的教訓。

與她道別時，她說：「這是最後一面了。明天早上我走之前便不再見您，分別的場面太叫人傷心，不需要讓不快樂拖得太久。我最親愛的，好好照顧自己。我們要多寫信，讓我知道您生活上的所有細節。我知道您會快樂，因為您會讓身邊的人快樂。您是個難得的好女孩，我以您為傲。」

她最後一次擁抱我，回到房間後我哭了。

天亮後她便離開。

亞伯特的喜悅無庸置疑，但他也確實明白我的感覺，對我極其體貼憐愛。

我很快就停止了憂思，因為我發現自己又懷孕了。

7
叛亂連連

在英國人與德意志人心中有一個難以言喻的美妙字詞。三十年前在滑鐵盧高地上，經過連日激烈而拚命的奮戰後，它回盪在英人與德人的舌尖，注記了我們聯手抗敵的輝煌勝利。如今它鳴響於我們美麗的萊茵河畔天賜的和平氛圍中，而這份和平正是那場偉大戰鬥後的神聖結果。這個字詞便是「維多利亞」，即「勝利」之意。

次年四月，我的小女兒誕生。這次懷孕生產過程比前兩次都輕鬆許多，不知人對這種事是否也會習以為常。這樣倒好，因為我似乎極度容易受孕，三年內就拚出了三個孩子。

她將取名為愛麗絲・茉德，由於恰巧與格洛斯特公爵夫人同一天生日，便再加上公爵夫人之名瑪麗。

李琴走後，一切事情都平順得多。亞伯特為內廷作了一次徹底的檢查，並採取一些驚人的撙節措施。我知道許多僕人心有不滿，因為在李琴管理下的生活想必輕鬆自在。他們會互相抱怨，我知道。可憐的亞伯特，完全不得僕人的心，但這往往是做對的事所要付出的代價。

愛麗絲的受洗命名儀式須邀請厄尼斯叔父，但我是千萬個不願意。他依然是我童年時期的鬼怪夢魘，有他在國內，我無論如何不可能泰然處之。未能繼承英國王位的他，好像始終心有不甘。我就不會捨不得把漢諾威的王位讓給他。那麼他為何不能滿足現狀？反正都已是國王了。此時我們之間有些衝突，因為他向我索取夏蘿特公主的珠寶首飾。這些是我經常佩戴的首飾，因為我自己（身為女王）的首飾著實少之又少，何況我看不出有何理由要給他，便加以拒絕。可是我心想倘若請他當孩子的教父，他心裡或許會舒坦些。

另外還請我親愛的姊姊費歐朵當教母，想到有費歐朵在身邊便有說不出的歡喜，一時忘了將與厄尼斯叔父見面的憂懼。另外兩位教父母分別是亞伯特的哥哥恩尼斯與蘇菲亞姑母。

費歐朵和我相擁親吻，細細端詳彼此臉容之後，我勾著她的手帶她到房間。我就坐在床上，和她聊個不停。

「妳呀……我的小妹妹……三個孩子的母親了！」她說，「我真不敢相信。我怎麼也忘不了妳玩娃娃的模樣。有生命的娃娃不一樣吧？」

和親愛的費歐朵聊天多輕鬆呀！可以告訴她李琴為我帶來的苦惱。她會傾聽，更好的是，她能理解。

「我了解李琴。」她說，「她是個了不起的女人……只是占有欲強，會和亞伯特水火不容很正常。親愛的妹妹，妳的一生要和亞伯特度過，和他，還有孩子們。妳的家人是最重要的。」

她愛極了胖嘟嘟又一臉心滿意足的新生寶寶。

「她是個好寶寶，」我說，「比另外兩個乖巧，我想她會是我很大的慰藉。」

「小維非常聰明伶俐。」

「的確是。亞伯特好喜歡她。我倒是希望伯弟能不一樣。他以後應該會挺懶惰的。現在老是自己嘟嘟噥噥、大吼大叫，到處跑來跑去。」

費歐朵笑說：「伯弟很可愛，就是個正常的小男孩。生這種兒子最好了。」

「聰明母親的經驗談。」

我看著她，心中充滿了愛。她原本苗條美麗的身材已不復見，現在變得相當豐腴，但是神情柔美的費歐朵永遠都是美麗的。她臉上散發著一種內在美的光彩。

厄尼斯叔父則與她迥然不同，他散發的是狠毒。

他遲到了，直到命名儀式結束才姍姍來遲。我懷疑他是否故意。現在的他即使較無法身體力行任何邪惡意圖，外表卻顯得更加陰險。他駝背駝得厲害，頂上光禿，而且明顯重聽。儀式進行中，愛麗絲非常乖巧，是個每個人都誇說好漂亮的孩子。

後來在育兒室裡，我有片刻感到不安，因為厄尼斯叔父要求見見孩子，我覺得他提出這個請求並不尋常，我敢確定他對他們並不感興趣。

小維一如往常，毫不羞怯地跑上前來。

「你的眼睛呢？」她問道。

「在戰場上弄丟了。」厄尼斯叔父回答得很簡短。

「被人拿走了嗎？」

「對。」他說。

「為什麼？」

亞伯特走過來，一手用力壓在小維肩上。我看見他面帶微笑，小維做的一切他都覺得既聰明又有趣。

漢諾威國王轉過頭去。「男孩呢？」他問道。

伯弟走向前，一句話也沒說，我注意到亞伯特皺了皺眉。伯弟讓他極為失望，主要是因為小維太聰明，因此，兩人形成強烈對比。我不時提醒亞伯特，伯弟還比小維小一歲。

厄尼斯叔父抱起伯弟舉高齊眼，然後用那隻獨眼細細打量，我緊張得渾身發抖。我猜他應該在想這個小男孩極有可能成為英國國王，那是厄尼斯叔父覬覦了一輩子的頭銜。

我瞅了亞伯特一眼，發現他和我想到同一件事。可以感覺得出來育兒室裡的每個人都在等著什麼事情發生，真教人坐立不安。

然而伯弟卻毫不驚慌，盯著國王的空洞眼窩看得入神。

「看來是個健康的小傢伙。」叔父說。

「是啊，」我告訴他，「像他父親。」

「看不出來，」叔父說，「比較像我們這邊的人。」

小維十分不耐地抬頭看他，伯弟竟然比她得到更多關注，實在太不尋常。

「我不只是小維，」她說，「我也是長公主。」

但厄尼斯叔父還是繼續看著伯弟，彷彿過了好長時間才將他放下。

單獨與亞伯特在一起時，我們談起這個突發事故。

「我真的被他嚇著了，」他說，「竟然就忽然抱起伯弟，還對他這麼有興趣。他根本無視小維，也絲毫不關心小寶寶，雖然他要求要進育兒室。」

亞伯特覺得他之所以對伯弟比對小維更感興趣，只可能有一個原因：兒子是王位繼承人。否則他若真喜歡小孩，注意力肯定會集中在小維身上。

要和費歐朵告別最是令人傷心，但她不能多待，因為她也得負擔自己家裡的許多責任。

「我們一定要很快再見。」我說。

「妳何不來找我們呢？」費歐朵說道，「我好想讓妳看看我的孩子們。」

「有可能成行喔，」我回答，「最近我們就去了蘇格蘭……只有亞伯特和我，沒帶孩子。那是我一生中最快樂的時光之一。」

「那就有希望了。」費歐朵說。

民眾還記得厄尼斯叔父的惡名，以及我小時候他所引發出來關於我的傳聞。我們收到了一、兩封信，密告有人在陰謀策畫綁架孩子，雖然看起來的確像是瘋狂人士所寫，皮爾爵士仍不敢輕忽。甚至還有幾封是來信者自稱打算綁架孩子。

這些全是厄尼斯叔父來訪所導致，當初要是不邀請他來參加命名儀式就好了。

我們全都有些驚慌，因此格外提高警覺。亞伯特會每晚親自巡視育兒室，因為誰都信不過。

「還記得之前來訪的那個瓊斯男孩吧，」他說，「他沒做壞事，有些人卻不一定。」

真慶幸有亞伯特處理這些事。

媽媽現在最關心的就是孩子，因而處於極度焦慮的狀態。她對亞伯特說起我小時候，她因為擔心邪惡的坎伯蘭（他當時還是坎伯蘭公爵）密謀毒害我，有多麼痛苦煩惱，總是日日夜夜守護著我。

「妳和李琴從沒讓我落單過。」我說。

「可不是嘛……在這方面李琴很可靠。」

媽媽露出自得的微笑。如今李琴的影響力被剷除了，由親愛的亞伯特接替。媽媽很寵亞伯特，我想這不難理解，多虧有他，我們母女倆才能夠和解。

命名儀式過後約莫一星期，劍橋家的歐古思姐郡主準備與麥克倫堡—史崔利茨大公完婚，厄尼斯叔父也再次證明他的野心絲毫未減。在祭壇前的臺階上，他試圖搶先亞伯特一步，亞伯特當然不肯，便硬是擠進理應屬於他的位置，害得厄尼斯叔父險些跌落臺階。我暗自竊笑。這是他活該受罪。要在名冊上簽名時，他巧妙地溜到我旁邊，以便在我簽名後可以一把將筆奪去，緊接著簽名，如此一來他的簽名便會在亞伯特之前。但我已有所準備，而且讓他猝不及防。我不會讓他比亞伯特先簽名，也不想出現爭吵場面。當時桌旁站了幾個人，儘管我拖著長裙十分累贅，卻還是偷偷溜到桌子另一邊，緊貼在亞伯特旁邊。接著拿起筆簽了名，並很快地將筆遞給亞伯特，厄尼斯叔父根本來不及繞過桌子搶走他手上的筆。

事後我和亞伯特為此大笑不止！厄尼斯叔父走後，我鬆了好大一口氣。

接下來是一段愉快無比的時光。我經常到育兒室去，發現自己有一些以前從來不知道的、極富母性的本能。不過我自覺不是個慈母型的女人，我對小嬰兒不太感興趣，只有等他們會說話又漂亮、有趣的時候，才會想多和他們相處。但是愛麗絲卻是很可愛的嬰兒，多乖巧的一個孩子！她整個人圓滾滾、肥嘟嘟，我們便喊她「胖妞」。她常帶著滿足的微笑，還會一個人躺在搖籃裡自顧自地格格發笑。保姆都好喜歡她。

利特爾頓夫人說愛麗絲最喜歡伯弟了，每當他一靠近，她就會笑得開懷。隨後又說伯弟對妹妹很溫柔，也很愛她。我猜伯弟最得利特爾頓夫人疼愛，因為她總會為伯弟的發育遲緩找藉口。

我向亞伯特提起此事，他的評語是：「希望她別寵壞了孩子。我們得留意一下。」

我也這麼希望，因為利特爾頓夫人對孩子們太好了，他們都喜歡她喜歡得不得了。

皮爾爵士對於我們與法國的關係憂心忡忡，他覺得應該試著恢復和睦。

新遊艇「維多利亞與亞伯特」號已備妥，由於當下國內情勢比前一陣子穩定，皮爾爵士認為我們不妨去一趟法國拜訪路易—菲利浦。我覺得這個提議極好，這表示我又能度一個獨占亞伯特的假期了，他最近愈來愈沉迷於政治，想多見他一面都難。

國會休會後，我們搭上遊艇啟程，先漫遊了得文郡海岸之後，才跨海到法國。法國國王乘著平底船來迎接遊艇，岸上擠滿高舉旗幟的人吶喊著「女王萬歲」，讓人愉快又滿足。

另外有個驚喜在等著我。李奧波舅父之妻路易絲舅母正是路易—菲利浦的女兒，她也來到父親的宮中幫忙接待我們。

多麼歡樂的團聚呀，我們一起笑談往事，回憶當時她向我展示她的華麗服裝，讓我一一試穿，還提供關於款式風格與色彩搭配的建議。

回顧舊日時，我總會變得感傷，亞伯特說我是透過一個美好的光環在回顧。他不怎麼相信一天到晚和那個嚴厲的老女人李琴黏在一起的我會有多快樂。有些事情就連亞伯特也不知道。

我們和國王相處了五天，他帶我們到鄉間到處走走，剛好碰上一場「田園慶宴」。後來又看了幾齣我十分喜愛的戲劇，尤其是喜劇，我看得開懷大笑。

向法王告辭後，我們帶著三王子儒昂維親王一同出海造訪布萊頓，晚上下榻亭宮，王子看了驚嘆不已，說從未見過這樣的宮殿。我沒告訴他，其實我們也沒見過！

接著我們又折回去探訪李奧波舅父一小段時間。由於舅母已經離開法國回到丈夫身邊，便能在舅父的宮裡準備接待我們，就像在她父親宮裡一樣。

李奧波舅父見到我們大喜過望。

「我親愛的孩子！」他高喊道，「我最疼愛的兩個孩子！我太慶幸自己促成了這段姻緣，讓我們所有人都這麼快樂。」

舅母把幾個孩子介紹給我們。亞伯特特別喜歡莎蘿特，或許是因為她和他寵愛的小維年齡相仿。

於是這一次，路易絲舅母和我談論的是孩子，而不是時尚。能再和我所珍視的這些人重聚，真是太高興了。

沒想到一眨眼就結束了，我們又回到溫莎。

皮爾爵士說這趟造訪效用極大。

還真是愉快的盡責方式呢，我暗想。

*

造訪法國後不久，發生了一件非常傷痛的事。墨爾本勛爵中風了。我聽到消息後十分難過，立刻提筆給他寫了一封充滿愛與關懷的信。

所幸病情輕微，但我還是想時時得知他的復原情形，也讓他知道我念著他。我寫說我永遠不會忘記他在我年輕時為我做的一切，他永遠會是我最珍愛的朋友。

喜見他回信中寫道，除了一、兩處小小不便之外，都已恢復得差不多了，於是我又立刻回信，要他一復原到可以離開布洛凱，就馬上來見我。

他果真來了，雖然還是如往常一樣精力旺盛，簡潔有力的評論也很快就逗得我幾乎和以前一樣大笑，我卻十分難過。我發現他微微拖著一條腿，有一隻手臂也略顯笨拙。我問他有沒有好好照顧自己，他說他最好的補藥（又或是他所能找到最好的補藥）就是看到我如此健康，與夫婿和愈來愈多的家人過得如此幸福，既是妻子也是母親，更是偉大的女王。

接著他用那深深烙印在我腦海裡的表情望著我：半帶溫柔半帶興味，淚眼婆娑；他又是那個屬於我一人的親愛的墨勛爵。

可憐的墨爾本勛爵！離開了他最樂在其中的職位；儘管他極力否認，老化確實是個嚴苛的試煉。

我屢屢想起他，也經常寫信給他，並對他說我永遠不會忘記我們的情誼，也不能忘。

新年期間，傳來亞伯特父親去世的消息。之前便知道他病了一段時間，因此我們不是完全沒有心理準備。可憐的亞伯特孤寂落寞，痛哭流涕，同時向我訴說他的巨大哀傷。

我真切記得恩尼斯特公爵並未盡到一個好父親該盡的責任。雖然他得理不饒人地休了亞伯特的母親，他本身卻也絕非品德高潔無瑕的人。她或許犯了一次錯而烙下一世污名，她的夫婿卻是淫亂至極，就連第二段婚姻也不美滿。尤有甚者，他一再糾纏亞伯特，要他說服我給他一份收入，我若是照做，將會陷入非常尷尬的處境；另外，沒有以他的名諱為伯弟命名，也讓他大為光火。

不，我內心實在無法認同亞伯特的父親是個多好的人；但如今他人已不在，亞伯特似乎也忘了他的罪過，看他那麼真誠而感人地細數父親的美德，我不禁也開始相信了。

「我要去參加葬禮。」亞伯特說。

「我也得跟你去。」我回答。

但那是不可能的事。皮爾爵士說這個時候我不能出國。

「這將是我們第一次分開。」我說，「光想著就覺得可怕。」

殊不知籠罩在哀痛中的亞伯特，竟還有空暇為我著想。

他告訴我他寫了信詢問李奧波舅父，看看他不在的期間能不能讓路易絲舅母來陪我，我聽了深受感動，更令我喜出望外的是舅父答應了。

我傷心不捨地與亞伯特道別，也衷心歡迎路易絲舅母到來。能和她談談孩子的事真好。

我有些氣惱，因為我又懷孕了。我向舅母解釋能有小孩是美好的事，而且有許多國王與女王因為無法生育而苦惱，但我還是覺得兩胎之間隔久一點會比較理想。

多虧有舅母，夫妻分離的日子才不至於太難過。我和亞伯特經常通信，他的信反映出我們對彼此的愛，我視如至寶。

他從多佛來信。

「每一步都讓我離妳更遠，這不是個令人愉快的念頭。」

緊接著又來一封。

我心愛的，到此約已一小時，浪費了原本能與妳共度的時光很是懊惱。寫此信之際，妳應該正準備用午餐，接著便會發現昨天我坐的位子空了。然而希望在妳心中，我的位子永遠不會空著。現在離妳再見到我的時間又少了半天，等妳接到信時，則已整整少了一天……然後再過十三天，我將重回妳的懷抱。妳最忠實的亞伯特。

但我最愛的一封來自科隆。

「到處都掛著妳的肖像，妳就從牆上俯視著我……」

他們當然很高興見到他。他們深愛著他，這點並不讓我訝異。

「妳若能目睹我的歸來讓家人何等快樂，」他寫道，「就會覺得我們倆分隔兩地的犧牲獲得莫大回報。我們經常談起妳……

「再會了，親愛的，堅強一點，想想我即將飛奔返家。願上帝保佑妳和親愛的孩子們……」

我心裡毫不懷疑亞伯特知道我有多想他。

路易絲舅母回家了，按預定亞伯特也該回到溫莎了。

多麼歡喜的團聚！我們緊緊擁抱在一起。再次相見的喜悅幾乎讓人覺得分離是值得的。他得去育兒室，他得去為小維的聰明魅力發出驚嘆，也為伯弟的遲鈍稍稍嘆息，還要愉快地欣賞胖妞平靜的微笑。

稍後我們獨處時，他向我敘述這趟返鄉的經過；氣氛是多麼傷感，想起親愛的爸爸如今長眠地下，又是多麼令他傷痛。

「恩尼斯還好嗎？」我問道，「他現在當然就是公爵了。」

「喔，恩尼斯跟以前沒什麼兩樣。」

「但願他婚姻生活幸福，舊日習性都戒除了。」

對此亞伯特不敢確定。一直深受他喜愛的繼母見到他很開心，祖母更是情緒激動到不能自已。

「不過她還是傷心，」亞伯特說，「因為知道我很快就得離開。」

「他們都很想知道孩子的消息吧。」

「是啊，聊了不少關於他們的事，我說起小維一些古靈精怪的話，他們都覺得有趣極了。要是看到他們向我盤問個不停，妳也會不禁微笑。祖母還是叫我『可愛的小亞伯』。」

「她一定非常疼愛你。」

「的確是。我見到史托瑪了。」

「他一定很開心吧！」

「可不是。我常想我們虧欠他太多了，對我們倆而言，他都曾是一大助力。」

我完全同意。

「當然，他現在與家人同住，這是他想要的。我暗示了希望他能來這裡，也跟他談起伯弟，這孩子挺讓我擔憂的。」

「利特爾頓夫人很讚賞他。」

「她其實是感情用事，她很喜歡那孩子。」

「幸好如此。」

「是的，沒錯，但伯弟需要紀律。以後他要承擔重責大任。」

「對……時機成熟時。」

「得先訓練他。」

亞伯特微微抿起雙唇。「真不可思議，」他說，「在這個國家，我幾乎沒有受過尊重禮遇。」

「一切正在慢慢改變，亞伯特。我是那麼地努力……」

「我知道，親愛的，但他們還是把我當成外人，德意志人。」

「人民就是這樣。」

「我是女王的夫婿……如此而已。想到那個愚笨的小男孩竟在我之上，真是不可思議。」

「噢……伯弟……我沒想到這個。」

「可是他當然會了。威爾斯親王的重要性大過女王的夫婿。」

「親愛的亞伯特，我也希望能改變這個狀況。」

「唉，這不重要，只是覺得諷刺罷了。」

但我看得出來，這對他是重要的，我好為他難過，真希望能讓他成為國王。如果可能的話，我會立刻這麼做。

「所以，」他接著又說，「伯弟一定要訓練。史托瑪會知道該怎麼對付他。」

「我們一定要試著說服史托瑪來。」我說。

我過二十五歲生日了。年華逐漸老去，十足的已婚婦人。很快就是四個孩子的母親了。

亞伯特深情地恭賀我，並拿出我的生日禮物。

我發出歡喜驚呼，那是他自己的肖像，看起來是那麼地英俊，不過當然沒有本人英俊。我對他說不會再有更教我喜歡的禮物了。

畫家在背景處畫了一群天使，粉嫩的手指托著一枚圓章，上面寫著「Heil und Segan」。

「健康與神恩，親愛的。」亞伯特說。

我親吻肖像，他笑了起來，心滿意足。

那是個非常快樂的生日。

幾乎緊接著便聽說俄羅斯的尼古拉一世正在前來英國的途中。我不僅吃驚，還甚為狼狽，因為懷孕已到第七個月，此時的我既無精力也無意願接待賓客。

皮爾爵士說這無疑是我造訪法王所導致的結果。沙皇可不想看到英法的關係過於緊密。

「我真的很希望他不要不請自來。」我說，「實在不想讓人看到我這副模樣……還有，萬一他遇刺呢？」

皮爾爵士似乎大吃一驚。

「現在全世界多的是無政府主義者，」我又繼續說道，「俄國人則很支持這種事。我真的相信他是個非常奇怪的人。」

「他的來訪有助於增進英俄之間的關係。」皮爾爵士說。

亞伯特也贊同。

因此我只好被迫招待這位沙皇。他搭著「黑鷹號」船抵達，我帶他前往溫莎城堡，這是我認為最適合接待他的地方。他對此地留下極好的印象，並以頗為奉承的口氣說它配得上我。

有人欣賞溫莎，我總是很開心。雖然一開始不喜歡這裡，如今卻成了我最喜愛的宅邸之一。是亞伯特讓我懂得欣賞它。他對溫莎是一見鍾情，森林更是讓他著迷，我也漸漸被吸引了。回憶往日，我不禁面露微笑，當時我總覺得倫敦比我所知道的任何地方都熱鬧，所以怎麼也不想離開。現在則顯得吵雜，會讓我懷念美好的鄉間空氣，這也是亞伯特教我領略的。

我發現沙皇是個非常奇特的人。外表相當嚇人：白色睫毛，眼光彷彿直直地瞪著人，因此可以看見瞳孔四周的眼白，也讓他顯得有些瘋狂。聽說他年輕時相貌極為英俊，實在難以置信。

他是個像軍人般硬漢型的人，對我卻謙和有禮，但我不得不說他微笑時看起來相當邪惡。他確實有些怪癖。雖然替他安排了城堡裡的一間豪華臥室，他卻差遣隨從到馬廄去搬來乾草，塞入他攜來的一只皮袋裡，這就是他的床。真是太古怪了。

皮爾爵士說在他來訪期間絕不能冒犯他，還得奉為上賓，因為他是政治上非常重要的人物。因此我專心一志地款待他，讓他陪同一起在溫莎庭園裡閱兵，還帶他去參觀賽馬、欣賞歌劇，並以他的名義在白金漢宮辦了一場音樂會。很幸運地，姚阿幸[25]人正好在英國，便邀請他來為沙皇演奏。

以目前的狀況，一切都讓我疲憊不堪，而且懷孕期間會突然發作的憤恨情緒也再度出現。

其實儘管沙皇軍人般的言行舉止頗為奇怪，卻再也找不到比他更體貼的同伴了；他顯然對亞伯特印象極佳，說從未見過比他更英俊的年輕人，還說他散發出的氣質不只高貴而且正直。聽到亞伯特受稱讚是最讓我開心的事了；當皮爾爵士與沙皇探討土耳其的動盪局勢，沙皇說他自己並不想要土耳其的丁點國土，但也不容其他人奪取。皮爾爵士認為他此行十分值得，而且不只皮爾爵士這麼想。儘管通知的時間極短、時機也不巧，眾人卻一致認為極其成功。這也是另一個實例，足以顯示身為女王就得將王室職責置於個人喜惡之上。

我已逐漸進入懷孕期間龐然笨重的階段，不想有太多活動。不幸的是政府竟然在此時爆發危機。現在想到要失去皮爾爵士，幾乎就和（好像才不久前）要失去墨爾本勛爵一樣令我驚慌。

紛擾四起。事實上，這似乎是國會的常態。我有個想法，我認為，政治人物關心自身的利益更勝於關心國家，因為每當發生紛爭，反對黨總是立刻把錯全怪到執政內閣頭上，而不是與政府同心協力試著解決問題。

愛爾蘭出現動亂。什麼時候沒有呢？法國人將英國使臣拘禁在他們最近占據的大溪地島上，這表示自從我去拜訪路易—菲利浦相見甚歡至今，英法兩國的關係已惡化到產生開戰之虞。這是我們最不希望發生的情形，皮爾爵士說我們必須盡力改善關係。

最重大的事件是政府提出降低糖稅政策卻受挫，而原因在於托利黨內有人叛變，這點尤其令人不快。我大感憤怒。目前的我實在不宜擔憂，萬一政府被推翻，不得不下野，便可能由輝格黨組閣，而我也將失去皮爾爵士。

說來似乎有些諷刺，我曾一度為了失去輝格黨而悲嘆，如今竟憂心他們重新得勢。但我真正重視的不是黨本身，而是領導者。當然，我對皮爾爵士絕不可能再有像對墨爾本勛爵那樣的情感依戀，因為現在有亞伯特在我身邊。不過亞伯特讓我睜開雙眼看清了皮爾爵士是個多麼傑出的人，想到要失去他讓我憂心不已。

皮爾爵士告知我們一切的情形。托利黨出現了一群叛徒，才會引發危機。

「叛徒是哪些人？」我問道。

「有個名叫班傑明・狄斯累利的，」皮爾爵士說，「他是個怪人，我認為需要加以留意。」

「那是當然，如果他打算讓我的政府倒臺的話。」我堅定地回擊道。

「他是猶太人，可以說非常固執。他是舒茲伯利的代表，竟大膽要求在新的內閣中任職，我的拒絕使他心生不滿。」

「我想他是懷恨在心。」亞伯特說。

「他自視甚高，是個奇怪的人。還出版了一本書叫《西比爾》，主要在闡述勞動權與財產權一樣神聖，立論十分條理分明。他娶了溫德姆・劉易士[26]的遺孀，為他帶來了一筆財富。」

---

25 譯注：約瑟夫・姚阿幸（Joseph Joachim, 1831-1907）：匈牙利作曲家兼小提琴家。

26 譯注：溫德姆・劉易士（Wyndham Lewis, 1780-1838）：英國政治家，是狄斯累利的政治盟友。

「聽起來是個讓人非常不滿意的人。」我說。

「他的妻子親自寫信給我盛讚自己的夫婿，」皮爾爵士說，「說他非常渴望在內閣中有一席之地。」

「看來她似乎很愛他。」我插嘴道。

「內閣職位恐怕不是這樣給的。」亞伯特補上一句。

「無論如何，」皮爾爵士接著說，「我認為有必要留意這個人。」

「麻煩製造者，」我說，「但願他能得到他應有的懲罰。」

到處洋溢著激動情緒，因為普遍認為政府無法通過不信任投票。然而，那小小的恐慌最後無疾而終。像叛徒狄斯累利這樣的人或許想要反抗領導者，但絕不希望看到輝格黨得勢，到了關鍵時刻他們還是支持首相，保住了內閣。

如此一來我可以專心準備待產了。

八月到來，又悶又熱，我的第四個孩子也隨之出生。又是個男孩。我們為他取名為亞弗烈與恩尼斯（隨亞伯特的父親與哥哥之名），還有亞伯特（隨他自己的父親）。

兩男兩女，這樣的家庭肯定足夠了。

現在我得暫停這累人的差事休息一下。

月底結束前又來了一位王室訪客。這回是普魯士親王，國王之弟。當時我並不知道他將會成為德意志帝國的第一任皇帝。

我們都非常喜歡對方，亞伯特和他更是一見如故，兩人有太多相似之處。他對孩子們頗感興趣，對小維的印象尤佳。事實上，她的樣貌與聰慧是人人驚嘆，亞伯特愈來愈以她為傲。

親王離開後，亞伯特認為我需要放個假。那一年我們購得奧斯波恩邸，一個可愛宜人的小地方，當年和媽媽住在懷特島的諾里斯城堡時，我便對此處萬分著迷。離城堡不遠處有一座灌木林，名叫「錢林」。據說內戰期間，奧斯波恩邸的主人將錢財埋入林中，後人搜尋無數次卻遍尋不著。我很懷疑會有找到的一天，但倒也為此地增添了些什麼。

我們商量過想要有個小宅，以便在需要清靜時能有個隱居之所，首相便想到可以買下奧斯波恩邸。我唯一不滿的就是它曾經屬於康羅伊爵士，但我已準備淡忘這件事，因為我一直很喜歡這裡。那個討厭的人曾居住於此是個缺點，不過老早便已易主，不能再拿來當作反對理由。

亞伯特興致勃勃，立刻著手進行改造計畫。這種事情他非常拿手，他說宅邸的地點絕佳，只可惜太小了，與我不相配。

然而，當他提出度假的建議（經過那場痛苦磨難後，我也確實覺得有此需要），我立刻想到奧斯波恩。

不過亞伯特另有主意。

「親愛的，妳還記得我們的蘇格蘭之行有多愉快嗎？何不再一次造訪那個舒適宜人的地方？何況，妳也應該多熟悉熟悉北方的臣民。」

結果我們去了布萊阿索。

聽說我們要出遠門，小維便說她也想去。

「不行啊，親愛的，」我說，「這次只有爸爸和媽媽去。」

「還有小維。」小維蠻橫地說。

亞伯特把她抱到腿上，向她解釋說媽媽需要休息，也需要爸爸在身邊照顧。

「我也會照顧媽媽。」小維的模樣可愛極了，亞伯特無法招架。

她一點也不怕他，不像可憐的伯弟那麼怕，我心想。他一直都是口齒不清，現在加上口吃，說話更不清楚，在亞伯特面前情況似乎更糟。

小維用兩手抱住亞伯特的脖子，嘴巴湊到他耳邊。他露出慈愛的微笑，一面撫摸她的頭髮。

「拜託啦，爸爸……拜託你讓我去。」我聽見她說。

「對不起，Liebchen……」

小維的眼中湧出淚水，嚶嚶哭泣，和伯弟的嚎啕大哭很不相同。

亞伯特望向我，我覺得他也快哭了。他真是寵愛這個女兒。

後來他對我說：「我想不出有何原因不能帶小維一起去。」

我放聲大笑。「她是個女巫，」我說，「而你，亞伯特，被她下咒了。」

「她是最可愛的了，她多像妳啊，心愛的。」

確實無法抗拒了。我們最後決定帶小維一同前去。

她聽了歡喜雀躍不已，當然會到育兒室大肆宣揚，於是伯弟也說要跟。

一聽說自己不能去，他躺在地上又踢又叫。利特爾頓夫人試著安撫，卻偏偏被亞伯特聽到了。

很遺憾這麼說，但結果是伯弟被打了一頓。我好難過，畢竟他還那麼小，但亞伯特說偶爾體罰是必要的，不這麼做反而不對。人一定要從小就坐正行端，而伯弟很顯然需要特別注意。他還說，這麼做他比孩子還痛。

利特爾頓夫人難過得不得了，讓我覺得她可能會辭職。事實上，若不是認為有自己在場能保護伯弟，我想她真的會辭。

「陛下，他還那麼小。」她不斷地對我這麼說，「他還只是個幼兒。」

「親愛的利特爾頓夫人，」我回答道，「我知道妳多疼所有的孩子，但伯弟的父親知道怎麼做對他最好。伯弟將來得挑起重責大任，所以必須讓他做好準備。」

我必須承認我很不想聽到伯弟哭，但還是說服自己相信亞伯特，相信伯弟需要特別的處罰導正。

九月那天早上，我們五點三刻便起床。

小維興奮萬分，早已準備要出發。胖妞和寶寶亞弗烈被帶下樓來與我們道別，還有無精打采的伯弟。到了七點，準備上馬車前往帕丁頓火車站，車廂已備妥等著載我們前往伍利奇。

離開時，我看見伯弟用最難看的表情對小維扮了個鬼臉，但我沒有告訴亞伯特。破壞道別的氣氛有點可惜，而亞伯特只會命人處罰伯弟，但我敢說利特爾頓夫人會想辦法不讓他受罰。

兩天後到達丹地港時，岸上鋪了紅地毯，我們下船走上岸，我搭著亞伯特的手臂，他則牽著小維的手。

在丹地我們受到多麼熱情的歡迎！抵達坎伯當伯爵廣場時也是個美好時刻，伯爵夫人與帶著小兒子的鄧肯貴女前來迎接。小男孩穿著格子花呢的高地服裝，光彩煥發，儼然一個小大人。他提著一籃水果花卉，遞交給小維。小維以無比端莊的態度接過花籃時，我看見亞伯特眼中閃著驕傲的光芒。

事後我對他說，這讓我想起自己還是小公主時隨著媽媽出訪的情景。

呵，美麗的高地國！我對此地有種特殊的情感，亞伯特也是。我好感激他教會我欣賞鄉村風景。沿途的美景令人屏息，行經之處包括丹克德、庫帕安格斯、皮洛克里，再到壯麗的啟利克蘭隘口，可以從山巔高處俯瞰山林。亞伯特完全陶醉其中。

原來布萊阿索距離啟利克蘭隘口只有四、五哩路。到了布萊城堡大門，格倫萊恩男爵與夫人正帶著小兒子在那兒等候迎接我們。

真是太美好的假期了！有時我會和亞伯特外出散步，有時則是他駕著小型四輪馬車載我和小維出去兜轉。我從未見過如此粗曠美麗的鄉村風光。亞伯特會為我們指出各個名勝景點，唯恐錯過一個。我畫了不少素描，亞伯特則去追蹤鹿，有一回還以為他迷失在荒原上了。不過總的來說，一切都很好。

小維深愛每一刻，能陪爸爸、媽媽外出旅行讓她覺得自己長大了。她雙頰紅潤、眼睛閃閃發光，我說她確實愈來愈圓潤，亞伯特也欣然稱是。

亞伯特說得讓她學蓋爾語，而小維向來對周遭事物都是興致高昂（與遲鈍的伯弟截然不同），立刻就開始學了起來。亞伯特覺得她學習能力極強，見她努力地唸著山名不禁大笑。

他是多麼喜愛這個孩子，我又是多麼高興能為他生下她！

但美好的事物終有結束之時，很快地又得回白金漢宮去，太快了。

*

一回去，皮爾爵士便告知要迎接路易—菲利浦。我和亞伯特都大為吃驚，因為為了大溪地事件，英法關係十分緊張。然而皮爾爵士解釋說他是衷心渴望維護與法國的關係，而這幾乎就是尋常的政治拜訪。

亞伯特立即明白他的意思，說我們應該盡自己的責任。

當我聽說法國報界對此行提出抗議，感到相當不安；無論如何，國王仍決定帶著外務大臣紀佐來訪。

亞伯特與威靈頓公爵一同前往樸資茅斯，正式歡迎國王蒞臨，然後帶他到溫莎，我們在這兒安排了豪華廳房接待他。他給我一個如慈父般的溫暖擁抱。他表達友善的決心堅定，也是個非常有魅力的人。他一開口就說他沒有忘記當初流亡時，在英國所受到的和善對待，因此每當我們兩國之間產生歧見都令他深感痛苦。

這是個好的開端，我相信要取悅法王並沒有我們原本想得那麼困難。

「你是第一個前來拜訪英國君主的法國國王。」我帶他走上大階梯時提醒他說。

「但願這次造訪能為雙方帶來好結果。」他回答道，接著便讚美城堡宏偉壯觀。

我們到白廳共進午餐。媽媽也出席了，現在她隨時都和我們在一起。亞伯特說理應如此，我也同意他的想法，並為自己能拋開過去感到高興。

晚餐時，我們對國王說起布萊阿索之行，因為才回來一星期。

「或許我應該晚點來。」路易—菲利浦說。

「當然不了，」我信誓旦旦地說，「欣賞那許多高地美景之後回到家，其實有些無聊……但你的來訪讓我們大為振奮。」

他很感謝我們展現的熱情，也對城堡讚不絕口。

亞伯特提到我們在城堡裡為不少王族準備過下榻之處，有普魯士國王、俄羅斯沙皇、薩克森公爵，如今又有法國國王。

這時小維被帶進來介紹給國王。她行止有度、無可挑剔，他覺得她和城堡一樣令人愉悅。

稍後，皮爾爵士與外務大臣亞伯丁勛爵一同和路易—菲利浦與紀佐對談，我和亞伯特也在場。路易—菲利浦非常坦白。他談到大溪地與當地的動亂，並暗示英國人有點反應過度。他說法國人不像英國人那麼了解談判原則，卻喜歡聒噪喧鬧。

「像車夫一樣，」他微笑著說，「而且不會停下來思考這事可能造成什麼後果。他們不像你們這麼冷靜，可是戰爭……不行……不行……不行！法國不能向海神之子英國宣戰……不能，英國可是全世界最強大的帝國。」

我愉快地沉浸在這樣的談話氣氛中，心想能夠以如此文明的態度處理國事多好呀。

於是國王簡單迅速地了結了大溪地事件。

「我還寧可看它沉到海底去，」他說，「他們想要的不過就是捕鯨船，我倒希望把它整個脫手。」

我們帶他參觀四周的風景，並帶他到漢普頓宮；國王表示想去看看他流放期間住過的地方，這願望不難理解，於是我們駕車前去，然後再到克雷爾蒙。

回到溫莎時，有一群民眾等在那裡高聲歡呼。我很慶幸人民對路易—菲利浦不抱敵意，還能大方地向他歡呼。

我授予他嘉德勳章。

這真是一次成功的拜訪。皮爾爵士十分欣喜，我也對於事情進行得如此順利感到欣慰。其實最讓我開心的是路易—菲利浦對亞伯特的感覺，國王很明顯對他讚賞有加。

「他能創造奇蹟，」他對我說，「他是那麼有智慧，不會強出頭，他逐漸交遊廣闊，隨時都能提供妳好的意見。」

我熱切地附和他，並告訴他俄國沙皇也對我說過類似的話。

和往常一樣，有人欣賞我心愛的亞伯特總能讓我洋溢著喜悅。

拜訪終於結束，也到了法王離開我們的時候。亞伯特和我陪他前往樸資茅斯，不料到達時，雨勢滂沱，強風陣陣，國王的船若是啟航可能會有危險。

亞伯特認為從多佛橫渡到加來可能好一點，隨即以他一貫的效率確認了當地氣候確實較好之後，作好一切轉換行程的安排。想想國王有大隊的隨行人員，而且全部得當下辦妥，真可謂一項壯舉。

但話說回來，亞伯特一向最擅長各種籌畫安排。

樸資茅斯的人自然大失所望，但所有人都明白這樣做是最好的。

「只有在這個出色的國家，才能如此不慌不忙地完成這種事。」法王說道。

「亞伯特從來不會面有難色，」我驕傲地說，「總是冷靜地做到別人認為不可能的事。」

「他真是非常傑出的年輕人。他配得上妳，妳也配得上他。」

這話聽起來真是醉人，也讓我更加確定此次拜訪的成功。

我上了船，舉杯敬祝國王安康、英法兩國情誼長存，船上的法國人都很歡喜。

接著他便揚帆而去。

再無疑問了。人民對我是滿意的，遠比芙蘿拉·海斯汀不幸去世後至今的任何時候都要滿意。我確信自己已完全重獲他們的好感。

報上出現了友善與恭維的評論，說我是有史以來最受愛戴的君主。我敢說這是因為我幸福的家庭生活所致。

我對亞伯特說：「這可以做為所有人的典範。」

他也同意。

這段時間有諸多遊訪行程，而接下來這個最令人興奮。我幾乎沒有見過亞伯特如此悸動。他要帶我去看他的家鄉。亞伯特有許多快樂的童年回憶，我相信在他心裡，沒有一棵樹比圖林根森林的樹更美，也沒有一座山比得過他幼年時所見到的山。

我們將孩子留在奧斯波恩。他們喜歡海，而且新鮮空氣似乎總是對他們有益。我們要遠行讓他們很傷心，小維更是苦苦哀求要跟著去，有那麼一刻我以為亞伯特就要心軟。不過他認為她還太小，旅途又遙遠，因此不顧她的乞求，還是讓她和弟妹們留下來。

那個八月早晨我更衣時，小維和愛麗絲陪在一旁。然後我們和四個孩子一起吃早餐，最後我又和利特爾頓夫人談了談孩子的事。她對孩子竭盡心力，我知道把他們交給她很安全，只不過亞伯特擔心她對伯弟採取一種保護的態度（有時候簡直像在保護他不受我們傷害！），會把他寵壞。儘管她是個好女人，亞伯特卻說她太感情用事，並不完全了解需要對孩子要求紀律，尤其是天生叛逆的孩子。

我們從奧斯波恩到白金漢宮，少了孩子，一路上感覺很安靜。皮爾爵士來見，要我們無須為國內情勢疑慮，他對愛爾蘭採行的手段奏效了，沒什麼好擔心的。

路程頗為艱辛，可憐的亞伯特吃了點苦頭，但我相信有我在對他是一種慰藉，而且渡海的時間其實不長。

很可惜，抵達安特衛普時下著傾盆大雨，但決心歡迎我們的民眾在高柱上放置三角形照明，形成美妙景觀。

翌日清晨醒來，依舊下著暴雨，即使在離開遊艇要坐上李奧波舅父派來的御馬車時，也幾乎被風雨掃得站不住腳。

這讓我想起兩年前造訪此地的情形。

「這裡和英國好不一樣。」我對亞伯特說，事實也確實如此。我看著婦女穿戴傳統帽子與披風、提著黃銅罐上菜市場，真希望素描簿就在手邊，可以把她們畫下來。

李奧波舅父與路易絲舅母在馬林等候我們，見到他們多麼高興！我們興奮地互相擁抱，也有太多話要說。他們要陪我們到佛威耶，而舅父已事先在我們行經的所有城鎮都安排盛大的歡迎場面。

舅父很以自己的國家為榮，能和他還有舅母在一起真是太好了！我們有聊不完的話，舅父也再次告訴我們，說他看到亞伯特和我很明顯過著幸福的婚姻生活，著實太為我們高興了。

「千萬別忘記，」他說，「從你們倆出生那天起，我就努力地想撮合你們，如今終於看到美夢成真。」

我對他說，我和亞伯特永遠無法報答這份恩情。

有一陣子我認為舅父在干涉我，企圖讓我不照內閣的建議行事，如今想來十分遺憾。他想必知道我絕不可能那麼做，但他實在極具說服力，偶爾還顯得有些委屈。雖然遺憾，卻也知道這是無可避免的，但他促成我和亞伯特這段姻緣，我永遠銘感五內。

與他們道別依然傷感，接著來到亞琛，受到普魯士國王與家人的歡迎。

我愛極了德意志！從某方面看，或許是因為亞伯特對它的感情所致。這裡是他的故鄉。

普魯士國王決心讓我們對他的國家留下深刻印象，特地安排了許多娛樂。我們從宮殿觀賞盛大而精采的「Zapfenstreich」，這是一種共有五百名樂手參與的軍樂表演，還有火炬與彩色玻璃燈照亮場地。演奏〈天佑女王〉時，我十分欣喜。

當然得去瞧瞧周遭的壯麗景觀，欣賞十字山、山巔上一座修道院，以及「七山」的美景。我感到歡躍舒暢，看得出來亞伯特深深感動於我對他家鄉的反應。

畫龍點睛的安排之一便是國王在一場宴會上發表了最令人感動而振奮的演說。

「請各位斟滿酒杯，」他說，「在英國人與德意志人心中有一個難以言喻的美妙字詞。三十年前在滑鐵盧高地上，經過連日激烈而拚命的奮戰後，它回盪在英人與德人的舌尖，注記了我們聯手抗敵的輝煌勝利。如今它鳴響於我們美麗的萊茵河畔天賜的和平氛圍中，而這份和平正是那場偉大戰鬥後的神聖結果。這個字詞便是『維多利亞』，即『勝利』之意。諸位，請一同舉杯敬祝大不列顛與愛爾蘭聯合王國的女王陛下，與其尊貴的夫婿政躬康泰。」

我感動莫名，忍不住轉頭親吻國王。此舉乃是出於一時衝動，卻得到如雷的掌聲。

那真是非常美好的場面。

在德意志有許多音樂可欣賞，我和亞伯特都能接受；到達波昂時，正好在舉行貝多芬音樂節。我們去聽了一場音樂會，只可惜沒有我想像的那麼多貝多芬作品。只有一首交響曲的部分樂章融入了李斯特所作的一部清唱劇，與《艾格蒙》的序曲。在場有許多學子留著長髮、鬍子與整齊漂亮的髭鬚，其中不少人炫耀著自己的「Säbelhiebe」，亦即臉上的劍傷，這是在決鬥武藝中留下的輝煌戰績，令他們深以為傲。

但是亞伯特最殷切期盼的還是抵達科堡，我自然也有同感。到了邊界上，有旗幟飛揚與民眾歡呼，還有如今已是公爵的恩尼斯一身勁裝，英姿煥發，等著迎接我們。

兄弟倆再次聚首難掩興奮激動，隨後我與亞伯特坐上由六匹馬拉行的敞篷馬車，準備上路。婦女全都穿戴著尖頂帽與多層蓬裙的傳統服飾，男人穿著半長皮褲，女孩戴著花圈。好不迷人。恩尼斯陪我們前往凱琛多夫，那是我親愛的已故外祖母，也是亞伯特最愛的祖母昔日住處。見到李奧波舅父與路易絲舅母也在，真教人喜出望外。

我們乘車到宮殿，在那兒有一身白衣、圍著綠絲巾的女孩，準備了花與歡迎詞在等候我們。他們向我引見了一個對我意義非凡的人：教士長甘茨勒，因為他主持了我父母的結婚儀式，還主持了亞伯特與恩尼斯的受洗禮與堅信禮。

置身於這美麗國度（亞伯特的家鄉），看到他真情流露，聽到他童年的故事，似乎將我們拉得更近了。在這段太平日子裡，我畫了許多素描，總覺得想要捕捉每個重要細節，讓它永不消失。天氣極好，溫暖長日相互交融。亞伯特的生日到了，我們以最歡欣的心情慶祝，不只是在他的家鄉國度，更是在他的出生地羅森瑙。由於太常聽亞伯特提起此地，我覺得尚未眼見就已十分熟悉。他上次在這裡過生日，已是十二年前的事了。他有太多地方要帶我去看：他打獵的森林、他和恩尼斯溫書的房間、擊劍時在壁紙上挑破的洞——總之是童年遺留下的種種痕跡，我當時未能一起分享，不禁略感嫉妒。

這個生日熱鬧非凡。早晨有樂隊演奏迎接這一天來臨。聆聽了一首讚美詩樂曲與《魔笛》的選段〈呵，伊西絲與奧塞利斯〉，實在太美妙了。

在恩尼斯與雅莉桑蒂娜協助下，我用鮮花布置了桌臺，放上禮物。媽媽也在。她正好在德意志拜訪親戚，便來加入我們。若是過去，整個慶生過程都會變得掃興，如今卻不然了。亞伯特很樂意見到她，我也是。

慶生會持續了一整個早上，好不容易結束後，亞伯特和我都很高興終於能兩個人單獨出去走走。我們聊了好多好多！他說他最大的願望就是讓小維嫁到德意志來。

我說：「我覺得你愛小維更甚於愛我。你老是把她掛在嘴邊。」

亞伯特有些錯愕。「她是我們的女兒啊！」他語帶責備地說。

「當然，當然了。我真蠢。不過你也了解我，我總是想到什麼就說什麼。」

亞伯特微笑著拍拍我的手。「親愛的，只要妳有自知之明就可以克服。我剛剛說的是我希望小維嫁到德意志，成為普魯士王后。」

我滿心洋溢著喜悅。他真是個了不起的男人！隨時都在為家人著想。

「我探過國王的口風，」他接著說，「他也有此意。」

「她還小呢。」

「考慮這些事怎麼也不嫌早。得讓她和小腓特烈碰個面。」

「你看得太遠了。我想要享受這一刻，就只有你和我，亞伯特……在你深愛的森林裡。」

他對我露出寬容寵愛的微笑。

呵，好個完美的一天，我一生都會記得——完美的一天，完美的天氣，完美的環境，還有一個最完美的人。

要離開羅森瑙與德意志真教我難過不捨！不由得揮淚懇求大家要多相聚。可憐的薩克森—科堡外婆幾乎傷心欲絕。

回程得順道拜訪法國國王。皮爾爵士特別讓我們感受到此事至關重要。法國方面想必知道我們的德意志之行，既然已見過俄國人，這些造訪行程一定要均衡。我不是一個造訪親戚的年輕女子，我代表了國家。

於是我們在特雷波與路易—菲利浦見面；亞伯丁勳爵與利物浦勳爵到此與我們會合，法王則帶了儒昂維親王與紀佐先生同行。

我們被領入城堡，並略帶自豪地參觀了維多利亞畫廊，裡面有一幅描繪國王造訪溫莎的畫，還有兩幅我與亞伯特的美麗肖像，出自溫德哈特[27]之手。國王知道我熱愛音樂，為了取悅我，特地帶來巴黎喜歌劇院的九十四名成員，為我們表演布瓦迪厄[28]的單幕歌劇《新鄉紳》與格雷特里[29]的《理查王》，非常精采有趣。

次日，亞伯丁勳爵和我談了一件要事，是關於英國需要稍加關注的西班牙局勢。法王極其親切友善，亞伯丁勳爵感到十分滿意。

---

27 譯注：法蘭茲・札維・溫德哈特（Franz Xaver Winterhalter, 1805-1873）：德意志畫家，以畫十九世紀的王族肖像聞名。

28 譯注：法朗索瓦—阿德里昂・布瓦迪厄（Francois-Adrien Boïeldieu, 1775-1834）：法國作曲家，作品以歌劇為主。

29 譯注：安德雷・格雷特里（André Grétry, 1741-1813）：生於列日主教區（今比利時）的作曲家，後來入籍法國，以喜歌劇聞名。

第二天我們啟航返家。是個絕佳的旅程終曲，因為大海蔚藍美麗、平靜如湖。

此行真是令人無比歡愉的經驗，我享受著每一刻，但一踏上奧斯波恩附近那熟悉而親愛的海灘，仍不禁滿心歡喜。

利特爾頓夫人帶著所有的孩子在門口等候迎接我們。

小維直接就衝進亞伯特懷裡，然後我們溫柔地一一擁抱他們。

他們看起來是那麼胖嘟嘟又健康。最重要的是，看到我們回來都樂壞了。

親愛的奧斯波恩啊！在這裡真是令人滿心歡喜！我盼望在此過著慵懶的日子，與孩子們駕車出遊、野餐，與亞伯特談天說地。我對他說我常希望自己不是女王，他也只是個鄉紳，那麼我們就能過著平凡的家庭生活，無須肩負繁重責任。

出訪回來之後的日子其樂無比。我們跟孩子聊天，亞伯特向小維描述美麗的山林與親切友善的德意志人民，還說有一天要帶她到羅森瑙，讓她看看他童年的家。他說要帶她去拜訪他非常喜歡的普魯士王室家族，她一定也會喜歡他們。

這種太平日子不可能長久，麻煩很快就降臨了。

那年夏天損失慘重，農作物因大雨歉收，尤其是愛爾蘭的馬鈴薯。當地發生了嚴重饑荒。

皮爾爵士陷入兩難。穀物法自一八四二年起便未曾改變，但皮爾爵士的心思卻變了。他不再相信農業保護政策，並確信這個嘗試是失敗的，他說必須出口穀物到愛爾蘭去取代馬鈴薯作物，只可惜英格蘭的收成也不好。皮爾爵士認為穀物法應該暫停，而且他永遠不會贊成再重新實施。

他說得斬釘截鐵：「解決之道就是將進口各種人類食物的障礙一律移除，換句話說，就是從此徹徹底底廢除所有食品的關稅。」

這引起了熱烈討論。情況十分匪夷所思，因為皮爾與自己的黨立場不同。他希望提出一個能根本廢除穀物法的辦法。

當皮爾爵士來見我，說他不得不提出辭呈，我備感傷心，也再度想起當時墨爾本勛爵帶著同一套說詞來找我的情形。如今我年長了，也較能控制自己的情感，這得感謝亞伯特讓我內斂許多；再者，不管有多麼佩服皮爾爵士這個偉大的政治人物（我必須承認，他比墨爾本勛爵更偉大），我對他並沒有像對前任首相的那種溫柔情感。

皮爾爵士對我說應該請羅素勛爵取代他。

我擔心政府會下臺，輝格黨又東山再起。真是奇怪，從前還曾經將輝格黨視為我的政府呢。

令我欣喜的是羅素勛爵拒絕了，皮爾爵士繼續任職。但是麻煩並未就此了結。托利黨人反對自己的領袖，他為了廢除穀物法，孤軍奮鬥，背後倒是有反對黨強力支持。

亞伯特說從前絕不可能發生這種情形，而亞伯特站在皮爾爵士那邊，我也一樣。

此時我原有的疑慮得到了證實，老實說我的心思全被自己的問題占滿了，因為我又再度懷孕。這個事實讓我敏感又暴躁。

我痛苦地向亞伯特抱怨，他雖然表示同情，但我猜他一點也不感到不快。他很高興家庭成員愈來愈多，我不諱言地指出他當然樂得自在，他又不用忍受那連月的淒慘不適與最後如極刑般的折磨。

他說那是上帝注定要女人盡的本分之一。我聽完回了一句極不虔誠的話，說上帝肯定是男性，說著不禁想到墨爾本勛爵，他很可能會說這種話，然後我們倆又會齊聲大笑。可是亞伯特大為震驚，而且多少讓我感到羞愧。於是我冷靜下來，說自己的脾氣還是一樣糟，亞伯特則回說他認為在他的引導下，我發作的次數減少了。

我努力地讓自己接受事實，盡量去想孩子們帶來的歡愉。

「不過這肯定是最後一個了。」我說。

亞伯特回答道：「這得由上帝決定。」

國內情勢動盪不安，難怪皮爾爵士一臉筋疲力竭。後來亞伯特也給自己招來猛烈抨擊，因為他去了正在辯論穀物法的下議院。他與皮爾爵士討論過多次，對此議題甚感興趣，他的出現當然會受到注目，麻煩也跟著來了。

外國人有何權利進入下議院？下議院可是當選議員的殿堂。皮爾與小爵爺交好乃是眾所周知，難道小爵爺是想表達自己支持皮爾？國人不能容許這樣的行為，必須清楚傳達給亞伯特小爵爺知道，絕不許他再未經邀請進入下議院。

真教人沮喪，他做了那麼多事，對國事如此關注，又是王位繼承人的父親，卻還是被稱為外國人。我感到氣餒消沉。除了這一切，還有懷孕一事！

有了輝格黨的大力支持，皮爾爵士促成了穀物法的廢除。但政府注定要垮臺。就在法案通過的當天，政府在關於愛爾蘭的法案上吃了敗仗，皮爾下臺，矮小的羅素來到溫莎。這次他成功組閣，輝格黨重新得勢。

伯弟讓我們憂心如焚。他是個問題很多的孩子，不僅課業毫不出色，也經常惹麻煩，雖然利特爾頓夫人和家庭教師席狄雅小姐總會試圖維護他。

的確，小維的聰明伶俐讓他處於劣勢。我曾對亞伯特說，要不是小維，他可能就像個普通的小男孩。

亞伯特承認小維聰明過人，但在他看來，伯弟則是魯鈍過人，還很不幸地會口吃。威爾斯親王說話口吃！真是聞所未聞。

「利特爾頓夫人認為是緊張的緣故，」我說，「她堅稱他們獨處時，他幾乎不曾結巴過。」

「那麼只要他願意就能不口吃了。」

「我相信他努力了，亞伯特。」

「藤鞭會讓他更努力。」

我向來不喜歡看到伯弟挨打。亞伯特會堂而皇之地親自動手。伯弟變得有些反叛，他說這樣不公平。我找他談話，告訴他說他有個多好的父親，在有必要處罰孩子時，他當父親的其實更痛苦。

伯弟說：「爸爸只要別再打我，就不用痛苦了。」

我試著解釋說上帝有時候不得不使人痛苦，那總是為了他們好。伯弟只要讓自己變得更好就行了。

我也找利特爾頓夫人談話。她噘著嘴，一臉固執樣。我很喜歡她，在某方面也慶幸她個性十分柔和。我知道每當亞伯特施以必要的處罰後，她都會進房裡抱著伯弟安撫他。她有種專治鞭傷的特殊膏藥。

當然，這事本該告訴亞伯特，但我知道他會加以制止。雖然明知他是對的，我還是有點心軟，伯弟畢竟年紀還不是太大。

亞伯特懇請史托瑪前來英國，想要真誠地請教他關於長子的問題。史托瑪果真來了，我們十分欣喜。我們陪他到溫莎後，一同討論伯弟的行為。亞伯特傷心地說他不得不拿藤鞭處罰，心裡感到非常沮喪，偏偏到目前為止幾乎不見成效。

史托瑪認為我們對他太寬容了。「你們說育兒室和教室裡有女人，而女人心軟是眾所周知，無疑是她們寵壞了孩子。我想去看看教室，和那些負責的女士們談談。」

我們於是帶他到教室去。

小維正坐在桌前寫字。伯弟在她旁邊，愛麗絲也在。

我們進入時，他們全都站起來，小維和愛麗絲行屈膝禮，伯弟則是彎腰鞠躬。三人看起來都很可愛，就是伯弟的短衫上有一處污漬。

「孩子們，」我說，「這位是爸爸和我的好友，史托瑪男爵。」

三個孩子都望向男爵，看得出來對他不太有好感。

「小維……伯弟……」亞伯特喊道，他們隨即上前。

「這是我們的女兒。」亞伯特驕傲地說。

小維面露微笑。

「這是伯弟。」

「遲鈍的那個。」男爵說道，伯弟有些畏縮。

「他表現不好是因為他不努力。」亞伯特說。

我發現伯弟不知不覺露出叛逆神色。天哪，我心想，他又要鬧彆扭了。

小維向來不能容忍別人的注意力從她身上轉移開來，便說：「我不會遲鈍，我很優秀，什麼都優秀。」

亞伯特微微一笑，一手按住她的肩頭。她則抬頭對他燦爛一笑，深信他會給予肯定。

「男爵沒有跟妳說話以前，妳不能出聲，孩子。」亞伯特說。

「為什麼？」小維問道。

亞伯特看著我，表情帶著溫柔的氣惱。

「因為爸爸這麼說。」我告訴她。

「噢。」她回答。

「男孩像在賭氣的樣子。」男爵說，「也許我該看看他的功課。」

席狄雅小姐相當驚慌，開始說起伯弟的優點。她覺得他有豐富的想像力，十分有創意。但男爵認為這意味著他可能有說謊的傾向。

「弟妹都好喜歡他，」席狄雅小姐說，「他一進來，他們的小臉就會立刻容光煥發，看著很討喜。他會為他們想一些遊戲，逗他們高興數小時。他們深愛他，」她傲然地注視著我們說，「就和我們所有人一樣。」

「好了，好了，」史托瑪不耐地說，「我不太滿意我所聽到的。」

「我可以確定，」席狄雅小姐又接著說，「伯弟的功課會好起來的……只要假以時日。」

男爵說他聽得、看得夠多了，想私下與亞伯特和我談談。

只剩我們三人後，他說：「亞伯特小爵爺，他和你真是截然不同。我還清楚記得你當時有多麼認真，我擔心這孩子是遺傳到某些漢諾威的祖先，那麼我們就得非常小心了。」

「我希望他的成長過程能和他父親一模一樣。」

「我們必須很努力才會有那樣的奇蹟出現。」史托瑪說。

「我們就希望你可以提供一點意見。」我說。

「首先，他周遭全是女人，恕我說一句冒犯陛下的話，女人對孩子都太寬容了。她們不明白孩子是不打不成器。」

「我也一直都是這麼想的。」亞伯特說。

史托瑪繼續說道：「不能再讓那名女子，那個席狄雅小姐照顧他了。」

「她是個非常聰明的女子。」我說。

「也許吧，但她不適合教導一個怠惰、任性的孩子。我建議不妨聘一位男性教師，我會立刻代為尋找，找到之後也會向他強調必須以最嚴格的紀律管束。」

「親愛的男爵，」我說，「我就知道你會有辦法解決。」

不久，史托瑪便告知已聘請到普雷斯特維奇教區牧師亨利．柏屈，此人曾任教於伊頓公學。因職業之故，讓他顯得格外合適，我很是高興。

很快地，柏屈來了，我們也熱切地等候結果。

他顯然很高興能受聘用。

亞伯特、我，還有男爵，一起帶他到教室去。

「這位就是威爾斯親王，」我說，「伯弟，過來問候你的新老師。」

伯弟走上前來，以充滿疑慮的眼神瞅著柏屈先生。

「你會發現威爾斯親王有些遲鈍，」史托瑪說道，「他不喜歡讀書，需要鞭策。我和小爵爺已研擬出一份課表，只要照著做，相信不會出什麼差錯。你必須非常嚴厲，女王陛下和小爵爺會授權給你作任何必要的嚴格處罰。」

「喔，」柏屈先生說，「但願不需要那樣。」

看得出來伯弟漸漸有些害怕，我其實並不驚訝。我內心覺得，在柏屈先生自己發現之前，倒也無須給孩子冠上這樣的評價。

亞伯特說道：「有時候我得自己親手打伯弟，實在讓我萬分苦惱。」

伯弟滿臉驚惶，好像以為藤鞭馬上就要拿出來，老實說我很慶幸會面終於結束。

柏屈先生留下來和伯弟在一起，我們其餘的人全部離開，一塊討論感想。

誰也無法提出對柏屈先生的評價，但正如男爵所說，職業賦予他一定的地位，亞伯特則說既然男爵選擇他，肯定會有令人滿意的結果。

我也相信如此。柏屈先生回報說伯弟一點也不遲鈍，很輕易便能引起他的興趣，不僅課業有進步，也覺得讀書充滿樂趣。

我見過一、兩次伯弟和老師相處的情形。伯弟帶著開心的笑容，口吃消失了，而且能清楚看出他絲毫不畏懼柏屈先生。

這件事我沒有告訴亞伯特，我覺得他可能認為老師若是盡職的話，應該會讓孩子懼怕。但眼見他的進步，亞伯特便未提出這一點。

至於利特爾頓夫人似乎對此安排非常滿意，怎麼稱讚柏屈先生都嫌不夠。

我也是滿心歡喜。只希望不會再有麻煩。非要亞伯特體罰孩子，實在太痛苦了。

在那段辛苦的日子裡，奧斯波恩是一大慰藉。

我們認為那裡雖然環境迷人，卻實在不適合做為王室宅邸，於是亞伯特開始計畫大規模改造

亞伯特做事本來就一板一眼，對這項計畫自然是全心投入。

他找來思想新穎的建築家湯瑪士・丘畢特一同商量，經過詳盡的討論後，才訂出改造計畫。

索倫特海峽讓亞伯特聯想到那不勒斯灣。

「所以，」他說，「我們要有一棟那不勒斯風格的別墅，高聳的塔樓，也許還可以在一樓造一道涼廊。應該要有一座翼亭和兩個東側廳，可供僕人和可能偶爾來此的官員住宿。」

亞伯特已想出該如何支付這些費用。我將布萊頓的亭宮賣給布萊頓鎮議會，也多虧亞伯特在白金漢宮內務開支上的種種節度，才能有大約二十五萬英鎊可以花費在奧斯波恩這棟新宅。

不僅是屋宅的重建，還有庭園格局的設計，都讓亞伯特樂在其中。他原本也想整治白金漢宮的庭園，只是議會鬧得沸沸揚揚。這裡則不同。我們有自己的家，甚至在沙灘上有我專屬的更衣車，前方有個頂蓋，四周用布幕圍起，十分可愛。亞伯特從德意志運來縱樹（現在我們都叫它聖誕樹），還從瑞士送來一間遊戲室，我們稱之為「瑞士小屋」；他很擔心孩子在這裡會變得懶惰，便讓女兒學習烹飪與各種家務，兒子則有工具可以做木工。不過那是後來的事。

這裡可以看到船隻經過，亞伯特說也許威爾斯親王能因這景象而感動，萌生加入海軍的念頭。

奧斯波恩，這是許多歡樂假期的場地所在，因為有了亞伯特的創造而對我彌足珍貴。

他時時監督著工程進展。有時忽然想到某個小細節，即使入夜了還是會出去。

某天晚上發生一件小趣事。當時他想到要看看庭園裡的某樣東西，便摸黑出去瞧一瞧。有個警察看見了，竟逮捕他。

亞伯特抗議，警察卻不聽。由於僕人住的地方很近，他把亞伯特帶了過去。那個可憐的警察羞愧難當。

次日，亞伯特傳喚他前來。亞伯特臉上毫無笑意，我敢說那個可憐的人一定以為自己差事不保。緊接著亞伯特稱許他當機立斷，還說會建議讓他晉升。

那個可憐的人離去時一臉茫然。亞伯特和我想到這整件事笑不可支。

「我應該衝動一點，」我說，「應該立刻褒獎他。想想看，他昨晚一整夜該有多痛苦。」

「對他無傷，」亞伯特說，「而且會讓他更感激我的讚許。」

親愛的亞伯特，他總會想到怎麼做才是為對方好。

我真是恐懼、驚慌又憤怒，因為，我竟然又懷孕了。這將是我的第六個孩子，實在太多了。這整件事讓我厭恨至極。我一直都非常享受人生，如果沒有那麼多煩人的國事不時冒出來作亂，我還能更盡情地享受。

我不喜歡新任的外務大臣帕默斯頓勛爵。他和親愛的亞伯丁勛爵是那麼不同！我確信帕默斯頓勛爵對我們有所隱瞞，他與亞伯特的關係不是太好。

不料現在……我又懷了寶寶，預產期就在四月！

接著又傳來可怕的消息。

法國再度發生革命，是上個世紀末的事件重演。我曾滿懷恐懼地閱讀相關記述，也曾為可憐而自負的瑪莉王后哭泣，在我看來，她與早期尚未向亞伯特處學到這許多的我不無相似之處，而她可憐的夫婿路易卻是有心無力。但這回不一樣。這些是我認識的人。

暴民占領了杜樂利宮。

可憐的路易絲舅母！她應該很恐慌。她摯愛家人，暴民會怎麼對付她父親呢？我暗自禱告，不要像他們對待之前的國王。

消息零星傳來。說午夜時分警鐘響起，這是暴動的暗號。然後國王退位。

我不停地想像自己遇到類似狀況。莎士比亞說得好，「王者內心永不安寧。」

帕默斯頓勳爵前來見我。他頗為傲慢自大。以前怎會覺得喜歡他呢？他經常誇張地恭維我，墨爾本勳爵也跟我說過他的風流韻事，當時聽起來很有趣，卻可能讓亞伯特感到震驚，因此現在也讓我感到震驚。

亞伯特也和我在一起，但帕默斯頓勳爵和我談話的態度竟彷彿視他如無物。

他說：「法王無疑會企圖離開法國。外務處不會反對為他提供一艘船，但我必須明說，依我之見，國人是不會同意讓法國王室成員窩藏在這塊土地上的。」

「我與法國國王有親戚關係。」我說。

「太不幸了，陛下。但請您務必記住國內目前的局勢。陛下也知道有一些動盪的跡象，若是在這場國外爭端中因為袒護某方而激怒人民，恐怕不是明智之舉。」

「你是在建議我拋棄家人。」我說。

帕默斯頓勳爵聳起肩膀，開始用很慢又很清晰的方式說話，像對著小孩似的。「一個與我們關係不怎麼親密的鄰國發生這種動亂，我們必須停下來仔細思考。革命有如野火燎原，我們不得不謹慎提防，一舉一動都得小心翼翼。」

「在英國……」我才剛開口。

他竟膽敢打斷，果然是帕默斯頓勳爵的作風。「即使在英國也一樣，陛下，而且我敢肯定地說，在歐洲某些較小的國家也是。」

亞伯特出現不安的眼神，喃喃說道：「這是事實。」

「你說可以提供他們一艘船……」

真傷自尊，竟然要徵求這個人的許可去幫助友人！當然我知道他說得對，但這並未讓我多喜歡他一點。

不久之後，他又再度來見，接見他時亞伯特也在。他告訴我法國國王與王后來到英國了。

「他們在紐哈芬上岸，」他說，「昨天傍晚在哈佛港登上一艘蒸汽快船來的。聽說成立了共和國，他們覺得待在法國不安全。據我了解，國王打算隱姓埋名待在英國，他和王后將採用納伊伯爵與伯爵夫人的頭銜。」

我以為這個可憎的男人會提議將他們遣返，不料他並沒有。

他接著說：「也許陛下可以將克雷爾蒙提供給他們，那裡畢竟幾乎有如私宅。」

「就這麼辦吧。」我看著亞伯特熱切地說，他邊點頭邊低下頭去，顯然悲傷莫名。

「他們會在明天離開紐哈芬。」帕默斯頓勛爵又補上一句。

「至少，」帕默斯頓勛爵離開後，我對亞伯特說，「可以提供他們一個棲身之處。」

李奧波舅父和路易絲舅母來信，我讀著讀著，淚水模糊了視線。對舅母真的深深感到抱歉，我知道她有多愛她的雙親。

臨封信時，她聽說他們已抵達英國，便附上一封信請我轉交給她母親。

舅父寫得更是無比哀淒，說巴黎的消息讓他身心俱創。「天知道我們會有何下場，我們國內也將會受到大力鼓吹發動革命，我們有權請求英國與其他強國保護。我無法再寫下去了，上帝保佑妳。」

可憐的李奧波舅父，更可憐的路易絲舅母！

到處瀰漫著極其不安的氣氛。似乎真是屋漏偏逢連夜雨。聽說科堡的外婆去世了。亞伯特幼年曾是她特別寵愛的外孫（而且一直都是），因此得知消息悲慟欲絕。去科堡參加葬禮是不可能的事，此時他不能拋下我和孩子。

接著還有後續。

羅素勛爵一副心煩意亂的模樣進宮來。憲章運動人士正大批聚集在特拉法加廣場，他擔心他們可能會決定往白金漢宮這邊來。

此時的我已大腹便便，整個人疲乏倦怠，也非常為孩子們擔憂。

我說應該讓他們留在教室裡，除非有絕對的必要，否則不要告訴他們發生了什麼事。亞伯特進來後，我緊緊抱住他，因為倘若暴民衝進宮裡，我怕他會是他們攻擊的對象。他們向來討厭他，瞧不起他是德意志人，也不肯正視他做過的一切好事。他們對他的優秀人格視而不見，還說他自以為了不起。

我憑著想像可以聽見遠處民眾的吶喊聲，可以看見他們如波濤般洶湧漫過林蔭路。我坐下來，亞伯特在一旁握著我的手。

「如果他們來了，」我說，「你要待在我身邊。」

「我會保護妳的。」他回答道。

「他們不會傷害我……以我目前的狀況。」

「我不信任他們。」

我們靜坐等候，時間慢慢過去，我豎耳傾聽，似乎鴉雀無聲。

羅素勛爵被引領進來，滿臉疲憊。

他說：「我是來告訴陛下一切都沒事了。群眾已經散去，他們不是真的想革命。我們人民的本質和法國人不一樣，陛下。」

「那真得謝天謝地。」我有感而發。

亞伯特一手摟著我。

「他們一面呼喊口號，一面離開特拉法加廣場，」羅素勛爵說，「然後衝進林蔭路。到了那裡，有些人好像忽然洩了氣，慢慢走開來，其他人受到暗示起而效尤。我聽到有人說：『這不是女王的錯，是她的政府和……』」

他沒有把話說完，我知道他要說亞伯特。

我怒火中燒，不過鬆了口氣的感覺大過其他所有情緒。我就這樣倚靠著亞伯特，盡情享受他與家人得以安全的滿足感。

儘管情緒起起伏伏，我並未忘記墨爾本勛爵，還是時常給他寫信。聽說他最近幾乎不曾踏出過布洛凱，而且偶爾變得有些恍惚，以為自己還活在過去，回憶著昔日的光輝，心中想到的無疑是最受女王寵信的那段日子。親愛的墨爾本勛爵，雖然現在會帶著溫柔的興味回顧我與他的關係，卻仍有許多珍惜的回憶。

我寫信給他：

這一天結束前，女王一定要向墨爾本勛爵致上她與小爵爺的最高祝福，願你健康精力永駐……

寫完此信幾天後，我的孩子出生了，又一個小女嬰：露伊絲，卡蘿琳，雅柏妲。生產過程還算順利，卻讓我筋疲力盡。我不想下床，只想懶洋洋地躺著，思索正在全世界發生的可怕事情。

我覺得癱軟無力，病懨懨的，加上人變得很胖，更感到苦惱。通常亞伯特會把我從床上抱到沙發上，我想對於我生孩子所經歷的一切，他也懷有萬分歉意。即使是他，想必也覺得不公平吧，女人竟得承受所有的負擔，而當孩子生下後，丈夫卻能享受無限樂趣，就像亞伯特對小維那樣。他最喜歡小維，小維最喜歡的顯然也是他，可是為她受苦的人卻是我。

這無疑是不光彩的念頭，但我本性如此。我若說出某些想法，亞伯特會大感震驚，還會明白指出其中的錯處。不過呢，在深思這可恨的生產過程之際，我會放任這種想法，說不定能設想出較有尊嚴的方法。

時值四月。不久，我又要過生日了，現在生日似乎來得好快。猶記得十八歲生日是我幼時多麼漫長的等待，如今年月飛逝。

亞伯特和我在一起，正要念書給我聽，羅素勛爵到了。光看表情就知道他有心事。

「但願沒有新的麻煩吧，羅素勛爵？」我說道。

「只怕是有的，陛下。本月十日憲章運動人士要舉行聚會，而且地點在倫敦。內閣認為這次他們可能會決定生事。」

「他們只關心自己的權利，陛下。我來是為了告訴您，我們將採取一切防範措施來保護您、您的家人還有王宮。」

「羅素勛爵，」我說道，「我生下公主後，身子尚未復原，他們怎能這麼做？」

「沒有，陛下。他們要去下議院，但暴民很難預料，誰也不知道他們會做什麼。我想應該立即警告您，下回我會帶來內閣對於保護您與王宮所作的計畫。」

「他們說了要來找我嗎？」

我沮喪到了極點。唉，這一切實在太可恨了！想當初我與媽媽同乘馬車，民眾向我歡呼祝願，如今竟是如此不同。

羅素勛爵再次到來。

「陛下，」他說，「內閣已作出決定，認為您應該盡快前往奧斯波恩。距離抗議遊行還有幾天時間，您能夠明天出發嗎？」

亞伯特說可以。

我好生氣，竟然遭臣民逐出宮去！實在不可思議。我說我很想留下來。

亞伯特看著我哀傷地搖搖頭，提醒我現在若是脾氣失控毫無益處。

四月八日，憲章運動人士上街頭遊行的前兩天，我們出發前往奧斯波恩。

若在其他情況下，我會很樂於待在奧斯波恩，但現在不知道倫敦情形如何，再想到法國的慘況，教我怎麼高興得起來！

亞伯特整個人鬱鬱寡歡。他說革命有如莠草，一旦生根就會像野火一樣到處蔓生……甚至會出現在最意想不到的地方。歐洲震盪。義大利發生叛亂，德意志有暴動，到處人心惶惶。亞伯特為此憂慮不已，我們倆都無法好好享受美好的奧斯波恩。

倫敦傳來消息說憲章運動遊行最後無疾而終，原本預期的大批群眾只來了寥寥無幾，當警察警告說遊行違法，他們也就立刻解散了。

幾位領袖被帶到下議院，提出事先準備好的請願書之後，整件事便告一段落。

我們的呼吸終於順暢了些。

亞伯特說：「英國人不具有革命天性，當然總會有人企圖撩撥，而其中一些可能來自國外，也甚至可能是當地人。法國革命之所以成功，要歸功於那些煽動者，這是眾所皆知的。謝天謝地，我們避過了這可怕的事。」

不料幾天過後，有個僕人說在島上見到憲章運動人士。

這不明的狀態令人恐懼。我們將孩子全聚集到教室裡，亞伯特說必須準備防衛宅邸，至於如何才能對抗一群暴徒，我不知道。

幸好最後證明只是虛驚一場。所謂的憲章運動人士原來是某俱樂部的會員，到島上來郊遊一天。這就是我們當時的心態，隨時認為自己的生命遭受威脅。

那是個惶恐不安的夏天。不時都在談論革命。李奧波舅父堅守比利時。

「人民必須記住他為他們做了什麼。」亞伯特說，「我知道在他治下，人民的生活改善了。」

「人民最是愚蠢的。竟然追隨暴民，只要有一個激昂的領袖能煽動民眾，他們就會忘記別人為他們所做的一切。」

亞伯特也有同感。

威脅透過炎熱而迷濛的夏日籠罩著我們。孩子們在瑞士小屋裡玩耍。他們想必察覺到了緊張的氣氛，小維太過聰明，不可能沒感覺。不過女孩還是照樣烹飪，伯弟和阿弗（當然就是亞弗烈）則玩著他們的木工工具。他們有自己該上的課，我們也盡量讓一切如常。

亞伯特說：「懷特島不堪一擊……萬一有動亂的話。我在想能不能再走遠一點，我倒挺希望再次造訪蘇格蘭，那是個美麗的地方。」

我心想這主意好極了。

羅素勛爵來見我們，聽我們提到想再訪蘇格蘭，也認為是不錯的計畫。他說緊張的局勢已大為緩和，人民記起了法國上個世紀的悲慘災難，畢竟殷鑑不遠。他們見過革命帶來的影響，一點也不希望歷史在這裡重演。他相信英國人民夠理智，定能安然度過這場恐慌，正如當初大革命在法國進行得如火如荼時，我們也挺過來了。

「英國人無意革命，」他說，「可是歐洲卻天搖地動。我想俄羅斯會是安全的，在沙皇的大力約束下，人民絕不可能叛亂。」

他說他會詢問看看蘇格蘭有沒有宅子可租。

「希望能在高地地區。」亞伯特說，「雖然只是驚鴻一瞥，但我發現那裡的景色絕美。」

不久便聽說法夫受託人處有一棟宅子要出租，是巴莫羅邸。

很快地我們便準備出發，而當我第一眼見到巴莫羅便愛上它了……亞伯特也是。這裡空間不大卻非常美麗，但真正迷人的則是四周的景致，原始粗獷、偏僻幽靜，還有美麗的森林。

「我能在這兒創造出一個多好的地方！」亞伯特說。我看得出計畫正在他腦海中成形，一如在奧斯波恩。

我不禁嘲笑他，這似乎是數月以來我們第一次感到快樂、平靜。

來到巴莫羅還不到一星期，我便知道對我們而言，這裡將會是個重要的地方。

8 戰爭與兵變

死亡似乎會從四面八方同時來襲。這裡某人去世，那裡又有另一人去世，而人生也似乎多少起了變化。

那是個極其動盪不安的一年，我希望永遠不要再遇上。

十一月，墨爾本勛爵去世了。雖然知道他身體抱恙已有一段時間，日子過得不可能太好，聽到消息還是深受打擊。

我經常想起他以及他在布洛凱的孤單生活。想當初他在社交聚會上光芒四射，談話簡潔風趣，同時帶著譏諷與不俗，在我看來是那樣機智聰明。我們一塊笑得多開心！他的友誼帶給我多大的歡樂！害怕失去他的我又有多不快樂！他對我的重要意義，我永遠不會忘。

亞伯特向我解釋過說他的政治才幹不如皮爾爵士，我不得不承認亞伯特說得對，但對我而言，墨爾本勛爵是非常特別的人。

亞伯特不明白我的深刻哀痛，但這哀痛還是存在。

接獲死訊總會令我哀傷，即使相識不深的人也一樣，但若是喜愛的人，如墨爾本勛爵，自是難以承受，尤其又在這充滿驚惶不安的一年。

新年的來臨令人欣喜。

我現在花較多時間陪孩子，發現逐漸長大的他們十分有趣。不討我喜歡的只是那些像青蛙似的小嬰兒，他們一旦開始顯現人類特質，就讓我無比著迷。我這群孩子令我心滿意足，伯弟也不例外，自從柏屈先生來了以後，他的口吃大大改善了。柏屈先生對他稱讚有加，使得亞伯特略感懷疑，說他有可能犯了利特爾頓夫人與席狄雅小姐的毛病，也就是太寵這孩子。

然而，柏屈先生是史托瑪挑選的人，這點對他有利。不過，亞伯特說，還是得留意伯弟對老師的依戀。

法國與德意志發生的事讓亞伯特沮喪消沉，想要暫時靜一靜，便全心投入奧斯波恩的諸多樂趣中。他會和孩子在瑞士小屋裡一待就是幾個小時，會帶他們去散步，教他們認識花草樹木。

我也感到愉快極了，只是偶爾會希望和亞伯特獨處，沒有孩子。我得出了一個結論，我必須當個好妻子而不是好母親。無論再怎麼愛孩子，丈夫對我還是最重要的。

我想我是有點嫉妒小維，他太關注她了，有時候似乎寧可陪她也不陪我。有一次我拿此事指責他，兩人幾乎吵起來。直到他讓我感到羞愧不已。我竟然嫉妒自己的女兒！

我說他對伯弟不公平，批評別人寵他的說法也很好笑，想想他自己是怎麼寵小維的。風暴平息了，只是仍遺留些許憤恨，但並未破壞那段快樂時光。那時確實很快樂！休息了一小段時間沒有懷孕，這本身就是件喜事！我可以盡情地享受奧斯波恩的樂趣──陽光、海風、船隻往來索倫特海峽的景觀、亞伯特打造的珍貴宅邸，還可以到海裡去，體驗從更衣車滑入水中的刺激。

日子多麼美好，若因為對自己女兒的小小嫉妒心破壞這一切未免愚蠢，何況我也和亞伯特一樣寵她──或者幾乎一樣。我愛我的孩子，只不過我更愛亞伯特。

入秋後，我們回到蘇格蘭，再次租下巴莫羅。我覺得蘇格蘭比懷特島更美好。亞伯特更喜愛此地，因為讓他想起故鄉的山林谷地。

他說：「我希望巴莫羅可以是我們自己的。宅子不大，但我可以把它變成王宮。」

有何不可呢？我心想。他那麼優秀，本該當個建築師才是。而且這會帶給他和我們全家人無窮樂趣。

親愛的蘇格蘭民眾非常喜歡我們，正如同我們也非常喜歡他們。我開始試著記住附近居民的姓名。有一位葛蘭特老太太總是整整齊齊、乾乾淨淨；這群單純又可愛的人，誰也沒有對王族表現出絲毫畏縮！有一位九旬老婦（凱蒂・齊爾）會坐在敞開的門口紡紗，我們經過時和她說話，她依然沒停下手邊的活，卻對著小維說：「妳這小姑娘比上次來的時候長大些了。」我會探聽他們的家人與性格，會給孩子穿上格子褶裙，讓人們知道我們確實對這塊土地有歸屬感。

我知道當倫敦情勢太過難熬，巴莫羅將會是我們最喜愛的避難所。在這裡有一種遠離一切的感覺……像來到另一個世界。這正是我們需要的。

可是沒想到，我很快就再度懷孕，著實教我驚愕又憤怒。

飽受馬鈴薯荒之苦的愛爾蘭傳來可怕的消息。人民成千上萬地死去，埋在公共墓穴中。還有一些地主被殺。那裡就和歐洲其他國家一樣暴動頻仍。

當我們乘車駛下憲法山路，忽然有個人欺近馬車朝我開槍，我整個人嚇呆了。如果槍裡有子彈，我已然沒命。

他是愛爾蘭人，名叫威廉．漢彌敦。他將他國內的惡劣局勢怪罪於我。

我為那個人感到難過，也能理解他的憤怒。看到自己的家人、朋友活活餓死，他人卻豐衣足食，必定痛苦難耐。我本想原諒他，畢竟他只是讓我受到驚嚇。但羅素勛爵指出不能放任這種事再發生。如果仁慈可能被視為軟弱，那就是錯的。

漢彌敦遭流放七年。

同年五月，孩子出世。這胎是男孩，亞瑟．威廉．派屈克．亞伯特。現在有七個孩子了，個個身強體健。連人民都覺得我的多產有些令人厭倦，還有些惡意的耳語批評王室帶給納稅人的負擔。

我也與他們有同感，生得夠多了。我現在三十一歲，算是有點年紀了，也應該擺脫這煩人的重活休息一下。我已經完成我的責任，就到此為止吧。

亞伯特滿腦子都在構想籌畫一場博覽會，展示世界各國的工業產品。在他的指揮下，成立了一個王室委員會。他非常投入這項計畫，打算以海德公園做為展覽場地，並且要建造成有如一座巨大的玻璃宮殿。

當然，他必須對抗無數的反對聲浪。有人不同意在海德公園舉行，但那裡分明是最適當的地點。亞伯特陷入絕望。

「他們反對的是我，」他說，「他們忘不了我是德意志人，這種話到處都能聽見。」

「只有愚蠢的人才會這麼說。」我說，「有那麼多人讚賞你，而且也有愈來愈多人學會欣賞你。」

聽聞那個悲慘消息的七月天，我永生難忘。

我一開始厭惡無比的皮爾爵士如今已成為摯友，實在不敢相信他會發生這種事。當時他正騎馬上憲法山路，馬兒忽然發狂，將他甩下馬背。他被送回位於白廳花園的家中，四天後嚥下了最後一口氣。

這對國家是一大打擊，我們痛失了一位優秀頂尖的政治家。

想到皮爾夫人茱莉亞，我備感椎心。她是個多麼賢慧的妻子，夫妻倆又是何等鶼鰈情深，看他們相處確是一大樂事。無論他是艱苦奮戰或享受榮耀，她都陪在身邊當他的賢內助。他們共有五子二女，原本美滿的家庭如今陷入哀戚。

先是我親愛的墨爾本勛爵，如今又是皮爾爵士。人生何其苦。

近來死訊頻傳。可憐的蘇菲亞姑母已經走了。格洛斯特姑母腦力衰退許多，舉止怪異，恐怕很快就會去見她妹妹了。劍橋叔父有病在身。當然他們都已慢慢變老，連我都已經三十一歲了。

接著李奧波舅父送來令人痛心的消息。路易絲舅母病勢沉重，雙親的命運讓她心情煩悶，人也跟著衰弱，疾病一上身，根本無力抵抗。李奧波舅父非常憂悶。

我帶著幾個孩子去探視劍橋叔父。他喜歡見到他們，身心為之振奮不少。小維沒有一起來，她和父親在一起，多半都是如此。少了她，伯弟顯得開朗許多，而這次也同行的亞弗烈和愛麗絲則是他的忠心奴隸。

可憐的劍橋叔父病得太重，我們沒能在肯辛頓宮待太久，很快便驅車回白金漢宮。群眾擠靠得離馬車很近，人民總是很有興趣想看看孩子。我教過他們要揮手，伯弟揮得特別興奮用力，這模樣總能讓群眾歡喜。驀地，有個男人奔向馬車，舉起隨身攜帶的手杖朝我的頭砸下來。我只瞥見孩子們張惶失措的表情，之後便不省人事。

我受傷也受驚了，醫生說很可能是帽子保住我一命，否則至少也保護了我免受重傷。

企圖刺殺我的行動愈來愈常發生。我想這是身處我這個地位的人應該料想得到的。

醫生說我得好好休息，但是當天晚上已預定要去看歌劇，而我也覺得好得差不多了，便說儘管受傷還是要去。

我受到空前的熱烈歡迎，應該是這次意外事故大大激發了人民的忠心。真不敢相信才不久前，我們還恐懼著那群計畫占領白金漢宮的憲章運動人士呢。

能聽到他們再次為我鼓掌，真是太好了。

「女王萬歲！」多麼光輝美好的字句！能刺激出這樣的情緒，受點意外也值得。我一隻眼睛的周圍發青、發黃，模樣想必滑稽怪誕。但即使頭砰砰發疼，我也不在乎，我只想細細傾聽他們展現的熱情。

查出攻擊者的身分後，我的欣喜之情減低了。他名叫洛博．裴特，父親是劍橋郡長，也就是說來自一個好家庭，會有此舉動似乎令人難以理解。他沒有心神錯亂，但仍被判流放七年。

瘀傷持續了幾個星期，想到自己竟要暴露在這種羞辱與危險中，即使想安靜地乘車出遊也得顧慮生命安全，真令我憤恨難消。

男人毆打女人讓我覺得粗暴至極，比開槍刺殺更不堪得多。而這個人犯罪似乎並無真正的動機，這個事實令我大感擔憂，尤其他又出身良好家庭。

那一年又有兩個人去世。劍橋的阿朵夫叔父，因為已病入膏肓，他的死不令人意外；但路易絲舅母的死卻教人悲慟難抑。

可憐的李奧波舅父，我為他十分難過。我想起那許多年前他失去摯愛的夏蘿特，後來又在路易絲身上找到幸福。她為家人那樣地擔驚受怕，肯定是因此讓死期提早來臨。

唉，這些粗暴的人多麼邪惡，竟似覺得傷人性命其樂無窮。

政府裡面好像總會有人找我們麻煩，而且通常是高位者。這回我們的肉中刺是帕默斯頓勛爵。亞伯特極不喜歡他，還給他取了個有趣的外號。我們倆私下獨處時，亞伯特總是叫他「Pilgerstein」，就是把他的名字意譯成德文：「帕默」意為「朝聖者」，即pilger，「斯頓」意為「石頭」，即stein。

我想再沒有哪兩個人的性格會如亞伯特和帕默斯頓勛爵這般南轅北轍，這很可能正是亞伯特憎惡他的原因，至於帕默斯頓對亞伯特作何感想，我不完全清楚，但他可能也認為我丈夫是個自以為了不起的人。他對待他還算略帶尊重，但和我在一起時，他只會對我說話，彷彿在提醒亞伯特：你不過是女王的夫婿罷了。

這是讓亞伯特最感受傷的事，因為他確實非常努力也很熟悉國政（事實上比我還熟悉），被當成毫不重要的人實在是莫大的羞辱。

帕默斯頓名聲不佳，放蕩不羈的個性眾所皆知，單身時有過數不清的情婦，到了五十五歲才終於安定下來，娶了小他三歲的庫柏伯爵遺孀。

庫柏夫人本名愛蜜莉．藍姆，是墨爾本勛爵之妹，十八歲下嫁庫柏伯爵。她是個才華洋溢的女子（毫不辜負一般人對墨爾本勛爵之妹的預期），而年輕又野心勃勃的帕默斯頓無論是在庫柏家位於倫敦的住處或是他們的鄉間宅邸潘桑格，都頗受歡迎。據說愛蜜莉與帕默斯頓早已是戀人，直到庫柏伯爵去世，兩人才完婚。

結果看來這樁婚事非常成功。他們對彼此忠實，女方更是竭盡所能地幫助男方的事業。她已是著名的女主人，且涉入政治極深，因此身兼他的私人祕書與顧問。

他是個個人主義者，決心要以自認為最好的方式掌理外務處，一意孤行，不在乎任何人。他會激怒我們倒也是意料中事。

亞伯特和我不斷地討論他，試圖想辦法將他趕出外務處，誠如我對亞伯特所說，這是他所能擔任的職位中最危險的一個。

亞伯特認為應該以品德的理由將他辭退。關於他的傳聞形形色色，其中一個說他趁下人就寢後，走進某女子的臥室（而且竟是在溫莎城堡！），企圖與她交歡。有時候我會想，若換作墨爾本勛爵會對這些事作何評論，這時我得忍住格格發笑的衝動，因為肯定和亞伯特不一樣。

帕默斯頓對於與王室作對似乎樂在其中，甚至幾乎像是站在亂黨那一方。實在太不忠了。前不久，他曾遭指控將王室軍工廠的武器提供給西西里亂民，因為他認為他們對抗暴君是義舉。結果導致國王要求我們道歉。

羅素勛爵想授予「老帕」（這是人民給他的暱稱）伯爵爵位與嘉德勳章，讓他到愛爾蘭去。我反對道：「這樣看起來好像在嘉獎他。」最後帕默斯頓向國王道了歉，事件才告平息。

後來羅素勛爵請求我在宮中接見他，並強調他是我的外務大臣，我別無選擇。亞伯特和我只得答應，但我們冷淡有禮的態度似乎只是讓帕默斯頓覺得有趣，他真是無可救藥。

奧地利的海瑙元帥造訪英國時，帕默斯頓毫不掩飾對亂民的同情。海瑙以極其殘酷的手段鎮壓匈牙利人民的暴動，我們確實聽過報導說他鞭打婦女示眾，關於他的殘暴傳聞眾多。

在倫敦時他去參觀一間啤酒廠，受到載貨馬車車夫的攻擊與粗暴對待，若非警察及時趕到，他甚至可能遭殺害。

海瑙元帥對於這番遭遇非常憤怒，要求懲罰攻擊者。

帕默斯頓勛爵卻拒絕這麼做。

「海瑙元帥在我國被視為罪犯，」他說，「車夫對待他的方式，就像民眾逮到無情的殺人犯一樣。」

亞伯特和我為此事商討許久。

「他是來訪英國的客人，」亞伯特指出，「遭遇這種事等於是對奧地利的羞辱，應該立刻道歉。」

我去信帕默斯頓勛爵，希望他寫一封道歉函，並須先送來讓我過目認可後再行遞交。

他進宮時，我感覺他帶有一種凶猛之氣，其實他一直都有，彷彿在提醒自己（和我們）外務處不聽令於任何人，包括女王在內。

我說，發生這種事令我非常遺憾。

「這其實是值得慶幸的事，」帕默斯頓勛爵滿不在乎地說，「幸好警察及時趕到，否則元帥也無法在這裡抱怨他所受到的對待了。」

「道歉函讓我看看。」我說。

他彎身行禮，遞上信函。

信中措詞巧妙且近乎傲慢，我暗忖。帕默斯頓在信末寫道，有鑑於元帥的名聲在本地已飽受批評，他此行造訪英國實屬不智。

「你不能這麼說。」我說。

我將信拿給亞伯特，他看了也猛搖頭。

「這句話得刪除。」我說。

「太遲了，陛下。」帕默斯頓咧開嘴露出那自大無禮的笑容說，「道歉函已經寄出了。」

「那麼你得再寫一封，就說是誤會。拜託了，帕默斯頓勛爵，寫一份草稿來，我想在你寄出之前先看一遍。」

「陛下，您的外務大臣不可能這麼做。」

「但這是**我的要求**，我堅持。」

「假如陛下堅持，恕臣不能再繼續當您的外務大臣。臣可以告退了嗎？」

「下去吧。」我十分不悅地說。

他走了之後，我再也壓制不住怒氣。「妳一定要冷靜。」亞伯特說，「只有首相能解任外務大臣。」

「我會堅持要他解任帕默斯頓。」

亞伯特搖著頭又重覆一遍：「唉，這得由首相決定。」

「非弄走他不可。」

「不出幾天他就會做過頭了。」亞伯特說。

「但願那天能快點來。」

我只能說帕默斯頓實在是個太出風頭的人，總會成為爭論的核心人物。海瑙事件才過不久，他又被捲入另一個危機中。

他可以說是人民英雄。民眾很稱許他的舉動。「好個老帕。」大家會這樣親切地說。只要世界任何一個角落出現騷亂，讓他覺得威脅到大英的威望，他就會派出砲艦到挑釁國的海岸來回巡行，而我不得不承認此舉通常能得到預期的效果。人民喜歡這種國力的展現。前一天暴動的人，可能第二天便搖旗吶喊著：「統治吧，不列顛！」砲艦老帕是他們的英雄。

秋天時，匈牙利愛國人士科蘇特造訪英國。我真的希望這些人能離遠一點，我們沒有理由捲入他們的紛爭。

科蘇特努力地想讓匈牙利從奧地利的壓迫中解放出來，他失敗後，成千上萬的民眾逃離匈牙利與波蘭，前往土耳其避難。奧地利在友邦俄羅斯的支持下，要求遣返這些人。

我不明白帕默斯頓為何要讓我們捲進這起事件中，反正他向來我行我素。他建議土耳其蘇丹為那些人提供庇護，同時為了展現英國對此事的立場，他照例派出幾艘砲船巡行達達尼爾海峽。他解釋說這不是在恐嚇俄國，只是為了安定土耳其民心。「就好像給受驚嚇的女士遞出鹽罐一樣，」他說，「我就是遞罐子的人。」

他能言善道、口才便給，在國會裡為自己無法無天的行為辯解時，似乎總能牽著聽者的鼻子走，因此無論一開始抱持多大敵意的人，到最後他都有辦法贏得他們的支持。

結果科蘇特來到英國拜訪，受到激進人士熱烈激昂的歡迎。

「這樣很危險，」亞伯特說，「科蘇特是個勇敢的人，這是無庸爭辯的事實，但他也是反叛者。就目前的世界局勢而言，無論再怎麼勇敢，亂民都不應該受到鼓舞。」

帕默斯頓隨後宣稱，他不只要接待科蘇特，還要邀請他到家裡去。

這太過分了。若以個人名義，帕默斯頓高興邀請誰都無所謂，但身為英國外務大臣就不行。

我召來羅素勛爵，告訴他假如帕默斯頓在宅邸接待科蘇特，我會親自解除他宮廷的職務。這回羅素勛爵與我想法一致。

我十分開心。亞伯特和我暗自慶幸終於除去這個敵人。

不料事情並非如此。收到最後通牒的帕默斯頓，微笑著答應不請科蘇特到家裡作客。

「投機份子，」我大喊，「他那高道德的良知哪兒去了？」

一般人會以為他應該學到教訓了，但帕默斯頓不是那種學得乖的人。他依然故我，行事作風大膽，卻傷不了他的前程，一旦發現危險就隨即掉頭。可憎的人！

但這種見風轉舵的做法不可能持久。

消息傳來說現任法蘭西共和國總統，也是拿破崙·波拿巴的姪子路易·拿破崙登基稱帝，自立為法蘭西帝國拿破崙三世。

我怒不可遏。這些狂妄自大的人竟敢自立稱王！

我想到可憐的李奧波舅父，他必然憤怒至極也傷心至極。他想必幾乎要慶幸路易絲舅母沒有活著看到這一幕。

這是個危險的先例。全歐洲的王室想必都憂心顫慄。

羅素勛爵來見我，從他身上反映出了我的焦慮。

「這是非常重大的一步。」他說。我想起墨爾本勛爵曾說過關於政府扶持國王與女王一事，頓時領悟到他們也能輕易讓他們下臺。

「我們要置身事外，」羅素勛爵說，「不要去質疑他們的權利，我們身為外國人無權過問。但我們可以完全保持被動……就像若無其事。」

我同意這是我們唯一能做的事。

當我聽說發生了什麼事，驚詫之情完全被憤怒壓蓋了。外務大臣未曾徵詢同儕意見便請來法國使臣，信誓旦旦地表達他對新皇帝衷心而友好的支持。

「這回，」亞伯特說，「我相信他是自毀前程了。」

不久羅素勛爵便來求見。他對外務大臣的舉動深表遺憾，並說這讓使臣諾曼比勛爵陷入極度尷尬的境地。帕默斯頓面對議會將難以自圓其說。

令我們大喜過望的是，他果然無法自圓其說。他或許可以抗議說那番話只是表達個人情感，但說不通。他是外務大臣，不能在公開發言後只用「個人情感」一語帶過。

我寫了一封用字遣詞十分小心的信給羅素勛爵，明白表示他對我一直很不敬。對於某些既有的問題打算怎麼做，他不會向我說明，因此我不確定自己御准了什麼。某些事他會予以修改、變更，我認為有失真誠。在作出決定前，我必須有完整徹底的了解。

我請他將信出示給帕默斯頓勛爵。

羅素勛爵不只這麼做，還在議院裡公開宣讀。

如此一來，矛頭轉向了帕默斯頓，儘管平時能為自己的行徑滔滔雄辯，如今也不得不請辭。

羅素勛爵決定在國會宣讀我的信，無人不感到驚異，有些人甚至認為這樣缺乏紳士風度。帕默斯頓夫人稱呼他「那個小無賴」，而且在某些街區羅素勛爵成了極不受歡迎的人。在宮裡則不然，我們是再歡喜不過了。

我很高興聽到格蘭威勛爵被任命為外務大臣。

帕默斯頓夫人（帕默斯頓稱她為他的「小愛」）極盡譏諷挖苦之能事。她聚集了時下的才智之士討論這位新任外務大臣的不足之處。「就是一個小貴族，」愛夫人說，「時不時偷偷地發表一下關於商業局的言論，不過他倒是很會伺候亞伯特小爵爺。」

我們不在意。除去了敵人就好。

亞伯特和史托瑪兩人自行商量後，決定必須辭退柏屈先生。

伯弟的表現確實比柏屈先生來之前好一些，可是史托瑪指出進步不大。

「伯弟不是個愛讀書的人，」我說，「但話說回來，我也不是。」

「親愛的，」亞伯特說，「妳是因為受到李琴女爵的管教，情有可原。但想想伯弟所受到的照顧，完全不能相提並論。」

「他和柏屈先生在一起看起來那麼快樂。」

「快樂！」亞伯特說，「他當然快樂了。他過著懶惰又逍遙的日子。」

「我非常仔細地觀察過那個孩子。」史托瑪說。

史托瑪說話時，亞伯特總是洗耳恭聽。

「而我並不滿意自己的發現。」男爵說道。

我的心往下沉。我真的不喜歡聽這些抱怨伯弟的話，何況，能看到他快樂地跟著柏屈先生學習，我是多麼開心啊。

我說：「其他幾個孩子都很喜歡他，他真的很得他們歡心……人緣遠比小維更好。」

這話刺痛了亞伯特。他無法忍受他們任何一人在任何方面勝過小維。

「我毫不懷疑他很擅長幼稚的遊戲。」他不客氣地說。

「阿弗最愛他了，到哪裡都跟在他後面。聽說阿弗耳朵痛的時候，只有伯弟安撫得了他。」

「只可惜我們不需要把他訓練成保姆。」亞伯特說。

我無話可說，他也許是對的。亞伯特總是對的，而且他現在可以確定柏屈先生不適任伯弟的教師之職。

「威爾斯親王試圖想贏得讚賞，」史托瑪說，「而且似乎頗見成效……尤其對女性而言。他似乎很喜歡她們，她們也喜歡他。」

亞伯特聞言愕然。「壞預兆。」他說。

「的確。」史托瑪附和道。

「我自問該怎麼做才能拯救他免於墮落，」亞伯特又接著說，「一想到他的前途啊……那個蠢孩子！」

「他並沒有那麼笨，亞伯特，」我插嘴道，「也許確實有些怠惰，可是很多男孩都是這樣。」

「親愛的，伯弟可不是一般男孩。」

「我一直尋尋覓覓，」史托瑪說，「終於找到一位嚴師，一位名叫福德瑞克．紀布斯的先生。他是位律師，非常嚴肅穩重。我已經提醒他，以威爾斯親王不幸擁有的個性看來，責打處罰勢不能免。」

亞伯特認為這是個好計畫，應該試用紀布斯先生。

我永遠忘不了可憐的伯弟被喚到我們跟前時的神色。我看見他盯著父親看，說不出臉上那是什麼表情。恐懼嗎？我覺得不僅如此。討厭？不可能！

我輕柔地對他說：「柏屈先生要走了，紀布斯先生會取代他。」

我的心砰砰跳得厲害，無法自制。我知道亞伯特是對的，這是當然了，只是有些事即使到最後證明是對的，卻也可能十分傷人。伯弟臉上的痛苦表情讓我略為退縮。倘若讓我獨自決定，我會說：「就讓柏屈先生留下吧，也就此覺悟到伯弟不會變得聰明伶俐。」

「伯弟啊。」我輕聲喊道。

「我……我……柏……柏……」伯弟結結巴巴地說。

亞伯特被激怒了。

「口吃不是已經好了嗎？難道你還沒學會好好說話？」

「可憐的伯弟，」我說，「這是個小小打擊，不過這也是為你好。」

「你應該感激史托瑪男爵為了你這麼勞心勞力，」亞伯特說，「他和我一起擬訂了一份課業表，我可以保證我們絞盡了腦汁，你應該感激才對。」

「跟爸爸說謝謝，伯弟。」我提示他。

伯弟則說：「柏……柏屈先生要走了？」

亞伯特滿臉惱怒。

「爸爸剛才不是說了嗎，伯弟。」我說。

「可是……我……我喜歡柏屈先生。」

「是的，」我連忙接話，因為看得出來亞伯特快要發火了。「他人很好，爸爸和男爵才會選中他教導你，否則他們也不會選擇他。」

我知道伯弟就要哭出來，便叫他回房間去。

「他真是幼稚。」亞伯特惱火地說。

伯弟就是讓我掛心，我不斷想到他那張淒苦的小臉蛋。

我決定私下見見柏屈先生，感覺上有此必要。當亞伯特在身邊，我就會以他的想法為想法。我想要靠自己……完完全全地……即使我是錯的。

柏屈先生極富尊嚴地接受解聘，我發現他是為伯弟而不是為自己著想，因此態度大膽，也可以感覺到他說的是肺腑之言。我本身也是個感情豐富的人，自然能理解他。

他說：「威爾斯親王受誤解了。他雖然不是聰明過人，卻也不遲鈍。他永遠無法成為博學多聞者，但他有許多美好的特質，個性隨和便是其一。他很熱情，也需要愛，就和我們所有人一樣，尤其他仍是孩子。」

我點點頭，想到自己童年時親愛的李琴和李奧波舅父；儘管亞伯特認為李琴沒把我教好，我卻覺得自己幸運極了，至少李琴愛我。

「我從來不相信嚴厲的處罰會激發出孩子最好的一面，」柏屈先生繼續說道，「自我從事教職至今，我從不這麼覺得。」

「我想這就是你的方式無法令小爵爺和史托瑪男爵完全滿意的原因。」

「但是，已經可以見到效果了呀。」

「是的……但伯弟仍然沒有姊姊那麼出色。」

「他們是不同的孩子，陛下。他們各有不同天分。威爾斯親王很有創造力，他頭腦靈活。」

「親王和我並未察覺。」

「對，因為……」柏屈先生聳了一下肩膀接著說，「很抱歉讓陛下您失望了。離開小親王我很難過，只希望他能快樂。」

「我相信他遲早會明白我們做的一切都是為他好。」

柏屈先生再次試著為伯弟說話。「他很有天分，而且平易近人，喜愛嬉戲，能讓身邊的人喜歡他。亞弗烈王子和愛麗絲公主就非常喜愛他，他也對他們溫柔和善。陛下，懇請您不要讓他受到太嚴厲的對待，那樣不是辦法。」

我說：「你是個好人，柏屈先生，我知道你竭盡所能想幫助威爾斯親王，我很感謝。真希望……」

我掉轉過頭。他的情緒開始感染我，甚至讓我覺得亞伯特和史托瑪可能錯了。我不能這麼想，那是不可能的事。亞伯特永遠是對的。伯弟確實懶惰。他當然愛極了柏屈先生，因為他從來不鞭打，總是任由著他懶散。

「能請陛下看看我今天清晨在枕頭上發現的東西嗎？」柏屈先生問道。

我點點頭。

他拿出一張皺皺的紙，裡面包著一尊小錫兵，身穿大革命前的法軍制服。我從他手上取過小兵。

「這是他最好的、最喜愛的一尊士兵。」柏屈先生說，「他連同這張紙條送來給我。」

紙條上是伯弟的童稚筆跡，寫著他有多愛柏屈先生，如今老師要走了令他多麼難過。這尊他最好的士兵就送給他做為紀念。

柏屈先生的嘴唇微微顫抖，我發現他眼眶噙著淚水。

他鞠躬行禮後，拿著紙條與士兵請求告退。

我很慶幸他走了，再過片刻，我恐怕會和他一起掉淚。我必須控制自己的情緒，亞伯特總是這麼說。我有股衝動想跑去告訴他，我要留下柏屈先生，就算伯弟永遠成不了博學之士，我也不在乎。

這時我彷彿聽見身旁響起亞伯特的聲音：那紙條寫得太拙劣，伯弟這個年紀的男孩應該能寫得更好。

亞伯特說得對。他當然不會錯。

關於伯弟的事，我感到非常良心不安。

我知道柏屈先生離開那天，他和亞弗烈站在窗邊嚎啕大哭，伯弟哭是為了柏屈先生，亞弗烈則是為伯弟傷心。我發覺就連亞弗烈看亞伯特的表情也彷彿帶著恨意，但願亞伯特沒有察覺。幸好小維也在，只要有她在，亞伯特從不會留意其他人。

紀布斯先生在宮裡待了幾星期與柏屈先生進行交接，柏屈先生還在的時候，我想他是極度自制。柏屈先生走後，得開始認真上課了，聽說伯弟一點也不適應。他老是賭氣不肯學習，經常挨打，卻又似乎達不到預期效果。有一回他還朝紀布斯先生丟石頭。愛麗絲和亞弗烈因偏袒伯弟，舉止無禮，就連海倫娜和露伊絲也是一見到紀布斯先生就放聲大哭。

伯弟在紀布斯先生的教導下，似乎比在柏屈先生教導下更加退步。

但史托瑪和亞伯特堅信伯弟需要調教，若在柏屈先生的溫和教導下永遠不會成材。

伯弟做什麼都不對。

有時候只有我和他和其他孩子在一起，亞伯特不在，這時他似乎比較不會繃著臉。我們會一起說笑、唱歌，我也會跟他們說我住在肯辛頓宮的往事，說我如何存錢買玩偶娃娃、如何染上傷寒、如何病重到掉頭髮。我還跟他們說起李琴和眾位叔伯，他們聽得興致盎然。

「妳一直都是女王嗎？」伯弟問道。

「不是，」我告訴他，「威廉伯父去世以後我才即位，因為下一個順位就是我。」

我問他懂不懂這是什麼意思，他不懂，我便解釋給他聽。

最後我說：「而在我之後的君主就是你。」

伯弟搖搖頭。「不是的，媽媽。」他說，「應該是小維。妳和爸爸又不愛我，你們愛小維，所以會讓她當女王。」

我驚愕不已，生氣地說：「我們當然愛你，你是我們的兒子啊。」

他繼續堅持事實，斬釘截鐵地說：「會是小維。」

「你以為小維年紀比你大，所以會當女王。但你是男孩，男孩比女孩優先。」

他一臉狐疑。「可是，妳和爸爸不愛我啊。你們就很愛小維……很愛很愛。」

我試著向他解釋我對他們每個人的愛都一樣多，卻看見他出現一種恍惚發呆的眼神。他禮貌地忍著不作反駁，但表情已經暗示：不用再白費力氣試圖說服他相信一件他知道壓根不屬實的事。

許多夜裡我都為伯弟的事輾轉難眠，後來又因為小維製造麻煩，讓我的情緒緊繃到極點。

毫無疑問地，小維自視極高。亞伯特會說，這很自然，她又漂亮，又那麼聰明。不只如此，她還沉浸在讚許的光環中。亞伯特喜歡和她說話，她談論起許多話題都頭頭是道。他在規畫巴莫羅時，設計圖竟是先拿給她看而不是給我。他會傾聽她的意見。「啊，這個很好，」他會說，「真是絕佳的主意。」

我有些氣惱。她畢竟只是個孩子。

後來發生一件事使得整個情況一發不可收拾。亞伯特身體不適已有一段時間，可能是因為小時候身子就弱，現在才會連續不斷地感染風寒，令人十分擔憂。我對他的照顧有點過了頭，他雖然裝出不耐煩，應該還是樂意的。溫莎有位姓伯朗的醫師名聲極為響亮，我說與其再請寇拉克醫師看診，何不請教一下他的意見。我覺得換個人也許能明確指出亞伯特的病根。說不定和溫莎的空氣有關，而伯朗熟知溫莎。

小維聽到亞伯特喊醫生伯朗，因此提到他時也照著這樣喊。

「這樣很不禮貌，」我說，「妳得喊他伯朗醫師。」

「爸爸就叫他伯朗。」小維凡事都愛爭辯。

「爸爸不一樣。爸爸想怎麼做都可以，他也許是爸爸口中的伯朗，妳卻得喊他伯朗醫師。」

「我不懂……」小維話說到一半。

「不用管妳懂不懂，總之別再這樣了。」

小維喜歡在別人面前自我炫耀，便又再次喊他伯朗。

我看見亞伯特暗自微笑，顯然覺得有趣。但小維對醫生如此無禮又藐視我的叮囑，我很生氣。

我說要是再讓我聽到她喊醫生伯朗，就罰她立刻回房上床。

就在伯朗醫師來看診的那天早上，她說：「早安，伯朗。」真是個野丫頭。她看見我瞪她，便又說：「晚安，伯朗，我現在要上床了。」

說完便走出房間。

亞伯特忍不住大笑，而他是很少大笑的。

他作完解釋後，醫師也加入了笑聲。我不知道他是否真覺得有趣，人心向來難測。我就不覺得好笑。更令我惱怒的是，事後亞伯特去到她房間，然後帶著滿臉驕傲的微笑下樓來。

「多可愛的孩子！」他說，「實在太有意思了。妳知道嗎？她跟我說她不介意整天都待在臥室裡，說那裡有書，她又很喜歡看書，所以這其實不算處罰，她這麼說。」

我駁斥道：「你是在鼓勵她的調皮啊，亞伯特。」

「調皮得太可愛了。」他說。

「她違抗我。」

「說到底其實挺機靈的。早安……晚安，我要上床了。」

「在你眼中，她永遠沒有犯過錯對吧？」我說。

「親愛的，在我眼中她就是她。」

「那麼你眼中的伯弟呢？」我高喊道，然後就爆發了……我一直藏在心裡不肯深思的念頭爆發了。「你這麼寵女兒，卻對兒子伯弟那麼殘忍。」

亞伯特驚訝地看著我。「我？對伯弟殘忍？妳這是什麼意思？維多利亞，妳在說什麼？」

我太過火了。我是心口不一。亞伯特當然完全是為伯弟著想，是伯弟自己怠惰，不肯用功。

亞伯特接著說：「想想看我為那孩子操了多少心……而妳卻說……」

「算了，別在意，我沒有那個意思。我只是一直在擔心伯弟，又看到你對小維……」

「Liebchen，」他一開口便不知不覺轉成德語。解釋道是他忽略了我，我則是因為他花太多時間在女兒身上而心生嫉妒，但她正在成長……她需要他。她是個可愛、甜美、聰明的孩子，他對她期望很高。他愛我們的每一個孩子，如果看似對伯弟殘忍，也完全是為伯弟好。難道我想讓伯弟變成罪犯嗎？

我開始感到內疚難過。

又是因為我的急躁性子。

「對不起，亞伯特，我不是故意的。」

他用兩手捧著我的臉。

「小可愛，」他說，「妳只是有點嫉妒小維。是我忽略了我的妻子……為了女兒的關係。那是因為她是我們的，是妳和我的，我才會那麼愛她。」

我流下淚來，依偎著他。

他是那麼地好，他是個聖人，有時候與聖人相處並不容易。

我這麼告訴他，他則非常溫柔地撫摸我的頭髮。他明白，他喃喃地說，他完完全全明白。

死亡似乎會從四面八方同時來襲。這裡某人去世，那裡又有另一人去世，而人生也似乎多少起了變化。親愛的雅德蕾德伯母崩逝了，想起過去種種，想起她的慈愛、她送我的大娃娃，以及她覺得我缺乏娛樂而想盡辦法要讓我去參加她舉辦的兒童舞會，我傷心欲絕。親愛的雅德蕾德伯母啊！但願現在她已與威廉伯父快樂團圓，他們是真心相愛。

路易．菲利浦死於克雷爾蒙。死於流亡期間是多麼悲慘！他的死幾乎沒有引起任何注意。那個多嘴的老人葛萊維當時住在布萊頓，他說法國國王的死所引發的注意，就和他窗口對面隨便哪個泡溫泉的老婦人沒兩樣。

但對亞伯特打擊最大的是安森的死訊，也就是他一開始遲疑不願任用，後來卻非常喜歡的祕書。一連數週，亞伯特都是一臉蒼白憂傷。安森去世當天，他哭得極傷心，我也陪著他掉淚。

我們失去了一位寶貴的朋友。

我想是安森的死讓他轉而狂熱地規畫博覽會，因為一開始反對的聲浪太大，正好有助於亞伯特克服悲痛。因為太過氣憤與沮喪，他滿腦子只想著計畫，便暫時忘卻了悲傷。

萬國博覽會是亞伯特的創作，我多麼以他為傲！人們將會發現他是何等聰明的人。這個博覽會是為他們而辦，為全世界而辦，是為了讓各國團結在一起，是為了展現藝術與商業該如何結合以便為所有人創造更美好的生活。

約瑟夫．派克斯頓的水晶宮美輪美奐，而海德公園當然是最佳設置場地。建造期間，我經常帶孩子去看。我告訴他們，這全是爸爸的功勞，將來全世界的人都會來參觀並發出驚嘆。我們滿懷著愛關注它的進展。全世界的人都會為之驚異，我對亞伯特說。

開幕日彷彿遙遙無期。預訂的時間是五月一日，小亞瑟剛好一周歲，當天便先為他慶生。他已經像個小大人，看到眾人送給他的禮物十分開心。伯弟很顯然是他最喜歡的人，手一抓住禮物就交給伯弟，像是在博取他的肯定。伯弟好像就是很善於逗弄小孩，即使拿數學沒輒，在這方面卻肯定有天分。

主持博覽會開幕是我一生中最美好的經驗。伯弟走在我身旁，幾步之後是亞伯特和小維。管風琴的樂聲飛升上水晶屋頂，花團錦簇，噴泉壯觀。演奏樂團包含了兩百種樂器，另外還有六百名歌者。

想到那些曾試圖阻止這場展覽的人，我由衷大笑。如今他們該顯得多麼愚蠢！就連羅素勛爵也惹人厭地表態反對在公園裡鳴放禮砲，說會震破玻璃，希望能在聖詹姆斯公園裡鳴放。亞伯特說這樣不行，若不在海德公園鳴砲，就不像是博覽會的一部分。亞伯特說服了眾人。老實說我有點疑懼，唯恐羅素勛爵說得有理。但他當然是錯了，在海德公園鳴砲沒有造成任何災難。

聽到人民對亞伯特歡呼喝采，我感動無比。這是最令我開心的事情了。

我心想，或許他們現在開始欣賞他了。

民眾的認同無庸置疑。玻璃宮殿擠滿了形形色色的人，當我看見威靈頓公爵也在其中，頗為感動。他如今年事已高，卻仍與安格西勛爵連袂前來，兩人都已是耄耋之年，仍決定共襄盛舉。帕默斯頓也出席了，在這樣的日子裡，我甚至對他也產生親切感。

「這是個非常精采的博覽會對吧，帕默斯頓勛爵？」我說道。

他又露出那惡作劇的神情回答道：「陛下，就連我也找不出瑕疵。」

這時我幾乎是喜歡他的。他有點讓我想起了可憐的墨勛爵。

回到宮裡，我實在快樂極了。威靈頓公爵前來向亞伯特道賀，而隨他的名字命名並認他為教父的小亞瑟，送給他一簇小花束。亞瑟不知道這麼做有何用意，但還是做得無懈可擊。

這一天尚未結束。我們晚上到科芬園去觀賞歌劇《清教徒》，無論在途中或在劇院裡都受到熱情歡呼。我聽見街上有人高喊：「亞伯特好樣的！」我高興得無以復加。

快樂的日子接踵而來。除了盛大的博覽會之外，別無其他話題。薩克萊先生[30]為它寫了一首美麗的《五月頌》，其中有一句：

有如飛泉從草地躍起
迎向太陽

首相來信：

宏觀的構想，執行時所展現的熱忱、創意與才能，以及從第一天到最後一天維持著井井有條的秩序，共同造就了亞伯特小爵爺的不朽名聲。

---

30 譯注：威廉・梅克皮斯・薩克萊（William Makepeace Thackeray, 1811-1863）：維多利亞時代的知名英國作家，代表作為《浮華世界》。

我寫信給李奧波舅父：

這是我一生中最快樂、最驕傲的一天，腦中根本容不下其他任何事情。我最親愛的亞伯特這個名字因這個偉大構想，而且是他自己的構想而永垂不朽；而我自己心愛的國家也匹配得上如此美譽。

我幾乎每天都去，還讓人為我一一解說，就連我一竅不通的複雜機械裝置也不例外。

參觀者眾，不分貴賤。我也安排讓巴莫羅的僕役長前來倫敦觀看博覽會，看著他那老實而坦率的表情有趣極了。他其實不怎麼熱中，我敢說他很懷疑這有什麼用。這些固執的蘇格蘭人，個性是那麼不做作、那麼直言不諱。我喜歡他們的真誠，和我遇過的無數人有著天壤之別。

參觀者當中也包括普魯士的儲君夫婦；我和亞伯特很高興他們也帶著兒子威廉同來，威廉的小名叫「腓力」，現年二十二歲，雖然稱不上英俊，卻有一雙迷人的藍眼睛。我對他甚感興趣，因為知道亞伯特有意撮合他與小維。他的母親奧歌詩妲郡主非常和善可親，我立刻就喜歡上她。我們一起談論小維與腓力的事，她對此計畫甚表贊同，看到腓力與小維對彼此頗有好感也令人欣慰。

七月底，我們去了奧斯波恩，度過一段歡樂時光，因為博覽會十分成功，我們談論個不停。閉幕式將於十月十五日舉行，也是我們訂婚的十二周年紀念。

我對亞伯特說：「人民花了這麼長時間終於認識你、了解你，並領悟到你的價值了。」

那一年十一月厄尼斯叔父過世，我聽到消息十分震驚。他一直是個神祕的怪人，我從未喜歡過他，但說也奇怪，童年的妖魔鬼怪如今走了，我卻覺得有些感傷。更奇怪的是，他竟是歐洲最得民心的國王之一。他對於人民的事務極為關注，當歐洲各地叛亂連連之際，漢諾威也開始出現動亂跡象，卻被他輕而易舉地弭平了。如今雙目失明的可憐表弟喬治當上了漢諾威國王。

我很滿意格蘭威勛爵，他和帕默斯頓勛爵截然不同，不但人好，還會經常告訴我所有最新消息。不過只要涉及政治，就不可能長久太平。

法國又傳來令人擔憂的消息，因為路易・拿破崙更改了軍服，並讓代表皇室的老鷹重新出現在旗幟上，看來他具有軍事野心。羅素勛爵認為我們應該加強地方民兵的力量，帕默斯頓卻有不同想法。他的外務政策向來具有侵略性，只要稍遇挑釁就會派出砲艦。不管再怎麼不喜歡這個人，我私心裡倒是傾向於支持他的政策，因為我堅信展現力量是嚇阻尋釁者的最佳利器。帕默斯頓想要一支國民軍，除此之外什麼也不同意。於是……他與羅素勛爵對此事的僵持不下導致政府垮臺。

「我對約翰是一報還一報。」這是不受控制的老帕所下的評語。

我找來德比勛爵領導托利黨組閣，他照做了，但力量薄弱，未能持久。有一件值得注意的大事就是班傑明・狄斯累利當上了財政大臣兼下院總務大臣。

我對此人深感興趣。他太與眾不同了。起初對他有些恐懼畏縮；他有顯而易見的猶太人外貌，膚色較暗，眼珠與眉毛顏色極深，還有烏黑的鬈髮，後來才聽說那是染的。他寫過幾部銷量相當不錯的小說，也是個演說家，我這麼聽說。我請狄斯累利進宮用餐，令許多人感到驚訝，因為一般相信若非避無可避，狄斯累利應該是我最不想接觸的人。

但我就是好奇，因為聽到太多有關他的傳言。傳說他是為了錢才娶瑪莉・安妮・溫德姆，但現在卻是倫敦最恩愛的一對，甚至勝過維多利亞與亞伯特。因此我當然想見見這對夫妻。

女方讓我覺得低俗，說話方式更甚於外表，男方則是言詞華麗。但我覺得他們很有意思。

接下來又是一個深深影響我的死訊——威靈頓公爵。當然，他已經年紀很大，卻仍舊靈活。他經常去參觀博覽會，而且總有民眾對他歡呼，他永遠是人們心目中的滑鐵盧英雄，直到去世前幾天，身子都還很硬朗。他從住處沃瑪城堡驅車前往多佛，回來以後吃了一頓豐盛晚餐。當天晚上急症發作，翌日午後便去世了。

他的葬禮場面盛大，備極哀榮。丁尼生[31]寫了一首悼念他的頌詩，就連帕默斯頓勛爵也說從未有人像他這般生前、死後都得到同胞一致的愛與尊崇與重視。

他先停靈於沃瑪，後來又停靈於雀兒西醫院，最後在十一月下葬於聖保羅大教堂。送葬隊伍經由憲法山路、皮卡迪利街與河岸路來到聖保羅教堂，後面跟著一百五十萬名悲傷的群眾。

我感到萬分孤寂。他們都走了……所有我親愛的老友。

處處都有變化。德比勛爵的內閣撐不下去了，只得要求亞伯丁勛爵組成新政府。政局相當不安，需要有一個強勢的政府。一切似乎都不同了……連名稱都得改。輝格黨人如今自稱為自由派，而托利黨人則分裂為德比勛爵與狄斯累利領導的保護主義派，與至今仍被稱為皮爾派的人士，他們以亞伯丁勛爵為首，主張自由貿易，並自稱為保守黨。

若想有個強勢的政府，除了組成聯合內閣外，似乎別無他法。亞伯丁試圖這麼做，因此找了輝格黨（或是自由派）的羅素勛爵與帕默斯頓勛爵，再加上從前的托利黨、如今的皮爾派的格雷史東與他本人。

對此我很是滿意，因為我非常喜歡亞伯丁勛爵，而且吸納兩黨的頂尖人士看似好主意。我當然不喜歡帕默斯頓，但我知道他是個強硬的人，現在重要的是得讓國家受到強勢領導，因此我必須捐棄個人成見。

在這一切混亂之中，我駭然發現自己又懷孕了。原本希望小亞瑟會是最後一個，但看來事與願違。

我恐怕是有些暴躁，一下指責亞伯特對我的狀態漠不關心，一下瘋狂地譴責天神竟然只讓女人承受悽慘的生產過程，應該讓男人也分擔一點才公平。

亞伯特很體貼，還是用那半寬容、半氣惱的態度喊我「親愛的孩子」，就好像我根本沒長大，他須得竭盡耐心來應付我。

有件事倒是令人稍感安慰。寇拉克爵士知道我有多害怕生孩子，便來問我願不願意試用新藥氯仿。這個我聽說過，亞伯特卻不甚熱中。他相信上帝有意讓女人受苦（可能是因為女人給亞當吃了蘋果），而女人應該堅忍不拔地承受痛苦，這也是上帝的旨意。

不過我沒心情聽亞伯特說這些，我寧可多聽聽詹姆斯爵士說他認為這藥對母子都無害。教會確實怒叱此舉。「他們全都是男人。」我說。報上更是議論紛紛，究竟該不該使用止痛劑？

我作出了決定。我再也無法忍受，我要試用氯仿。

我說到做到。

太驚人了，竟然如此輕易！我躺在床上，疼痛開始折磨我……下一刻我依然躺著，不怎麼筋疲力盡，彷彿安穩地睡了一覺醒來。

「陛下生了個男嬰。」我聽到這句話，簡直高興得就要大聲高歌。就這樣結束了。呵，天賜的氯仿！感謝親愛的詹姆斯爵士建議我試用。

「以後情況將會大大不同，」詹姆斯爵士說，「現在全國各地的婦女生產都會變得輕鬆了。陛下已經率先開道，您做了什麼，每個人都會想效法。」

我實在是既開心又鬆了一大口氣。

嬰兒取名為里歐波．喬治．鄧肯．亞伯特。

可惜他不像其他兄姊那麼健壯。後來我們才發現他罹患一種叫血友病的可怕疾病，是一種出血的疾病。我們很害怕他跌倒或受傷破皮，因為一受傷就很難止血。這是我第一次生下孱弱的孩子。

這回家裡恐怕會出現一些風暴。

31 譯注：阿弗烈．丁尼生（Alfred Tennyson, 1809-1892）：維多利亞時期的英國桂冠詩人。

我為嬰兒擔心，也仍非常掛念伯弟與他父親之間的關係。我試著說服自己責打與一般嚴厲管教是對的，但就是放心不下伯弟。到後來他自己似乎也習以為常，只不過比起柏屈先生在的時候，他實在頑劣許多，而且仍然學不來，又或是不肯學。他是個大問題。

對於亞伯特，稍有點風吹草動，我就會發火。我內心裡多少有點怪他。媽媽總是站在他那邊，我覺得自己肯定是錯了，但這麼想於事無補。

亞伯特始終充滿愛與溫柔，不停地喊我是他心愛的孩子，到最後我都想尖叫著說我不是孩子了。我是女王，他們應該記住這一點。接著我會展現女王派頭，亞伯特便會疏遠我。事後他又會抱歉地說：「我應該幫助妳才對，幫助妳克服妳幼年時期沒有被糾正的本性。」

如今回想里歐波出生後那段時間，我想我是過度緊繃；我非得發火不可，我想大吵一架之後馬上言歸於好，然後因為和解而感到前所未有的快樂。

秋天時我們去了巴莫羅，宅邸尚未竣工，我想亞伯特還挺高興的。他確實深愛此工程。完工後將會有一座宏偉的百呎塔樓與環抱的山牆與角樓，還能欣賞秀麗風景：高山、森林與迪河。我們設計了許多格子花呢布到處懸掛，我設計的是維多利亞格紋，亞伯特的是巴莫羅格紋，雙雙與紅綠相間的斯圖亞特王家格紋布並列懸掛。我愛極此地的新鮮空氣與質樸老實的人民。與這些不造作的人為伍感覺舒坦許多，其中我特別偏愛約翰．布朗，我們騎馬入山散心時，總是他替我牽著小馬。

但即便在巴莫羅也擺脫不了我的閣員。倒不是我想遠離亞伯丁勛爵，他可是最好的人了；他也喜歡巴莫羅，而且全心全意投入當地的習俗之中。他會穿上格子裙和我跳一支蘇格蘭傳統的利爾舞，著實有趣得很。

若是沒有帕默斯頓勛爵，我可以接受。我發覺他的視力不佳並處處顯老。他會陪亞伯特打檯球，亞伯特也會盡可能不顯露出對他的不喜。

帕默斯頓勛爵說東方可能即將發生紛亂，當時我們並未在意。

我一直最害怕的事終於過去了。

我知道局勢有些不安定，卻希望在亞伯丁勛爵的理性政策下能免受波及。

俄羅斯入侵了多瑙河畔的土耳其領地，而土耳其是英國的友邦，國力不強，但還是友邦。

我在巴莫羅聽說英國艦隊進入達達尼爾海峽的消息，這又是帕默斯頓勛爵的砲艦政策，他說服了亞伯丁趁我不在的時候採取此行動。

同年十月，土耳其向俄羅斯宣戰。帕默斯頓立刻要求與法國結盟支持土耳其。亞伯丁勛爵主張和平，帕默斯頓則力促採取行動，我夾在他二人之間左右為難。我不相信亞伯丁能讓俄國沙皇理性行事，但想到要支持帕默斯頓又深感厭惡。

有一天亞伯丁憤憤不平地來找我，因為帕默斯頓瞞著他直接與我國派駐君士坦丁堡的使臣接觸。

「這誠然是叛逆。」我說。

亞伯丁聳聳肩。他決心不讓我們捲入戰爭，但是溫和的個性鬥不過帕默斯頓。我擺盪到亞伯丁那邊去。

「勝利的想必是沙皇，」我說，「假如俄國人能寬宏大量，土耳其人能理性，也許這不愉快的紛爭便能落幕。」

接著帕默斯頓勛爵請辭了。

這就顯示要人民表態。格雷史東先生贊同重新召回帕默斯頓，而帕默斯頓夫人也孜孜不怠地想讓所有人意識到這個時候國家需要她的夫婿，亞伯丁勛爵十分緊張。他認為政府會垮臺，進而導致一場災難，若是不召回帕默斯頓，他看不出有何存活的方法。於是帕默斯頓回來了。

隨後便聽說俄羅斯擊沉了土耳其船艦。

帕默斯頓的預言成真，當下成了英雄。幾個月來，他一直在警告政府紛擾迫在眉睫，但官員寧可坐視不理。人民認為我們應該加入戰局。他們說，要不是帕默斯頓被趕走，現在應該已經交戰了。

人民一致指名的代罪羔羊，正是亞伯特。

帕默斯頓是國家英雄，亞伯特則是罪人。

報上出現了有關他的文章，牆上寫了標語，還有人高舉布條要他回到他所屬的德意志。只要是關於亞伯特，怎麼說都不算過分。真不敢相信博覽會與他的一切好表現，這麼快就遭人遺忘。

我們為什麼不去捍衛那個可憐的小土耳其呢？到底為什麼？因為亞伯特不希望。那個德意志人亞伯特！女王不希望我們去是因為她時時刻刻都受控於亞伯特。這個國家是誰在治理？是德意志人亞伯特。是誰想把英國移交給他的德意志親人？他與俄國皇室有親戚關係，他是英國的叛徒。他說英語有德語腔，甚至連長相都不像個男人……不像英國男人。他長得太秀氣，他從來不笑，他冷漠、無情、藐視人民。他自以為是。

另一方則是那個開朗愉快、溫文有禮、聰明傑出的老帕。他年輕時有些放蕩不羈，那是當然了，男人嘛。一個會嘲笑人生、享受人生的男人，同時還會將國家導向它應該去的方向。他掌權時總是知道如何征服敵人。為什麼呢？因為帕默斯頓勛爵想要將英國保留給英國人，而不是把它讓渡給一群踢著正步、貪得無厭又自以為是的德意志人。打倒亞伯特！

到處可見漫畫、諷刺畫與歌謠。有一首歌謠的結尾唱道：

歡樂的土耳其人快快奮起
讓那些俄國熊瞧瞧實力
英國島上謠言紛雜
說亞進了倫敦塔。

於是開始有人謠傳亞伯特被帶到倫敦塔，群眾也聚集到叛徒門前想要奚落他。

整個國家已淪落到這種歇斯底里的狀態。

我流下憤怒而沮喪的淚水，並咒罵那群愚蠢暴民。「他們竟敢這樣？」我高喊，「一定要有所行動。」不是只有我一人這麼想。

到頭來格雷史東先生倒是對我們十分友好。他在《晨間郵報》寫了一篇文章影響深遠；這話題在下議院被提出來，對亞伯特的指控受到嘲笑，並有許多人對小爵爺推崇備至，其中也包括狄斯累利先生。羅素勛爵發表了一番動人的演說，表示這種歇斯底里的現象無稽之至，必須加以制止。

幸而此舉確實有安撫人心的效果，但有人擔心亞伯特可能在某些地方遭受生命威脅。對這些刺殺行動，我畢竟並不陌生，因此格外害怕。

我主持國會開議時，亞伯特也在，首相堅持要我們絕不可大意，因此我們便在重重戒備下乘車前往。他說得沒錯，街上響起了對帕默斯頓勛爵的歡呼聲，以及對亞伯特和我的噓聲。

人民展現不滿情緒讓我難過到極點，這種時候便會想起自己還是小公主時，走入人群是如何受到歡呼，他們是如何高喊我的名字與美好的祝願。

人生劇變，多叫人傷心！

亞伯丁勛爵很不願意打仗，但帕默斯頓要脅說，若不採取更強硬的手段就要辭職，而且他有人民做為堅強的後盾。戰爭如此吸引他們，或許是因為距離太遙遠，我看得出來英國正無可避免地逐漸捲入戰事。

二月裡，我國政府給俄國發出最後通牒：倘若他們不在四月底之前從多瑙河的領地撤退，我們便要宣戰。他們沒有回覆，我們加入了戰爭。

我們只能從海上攻打俄國；納皮爾元帥帶領艦隊駛入波羅的海，九月登陸克里米亞。我方軍隊共有兩萬四千名英國士兵、兩萬兩千名法國士兵與八千名土耳其士兵，目標是攻占塞凡堡。

我站在白金漢宮的陽臺上，目送士兵們邁開大步走向戰場。我希望他們能看見我，知道我的心與他們同在。稍後我到碼頭去看他們。我還記得李琴上過的課，有關於我童年時期始終不怎麼喜歡的那位女王。她就曾經到提伯里港去看她的軍隊，並發表一番精采演說，說自己雖是個弱女子，卻有英國國王的勇氣。或許我無法像她表達得如此感人，但我確實希望他們知道我有多在乎。

我是多麼地痛恨戰爭！它占滿了我的思緒。我真不願意去想那無數的死亡與毀滅，而我的臣民正置身其中。

帕默斯頓勛爵正在讓所有人知道，倘若當初由他執政便能避免戰爭。許多戰爭的起因都是源於愚蠢的姑息政策。假如不是俄國以為英國會袖手旁觀，假如我們沒有一個搖擺不定的政府，他們絕不敢輕舉妄動。

我開始覺得帕默斯頓想必是對的。

我幾乎不忍回想那個時期與當時人民所承受的苦難。巴拉克拉瓦的慘烈戰況，阿爾瑪與英克曼兩場空洞的勝利，可怕的流行病肆虐軍中，奪走的性命比槍砲還多。

我以芙蘿倫絲・南丁格爾小姐為傲，她帶著手下的護士去照顧傷患，在最可怕的情況下工作，精神可嘉。亞伯特經常埋頭伏案數小時，不斷地思考軍隊的改善方案，再將結果交給政府，而且幾乎全部獲得採用。他堅持我們需要更多人，需要更有效率的補給，需要各方面的改進。面對政府軟弱，他發現自己愈來愈認同帕默斯頓。最後該發生的終究還是發生了。局面非得由帕默斯頓來主導不可，人民相信只有他能終結這場悽慘的戰爭。我想我們也全都知道。

不久，帕默斯頓進宮來，他依傳統禮儀親吻我的手，然後以首相身分開始組閣。

到處充滿新希望，民眾當街跳起舞來。「帕默斯頓回來了，」他們呼喊道，「我們很快就要打勝仗了。」儘管沒有奇蹟發生，情勢卻的確好轉了。帕默斯頓精力充沛又積極正向，民眾都支持他。他與亞伯特在許多重要的事情上也都意見一致，我覺得對這個人的反感略微降低了。

他確信自己是對的，並下定決心不為任何事所動搖，包括他自己的立場在內。我想那是與生俱來的率直性格。當時只有某幾位政治人物反對帕默斯頓，他們心胸狹窄的程度每每令我驚訝，我想他們是政治野心太大，太亟欲抓住一絲一毫往上爬的機會，以至於不能眼睜睜看著其他人大步超前。狄斯累利先生非常失望。他想必認定了首相一職非自己莫屬，後來便訴諸人身攻擊，說帕默斯頓是「一條彩繪虛飾的舊褲，又聾又盲，假牙也隨時可能從嘴裡掉出來。」這類話語與打勝仗毫無關係，分明就是嫉妒。帕默斯頓的確是老了，我想他已經七十歲，雙頰或許稍有潤色，但我懷疑狄斯累利先生自己也染了頭髮。狄斯累利先生天賦過人，令我詫異的是（一如在許多情況中）這些著實十分了不起的人竟能被嫉妒蒙蔽到如此幼稚地暴露出自己卑鄙的一面。

接獲沙皇尼古拉逝世的消息時，我百感交集，其中當然包括莫大的欣喜。有人說這是報應。這個害死成千上萬人的禍首如今也失去自己的性命了。我只記得我認識的那個人，眼神狂野、習性獨特，其實是個相當迷人的人。

但即使沒有了他，戰爭依然持續著。

亞伯特渡海到法蘭西與皇帝面議。他帶著長篇累牘回來，並說他覺得皇帝十分懶惰。但無論如何，此行仍改善了與法國的關係，我相信亞伯特讓對方留下了好印象。

我們對法國皇帝極為友善，因此他偕同妻子回訪。對於與他們會面，我甚感興趣。路易．拿破崙十分迷人，只是外形極為矮小，而他的妻子卻是又高又苗條。我們兩對夫妻形成強烈對比：我很矮而且（我不得不承認）微胖，歐仁妮卻是高䠷纖細；反觀亞伯特的修長身材更凸顯皇帝的短小，因此以外貌論，我們是很不搭調的四人組合。

我帶他們到溫莎，他們也和所有訪客一樣驚嘆不已。

我覺得他們頗討人喜歡，這有些出乎我意料，因為我一直以為皇帝是個狂妄自大的人。他毫不吝於恭維我，而且聲音輕柔，的確很懂得討女人歡心，我還注意到他的目光會尾隨幾位格外標緻的美女。亞伯特傾向於對這種人抱持疑慮，但我承認我有我的弱點，因為我的確喜歡有他們作陪。與皇帝相處確實愉快。我們帶他到庭園裡閱兵。他騎著一匹栗色駿馬，以非常迷人的風度向旁觀者行禮，獲得如雷的喝采。他對我說數年前在英國過著卑微的生活時，曾有一次夾在人群中看著我騎馬經過。那已是十四年前的往事。「那莊嚴高貴的景象是那麼令人印象深刻、那麼令人動容，」他說，「我始終未曾忘記那一刻……還有妳。」他真是個迷人的紳士，皇后也很令人愉快。

將他們介紹給孩子認識時，小維完全折服於皇后。倒不是因為她的高貴儀容，而是她的美貌與美麗優雅的服裝。他們倆對孩子都很親切，以他們的地位而言實屬難得，更令我高興的是皇帝特別注意到伯弟。伯弟立刻有所回應。他太習慣因為姊姊的傑出鋒芒而黯然失色，因此一受到關注，便宛如花朵在罕見的陽光魔力下綻放開來。

他喋喋不休地與皇帝交談，幸好亞伯特不在，否則一定會制止他。我卻覺得無傷大雅，而且看得出來皇帝很樂於回答這孩子的問題。伯弟很想知道關於法國軍隊、槍砲與制服的事。

「長大以後我想從軍。」他向皇帝透露。

「你會是個優秀將士，」皇帝微笑回答，「我希望你能加入我的軍隊。」

「啊，」伯弟大喊，「我也希望。」接著他說出一句令我大感驚駭的話。「我也希望你是我的父親。」

我正想出言反駁，皇帝卻極為圓滑地一語帶過，我想唯一能做的也正是把它當成孩子不假思索的無心言語，泰然處之。

但在我內心深處卻知道伯弟說的是真心話。

八月期間，我們又回訪法國。戰事堪稱順利，我們受到了熱烈歡迎。有幾次遊行過街，聽到有民眾高呼：「Vive la Reine d'Angleterre!（英國女王萬歲！）」而他們也沒忘了大喊：「Vive le Prince Albert!（亞伯特小爵爺萬歲！）」我真是太高興了。

我覺得皇帝與皇后真正是我們的朋友。

亞伯特的生日正好在這趟造訪期間，我們便在聖克盧慶祝。那天風和日麗，皇帝特別為這一天譜了樂曲，還有贈送禮物時間，就和在家裡一樣。然後我們走到王宮的陽臺上，有三百名法國鼓手向亞伯特擊鼓致意。

他三十七歲。我祈求上帝在未來的歲歲年年都能庇佑他、保護他。

我送給他的禮物是幾匹駿美的種馬。當時牠們身上有一處空白，我告訴他當塞凡堡拿下後，就會在馬匹身上烙下這個名字，那麼將來他就會記得我是何時送馬給他。

塞凡堡！我們多麼希望將它攻陷！它的失守定然象徵著戰爭即將結束。但儘管戰況對我們有利，塞凡堡卻是屢攻不下。

我告訴亞伯特說法國皇帝有多令我著迷。

他看著我面露微笑。

「親愛的孩子，妳真的很快就變得過於熱情了。」

「我知道。」

「沒多久前妳才罵他狂妄自大，現在就因為他在耳邊說一些好聽話……」

「才不是那樣！」我反駁道，「現在我認識他了……經過親自接觸後。當時卻不然。」

當然，亞伯特說得對。他比我冷靜得多、沉穩得多，也比較不會受到個人魅力的影響。不過結婚以來，我已經改變很多了，有點愈來愈像亞伯特。我心想若是年紀很大之後，會不會和他一模一樣。那將會是一大進步，我知道，但我也懷疑到時還能享受這麼多人生樂趣嗎？

＊

雖然俄軍仍死守塞凡堡，我們卻已勝利在握，因此官員建議我放下國事去度個假，就幾個星期。倫敦若是需要我，再通知我回來。

於是我們愉快地出發前往蘇格蘭。今年心情格外興奮，因為巴莫羅新宅已經完工，完全按照亞伯特的設計，我們已經盼了一段時間想去看看。

我太喜歡了！它就像蘇格蘭特有的角樓式城堡，我愛極了那些脂松與內部的格紋裝飾。

「一切都太完美了。」我高聲驚呼。想到是出自亞伯特之手就教人欣喜——他自己建造、自己設計格局……一如奧斯波恩。都處都可以體會到他的出色品味與巧手。

這次在巴莫羅令我永生難忘，因為剛到沒多久就聽說攻陷了塞凡堡，這是我們等待已久的消息。經過了三百九十九天，敵軍終於投降。

亞伯特和我緊握雙手凝視著對方，我想我們都幾乎潸然淚下。我們走到窗邊向外望去。在一座小山上，就在巴莫羅視線所及的近處，有一堆柴火堆在那兒等著，已經等候一整年了。

亞伯特一臉嚴肅地走出去。我看著他爬上小山，點燃營火。那是個信號。不久便看見一整排營火熊熊燃燒起來，宣示攻陷塞凡堡。

此行還有另一件事令人難忘。

亞伯特對我說：「我邀請了腓力到巴莫羅來。」

我立刻明白他的用意。他有意讓小維和腓力結婚，希望讓小維成為普魯士王后。

我說她年紀還太小。

「婚禮得等到她十七歲才能舉行，」亞伯特說，「但我想讓她多認識腓力，而不是直接就把她嫁過去。讓他們相處……讓他們多了解彼此……喜歡對方。」

我非常喜歡他。他個子高、肩膀寬闊、相貌討喜。他對亞伯特充滿敬畏，顯然聽說過他是多麼了不起的人。這使得我們倆都對他有了好感。

腓力很輕易便照著我們的意思走。他決心展現自己的魅力，而且明明白白地顯現出對小維的仰慕之情。若有哪個年輕人不是這樣，才真叫人驚訝，因為她貌美如花，而且以她的聰明才智當然會引人注意。

腓力會和亞伯特去追蹤獵物，會和我們倆一塊騎馬，還會和全家人一起野餐。

一切都非常令人愉快。

僕人布朗逗得我發笑，他真是個老實又直率的人！「所以說妳家的姑娘要給他囉。」他對我說。

我大吃一驚，說道：「這個嘛，布朗，我們是希望能有類似的結果。」

亞伯特覺得這些僕人太隨便。其中葛蘭特和布朗最得我心，我喜歡他們的誠實。「他們不習慣與王室成員相處，」我說，「而且就算習慣，也不懂得偽裝，對我們也一樣。」

小維當然很樂意成為這浪漫氣氛的核心。她知道這一切安排所為何來，因此頗懂得賣弄風情，有時候對腓力十分熱情，有時候又冷淡以對。

腓力要求見我時，我知道他想說什麼，立刻便答應見他。他說和我們在一起非常快樂，這的確是一次美好的訪行。在他認識的人當中，最令他欽仰的便是亞伯特和我，而且他愛我們的女兒，我們能不能答應讓他正式向小維求婚呢？

我對他說這正是亞伯特和我的希望。

他欣喜不已。他真是個可愛的男孩。其實他已不能算是男孩了。當時的他想必已經二十六歲左右，比小維大上一大截，卻也不算太老；不過要是和年紀輕輕的男子一起生活，小維絕不可能幸福。她需要一個年紀較長、較為老練的人，否則她會掌控一切。

我將此事告訴亞伯特。

我想他有些不悅。我可以明白對方在這種時候來找我確實令人難堪，因為正常情況下應該會找父親，但我畢竟是女王。

想到寶貝小維即將出嫁，他情緒相當激動。他滿腦子只有小維，總是讓我略感氣惱，儘管會盡力壓抑，卻不一定每次成功。

「這是你想要的呀，」我尖著嗓子說，「事實上這是你安排的，腓力也是你挑選的。」

「我知道，我知道。這是遲早的事。只是我們該會有多想她啊！」

「我們還有其他孩子。」

他鬱鬱一笑。「他們不是小維。」

「啊，我知道你有多寵她，在你眼中她永遠是對的。但願她的夫婿也能像她父親一樣寬容。」

亞伯特再次露出那溫柔氣惱的神情，意味著他正努力地和一個任性的小孩講理。他這副模樣往往會激怒我，尤其又是事關小維。

「小維呢，」我說，「才貌雙全，但你喜愛她的程度……的的確確勝過喜愛我們任何人。」

「Liebchen!」

「你大可以震驚，可以裝傻……但事實擺在眼前。小維這個……小維那個……小維永遠都那麼好，好到非要每次去證明伯弟的錯處來彰顯小維的優秀。」

「維多利亞，妳在說什麼？」

我看著他。我最最親愛的亞伯特，他俊美的臉上出現了痛苦的紋路。他真的很努力了，一切都是為了周遭的人事物……為了國家……為了家人……為了我們所有人。他深深為風溼症所苦，也偶爾會戴上假髮，因為頭髮日稀，頭會覺得好冷。深色假髮讓他更顯蒼白。

我話一出口隨即後悔。我朝他奔去。「亞伯特，你一定要保重自己啊。」

「親愛的孩子，妳跳過話題了。」

「我是一時衝動，口不擇言，我向來都是這樣。」

他輕撫我的頭髮。「這不是妳的錯。妳受的教養便是如此……任性發脾氣還受到鼓勵……從未加以糾正。真是可憐至極的孩子。」

我向來討厭他對親愛的老李琴作這些攻訐，但他脆弱的模樣實在太令我擔心，這回也就不計較了。

我曾閃過一個念頭，當小維真正出嫁那天，就得前往普魯士，那麼便再無人與我爭寵了。

對自己的女兒有這種念頭實在奇怪。我想我真的嫉妒亞伯特花那麼多時間在她身上。

亞伯特安排了全家人（除了最年幼的幾個之外）騎馬出遊，前往納班山。

我們由兩名僕人葛蘭特與布朗陪同出發，並決定該派馬車到哪裡接不想騎馬回來的人。

這趟出遊極為成功。腓力找到了機會。他和小維並肩而騎，野餐時坐的位置也和其他人保持些許距離。

從他們的表情看得出來腓力已經求婚，小維也答應了。

回到城堡後，小維如我所預期來到我們的房間。她奔向亞伯特，張開雙臂抱住他。「爸爸，」她說，「我要嫁給腓力了。」接著她轉向我。

「我們並不意外，」我說著親了親她。「妳父親認為這是天作之合。」

「可是小維，我們不會強迫或堅持要妳接受他……如果妳不想的話。」亞伯特連忙說道。

「我知道，親愛的爸爸。」小維微笑看著他，眼神充滿了愛。

「婚禮還要過一段時間才舉行。」亞伯特說。

「不，爸爸，不要。」她驚恐地看著他。「我怎能捨得離開你……」然後又看著我。「離開你們兩人。」

「這是必然的事。」我提醒她。

「還有三年呢。」亞伯特安慰道，然後他們父女倆交換了一個深情的眼神。

「我不知道我怎能離得開你。」小維木然地說。

「我們會見得上面的。」亞伯特說，「我們會造訪普魯士，妳也可以到英國來。」

「是啊，是啊，」小維說，「我們會見面的……很常見面，對不對？」

亞伯特點點頭。他伸出手臂摟著我們兩人，說道：「我會祈禱讓妳，讓我心愛的小維像我和妳母親一樣幸福。」

奸細似乎無所不在。本想暫且先別走漏小維訂婚的消息，她還那麼年輕，離婚禮舉行的時間也還久。但報紙幾乎是馬上就得知了。

「普魯士的腓特烈是誰？」標題如此問道。「又是一個德意志的小幼主。」

亞伯特家族接掌英國的老調又重彈一遍。

普魯士方面也不甘示弱。這真是一樁好姻緣嗎？有哪些嫁妝？腓特烈是未來的普魯士國王，英國人似乎忘了這一點。公主必須到德意志來完婚。

聽到這個，我勃然大怒，這些德意志人果真傲慢。我和亞伯特起了一點小爭執，因為他老是替他們找藉口。我指責他凡事向著他們，還安排一樁能提升德意志聲望的婚事。

亞伯特試圖安撫我。

「這是報紙一貫的抗議方式，」他說，「他們賣報總得找些有爭議又聳動的報導。很快地，君主制與《時報》將無法相容於同一個國家。君主政體希望展現善意，《時報》卻想挑撥離間。不要讓他們激怒了，因為那正是他們的目的。只要忽視它就能擊敗它，不久一切都會有最好的結果，而且小維當然會在這裡舉行婚禮。」

他當然是對的，向來如此。

克里米亞戰爭即將接近尾聲，我希望制定一個有史以來最高等級的勳章，可以頒贈給所有面對敵人時，表現出為國盡忠的英勇傑出行為者，無論是陸軍、海軍或其他。

這枚勳章將命名為維多利亞十字勳章，仿馬爾他十字造形，並以青銅為材質。勳章正中央是王冠，上方有一隻雄獅，王冠底下有一段捲軸飾帶，上面寫著「以彰英勇」。一開始想到的刻文是「以彰勇者」，但這似乎暗喻所有未獲勳章者都不勇敢，「以彰英勇」顯得比較中肯。至於綬帶，海軍為藍色，陸軍為紅色，帶釦上有月桂枝的圖飾，十字章內側以縮寫字母「V」連結支撐。

假如獲頒維多利亞十字勳章者再次表現出同樣的英勇行為，便能在綬帶上加一條槓。如果是無軍官銜的士兵或一般人士，將獲得十英鎊的年俸，若多一條槓便追加五英鎊。

我很高興能見到那位出色的南丁格爾小姐，她帶著護士親上戰場著實是了不起的壯舉。

她回到英國後，我邀請她進宮用餐。見到她令我又驚訝又感動，她相當迷人、溫柔又嫻淑……是個令人驚訝卻討人喜歡的女子。

我告訴她我非常羨慕她能為我國的男人奉獻這麼多，在那段最黑暗的時期，我經常想起她提著燈走在醫院的走廊上，她激勵了所有的人心。

進餐時，她告訴我關於克里米亞的生活，她所說的故事既令人心碎也溫暖人心。

事後我對亞伯特說，會晤南丁格爾小姐這樣的人，又聽到有關我國士兵與護士的英勇事蹟，讓我對世界恢復了信心，並暫時忘卻那些一心想製造紛亂的可怕的人。

這場慘烈的戰爭終於結束，我多麼歡喜。亞伯特和我討論和平條約的內容，他說感到十分滿意。黑海暫時獲得保障，俄羅斯自取其辱，土耳其安全了。

國內洋溢著歡欣鼓舞的氣氛。站在白金漢宮的陽臺上接受人民歡呼，我開心極了。我前往岬頭巡視艦隊；在奧德勺特，我乘著馬車行經軍隊行伍，士兵們熱烈地對我歡呼，並脫下盔帽舉到頭上揮舞，龍騎兵則高舉軍刀，一邊揮舞一邊吶喊：「天佑女王。」

我很慶幸帶了伯弟同行。他在這種場合表現之好，令人咋舌。念書是他唯一的罩門。他騎在馬上英姿煥發，民眾也都高喊：「威爾斯親王萬歲。」他以莊嚴的態度點頭回禮，讓我深以為傲。

事後我告訴亞伯特，他卻微笑說道：「是啊，伯弟最擅長的就是無功受祿。」

「他們為他鼓掌喝采是因為他是王位繼承人。」

「正是，」亞伯特說，「所以他只要存在就好，有沒有做什麼一點都不重要。」

「他還很年輕，還沒機會做些什麼。」

「除了用功讀書充實自己之外。」

我沒有繼續說下去，因為太高興了，不想陷入風暴中。

人民喜愛伯弟真是再好不過，他也很享受當眾遊行的感覺。而最最美好的還是：可恨的戰爭結束了。

*

很幸運地逃過懷孕這麼久，但好運不可能持續。就在這一片興奮氣氛中，我發現自己又懷上了！多虧有了天賜的氯仿，我不再像以前一樣視生產如蛇蠍；不過當然還是免不了有些不適。

懷胎十月後，我生下第九個孩子，是女兒。氯仿那極樂的效果令我慶幸不已，迫不及待便想施打。碧翠絲．瑪莉．維多利亞．費歐朵是個四月寶寶。謝天謝地，她生得健康強壯，不像小里歐波讓我們操那麼多心。小碧翠絲讓我安了心，之前總有一份疑懼咬嚙著我，唯恐是我施打氯仿而影響了里歐波。小女兒的健康清楚證明事實並非如此，因為生她的時候也同樣輕鬆……這回我們必須高度慎選照顧嬰兒的人，因為就在里歐波出生一年後，我們赫然發現他的乳母梅莉．布蘿得了失心瘋，殺害了自己的六個小孩。想到這樣的女人竟然如此親近我的孩子，實在把我嚇壞了。這事還得感謝寇拉克爵士，布蘿住進來一陣子以後，就是他發現她有些怪異而建議我們換人。他從考斯找來一名婦人，因此布蘿照顧里歐波的時間不長。

有過這樣的經驗會讓人提高警覺。然而，碧翠絲逐漸茁壯，不久寶貝（我們這麼喊她）便成了全家人的寵兒。

那一年六月，我頒發了第一面維多利亞十字勳章。當時在海德公園舉行一場盛大而感人的閱兵儀式，我就在儀式上將勳章別到一位六十二歲老者的胸前，大家都認為他受之無愧。

亞伯特提議說既然小維已經長大也快出嫁了，可以讓她和我們一起用餐。我其實不太樂意，那畢竟是我與亞伯特獨處的機會，我十分珍惜。如今卻得和小維分享。

亞伯特的注意力多半在她身上，我經常插不上話，覺得頗為難堪。

小維聰明機伶，由於她也（幾乎）如亞伯特摯愛她那般地愛亞伯特，便會努力地說他希望她說的話，而我不得不承認她的機巧，當他覺得爭論很有趣，她就爭論，當他的心情希望她順從，她就順從。他們都徹底地了解對方，關係極其融洽。

我愛女兒，也以她為榮，但我確實知道她不是亞伯特所認為那麼完美的人。

她肯定有強烈的虛榮心，喜歡受仰慕，任性倔強，也很享受贏過伯弟的感覺。當然，她也是人嘛，要不是亞伯特把她當成小小典範，我是可以接受的。我真想不到能將其他任何事情看得那麼透徹的他，對小維竟盲目至此。

小維會賣弄風情，容易顯得輕浮，亞伯特卻完全視而不見。我記得有一次乘車時，她故意讓手巾從馬車側面掉落。我明白她是想讓侍從官爭相拾回手巾討好她。於是我吩咐停車，要她自己下車撿回手巾。她用尖銳的眼神看我，知道自己的心思被看穿了。或許因為同是女性，我才會比亞伯特更容易察覺那些小伎倆。

時間一天天過去，我處於搖擺不定的狀態，有時候好害怕失去小維。有時候她顯得那麼年幼、那麼脆弱，又想到自己的孩子即將前往陌生國度。普魯士人稱不上歡樂開朗的民族，事實上他們非常嚴肅、非常古板，我為她感到不安。但從另一個角度想，她走了以後，亞伯特屬於我的時間就變多了。

晚餐時，我常常盼著十點，小維退席的時間快點到來，以便享受與亞伯特獨處這難得的幸福時刻。

有一次起口角，亞伯特指責說我想弄走小維。我大感驚愕，但這話卻有那麼一絲真實性。

婚禮盤據我們絕大部分心思的時候到了。可以預期的是，小維能得到多少錢得經由國會通過，這屈辱的過程無可避免。我向來最痛恨也最害怕像這樣討價還價，但我必須說帕默斯頓表現得可圈可點。他很擅長處理這類事務，儘管過去對他觀感不佳，但此時由他負責此事再適當不過。

「陛下，我們要採取的辦法，」他閃爍著促狹的目光說，「就是在把提案送進下院之前，先探探反對黨的口風。在投票表決前先談妥。」

他說得對極了！結果只有十八人不贊成，根本微不足道。小維獲得八萬英鎊的嫁妝與八千英鎊年俸，似乎還頗令人滿意。

由於眾叔父的反對，亞伯特始終得不到應有的頭銜。每當一提起這個話題，就會引發抗議的嘶吼。那群叔父都害怕亞伯特的地位高過自己，但如今他們已經不在了。

亞伯特非常擔心有一天，當他和伯弟出現在眾所矚目的場合，伯弟的地位會比他高。父親的地位遜於兒子，的確會讓人覺得狼狽。當然了，伯弟是威爾斯親王，萬一我死了，他就會成為萬人之上的國王。而沒有希望得到任何頭銜的亞伯特，幾乎毫不重要。

我與帕默斯頓勛爵談及此事，他建議我們應該讓國會同意給予亞伯特「王夫親王」的頭銜。

既然不能是國王（這點我清楚），給亞伯特這樣的頭銜我可以接受，於是我將此事交給能幹的帕默斯頓勛爵處理。

令我備感憎惡的是，正當以為事情已經定案之際，帕默斯頓竟然來跟我說大法官兼上院議長發現這於法不合，必須經由國會立法，才能賦予亞伯特「王夫親王」的頭銜。

我勃然大怒。他們似乎以羞辱亞伯特為樂。這些人已經忘了他為他們所做的一切，只記得他是個可憐的德意志人，因為娶了女王而致富。但我已經下定決心要讓他得到某個頭銜，不能再讓他這樣沒名沒分。我宣布要以英王制誥授予亞伯特「王夫親王」之銜。

帕默斯頓勛爵微笑贊同，說道：「有何不可呢，陛下。」

於是，經過了這麼多年，事情終於底定。

一場大災難驀然降臨。印度發生了兵變。我實在不敢相信那些接連而來的可怕報告。印度人起而造反，殺害我們的同胞。帕默斯頓勛爵來見，他那不慍不火的態度令我著惱。

「為什麼？為什麼？」我問道。

「原因難說，陛下。我猜可能是因為歐洲文明急速進步，吸收了許多印度本國的設施機構。您應該記得我們最近納入了旁遮普與奧德，印度人無疑認為我們有意合併全印度，置他們的舊習俗與信仰於不顧。印度傭兵在英國的指揮下戰績輝煌，因此想必認為憑自己的力量也能打勝仗。」

「一定要鎮壓……馬上。」

「一定盡快，陛下。」

正在發生中的慘事在我腦海中揮之不去。我們的人民遭遇了折磨與死亡！我絕不能接受，我對帕默斯頓如是說。現在做了些什麼？

「能做的都做了。」他回答。

「這樣不夠，」我反駁道，「我要採取行動。」

「陛下沒有站在反對黨那邊，真是幸事一樁。」帕默斯頓說。

他給人輕浮的感覺，但我知道他非常憂心，那只是表象。他絕不能顯露驚慌，必須沉著且略帶幽默地面對一切——只不過在這駭人的悲劇中何來幽默，我看不出來。

我想最令我震驚的是婦孺所遭受慘無人道的行為。可怕的景象縈繞在我腦海，夜裡輾轉反側。無論轉向何處，印度的可怕兵變都像一道黑影覆罩著我。

暴動的起因據說是傭兵以為槍彈上抹了牛油或豬油，對印度教徒與回教徒都是不潔之物，因此認為這是破壞當地種姓制度的陰謀。

這種說法我不全然相信，我覺得他們有可能是為了反抗東印度公司制定的規矩。

當然，我們的軍力比較強大，他們不可能抵抗太久。約翰·勞倫斯爵士表現傑出，在奈比爾准將與羅伯茲將軍協助下敉平了兵變。他們以強硬卻不嚴厲的手段管理印度傭兵，而錫克教徒則是萬分樂意享受英國的統治。最重要的還是印度的統治權由東印度公司轉移到政府手上。

甘寧勛爵[32]任總督，我也公告周知印度人民是我的臣民，我們對棕色皮膚的人並無歧視。膚色對我而言不重要，我最希望的還是他們能快樂、滿足、繁盛。

如此大的災難自有其影響。說也奇怪，帕默斯頓勛爵在不知不覺間從崇高的地位跌了下來，群眾真是善變！昨日的英雄成了今日的惡人。從我的親身經歷便能看得一清二楚。狄斯累利對於兵變一事有些高調嚴斥，說他早已看出即將發生動亂而出言警告，卻無人理會。也許他會是新的英雄？如果可憐的老帕失寵的話。

我不得不敬佩他。他根本不在乎，因為畢竟已是七十五歲左右的高齡了。

「真不可思議，」亞伯特說，「不久前，還說他是英國偉大的政治家，是自由的鬥士，是人民的代表。如今，各方面都沒有改變，他的優缺點一如既往，政策也很成功，卻被視為朋黨首腦、陰謀者……逾越職權……事實上他成了眾人憎恨的對象了。」

這是事實。可是平民百姓原本就是不可理喻。

帕默斯頓只是聳聳肩，嘲笑民眾，自己則與從前無異，仍舊穿著色彩鮮豔的外套、長褲、在臉上撲粉、將頰髯染黑，儼然一位老邁的紈袴子弟。

我不得不欽佩他，因為我終於發覺他是個傑出的政治家。

32 譯注：喬治．甘寧（George Canning, 1770-1827）：英國政治家。

9 大災難

他走了。他曾是我的人生，如今我的人生結束了。
我不想見任何人，不想去任何地方，只想與我內心排山倒海而來的憂傷獨處。

接著發生了一件事轉移了人們對兵變的注意力。有個名叫費里斯．奧希尼的人，夥同另外三人企圖行刺拿破崙三世，我們聞訊色變。當時皇帝與皇后似乎正搭乘馬車要去看歌劇，這三人竟朝馬車丟擲三枚炸彈。雖然皇帝與皇后未受傷，卻有十人喪命、一百五十人受傷。行凶者遭逮捕，不幸的是奧希尼一直住在英國，炸彈也在我們國內製造，讓我們多少脫不了干係。如果是在其他國家，我會舒坦些，這起意外事故使得我們與法國之間明顯疏遠，之前為了建立兩國的友善關係所作的諸多努力盡付東流，實在令人失望。

奧希尼是個革命份子，他的主要目的是想煽動義大利叛變。依他之見，拿破崙三世是壓制的助力之一，因此想要殺害他。

我們正要舉辦婚禮卻發生這種事，教人惶恐。聽說皇帝逃過這次惡意的攻擊，我鬆了一大口氣，立刻派特使送信去恭賀他逃過一劫。

小維已預定於一月二十五日結婚，無論如何不能讓這些事妨礙小維婚禮的準備事宜。大約一星期之前，亞伯特家族成員便會陸續抵達白金漢宮。再次見到李奧波舅父，我內心感動不已。他蒼老了許多，路易絲舅母的辭世對他打擊不小，何況在那之前還有她父親失勢的風風雨雨。歲月不饒人哪，令人傷感。亞伯特的哥哥恩尼斯也來了，還是一樣快活無憂，亞伯特見到他十分開心。賓客當中自然也包括新郎的雙親。多麼盛大的場面！我必須老實說，雖然老一輩的德意志親戚深得我心，我卻不怎麼喜歡年輕的一輩，他們不僅留著誇張的鬍鬚，還對臉上的劍疤深感自豪，因為那是決鬥留下的所謂的光榮疤痕，依我說，那應該是瘋狂的證明！

可憐的亞伯特陷入天人交戰，既歡喜見到家人，卻又眼看就要失去小維，讓他一天比一天消沉。

除了舉辦一場盛大而隆重的國宴之外，還在女王陛下劇院特別演出《馬克白》以慶祝婚禮，同時還有一場大型舞會。

接著大日子來臨了。我不禁想起自己的婚禮。與亞伯特風光完婚那天至今，發生了多少事情，而我也早已不再是當年那個喜愛玩樂，以為人生最大樂事就是徹夜跳舞直到凌晨的輕浮少女。亞伯特教了我許許多多，我虧欠了他多少，這個國家又虧欠了他多少。如果沒有他，我怎能度過那些年！如今的我，已是這個心愛國家的女王，九個孩子的母親，教我怎能不滿懷激動，這是快樂的心情。亞伯特卻不然。想到要與女兒分別，他實在無法承受。

我一醒來便寫了張便箋給小維。書寫讓我感到輕鬆莫名；把心裡話寫到紙上向來都要輕易得多。我告訴她婚姻有多重要，這是一個神聖而親密的結合，而且我認為婚姻對女人的意義比對男人更重大。

我更衣時小維來了，她充滿感情地親吻我，並感謝我寫的紙條。她送我一枚胸針，裡面裝著她的一綹髮絲，並說希望不會辜負我的期望，讓我深深感動。

她想在我房裡更衣打扮，好讓我看看有無疏漏之處。她穿上以霍尼頓手工蕾絲飾邊的白絲禮服，真是美麗不可方物。亞伯特來了，小維便與我們合影。由於情緒太激動，我無法保持靜定，結果拍出來的影像十分模糊。接著就該出去了。

離開白金漢宮前往聖詹姆斯宮時，街道上滿是歡呼的群眾。和十八年前的那一天是那麼相似，卻也那麼不同。在這樣的日子裡，定然會湧起無數回憶。在小維身上，我彷彿看見了自己——一個年輕純真的女孩，也許比小維還純真。現在的年輕人比以前進步得多，何況我的生活極為封閉。是啊，的確有所改變。帕默斯頓勛爵佩帶著國劍，讓我不由自主地想起那一天為我感到無比驕傲的墨爾本勛爵。我還記得他是如何淚水盈眶地看著我，後來還對我說：「您做得太好了，陛下。」那對我曾是多大的安慰呀。

如今輪到小維了。

我很高興看到媽媽打扮得光彩煥發，她穿了毛皮飾邊的藍紫色絲絨以及白色與藍紫色相間的絲質禮服。就這樣任由媽媽穿著代表王室的顏色！我難免又要回想起我結婚當時，我們的關係可不好。一切竟有如此變化！亞伯特教會我（也許還有媽媽）要多忍耐，如今我們關係好轉之後真是快樂得多！媽媽最大的喜悅就是這群孫子，她深愛他們，每當他們頑皮要受處罰，她都會求情，因為他們一哭，她就心痛難耐。這與她對待自己的女兒何其不同！我永遠忘不了當時被迫戴在下巴底下的冬青細枝猛然戳刺的感覺。

我將亞瑟與里歐波留在身邊，並一再叮囑這是極為莊嚴的場合，必須守規矩。這番話他們確實聽進去了。隨後我看到小維在亞伯特與李奧波舅父的左右陪伴下走上前來，腓力顯得蒼白又興奮，不過非常溫柔。看到那兩個親愛的年輕人完成婚禮儀式後，在孟德爾頌先生的〈婚禮進行曲〉伴奏聲中走下通道，好不感人。

然後回到白金漢宮，我們踏出那扇著名的窗口，底下群眾發出狂熱歡呼。

這是個百感交集的美好日子。稍後，新人便驅車前往溫莎，準備在那兒度幾天蜜月。

小維離開的日子很快地接近了。我並不期盼，因為我知道和女兒道別有多麼令人心碎。我知道有時候我很希望她不要在那些溫馨的晚餐席上當第三者，但不管怎麼說，她都是我女兒，而且如今她已婚的事實似乎拉近了我們的距離。我開始擔心她去了普魯士會過什麼樣的日子。她在家裡可說是有點被寵壞了，不知道她的新家人會不會像我們（或者應該說像亞伯特）那樣溺愛她。

道別時，孩子們哭得大聲又傷心，我則極力忍住淚水。亞伯特面無血色、一臉病容，看起來真是心碎了。他陪他們到格雷夫森去，他們要在那兒上船。他一定要盡可能陪在女兒身邊直到最後一刻。

馬車駛離時開始下起雪來，我淚眼模糊地看著雪花，心想時光飛逝的速度何等驚人，我的小女兒如今都已嫁作人婦了。

亞伯特送別後回來，看得出他真的很痛苦。

我試著安慰他，告訴他說我和他一樣傷心，但他並不相信。他會想起我心胸狹窄地嫉妒女兒，他深信只有他感到巨大的憂傷。他想把自己封閉在懷念的悲傷之中，但我不會讓他這麼做。他看起來病懨懨的，我一定要分擔他的憂傷。

我到他房裡去，他正在桌前寫信，我知道要寫給誰。他臉頰上有淚痕，我走過去張開雙臂摟著他，越過他的肩頭讀起信來：

當妳將頭枕在我胸前盡情哭泣，我心如刀割。我天生不善表達，因此妳恐怕不知道一直以來妳對我有多重要，如今又在我心裡留下多大的空洞；但這空洞不是在我心上，因為今後妳仍會如以往一般長住我心，這空洞是在日常生活中，也更加提醒我內心妳已不在的事實。

這是一封可能出自戀人的情書，亞伯特愛小維……愛得極深……也許他再也沒有這麼愛過任何人。我不願去想這個。小維已經走了，亞伯特是我的夫婿，我要安慰他，我要分擔他的憂傷。

「亞伯特啊，」我說道，「我們互相安慰吧。」

然後我們緊緊相擁哭泣。

我每天寫信給小維，總覺得她有太多需要知道的事。她會回信，但不是那麼頻繁。她是個浪漫的人，無疑會認為婚姻是全然的幸福，但她遲早會得知婚姻也有陰暗的一面。只希望她不會太早認清這點。我想聽她傾吐心事，渴望有所幫助。我希望她詳述每一天的新生活，那些普魯士人，他們待她如何？是否珍惜與英國王室聯姻的殊榮？有沒有給她該有的尊重？

小維的回信略顯謹慎。她愛腓力，所以一切都無所謂。她不確定普魯士人對她的想法，不過他們倒是覺得她很矮。

「矮？」我憤怒大喊，「她還比我高呢，而且我可不是侏儒！」

我真切感覺到需要警告她，便寫信告訴她說即使再高貴的男人，在婚姻中也可能自私自利。他們可能會期望妻子順從聽話，有時甚至可能令人感到羞辱。

聽說小維懷孕時，我很憂慮。

「實在太早了。」我說。

亞伯特更是憂慮到在五月底去了普魯士一趟，以確保她安然無恙。

他回來以後心放寬了些。小維很好，也很期待孩子出世，預產期在一月。

八月裡，亞伯特和我去看她，離孩子出生還有五個月，小維看起來健康狀況不錯。能再跟她團聚真好，但我更想和她獨處，分享一些心事。那想必是我這一生中唯一一次不希望有亞伯特作陪。

我對小維說當她的孩子出生時，我很希望能守在她床邊。我說：「這是再卑微的母親也能要求的權利。」

「可是我最親愛的媽媽，妳不是最卑微的母親，妳是女王。」

我嘆了口氣，只能給小維提供忠告，警告她準備迎接未來的磨難，但沒有讓她過度驚嚇。回顧我自己的多次經驗，還是覺得這一切毫無尊嚴可言，為何大自然不想出另一種傳宗接代的方法呢？為什麼女人一生中非得有一些自覺像畜牲（例如牛）的時候？

回國後，我仍繼續每天寫信給小維。亞伯特說我不該這麼做。

「妳看不出像這樣持續不斷的通信會讓小維疲累嗎？」他問道，「她要操心的事夠多了，沒法回妳的信。她受到很好的照顧，不需要妳的意見。」

「該不會是，」我反駁道，「你希望只有你一人寫信給小維吧？」

他嘆了口氣。「我聽史托瑪說妳要是再繼續這樣寫信給女兒，她會病倒的。妳不能再干涉這些瑣事了。」

「真教人難過，」我回答道，「不顧疲憊與麻煩寫了信，卻被告知說對方覺得厭煩。」

亞伯特又擺出耐心的姿態，喊我親愛的孩子。「小維正在努力適應一個不是她出生、成長的國度，這過程很辛苦。心愛的，請妳盡量試著理解吧。」

「你以為我不理解？你以為我不是時時刻刻想著她嗎？」

對話就這樣繼續著。

不過當然，我寫信給小維的次數的確減少了，但還是阻止不了我對她的擔心。

說也奇怪，現在她不在身邊反而比以前和我更親近。

一月裡，普魯士傳來消息，小維生了個兒子，取名威廉，生產過程漫長又艱辛。

我立刻提筆寫信給她。「我親愛的寶貝，妳受的苦遠比我所受過的更多。我多希望能減輕妳的負擔。」

想到女人要吃這麼多苦頭，我既感動又憤怒。

由於奧希尼事件的回響，我們頓時面臨一場內閣危機，原因在於事後證明那些謀逆者的陰謀確確實實是在英國策畫的。法國外務大臣瓦勒夫斯基送了一份措詞強硬的通牒給帕默斯頓勛爵，要求英國不應該庇護那些在自己國家叛亂的外國人士。帕默斯頓提出一條相當薄弱的法案做為答覆，就是讓密謀殺人變成犯罪。

當時帕默斯頓仍是不受歡迎的政治人物，他的敵人（謀求其職位者）發現了可以除掉他的好藉口。我覺得那是一條好的法案，但最後裁定帕默斯頓軟弱地屈服於老友拿破崙，因此法案遭到否決。帕默斯頓遞出辭呈，我別無選擇，只好徵召有能力組閣的德比勛爵。

所有的事都一團亂，此外我還為伯弟焦慮。他在紀布斯先生的教導下，表現不如受教於柏屈先生那麼好。報紙老是想多探聽他的消息，他是他們的寵兒，還有些報導暗示說亞伯特和我對他冷酷無情。為什麼不讓威爾斯親王多公開露面？這問題不斷地被提出。每當他偶爾現身，總能贏得人心。讓大家多看看他吧。

亞伯特說民眾的稱讚會鑽進伯弟的腦子裡，讓他比現在更難應付。

我們決定，或者應該說是亞伯特徵詢史托瑪的意見後決定，應該給伯弟請個督學。督學的規矩必須嚴格，伯弟若要離開宅邸，必須先向他報告。被挑中的人選是布魯斯上校，因為他是強硬派，執法嚴格。

後來考慮到應該讓他到牛津或劍橋上課一段時間。基督教堂學院院長希望伯弟能住校，但亞伯特不聽，說那樣讓他太自由。他應該要待在私宅內，由督學監視他的一舉一動。

伯弟不喜歡讀書。我難免有些同情他，畢竟我年輕時也曾找藉口逃避書本，這是亞伯特無法理解的。我這個兒子恐怕是像我吧。也許他那些令人不滿意的特質遺傳自我，因為當然不會是來自亞伯特。

另外還有其他煩惱。我們經常擔心里歐波跌倒受傷，開始流血。亞弗烈表示希望加入海軍，卻又因為要和伯弟分開而傷心不已。

孩子總是教人憂喜參半。

接著我聽說小維提議要來看我們。

看到亞伯特欣喜的模樣，真好。最近他臉色看起來很差，我很擔心他的健康。他深受風溼之苦，常會露出痛苦扭曲的表情；他也容易感染風寒，這並非好現象。我跟他說他太勞累了，我們應該多去度假，他需要奧斯波恩的海風或是巴莫羅山上的清新空氣。

不過在迎接小維時，他幾乎又恢復老樣子。她變了，變得成熟，有為人妻、為人母的樣子。她有一種世故的神情，失去了原有的美麗純真；她已然經歷過生產的可怕磨難，而且是備受折磨，比我更甚。可憐的小維！

我自然想與她獨處，說說女人之間的悄悄話，我想知道那場痛苦磨難的所有細節。

小維有心事，與我們倆在一起時才說出來。

「爸爸，媽媽，」她說，「我有件事要告訴你們。」

「親愛的……」亞伯特心驚地喊了一聲。

「說吧，小維，我親愛的。」我說。

「是關於小威廉。」

我們惴惴不安地等著。

「其實他……很好。除了那個……他毫無缺陷……就只是……」她咬著嘴唇，目光輪流地注視我們倆。

「只是……怎麼說呢，我有點難產，不知道你們有沒有聽說過程多麼困難，他們本來以為我會死的。」

亞伯特臉上掠過一抹痛苦神情。我的感覺和他一樣。但是她人現在就在這裡，和我們在一起，所以那樣的事沒有發生。

「你們也知道難產……胎位不正……孩子出生時一隻手脫臼了。」

「你是說他……殘廢？」我問道。

「只是一隻手臂。」她說。

「無法醫治嗎？」亞伯特問道。

「我們請了最好的醫生……沒辦法……但是他在其他各方面都完全沒問題。」

我走過去環抱住她，亞伯特則瞪著前方發呆。我知道他心裡想的不是小威廉的手臂，而是他心愛的小維險些熬不過那場磨難。

與小維促膝暢談讓亞伯特多麼歡喜，有時候我覺得自己有些多餘，他或許寧可獨占她。但這當然是荒謬的想法，她也是我女兒，而且是我千辛萬苦將她帶到這世上。她對我們倆都很貼心並充滿了愛，比她從前在家的時候對我更好。我心想：離家後她更懂得珍惜我了。

亞伯特喜歡與她祕密交談，好像把她當成大人，而如今的她也果真是長大了。我們將對伯弟的擔憂告訴她。

「親愛的伯弟，」她說，「他本性沒有問題，你們知道吧。」

「他就是懶惰，」亞伯特說，「不明白自己的責任。」

「等到需要負責的時候，他就會懂了。」她用充滿愛的眼神看了我一眼。「不會太久的。」

「伯弟現在就得負責了……他是威爾斯親王。」亞伯特說，「可他就是不肯用功讀書。」

「有些英明的國王學識並不豐富。」小維提醒道。

我很高興她能替伯弟說好話。

「親愛的孩子，妳的光芒總是掩蓋了他。」亞伯特說，「和妳相比……」

「他能做很多我做不到的事。現在他上大學了，想必會有不小的轉變。我走之前得見見他，我就直接過去給他一個驚喜吧。」

「這肯定會是讓他意想不到最大的驚喜了。」亞伯特說。

她果然去了，據她說兩人相見甚歡。而據那位令人生畏的上校之妻布魯斯夫人說，這次見面又帶出伯弟另一個可嘆的性格，因為從普魯士隨小維同來的女侍中有一位華柏嘉·培哲夫人，不但是她最親密的朋友，也是個十分迷人的年輕女子。

布魯斯夫人從伯弟對華柏嘉夫人的言行中看出了危害頗大的習性，他會調情，而且舉止輕浮。之前原本只是受到懷疑的特質如今得到了證實。

伯弟對異性太感興趣，以後得更加嚴密監視。

於是我們更進一步討論伯弟的事。「應該讓他結婚了。」亞伯特說。

「這樣應該是最好的。」我附和道。

「事實上，」亞伯特說，「我已經稍微考慮過這件事。」亞伯特總能讓人放心，因為他看得比誰都遠。「我和李奧波叔父與史托瑪商量過，列出了一些公主、郡主的名單，其中有一個或許適合伯弟。」

「名單！」小維驚呼道，「快讓我看看，爸爸。」

「那當然。」亞伯特說著取出名單。

小維看了以後面露笑容。

「有些人妳應該認識。」亞伯特說。

「是的，我見過幾個。」

「妳一定要替我們留意，小維。」亞伯特接著說，「要向我們報告。看看妳能不能替伯弟挑個新娘。如果妳贊同，我會更高興得多。」

「我發現，」小維說，「丹麥的雅莉珊卓也在名單上。」

「她是最後一個，我想是李奧波叔父追加上去的。」

「那是當然了，」小維說，「她是丹麥人，其他都是德意志人，而在李奧波叔公和史托瑪眼裡，身為德意志人這點就略勝一籌了。」

我們和她同聲而笑。

「妳好像認識這個雅莉珊卓。」

「我見過她，她美極了，非常討人喜歡，也不嬌貴。」

「那麼，」亞伯特說，「就把她留在名單上吧。」

「名單給我，」小維說，「我會暗中觀察。」

「親愛的，妳要知道此事非同小可。」亞伯特警告她。

「我當然知道。婚事本就非同小可，更何況是威爾斯親王的婚事。」

小維回去後，亞伯特十分傷心，但雙方都一再誓言會很快再見。幸好她離我們不是太遠，經常探訪是可能的。

「這樣還讓人稍可忍受。」亞伯特說。

與此同時，常見的危機依然不斷。經過大選後，帕默斯頓勛爵再次出任首相。如今輝格黨已改稱自由黨，他的政府包含各種不同的成員——有自稱輝格黨員、激進派、皮爾派與帕默斯頓追隨者的人——全都以自由黨一名統稱。

格雷史東先生加入了該黨，成為政府的財政大臣。

帕默斯頓的活力充沛如昔。聽說他會正襟危坐傾聽辯論，實際上卻可能已經睡著，但一開口又會證明自己沒有漏失任何相關重點。

他挺喜歡伯弟的，我敢說他也是認為我們對他太嚴厲的人之一。他還建議讓伯弟代表國家出訪加拿大與美國。

亞伯特大吃一驚。這個主意似乎不恰當。

「其實不然，」帕默斯頓眼中略帶興味地說，他似乎總會對亞伯特投以這樣的眼神。「我想他們會喜歡他。」

雖不敢置信，我們還是答應了。亞伯特說他的督學布魯斯上校要跟著去，以免他的學業中斷。

「以我為他安排的行程，恐怕沒有時間讀書。」開朗快活的老帕說，「新堡公爵會在旁陪伴，親王將會非常忙碌。大老遠跑這一趟去讀書，這說不通。讀書在家裡就可以了。」

亞伯特和我終於還是同意了，條件是要有布魯斯上校陪同。

這趟旅行揭露了一個驚人的事實。伯弟似乎是個優秀的外交使臣。帕默斯頓勛爵來見我們時，興高采烈地直搓手。這趟訪行對外交關係的助益比開一百次會議還大。他們非常喜歡親王，每個人都想和他說話，而每個人他都微笑以對。他有演說的天分，婦女更是愛極了他。

聽到伯弟此行成功，我們當然開心。布魯斯上校回報說親王對異性的喜愛似乎有增無減，他擔心會發生最糟的情況。新堡公爵卻有不同看法。他說親王很有魅力，見過他的人都喜歡他，他為國家立了大功。

亞伯特說：「既然有來自各方的讚賞，想必是有些進步。這一切都得歸功於布魯斯上校。我想應該給予嘉獎以慰其辛勞。」

「我會和帕默斯頓勛爵談談。」我對他說。

帕默斯頓勛爵的反應令我頗為吃驚。

「陛下，您說布魯斯上校！這可不是布魯斯上校的功勞，而是親王的。這趟訪行的成功完全要歸功於親王。」

「王夫親王認為是布魯斯上校加諸於他的紀律，才使他能進步到有這樣的表現。我們覺得巴斯勳章……」

帕默斯頓勛爵豎起眉毛，緩緩搖頭。

「我想讓工作表現良好的人獲得嘉獎。」我說。

「我也是，陛下。應該獲得嘉獎的人是親王，這是他的勝利。我認為陛下的政府不會考慮頒贈不應得的獎賞。不，陛下，我不認為政府會同意授勳給上校。」

有時候帕默斯頓勛爵幾乎可說是傲慢無禮，但卻是以一種輕鬆、玩笑的方式，所以很難對他生氣。

「陛下必定非常以親王為傲。」他接著說。

「我很高興他表現得好。」

「儘管有布魯斯在。」他輕輕地說。

我看得出他那種眼神，我知道他會堅持己見。布魯斯上校是得不到勳章了。我可以想見他絕對膽敢為這種事解散國會、訴諸民意。

我只是略感為難，亞伯特的感覺就比較強烈了。無論如何，伯弟能憑自己的力量成功，我還是很高興。

＊

伯弟的勝利十分短暫，不久便又惹出麻煩來。無疑是旅程中太過自由，現在已無法乖乖靜下心來讀書。他被逮到做出令人意外的踰矩行為，亞伯特大感苦惱。他竟然逃離上校家，決定去和他在牛津認識的一些朋友同住。

這表示他得先到倫敦來，再前往牛津。幸好計畫被察覺，布魯斯上校打電報到宮裡，等伯弟一到達倫敦，便有馬車等著載他進宮。

可憐的亞伯特是那麼煩惱。現在伯弟太大了不能打，但亞伯特決心採取激烈手段。

我們商量了好幾次，對此事多番苦思。最後決定不讓他再回劍橋。

應該讓他到愛爾蘭的軍隊裡學學紀律。

他被送往克拉軍營。

小維第二度來看我們，這回和腓力一起。我們談論的不只是給伯弟找個公主，還要為愛麗絲尋覓夫婿。親愛而嫻靜的愛麗絲！雖然很不想失去她，卻也知道不得不然，人世原本如此。小維至少和腓力過得還算幸福，不過我覺得她與普魯士的親戚相處便不那麼自在了。

那年秋天我感到神清氣爽。巴莫羅是個宜人的地方，避世於此總能令人歡欣喜悅。但我很擔心亞伯特的身子。即使覺得不舒服，他也會勉力而為。但我覺得他在巴莫羅的情況比其他任何地方都好，這也使得此地對我尤其重要。

我很喜歡在迪河畔的高地聚會，那一年便邀請了兩百名賓客前來。李奧波舅父也帶著赫塞—達姆史塔的路易斯小爵爺和他弟弟前來造訪，看到路易斯小爵爺與愛麗絲對彼此頗有好感，我也很感興趣。

小維來信說她又懷孕了。媽媽和我都認為太快。

「天哪，」我嘆氣道，「但願她不會步我的後塵。我可是受了九次折磨！」

亞伯特倒是很高興，不過當然也為小維擔心。

「你永遠不會了解女人要受多大的苦。」我暴躁地對他說。

我暴躁是因為擔心，擔心小維的懷孕、愛麗絲可能談成的婚事、伯弟惹的麻煩，最主要還是亞伯特的健康。

當小維平安產下一名小女嬰，我們鬆了好大一口氣。他們為她取名夏蘿蒂。亞伯特說得去看看她。

「我好想再去德意志看一看。」他一本正經地說。

我們帶著愛麗絲同行。她真是個貼心的好女孩，總是那麼恬靜，又很能幫得上忙，是個完美的女兒。她出嫁後，我應該會很思念她。

小維無恙，我覺得兩個孩子都很可愛討喜。殘疾掩飾得巧妙的小威廉是個漂亮的孩子，身子結實，又有美麗金髮，而且非常聰明。至於嬰兒，已過了類似青蛙的時期，相當討人歡喜。

小維看起來幸福快樂，亞伯特當然也很高興能回到家鄉。我們重遊羅森瑙，他不停地跟愛麗絲說他小時候的事，其樂無比。但有件事令他十分傷心，那就是他向來非常喜愛的繼母前不久過世了。

「這種事呢，」亞伯特達觀地說，「我們遲早都要面對。」

我們和恩尼斯公爵與雅莉桑蒂娜會面。大部分時間亞伯特都想和恩尼斯獨處。如今回想起來，有時會覺得亞伯特可能已有預感，所以想重溫童年的每一刻。

當時發生了一件可怕意外，差點使他喪命，慶幸的是我在事情結束後才聽說。事發當時我不在他身邊；他搭乘一輛由四匹馬拉行的敞篷馬車，馬卻忽然失控奔竄。車夫無計可施，只能任由馬匹朝一處平交道疾馳而去。一向冷靜沉穩的亞伯特眼看必須立刻採取行動，就在馬車撞上柵門前一刻從飛快移動的車上跳下來。車夫被壓住了動彈不得，亞伯特則躺在地上不省人事。幸而有兩匹馬自行掙脫後回到馬廄，也才使得救援及時趕到。

我外出了，一回來馬上聽說發生意外。我驚慌地跑到亞伯特的臥室，只見他臉上瘀青，神色駭然地躺在床上。

幸運的是史托瑪在場（之前和他在薩克森—科堡重聚），他立刻醫治亞伯特，然後對我說他受的傷沒有他原本擔心的那麼重。倒是車夫傷勢比較嚴重，還有一匹馬得射殺。

我嚇壞了。災難是多麼輕易便會來襲！感謝上帝保佑亞伯特安然無事。

他恢復得很快，剛好能到羅森瑙為他慶祝生日，真教人欣喜。

亞伯特和史托瑪經常在一起，我嘲笑說他們那麼熱烈地討論疾病，就好像在重要戰爭中商量戰略的將軍。

亞伯特神色頗為憂傷地看著我，說道：「親愛的孩子，希望妳會快樂。」

這話很奇怪，後來我也因此覺得他事先知情。

赫塞—達姆史塔的路易斯又來訪一次。我決定把愛麗絲交給他，很明顯看得出來她喜歡他。我發覺她和小維私下聊過一、兩次，關於婚姻生活的要求，小維應該稍加指點過；然而愛麗絲似乎已準備要承擔起來，想必是真的很喜歡路易斯！威廉剛出生不久時，我寫過一封信給小維，不知道小維有沒有拿給愛麗絲看。

我寫道：

所有聰明的男人，天生都有一點蔑視我們這些被貶抑的可憐女性——否則還能怎麼說呢，我們這群可憐人生來就是供男人尋歡作樂的。就連親愛的爸爸也難以免俗，雖然他不會承認……

唉，也許我們是明知如此也義無反顧，一如我親愛的愛麗絲也正準備這麼做。

我說服亞伯特去向路易斯探探口風，看起來這個年輕人也很渴望結此良緣。

「他很聰明懂事，」我說，「也很容易相處。現在都已經幾乎像家人一樣。我還挺喜歡他那張歷經滄桑的面孔。我喜歡英俊的長相，若有是最好，但我不會將這個列為條件。」

亞伯特又露出那溫柔氣惱的神情對我說，他認為雙方家庭應該都不會反對。

那天晚上有幾個人在場，但我看見路易斯和愛麗絲異常嚴肅地在交談。

我走過去後，愛麗絲低聲說：「媽媽，路易斯向我求婚了。妳會祝福我嗎？」

我溫柔地微笑看她，小聲地說這裡不方便談，我們稍後再碰面。

派人去請愛麗絲和路易斯來的時候，亞伯特和我在一起。四人互相擁抱之後，我們向這對快樂的新人表達內心的喜悅。

那是一個非常圓滿的夜晚。

那個三月我畢生難忘。媽媽身子不適已有一段時間，她腋下長了一個很大的膿瘡，寇拉克爵士認為若不割除，病情難以好轉。

膿瘡割除後，本以為她已逐漸痊癒，卻忽然聽說她嚴重感染風寒。寇拉克爵士前來告訴我們他很為她憂心。

亞伯特和我立即前往佛羅哥摩。

媽媽沒有躺在床上，而是穿著一件十分華麗的便袍躺在沙發上。我舒了一口氣，因為她看起來氣色極好，但我隨即發現那是因為窗簾沒有拉開。

「我和亞伯特一聽說就立刻趕來了。」我說完蹲跪下來，拉起她的手親吻一下。

媽媽茫然地看著我。我瞅了亞伯特一眼，他伸出一手搭在我肩上，我猛然驚覺到那可怕的事實：媽媽不認得我。

亞伯特一手摟著我。

「我們在這兒過夜。」他說。

根本無法入眠。我知道她快不行了，內心感到一種深切而痛苦的懊悔。過去的景象一幕幕湧上心頭，我無法安歇。

她動也不動地躺著，睜著雙眼卻看不見我。

第二天一大早，還不到四點，我起身走到她房裡。

天亮之後我來到她床邊，但一切都結束了。她已經走了。

亞伯特安慰我。「這種事總要面對的，親愛的。」他說。

我緊抱著他，他明白我的悔恨，我內心多麼痛苦。我讀了以前的日記，讀了我所寫關於媽媽的那些狠話。多麼令人傷悲呀……我們之間的裂縫！媽媽所做的一切無非是為了保護我。我和李琴說了那些有關於她的殘酷的話，殊不知她純粹都是為了我好。亞伯特讓我看清了這一點。

我想向媽媽解釋，想告訴她我寫的那些殘忍的話不是真心的。我希望她知道……

我不想出門，不想見任何人。我深陷在憂鬱中。

亞伯特以理相勸。已經有人在議論，說我舉止怪異，由於祖父的關係，我絕不能出現可能被稱為怪異的行為。民眾就只等著散布流言，等著要說一些有關於我的惡毒而不實的傳聞。

我不能再傷痛下去。過去是我錯了，我已經知錯，而且感到後悔。該責怪的是我身旁的人，當時我還只是個孩子。

他不斷開導我，讓我理智地看待一切。

我不能再繼續為母親的死如此哀傷了。

我又開始出門，又開始會笑了。事實上我是個相當歡樂的人。我開始有了不同的看法。畢竟，不能只因為媽媽死了就把她變得完美無缺。她確實努力地追求過名聲；她確實對威廉伯父無禮，對雅德蕾德伯母不友善。我必須理性。不管我做錯了什麼，我都感到抱歉，當時我還年輕無知。但不管怎麼說，我還是遺憾沒能向媽媽解釋某些事情。

伯弟已經離開愛爾蘭回到劍橋。小維想為他找個公主新娘的努力毫無成果，我們的心思也愈來愈轉向丹麥的雅莉珊卓郡主。丹麥王室的地位十分卑微，在名單上幾乎排不上名，但小維來信說雅莉珊卓本人遠比其他公主更為美麗。

「那麼，」我說，「先別跟伯弟說她的事。先別讓他知道她的存在，直到我們找到更適合的人。」只可惜亞伯特的哥哥恩尼斯大力反對我們與丹麥聯姻（所有的德意志親戚無疑都是反對的），因此寫信給伯弟建議他拒絕這門婚事。伯弟第一次聽說此事，甚為好奇。

亞伯特對恩尼斯氣惱不已，寫信去斥責他。

我們便一同討論起來。伯弟見過邁寧根郡主與普魯士的亞布萊希親王之女，卻毫不動心。尼德蘭的菲德烈之女容貌太醜，赫塞—達姆史塔的路易斯有個妹妹，但愛麗絲即將嫁入，我們不想與那個家族有雙重關係。

看起來真的只剩丹麥的雅莉珊卓了，而且據說她美貌絕倫，伯弟不太可能會反對。

入冬後，亞伯特染上風寒，風溼痛尤其加劇，根本夜不成眠。

接著，一個陰霾的十一月天，不幸降臨了。當時我並不知情，因為亞伯特瞞著我。若不是後來翻閱他的文書，看見史托瑪的來信，我永遠不會知道。

我只知道他變得封閉，經常陷入沉思，非常憂鬱而不安。

我知道他在思忖些什麼，便問他出了什麼事。

「沒什麼……沒什麼需要妳擔心的，親愛的孩子。」

我以為他只是覺得不舒服，便不斷勸他休息，尤其別在惡劣的天候下出門。

幾天後，他說他得去一趟劍橋，想見見伯弟。

「這種天氣不要，」我說，「伯弟的事不急。」

「我還是今天去得好。」他回答說。

「不行，亞伯特，這種天氣不行，你也知道自己身子不好。」

「我會快去快回。」

「我不允許。」我說。

「不，親愛的，這件事我非做不可。我要去劍橋。」

我從他的堅定語氣知道我阻止不了他，於是他不顧我的反對還是去了。

他回來的時候全身發冷、打顫，我堅持要他上床休息，這次他沒有反抗。

我坐在床邊責備他違抗我的意願，竟然只為了去看伯弟！實在愚蠢。伯弟怎麼樣了？

伯弟很好。他們談了一會。

「好像等不及似的！」我說。

他微笑看著我，搖了搖頭，我也不再多說，因為看得出他有多疲憊。

第二天，亞伯特稍稍恢復了元氣，我感到欣慰。他會擺脫這次的風寒，我們會找到方法緩解他的風溼痛，他會復原。

在此期間爆發了一個可能引起國際關注的危機。美國南北之間戰火蔓延，南方政府派了兩名特使來向我們說明他們的立場。這兩人（梅森與史萊岱）搭上了英國船隻「特倫特號」。南方政府的敵人上了這艘船，擄走兩名特使。這種事不容發生，誰也不能在公海上阻擋英國船隻，否則就得讓他們見識英國的武力。看來美國人不僅要內戰，還要與我們作戰。

英國政府要求立刻釋放兩名特使，否則將會召回派駐華盛頓的使臣。政府已準備採取強硬行動，我支持他們。羅素勛爵決定送出最後通牒，擬好草稿後送來讓我過目。

我永遠忘不了當時的情景：亞伯特穿著深紅色絲絨領的鋪棉便袍，可憐臉上毫無血色，卻顯現出強烈果決的表情。

「這樣不行。」他說。

「亞伯特，」我略帶責備地說，「你馬上回去躺著。你還沒恢復到可以來關心這些事。」

「這個情況非常危險，」他回答，「不能原封不動地將通牒送出去。」

「但這正是我們想說的。總不能讓這些……無賴……登上我們的船吧。」

「情況特殊。我們可不想和美國開戰。我們需要和平……這個國家需要和平。」

「我們當然需要和平，但不能容許這些人來指揮我們，不管是陸上或海上。」

「重點在於最後通牒的措詞。我敢肯定美國人也不想和我們打仗，光是內戰就夠他們忙的了。但妳要知道收到這樣的通牒，會讓他們別無選擇。通牒內容需要重擬。」

「你最好去跟羅素說。不……不對，你最好上床休息。」

「我沒法休息，我得重擬這個。我想應該可以避免險惡的情勢。」

「親愛的亞伯特，你有病在身啊。」

他點亮書桌上那盞綠色小燈，坐下後提起筆來。

寫完之後，他將兩隻手肘撐在桌上，兩手捧著頭。

「維多利亞……親愛的，」他說，「我覺得好虛弱。握筆實在很費力。」

「我不是說了？你不應該做這種事，你就是不聽。」

他有氣無力地衝著我微微一笑。

我後來得知亞伯特當時的舉動讓我們免於陷入一個極度窘迫，可能導致開戰的處境。於是，「特倫特號」事件成了史書幾乎不曾提及的意外事件之一，亞伯特在其中扮演的角色也多半被遺忘了，但這確實是亞伯特對這個國家的又一貢獻。

次日他實在病得嚴重，寇拉克爵士來見我，說希望再請一位醫師諮詢。

與寇拉克爵士共事的巴利醫師，亞伯特對他評價極高，但最近在一場火車事故中喪生了。我懷疑自從海斯汀事件以來，寇拉克爵士已不太有自信。

「這麼說你覺得親王病得很重囉？」我焦急地問。

「我想聽聽另一人的意見。」他回答道。

「那就這麼辦吧。」我對他說。

當天他便找了人來，當我發現他請來的是威廉．詹納醫師，不由得心焦如焚，因為他專治熱病，尤其是傷寒。

詹納醫師為亞伯特做檢查，我則是心懷恐懼地等候診斷。

「親王得的不是傷寒熱……」詹納醫師說。

「謝天謝地！」我高呼。

「暫時不是……」詹納醫師繼續說道，「可是陛下，我不能向您隱匿實情，他有可能受到感染了。我們必須作好準備。」

我頓時滿心驚恐。傷寒！那可怕的疾病！有多少人因它喪命。但不會是亞伯特……不！不能是他。

但亞伯特病情逐漸惡化。即使蒙住雙眼不面對現實也無濟於事。他無法好好休息，說要分床睡。

「不，不要，」我大聲地說，「我不介意你翻來覆去。我不想睡覺，我想隨時看護你。」

他對我虛弱地一笑。我想亞伯特知情，而且已經有一段時日了。我想哭，但流不出淚來。他看出來了，還極力安慰我。

「小可愛，妳會沒事的，」他說，「妳熱愛生命，我從來就沒有……沒有像妳那樣。只有想到要離開我心愛的人才讓我心痛。」

亞伯特精神提振了一些，又讓我們生出無窮希望。他說想聽聽音樂，我便讓愛麗絲到隔壁房間，開著門彈奏。她彈了〈上帝是我堅固堡壘〉，他聽著露出微笑。

「親愛的愛麗絲，」他喃喃地說，「小維知道……我的事嗎？」

「我沒有告訴她你病了。以她的狀況……她會很煩亂。」

小維又懷孕了。我暗想，如果他沒好起來，這會要了她的命。即使在那一刻，我仍感覺到心頭一陣嫉妒，因為他是那麼愛她。

他實在疼得太厲害，我懇求醫師為他做點什麼。他們為他注射鴉片劑，讓他沉沉睡去。我坐在他床邊看著他親愛的臉龐，與我們肩並肩站在祭壇前那天相比，簡直判若兩人！

由於鴉片劑發揮效用，他安睡了一夜，第二天似乎好轉了。他要愛麗絲念書給他聽。她拿來《織工馬南傳》坐在一旁，但他分了神，說是不喜歡這本書。

他不停地輾轉反側，我不知道該怎麼辦。我已經五天晚上幾乎沒闔眼。亞伯特繼續施打鴉片劑，這是唯一能讓他休息的方法。他現在多半都說德語，我覺得有時他可能以為自己又回到小時候。

我感覺心都要碎了。我要正視自己的恐懼。之前我不找詹納醫師而是找寇拉克爵士，因為他自始至終都想安撫我，並假裝亞伯特會好起來。

但最後詹納醫師告訴我了。亞伯特得的是胃熱症……腸熱症。我知道那是什麼意思，哪怕他沒有用那個可怕的字眼：**傷寒**。

我坐在亞伯特床邊。他知道我在，嘴裡不停喃喃地說：「Gutes Frauchen（可愛的好妻子）。」

詹納想要徵詢更多意見，便找了華生醫師與亨利·霍蘭爵士。我擔心這麼多醫師會驚動亞伯特，讓他知悉自己病情沉重。

亞伯特說：「要是史托瑪在的話……」

我也那麼想。或許我們為那個老人製造了神奇力量，但又何妨？對我們倆都有用。

我想找個人怪罪，便怪罪史托瑪棄我們而去，如果他在的話，亞伯特就會康復了。

我坐在床邊。亞伯特想把頭枕在我肩上。他說：「這樣很舒服，我最親愛的孩子。」

他又擔心起小維。「她現在知道了嗎？」

「我告訴她你生病的消息了。」

「妳應該告訴她我快死了。」

「不，」我反應激烈地說，「不。」

那天晚上，他要我吃過飯後到他房間來。吃飯！好像我有多愛吃飯似的！

我去找他，在門口遇見醫師。

「陛下請不要待太久，親王需要休息。」

「亞伯特……我最親愛的亞伯特。」

他微笑看著我。

「我不能久待。」

「這是妳唯一能見我的時間。」他說。

「是醫生說的，他們說得讓你休息。」

我親親他的額頭，然後離開。

第二天愛麗絲送了口信到劍橋要伯弟回來。

她沒有告訴他說父親病得多重，伯弟似乎以為只是身體微恙，但他很快便清醒了。

亞伯特逐漸進入他們所謂的緊要關頭。

我們守著等候了一整夜。醫生說仍有康復的希望。清晨六點鐘，我去了藍廳。在即將燒盡的燭光中，醫師面色凝重。亞伯特躺在床上，美麗的雙眼睜得大大的，卻似乎目不能視。他看起來年輕得驚人。

我走到床邊低頭俯視他。

所有的孩子（除了碧翠絲之外）都進來親吻他的手。他呼吸粗重，無法言語，但從嘴形看得出他在問：「是誰？」

我哭著說：「是你心愛的小妻子啊。」

我無法繼續待在那裡，因為我現在正在面對現實。這可怕的悲劇已降臨在我身上。我匆匆走出房間，哭得全身顫抖。

過了一會，愛麗絲叫我回去。

我跪倒在他床邊。愛麗絲在另一側，伯弟和海倫娜站在床尾。我還留意到房裡的其他人。

他的嘴唇在動。「Gutes Frauche。」

我覺得再也承受不了。他一直握著我的手，這時感覺到他鬆開了手。我站起來親吻他的額頭。「噢，親愛的……我心愛的。」我喃喃喊著。

都結束了。亞伯特走了。

我們在守喪。全世界都應該為亞伯特的去世守喪。

我備受打擊，不敢相信會發生這種事。他走了。沒有他，我怎麼活下去？我還有孩子。他們圍聚在我身邊，就連寶貝碧翠絲也試圖安慰我。親愛的愛麗絲是那麼溫柔、那麼滿懷著愛。她能為我做什麼呢？誰也無法再做些什麼。他走了。他曾是我的人生，如今我的人生結束了。

我不想見任何人，不想去任何地方，只想與我內心排山倒海而來的憂傷獨處。

亞伯特，我所深愛的、聖潔的、最無與倫比的男人已經永別了。

10 雅莉珊卓

雅莉珊卓穿了一件黑色洋裝，在眾人之間十分醒目。她很靦腆地看著我，我於是明白了。多麼貼心的舉動！我在守喪，她便想尊重這種哀悼的心情並一同分擔。從那一刻起，我便對她產生了好感。

我發現事實真相之後怒不可遏，說也奇怪，有那麼一刻哀傷的情緒還因為怒氣介入而減緩了。

伯弟！我的親生兒子！天哪，實在太可恥了。史托瑪來過信。我還記得亞伯特收到信後有多麼苦惱，幾天後便說要去劍橋找伯弟。現在我知道為什麼了。

伯弟做了不光彩的事。史托瑪的信中說我們的兒子在克拉軍營時有一位情婦，製造出了醜聞，傳到史托瑪耳裡……而我們在這裡竟一無所知！至少我一無所知。國內某些圈子裡的人八成都在竊笑。

那一天我記得清清楚楚，雨驟風寒。我對亞伯特說：「這種天氣，你不能去劍橋。」而他回答：「我非去不可。」於是他去找了伯弟，回來以後就得了熱病……並因此送命。

伯弟害亞伯特送命！

我對兒子憤怒到有一度真覺得其他一切都被怒氣遮蓋了。我不斷地對自己說：如果亞伯特沒有去劍橋，他今天還會好好的。

伯弟來見我時，我幾乎無法正眼看他。他如今已經二十歲，是個男人了，我想。伯弟，他一向都那麼令我們失望。這世上恐怕再沒有人比他更不像亞伯特，而他偏偏是亞伯特的兒子……害死自己父親的兒子！

不，這樣說不公平。可是他那討人厭的粗枝大葉性格和色欲薰心的行為，確實是導致亞伯特死亡的部分原因。

我向來藏不住話。我得讓他知道。

我說：「爸爸是因為去了劍橋才染上熱病的。」

「他來的時候就已經病了，媽媽。」

「我知道他病了，所以還求他別去。」

「他根本不應該來。我記得那天天氣很差。」

「他會去是因為他覺得非去不可。你知道原因。」

伯弟因內疚而羞紅了臉。

「他聽說了克拉軍營的事。」我說。

「喔，那個啊，」伯弟說，「那其實也沒什麼。」

「沒什麼！一個女人……一個放蕩的女人和威爾斯親王！你說這叫沒什麼。爸爸可不這麼想。他冒著寶貴的性命……」

伯弟走上前來，張開雙手抱住我。說也奇怪，他這個擁抱所能給予的撫慰是我想要的。

「他來之前就病了，他不該來的，他沒有必要來。那件事已經過去了，真的沒什麼。他們全都……怎麼說呢，我和其他人沒有兩樣……他來不是我的錯，不是我叫他來的。」

我搖搖頭，說道：「你永遠無法了解你父親，伯弟。他是個聖人。」

接著淚水開始撲簌簌地掉落，就連對伯弟的怒氣也寬慰不了我的哀傷。

任何人事物都無法給我慰藉，即使是環繞在我身旁那些愛我的人也一樣。我已經失去了我的唯一，那唯一能讓我人生快樂的人。

我經常一坐就是數小時，回想過去的點點滴滴。每當想起自己引發的那許多風暴，想起我的天使是多麼好、多麼寬容、從來沒有錯過，便感到心如刀割。他竟然被奪走了，他的智慧是我們所有人都亟需求助的。

我寫信給李奧波舅父：

雖然，如果上帝允許，我們很快便能相見，我還是得寫上寥寥幾行讓你有所準備，因為你會發現你這孤單無依的可憐孩子正在乏味無歡的人生中苟延殘喘，過著傷心煎熬的日子。我是那麼急於重申一件事，那就是我已下定絕不更改的強烈決心，要將他的希望、他的計畫奉為圭臬。沒有任何人力能迫使我偏離他的決定與希望……但願你能支持並幫助我。這一點尤其適用於我們的孩子身上（伯弟等人），他生前已經為他們仔細規畫好未來的一切……

儘管虛弱無力、筋疲力竭，但一想到事涉他的任何希望或計畫，我的精神便會為之一振……

我知道在這一片漆黑中，你會幫助我……他彷彿離我好近，幾乎可以說只屬於我，我寶貴的愛。願上帝保佑守護你。你不幸但摯愛不變的孩子上。

李奧波舅父認為我不應該待在溫莎，而應該去奧斯波恩。似乎每個人都覺得這個主意好。

我讓人拍下亞伯特去世的房間的照片。為了悼念媽媽，我的信紙、我的手帕都鑲了黑邊，如今又下令將黑邊加寬一吋。我在他的肖像上掛了月桂。我想和孩子們站在他的半身像旁拍張合照，那尊半身像雕得栩栩如生。這些小事能讓我得到安慰，應該著手來做。

少了他的奧斯波恩竟顯得如此淒涼！李奧波舅父怎會以為我能在任何地方找到慰藉呢！更何況是奧斯波恩，這是他一手改造的地方，是他憑著卓越才華將一棟小屋變成華宅的地方啊！我在這裡怎能快樂？我人在哪裡重要嗎？再也沒有一個地方能讓我重新快樂起來。

我會坐在窗邊眺望大海。我會將他的肖像放在身旁的枕頭上。我會痛哭失聲。我會將他的睡衣抱在懷裡，藉此獲得一丁點安慰。

亞伯特的哥哥來到奧斯波恩，抵達時已是半夜，又溼又冷。渡海的過程艱辛淒慘，不過再怎麼悽慘也比不上我們的哀傷。我們互相擁抱，為了痛失摯愛而哭泣。

十二月二十三日，亞伯特下葬於溫莎的聖喬治禮拜堂。他只會暫時停放在此，之後便移至佛羅哥摩的王陵，這是我和愛麗絲在他死後便立即挑選的地點。將來有一天，但願不用太久，我也會躺在他身邊。

此時正是回想曾與他共度的聖誕節的時機。我想起他派人從科堡送來聖誕樹，從此這個習俗在國內蔚為風潮，全民仿效。親愛的亞伯特，他讓我的人生起了多大的變化！還有英國人民的人生也是！他是英年早逝，才四十歲，太悲慘了。那麼了不起的人，為世人貢獻那麼多的人。因此我繼續哀悼。

我沒有親身去參加他的葬禮，但我的靈魂去了。伯弟擔任主祭。不知道他跟在父親靈柩後面時，心裡在想些什麼？想必悔恨交加吧。如果亞伯特沒有去劍橋的話……

我想責怪伯弟，內心卻知道這樣不公平。我確實知道亞伯特已經病了很長一段時間，由於病體太虛弱，才承受不起突染重症。但我想怪罪某人。我怪上帝奪走了他，但是怪伯弟更容易。

我呆若木雞地坐著，凝視灰暗的海水。此時喪禮應該已經開始了，會鳴禮砲，也會敲鐘。亞伯特的棺木會放在地下墓室入口。

當王陵完工，便會移棺至佛羅哥摩，等候我去陪他的那一天。

孩子們都盡可能地安慰我。兩個女兒愛麗絲與碧翠絲確實幫了我，只是她們能做的少之又少。海倫娜（亞伯特喊她「小倫」）和露伊絲也很貼心，只是愛麗絲格外溫柔，打從因為白白胖胖而贏得「胖妞」的名號那時起，她始終如此。亞弗烈已經十七歲，我一直有點擔心他，覺得他可能會步上哥哥的後塵；他是那麼喜歡伯弟，兩人要分開時還大鬧了一齣，所以我才替他擔心。亞瑟很可愛，也特別討我歡心，因為他比其他兄弟姊妹都更像亞伯特。他今年十一歲。至於里歐波，他的孱弱當然始終令人憂心。

但除了愛麗絲，當時為我做了最多的卻是小碧翠絲。她對於家中的改變十分迷惘，顯然希望能一切照舊。身為么女（她才四歲大），她在我們的感情中占著一個特別的地位，而她率性有趣的言行舉止更深深擄獲我和亞伯特的心。

每天清晨她總會到我床上來窩在我身邊，我想是愛麗絲叫她來的。她是那樣天真可人，的確給了我小小的慰藉。當我抱著她，便不由得想起生這些孩子所承受的苦難，當時我有多害怕那些折磨啊。以後再也不會有了。但若能讓亞伯特死而復生，要我再度承受這種苦我也千情萬願。

碧翠絲會乖乖端坐著看我更衣。

「媽媽，」有一天早上她說，「不要戴那頂黑森森的帽子。」

她說的是我失去了心愛的人之後戴的孝帽。

「寶貝，媽媽現在得戴這個。」

「寶貝不喜歡。寶貝不要媽媽戴。」

我幾乎掉下淚來。我一把將她抱住。「媽媽也不喜歡。」

碧翠絲微笑著說：「那就脫掉啊。」

「媽媽非戴不可，因為爸爸走了。」

「等他回來，妳會脫掉這頂黑森森的帽子嗎？」

我無法回答，只是搖搖頭。

「我希望爸爸會回來。」

「妳想要他回來啊，心愛的，妳想念他吧。」

碧翠絲口氣堅定地說：「我想要媽媽別戴這黑森森的帽子。」

我忍不住微笑。多麼天真爛漫啊，我的小碧翠絲。她一心只想著不讓我戴那頂黑森森的帽子，那是守寡的象徵。

要是小維不離得那麼遠就好了。我覺得她會比其他孩子都理解我的哀傷，她也和我一樣愛他。我永遠不會忘記她出發前往普魯士前，他們分手的情景。他們倆都鬱鬱寡歡，離開彼此讓他們都同樣肝腸寸斷。我當時那些嫉妒的痛苦，至今記憶猶新。我的性格恐怕不怎麼高尚吧，但話說回來，我這是和聖人般的亞伯特作比較，若是相較於大多數人，也許還不算太糟。

我重讀了小維的信，是在亞伯特死後不久收到的：

> 展開悲傷的新生活至今整整一星期了。放眼回顧，幽暗、驚恐、殘酷，但我卻有感謝的理由。爸爸宛如一顆明星照亮我們的黑暗……
>
> 在奧斯波恩時，爸爸為我讀了幾段《王者詩歌》，希望我以此作畫送給他，近幾個星期來，我心裡只想著這個——想著他，想著他會不會喜歡這些畫，他是否覺得我畫得對。妳想要這些畫嗎？要我寄去或是帶去呢？這將是我最後一次懷著喜樂之心作畫；既然是他預訂的，我認為就該屬於妳……我太了解爸爸的喜好了。他是所有純潔、美好、高尚與偉大的完美典型，他對藝術方面的所有評斷自然也一樣，精確無誤。
>
> 呵，我是多麼為妳戰慄！我一再祈求上帝扶持妳度過這次難關，一如祂曾助妳度過其他難關。至於我自己該如何承受，我也不知道……
>
> 最親愛的媽媽，再會了。願上帝永恆的賜福降在我所鍾愛且珍惜的妳的頭上。

信寫得多好！她能理解其他人所不能理解的。小維的信寫得太好了。我總會一讀再讀，淚流滿腮。

才過不久，她又來信了：

> 五六與五七年間，晚上和爸爸在一起談天時，爸爸是那麼常提到死亡。他總說就算當下蒙主寵召了也無所謂……他隨時都準備好了……

可憐的伯弟。我真是同情他，但他確實導致了莫大哀愁。也許妳不知道我有多麼為他的「墮落」感到難過。這是跨向罪惡的第一步，而誰也不知道會不會是最後一步。只怕不是！教育兒子是個令人心驚的責任，如果照顧與煩惱沒有獲得回報，又會讓人無比焦慮。想到我的小威廉與未來，難免不寒而慄……

她讓我多麼安慰啊！遠比同住在家裡的時候更懂得安慰人。只有她了解我的深切傷痛。

我把所有的書信、日記，所有的一切瀏覽了一遍。我會看著婚禮的照片沉思。寶貝會坐在我的腿上和我一起看。她有些不高興，因為早期的照片裡沒有她。

「好可惜喔，」她說，「我不夠大，不能去參加妳的婚禮，媽媽。」

愛麗絲溫柔地微笑看她。可愛的寶貝！她確實幫了大忙。

亞伯特曾計畫讓伯弟去參訪聖地。他覺得看到那麼多聖徒遺物與神聖之地，或許能對兒子產生醍醐灌頂的作用。

我寫信給小維提起此事。不枉她與亞伯特相處這麼長時間，作出的判斷總是非常正確。雖然完全明白我對伯弟的缺點感到心痛，她卻傾向於寬容以對。

伯弟性情軟弱，也永遠不可能像她那麼聰明，但他有一些優點，而且很受人民喜愛。小維認為只要他娶了合適的妻子便能安定下來。

華柏嘉．馮．霍恩塔女伯爵是小維最喜愛的女侍，嫁給了丹麥的使臣奧古斯都．培哲，這意味著華柏嘉與丹麥王室極為熟稔。她對克禮斯欽親王的女兒雅莉珊卓褒獎有加；她十七歲，容貌美麗，出淤泥而不染，當然這是因為家裡相當貧窮。他們獲得克禮斯欽八世國王的恩賞，得以住進哥本哈根的黃宮。對伯弟而言，雅莉珊卓是再好不過了，儘管門戶有些不登對，但在歐洲，條件合適的公主實在太少。

小維覺得應該安排讓他們見一面。亞伯特常說小維是個精明的外交官，我欣然接受她的建議。感覺上幾乎就像是亞伯特說的。

伯弟的聖地之行已計畫妥當，但小維邀請他在出發前去一趟普魯士。小維是天生的媒人，她安排了參觀施派爾大教堂，伯弟是不可能興致高昂地仔細觀賞，因為他對藝術與較高水準的事物向來沒興趣。但是當他一進教堂，就見到了雅莉珊卓，小維知道她會在這裡。兩人經過介紹認識，而且根據小維回報，互相都頗有好感。

「這是第一步。」小維說。

之後他去了聖地，他這一去讓我們倆都鬆了口氣。每次見到他，我就會想起亞伯特的劍橋之行，我想他也忘不了。

亞伯特一定會說一切事情都要照舊。我會夢見他，在夢裡他有時還會嚴厲地提醒我莫忘職責。我無法脫離哀悼的情緒，因為我知道後半輩子都會繼續這樣下去。

愛麗絲的婚禮預訂在七月舉行，距離亞伯特過世只有七個月，但我想應該不能延期。愛麗絲非常期待，我能夠理解。這可憐的孩子已墜入情網，又或許她也想逃離這個充滿哀傷的家。總不能期望孩子和我有同樣的感受。

伯弟回來了。很快就要輪到他。亞伯特說過他需要婚姻，而看起來雅莉珊卓郡主雖然不算門當戶對，她本人卻非常合適。

不能有盛大的慶祝，不能太歡欣喜樂。我們以後還可能再次歡樂嗎？愛麗絲將會不張揚地在奧斯波恩完婚。

餐廳布置成了禮拜堂。伯弟也回來與我們一起，每回與我四目交接時總會試著露出傷心神色，但我看得出來他相當自得，對於即將舉行婚禮一點也不排斥。

主持婚禮的約克大主教非常悲天憫人，我覺得與他特別投緣，因為三年前他也失去了妻子。我們談到心愛的人死去後，下半輩子都會活在哀悼之中。我很慶幸主持儀式的人是他。

我穿著沉重的黑衣，戴著孝帽，心想倘若亞伯特在的話會有多麼不同。我可以想像他牽著女兒走向祭壇。多教人悲傷啊！我走到人生終點之前會有多悲傷啊！

愛麗絲就這樣出嫁了。

她與新郎在離開英國之前，會到萊德小度蜜月。

如今我的小愛麗絲成了赫塞—達姆史塔的小爵爺夫人，再也無法給我那獨一無二、充滿了愛的照顧。

我於是轉向小倫和露伊絲求助。

五月，我第一次在沒有亞伯特的陪同下前往巴莫羅。他在那個地方留下那麼多痕跡，我不知道該用什麼感覺去面對，太多回憶了。不過我受到熱情的歡迎與誠摯的同情。這些善良的人能理解我守喪的事實，其中有些人，像是我在當地的貼身侍女安妮．麥唐納，還有職務愈來愈吃重的僕人布朗，則微微暗示我不能再沉浸於悲哀的情緒，應該愛惜人生。這群可愛的人哪，他們無論如何都不會說違心之論。

令我驚訝的是，我在巴莫羅比在其他任何地方都要快樂。我發現蘇格蘭人不分男女都遠比我在南方遇到的人不做作，性情率真，有話直說。我很早便發現這一點，因此特意挑選蘇格蘭人做為巴莫羅的僕人，而他們似乎都成了我的好友。他們極不講究禮節，老實說態度還有點粗魯，但我喜歡這樣。布朗尤其與我投緣，他是莊園裡一個佃農的兒子，自一八四九年起擔任戶外傭僕，但我很快便看出他能擔當重任，便讓他固定侍候。亞伯特讚許過他，因此我知道我沒有信任錯人。他的兄弟全都在府邸內做事，我也開始將布朗視為私人朋友。

我很高興聽到「特倫特號」的麻煩已妥善解決的消息。美國方面在接到由亞伯特草擬、用詞謙恭的通牒後，同意了英國政府的請求，假如送出的是最初那份略帶挑釁的通牒，他們就算同意，八成也會加以羞辱。

帕默斯頓勳爵帶來消息時，我提醒他美國的爭端能和平落幕是亞伯特的功勞。我告訴他說他當時病得有多重、有多虛弱，坐起身來寫字時幾乎連筆都拿不穩。

帕默斯頓認同地點了點頭。

「陛下，」他說，「已故親王的機智與判斷力與善於辨識的能力，總能激起我時時刻刻、永無止境的讚佩。」

我傷心地淡淡一笑。這是我喜歡帕默斯頓勛爵的時刻之一。

我在巴莫羅為一座石塚安置了碑石，上面刻寫著：

紀念心愛的偉人亞伯特，王夫親王，
立碑人：他心碎的孀妻

儀式進行時，孩子們和我在一起，石頭上也刻了他們名字的字母縮寫。

我清清楚楚記得亞伯特帶我參觀他家鄉時的喜悅，因而生出一股渴望，想再去一次，再走一遍我曾和他走過的森林，再去看看羅森瑙、聽聽鳥鳴，再去看他從前讀書以及和恩尼斯擊劍的房間。

孩子們都認為這主意極好，對我應該有幫助，而帕默斯頓也暗示我的哀悼應該告一段落，應該在臣民眼前露面了。人民多麼無情！難道他們以為我的哀悼會有停時？人民無疑是想看到我的悲傷，但那是我的私事。

我帶著小倫和露伊絲同去，她們取代了愛麗絲。她們二人都是乖女孩，都渴望能幫助我忘卻傷痛，但這是不可能的！

我想見見李奧波舅父，和他一起哀悼。我穿著一身晦暗的喪服來到他的拉肯宮，一見到他便張開雙臂上前抱住，哭了起來，他也陪著我掉淚。

我對他說：「你瞧，舅父，現在在這裡的是世上最孤獨的人。」

「我也一樣痛苦，」他說，「我與妳同悲。」

我們聊起那個聖人般的天使，聊了許久。

「至少，」舅父說，「妳和他共度了二十年無上幸福的日子。我卻很早就失去了夏蘿特，如今路易絲也走了。」

我知道他也很痛苦，但沒有什麼比得上失去亞伯特的痛。

舅父駝背駝得厲害。我覺得他的假髮過於濃密，與他的外貌格格不入。他告訴我他承受著極大痛苦，除了風溼一直困擾著他，還有全身的病痛，好不容易有一處緩和，另一處便又發作。

他說要給我一個驚喜。丹麥的克禮斯欽親王與家人明天要來訪，他相信我會願意讓他引見。「他們是很單純、令人有好感的一家人，」他說，「要來比利時度幾天假，若不請他們見面有些失禮。」

「他們的女兒應該也會一起來吧？」我問道。

「是啊，她也會來。我很希望妳見見她。她是個美麗迷人的女孩，氣質高雅，品味出眾。」

我當然明白了，這是李奧波舅父安排的。與丹麥聯姻對比利時有好處。有幾個歐洲國家對於普魯士的意圖愈來愈感到不安。有一位俾斯麥—申豪森開始在歐陸各地展現影響力，計畫讓普魯士更為強大，與奧地利並駕齊驅。他到訪倫敦，與帕默斯頓勛爵和狄斯累利先生談過，他們認為這個人需要留意提防。

局勢發展至此讓我頗為尷尬，因為我和太多國家的領袖都有親戚關係。小維已是普魯士人，而如今李奧波舅父卻對俾斯麥抱有疑慮。

李奧波舅父想與丹麥結盟是確定無疑的。他向我提到亞伯特也支持此事，因為在他（這個全世界最偉大的人也是唯一能讓我覺得人生歡趣的人）慘遭奪走性命之前，便已提出過。

我漸漸覺得激動又疲憊。與李奧波舅父的談話再度讓我的悲傷滔滔而來，我又全部重新經歷了一遍，又回到那天他用親愛而憔悴的雙眼看著我說他必須去一趟劍橋，我則是極力勸說。唉，他要是聽我的話就好了！

我流著淚，坐在房裡回想。

小倫來到身旁對我說：「媽媽，他們到了。雅莉珊卓好漂亮，他們人都很好。」

「親愛的孩子，我沒辦法去見他們。」

「可是媽媽，他們都在等妳呢。」

「親愛的，我做不到。妳要體諒我才剛剛痛失至愛，我沒辦法接待他們，我不想吃東西，一想到吃的就反胃。」

「可是媽媽，李奧波叔公安排得好極了。」

我搖搖頭。

我無法加入他們，只能坐在房裡。他們只得在沒有我的情況下進午餐。

我呆坐沉思，約莫一小時後，有人輕敲房門。我沒有去應門，我誰也不想見。門微微打開，探進一張臉來。是華柏嘉，我始終非常喜愛的一個女孩。她長得極美，而我又容易受美貌吸引。

「陛下，我可以進來嗎？」

「進來吧，華兒。」

她跑過來跪在我身旁仰頭看我。我發現那雙眼中充滿淚水。「親愛的孩子！」我喃喃地說。

「陛下，您一定好痛苦！」

我點點頭。

「我幾乎無時無刻不想著您，卻又不知該說什麼。誰也無法說出適當的話，誰也無法體會您的巨大傷痛。」

我撫摸著她的秀髮。

「他是最了不起的男人。」她說。

「他們不感激他，華兒……誰都不感激他。他們只會說……可是卻忘了。」

「陛下永遠不會忘。」

「永遠不會！」我口氣激烈地說，「親愛的孩子，謝謝妳來看我。」

「一聽說您在這裡，我就想來了。」

「你是和克禮斯欽親王一家人來的？」

「是的，他們非常和善可親。」

「我聽說了。」

「陛下，我相信他也希望威爾斯親王與雅莉珊卓能結合。」

「他有這念頭。他有太多念頭了。」

「他會希望您滿意這樁婚事。他會希望您見見郡主。」

「是啊，我想這會是他的希望。」

「我覺得他會認可郡主。郡主的品味是那麼高雅……就和他一樣。郡主的個性善良溫柔……也和他一樣……」

我點點頭。

「既然陛下與郡主剛好都在宮裡，也許您會想見見她，這是難得的機會，彷彿是上帝的旨意……因為她在這裡……您也在這裡……」

上帝的旨意，我心想，也是李奧波舅父的意思。

我強壓下這個想法。這比較像是墨爾本勛爵會說的話，不是亞伯特。

不過我想亞伯特會希望我見見她。

我說：「好吧，我去見他們。由妳帶路吧，華兒。」

她立即眉開眼笑，看起來她非常喜歡雅莉珊卓郡主。

我接見了他們。親王有一種北歐人的英俊相貌，不是亞伯特的那種秀美，而是身材高大，風姿颯爽，很像一個目能遠視的藍眼水手。若非克禮斯欽國王的仁慈大度，這一家人會流落何處呢？當初與亞伯特商討雅莉珊卓適不適合時，他跟我說丹麥國王給了此人軍職，還讓他們住進皇宮。由於他的妻子露易姿是赫塞—卡瑟伯爵領主之女，而領主夫人又是克禮斯欽國王的妹妹，國王才會如此善待十分貧窮的這家人。

就這一切看來，雅莉珊卓幾乎不適合成為威爾斯親王的新娘。畢竟李奧波舅父也把她列在名單之末，只是伯弟迫切需要盡快結婚。

我不太喜歡克禮斯欽的妻子。她有些重聽，膚色也不自然，臉頰竟化了妝！不知道亞伯特見了作何感想！他是那麼厭惡任何形式的矯揉造作。不過那女孩很迷人，完全就像華兒說的那樣，與她母親真是天壤之別！

我想沒有必要假裝對我們內心最在意的話題視而不見。我對克禮斯欽夫婦說：「一切都要看威爾斯親王。我不知道他會有多喜歡令嬡。」

他們似乎當場愣住，李奧波舅父也是，但他還是把雅莉珊卓帶上來。多漂亮的女孩，態度也很謙虛。她行跪禮時，抬起美麗的眼睛看我，我可以感受到眼神中的憐憫。

接著我轉向李奧波舅父。我想他有些忐忑不安，應該是會面發展不如他預期。

我沒有和他們一起吃晚餐，因為我實在無法面對那種場合，不過餐後我下樓去了。雅莉珊卓穿了一件黑色洋裝，在眾人之間十分醒目。她很靦腆地看著我，我於是明白了。多麼貼心的舉動！我在守喪，她便想尊重這種哀悼的心情並一同分擔。從那一刻起，我便對她產生了好感。

他們或許貧窮，或許卑微，但這個女孩太可愛了，我很高興她能和伯弟結為夫妻。

我對她微微一笑，那一刻我們之間建立了某種關係。

與李奧波舅父分手後，我前往科堡，造訪亞伯特的童年舊地。我回想起他告訴我的一切，彷彿又見到他活生生出現在眼前。

我對恩尼斯極為失望。亞伯特過世時，他很難過，但恐怕不是刻骨銘心。一想到當初本來有可能嫁給他，不禁感謝命運讓我幸運逃過。不過那當然是我自己的選擇，我是絕不可能選擇他的。

我懷疑他有種種失德的行為。發生過那樁令亞伯特苦惱不已的可恥事件後，誰不會這麼懷疑呢？我猜他的痊癒是……肉體而已……本性難移。他野心勃勃且異常貪婪。

他膝下無子，亞伯特希望在恩尼斯死後由亞弗烈繼任公爵。本來應該要傳給伯弟，但伯弟終究會成為英國國王，因此將薩克森—科堡公爵爵位傳給弟弟也無可厚非。

此時希臘爆發了危機。該國的公民大會將國王奧托拉下王位，並推選亞弗烈為國王。

一開始我認為這是個很好的提議，但後來帕默斯頓與羅素勛爵說服我說這樣不實際，並提醒我亞伯特生前的願望是讓亞弗烈在恩尼斯死後繼任薩克森—科堡公爵。

推選亞弗烈的提議遭婉拒後，他們轉而找上恩尼斯。我覺得這是好主意，如果恩尼斯去了希臘，亞弗烈就可以立刻接手薩克森—科堡。不料恩尼斯想要希臘的王位，同時繼續掌控薩克森—科堡。他認為亞弗烈可以在他的支配下當個管理人之類。

「那樣行不通，」帕默斯頓說，「那就表示公國仍繼續由恩尼斯控制，而亞弗烈卻可能要為恩尼斯的失政與堆積如山的債務負責。」

我們針對此事討論再三，原打算用來緬懷亞伯特的科堡之行也被破壞了。

我離開時頗為慶幸。

我決定讓雅莉珊卓到奧斯波恩來。她很可能成為伯弟的妻子，我得多多認識她。兩人若是結婚，她便是英國王后，因此她必須完全夠格。

我已經喜歡上她了。在拉肯宮見面時，她展現出細膩的一面，因此我發出了邀請，雅莉珊卓便與父親一同來到懷特島。克禮斯欽將雅莉珊卓留給我，自己則與劍橋家人同住。

她到達那天，天候寒冷惡劣。十一月真令人厭惡！亞伯特便是在十一月裡病入膏肓……到了十二月就走了。還是在聖誕前夕！我再也不可能歡慶那個節日，因為這些記憶總會再次浮現。

見到雅莉珊卓令我心喜。她看起來清新脫俗又美麗。克禮斯欽略顯憂慮，很希望女兒給我留下好印象。對出身如此單純家庭的女兒來說，可真是躍上枝頭當鳳凰！

但儘管家教堪稱尋常，雅莉珊卓的表現卻毫不笨拙，她的優雅與美貌總能撐得起她。我想他們很畏懼我。他們都比我高大得多，或許正因為身材矮小，我才會以王者的威嚴來彌補吧。但話說回來，我已經當女王多年，那種感覺定會慢慢滋生。

我很高興克禮斯欽終於離開。之後他女兒才顯得自在一些。她自然而不做作，我覺得她試圖討好我並不是因為渴望攀龍附鳳，而是因為她本性體貼，能理解我的哀傷。

寶貝覺得她很漂亮，也以一貫的坦率態度告訴所有人；小倫非常喜歡她；露伊絲或許對她印象沒那麼好，卻也挑不出錯處。亞弗烈覺得她好極了。事實上，我還擔心他自己愛上了她，讓事情變得複雜。亞弗烈很容易受人影響。小時候他無比崇拜伯弟，不管伯弟做什麼，他都模仿到底，看來伯弟對異性的興趣也感染了他。

毫無疑問地，雅莉珊卓大大成功了。她問我關於奧斯波恩的問題，我鉅細靡遺地向她描述我們如何取得這間小屋，亞伯特又是如何讓它改頭換面。她聽了非常感動，覺得這是個了不起的地方。

她能理解我的寂寞，對我更是由衷地同情，我知道。她鼓勵我談論亞伯特的事（其實我又何需別人鼓勵），我覺得大有幫助，和一個只是從傳聞得知他的好的人談論他，很令人欣慰。

我們去了溫莎，她大表讚嘆。我告訴她亞伯特有多愛這個地方，說他常在森林裡騎馬，還知道所有花草樹木的名稱。「但我認為他最愛的還是巴莫羅，」我對她說，「有一天妳會見到的，親愛的孩子。我相信妳也會和我一樣……和亞伯特一樣，愛上那裡。蘇格蘭人是那麼善良又誠實。巴莫羅是亞伯特建造的，非常宏偉壯觀，也是他展現卓越才能的實例。」

到了月底，克禮斯欽親王離開劍橋家，來接雅莉珊卓返家。那個時候我們已經成為摯友，我確信她是嫁給伯弟的理想人選。

那麼，便無須再拖延婚禮了。我提議在一月舉行，雅莉珊卓的母親反對，說她女兒絕不可能在那個時節旅行。我不得不承認她說得有幾分道理。

最後訂於三月。我很高興能有點事情占據思緒，沒想到對亞伯特的記憶反而更加清晰，因為我不停地想著他會如何安排一切。

我決定由我來準備雅莉珊卓的新娘禮服，而且要和我的禮服一樣以霍尼頓蕾絲飾邊。不巧的是，她來英國途中會在拉肯宮停留數日，在她到達後，對這樁婚事十分滿意的李奧波舅父便送給她一件以布魯塞爾蕾絲飾邊的禮服。

親愛的李奧波舅父啊！當然，他真的很貼心，但的確是多事了。我不可能讓威爾斯王妃的結婚禮服以外國蕾絲飾邊。非得是霍尼頓不可。

我寫信向李奧波舅父解釋。雖然知道他大失所望，但我老早已讓他明白了，不管我有多愛他，也不管他對我意義深重的那段過去刻下多麼清晰的記憶，我都不可能讓他插手我國內的事務，威爾斯親王的婚事當然也包括在內。

因此絕不可能用布魯塞爾蕾絲。雅莉珊卓必須穿戴霍尼頓步向祭壇。

我派了遊艇「維多利亞與亞伯特號」到安特衛普接雅莉珊卓等一行人前往格雷夫森，伯弟會在那裡等她，他們再一同搭車到倫敦，然後轉乘火車到溫莎。

我和幾個女兒等著迎接他們抵達城堡。準新娘穿著薰衣草色的斗篷與長禮服，漂亮極了。這個親愛的女孩選擇薰衣草色，可能帶有半哀悼的意味。她總不能穿黑衣來，卻讓我看出她心裡想著亞伯特。

我穿著黑色孝服，戴著寶貝堅稱是「我那黑森森的帽子」，與她形成多麼令人傷心的對比。回憶壓得我那麼沉重，實在無法與他們共進晚餐。我坐在房裡回想亞伯特來的那天，當時我一眼就知道他會是我一輩子愛的人。

能見到小維讓我無限歡喜。她帶著四歲的威廉一起來。這是最美好的團聚時刻，我期待著和她說點知心話，和她一起淚水交融地想念亞伯特。

因為不想成為目光焦點，當天我從一條特別建造並遮蓋起來的通道，來到以紫色絲絨布置的禮拜堂。我坐進包廂，可以俯視婚禮的進行。我穿著深黑色，嘉德勳章的綬帶橫掛胸前。我看見有一些目光轉向我，但我心思滿溢，無力答禮。我的思緒又回到和亞伯特結婚的那一天。

一群女孩穿著白洋裝十分可愛，由劍橋家的瑪麗領隊，個個看起來體形比平時大上許多，不過配戴裝飾著蕾絲（當然是霍尼頓）的丁香花美麗亮眼。我注意到所有的蕾絲都是霍尼頓，甚是滿意。

碧翠絲也在裡頭，睜大了雙眼興致勃勃地東張西望。她抬起頭看見我，揮了揮手。我無論如何還是微笑以對，納悶著她心裡在想些什麼，又會說出什麼古怪的話來。她是不會顧念場合的，就像她不會顧念人一樣。

小威廉站在亞瑟和里歐波中間，看起來非常可愛，不過有些靜不下來，似乎對婚禮程序有點厭煩。他的手臂以特製的衣袖掩飾得天衣無縫！親愛的孩子們哪！不知道將來他們對這場婚禮能記得多少。

雅莉珊卓很美麗，伯弟也相當英俊。只可惜他不能再多像父親一點，只有亞瑟遺傳了他的容貌，好不令人難過。我真希望能在幾個孩子臉上看到那些美得非凡的五官。

當然了，不可能寄望小孩守規矩。這種儀式對他們而言必然是漫長無止境。我看到小倫和露伊絲在揩淚，盯著她們看的寶貝則大聲哭起來。

小倫用手壓了她肩膀一下，寶貝便用清晰可聞的聲音說：「如果你們在哭，我為什麼不能？這是婚禮啊，參加的人都要哭。」

可愛的寶貝！要是亞伯特聽到一定會露出微笑。我想他應該會像寵小維那樣寵寶貝，也可能期望寶貝取代小維。我永遠忘不了小維離家時，他是多麼心碎難過。

接著孩子又惹出更多麻煩。威廉在地上爬行，還把鑲嵌在短劍（這是他服裝的一部分）上的寶石扯下，丟過禮拜堂的地板。由於剛好四下一片靜默，那聲響格外刺耳。

亞瑟彎下腰低聲對他說了什麼，威廉竟張口咬亞瑟的腿。里歐波試圖勸說，威廉卻將注意力轉移到他的腿上。

天啊，我暗暗叫苦，希望里歐波沒有流血。

他們倆好不容易制服了威廉，儀式繼續進行。

所有人都回到城堡吃喜宴。我覺得無法加入他們，剛才的過程讓我情緒過於激動，因為想起太多關於我自己婚禮當天的快樂回憶。

餐後小倫來找我。聽他們說威廉把她的手籠丟出馬車外，還說駕車經過溫莎之際，寶貝看見商店時很大聲地說：「我以前都不知道店裡也賣緊身褡。」

我們不禁微笑。寶貝總能逗人笑。她的確會說出一些很有趣的話來。

喜宴結束後，新人出發前往奧斯波恩度蜜月。

我舒了一口氣。伯弟總算結婚了。

11 狄斯累利先生與格雷史東先生

這就是我現在的首相。無疑是值得敬佩，也誠實，自認為對的事便十分固執，就像以前人說的，為了自己的信念，赴湯蹈火在所不惜。

我理應欽佩他，理應歡迎他，但我就是辦不到，就是不喜歡他，我的愛與恨都一樣強烈分明。

帕默斯頓勛爵來到溫莎見我，感覺得出來他的態度帶有責備的意味。他認為守喪期應該要結束了。他真是無情。難道我的哀悼真有結束的一天嗎？

他說他很高興威爾斯王妃十分受民眾愛戴。她和親王每到一處都會受到歡呼，人民對這樁婚事很滿意。

「雅莉珊卓王妃是個討人喜愛的女孩。」我說。

「她和親王真是天作之合，陛下。」帕默斯頓回答，「親王不排斥公開露面，這是件好事。」

他狡猾地瞥了我一眼。我暗想：我從來就不喜歡你，帕默斯頓勛爵，但我知道亞伯特認為你是個傑出的政治家，而你也的確是；但你和墨爾本勛爵實在差很多。唉，我多希望現在是他在我身邊，不是後來的那個老人，而是我初登王位時認識的那個墨勛爵。

「人民偶爾會想看看自己的君王。」

「帕默斯頓勛爵，」我反駁道，「我遭遇了人生中所可能遭遇到的最大打擊啊。」

「世人都知道，陛下。」

又是那嘲諷的語氣，就好像他們之所以知道不是因為亞伯特聖人般的名聲，而是受我逼迫的緣故。我的態度變得格外冷淡威嚴。

「帕默斯頓勛爵，希望你沒有帶來壞消息。麻煩好像從未遠離過。」

「人生便是如此，陛下。不過我們辦了一場盛大而成功的婚禮，這對年輕的王室夫妻也受人民喜愛，這便已值得慶賀……尤其陛下現在又這麼深居簡出。親王的表現可圈可點，且讓我們心懷感激吧。另外則有希臘王位的問題。」

「喔，恩尼斯公爵又再次刁難了嗎？」

「他要退出。下一個競爭者是威爾斯王妃的一位兄弟。」

「真的！」

「陛下，在我看來這樣解決也好。恩尼斯公爵將留在薩克森—科堡，等時候一到，那裡就會變成亞弗烈王子的公國。」

「丹麥王室的長子將來會成為丹麥國王。」

「正是，陛下，所以不會是長子，而會是次子。」

「他不是還很年輕嗎？」

「王室成員經常得年紀輕輕便肩負起國家重任，陛下理應明白。」

我很快嘆了口氣，心裡想到在肯辛頓宮被喚醒後，忽然得知自己已是女王的那個早晨。

「這件事似乎已達成共識，可說是皆大歡喜。」帕默斯頓勛爵說，「不過呢，我預料什列斯威—荷斯坦的事會有麻煩。俾斯麥一心只想著一件事：就是讓普魯士更強大。」

「我不喜歡那個人的風評。普魯士的王儲與王妃對他都有些反感。」

「可惜啊，陛下，君王有時候不得不忍受自己不喜歡的政治人物。」

他露出那半揶揄的神情看著我。在亞伯特發現他能夠非常高明地處理克里米亞戰爭與印度兵變之前，我有多討厭他，他心知肚明，而且想必也聽說了我與皮爾爵士後來雖然成為好友，一開始卻十分憎惡他。

「只希望不要演變成真正的麻煩。」我冷冷地說。

「我們可以抱著希望，陛下，但同時也得做好準備。」

我了解他。他來此的原因有二：主要是提醒我人民對我的隱遁開始有些不耐，應該公開露面了；其次則是讓我準備好為什列斯威和荷斯坦等製造紛亂的公國費神。歐洲各國之間的糾紛總是讓人苦惱，因為我與眾多統治者都有關係，一旦夾在反目的兩國之間，雙方都會試圖爭取我的支持。這可不是樂事。

他臨走前說希望很快能在倫敦見到我，我沒有給予確切的答覆，因為自覺還無法面對民眾。

我心裡還擔心另一件事，他卻隻字未提。亞弗烈似乎也走上了和伯弟同樣的路。他駐紮在馬爾他時認識了一個年輕女孩，兩人傳出了醜聞。

我想多了解一點，卻發現很難得知真相。伯弟當然認為這種事很自然，根本就是老生常談。凡是年輕人都會有這些風流韻事，會過去的，一點也不重要。後來我向帕默斯頓勳爵提及此事，他也同樣無關緊要地聳聳肩。

「王室成員一定都會有這些傳言，陛下，不用在意。人民會很寬容。其實他們也喜歡王子具有人性。」

多麼無動於衷啊，這些男人！和那個無與倫比的人真是天差地別！

入秋了，亞伯特總說這是巴莫羅最美的時節。起初我懷疑自己去了那裡能否承受得了，但又想和過去做一模一樣的事。在那個地方，亞伯特的靈魂似乎離我很近。

愛麗絲與夫婿也和我們同去。她比任何人都更能體會我的憂傷。她總是那樣溫柔（我想是所有女兒當中最得我心的一個），雖不像小維那麼聰明，但小維經常因為獨占亞伯特惹惱我，而愛麗絲則始終是我的女兒。她結婚讓我有些遺憾，我曾自私地希望將她留在身邊；不過我必須經常提醒自己想想可憐的瘋祖父，他正是因為太愛女兒，不忍與她們分開，而毀了她們一生，使得她們多數都過著頹喪失意的人生。我絕不能像他那樣。然而有愛麗絲在身旁，確實令人欣慰。

他們全都決定到蘇格蘭度假。

小維和腓力對於俾斯麥的崛起感到不安，我和他們談過。對俾斯麥言聽計從的威廉國王與國會產生扞格，主動表示要退位。他若這麼做，小維和腓力便會成為王后與國王，但是沒多久國王反悔了，繼續保有王位，並任命俾斯麥為閣揆。小維和腓力毫不避諱地公然反對受人民支持的俾斯麥，以致在普魯士各地極不受歡迎。俾斯麥喊出「鐵與血」的口號，意味著他的目標是讓普魯士成為歐洲強權。

得知此事已有一段時間，我不斷地自問若是亞伯特會怎麼做。普魯士正在與德意志邦聯的領袖國奧地利對抗，俾斯麥真正想做的是統一所有德意志邦國，可能的話，便由普魯士，也就是俾斯麥負責領導。小維能在蘇格蘭稍稍喘口氣也是好事，只不過亞伯特未能在這裡解決普魯士的問題，何其不幸。

我們讓小維夫妻和孩子留在艾伯蓋第，晚一點再來與我們會合。有一天早上，愛麗絲來找我說：「我們去克洛瓦吧，妳也知道妳有多喜歡那裡，媽媽。」

我對著她幽幽一笑。「太多回憶了，心愛的。」

「我知道，可是回憶無處不在。就來吧，對妳會大有好處的。」

「好吧，既然妳這麼說。」

「就只有小倫、妳和我而已，媽媽。」

我點點頭。「吩咐布朗準備一些他拿手的肉湯。妳父親常說在高地這一帶，布朗的肉湯幾乎是他所嘗過最好吃的東西了。」

出發當天早上霧氣迷濛。駕車的是老史密斯，他已經服侍我們三十年，年紀相當大了。布朗說他已經不太適合駕馬車，但亞伯特說過他是個好人，凡是亞伯特稱許過的老僕人我都想留在身邊。

中午十二點半左右，我們來到阿納喬塔沙，布朗以一貫的效率熱湯、煮馬鈴薯，準備野餐。他仍舊態度粗率地責備我吃得太少。「妳這女人應該吃點東西，妳的胃口就跟小鳥沒兩樣。」我像個聽話的孩子又喝了點肉湯，想到他跟我說話的方式不禁面露微笑。他沒把我當女王看待。愛麗絲和小倫對此有點驚愕，不過這麼些時間下來也應該習慣了。我也說不上來為什麼，些許粗魯的對待能帶給我撫慰，何況這也證明布朗關心我，而且是真心的，比我在倫敦聽到任何措詞優雅的慰問話語都要真心。

野餐用具清理好之後，我們像以前一樣繼續往上走，越過卡佩茅恩斯。天上飄著細雪，景致美麗壯觀。以前和亞伯特一起來，總會在這裡暫停，看他指著美景一一說明。他教會我們欣賞的事物實在太多了。天氣導致行進十分緩慢，來到漢克湖時，太陽已經開始西沉。我感到異常疲倦又傷心，實在不確定重溫這許多快樂日子的回憶，究竟好不好。

回到阿納喬塔沙時，我們停下馬車，布朗煮了茶，可以暖暖身子，又能提振精神。

這時候天色已暗，當我們繼續往前走，我覺得史密斯駕車有點不穩。布朗坐在後座，離開阿納喬塔沙大約兩哩後，馬車好像略微側傾。

「怎麼回事？」我問道。

「媽媽，」愛麗絲驚呼，「我們好像翻車了。」

她說得沒錯。我還沒弄清楚怎麼回事，下一刻已經臉朝下趴在地上。馬車側翻，馬也倒下，真是可怕。接著我聽到布朗的聲音。「萬能的上帝保佑。這種事有誰看見過？」

他走上前來扶我起身。

「我還以為妳們全都沒命了。」他說，「妳沒事吧？」

我發現自己傷得不重，只是臉上擦傷，右手拇指隱隱作痛。

「布朗，」我說，「幫幫其他人。」

可憐的史密斯站在一旁，慌亂無助。可憐的老人，布朗說得對，他已力不從心。

布朗幫忙愛麗絲與小倫從破損的馬車中脫困，她們雖然有瘀傷，衣服破損，卻沒有真正受傷。布朗俐落地割斷挽繩，馬兒很快地站了起來。看到馬也都沒受傷，我大大鬆了口氣。

「現在怎麼辦？」我問道，「我們現在可是被困在荒郊野外。」

「我讓史密斯帶著馬匹回去，」布朗說，「他們可以再派一輛馬車來。」

「你覺得他可以嗎？他抖得好厲害，他太……老了。」

「他非做到不可。我可不能把妳們……妳和小姑娘留在這裡。」

有個強勢的男人能負起責任真好。親愛的布朗！亞伯特看出他是個優秀的僕人，確實是對的，一如既往，他總是對的。

於是我們就這樣等著。布朗找到一些紅酒，可以安定心神；愛麗絲的黑人童僕威勒姆原本也坐在車夫座上，此時則負責掌燈，以免陷入一片漆黑。

我們等了又等。

「妳們的父親總是說當事實已無法改變，就得善加利用。」我對女兒說。

「他說得太有道理了！」愛麗絲說。

「他向來都是對的。」我口氣堅定地說，「唉，我多想跟他說說這件事。」

「他知道的。」小倫說。

「對，」愛麗絲附和道，「我相信他在守護著我們，才會這麼幸運。」

約莫半小時後，聽到了馬蹄聲。來者是坎奈迪，亞伯特非常賞識的一名馬夫。他覺得我們回去得晚了，便來瞧瞧怎麼回事，還替我們帶了小馬來。我們滿心感激地跨上小馬，若不是他，還得在路邊等到十點馬車才會到。布朗徒步拉著我和愛麗絲的馬走，我出聲阻止，因為這個可憐的人跳下馬車時膝蓋受了傷。他讓我禁聲，事情由他負責，他不打算讓我在崎嶇的路上騎馬，以免又發生意外。

我親愛又忠實的好僕人呀！

我們循路行進了一會，這才遇上駕馬車回來接我們的史密斯。回來以後引起好大的騷動！腓力和小維聽說後也趕了過來。路易斯等得心急如焚。布朗說我得立刻上床休息，並吩咐下人準備魚湯端到我房裡。當我看見自己臉上的擦傷和幾乎腫了兩倍大的拇指，簡直嚇壞了。我覺得拇指好像斷了，但幸好沒有。

好個漫長的一天！但我並不後悔，儘管受了點傷、拇指又疼，卻再次印證了布朗是個多麼忠心的好僕人。

*

我當然知道，什列斯威—荷斯坦的紛爭遲早會爆發。

馬車事故過後幾星期，丹麥的弗德烈國王去世，雅莉珊卓的父親即位。一直以來隨時可能爆發的糾紛彷彿收到了信號。德意志與丹麥都主張擁有這兩個公國的主權，既然整件事以俾斯麥為首，很快就要出事了。

一八五二年在英國主導下開過一次會，並達成協議，兩公國由丹麥人治理、德意志人監督，讓這個危險議題維持了十一年的和平。

最近，協議商訂的時間快到了，丹麥的弗德烈曾宣示兩個公國的主權，他去世後，克禮斯欽國王明白表示會繼續履行弗德烈的政策。

如今，德意志人得到奧地利的幫助，威脅要驅逐丹麥人；他們計畫在打敗丹麥之後，兩公國的領地由德奧共治，直到擬出雙方都滿意的計畫為止。這時又有一人出面要求主權，那就是什列斯威—荷斯坦—松德堡—奧古斯坦堡的佛得雷公爵，他是德意志人，自稱擁有這兩個公國的繼承權。於是成了三方鼎立——普魯士聯合奧地利、丹麥與佛得雷公爵。

我可以看到一個非常尷尬的局面正在浮現。我當然會站在德意志人那邊，因為亞伯特是德意志人，我覺得那會是他心之所向；但另一方面，伯弟與丹麥有姻親關係，而他的岳父又正好處於紛爭核心。

當佛得雷公爵與丹麥前來求援，我著實心煩意亂。雙方與我都有很深的淵源，因為佛得雷公爵是費歐朵的女兒雅德蕾德的夫婿，而另一邊卻是伯弟的妻子，也就是丹麥國王的女兒。

真教人進退維谷。要是亞伯特在就好了！他一定能與三方對談，說服他們。

這場仗不只發生在歐洲，也發生在家族內部。大家都紛紛加入某一方：小維雖厭惡俾斯麥，卻必然支持普魯士；費歐朵的來信中，言詞激烈地支持女婿；而雅莉珊卓當然全力支持父親。她已懷有身孕，但對此事憂心忡忡。

餐桌上眾人多次針鋒相對。我可以預見家人之間會發生激烈的口角，便嚴禁他們在用餐時提到什列斯威—荷斯坦的問題。

國內也是群情激憤。人民自然站在丹麥那邊。「小小丹麥。」報紙如此稱呼，給人一種勇敢的小國遭受惡勢力威脅的印象。

而且威爾斯王妃頗得民心，她和伯弟會四處露面。

「我們應該感謝親王，」帕默斯頓狡猾地說，「所幸有他讓人民意識到我們國家還有君主。」

當然又是在挖苦我。但他也就是一個頰鬌染了色、臉上撲了粉、有生之年都像個紈袴子弟般昂首闊步的老人，我可不會受他指使，哪怕他是首相。

聖誕節到了，毫無喜悅氣氛，此後的聖誕想必都是如此，然而這次卻也是個焦慮的聖誕。什列斯威—荷斯坦的糾紛宛如一片黑壓壓的烏雲罩頂，而雅莉珊卓頭上那片尤其濃密，讓她憂慮得臉色蒼白。以她目前的狀況，這並非好現象。

聖誕節剛過，雅莉珊卓和伯弟待在佛羅哥摩，我覺得比起溫莎，伯弟更喜歡那裡，再說離得也不遠。伯弟不知道什麼叫悲傷，而且我敢說他從未認知到自己身為父親的價值。我知道他過著非常歡樂的生活，也極喜歡交際應酬。帕默斯頓勛爵從不向我隱瞞這些，也為此稱讚伯弟。他和伯弟之間有相似之處，兩人都對亞弗烈在馬爾他的緋聞不以為意，就好像那是件有趣而非可恥的事。

在佛羅哥摩有許多歡樂聚會，我不禁悲嘆，那裡與城堡這裡的氣氛多麼不同。在我看來，伯弟的許多友人都是放蕩不羈，也就是亞伯特絕不會認同的那種人。

維吉尼亞水村的水面結冰了，聽說伯弟與友人籌辦了幾次溜冰聚會，熬夜當然免不了，而雅莉珊卓本該過著安靜的生活才是。產期只剩兩個月，這可憐的女孩要應付伯弟和他那群精力旺盛的朋友，自己又有身孕，還要擔心什列斯威—荷斯坦的麻煩事，想必是精疲力竭。

事情發生在伯弟的某次溜冰聚會上。雅莉珊卓和幾名女侍到戶外去觀賞溜冰，我很慶幸她沒有愚蠢到想自己下場去溜。後來她覺得冷，便退到屋內，不料才一進屋肚子就開始疼了。

佛羅哥摩那邊差人到城堡來送口信，我立即動身前往。在那兒見到伯朗醫師讓我很放心，因為亞伯特相當看重他。

我到達後不一會兒，伯朗醫師便來見我。雅莉珊卓的胎兒還有兩個月才足月，我很擔心會有不測。

伯朗醫師說：「陛下，很高興能告訴您王妃無恙。她太過勞累，但可以調養身子，至於男嬰雖然脆弱，卻並無性命之憂。」

「是兒子！七個月大的孩子。不過王妃沒事。」

「是的，陛下，幸而如此。生產過程很快，不到一小時便結束了。」

「謝天謝地，她沒有吃太多苦！」我是有感而發，想到自己有好多次沒這麼幸運。

「陛下想看看孩子嗎？」

多數嬰兒那青蛙般的容貌令人反感，與其說是剛來到世界的新生命，其實更像即將離開人世的老頭；而這個早產兒自然更加醜陋了。

我去看雅莉珊卓。她顯得虛弱但依然美麗，得知生了兒子，她高興極了。

我溫柔地親她一下。可憐的孩子！她如今得知了婚姻的部分陰暗面。

稍後，同時見到雅莉珊卓與伯弟時，我提到為孩子取名的事。

伯弟說：「我想叫他維多。」

「維多！」我驚呼，「從來沒有一個國王叫維多，你別忘了這孩子是有可能繼承王位的。他就緊接在你之後，伯弟。」

「為什麼非得一成不變呢？」伯弟說，「媽媽，妳不覺得有時候改變也能一新耳目嗎？」

我說：「我希望叫他亞伯特。」

伯弟嘆了口氣。

「亞伯特．維多。」我接著又說，「應該以他祖父的名字為他取名，可以讓人民記得他為這個國家做過的一切。人民是那麼地不知感恩……那麼地健忘……」

伯弟一臉固執，我想他對父親仍感到憤恨。當一個人對另一人犯下大錯，應該都會這樣吧。也許伯弟無法忘懷是自己行為不端才讓亞伯特去了劍橋，進而加速他的死亡。受到這樣的良心苛責，想必是很可怕的感覺，任誰都不會願意想起。不過有時候我又覺得伯弟其實沒有良心。

雅莉珊卓天生是個和事佬，便說：「亞伯特．維多，我覺得這樣挺好的。」

我由衷地對她微微一笑，真是個可人兒。

「這個名字，」我堅決地說，「看起來是個絕佳選擇。」

伯弟無意爭辯。我想他是急著要回到那群歡樂的友人身邊。

儘管早產，嬰兒還是慢慢地成長。他的命名儀式在聖喬治禮拜堂舉行，我還在佛羅哥摩種了一棵樹以茲紀念。

什列斯威—荷斯坦事件愈演愈烈，雅莉珊卓陷入絕望。她父親寫信央求她向她的新國家求助。小維也寫信來責備伯弟和雅莉珊卓玩弄英國民眾的同情心，並爭取報界的支持。我譴責小維竟敢企圖指使我，於是我們兩人之間的關係登時變得冷淡。雅莉珊卓因為我們沒有伸出援手而頗有微詞，帕默斯頓與羅素勛爵暗示說我偏袒普魯士，這樣行不通。政府較偏向丹麥，我便說我們不能涉入戰爭，假如內閣執意宣戰，我只怕不得不解散國會。

真沒想到我會有這麼強烈的感覺。我試著隨時思考亞伯特會怎麼做，由於亞伯特不在，便只能照我自己的直覺行事。我知道他會支持普魯士，也會盡力阻止不讓英國與德意志開戰。

在此同時，普魯士已展開行動，入侵什列斯威—荷斯坦，腓力也隨著軍隊與雅莉珊卓的父親交戰。

我幾乎從未感覺如此沮喪而痛苦。克里米亞戰爭情況更慘烈得多，我們加入其中，同胞性命垂危，但至少家人同心。不像這次分崩離析。

普魯士與盟友奧地利所向披靡。帕默斯頓指出他們已決心征服，而且他認為目標不只是那兩個公國。如果不做點什麼，他們很快就會取下丹麥本身。自從俾斯麥崛起後，這便是他們的目的。

羅素勛爵說這正是俾斯麥所謂的「鐵與血」，他想建立一個由德意志統治的歐洲。必須讓他知道英國不會坐視不理。

帕默斯頓勛爵說：「我已經告訴奧地利使臣，如果奧地利艦隊駛入波羅的海，就會發現英國船艦已經等在那裡。」

「這幾乎形同宣戰了。」我失聲驚呼。

「有此必要，陛下。」帕默斯頓說，「而且我必須以政府的名義請求陛下不要偏袒普魯士。」

我驚慌地瞪著他看。他怎敢告訴我必須做什麼或不能做什麼？這個痛風的老傢伙，還有和他沆瀣一氣的羅素勛爵！他們老早都該辭官養老了，這兩個可怕的老人。現在竟然在這裡責備我，告訴我，為了國家應該要怎麼想、怎麼做！

「王夫親王認為除非有絕對的必要，否則應該遠離戰爭。他絕不會同意向德意志人宣戰。」

「親王是德意志人，陛下。」帕默斯頓回答，「他當然會對自己的國家盡忠，可是陛下，我們是英國人……也同樣要為我們的國家盡忠。」

竟然如此傲慢！除了帕默斯頓還有誰敢！

「戰爭從來對誰都沒有好處。」

「對普魯士人似乎有點用。他們可以占領什列斯威─荷斯坦，可以的話還有丹麥。我們無法阻止他們奪取這兩個公國，陛下，而且有些人說他們的確擁有主權，但是絕不能容許他們踏入丹麥一步。」

幸好他們終於走了，我真的非常憤怒。但我已特別強調，如果他們決定宣戰，我就會解散國會。帕默斯頓並不想參與戰爭，他夠聰明，知道打仗是多麼愚蠢的事。可是他同情丹麥。

「我們要的不只是同情。」雅莉珊卓悲傷地說。

但我們無法給得更多。帕默斯頓會派艦隊前往波羅的海，就像之前派出砲艦那樣，如此便能嚇阻普魯士進攻丹麥，因為沒有哪個國家會想和英國艦隊起衝突。帕默斯頓本希望拿破崙能介入，畢竟就地理位置而言，他們比我們離得更近。如果拿破崙出兵幫助丹麥，我們或許也會跟進。但幸好他沒有，否則我們就得與小維和腓力交戰了。

多麼可怕的局勢！

事情在四月底定，戰爭結束，普魯士取得什列斯威─荷斯坦。雅莉珊卓悶悶不樂，伯弟為她感到不捨。小維與腓力則是充滿勝利的喜悅。這回我仍不得不承認，儘管有來自我家族成員的各方力勸，還有報紙與民眾欠缺思慮的慫恿，還是多虧了帕默斯頓採取的方法，才讓我們得以置身戰火之外。

的確，這一直以來我都會自問：亞伯特會怎麼做？但我畢竟不是聽從他的建議行事，於是產生一定的成就感，或許我的哀傷也因此沖淡了些。

對於我蟄居的抱怨聲持續不斷，待在倫敦讓我受不了。冬天我會去奧斯波恩，夏天就到蘇格蘭。帕默斯頓不停地轉告我人民的不滿，以及威爾斯親王如此善於社交是何等幸運之事。

我說我覺得親王的生活幾乎就是尋歡作樂，首相聽了微笑不語，彷彿這事十分值得嘉獎似的。

有一次他帶著一張紙來到奧斯波恩。他說，有人把這張紙貼在白金漢宮大門上，他覺得應該讓我看看。將紙遞給我時，他露出做作的笑容。

「前任屋主謝絕營業，決定將此屋出租或出售。」

「太無禮了！」我說。

「這寫出了人民的想法，陛下。他們願意讓我們知道他們心裡想些什麼，我們都應該心存感激。」

「他們不明白嗎？」

「明白啊，陛下，他們明白陛下您需要一段哀悼期，如今他們暗示的是時間有點長了。君主躲避群眾太久，並不明智。然而誠如我所說，很幸運有威爾斯親王幫了陛下這麼大的忙。」

我可以想像伯弟和雅莉珊卓乘車經過街道，大家交頭接耳地談論伯弟的奢華生活，對此人民似乎不覺得不妥。想想真是諷刺，對於貢獻那麼多的亞伯特，他們不但不感激還充滿懷疑，而經常與酒肉朋友辦牌局聚會的伯弟竟然是英雄！還有雅莉珊卓，現在傷透了心，需要他們同情，因為我們沒有出面幫助她的家族，而任由（向來受痛恨的）普魯士人奪走什列斯威—荷斯坦。

李奧波舅父來信。他似乎知道一切情形，也聽說了威爾斯親王與王妃很受歡迎。

「不知道的人會以為妳已經退位，並傳位給伯弟了。」

這話攪亂了我的心。亞伯特若知道會怎麼說？他始終認為除非伯弟改頭換面，否則他無力治理國家。但伯弟改變了嗎？他依然一如往昔地與亞伯特截然不同，但如今有更多機會展現這個差異。不，亞伯特最不希望的應該就是伯弟取代我的位子。

我前往倫敦，乘著敞篷馬車行經街道，民眾紛紛湧上街頭看這個因無法忘懷夫婿而傷心的遺孀女王。歡呼聲震耳欲聾。

帕默斯頓十分欣喜。「您的臣民終於有機會展現他們的愛與忠誠了，陛下。」他說。

我很欣慰。他們讓我記起自己是女王。從未有人受過這樣的歡迎，包括伯弟和雅莉珊卓。

「陛下，您必須給臣民更多機會表達他們對您的愛。」帕默斯頓又接著說。

我必須？沒有人能告訴女王必須如何，我並無意脫離蟄居的生活。

在奧斯波恩期間，詹納醫師說我運動不夠。我告訴他我無心做這些事，因為每到一處便會想起王夫親王。當然，在屋裡也會想起他，但我就是不想出去散步或騎馬。

後來有一天詹納醫師來見我，說他做了一件事，希望我能認同。他事先找愛麗絲公主商量過，公主認為這個主意極好，請他立刻著手進行；他也徵求過查爾斯．費普斯的意見。

我很好奇他說的是什麼事。費普斯爵士是王室司庫。他說得極其神祕，又遲遲不肯切入重點。

「陛下可能會不高興。若是如此，要糾正也不難。」

「快說到底是什麼事吧。」

「我們自作主張將您的一位蘇格蘭僕人送到奧斯波恩來了，陛下。他在蘇格蘭將您服侍得那麼周到，陛下也向來對他非常滿意。我們以為這樣做對陛下會有好處。」

「我在蘇格蘭的僕人？」

「就是約翰．布朗，陛下。能來這裡，他高興極了。如果您不希望他來，可以馬上將他遣回。」

我面露微笑。約翰．布朗？在奧斯波恩！我笑著說：「我很高興他能來。是啊，太開心了。只是不知道布朗自己覺得如何。」

「只要能隨侍陛下左右，布朗都很樂意的，陛下。」

我感動萬分。這些親愛的好人是那麼地關心我。

如今有了布朗服侍，我覺得好多了。他會照顧我，必要時還會抱起我，絲毫不覺得冒犯。他會替我披上斗篷，再別上胸針加以固定。有一天他更是逗趣，竟然戳我的下巴，用虛張聲勢的宏亮聲音說：「啐！妳就不能抬起頭來嗎？」如果不喜歡我的穿著，他也會說：「妳穿的那是什麼衣服？」他實在太獨特，太直言不諱了。這就是約翰．布朗。但他是我忠實的好僕人，一旦我有危險，他就會挺身保護我。

我寫信向李奧波舅父提到他。「他帶給我莫大安慰。他全心全意為我付出，那麼單純、那麼聰明、那麼不同於一般僕人。」

他已不再只是普通僕役，我要他當我的貼身隨從。內廷的人不知該如何稱呼他，便喊他「女王的高地僕人」。

我替他增加薪俸，還說希望他隨時隨地侍候我。他本來都是在早餐與午餐過後來聽令，而且總會將一切事情處理得妥妥當當；他不多話，幾乎是一聲不吭，但記憶力過人。他忠心不二、全心投入又聰明伶俐，我覺得服侍我是他人生唯一的目的。事實上，在失去了亞伯特的這個時候，我最想要的就是有人照顧。

他相貌堂堂，而我向來難以抗拒長得好看的人，他們太吸引我了。布朗身材壯碩、雙腿修長、鬈髮，還有一雙湛藍的眼睛。我特別注意到他有個線條堅毅的下巴。我總會留意別人的下巴，或許是因為我自己的下巴很不明顯。年輕時我一直頗感困擾，還會不時照鏡子細瞧。李琴常說：「親愛的，您不應該太過於自戀，您老是在偷照鏡子。」我解釋說我不是自戀，而是自憐。「妳看，李琴，」我說，「我幾乎完全沒下巴。」李琴反駁道：「胡說，您的下巴和所有人都一樣漂亮。」但我知道事實並非如此。而布朗讓我第一個注意到的正是他的下巴。

有一天我告訴他這件事。我說：「下巴線條明顯的人都很有決斷力。」

這時他看了看我，用那率真坦誠的態度說：「妳這女人沒什麼下巴，好像也把事情處理得很好。」多有趣啊！自從亞伯特死後，我從未開懷笑過，他讓我笑了。看來帶布朗到南方來確實大有助益。

大約就在此時，伯弟和雅莉珊卓正在周遊歐陸諸國，雅莉珊卓自然想去見見家人。自從我們一決定讓雅莉珊卓和伯弟結為夫妻，他們家人的地位便扶搖直上，不僅她父親成為丹麥國王、弟弟成為希臘國王，如今連妹妹妲珂瑪也即將嫁給俄國的繼承人。

老實說，這家人很討人喜歡（雖然我對母親的評價不高），彼此間也很相親相愛。母親的掌控欲太強，加上臉上塗了濃妝也有失體面。但無論如何，為了雅莉珊卓，我還是慶幸他們能脫離貧窮與卑微。什列斯威—荷斯坦的不幸事件著實讓她飽受折磨。

不過戰後這麼快就前往有些不適當。我是反對的，但雅莉珊卓很渴望見到家人。一直堅定支持丹麥的伯弟（我猜是因為妻子之故），在那裡針對普魯士發表了一些輕率的言論，我相信小維也聽說了，接著她又會寫更多言詞激烈的信來了。

這種時候，威爾斯親王竟然造訪丹麥而遺漏普魯士，未免太不可思議。我下了詔令要他立刻前往斯德哥爾摩，低調地在那裡度個小假（因為我不想讓小維知道他去找她之前先去了丹麥），然後再從斯德哥爾摩去普魯士。

不料他們的作為太不負責了。過境瑞典時不但不低調行事，伯弟和雅莉珊卓還在宮廷裡接受王室款待，最糟的是造訪宮廷時，竟然把嬰兒（我們喊他艾迪）交託給丹麥的克禮斯欽國王與露易姿王后。

我憤怒地去信：小艾迪有可能繼承王位，他是他父親的繼承人，而他父親是我的繼承人。如果他們不馬上回到艾迪身邊，我會派人去把他帶回溫莎。艾迪若不在父母身邊，就該在我身邊。

他們於是即刻返回丹麥，然後搭上王室遊艇前往基爾港，在那裡卻又惹出更多麻煩，因為雅莉珊卓請求伯弟不要懸掛普魯士的旗幟。

我推斷伯弟與小維之間的關係很冷淡。短暫的會面只是做做外交形式，因為之前伯弟和雅莉珊卓反對普魯士的態度異常堅定而且眾所周知，因此他們無法去柏林，我知道他們只是由於我的堅持才去了普魯士。那個時候就根本不應該去。

他們回來後，雅莉珊卓懷孕了。可憐的女孩，我暗想，艾迪出生還沒多久呢。不知道她會不會也像我這麼容易受孕。孩子都很好，也非生不可（尤其是女王），可是這種方式！我一想到就覺得反胃。以後不可能再生孩子，我倒是慶幸得很。但我還是為雅莉珊卓感到難過。

不久孩子出生了，取名為喬治。兩個兒子！真是值得賀喜。這回這個小男嬰沒有早產，看起來比哥哥健康。

雅莉珊卓對兩個孩子很滿意。她是個好母親，對孩子遠比我更為關照。我經常對她與伯弟的生活感到好奇。她似乎非常愛他，但我很確定伯弟天生就不是忠誠的夫婿。對此我是何等遺憾！也更加感激上天讓我嫁給這麼神聖的一個人為妻。她的夫婿雖然很不可靠，卻也許可以從孩子身上獲得彌補。我希望如此。

我得去一趟科堡，他們為亞伯特立了一尊雕像，當然要由我來揭幕。

沒有亞伯特陪伴的旅程寂寥得令人發慌。好像不管把頭轉向何處，都會有景物讓我想起往事。

所有的孩子都跟著來了。這是我堅持的。

「這是你們父親的紀念雕像，」我說，「你們一定要全部都在場。」

我們受到恩尼斯與雅莉桑蒂娜的歡迎。他竟變得如此蒼老！我猜想他仍過著不檢點的生活，他們這種人是不會改變的。我不禁憤恨命運弄人，帶走亞伯特卻留下他。他年紀比較大，曾罹患令人嫌惡的疾病，生活也不規矩。結果竟是他活下來，而亞伯特走了！

談起亞伯特時，他顯得十分激動，但我不相信他感受到深刻的哀傷。

揭開雕像布幕的那一刻令我感動莫名，在揭露那張親愛的面容之際，也回想起與他同遊此地的時光。我帶著孩子去看所有他珍視的地點：他的教室、他與恩尼斯擊劍時留在牆上的劍痕、他深愛的森林、親愛的羅森瑙。

這個時候小倫與我最為親密。她取代了愛麗絲的位置。她是個可愛的好女孩，當然沒有小維的聰明，自然也沒有附帶而來的傲慢。

在德意志時遇見了什列斯威—荷斯坦—松德堡—奧古斯坦堡的小爵爺克利斯汀，他頭銜顯赫卻沒有錢。年輕英俊的他讓小倫對他動了心，他也對她動了心。我喜歡看到年輕情侶快樂相處，會讓我想起亞伯特和我自己。造訪結束前已可明顯看出，如果從此再也見不到這個英俊的克利斯汀，我的小倫將會非常不快樂，而男方無疑也有同樣感覺。

輿論可能會說他不太配得上英國女王的女兒，因為他是也曾加入爭奪什列斯威—荷斯坦之戰的佛得雷公爵的弟弟，沒有希望繼承爵位，而且在普魯士戰勝後，他的家族也失去了地產。

然而，他們倆相愛得感人，再說亞伯特娶我時也是個窮小子。當時報刊特別強調這一點，天曉得讓我心愛的人多麼苦悶。我不會阻撓真愛，假如小倫和克利斯汀在一起能快樂，那麼就應該讓他們在一起。

當然，眼下還不能做些什麼，不過離開德意志時，小倫已經訂下婚約。

離開歐陸前不能不見李奧波舅父一面。可憐的李奧波舅父！我小時候所認識的那個英俊男子竟變成這副滑稽模樣！把他當成全世界最完美的人，已經是許多年前的事，但我永遠不會忘記他曾經就像父親一樣。他說話我會洗耳恭聽，也相信他說的字字句句都是金玉良言。我會永遠愛他。如今的他又老又駝，被身體的痛楚與精神的煩惱折磨得筋疲力盡，他如是說。他失去了那麼多心愛的人，先是夏蘿特、路易絲，如今又是亞伯特。我們可以一面懷念亞伯特，一面傾吐悲傷，淚水交融。

李奧波舅父提醒我說當他失去夏蘿特，便將全副心力投注在我身上。他為我們設想、為我們計畫、為我們作夢，我們能共結連理是他一生中最大的喜悅。

他詳細地向我訴說他的病痛。他向來愛說這些，我不禁納悶一個如此病痛纏身的人怎能活這麼久。有時我會閃過一個念頭：他可能其實很享受自己的病體，就如同史托瑪。我想一開始將他們倆連繫在一起的就是他們的病痛。

不過即使現在，他還是無法控制自己不要插手干涉。他談了許多關於伯弟的事，我想他是想要規勸伯弟，只是伯弟不是那種會聽勸的人。

「聽說他很受歡迎，」舅父說，「人民也很喜歡雅莉珊卓。」

「是啊，她長得好看，人民喜歡……還有對於小小丹麥那些病態的興奮情緒。」

「克禮斯欽真是不走運，一即位就發生這種事。將來普魯士人應該會橫掃整個歐洲，所有的小王國都會被消滅，這就是俾斯麥的目的。」

「他是個可憎的人，小維很痛恨他。我擔心她的處境也不輕鬆。情況不應該是這樣才對。亞伯特一直希望她成為普魯士王后，他如果還在，就能教她和腓力如何對付那個自以為是的俾斯麥了。」

「他確實逐漸在歐洲嶄露頭角。」李奧波舅父說，「我每天都很好奇他接下來會做什麼。」

「他指責小維偏袒英國，」我憤憤地說，「你聽說過這麼荒謬的話嗎！她當然不會忘記自己出生的國家。」

「那種人對全世界都是個威脅。我想跟妳談談與妳更切身的問題。英國人是個非常注重人的民族，要繼續愛一個人，就得看到他才行。」

我嘆了口氣，又是老調重彈。

「親愛的舅父，我認為你不了解我的感受。」

「我了解，我了解，我自己也很愛他，我也覺得肝腸寸斷。」

「那不一樣。」我斷然地說，「他是我的夫婿，二十年來我們幾乎沒有分開過……日日夜夜在一起……」

「我知道，我知道。可是，妳是女王，除非妳想把王位傳給伯弟，否則就得對自己的身分地位展現某些尊重。」

「尊重我的身分地位！你以為我有一刻忘記過嗎？」

「我不這麼認為，但人民可能這麼想。伯弟和雅莉珊卓以各種可能的方式不斷公開露面，妳可不能讓人民忘記戴王冠的人是女王。」

「我曾搭著敞篷馬車行經街道，你應該看看那個場面，人民給我的熱情歡呼是伯弟從未有過的。」

「我知道，這更證明了我剛才說的。妳得試著多露面……可以的話慢慢來沒關係。但若是違背人民的期望，絕非明智之舉。」

我愛憐地看著他。我親愛的、愛管閒事的李奧波舅父；他為了顯高穿上增高的鞋子，雙頰有淡淡的紅潤，卻看得出來是上了妝，還有那頭濃密捲曲的假髮，配他那張滿布皺紋的臉也太過年輕，整個人看起來好可悲。

我溫柔地親親他。

當時我並不知道那是我見他的最後一面。

那年十月，我受到莫大打擊。帕默斯頓勛爵去世了。我從未喜歡過他，也總覺得他在嘲笑我。墨爾本勛爵也有點像這樣，但他是溫柔地微笑，而帕默斯頓勛爵卻有種譏笑的感覺。

巧得離奇的是，帕默斯頓勛爵也和墨爾本勛爵一樣死於布洛凱邸。當然了，帕默斯頓娶了墨爾本勛爵的妹妹，這棟宅子後來也變成她的，因此不難理解，只不過感覺還是奇怪。

人死後，我們總會想起他們的好。亞伯特和帕默斯頓勛爵可說是最南轅北轍的兩個人，這點不言可喻。亞伯特的優點，帕默斯頓幾乎都不具有，他是個放蕩的紈絝子弟，卻也是個優秀的政治家。有人說他極善於判別下院的風向，然後斟酌發言去迎合，他之所以幾乎每次都能獲得支持，這正是原因之一。在政治上他忠於自己，只要認為是對國家有利的事，就會堅持到底。他具有政治人物兩項最重要的資產：勇氣與自信。

因此，他的死是國家的損失。我厭恨死亡，厭恨情勢的改變。可能有些小地方這裡變一點、那裡變一點，幾乎不會察覺，然後忽然間整個畫面都不一樣了。

我想到我們以前的爭執纏鬥，現在倒是能微笑以對了。他完全是有話直說，清楚地讓我知道他雖然尊重王冠，卻認為戴王冠的只是脆弱的人類，常識告訴我這是事實。所以聽到他的死訊我很傷心，這時想到的不是他帶給我的惱怒，而是當國家面臨危機時他巧妙傑出的作為。

我們會懷念帕默斯頓勛爵。

才過了兩個月，我又受到另一個死訊的衝擊，而且打擊更大。我無法想像一個少了李奧波舅父的世界。

我必須封閉自己，必須獨處回想童年的所有歡樂時光，回想造訪克雷爾蒙，見到他的喜悅。我還記得坐在他腿上，仰頭望著他俊美的臉，年輕時的他的確英俊非凡。我也記得他教我要聽話，要準備迎接一個偉大的命運。是他為我找到了亞伯特，讓我們得以結合。

他是我生命的一部分，如今他走了。

其實我們幾乎沒有不和過。畢竟就連和亞伯特也經歷過一些風暴。但是他對我是多麼意義重大，不管是小時候，還是長大之後。

他留下遺願說想葬在溫莎。我知道他感覺與這個國家極其親近，也一直有統治這裡的野心……和夏蘿特一起；儘管天不從人願，他對英國的愛始終沒變。

我著手計畫要在溫莎為他舉辦喪禮，但計畫進行到一半，卻聽說比利時政府拒絕將他的遺體送到英國。他是比利時國王，他們說，因此必須葬在比利時。

我憤恨難平。

「我們就不能做點什麼嗎？」我問道。

不能，羅素勛爵說。李奧波確實是比利時國王，他們會將他埋葬在比利時。

所以李奧波舅父沒有到英國來。

小倫和露伊絲努力地想安慰我。布朗則是看得很淡，暗示說不值得為這種事失眠。

「他人走了，事情到此結束。」他說。

「因為他們是天主教徒，」我解釋道，「我想這是他們反對的主因。」

「天主教徒全是卑鄙的傢伙。」布朗說。

「哎呀，布朗，」我輕笑一聲說，「你真是無可救藥。」

「我來這裡是為了照顧妳這個女人，」他說，「為了一座墳哭哭啼啼，對妳的健康可沒好處。」

好個男子漢！光是聽到他古怪有趣的表達方式，看到他善良、誠實、坦率的做法，我的精神便為之一振。

帕默斯頓勳爵死後，我召來已晉封伯爵而進入上院的羅素勳爵，請他接替帕默斯頓的位置。原先由羅素擔任的外務大臣一職交給我親愛的友人克拉倫登勳爵，而財政大臣格雷史東則兼任下院總務大臣。

那一年亞弗烈成年，小倫也即將辦婚事，兩人都需要由國會表決撥款，我非常希望過程中不要有任何不快。羅素勳爵促請我前來倫敦主持國會開議，以目前的情勢看來，我恐怕不得不讓步，雖然上次這麼做已經是五年前的事。

我雖然答應卻有條件：開議式上不能像平常那樣吹奏小號，也不能有奢華排場。黃金馬車改為較現代化風格的馬車，但仍由八匹乳白駿馬拉行。我也不想穿著禮袍，而是把它披在旁邊的椅子上。我穿著一身黑，頭上仍戴著那種經常被人與蘇格蘭的瑪麗一世聯想在一起的帽子，不過嘉德勳章的綬帶讓我的穿著為之煥然。人民熱情地迎接我，顯然很高興見到我。我十分嚴肅地點頭回應歡呼聲，想讓他們知道我還在守喪。

很慶幸關於津貼額度並無討價還價的情形，更令我訝異的是沒有任何反對的聲音。海倫娜得到三萬英鎊的嫁妝與六千英鎊年俸，亞弗烈則可每年領取一萬五千英鎊，結婚後還會提升到兩萬五千英鎊。

非常令人滿意。

稍後我前往奧德勺特閱兵。

聽說劍橋家的瑪麗與泰克公爵訂了親，我很高興也很滿意，因為瑪麗已不再年輕，身材又太壯碩，不怎麼吸引人。何況泰克公爵與薩克森—科堡有親戚關係，更令我欣然贊同這門婚事。

我去參加瑪麗的婚禮，依然穿著深沉的黑衣，以免有人認為我已經忘了亞伯特。一個月後，我親愛的小倫也在溫莎完婚。

普魯士與奧地利的衝突愈來愈烈，讓我備感震驚。聯手奪得什列斯威—荷斯坦後，現在是為了戰利品起爭執。我明白他們想要什麼，就是統一德意志各邦國，問題是由誰居首。俾斯麥認定是普魯士，而且他先前提到的「鐵與血」並非空口白話。

這場爭鬥撕裂了家族。王儲自然站在普魯士那邊，但愛麗絲的路易斯和我那可憐的盲眼表弟漢諾威國王喬治則是支持奧地利。想到兩個女婿反目成仇真教我痛心。

我知道亞伯特會想看到由普魯士統治，只是亞伯特死後，局勢已然改變，他若還在世，不知會怎麼想。他的願望是有一天小維能當上普魯士王后，假如普魯士勝利，就代表小維和腓力將進入歐洲勢力最強大的君主之列。可是愛麗絲和路易斯呢？可憐的盲眼喬治呢？

我懇求羅素勛爵盡一切力量阻止戰爭，並主動提議擔任兩國之間的調停人。俾斯麥幾乎是輕蔑地予以拒絕，多麼可憎的人！他的崛起之日也是不幸之日。

此時不只有國外的紛紛擾擾，國內也出現問題。羅素勛爵告知說他認為最近提出的一條法案可能會使政府遭到挫敗。我知道擴大選舉權一事有必要解決，確實拖延許久了。

羅素勛爵說：「政府認為今年春天陛下您應該留在溫莎，而不該去巴莫羅，因為萬一內閣面臨危機，您應該要在場。」

我拒絕了，也真的覺得歐陸的局勢遠比國內的局勢更讓我憂慮。

改革法案送交委員會時風暴突襲，普奧戰爭爆發。羅素勛爵也幾乎在同一時間將辭呈送到巴莫羅。

我異常氣惱，去信給他說以歐洲目前的情勢，政府閣員只因為一點枝微末節上的挫敗便要棄守崗位，未免太麻木不仁。並說這件事需要朝野雙方都有所讓步，請他重新考慮他們的決定。

羅素勛爵態度堅決，我駁斥說他的退縮形同背叛，後來我仍繼續留在巴莫羅。

隨後德比勛爵接任首相，狄斯累利擔任財政大臣兼下院總務大臣。但真正讓我夜不成眠的是歐洲的戰事。我寫信給愛麗絲，要她把孩子送到我這裡來，因為我有不祥預感，赫塞—達姆史塔恐怕無法繼續抵擋普魯士的攻勢。我送去了亞麻布品供傷患使用。支援腓力的敵人，這感覺很不好受，但他的敵人卻是我心愛的女兒與女婿。蕭牆之禍有如內戰——是最令人斷腸的衝突。

普魯士軍入侵了漢諾威，將可憐的喬治趕下王位。他與家人逃到巴黎避難，至少命是保住了。

然後……戰爭結束。短短七星期。普魯士凱旋而歸，俾斯麥的願望一步步實現，普魯士奪得德意志皇冠的日子在望。

代價則是：原為英國王室一部分的漢諾威已不再屬於我們。喬治一世讓漢諾威與我們結合，若不是撒利法的限制，我已是漢諾威女王。如今它卻脫離了我們的掌控。可憐的路易斯失去了大片領地，勢力銳減——和一些較小的德意志邦國一樣。

他們很快便將由一國統一治理，那就是強大的普魯士。那是一段令人苦惱的時期，我很慶幸自己留在巴莫羅，討論出版一本有關亞伯特早年生活的書。我與祕書格雷將軍一同協助收集文書資料（主要都是書信），雖然讀那些信會痛哭失聲，卻也能全心投入其中，幾乎就像和亞伯特在一起。

書出版後大受歡迎，我於是決定要再為亞伯特立傳，這回我請來西奧多・馬丁爵士幫忙，他隨即著手撰寫。

我完全沉浸於這項工作與這些人的陪伴之中，見他們似乎特別能理解亞伯特，我也決定出版一些自己的文章。我一直都有寫日記的習慣，瀏覽了其中一部分後，沒想到過去的回憶竟歷歷在目，感覺上彷彿又重新經歷了一次。

次年年初，我的《日記集錦：我們的蘇格蘭高地生活，一八四八至一八六一年》上市了，同樣大受歡迎。當然，內容寫得很簡單也很真摯，我想這時人民才開始察覺我對亞伯特的心意，並明白我為何覺得有必要封閉自己為他守喪。

我漸漸了解狄斯累利這個人，發現他非常有趣。亞伯特不太喜歡他，他確信他染了頭髮。或許是吧，但他確實非常彬彬有禮，而且是那麼地敬重亞伯特！這使我對他產生好感，發現可以與他輕鬆交談。他聰明絕頂，寫過一些雜文，由於我本身也愛寫作，更增添了我們對彼此的興趣。

他送給我一本他寫的小說《西比爾》，見他將書獻給「完美的妻子」，我感動萬分。

我說：「狄斯累利先生，你有完美的妻子，我有完美的夫婿。」

他情緒激動地看著我，回答道：「陛下，能找到完美伴侶是天底下最幸運的事，而這樣的幸運兒的確值得羨慕。」

我可以和他聊亞伯特，他回答時神采飛揚。他告訴我，他向來對亞伯特無比敬仰，也向來視他為偉大的政治家。

《日記集錦》出版後，他前來向我道賀。「我知道作家看到自己的作品付梓是什麼樣的感覺。」他說。

我笑著說我不是像他這樣的作者，但他置若罔聞，又說《集錦》一書會像文學作品一樣永垂不朽。

「我永遠忘不了書裡的獻詞：『紀念心愛的他，是他讓筆者的人生光明幸福，在此滿懷感激寫下這些簡單的紀錄。』」

「你記得真清楚，狄斯累利先生。」

「陛下，這樣的文字不容易忘記。」

我覺得振奮了起來，思緒又回到墨爾本勛爵讓我快樂無比的那段日子。

我相信狄斯累利先生將能帶給我莫大安慰。

幾乎不能奢望人民會讓我平靜度日。他們難以了解布朗的直率態度與他的忠心不二對我的幫助有多大，非得污衊一切美好的事物。我永遠不會忘記他們當初是怎麼說亞伯特的，如今又把矛頭指向布朗，目的就是為了藉由這個大好人來傷害我。

甚至有謠言說我嫁給他了！這話實在荒謬透頂，我只能一笑置之。許久以前的回憶再度浮現。阿斯科特，還有那句陰險邪惡的低語「墨爾本夫人」，純粹只因為我們之間存在一種美好的友誼。現在，這些下流的想法轉移到布朗……和我身上！他們似乎忘了我是女王。

我試著去想倘若墨爾本勛爵聽到這些傳言，他會怎麼說。又或者是帕默斯頓勛爵。這些言語簡直滑天下之大稽，但能流傳不斷。

「約翰．布朗夫人」，他們如此稱呼我。他們好大的膽子，而且毫無避諱。《笨拙畫報》還以「巴莫羅」為標題發布一份虛構的《宮廷公報》。

「約翰．布朗先生走在斜坡上。他吃了一份碎羊雜。到了晚上，約翰．布朗先生便欣賞風笛演奏。」

有一份名為《戰斧》的低俗週報，發表的文章極盡侮辱誹謗之能事。裡面有一篇漫畫的說明文字寫著：「不列顛哪去了？」畫中的御禮袍披覆在王座上，上面擺了一頂不太平穩的王冠，很明顯搖搖欲墜，我想應該有其深意。「取悅同樣身分地位的人，比取悅隨從僕人疲累多了！」漫畫底下印了這句話。

他們竟敢！他們對喪夫之痛毫無憐憫嗎？他們是被自己墮落的心所戕害。

實在很驚人，不管多小的細節都能洩漏到報社去。我向來都知道布朗喜歡他所謂的「小酌」，也就是說他很喜歡喝蘇格蘭威士忌。當然有時候根本不知道自己喝了多少，就會進入他自己形容為「有點臉紅」的狀態，但我幾乎沒有見過，因為他總會避開我，第二天才向我坦承前一晚「臉紅」了。

我覺得這點相當貼心也非常誠實。

還有另一件事引發不小的麻煩。與我們同住的克利斯汀小爵爺習慣晚睡，經常抽菸、聊天直到凌晨。布朗向我反應說這樣他也得跟著晚睡，我便要求侍從官查爾士．費茲洛伊勛爵暗示一下克利斯汀小爵爺，說吸菸室理應在午夜關閉。

消息走漏了。因為僕人們會說閒話。此事引發不少消遣言論。王室成員必須謹遵約翰．布朗夫人的希求。為什麼呢？因為約翰．布朗夫人說理當如此。

有一篇標題為「布朗素描」的漫畫，發表在令人厭惡的《戰斧》中，描繪的是布朗張開四肢懶懶地躺靠在王座旁邊，手裡端著一杯威士忌。

有一天晚上伯弟來找我。布朗擋住他的去路，說道：「你現在不能見女王。她在休息。」

伯弟早已討厭布朗，此時一聽怒氣沖天。

「威爾斯親王要見女王。」他說。

「是妳的長子。」布朗高聲喊道，「我已經跟他說妳今晚太累不能見他。」

「謝謝你，布朗。」我說。

伯弟的憤怒可想而知，但我不能讓他粗魯對待布朗。

次日上午伯弟來見我，手裡揮舞著一張報紙。我馬上就知道那是「布朗素描」。

「這太丟臉了，媽媽。」他說。

「我不會理會這種粗俗荒唐的污衊。」

「這是在攻擊您……攻擊王室。應該慎重考慮。媽媽，布朗非走不可。他對我粗魯惡劣，對克利斯汀也很粗魯，他根本不可理喻，現在都要變成笑柄了。」

「他是我的僕人，伯弟。我的僕人我自己會選。」

「他可不是一般的僕人。」

「你說得對，」我反駁道，「他的確不是。他了解我，不像我的某些家人反而不了解，也或許是不想費這個心。」

「這和我們所有人都有關係。」

「伯弟，我覺得家人擔心你更甚於擔心我。我相信你追求女人的態度讓雅莉珊卓很傷心。」

「媽媽！」

「你對我們向來是個考驗，伯弟。你親愛的爸爸為你擔了不少心。在人生即將結束前，他為什麼要冒著那種可怕的天氣去劍橋找你？我常想如果他沒去會是什麼結果。」

一提此事必定能壓制伯弟。他聳了聳肩，不一會就離開了。

我很氣他和那份惡劣的《戰斧》。我只是想得到一個忠實好僕人的安慰，他們竟敢印出這種荒謬言論中傷人。

雅莉珊卓又懷孕了。看來她真的會像我一樣，孩子一個接著一個生。如果時間能拉開一點，對她會好得多。她是個非常好的母親，兩個兒子都很愛她，她也極愛家人，會將家人的煩惱放在心上。我永遠忘不了什列斯威—荷斯坦事件發生時，她幾近瘋狂的樣子。如今是她妹妹妲珂瑪期待落空。她的未婚夫俄國皇太子尼可拉（這樁婚事能為丹麥王室增添不少光彩）不幸死於肺結核，但尼可拉有個弟弟亞歷山大，因此妲珂瑪要改嫁給他。我想像自己失去亞伯特而改嫁恩尼斯，不由得不寒而慄。她說後來發現自己還是愛亞歷山大，這種說詞實在荒謬，不過在這種情況下都會這麼說。

現在妲珂瑪要到俄羅斯去了，伯弟和雅莉珊卓想去參加婚禮。然而伯弟卻極渴望能去。我真替雅莉珊卓難過，若是亞伯特該會有多麼不同的反應！他本來就很不願意和我分開，也不會想參加這種浮華的場合。伯弟則不然。我對他說既然雅莉珊卓不能去，他便有很好的藉口不用去。伯弟很狡猾，竟然去問首相的意見，結果德比和狄斯累利都認為伯弟應該去，因為他二人都缺席的話，可能被俄國人誤解為一種侮辱。

由於雅莉珊卓有孕在身，加上第一胎又早產，醫師都說她不適合去。她雖然心煩不已，我還是不允許。

於是伯弟去了，我堅持要他順道去一趟普魯士，無論是去程或回程都可以。他有些不情願，說小維老愛吹毛求疵，以為他還是她的年幼小弟。

他也去了巴黎。他非常喜愛巴黎，也一直與皇帝維持友好情誼，因為他曾經那麼不孝地對皇帝說希望能當他兒子，從此便十分受到皇帝寵愛。小維來信說有關他行為舉止的謠言傳遍了整個歐陸。他極受歡迎，這點毫無疑問，只是他太沉溺於娛樂，太常受一些稱不上品德高尚的人（尤其是女人）款待。

小維寫這種信本在意料之中，但是當我從愛麗絲那兒聽說關於伯弟的傳聞，便意識到事態相當嚴重。

要是亞伯特在就好了！我心想，同時試著想像他會怎麼做。如今已然不同，伯弟已不再是小孩，甚至正慢慢在建立自己的宮廷，由他的同類人組成，都喜愛喧嘩歡鬧、今朝有酒今朝醉的生活。當然他很受歡迎，遠比亞伯特一生都受歡迎，就連萬國博覽會期間也不例外。政府似乎也很稱許他，說他是個傑出的外交使臣，要是我對他的行為提出異議，他們就會拐彎抹角地提起我自己的蟄居。

雅莉珊卓此時的情況很令人憂慮，因為她開始感到四肢疼痛，醫師們大惑不解。她幾乎無法行走。最後診斷是風溼症。她都快生了，怎不教人擔心。

生下孩子後，她確實非常虛弱，伯弟又不在，醫師擔心她可能喪命，便請她父母前來。我從溫莎趕往馬波羅邸，到達時看見雅莉珊卓的母親正坐在她床邊，並得知她父親也會盡快趕來。

我十分氣惱，他們竟沒有徵求我的同意，但是看到露易姿王后與女兒的款款溫情，我的態度隨即軟化。我實在太喜歡雅莉珊卓，她也告訴我說與母親相見對她大有益處，自從母親到了以後，她每一刻都覺得身子又更好了些。

於是我對露易姿說很高興她能來，說我有多麼疼愛這個媳婦。她知道我說的是實話，我們倆因而對彼此多了一些好感。

雅莉珊卓生了個小女兒，名叫露易姿．維多利亞．雅莉珊卓。見她熬過了那場磨難，我鬆了好大一口氣，只不過她依然病痛纏身。

醫師說她得了風溼熱，再加上先前的懷孕，讓她的健康嚴重受損。這可憐的孩子，拄著枴杖一跛一跛地走路，而且全身依然疼痛。我對伯弟說那是因為他們的生活形態所致，雅莉珊卓需要多一點平淡日子。「你爸爸和我最喜歡的就是單獨在一起、念書給對方聽、合奏鋼琴。這種生活多麼平和。爸爸不喜歡跳舞，從來都不喜歡，更不會愚蠢到去賭博。」

「不可能每個人都像爸爸那樣。」他說。

「這倒也是，」我回答道，「你，伯弟，似乎尤其不像。你是他兒子，應該以他為榮，努力效法他。」

伯弟總有辦法假裝聆聽的模樣，但我猜他的心思早已飛得遠遠的。

雅莉珊卓終究有了些許起色，不過走路還是有點跛。但她是那麼美麗、裝扮是那麼迷人，又流露自然的優雅氣質，因此絲毫無損她的魅力。有些淑女覺得她走路姿態極有特色，還爭相模仿。

她們稱之為「雅莉珊卓跛行法」。

歐洲紛亂再起。

雖然我與路易——拿破崙仍保持極為友好的關係，卻不免懷疑他私下在謀畫些什麼。拿破崙家族都是天生的鬥士；他暗示說由於普魯士的新霸權在歐洲崛起，又在盧森堡公國邊境鞏固軍防，使得法國國境遭受威脅。他與荷蘭國王會商，建議應該讓公國納入法國版圖，或是納入比利時，只要他們給他一小塊土地做為交換。

普魯士正沉浸在勝利的得意之中，無意答應。

我們必須維持和平，我宣布道。

於是在倫敦舉行一場會議，結果決定應該確保盧森堡的中立，並拆除要塞。

在此之後拿破崙對我變得有些冷淡。他想要土地，因此認為我召開會議避免戰爭等於是在阻撓他。

這段時間我較常公開露面。我主持了為紀念亞伯特而即將興建的亞伯特音樂廳的奠基儀式，過程非常感人。這件事當然得由我來做，交給其他任何人似乎都不恰當。

關於我和布朗的關係依然有不少流言蜚語，我想有些人很希望我遣他回蘇格蘭，但我絕不會被說服。

我經不住懇求，最後還是答應到海德公園裡閱兵。我會搭乘馬車，布朗自然會坐在車夫座上。既然布朗已如此聲名大噪，群眾無疑會湧上街頭看看他和我一同出現的情景。

德比勛爵來見我，說最好不要讓布朗現身。

「為什麼？」我問道，「那是他的職責，他是我的高地僕人。」

「陛下，您也知道報紙上有一些不堪的漫畫與文章。」

「目的就是想污衊一個誠實的好人……還有他們的女王，這我知道。我完全看不起這種人，他們應該受到嚴懲。」

「報刊必須有言論自由，陛下，有時候這或許不是幸事。但我認為約翰．布朗不要出席閱兵，是目前的明智做法。」

可是我不會讓步，那樣太軟弱，我會瞧不起自己。我與布朗的關係就是女王與僕人的關係。的確，這位僕人受到禮遇，但終究是個僕人，我不會屈服於那些嗜血的醜聞傳播者。

我堅定地說：「約翰．布朗會去閱兵典禮。」

但最後鬼使神差地，他還是沒去。

數年前，法國打算在墨西哥共和國建立帝制，拿破崙便說服奧皇之弟馬希米連大公登上墨西哥的皇位。大公與我也是關係緊密，因為他娶了李奧波舅父的女兒莎蘿特，因此又是一樁家族事件。然而，墨西哥人不接受大公當他們的皇帝，不僅要求拿破崙撤除軍隊，也要求大公放棄皇位。莎蘿特來到歐洲為夫婿討援兵，不料在此同時，墨西哥人恢復了共和體制，大公在經過軍事審判後遭到槍殺。

我對陷大公於險境又未能出手支援的拿破崙非常憤慨，不過大公遭到謀殺意味著宮廷要舉喪，海德公園的閱兵也得取消。德比勳爵想必暗暗鬆了口氣，他很擔心萬一布朗出現在閱兵式上，群眾可能會變得危險。

就在這一切發生的同時，拿破崙正好在巴黎舉辦一場盛大的博覽會，並邀請各國領袖前去參觀，伯弟也受邀了。

伯弟依舊和平時一樣善於交際，此次造訪被認為非常成功。他在那裡遇見了土耳其蘇丹，便邀請他抽空造訪英國，蘇丹受邀後毫不遲疑便決定立刻來訪。

我一點也不開心，因為國內來了這樣的訪客，我不可能繼續隱居。

愛麗絲和路易斯正和我在一起。可憐的孩子，他們還是非常傷心，尚未能擺脫對普魯士戰爭的憤恨。對他們而言，那的確是個大災難。然而，我很慶幸有愛麗絲在身邊，她比其他孩子都理解我。

「威爾斯親王邀請了蘇丹。」我說，「那是伯弟的責任，他得自己去招待。」

這主意好極了，德比勳爵說，但有些場合還是需要我出席。我們可不想冒犯蘇丹。

於是伯弟負責款待貴賓，基於對伯弟的了解，只希望不會引起太大爭議。

我前往奧斯波恩，在那裡接待訪客。蘇丹為人極好，由於事先被警告過要友善以對，我便提議授予他嘉德勳章。

伯弟向他解釋這是多麼難得的殊榮，受贈者少之又少，他聽了十分欣喜。伯弟好大喜功的習性占了上風，因而決定讓蘇丹在王家遊艇上受頒勳章。

這樣的場面，愛麗絲夫婦自然得出席。時值七月，海面波浪洶湧，很快便能明顯看出蘇丹感覺不適。伯弟說在海上舉行儀式也許不是好主意（雖然離陸地這麼近，又是在七月），最好能盡快完成。

我帶著布朗在身邊。他一如往常站得很近，那張粗獷誠實的臉上帶著略感興味的表情，像是在說要是有人攻擊我，將會遭到最慘的下場。我經常責備他，並告訴他我沒有危險，雖然感激他的照護，但有時候實在不必要流露出這種好勇鬥狠的神態。

伯弟說得對，必須在蘇丹暈船之前盡快結束。

我伸出手去拿綬帶，這時情況幾乎變得像一場鬧劇。第一名侍從官轉向第二名，低聲但清晰地說：「綬帶。」第二名侍從官則焦躁不安地低聲回說他以為綬帶在前一人那裡。看得出來有人忘記把它帶來了。路易斯小爵爺就站在我旁邊，胸前戴著我頒贈的勳章綬帶。這時我聽到布朗說：「別再瞎忙了。你們就是沒帶綬帶來，非用這個不可。」

只見他伸出強壯的手取下路易斯胸前的綬帶。

「給他這個。」布朗對我說，「他看不出差別。」

我猶豫不到半秒，便接過手來頒給蘇丹。可憐的他由於太不舒服，並未發現這場小騷動。

我幾乎笑出聲來……當時我已很少笑，而每次笑多半都和布朗說了或做了什麼有關。

於是多虧了我這位高地僕人的機智，才讓這個小插曲圓滿落幕。

*

德比勛爵年紀愈來愈老邁，已經有一段時間看起來氣色很不好，因此當他來跟我說他無法再繼續勝任，我並不訝異。

我完全理解，我說，首相一職稱不上輕鬆的差事。他說他覺得我應該找狄斯累利。

我欣然照做。於是狄斯累利先生來到奧斯波恩，行禮如儀地親吻我的手，接下首相的職務。他立刻讓我有了不同的感覺。他的姿態中有一種吸引我的特質；他的舉手投足彷彿整個人被我迷住了，不只因為我的身分地位，也因為我個人。他是那麼地殷勤，讓我不由得再度感覺年輕。

我特別打聽了一下，得知了他的某些事情。就是忍不住會拿他和墨爾本勛爵作比較。墨爾本勛爵是個出奇英俊的男人，我立刻就被他給吸引了。那些日子，我恐怕是相當輕浮，也有一點點邪氣入侵的感覺。當時亞伯特尚未改變我。

狄斯累利則不同。他幾乎說不上英俊；面色土黃、眼皮鬆垂、鼻子碩大。我原本一直以為大鼻子是精力的象徵，後來墨爾本勛爵向我保證並非如此。狄斯累利的頭髮十分油膩，有人說是染過的。但他之所以如此吸引人，卻是在於他的風度，他自我表達的方式。他知道如何善用語詞，也頗善於獻殷勤。也許就是這樣吧。他讓我覺得自己有魅力，而其實那段時間的我恐怕是沒有的。他就是知道該說什麼話讓我覺得我很聰明也很吸引人。這是一種天賦，狄斯累利肯定具有。

他年紀比我大上許多。出生於一八〇四年，也就是比我大十五歲左右。後來他告訴我，他是艾薩克．狄斯累利的次子；艾薩克當然也是猶太人，家境寬裕，父親是義大利籍猶太人，是個草帽商人，生意十分興隆。他還說他的家族是在一四九二年被宗教裁判所逐出西班牙。

他說這些事情時彷彿在敘述一個充滿戲劇性的故事，我不得不承認自己聽得津津有味。

據他說，他父親艾薩克是個伏爾泰派的自由思想家，還脫離了猶太教，也就是說他所有的孩子都受洗歸入英國國教會。

「這點對我很重要，陛下，」他說，「雖然當時我並不知道。如果我保持猶太教徒的身分，當年就不可能成為國會議員。一直到五八年，也就是我當議員二十多年後，國會才允許猶太人進入。」

正因如此，與他的對話才會讓人這麼入迷。像他這樣將史實穿插其中，很容易便能牢記。

「我向來很沒有耐心，陛下，我不想等待好運降臨，而是想主動去捕捉。二十歲時，我對自己一事無成惶惶不可終日。我不斷提醒自己，皮特[33]在二十四歲就當上首相了。『那狄斯累利呢？』我會自問，『只是個無名小卒。』」

「可是你是注定會成功的，狄斯累利先生。」我說。

「感謝陛下仁慈。我試著想靠證券發財，有一段時間做得還不錯。後來又想要發行報紙，卻是慘敗收場。再後來我決定寫小說。《薇薇安．格雷》是我的第一部作品，算是相當成功，只不過惹惱了不少人。」

「人總是隨時可能被惹惱。我想他們是嫉妒你的成功。」

這便是我們的交談方式。比起大多數的首相，與他談話要有趣多了。我不禁總會想起和墨爾本勛爵的閒談。

我知道狄斯累利婚前有情婦。我們當然沒有討論到他生活的那一面，不過他倒是向我提起過他與溫德姆．劉易士的友情，以及接受他資助期間，如何與他妻子發展出友好關係。

「不是一見鍾情，」他說，「卻慢慢發展成深情摯愛。瑪莉．安妮曾說過雖然我是為錢娶她，現在我會為愛娶她。」

「你是為了錢娶她的嗎，狄斯累利先生？」

「我承認我是考慮到她的財富。」

「啊，多麼唯利是圖！」我發現自己笑了。自從亞伯特死後，我很少笑。布朗能讓我微笑，但和狄斯累利先生在一起，我卻能開懷地笑。

他很喜歡提瑪莉・安妮，我漸漸覺得好像與她熟識了。他跟我說她是多麼盡心的妻子，每當他在國會裡晚歸，她都會等門，而且不管多晚都會為他準備一些涼食。

他們既是朋友也是戀人。

「我太了解了。」我傷心地說。

「陛下，我們有一個非常罕見的共通點，就是幸福的婚姻。」

他說得對極了！

他送給我一本《西比爾》，我真的覺得寫得很好。而我也回送他一本簽名的《日記集錦》。

他時常稱呼我為作家同儕，老實說我挺高興的。我期盼著他的到訪，那感覺好像又回到過去。我愈來愈常想起從前滿懷喜悅地盼望墨爾本勛爵到來的時光，如今我盼的是狄斯累利。

人生又恢復了一點樂趣。我不會承認，但心裡知道。

如此愉快的情勢不可能持久。格雷史東（一個我不可能喜歡的人）為了撤銷愛爾蘭國教一事鬧得滿城風雨。政府反對他的議案，卻以六十五票的差距受到重挫。

我人在溫莎，狄斯累利來見時，我和平時一樣滿心歡喜，卻不知道他帶來了什麼樣的消息。

他很快地告知下院的情況。「而且陛下，」他接著說道，「我別無選擇，只能遞出辭呈。」

「辭呈！」我高喊，「你是說再來得由那個可怕的格雷史東來訓誡我？」

狄斯累利聳聳肩，一臉悲慘。

「撤銷愛爾蘭國教，這是在胡說什麼？」我問道，「全英國的教會都與國君有關。」

33 譯注：威廉・皮特（William Pitt, 1759-1806）：英國政治家，曾兩度擔任首相，父親老威廉・皮特也是英國首相。

「格雷史東先生並不這麼認為，陛下。其他人也一樣，所以我們才會受重挫。」

「如果接受你的請辭，」我說，「就非得把你的職位交給格雷史東先生，到時政府便會提出撤銷案。我覺得要跨出這一步，應該給人民充分的時間思考。國會的任何議案都不應該倉促通過，如果你辭職，我召請格雷史東組閣，這種情形就會發生。」

「陛下當然可以拒絕接受我的請辭，然後解散國會。」

「我會這麼做。到選舉前還會有一點時間，這段期間你的政府可以繼續運作。」

「那麼，陛下，就是說我會繼續擔任首相，然後……大概六個月後舉行普選。」

這樣應該要滿足了。六個月的時間在政治上不算短，誰也不知道會發生什麼事影響善變的民心，說不定六個月後政府便能恢復聲望。

狄斯累利先生多少說服了我相信多露面也許是不錯的主意。自從亞伯特去世後，我便不曾在白金漢宮舉辦過宴會，但我決定舉辦了，之後還在溫莎的庭園校閱兩萬名義勇軍，幾天後又在白金漢宮的外庭辦了一場聚會。

不過我不希望人民以為我已經準備開始連續不斷地從事活動。八月裡我去了瑞士，為了強調不想驚擾人，便以肯特公爵夫人的名義出遊。拿破崙最為禮數周到，主動提議讓我行經法國時搭乘他的御用列車，在巴黎時我也與歐仁妮皇后見了面。然而到了琉森，我在湖邊租下一間別墅，享受一個非常私密也非常愉快的假期。

當然我還是很高興能回到巴莫羅，尤其令我興致盎然的是，我事先吩咐過布朗替我找一棟小屋……一棟簡單、樸素的小屋。巴莫羅其實是一座城堡，而我想要的是一間能以最簡單的方式生活的屋子。

我相信布朗可以選到適當地點。他發揮了極細膩的感受性，選中一個曾令亞伯特印象格外深刻的地方。屋名叫格拉索夕爾，意為「黑暗與憂傷」，與我的心境再貼切不過了！小屋坐落在一片原始且近乎險峻的壯麗美景中，可見到格拉索溪自山側一瀉千里直下漠克湖。

我稱此處為我的「寡婦居」，因為是亞伯特的手唯一沒有碰觸過的地方。奧斯波恩與巴莫羅都是他建造的，格拉索夕爾卻不是。

我身邊有露伊絲，在另外一名女侍（好像名叫珍．丘契爾）陪伴下，一同出發前往那個地方。那天空氣清新，帶著一絲霜冷，對十月的第一天而言堪稱凜冽。我們在柏克丘暫歇喝茶，葛蘭特和亞瑟一起在此與我們會合，亞瑟從日內瓦來，幾個小時前才剛抵達巴拉特。重新上路時，亞瑟與我們坐進車內，葛蘭特則和布朗坐在車夫座上。

到了格拉索夕爾，我興奮至極。屋裡亮著燈，因為僕人正等著要好好歡迎我們。

真是一間小巧玲瓏的屋子，不過屋內的空間比從外面看起來寬敞許多。有一道樓梯通往上一層樓，那裡有幾間臥室，足以供僕人使用。我的起居室、臥室和貼身女僕房都在一樓，而在玄關的另一邊則有餐廳、廚房、總管房、儲物間，和另一個供男僕役睡覺的房間。此外也有舒適的馬廄和養馬人睡覺的看守小屋。

用過餐後，布朗毫不拘禮地進來宣布大家都已準備好要開始喬遷慶宴，並暗示我應該參加，我便參加了。我們的餐具收拾好之後，以餐廳做為場地。參與者共有十九人，兩個男人演奏風笛，其餘的人跳起了利爾舞。布朗說我不能不和大家一起跳。我順從了。再次跳舞的感覺好奇怪！我很享受，同時想起很小的時候有多麼憧憬舞會，那是在亞伯特灌輸我跳舞是件無益又輕浮的消遣之前。

於是我跳著利爾舞，這群老實的蘇格蘭人並不覺得女王和他們一起跳舞有何不尋常之處。

第一首跳完後，布朗送進來他所謂的「威士忌熱甜酒」。

我婉拒不喝，布朗卻很生氣。「拜託，妳這女人，」他說，「妳得為生火喝一杯。」

我便喝了一點，接著葛蘭特說了一段話，祈請上帝保佑「我們的王室女主人，我們的好女王，能長命百歲，長久統治我們。」

他們為我歡呼，並以威士忌熱甜酒為我的健康乾杯，大家都顯得歡天喜地。

十一點過後不久，我便回房了，但我想他們又繼續唱歌、跳舞直到清晨。我躺在床上回憶過往與應該會喜愛此地的亞伯特。我相信他在守護著我，也會保佑我的小小「寡婦居」。想著想著我安心地入睡了。

舉行大選時，我還在蘇格蘭。狄斯累利政府挫敗，自由黨人以一百二十八票的差距勝出。如此一來，我心想，那個討厭的格雷史東先生將會是我的首相了。

我態度冷淡地接見他。這個人令我著惱，說話總是帶著一種權威，好像在公開場合發表演說。而且一開口就是強有力的言詞滔滔不絕，態度激烈得驚人。他無疑是認為自己的想法都是對的那種人，也讓人感覺到他是下定決心要貫徹。

我知道他是好人，因為我會特別去探聽所有能探聽到有關歷任首相的事，我與他們關係太密切，有必要全面了解他們的過去與現在的生活。

威廉．伊瓦特．格雷史東的父親是一位從蘇格蘭移民到利物浦的商人，在政界十分活躍，除了經商成功外，也代表托利黨入主國會約莫十年之久。格雷史東先後就讀伊頓公學與牛津大學，在牛津時自然很快便在辯論方面嶄露頭角。

他是個有良知的人。在伊頓，他與新堡公爵之子林肯勛爵是摯友，公爵深感格雷史東具有驚人的活力、口才，且各方面表現都很突出，便提議要幫助他代表托利黨贏得利瓦克的議員席次。在格雷史東的家鄉，甘寧一直是個英雄，如今雖已去世，新堡公爵卻公開聲稱甘寧是國內有史以來最浪費的閣員，年輕的格雷史東覺得若是接受一個詆毀甘寧的人幫助，等於是褻瀆了甘寧的身後名聲。

他父親要他別這麼傻，倘若讓握在手裡的機會溜掉，這輩子絕不可能有太大出息。最後格雷史東想通了，也贏得了席次，自此便在政壇一路平步青雲。其實像他這麼有才幹又全心奉獻的人，若是始終被埋沒才是不可思議。

他年輕時與葛林家人來往密切。葛林夫人已經守寡，獨自撫養兩個兒子（其中一人是國會議員）和兩個女兒凱瑟琳與瑪莉。他愛上凱瑟琳，但似乎花了一些時間才讓她點頭答應他的求婚。我可以想像他的追求。也像公開演說一樣跟她說話嗎？我覺得大有可能。無論如何，她最終還是接受了，而他的選擇當然非常明智，不可能再找到更好的妻子了。她來自一個政治世家，外曾祖父是通過了印花稅法的首相喬治·格蘭維爾，〇六年的首相格蘭維爾勳爵則是她舅公；而她的外曾姑婆嫁給了查坦伯爵[34]，因此威廉·皮特是她的表舅公。所以她與四位首相有親戚關係，再嫁給首相似乎理所當然。

她的個性與夫婿恰恰相反，外向、開朗、受歡迎；雖然遠遠不及夫婿的知性（若連這點也匹配，他們可就是天下無雙的一對夫妻了！），卻給人極大的好感。我第一眼見到就喜歡她，對於她竟嫁給那個人感到萬分惋惜！

她有八個孩子，其中一個夭折。她顯然讓那個家稍添了些人性。我可以想像他的習性，精確得一絲不苟，生活上與心靈上都一樣。對他來說，每樣事物都有定位。她卻是粗枝大葉，無暇顧及秩序，不過她有魅力，毫無魅力的他也意識到了這點。他當然很忠於妻子，正如妻子也忠於他，我不得不予以讚賞。她會堅持要他運動，要是被雨淋溼了，也會幫他脫下溼衣物，還會仔細幫他保暖禦寒。和瑪莉·安妮·狄斯累利一樣，她也總會在夫婿從議堂回來時準備好餐點；她守護他、照料他，甚至讓自己對政治產生興趣，雖然與那麼多首相有關聯，她對政治卻是興致缺缺。

這些消息都是從僕人口中聽來的。我總會讓幾個心腹女僕告訴我一些最新消息。我知道有一項針對我（和亞伯特）的批評就是我們與僕人相處得比與朝臣們更好。這倒是有幾分真實，而且我比亞伯特對下人更友好。

34 譯注：即老威廉·皮特（1708-1778）。

我希望他們知道我在意他們的福祉，他們明白也因而愛我，我也正好藉此蒐集到各種原本可能毫無所悉的消息。

這就是我現在的首相。無疑是值得敬佩，也誠實，自認為對的事便十分固執，就像以前人說的，為了自己的信念，赴湯蹈火在所不惜。

我理應欽佩他，理應歡迎他，但我就是辦不到，就是不喜歡他，我的愛與恨都一樣強烈分明。

他一上任就開始大肆改革。格雷史東滿腦子就只有改革。我向來堅定信奉宗教信仰的自由與臣民的自由，但格雷史東還想再更進一步。他引進了激進主義。意圖廢除階級制度未免太荒謬。我倒不認為一個人的出身最為重要，真正重要的是教育、端正的行為與道德標準，我有充分的證據可以知道這種差異的確存在出身不高的人身上。格雷史東可說是雷厲風行，讓人很難追趕得上。他會站在我面前以演說家的姿態鉅細靡遺地解說他的各項計畫，說、說、說，好像怎麼也停不下來。我得承認他口才極好，但我還是會分心，納悶著可憐的格雷史東夫人怎麼受得了他。

我當然知道，根據憲法體制我無法反對他，作決定的是民選的政府，不是女王。但我仍有些許置喙的餘地，因此決定一有機會就要反抗他。

他的第一項措施是撤銷愛爾蘭國教。我知道這正是他訴諸民意進行普選的問題所在，而選舉結果意味著人民支持他。不過上次法案在下院通過後，遭到上院否決。我知道這可能會引起不少紛爭，像這種提案，上議院必須屈服於下議院。我儘管不贊成，仍希望事情能圓滿解決，因為衝突對國家沒有好處。於是我要求上院順從下院，先在原則上達成協議，細節部分稍後再研議解決。

法案就這樣在我的介入下通過了，但過程中挑剔、爭吵不斷，他們又再次請我出面協助雙方協商。有人以為我沉溺於喪夫的哀慟中，忽略了女王的職責，這回他們應該看清了我是非常深入地參與國事。

但事實依然不變，我還是無法喜歡格雷史東先生。

我想對狄斯累利表達感謝之意，想來想去似乎贈予他伯爵爵位最為合適。我召他前來，告知這個想法，他滿心感激地親吻我的手，並淚水盈眶地對我說，他不配得到最值得敬仰的女王也是最令人喜愛的女子如此關照。

我嘲笑他的諂媚，卻不得不承認聽了之後心中大悅，再對比我那位首相生硬浮誇的長篇大論，差距何其之大。

然而，狄斯累利婉謝了爵位的賜封，或許是擔心無法繼續待在下議院。

不料他說：「陛下對我太仁慈了，我想大膽進一言。」

「請說。」我說。

他遲疑著，我看見他臉上閃過痛苦的神色。他的五官總是表情分明，我想我也是。

「是關於瑪莉．安妮。」他說。

他與我談起妻子時總是很隨意，我喜歡他這樣，感覺好像已經認識她了。他使得她在我眼中是個完美女人。還記得有一次他要在下院發表極為重要的演說，她也一同搭車前往；他下車時，她被門夾到了手，雖然疼痛不已卻沒有告訴他，唯恐他因為憂慮而在演說時分心。

我常常對他說起亞伯特的優點，他也常常笑說我們是拿配偶的優點互相較勁。

然後我們會讚嘆說自己多麼幸運。

這時候他說：「瑪莉．安妮病得很重，她以為我不知道，還故作堅強。她大概只剩一年的時間了。」

「噢，多教人傷心啊！我真的萬分遺憾。」

「我親愛又慈善的女士……您人真是太好了！是的，我擁有瑪莉．安妮的時間不長了，我的深沉哀傷少有人能體會，但我知道陛下可以。」

我幾乎不忍正視他。

沉默片刻後，他又接著說：「我的請求是，如果能賜封瑪莉．安妮本身一個爵位……在她去世以前……」

「當然可以，」我大聲地說，「我會親自確認這件事的。」

他牽起我的手拉到唇邊，表情已不只是感激，而是崇敬。

於是瑪莉．安妮成了畢肯斯菲女伯爵。

他告訴我說她喜出望外，並感謝我為他做的一切。

我說這沒什麼，他也為我做了很多，而且是我的摯友，永遠都是。我相信在他需要安慰的時候，他會來找我。

我不能太隨性地想見他就見他，否則政府會抗議我與反對黨領袖太過友好，但我們還是可以通信。

我引頸期盼他的來信。信的內容是那麼有趣，活潑、詼諧，滿是街談巷議。

這些信讓我振奮許多。

我從奧斯波恩送了報春花給他，他回給我一封充滿感激的信，說從此以後這將是他最愛的花卉。

12 致命的十四日

這一切接連發生之際，竟又有一個打擊從另一方襲來。此時已接近一年當中最令我感到陰鬱的時節，十二月！亞伯特就是在這個悲慘月份的第十四天撒手人寰。

關於布朗與我的誹謗言論仍持續傳布，我已經習慣到不予理會了。

其中有個傳言引發我極大興趣，就是揣測我可能對降靈術產生興趣。這是稍早之前風靡全國的一種邪術，許多人現身說法證實自己與死者接觸過。傳聞說我與布朗的情誼或許有個解釋，那就是布朗是靈媒，可以讓我與亞伯特接觸。

要是真能與我心愛的人接觸該有多好，我該有多快樂！

我知道如果他有可能來找我，他會來的。我當然感興趣了！我和幾名女侍談過，傾聽她們講述一些奇特經驗，還曾與她們同坐在桌旁，四下一片漆黑。但亞伯特沒有來。

當我想到率性且相當純樸的布朗會與另一個世界有連繫，真覺得很不協調。

傳言流布之廣著實不可思議，不過我心想讓民眾懷疑布朗是我的靈媒總比懷疑是戀人來得好。

我常想一般人的生活必然十分空虛，才會非得刺探別人的生活。

我始終記得亞伯特有多想請作家到宮裡來，他認為他們會比我們平時遇見的多數人有趣得多。我出面反對，唯恐他們的對話太高深，把我摒除在外。是我太愚蠢，這麼做應該剝奪了亞伯特的一些樂趣。

因此我決定邀請某些作家進宮來。我對書本的興趣不大，但確實敬佩寫書者的精力，何況亞伯特很肯定他們會是有趣的人，我就來做做在他生前我始終遲疑的事情吧。

當然了，我一直很欣賞丁尼生。他的《悼念》帶給我莫大的安慰，我還寫信告訴他了。奧斯波恩與溫莎他都來訪過，我發覺他很迷人也很容易交談。

一名女侍告訴我說托瑪斯．卡萊爾[35]（似乎是個聲望極高的作家）的妻子去世了，我便寄了一封弔唁信給他。

我讀了艾略特[36]的《佛羅斯河畔的磨坊》，但真正令我入迷的是狄更斯的作品。我邀請他來白金漢宮，與他相談甚歡，事後又再次自責不該拒絕亞伯特關於邀請這類人士進宮來的建議。他們不同於我平時見到的人，他們有想法。我不敢說自己會想要與他們長時間相處，但讀過作品後與作者見見面，多少一窺他們的內心世界，看看他們是什麼樣的人倒也有趣。

狄更斯先生的書有時會讓我廢寢忘食，置身於一個與平日生活截然不同的世界，令人興奮不已。

我要求狄更斯先生送我幾本書，並請他簽名。他表示非常榮幸能受邀來訪，我們談到《老古玩店》中的小奈兒，兩人都紅了眼眶。他是屬於那種溫暖、感情豐富的人，我立刻就喜歡上他。他與格雷史東先生有著天壤之別。

我送他一本《日記集錦》，他懇請我為他題字。

「最卑微的作者謹贈與最偉大的作家。」我如此寫道。

約莫就在這個時候爆發了莫當事件。

亞伯特和我向來擔心伯弟會惹出麻煩。我們擔心得對極了！

我一直都知道伯弟過著一種所謂的「雙面生活」，實在可惡。他有個好妻子，不僅受人民喜愛，還據說是國內數一數二的美人；他有四個可愛的孩子；在我看來伯弟擁有了一切。但他仍非得涉入醜聞不可，而且是那麼大的醜聞！

我知道伯弟是在自取滅亡。我知道有關熬夜、女演員、賭博等等，總之就是那些遲早會讓他栽跟頭的活動。我也知道無論如何，雅莉珊卓都愛他。當然，亞伯特是絕對不會認同他們教養孩子的方式。育兒室內毫無紀律，孩子們尖叫喧鬧，爬到伯弟身上，雅莉珊卓則是在一旁看著拍手叫好。這不會是亞伯特希望的方式。即

35 譯注：托瑪斯・卡萊爾（Thomas Carlyle, 1795-1881）：蘇格蘭哲學家、諷刺作家兼歷史學家。

36 譯注：喬治・艾略特（George Eliot, 1819-1880）：本名瑪莉安・艾凡斯（Mary Ann Evans），英國小說家。

使對他向來格外寬容的小維，他也會保持一點距離與威嚴。

我一再地說以後那些孩子會有問題。

「你應該記得你自己的童年，伯弟。」我對他說。他則微笑回道：「記得呀，媽媽，我記得。」似乎有點責怪亞伯特和我。

但這件事太可怕，我大為震驚。

伯弟寫信給我。「發生了一件不幸的意外事故。」他被傳喚出庭。出庭！威爾斯親王！真是聞所未聞。

我立刻將他找來。他解釋說查爾斯．莫當爵士正在打離婚官司，他手上握有伯弟寫給他妻子的信，由於提到伯弟的名字，自然就被傳喚出庭了。

「你最好一五一十地全告訴我。」我說。

他顯然感到憂慮。可憐的雅莉珊卓！我暗想，並試著設身處地想像一下。亞伯特絕不可能！

「我是清白的。」伯弟說。

我想我無法掩飾內心的懷疑。

「很不幸地，你交了聲名狼藉的朋友。」我說。

「我跟您說了，媽媽，我是清白的。」

當家庭中某個成員受到威脅指控，即使其他家人不相信他的清白，應該也會團結一致。不過伯弟的辯駁非常堅定，我覺得必須相信他。

「可是你認識那個女人。」我說。

「當然，他們倆我都認識。」

「而莫當爵士將你列為私通的被告。」

「不，不是，」伯弟連忙解釋，「他告的是斐特雷．姜斯頓和柯爾勛爵。」
「那你涉及了什麼部分？」
「她提到我的名字，又有一些信。」
「信！」我驚呼道，「你還記得我的喬治伯父是怎麼因為信而惹禍上身的嗎？你一定聽說過，難道就從來沒想過書信可能造成的傷害？」
「我不像您那麼愛寫信，媽媽，但偶爾還是覺得有必要提筆。」
「伯弟，」我反駁道，「我的信可以在任何法庭公開宣讀，不會丟任何人的臉。這太令人震驚了。我是頭一次慶幸你親愛的爸爸已經不在，否則他會有多痛心疾首。」
「我是清白的。」伯弟再次重申。
「雅莉珊卓怎麼想？」
「她很不快樂。」
「可憐的孩子。我從來不必吃這種苦。」
「當然了，爸爸是個聖人。」伯弟嘴一噘。「我恐怕沒那麼偉大，媽媽。但這件事我是清白的。」
「王儲竟然被傳喚出庭！」
我拋出無數問題質問他，最後真相終於明朗。原來莫當夫人生了一個失明的孩子，心情十分沮喪。事實上，多數時間她都很歇斯底里，甚至發狂地說孩子失明都是她的錯，她有罪。她告訴莫當說孩子不是他的，而是柯爾勛爵的，接著又突然說自己和幾個男人私通過。她提到了姜斯頓和威爾斯親王。莫當搜索她的書桌，找到她與柯爾、姜斯頓住過旅館的收據……還有威爾斯親王寫的信。
我苦惱至極，很希望狄斯累利能來找我，卻於禮不容，若非他是反對黨，便能找他談談。本來也可以向墨爾本勛爵細說我的感覺的！但如今卻只有格雷史東。這種事該如何對他開口？他只會訓斥再訓斥，激得我只想大聲命令他離開我的視線。

亞伯特已預見到類似的事了，我告訴自己。但這麼想毫無幫助。亞伯特已經不在，不能提供建議，我們能怎麼做呢？完全無計可施。即便是王族也得遵從法庭的命令，而伯弟已經被傳喚出庭了。

我為他感到非常難過。他隨和懶散，這是他性格上的缺點，但或許我是拿亞伯特作比較，這並不公平。不過伯弟就是這樣，而且他是我兒子。他宣稱自己清白，我確信他說的是實話。我想到所有關於亞伯特的殘酷謠言，還有針對我和布朗的所有中傷。

我想到伯弟小的時候，想到偶爾我也覺得亞伯特對他太嚴厲。我記得他挨打時，我如何淚涔涔，又如何盡量不去想它。我也記得亞伯特與我之間的那些風暴，原因就是我認為他對伯弟太嚴厲，對小維太寬容。

我坐下來寫信給伯弟。我說我相信他，不過一定會有人攻擊我們，他必須挺住，熬過這場磨難。他要知道母親是支持他的。

伯弟來見我，顯得那麼溫和、有禮又感激。他坦白地說自己有時候或許有點輕率欠思慮。他寫過信給莫當夫人，但內容其實無傷大雅。他從來不是她的情夫，卻知悉她與柯爾、姜斯頓的關係。她紅杏出牆的對象是他們，不是他。

我說：「如果你是清白的，人民終究會了解。清白是一個人最好的辯護方式。」

「莫當委託了巴蘭廷律師，他是個很可怕的人。」

「抬頭挺胸說出真相吧，伯弟，那麼你將不會輸給任何人。」

他擁抱了我。說也奇怪，我們似乎從未如此親近過。

民眾興致高昂，報上全是此案的新聞。我知道此事非同小可，因為不管判決為何，伯弟都會被認為有罪。民眾以入人於罪為樂，尤其是在高位者。

我聽說了訴訟的過程。伯弟走上證人席，回答巴蘭廷律師提出的尖銳問題；我相信他應該回答得冷靜而誠實；他坦承認識莫當夫人，在她婚前兩人便是朋友。

「您和莫當夫人之間有任何不當或犯罪行為嗎？」

這是關鍵問題，伯弟異常堅定地回答說：「沒有。」

伯弟被判無罪。而且事後證明莫當夫人精神異常，案子便撤消了。

伯弟確實走運，我真心希望他能記取教訓。

不知道小維、愛麗絲和小倫有沒有聽聞此事。

我覺得有必要寫信給小維，因為我很確定她對伯弟的評價已經夠低了，一定深信他有罪。

「我不懷疑他的清白，」我寫道，「他的出庭有所幫助，卻令人痛苦不快。王儲根本就不該和那種人過從甚密，但願他能學到教訓。必要時，我會拿這次的事件為例，提醒他可能產生的後果。相信我，孩子是一種天大的煩惱，他們帶來的煩憂遠大於喜悅。」

這話多麼中肯！

我很慶幸伯弟能從非常敏感的情況中脫困。但他並非毫髮無傷，雖然他的證詞被接受，也證明莫當夫人精神狀況有問題，這些事卻總會留下污點。

正當我漸漸從莫當事件的驚嚇中恢復過來，歐洲爆發了動亂。我十分倚重的克拉倫登勳爵去世了，由格蘭威勳爵接任。格蘭威是個好人，但我不認為他比得上克拉倫登勳爵，而此時我們需要最傑出的人才來掌理外務處。法德間的衝突已經醞釀一段時日。我寫信敦促兩國統治者要謹慎，但我的懇求受到漠視，該年七月拿破崙便宣戰了。我認為這是不必要的愚蠢之舉，又聽說他想摧毀比利時的獨立，我支持德意志的立場於是更加堅定。

比利時對我而言格外意義非凡。多麼慶幸李奧波舅父無須為王國這次遭受的威脅苦惱。儘管不喜歡俾斯麥，我與德意志畢竟關係匪淺，幾乎可說是家族事件。話說回來，我與拿破崙也有情誼，伯弟又特別喜歡他。所以……我們即將再度被撕裂。唉，真是愚蠢啊，戰爭與好戰者。

小維與愛麗絲的夫婿都深涉其中，甚至本身便參與對抗法國。我送了醫療用品到達姆史塔給愛麗絲，然後滿懷驚恐地留意戰事的發展。

不久便清楚看出法軍不敵，德軍節節進逼法國。我寫信給小維和腓力，求他們運用影響力阻止德軍砲轟巴黎。他們提出此要求惹惱了俾斯麥，他恨恨地抱怨說這種婦人之仁阻礙了德意志勢力的擴張。

我心想：政府多一點婦人之仁，或許國家就不會如此輕易捲入戰爭，進而導致那麼多家庭遭逢家破人亡的悲劇。

法皇在色當投降，巴黎落入德軍之手。戰爭結束。

我為拿破崙與歐仁妮感到遺憾，也很不樂見他們如此落魄。我挺喜歡皇帝的；當初來訪時，他是個令人愉快的客人，歐仁妮則是非常有魅力。

如今他們已無家可歸。歐仁妮向我求助，我便提議她前來英國避難。她來到契徹斯特。拿破崙遭德軍俘虜，監禁了數月，被釋放後也來到契徹斯特與歐仁妮團聚。

雖然我確實不贊同他的政策，心裡也比較偏袒德軍（因為我多數家人都在那裡，且因亞伯特與母親之故，我與他們關係緊密），我並沒有忘記拿破崙和歐仁妮曾經是我的朋友。

可憐哪！他們是多麼感激！強者竟潦倒至此！我暗忖，我們所有人都該記取教訓。

聽到可憐的李琴去世的消息那天，我真是傷心欲絕。回憶如潮水般湧回，我感受到良心不安的刺痛。我們曾經非常親密，在我幼年時期，她也是我生命中最重要的人。我親愛的雛菊！有時候我甚至喊她「母親」。後來……她就離開了，我幾乎未曾再見過她。亞伯特讓我看清他們倆無法共處一個屋簷下，我不得不作選擇，而我選出的人當然是亞伯特。我想到我們：一起裝扮布偶娃娃、一起閱讀，她宛如一條忠犬般守護我，必要的話也會為我獻出性命。

事情如此發展多麼教人傷心！

我悼念她，也後悔讓她這麼徹底地離開我的生活，但我從未忘記過她。親愛的李琴！

不過她的晚年過得很快樂。她疼愛外甥與外甥女，無疑也會像照顧我一樣為他們打算。

但願她是快樂的，沒有因為太常想起肯辛頓宮的日子而感到傷心。

格雷史東與眾閣員因為歐陸發生的事而處於緊張狀態。德意志各邦國已結合成一個大帝國，並在凡爾賽的鏡廳向全世界正式宣告——藉此強調德意志對法國的主權。在那裡舉行儀式，這完全是典型的俾斯麥作風。因此現在他們不再是幾個小邦國，而是一個帝國，一個跨踞歐陸的可怕強權。此外同一時間，法國也變成共和國。

格雷史東先生來見，站在我面前（我不會請他坐下，而在我開口之前他也不能坐），長篇大論滔滔不絕地分析目前的危險局勢。有個國王被罷黜了，所有王室都必須戒慎恐懼，所有的君主都非常需要百姓的支持。這番高談闊論的主旨就是：自我封閉的君王是不能贏得人民認同的。此時此刻，就連威爾斯親王的人氣也垮了。莫當一案對他無益，不管法庭判決如何，都會有一些挑撥離間者企圖讓他看似有罪。

我要他去問問詹納醫師，因為是他堅持要我安靜休息。

「王夫親王正是操勞過度身亡的，」我說，「他從來都是竭盡全力，若非如此，他今天還在。」

格雷史東先生又繼續談論關於歐洲新局面所衍生的危險。

我的心思開始渙散。可憐的格雷史東夫人，我暗想，她是怎麼忍受這個男人的？

我想當時的雅莉珊卓應該非常傷心，想必對伯弟也不再抱任何幻想。我倒是好奇她怎麼看待莫當事件。不過到這時候，她也應該知道他是什麼樣的人了。可憐的雅莉珊卓。她剛生下的孩子死了，小亞歷山大。她想在桑德林罕的教堂放一塊彩繪玻璃做為紀念，便詢問我的意見，我認為這主意甚好，而且和我討論也能讓她大為振奮。

她又再度為風溼痛所苦。一想起第一次看到的那個開朗又美麗的女孩，以及她是多麼體貼地穿上黑衣來顯示她理解我的哀痛，我不禁黯然神傷。她依然美麗，什麼也改變不了這一點，只不過已失去了歡樂。

或許我該找伯弟談談，也或許不然。和伯弟談話從未起過作用。

我們在巴莫羅時，露伊絲與阿蓋爾家人變得十分友好，尤其是公爵的兒子兼繼承人洛恩侯爵。當露伊絲告訴我說洛恩想娶她，我嚇了一大跳。

一個庶民！我心想，這實在不太合適。

「親愛的孩子，」我說，「妳覺得如何？」

「我愛他，媽媽，我想嫁給他。希望您能祝福我們。」

能怎麼辦呢？這可愛的孩子容光煥發。

「最親愛的，」我說，「我希望妳快樂。」

她張開雙臂抱住我。「親愛的好媽媽。」她喊道。

看到她高興，我當然也高興，但我提醒她很少有王室之女下嫁庶民。

「我知道，媽媽。最近一次就是亨利八世的妹妹瑪莉嫁給蘇佛克公爵。」

「我以為，」我試圖以嚴厲的口氣說，「她是先嫁了之後才徵求許可。」

「媽媽，那是因為面對亨利八世，這樣做最有保障。但您不是暴君，而是世界上最慈祥可親的媽媽。」

我感動不已，心想：她們全都走了……每個都走了。如今只剩碧翠絲，若要與她分開，我會受不了。

我認為婚事沒有理由拖延，便訂於次年三月舉行。帶領婚禮行列走過教堂中殿的我，身上佩戴紅寶石與鑽石，穿著鑲滿黑玉的黑緞禮服，以提醒眾人我還在守喪。

在類似的場合上，我總會想起亞伯特，並想像他站在我身旁，儀式結束後便會憂鬱起來。我漸漸老了，孩子也漸漸長大。如今我身邊只剩下寶貝碧翠絲了。但願她永遠不會離開我。

格雷史東先生的話對我產生了些許影響，雖然我仍無意完全脫離深居簡出的生活，卻還是主持了聖湯瑪斯醫院與亞伯特音樂廳的開幕。

主持國會開議式時，我穿了白鼬毛皮飾邊的禮服，可以當作一種半喪服，另外戴上新王冠，使我的外觀明亮不少。

有關於此當然又有耳語。這個會期要討論露伊絲的嫁妝與亞瑟的年俸，有些報紙指出這可能是我現身的原因，就是為了將來的乞討作準備。由於一些關於莫當事件與不滿我平靜度日的狡猾暗示，當時王室家族的聲望極低。格雷史東先生一次又一次指出事態危險，尤其又有法國的前車之鑑；後來表決時，竟有五十四票反對亞瑟的年俸，著實令人震驚。

「君主必須讓人民看得見、摸得著。」格雷史東先生說。

亞瑟拿到錢了，他接著往下說，可是人民寄望能從這些金額中獲得些許回饋。

接著我病倒了。有一天早上醒來後，發現右手肘又紅又腫，起初以為是蚊蟲叮咬，但很快就開始出現喉嚨痛與其他症狀。

我當時在奧斯波恩，正準備前往巴莫羅，雖然病了，還是決定要去。

格雷史東堅持反對我離開。他認為我不應該離國會那麼遠。問題是我已經封閉太久又太常託病，人民已經不相信我。真是苦惱，因為自從在蘭斯蓋特染上傷寒以來，我從未如此病重過。

我會收到來自倫敦的急遞。報上都說我應該遜位給威爾斯親王。在蘇格蘭讀了這些文章，欣慰的是蘇格蘭的報紙倒是為我辯護。

詹納醫師將我保護得非常周全。手臂上的腫塊是個膿瘡，讓我疼痛難耐，夜不安枕。此外還得忍受痛風與風溼痛之苦。痛風讓我無法行走，得靠布朗把我從沙發抱到床上。

那段時間真是鬱悶至極。亞弗烈來看我，立刻就和布朗起了爭執。亞弗烈幾乎和伯弟同樣讓我操心，他也和伯弟一樣有行為放蕩的傾向，甚至更糟。他不像伯弟那般親切友善，總是一副威風神氣的模樣。他明知我希望他們能將布朗視為朋友而非僕人，卻故意且毫不掩飾地忽視他；當亞弗烈命令幾位小提琴師不要再為跳利爾舞的僕人伴奏，布朗逕自取消命令。亞弗烈大怒，布朗卻泰然自若。

後來又發生一件不愉快的事，牽扯上了小維的女兒夏蘿蒂，當時她也來到巴莫羅與我們同住。

布朗進入房內，我要夏蘿蒂對他說「你好」並與他握手。

夏蘿蒂說：「你好，可是我不能和僕人握手，媽媽說不可以。」

對於夏蘿蒂的行為，小維和我的想法扞格不入。她堅稱女兒拒絕與僕人握手是對的。我說布朗不是一般僕人，何況僕人也是人。「事實上，」我又接著說，「他們給予我的關懷往往多於地位崇高的人。」

小維態度十分堅決，說話也不拐彎抹角。她認為布朗在內廷占據太重要的地位了。我難道忘記人們怎麼說他……和我了嗎？

實在令人不快到極點。

但亞弗烈又和小提琴師起爭執。

布朗的確道了歉，我想是因為他知道這件事令我煩惱。我向他道謝，並說：「現在亞弗烈王子滿意了。」

「其實我也滿意了。」是他一貫的說詞，即使在當下那麼不舒服又困擾的情況，我仍忍不住微笑。

誰會想生孩子？我暗想。他們的出世讓不幸的母親淪為牲畜狀態，雖然有可能像寶貝年幼時那麼可愛有趣，但終究會長大，有些還會成為父母終生的煩憂源頭。

有人呈上一份宣傳小冊引起我的注意。那是出自一位自由黨的國會議員，標題寫著：「她如何運用？」文章指涉的是王室年費三十八萬五千英鎊與其他遺產收入，筆者估計約在每年二十萬英鎊上下。人民的無禮僭越太不可思議了！

到了九月底，我狀況好轉，但仍然跛行，全身也仍因風溼而隱隱作痛。我體重減了二十八磅，倒是頗令人欣慰。可以向人民證明我不是裝病。

正當覺得健康漸有起色，卻聽說有一位查爾斯．狄耳克爵士在新堡發表演說，對我作了極惡毒的攻擊。他對聽眾說我根本沒有盡到自己的責任，自從王夫親王去世後，我便鮮少公開露面。這樣的君主制有何用？應該加以廢除，建立共和。無論如何總比養個女王便宜。

這果真是危險的談話。

我想狄耳克所屬政黨應該會與他斷絕關係。

這一切接連發生之際，竟又有一個打擊從另一方襲來。此時已接近一年當中最令我感到陰鬱的時節，十二月！亞伯特就是在這個悲慘月份的第十四天撒手人寰。

這時捎來一個口信：伯弟病了，醫師診斷是傷寒。傷寒！害死了亞伯特的可怕疾病，如今竟找上伯弟！

我搭上火車前往桑德林罕，布朗陪著我，此時的他比從前更粗魯了。這個親愛的人知道我有多憂慮，所以他也憂慮，為了我。

桑德林罕來了許多人。我很高興愛麗絲也在，她常常和我們在一起。可憐的路易斯娶她時本就不是太好的對象，再加上那個惡人俾斯麥，她如今的情況更為悽慘。

她為傷心悲慘的雅莉珊卓帶來莫大安慰。她告訴我說伯弟之前去了隆茲伯勒勛爵位於斯卡波羅的宅邸，另外同為座上賓的赤斯特菲勛爵現在也病了，所以看起來隆茲伯勒家的排水設施八成有問題。

就好像全部又重新經歷一遍。天氣一如當時的寒冷，桑德林罕也下了雪。聽到的消息愈來愈叫人驚慌，據說陪伯弟去斯卡波羅的一位馬夫也染上傷寒了。

我進房裡看伯弟，與平日活潑開朗的威爾斯親王不大相同。他臉色緋紅，目光亮得出奇，嘴裡不知喃喃自語說些什麼。

我心想：很快又到了十二月十四日了。

如今全國上下都在等候伯弟的消息。從一個淫逸的浪蕩子、一個勾引者、一個畏縮在王室特權背後的人，如今搖身一變成了英雄，那個開朗歡樂的親王是人民的親王。

真奇怪，一場來勢洶洶的疾病竟能將罪人變成英雄！

有一群最頂尖的醫師在為他治療。其中當然包括我自己的御醫詹納醫師，雅莉珊卓還請來高爾、柯雷敦與羅伊醫師從旁協助。

伯弟出現了幻覺，不停喊著人名……有一些是女人。他顯然把自己當成英國國王，那麼只可能意味著我死了！他活力相當充沛，還發出一種格格格格的恐怖笑聲。聽他這樣叫喊好不痛苦。

醫師堅持要在我與病床中間搭起屏風，因為這是可怕的傳染病。

他病情時好時壞。

報紙上千篇一律報導的都是關於「泰迪老弟」的健康狀況。他被稱為泰迪是因為在人們心中，他的名字是愛德華，不是亞伯特[37]，他們不希望有個亞伯特國王。將來他會是另一個愛德華——七世。

空氣中瀰漫著一種詭異緊繃的感覺。報紙持續提醒讀者王夫親王死於十二月十四日，於是大家似乎都在等待著十四日到來。

有種宿命觀認為伯弟將會在那天死去。全國各地都在為他作特別的禱告，雅莉珊卓參加桑德林罕教堂舉行的儀式。我們的桂冠詩人阿佛列·奧斯丁寫了兩行平庸的詩句，許久之後仍有人引用來指責他：

電信自他的床頭閃現

他沒有好轉，還是病懨懨。

有愛麗絲在身邊真是太好了。她安靜而有效率地在病房裡忙進忙出。在俾斯麥強加於歐洲的那段可怕日子裡，她有過一些實際經驗，被訓練成一個好護士。雅莉珊卓確實是個盡心的妻子，不管伯弟如何對待她，她還是愛他。我不知道自己能否對一個如此公然不忠於我的丈夫這般死心蹋地，恐怕做不到。但我無論如何都無法想像亞伯特會不忠！

十二月十三日，我記得很清楚。

伯弟情況惡化。

已經聽說赤斯特菲勛爵和那個名叫卜雷哥的馬夫都不治身亡。雅莉珊卓特別吩咐過要好好照料卜雷哥，因此我們都擔心會發生最糟的情形。

十四日接近了。就是那天。

亨利．龐森比爵士說他一定會痊癒，否則與父親同一天忌日也未免太過巧合。

我緊抱著希望，卻恐懼不已，內心不停祈禱兒子能逃過此劫。

令人害怕的十四日到來，全國人民都在等著，伯弟則躺在床上對抗死神。

接著……奇蹟出現了。他度過了危機，十四日在不知不覺中變成十五日，憂傷的日子過去了。

第二天我去看他時，他認得我了。

他對我微笑，親吻我的手。「親愛的媽媽，」他說，「我好高興看到您。您一直都在這裡嗎？」

---

37 譯注：泰迪是愛德華的暱稱。

「伯弟啊，伯弟。」我喊著，淚水再也忍不住撲簌落下。過去所有的爭執都拋到腦後。他活過來了。

我說一定要舉行一場感恩禮拜儀式，讓全國人民同喜同慶。我寫了一封公開信，感謝人民的擔憂。我們深得民心，不知道那位可憎的狄耳克現在作何感想。他企圖毀滅我們的可怕陰謀最後落得一場空，敗給了傷寒！我們要向他和他的同夥證明，不管他怎麼想，人民仍然擁戴君主體制。她們如此擔心伯弟便是明證。

到了二月底，伯弟已經恢復得差不多，可以參與慶賀儀式了。我與他並肩坐在車中，看到民眾、聽到他們的高呼，備感溫馨。

「天佑女王！天佑威爾斯親王。」

他們對我們感到滿意，因為之前差一點就失去了伯弟。

這是奇蹟，醫師都這麼說。很少有人能病得這麼重還熬得過來，這是上帝的旨意。祂聽到了人民的哭喊：「上帝救救威爾斯親王吧。」

聖殿門附近幾乎擠得水洩不通。馬車至此稍作暫停，我牽起伯弟的手親了一下。四下鴉雀無聲，片刻後才響起歡呼聲。

繼續前往聖保羅教堂途中，我想起格雷史東的預言。他現在應該看清了君主制對人民情感的影響力比他想像得更深。但卻得經歷幾成悲劇的意外（就像這次威爾斯親王的遭遇），才能讓人民知道我們在他們的生活中占著多大的分量。

無論如何，結果終究是令人滿意的。

亞伯特一定會說：天大的喜樂往往來自痛苦。

第二天發生了一件異常驚人的意外。

當時我與亞瑟同乘馬車，布朗負責駕車，我心裡想著感恩儀式多麼成功，也希望這次的可怕經驗能對伯弟的個性有些影響。雅莉珊卓對他始終盡心盡力，從未動搖過，但願他能覺悟自己對她的虧欠，放棄那些令他神魂顛倒的淫蕩女子，多花點時間陪陪美麗賢淑的妻子。

我真不敢相信雅莉珊卓竟然那麼愛他，還有他的孩子們也是。我見過他們圍繞著他打鬧嬉戲，毫無一絲敬重，他對孩子也完全不拘小節。就某方面來說，看起來令人相當愉快，但我不確定這樣對孩子是否正確。亞伯特就迥然不同。

這時我猛然看見馬車旁有個年輕人靠得非常近。他直視著我，手上有一把槍。

一切景物彷彿瞬間定住。這不是我第一次與死神面對面——或是遭遇類似情況。

剎那間布朗已從車夫座位躍下，與年輕人扭打起來，並將他打倒在地。亞瑟也跳下馬車，一把抓住已遭布朗制服的年輕人。

我渾身打顫。群眾一擁而上，方才打算射殺我的人隨即被帶走。

布朗憂慮地看著我。「女人，妳沒事吧？」

「布朗啊，」我說，「是你救了我一命。」

布朗嘟噥了一聲，然後駕著馬車載我回宮。

我上床休息，他們說一定要。我心想這已是第六次有人企圖殺我，而每一次都失敗。當然，他們並非全都想要我的命，但我所受的驚嚇是一樣的。我納悶著最後一次這個年輕人動機為何。

沒多久，格雷史東先生便來了。

年輕人名叫亞瑟．歐康納，愛爾蘭人，他並不是真的想殺我，因為手槍裡沒有子彈。

我說：「無論如何，約翰．布朗的敏捷反應還是值得嘉獎。」

格雷史東低下頭去。

「他是多麼忠心！」我接著說，「多麼護主！」

「歐康納說他是想要恐嚇您，讓您釋放被捕的芬尼亞兄弟會員。他說他並不打算開槍，只是想恐嚇您。」

格雷史東走後，我想到布朗，心中有說不出的喜愛，不知該如何表達對他的感激。最後我決定頒給他一枚獎章以紀念這次事件，並增加二十五英鎊的年俸。

得知此事後，與其他家人一樣不喜歡布朗的伯弟便說，當時亞瑟也跳下車與歐康納扭打。

「那是在布朗抓住他之後，對吧。」

「亞瑟表現勇敢，卻好像沒有得到認同。好像全都歸功於那個布朗。」

「當然不是。我會替亞瑟訂製一枚黃金飾針，讓他知道我有多感謝他拚命救我。」

「這個嘛，」伯弟說，「倒也不錯。雖然比不上黃金勳章外加二十五英鎊年俸，但是不錯了。」

「亞瑟要勳章和二十五英鎊年俸做什麼！我那麼努力地為他爭取到了他的年金。你們這些孩子有時候有點不知感恩，我也不明白你們為什麼都對可憐的布朗那麼不友善。他比我的家人還要關心、照顧我呢。」

伯弟抬起雙眼看著天花板，說道：「大好人約翰．布朗啊！可不能說他一句壞話。」

伯弟變得相當難以駕馭。他病中所受到的一切關懷照顧，與病後得到的諂媚奉承，已經讓他暈頭轉向。

格雷史東前來告訴我，歐康納被判監禁一年。

我驚愕不已。

「一年！」我驚呼道，「那他出來以後呢？萬一他再犯呢？我想聽到的是他被放逐。倒不是想讓他受到更嚴厲的懲罰，我知道他心神錯亂。但我不願意想到他人還在國內。」

格雷史東又開始口若懸河地解釋起法律觀點與法庭判決不能更改的原因。然而因為我的感覺如此強烈，他們也了解這份懼怕，便出錢讓歐康納前往另一個國家，讓他可以離開英國而不用服刑。

對此他一口就答應了。他離開後，我也覺得安全了些。

我收到費歐朵令人斷腸的來信。她哀求我去見她，還說如果不盡快趕去，她恐怕再也見不到我了。「我病得很重，」她寫道，「感覺得出來命不久矣。離開人世前我想見見妳，想和妳道別。」

當我告訴格雷史東先生說我想去一趟巴登巴登，他卻搖著頭，又是一番長篇大論。他指出最近幾起事件，諸如親王的生病和歐康納的襲擊，提升了我們的聲望，必須乘勝追擊，必須保住已經得到的，絕不能做任何事來減損它。

我說：「我姊姊病得很嚴重，我要去看她。」

於是我便去了。

我親愛的費歐朵！想當年那個開朗美麗的女孩，常常在我為植物澆水時坐在花園裡，與表兄奧古斯特談情說愛，如今竟完全變了個人！

她變得十分肥胖，明亮的臉色已不復見，我一眼就看出她確實病入膏肓。

「我好慶幸我來了。」我說。

她談起過去分外感傷。她說：「妳是個那麼可愛的孩子，那麼熱情、那麼充滿愛，那麼天真無邪。我的小妹讓我好歡喜。」

這是一趟哀傷之旅，因為我們倆都知道不會再見了。因此我們談論著過去，這是不去預想未來的最佳方式。

「我的喬治伯父對妳極有好感，」我提醒她，「妳本來可能成為英國王后的。如果媽媽有意願的話，我相信妳會是的。」

「媽媽希望讓妳當女王。」

「對，」我說，「她想透過我攝政，如果妳嫁給喬治國王當王后，她永遠無法如願以償。」

「妹妹，妳有沒有想過我們的生命中有數百種可能性？在某個時間，如果妳這麼做，或是那麼做，可能整個人生都會不一樣。」

我承認我想過。

時日飛逝。我們偶爾會乘車出遊，以費歐朵的體力無法走路或騎馬。她說我不該時時刻刻都陪著她。

「親愛的姊姊，」我回答道，「這正是我來的目的。妳都不知道當我告訴首相要來這裡的時候，他給我擺了多難看的臉色。不過我還是下定決心要來。」

「妳對格雷史東先生不滿意。他在這裡的評價頗高，大家認為他是個非常強而有力的人。」

「也許是吧，只是我覺得和他說話很不舒服，也很難溝通。要是當初人民夠理性，不要把狄斯累利先生趕下臺就好了。」

接著我模仿格雷史東那副演說的模樣，逗得她大笑。「他一開始滔滔不絕，總讓我覺得像個會場上的聽眾。他的妻子卻十分討人喜歡，我常常同情她嫁給這樣一個夫婿。」

「也許她愛他。」

「說也奇怪，她好像真的愛他。」

「不同的人眼光也不同。」

這些日子如夢似幻，有時候我會忘記她病得有多重。她堅持要我稍作遊覽，便安排我參觀一些地方。我去看了歐洲幾位最惡名昭彰的人經常出沒之處，但印象最深刻的卻是宗教裁判所使用的一項刑具。它有個名稱叫「鐵聖母」，是一個邊緣插滿刀片的箱子，異教徒會被丟進箱內，然後如他們所說，被聖母擁抱。

我從未見過類似的東西，永遠難忘。

與費歐朵道別的時刻到了，向她告辭的同時也表達自己濃濃的愛。我們倆都知道這將是最後一次見面，也都盡力堅強以對，深情相擁。我們一直是最好的朋友，唯一一次意見分歧就是在什列斯威—荷斯坦那場可怕的紛爭期間，當時她希望我支持她女婿，我卻做不到。

這些導致家人失和的凶殘戰爭啊！

但我們之間的任何裂縫如今都修補好了，我們極盡溫柔卻心如刀割地互道最後一聲珍重。

回來以後見到的格雷史東先生完全抱著教誨的心情。他來了以後，站在我面前說話，身子前搖後擺地暢抒己見。他認為威爾斯親王應該做點事情給人民看，這樣人民會很高興。

「什麼樣的事情？」我問道。

格雷史東先生認為既然他父親對藝術與科學感興趣，或許可以往這方面探索。「王夫親王也精通建築。」他補上一句。

「威爾斯親王並不是王夫親王。」我說，「他如果能多像他父親一些，我們應該就能少操點心。」

「或許慈善事業會適合他。」格雷史東先生繼續說道，一面前後搖擺，一面討論慈善事業，好像我從未聽說過似的。他真是我這輩子所見過最累人的人。

最後我說道：「我不認為有必要為威爾斯親王計畫什麼，聽說他外交手段高明，若有這方面的需求，就讓他去做，但要想強迫他進入藝術、科學或慈善領域，我想希望渺茫。他絕不會用心在這其中任何一件事情上。」

格雷史東先生似乎也有同感，只是不能直說。於是我們決定暫時不去管伯弟。

死亡！它似乎從不單行。可憐的費歐朵去世了，這本在意料之中。拿破崙也在契徹斯特歸天。多令人傷感，如此胸懷壯志的他竟在流亡當中結束了生命。

最令人傷心的消息之一便是畢肯斯菲女伯爵的逝世。可憐的狄斯累利先生心都碎了，他是那麼多情的人。他給我寫了幾封長信，我也回信表達哀悼之意。沒有人比我更明白失去伴侶的感覺。我能體會到極少人能體會的心情，我能感受到他深沉的傷痛、他的寂寞。

他告訴我說她八十一歲。的確是很大年紀了，而他本身六十八歲。「我知道她會比我先走一步，」他寫道，「但打擊的力道並未因此減緩。」可憐、可憐的狄斯累利先生，我的心為他淌血。

他的信寫得那麼淒美、那麼心痛，讓我想起自己的失落。我寫信將感覺告訴他，我們的失落感何其相似。狄斯累利先生妻子的去世似乎拉近了他與我的距離。

不過這些死訊都在意料之中，另外有一個卻最令人悲戚。

我最心愛的女兒，我的愛麗絲的痛苦，我是那樣感同身受。她生了七個孩子，我老是說太多了，但愛麗絲深愛他們每一個，也不像我那麼在意漫漫數月的懷孕與生產過程。她默默接受這些痛苦與不適，認為很值得。

當我聽到消息，簡直不敢相信，她走進中庭時，約三歲大的菲特雷．威廉看見了便出聲喊她，不料因為身子探得太出來，竟跌落在下方的鵝卵石地上。

不一會兒就斷氣了。愛麗絲肝腸寸斷，我也和她一樣痛苦。感謝上帝，她還有其他孩子。

她自從結婚後，厄運便如影隨形，可憐的孩子。路易斯始終不是個好對象，不像小維的夫婿是普魯士皇儲，而且拜那個大壞蛋俾斯麥所賜，路易斯也失去了他剛結婚時所擁有的許多事物。

愛麗絲婚後與我並不十分親近，有過一、兩次不愉快。我勸她不要親自給孩子餵奶，由乳母來做要適當得多。這種事好像把人貶成母牛，令人反感，我暗自心想，大自然開了一個很殘忍的玩笑。但愛麗絲堅持，說她讓孩子免受痢疾之苦。後來我覺得她生得太多、太快，她顯然討厭我插手管這種事，甚至還多少告訴過我這完全是她自己的事。

不久前，她忘了小維的生日，讓小維很生氣，因此小維來英國的時候，我沒有找愛麗絲來，就是擔心她們會冷戰。

我也相信她和亞弗烈聚在一起商量如何讓我脫離蟄居狀態。所以我雖然從未忘記從前最疼愛的是愛麗絲，她婚後卻有些改變了。

亞弗烈和伯弟一樣，似乎天生注定要惹麻煩。他當然得結婚，但似乎總是挑中最不恰當的人選。前不久他打算娶費德莉卡，也就是我那個被趕下漢諾威王位的失明表弟喬治的女兒。

我堅決地打消他的念頭。我說她父親失明，這種疾患可能透過他女兒遺傳，由於亞弗烈不是很有主見，事情也就幸運地過去了。後來又牽扯上一個平民女孩。看來亞弗烈惹的麻煩恐怕會比伯弟更多。

這次他的確是認真的。他想娶沙皇的女兒。

我一點也不高興。俄國向來是我們的敵國，我不完全信任他們，於是便又重新考慮起費德莉卡。我曾一度十分喜歡那個失明的表弟，也覺得這女孩很討人喜歡。不過亞弗烈（這善變的人）已經忘了費德莉卡，一門心思都在俄國的瑪琍身上。

沙皇原本並不熱中這門親事，後來似乎改變了心意。我從派駐俄國的使臣口中聽說瑪琍與高利欽小爵爺（而且不只他一人）關係不單純，因此俄國皇室現在急著讓她安定下來，才會突然接受與亞弗烈的婚事。

我自然不想要這樣一門親事，由於亞弗烈實在太玩世不恭，我覺得有必要跟他說說理。他的過去是經不起詳細檢視的，我可以想出幾個為何不該結這門親的理由。俄羅斯人是半東方人；他們十分放縱；我對羅曼諾夫王室的成員印象不太好；婚禮會在希臘教堂舉行。不行。我反對這樁婚配。

看樣子俄國方面現在也不太著急了，許多事情都猶豫不決，我懷疑亞弗烈的自尊能否接受得了？不料他似乎並未意識到，只是一個勁地進行與瑪琍的婚事，那股毅力要是能用在更有價值的事情上就好了。

最後很令我失望，他們正式訂親了。我要求瑪琍到巴莫羅來一趟，竟收到沙皇極其失禮的答覆，大意是他不想把女兒送來讓我鑑定。後來皇后提議讓我到科隆與公主會面。

「太無禮了！」我說，「他們要我去追著她跑？」

接到愛麗絲的來信更讓我火冒三丈，她奉勸我（居然奉勸我！）到科隆去見俄國皇后與公主。「皇后比您更怕熱，媽媽，而且旅行對她來說是那麼累人。妳們在中途會面，這樣似乎很合理。」

這叫合理？我暗想。我提起筆來寫信給她：

妳完全站到俄國那邊去了，親愛的孩子，我覺得不應該由妳來告訴我該怎麼做，畢竟我在位時間比俄皇長了將近二十年，也是眾君主中資格最老的，本身還是統治的君主，而皇后並不是。我真的覺得我知道該怎麼做。我可不像隨便哪個小公主，只要強勢的俄國輕呼一聲就急奔過去。

伯弟和雅莉珊卓當然支持與俄國聯姻，因為雅莉珊卓的妹妹妲珂瑪便是嫁給沙皇太子。伯弟邀請他們前來英國，他們的確來了。我發現他們非常親切迷人，也因而對俄國人少了些敵意。雅莉珊卓的妹妹個性十分討喜，她不如姊姊美麗，但兩人手足情深，他們確實全都深深吸引了我。

當我真正見到瑪琍公主，發現她熱情又可愛，如果她願意學習我們英國的作風，我看不出她有什麼理由不能成為亞弗烈的好妻子。天曉得他有多需要一股安定的影響力。

我找了亞弗烈長談，警告他婚後要負起的責任與義務，並強烈地表示希望他為人夫之後能改變原來的生活方式。但我想他不甚在意。

最後他們終於在聖彼得堡完婚。我請我親愛的友人史坦利教長前去依據英國國教禮儀主持婚禮。那場面定然無比燦爛華麗。

人民何其善變！幾年前為格雷史東內閣歡呼的那群人如今已厭倦了他。

他也察覺到自由黨內力量消退的徵兆，明白他們已無力繼續執政。

他來見我，並再次高談闊論。這回我比較聽得入耳，因為知道他在考慮要讓出職位。他提出的愛爾蘭大學法案遭到否決，還有幾位自由黨候選人在補選中失利。當然，他是個偉大的改革者，雖然人民吵著要求改革，一旦真正實施了，他們才發現與原本的主張並不全然相同。

我正在看亞弗烈盛大婚禮的記述時，收到格雷史東先生的電報，告訴我內閣決定解散國會。接著便是選舉。格雷史東先生保住了他的席次，但選舉結果卻是托利黨大勝。

我迫不及待等著新首相到訪。

他顯得老了些。瑪莉・安妮的死帶給他的傷痛深深影響了他。我一眼就看出來了，當我伸出手讓他親吻，趁他彎腰時摸摸他的頭說：「親愛的狄斯累利先生，這真是快樂的一刻。」

「對我而言，陛下，」他回答道，「這是生命的重新開始。」

我知道他的意思。在為我盡忠效力的同時，也能緩解瑪莉・安妮的死帶來的悲傷。

現在有親愛的狄斯累利先生經常來訪，我的生活快樂多了。雖然他在野的那幾年我們仍保持聯繫（我們倆都是愛寫信的人），能見到本人更令人滿足得多。

我得承認格雷史東先生是個非常有原則的人，也很努力地為國效命，但狄斯累利先生也一樣，而且方式比較優雅，因此與他在一起是一大樂事。他讓國事變得有趣，就像以前的墨爾本勳爵。這樣處理起政事來有效率得多，不像格雷史東先生那沉悶的長篇演說的確會讓我昏昏欲睡。

狄斯累利先生口才極好，描繪敘述更是生動。我覺得我是那麼了解他，了解他的野心，了解他為了「爬上那根油膩膩的桿子」（他是這麼形容的）成為首相所下的決心。「而且陛下，」他說道，「我可以向您保證，要待在桿頂比爬上來困難多了。」我確信他是對的。

我從他口中得知格雷史東先生會在入夜後徒步穿梭倫敦的街道。「他有個偉大的心願，陛下，就是拯救那些水性楊花的女子，將她們引回正途。」

我不敢置信。「格雷史東先生會這樣做！不知道格雷史東夫人怎麼說。」

「她是最忠誠的妻子，她堅信夫婿的道德人品。」

「她也加入他的這項……呃……努力嗎？」

「的確是，陛下，我相信他們『拯救』過一、兩人。這已經持續多年了。」

「他這樣的男人會做這種事，我覺得很奇怪。」

「而且也危險，」他帶著淘氣目光看著我說，「人們有可能會誤解。」

「我不相信格雷史東先生有可能做出任何不道德的事。噢，親愛的、可憐的格雷史東夫人！」

狄斯累利先生對我起了相當正面的影響。我覺得漸漸走出了亞伯特死後的陰霾，變得較有活力、較年輕，甚至有魅力，不是女王而是女人的魅力。

我相信就某方面而言他愛上了我。一般人不一定能理解這些事。他們以為愛就一定有肉體關係，完全不是這麼回事。在這方面我從來不是所謂的「肉欲者」，我不需要那種接觸，我的情感是心靈上的。聽說他這麼寫過我：如今既然瑪莉．安妮已死，我便是世界上唯一值得他愛的人了。他對我一心一意，我們的會面帶給他的歡樂和帶給我的一樣多。我知道他叫我「仙子女王」，我覺得很迷人，也很感謝他。

有人很低俗地說「他知道我腳的尺寸」，也知道如何表達關懷，還說他的關懷可能是虛情假意。

我知道有人說這些話，但我不在乎。人們總會試圖破壞美好的事物，而我與他的關係就是美好的。我們帶給彼此歡樂與慰藉，無論什麼樣的關係都不能再有奢求了吧？

我們絕大部分時間都是意見一致，當我被某事激怒而他並不贊同我的想法，他會用很滑稽的模樣揚起眉毛，佯裝嚴肅地說「親愛的陛下」，我每次都覺得有趣，也會因此重新思考自己的觀點。

我們花了很多時間討論格雷史東先生。他關心宗教，曾經為羅馬天主教會辯護，之後又出版一本《諫言》反對天主教的主張。他是個奇怪的人，可以說是個顛覆份子。對於宗教和夜遊都有一種固執的觀念。

有件事我只會對狄斯累利先生說：會不會格雷史東先生暗地裡其實是天主教徒……還是個好色之徒？狄斯累利先生只是看著我，然後用那半玩笑半嚴肅的聲音說「親愛的陛下」，自然又惹得我發笑。

家人與布朗之間的紛爭依然持續，所有人都對他不滿。他們就是無法了解以他率直的高地作風，是不懂得尊敬人的。我很快就發覺這一點，亞伯特也是，我們曾經告訴彼此：忠誠與坦率比漂亮的應酬話來得重要。有兩名內廷侍臣威脅要辭職，因為不能接受布朗享有的特權。伯弟說他不去艾伯蓋第，因為布朗被授予狩獵權，破壞了他打獵的興致。有人說：「布朗是頭野獸。」

他們全都試圖要讓我失去最好的僕人，他對我的忠心是絕無疑義的。

伯弟交往的同伴到處製造醜聞；亞弗烈也讓我擔憂；小維傲慢自大，我相信她認為皇儲之妻（將來會是皇后）的地位比英國女王更重要；愛麗絲（連愛麗絲也是）不再是從前那個沉穩和順、對我無比重要的女孩了；里歐波經常為出血所苦，這是一直以來都有的憂慮；此外因為深怕碧翠絲墜入情網，我發現自己對她多所限制，不讓她參與社交活動，也盡量不讓她接觸家人以外的人。我經常想起瘋狂的祖父喬治三世如何毀了女兒的一生，我必須謹記在心。可是我怎能受得了失去碧翠絲！

民眾隨時都有被激怒的危險，他們對王室的反感似乎一直在小火上煨著，隨時可能沸騰。

葛萊維的《回憶錄》出版了，讀者眾多。我起初覺得很有趣，但漸漸發現這書有多危險。他披露了太多，而且儘管記錄的是真實發生的事件，卻誇大其詞。他的評論冷嘲熱諷，一個人也沒放過。這種事對已建立的國家並無好處。

狄斯累利先生對此書的出版有些不滿。他說這本書粗暴地破壞了社會秩序，還說葛萊維太虛榮。也有人評論說這就像猶大寫出眾使徒的生活，我覺得這個說法十分詼諧而恰當。我想是約翰．麥納茲勛爵說的。

我愈往下讀，看到可憐的叔伯們如何成為笑柄，愈發覺此書的危險。

葛萊維於二一年至六〇年間擔任樞密院書記官，六五年去世，這些關於喬治四世與威廉四世統治期間的回憶錄是由記者亨利．李夫編纂而成。當出版後遭到抗議，這個姓李夫的人表示和我的兩位伯父比較起來，我的行為算是非常好了。我很喜愛喬治與威廉兩位伯父，因此對這本書深感遺憾，何況它對君主政體無論如何都沒有好處。

還有另一起令人不快的事故也引發人民對我們的不滿，不過我怎麼都想不出為什麼要責怪我們，反正人民向來不可理喻。

我們乘遊艇「亞伯塔號」渡海前往奧斯波恩時，與另一艘船相撞，造成三人溺斃，我至感心痛。案子上了法庭，激動的群眾包圍了法庭，吶喊威脅我們的船長。這真是極其不幸的事故，案子的審理拖了又拖，正好讓報界對我們有敵意的人大作文章。不知情者可能會以為我是故意去衝撞那艘擋住去路的船，只圖追求自己的快樂，根本不顧他人死活。這根本不是事實，不可能有人會比我更不捨生命的逝去。

接著發生了危險的埃茲弗德事件——又一起涉及伯弟的醜聞。他真是太有惹禍上身的天分了！正如亞伯特所擔心。

狄斯累利對印度極有興趣。「總有一天我會讓您成為印度女皇的，陛下。」他說。

我微笑以對。他確實太喜歡我了。

他認為應該派伯弟到印度去。

「我猜是因為那裡非常適合他那獨特的麻煩性格吧。」我說。

「親愛的陛下。」

我微笑對他說：「你也知道伯弟對於惹麻煩已經習以為常……」

「他是個優秀的外交使臣。人們喜歡他。」

「他太喜歡放蕩的女人和賭博了。」

「人民往往會喜歡性格上有缺陷的英雄，那會讓他們深深感覺自己也像個英雄。我想親王會做得非常好。」

最後我決定了，既然首相認為可行，想必錯不了。

伯弟十分欣喜，雅莉珊卓則沒有那麼高興，因為她不會跟著去。麻煩就是他在印度期間爆發的。簡直就像莫當事件重演，當然，其中有一些變化。但以伯弟的個性，這或許是意料中事。

小狄來見。所有人都這麼喊他，我發現自己心裡也這麼想他，因為以一個如此親密的友人而言，狄斯累利先生的稱呼太生分了。

「陛下，威爾斯親王的交友圈中恐怕爆發了一點小小事故。」

「天哪……不會又是女人吧！」

「是一個女人，陛下。」

「快跟我說說，再糟的情形都不能隱瞞。」

「是埃茲弗德勛爵的妻子威脅要離婚。」

「不……不會是伯弟吧！」

「不完全是，陛下。我得把他們告訴我的詳情告訴您。也許您不知道，埃茲弗德勛爵是親王的摯友之一。」

「我很清楚。我原本反對他和親王遊訪各國，但親王不聽我的。他是個好賭放蕩之人。」

「正是如此，陛下，也是親王的交友圈中十分親密的人。我想親王覺得他這個人非常有意思。」

「那埃茲弗德的妻子是？」

「她與親王的交情也不錯。」

「這是我擔心的。」

「埃茲弗德威脅要離婚不是為了親王，事情的主角是布蘭佛勛爵。埃茲弗德在印度時，他的夫人和布蘭佛同居一處，消息傳到埃茲弗德耳裡，他立刻動身回家，其實是不顧親王的反對，因為親王非常喜歡有埃茲弗德作陪。親王因鄙視布蘭佛而發表了一些評論，引起布蘭佛的弟弟藍道夫．邱吉爾勳爵的注意。」

「我一直都不喜歡這個人。」

「是個脾氣火爆的年輕人。他說他是為了兄長遭到誹謗而憤慨，尤其……」

「尤其什麼？」我追問道。

「尤其是出自親王之口。我相信他是想起了莫當醜聞和……」

「其他醜聞。你一定要把你知道的實情告訴我，狄斯累利先生。」

「正是，陛下。您太聰明加上情況太敏感，我們也無法拐彎抹角。事實上邱吉爾說他希望離婚就此打住。他是個性急又愚蠢的人，行事輕率到了極點。他希望親王阻止他們離婚，還說他必須運用影響力讓埃茲弗德不再繼續。」

「可是為什麼把親王扯進來？」

「邱吉爾非常不滿親王針對他哥哥所說的話。他說事關邱吉爾家族的名譽。他是個粗暴、衝動的年輕人，在氣頭上什麼蠢事都做得出來，這種人有可能造成很大的傷害。他已經請求和威爾斯王妃見面了。」

「絕對不行！唉，我可憐的雅莉珊卓！知道親王的……這些活動，已經夠她難過的了，現在竟然被捲入這種事！」

「這是荒謬之舉，但邱吉爾就是個荒謬的人。」

「為什麼要找王妃？」

「他希望她能讓親王深刻了解到，他非得禁止埃茲弗德著手辦離婚手續。」

「可是這和親王又有何干？」

「陛下，據邱吉爾說，親王曾寫信給埃茲弗德夫人。當埃茲弗德威脅要離婚，她便將這些信交給布蘭佛。如今信落到邱吉爾手中，如果埃茲弗德完成了離婚，親王寫的信就會被交給報社。」

「真可怕。」

「恐怕有點令人不快。」

「這讓我想起我的喬治伯父。他老是和女人糾纏不清，而且也有書信。」

「也有可能信的內容是純潔的。」

我無助地看著他。

「邱吉爾說這些信一旦見報，親王將永遠無法登上王位。」

我覺得筋疲力竭，全身癱軟。真希望有亞伯特在，他會知道該怎麼辦。但如果他在，該會有多難過！也許應該慶幸他不在了……不用受這種苦。

多麼令人不快的情形啊！邱吉爾很固執，我從來就不喜歡他。我絕不會在宮裡接見他，還有他的美國妻子。

我知道為他們惱怒無濟於事，我也知道不管伯弟在整件事當中多麼無辜（這點我實在難以相信），報紙與大眾都會讓他顯得有罪，而這其實就和他真的有罪一樣糟。

這些年輕人何其愚蠢，竟然寫信給女人！本以為他們能從別人的例子學到教訓，但似乎從來沒有。

有狄斯累利在身邊，我感到安慰。如果有任何人能帶我們擺脫這起不愉快的事件，非他莫屬。

「能把事情交給我嗎，陛下？」他問道。

「樂意之至，我親愛的朋友。」我對他說。

他何等聰明！我知道他為了我不屈不撓地努力著。他告訴我他試著去親近哈德威勛爵，並讓他深刻意識到情況有多危險，哈德威勛爵明白了事情的嚴重性，答應會盡力幫忙。

我確信這回能全身而退得歸功於狄斯累利先生的奔走。哈德威勛爵與狄斯累利先生合力說服了埃茲弗德勛爵停止辦理離婚，等伯弟回到家，事情已經解決了。

但狄斯累利說外面會有相關的謠言，最好能讓邱吉爾向親王道歉。

起初邱吉爾不肯，但是他的家人、朋友指出他若不道歉，在宮廷的前途就毀了，他這才答應。伯弟接受道歉，但藍道夫夫婦認為有必要出國旅行一陣子，伯弟發誓等他回來絕不會接見他。於是另一樁不愉快的事件到此告一段落。

親愛的、聰明的狄斯累利先生！

他真是傑出的政治家。他的印度政策果然讓他熱切企盼的事成真了。我被封為「印度女皇」。他是多麼自豪！當然了，反對黨極盡所能地加以阻止，而狄斯累利不得不作某種程度的妥協，向他們保證這個頭銜只會用在處理印度的事務上。

我很擔心他，因為他健康狀況不是太好，此外我堅持賜封他爵位，於是他成了畢肯斯菲勳爵。

他勸服了我多在公開場合露面，我發現這是十分愉快的經驗。我們一起攜手打了阿善提戰爭，戰爭結束後，我校閱了步兵、水兵與海兵隊，並頒發獎章。我到王家亞伯特音樂廳聽了一場音樂會，並巡視了宏偉的紀念亭——中央巨大的亞伯特鍍金像是那麼精緻美麗。

歐洲發生了一些紛亂，讓我們極度戒慎小心，就好像克里米亞戰爭又重新上演。土耳其與巴爾幹各民族交惡，俄羅斯威脅要插手。

狄斯累利追隨了帕默斯頓勛爵的腳步。他說為了我們在印度與各地的利益著想，土耳其不能受侵犯。土耳其人在巴爾幹地區的行為極其凶殘，前不久才宣布退休的格雷史東先生又再次出面怒斥土耳其人的暴行，並公開反對英國支持土耳其。

我對格雷史東感到憤恨。自以為是、滿口仁義道德的他，使得狄斯累利無法採取他認為最適當的行動。狄斯累斯也是個夠優秀的政治家，自然明白事關國家利益時，個人的好惡必須擱置一旁。

不能讓俄羅斯捲入。我寫信給愛麗絲，她也非常關心這場衝突，曾與沙皇在達姆史塔會過面，他向她保證絕無意與英國發生衝突。

保證卻只是口頭說說。俄羅斯幾乎立刻就向土耳其宣戰，而且很快便獲勝。令我苦惱的是蘇丹向我求助，希望我請求俄國訂定和平條約時能寬容些。俄羅斯怎麼可能！條約內容十分苛刻，狄斯累利建議我們提出要求，讓這項協議經過歐洲各國派代表開會同意。

此時情勢緊張，我們與俄國之間的戰火一觸即發。我想若是格雷史東大概會退卻，但畢肯斯菲勛爵不會，而我則堅定地站在他那邊。

我永遠忘不了那一天，畢肯斯菲勛爵帶著異常沉重的心情來見我。他說：「我們一定要不惜代價阻止俄羅斯在多瑙河以南建立據點。」

我知道「不惜代價」這個不祥的字眼意味著什麼。

我告訴他我對他有絕對的信心，他必須冒這個險。

他前往柏林參加會議，聽說在與戈查科夫公爵僵持不下之際，畢肯斯菲表示若不能達成協議，這場紛爭就得以「其他方式」解決，我聽到消息大驚失色。

我想俄羅斯不會像對付小土耳其那樣急著與我們發生衝突，因此最後達成妥協。畢肯斯菲勛爵帶著他所謂的「榮耀的和平」回國。

我很高興見到他，也熱切地歡迎他，同時決心要讓所有人知道我有多麼感激他為國家建立的功勳，因此為他頒贈了嘉德勳章。

應該每個人都知道我與首相的關係愉快融洽。我當然更常與人見面了，他們都知道我曾造訪過他位於休恩登的莊園，並種了一棵樹以茲紀念。

有畢肯斯菲勛爵的陪伴加上布朗的忠心侍奉，我覺得自己非常幸運。

里歐波始終令人焦慮。他才剛剛大病初癒，但即使只是微恙，也總是讓我擔心不已。我最害怕那可怕的出血。他根本不顧後果，就想和其他人一樣生活，這我能理解，但他對於危險有一種滿不在乎的態度才真正令我憂心。

我對伯弟稍微釋懷了。雖然沒有人敬仰他，卻人人都喜歡他，關鍵似乎在於他的個性。人人都敬仰亞伯特（又或者是應該會），卻沒有很多人真正喜歡他。

伯弟對僕人一向體貼，因為我自己也是，所以我喜歡他這一點。

家裡面經常有麻煩。我知道小維為了小威廉十分苦惱。他一直是個自負的孩子，以他這樣的性情卻有一條畸形手臂，想必非常沮喪。他總是署名「普魯士的威廉王子」，即使對我也不例外。他是那麼以身為普魯士人自豪，也不諱言鄙視自己的英國血統，這點令我震怒。他似乎很明顯地不喜歡小維，但她是他的親生母親呀！而最令他憤怒的，我想就是英國在全世界的地位高於德意志，俾斯麥和他的祖父母卻慢慢灌輸他一個觀念：事實不一定如此。每當有人說他母親不好（這事經常發生，因為她是半英國人），他從不替她辯護，還會和他們一起嘲笑她和她的異國習性。我知道這個兒子讓小維困擾不已。

有一件事讓我對伯弟的好感倍增。他在許多方面或許不令人滿意，但我知道他絕不會聽信別人對我的非議。如果將他犯下的那些多半與女人有關的小過失拋到腦後，他其實是個好兒子。

再來就是亞瑟了。他是所有孩子當中最像亞伯特的，我從來沒想到他會結婚，但他卻很突然地墜入情網，而且是令人意想不到的對象。

他看上了璐宜絲．瑪格莉特郡主，她的父母分別是德皇的姪子斐德烈．查爾斯親王與普魯士的瑪麗安郡主。這個選擇並不適宜，因為親王與王妃已經離異，但願他不要魯莽決定。如果想結婚，我可以替他找一個更適合的新娘，無奈亞瑟心意已決，而我也從不想強迫孩子心不甘情不願地結婚。

然而，見到那位女孩後，我覺得她相當迷人，雖然長相平平，輪廓卻十分賞心悅目。我認為亞瑟能將她從破碎的家庭中拯救出來十分了不起，而且我也告訴自己，小璐（此時這已是她的稱呼）比較可能珍惜像亞瑟這樣的男人，進而結成良緣，因為她透過父母經歷過另一種婚姻狀態。

我寫信告訴小維說我對威廉的行為深感遺憾。這讓我了解到自己畢竟是幸運的。亞弗烈和里歐波常常粗心大意、欠缺思考；亞瑟則一直都很體貼周到；我也開始覺得伯弟經歷過的那些大麻煩可以讓他學到教訓。但我不認為他們有誰能容忍任何人說我的不是。

不過我真正擔心的孩子是愛麗絲。她健康狀況不佳。生了那麼多孩子負擔太重，她對他們盡心盡力，小菲特死的時候更讓她悲慟欲絕。他也受到那可怕疾病的詛咒，這似乎是經由母親遺傳給兒子的家族疾病。我把它傳給了里歐波，愛麗絲傳給了小菲特，她始終沒有走出他死後的憂傷。

幾乎是緊接著，赫塞—達姆史塔公爵也去世了，路易斯繼承爵位；雖然只是小公國（被可恨的俾斯麥削減了不少），公務依舊繁重。

愛麗絲最是注重家庭。她曾是我乖巧孝順的女兒，那位性情和順的小胖妞。結婚之後當然就離開了我，還與我發生過一些小爭吵，但她仍是我最疼愛的孩子。

我接到消息說她女兒維多莉雅得了白喉，而且病得相當嚴重。兩天後她女兒雅黎克絲（小名小雅黎）也染上了，隨後下一個受害者是么女梅兒。接著是獨子額奈斯與愛拉。聞訊後我驚恐萬分。

十一月電報來了。自從亞伯特死後，這向來是我最懼怕的時節，此時回憶總會更清晰地浮現。我後來把十二月十四日視為可能會有大災難突然降臨的不祥之日。伯弟也幾乎在那一天喪命，幸虧奇蹟出現，才活了下來。但我真的很害怕這個時節。

愛麗絲現在只剩六個孩子。他們是她生活的重心，基本上我從未見過像她這樣的母親。稚子從窗口跌落對她是多麼大的打擊……何況還是因為看見她太高興了！

我心急地等候消息，夜不安枕，早上一起床第一件事就是詢問愛麗絲的消息。

消息來了，令人非常沮喪。路易斯也感染了這個惡疾，如今只剩愛麗絲一人是健康的。

我寫了長長的信給她，叮嚀她一定要好好照顧自己，要把照顧家人的工作交給護士，絕對不能靠近他們，因為這種病就是這樣傳染的。絕不能想去擁抱或親吻他們。一定要把所有照顧的工作交給僕人、醫生和護士。

愛麗絲的回信近乎憤怒。我似乎並不明白，他們是她心愛的家人，我以為她能把他們交給旁人嗎？不可能。她要親自照料他們。

畢肯斯菲勛爵來見，分擔了我的憂傷。

「真希望我能去一趟，」我哭著說，「我會照料他們，我會把愛麗絲遣開，保她平安。親愛的畢肯斯菲勛爵，她是我最疼愛的孩子，她總是那麼不一樣……那麼溫柔。亞伯特也很愛她，雖然小維才是他最愛的一個……但我最愛的是愛麗絲。她是那麼乖的女孩，所有的孩子當中，只有她和亞瑟稍微像父親。要是我染病，又有什麼關係？我的人生早在那個悲慘的十二月十四日就結束了。」

他含悲看著我說：「親愛的陛下。」

我無力地笑了笑。他帶給我多大的安慰。

又傳來悲傷的消息。五歲大，家裡最寵愛的老么小梅兒死了。

愛麗絲悲傷至極。全家人都深受打擊。

接下來還有更糟的，我直到事後才聽說事情的經過。她兒子額奈斯也得了病，聽到妹妹的死訊十分傷心，覺得下一個就是自己，一時悲傷難抑，便找上母親，而她竟擁抱、親吻了他。

這一抱的結果就是愛麗絲自己也被感染了。

這正是我所擔心的，於是盡可能地召集家人告知這個消息，大家都感到絕望。愛麗絲深受所有人喜愛，而眼看再過兩天就是十二月十四日。

孩子們全都聚在身邊安慰我，真令我引以為傲。伯弟極盡所能地發揮魅力，特別是在這樣的情況下。

我祈求上帝，祈求亞伯特，試著與全能的神交換條件，救救愛麗絲，帶走我吧，只要把愛麗絲給我，祢想怎麼樣都行。在另一個致命的十四日，我已經受過最嚴酷的打擊，如今我已準備好面對一切，只要能救回愛麗絲一命。

愛麗絲死了。

我幾乎能確定會出事。接過電報時已處於一種麻木認命的狀態。

布朗擔心地責備我，說我是個「蠢女人，光是焦急根本沒用。」

十三日來臨。沒有消息。那一整天我都活在茫茫然的憂懼中，醒來時已是致命的十四日。

我親愛的家人圍站在我身旁。愛麗絲是我第一個失去的孩子，這種悲痛幾乎不是我所能承受的。伯弟張開雙臂環抱著我，試圖撫慰我。他對愛麗絲的愛特別深。小時候他犯錯，經常都靠她掩護，我相信她讓他少挨了許多棍子。

這時我們才得知她是如何感染的。為了表達她對兒子的愛，為了試著安撫他，她自己才會得病。碧翠絲哭得好傷心，雅莉珊卓也是。親愛的孩子，她果然是家裡的一份子。

奇怪的是竟然又發生在可怕的十四日。

布朗以沉默和受驚的表情給了我些許安慰，並力勸我喝點酒。我吃不下東西。他什麼也沒說，但沒想到沉默也能帶來這麼大的慰藉。

畢肯斯菲勛爵來訪。

「我想這個時候您應該不想見客，」他說，「但我覺得您若無法見我也會直說，因此我便來了。我能說什麼呢？只能致上我最深的哀悼之意。」

無論何時我都很樂意見他，我對他說。而我也確實不想見其他任何人。我可以跟他談愛麗絲、談亞伯特，這世上我最愛的兩個人，如今兩人都離我而去了。

「我非常明白，陛下。」他說，我知道他想到了瑪莉．安妮。

「你有一位了不起的妻子，」我對他說，「我有一位了不起的夫婿，你稱她為完美的妻子，亞伯特則無疑是完美的夫婿。你經常說我們何其幸運能擁有這麼好的人，即使時間不長。但我卻經常暗想，如果從來沒遇見他們，我們會不會快樂一點？這樣就不會因為失去而痛苦。」

他說這一點他不敢苟同，而我相信他是對的。

稍後他送來他在上議院發表的演說稿。我讀了一遍又一遍，忍不住淚流滿面。

「眾位勛爵，她的直接死因中有其悲憫感人的一面。醫師雖准許她照顧受疾病所苦的家人，卻也叮囑她萬萬不可忍不住去擁抱他們。她以令人讚佩的自制力守護自己，不料命運使然，她向兒子透露妹妹的死訊，與妹妹手足情深的男孩悲慟萬分，使得母親情不自禁將他擁入懷中，自己也投入死神的懷抱。」

我好感動，它深深打動我的心。表達得如此之美，不愧是畢肯斯菲勛爵！

他來見我的時候，我們相對而泣。

「死神的懷抱！」我說，「這樣的表達真美！事實上也的確是如此。」

他與我同坐，侃侃而談。他認為愛麗絲死於十二月十四日有其深意。

「這麼說你認為是亞伯特想讓她去作伴，才選那一天帶走她？」

畢肯斯菲勛爵說他覺得有此可能。

「那我覺得他應該會帶走小維而不是愛麗絲。他最疼愛小維了，因為她很聰明。我心愛的愛麗絲從來都不是。」

這一切都很神祕，畢肯斯菲勛爵說；接著我們談起死亡與來世，以及死去的人能否回來守護尚在人世的心愛的人。

與畢肯斯菲勛爵交談抒解了我的愁緒。

13 再會了，約翰·布朗

如果他的死太受矚目，無疑會有人針對我與他的關係作出不利的揣測。

我並不在乎。我厭倦了報紙，也厭倦了安撫善變的民眾。他們聽信殘酷的誹謗與中傷，然而當伯弟險些喪命，我也可能遭暗殺後，人們又發現自己深愛我們。這種搖擺不定的愛有何價值？

在各方面我都對畢肯斯菲勛爵感激不盡。我感謝上帝有他相陪，在那段痛苦時期，他是一大慰藉。我試著想像倘若當時只有格雷史東先生能依靠，會是什麼情形。我知道格雷史東有他的長處，深得民心，事實上他有個「人民的威廉」的稱號。但我無法喜歡他。在他眼裡我是個公共機構，而在畢肯斯菲眼裡我是個女人。

祖魯戰爭爆發，南非局勢動盪不安。開普總督巴托．弗雷爾爵士並不擅於外交，畢肯斯菲勛爵雖不贊同他的行動，卻對我說政府必須支持自己的代表官員。他有個遠大目標，就是讓我們成為各國之首並保持領先地位，誠如他向我解釋的，這也意味著責任加重了。

格雷史東提出強烈的反對意見，指控政府遂行帝國主義。格雷史東是和平主義者，會不計代價支持和平。我常覺得他們這種畏縮的做法比立場堅定而強硬者更應該為戰爭負責，正是因為敵人懷疑我們軟弱，才會展開攻勢。

畢肯斯菲勛爵與我想法一致，因此在他擔任首相期間，我們才會愈來愈強大。

我聽到一個駭人的消息，震驚不已；法國皇后的獨子也與我們一起對抗祖魯人，不料竟遭蠻夷俘虜後砍死。可憐的歐仁妮哀痛逾恆，我前往契徹斯特安慰她。最近才失去愛麗絲的我很能體會她的傷痛。

看了真教人心碎。我決定好好照顧這個傷心的可憐人，並經常去探視她。人生何其殘酷。在那個可憐的女人身上幾乎已認不出昔日曾與拿破崙共掌宮廷，無比美麗、無比優雅、光豔照人的皇后了，如今的她，只不過是個流放異鄉，失去了唯一孩子的悲傷母親。我至少還剩下八個。

在此同時，格雷史東猛烈地攻擊畢肯斯菲勛爵，對他的帝國主義大加撻伐。格雷史東先生干預的結果為何呢？戰爭。我不禁怒火中燒。

畢肯斯菲勛爵微笑面對我的憤怒。

他說：「我確實野心勃勃。我想讓陛下您獲得更大的勢力，也相信這是維持和平與繁榮的方法，不只為我們自己，也為全世界。我希望您能主宰歐洲情勢，為了世界和平著想，我認為有必要讓陛下占據我為您盤算的地位。」

我對他說普魯士恐怕不會袖手旁觀。

「年輕的威廉是俾斯麥教養大的，他滿腦子只想擴張普魯士版圖並不令人意外。」

「我真的漸漸不喜歡威廉了。他竟會變成這副模樣，實在好奇怪。他是第一個孫子，亞伯特和我都好以他為榮。」

「我只希望，」畢肯斯菲勛爵說，「在我有生之年能看到陛下坐上屬於您的位置。」

「請不要說你不在人世的這種話。我最近已經夠痛苦了，不能再受任何打擊。」

「格雷史東有許多擁護者。」他語帶警告地說，同時帶著歉意的微笑看我。「事實還是得面對的，陛下。」

我心下驚駭。

他點點頭。「支持的人正快速減少。也許不久就會被迫進行普選，若是這樣的話……」

「不會吧，我無法承受。不要又是那個人！我以為他已經退休了，為什麼還要回來呢？」

「應人民的請求，陛下。人民愛他們的威廉。」

「他們知道他夜裡會在街上蹓躂嗎？」

「我想他已經不那麼做了。而且據說他的行為非常高潔。」

「誰相信啊！」

「格雷史東先生！當然非相信不可。」

「如果我一定要接納他……我……我就退位！」

「親愛的陛下！」

他讓我非常不安，我知道若非幾乎確定政府要改組，他不會在這個時候向我提議，因為他一定知道我會有多憂慮。

當然，他讓我先有心理準備是對的，雖然解散國會、宣布舉行普選時仍深感沮喪，但若是在事先不知情的情況下會更加震驚。

第二天我去了德國。我得去看看備受打擊的愛麗絲家人，他們如今病體皆已康復，卻必須面對失去無法取代的親人之痛。

有兩個女孩要舉行堅信禮，我想去觀禮。

那個家裡氣氛哀傷之至。每個人都深愛愛麗絲。

我去找小維，正好來得及參加威廉的訂婚儀式，女方是什列斯威—荷斯坦—松德堡—奧古斯坦堡的薇特黎亞郡主。她父親正是當初宣稱擁有什列斯威—荷斯坦主權的佛得雷公爵，母親則是費歐朵的女兒，因此我對這門婚事特別感興趣，也覺得普魯士與什列斯威—荷斯坦結合是絕佳選擇，多少可以彌補他們的行為。

這一點我能認同，但我不得不說威廉的態度並未改善，他仍是個相當令人厭惡的年輕人。

我最關注的當然還是國內的情形，因此不時與畢肯斯菲勛爵保持連繫，只可惜消息令人鬱悶。

終於得知選舉結果。我的保守黨政府敗選，自由黨取得一百六十席的多數。

真是悲慘。

我心煩意亂地回國。我不要格雷史東先生！我無法忍受，尤其是在享受過親愛的畢肯斯菲勛爵的愉快陪伴後，更教人難以承受。

一直以來幫助我甚多的祕書亨利．龐森比爵士，想方設法地安慰我。

「我寧可退位，」我告訴他，「也不要和那個半瘋狂的罪魁禍首有任何牽扯，他會毀滅一切並試圖支配我。」

龐森比爵士安撫我說他或許沒有那麼糟。還有其他更糟的呢。格雷史東先生年紀大了，也許會圓融一點。

圓融！他對畢肯斯菲勛爵大發雷霆，還有提出不計任何代價要維護和平的懦弱政策時，可看不出一點圓融的跡象。

「陛下可以徵召格蘭威勛爵。」

「我不想要他。」

「哈丁頓勛爵呢？」

「哈丁頓！他不就是被叫做『浪蕩小哈』的那個人嗎？」

「是的，陛下。」

「浪蕩小哈還真是優秀的首相呢！他不是被扯入曼徹斯特公爵夫人的那樁醜聞嗎？」

「他們是親密友人，陛下。」

「聽說後來他又對一個外號叫『九柱戲』的人產生熱情愛戀。」

「這位女士在好些地區都備受仰慕。」

龐森比爵士和墨爾本勛爵具有同樣的機智詼諧，喜歡作一些調皮的小評論。我相信伯弟也和那個不知恥的人有所關聯。

這種人竟然要取代畢肯斯菲勛爵的位置來當我的首相！

他們二人都婉拒出任首相，並且極其圓滑地提醒我有一個人是人民想要的。

我內心天人交戰。威脅要退位當然不是真心的，怎麼可能呢？我知道自己的職責。我試著想像亞伯特會怎麼做。

這我當然知道。我能做的只有一件事：召來格雷史東先生。

他表現得也夠謙遜了，我知道這是想要取悅我。他親吻我的手，我卻無法勉強展現任何熱情。

於是我失去了我親愛的朋友，取而代之的是威廉·格雷史東。

格雷史東內閣努力的方向在於止戰，也就是平息選舉期間在阿富汗與南非延燒猛烈的戰火。我軍在麥萬得戰敗，我擔心新政府會軟弱地接受這場災難，而不試圖重振我們的聲威，換作畢肯斯菲勛爵就一定會這麼做。因此當羅伯茲爵士揮軍攻占坎達哈，逼降阿富汗，並擁立一個對我們表達善意的新國王，我甚為欣喜。

當南非爆發波耳戰爭，柯利將軍戰敗，命喪馬久巴山，我擔心政府會無所作為，便推薦羅伯茲爵士擔任特蘭斯瓦地區的總司令官。但有什麼用？政府繼續執行那「不計代價維護和平」的政策，在談判中對敵人讓步了。

我怒氣難息。如果由畢肯斯菲勛爵主掌事務，一切會有多麼不同。士兵返鄉後，我去慰勞他們，並送了一面新國旗給柏克郡軍團，因為他們的旗幟在麥萬得遺失了。我要我的士兵知道我有多麼感激他們，也明白他們為國家所作的犧牲。

得知狄耳克爵士被賦予內閣中的外務副大臣之職，我不禁駭然。我永遠不會忘記他曾經如何斥責我，還支持廢除君主制。怎能容許這樣的人入閣？

這還不夠糟，我甚至發現他成了伯弟社交圈的一員，這不只不忠，而且愚蠢。當我告誡伯弟，他卻說他喜歡結交三教九流的朋友，這才是知道人民在說什麼、想什麼的最佳方式。我猜這其中必有緣故，反正我絕不會接見狄耳克。

當時有一件令人悲傷的事縈繞在我心頭。畢肯斯菲勛爵病倒了。自從入主上議院後，他便愈來愈虛弱，事實上我覺得他之所以接受爵位，純粹是認為下議院對他要求太高。

一聽說他在休恩登病倒的消息，我立刻寫信要求他向我報告病情進展。他甚為貼心感人地回信說我的信真是靈藥，他讀完馬上就覺得好些了。他說休恩登很冷，想為自己那把老骨頭保暖都難。

三月裡，他終於回到位於柯贊街的住所。我很是高興，認為這是好兆頭。

我從奧斯波恩送報春花給他，他回信說這花讓他精神清爽。

四月到了。他已經三星期沒有出門，由於沒有接到他的隻字片語，我忽然想到他是病得太重，無法提筆。我打算要去見這位親愛的老友。我要命令他好起來。我不能再失去任何一個心愛的人。但還沒來得及去，便聽說他過世了。

他最後的遺言說：「我不怕死，但還是寧可活著。」親愛的畢肯斯菲勛爵！

他想葬在休恩登教堂裡，瑪莉・安妮旁邊。我的傷痛過劇，無法出席葬禮，便派伯弟和里歐波代表。我想在他的靈柩上放上報春花，也交由他們帶去，同時附上一張卡片寫著「他最喜愛的花」。

我當然知道是如此，因為我送過花給他。

我失去了一個摯愛的友人，他一心只想著國家的名聲與榮耀，以及堅定不移地為君王奉獻。他的死是國家的不幸，我的哀傷既深且長。

雖然他希望葬在休恩登，我仍下令在西敏寺為他立一塊紀念碑。

葬禮過後四天，碧翠絲陪我去了休恩登。他的棺木擺放在墓園裡的開放地下墓室中，我在上面放了一個白山茶花圈，希望讓每個人知道我有多麼喜愛且崇敬這個人。次年，我命人在教堂裡豎立一塊紀念碑，上面寫著：

紀念我親愛而敬仰的班傑明・狄斯累利，畢肯斯菲伯爵，立碑者：對他滿懷感謝與愛的君主維多利亞女王。

「公義的嘴，為王所喜悅。」箴言十六章十三節。

一八八二年二月二十七日

我感覺空氣中瀰漫著死亡的氣息，那是一種令人沮喪至極的念頭。最近聽聞沙皇亞力山大（即亞弗烈的岳父）遇刺身亡，不久美國總統加菲爾德也遭遇同樣下場。

但在此之前，埃及先有了動亂，當地總督的軍事首長亞拉比帕夏發起政變，成功地推翻總督。埃及的財政一片混亂；法國原本與我們聯手，卻不肯幫助總督復位，我們只好自己來。

我很高興我們獲得重大勝利，當時我人在巴莫羅，隨即下令在戈文山頂燃燒營火。

不過我當然記得對我那「不計代價維護和平」的政府的感覺，也再次懷念畢肯斯菲勛爵。我真的滿心期望他能在我身邊，和我一起推動我們倆都深信不疑的強勢政策。

里歐波來告訴我說他打算結婚，我十分驚訝，本以為他永遠不會萌生這個念頭。自從發現他不幸得了可怕的血友病，我們始終小心翼翼地看護他。

他自己卻是粗心大意，我想這也自然。不能奢望他過著完全受保護的生活，畢竟他在其他各方面都與健康的年輕人無異。

有傳聞說他迷上某個在倫敦造成轟動的年輕女子。主要原因在於伯弟。但聽說是里歐波先看上她的。她是某位藍崔夫人，澤西郡教長的女兒，後來嫁給一位藍崔先生。他們原本不會出現在上流的社交圈，但這名女子似乎美麗超凡，被一名貴族注意到了，而邀請她到他的府邸。

里歐波就是在那裡見到她，似乎便愛上了她。只可惜啊，伯弟看到她的肖像，想要見見她，然後便認定她是屬於他的。

兄弟倆並未因此傷了感情，里歐波本性如此，伯弟也是。伯弟開始追求藍崔夫人，到處和她出雙入對，里歐波無所謂地聳聳肩，決定到歐陸旅遊。

他在那裡認識了沃戴克—皮爾蒙親王之女赫蓮娜．菲德莉卡．歐古絲郡主，並決定想要娶她。

我聽說以後大驚失色，不是因為他選擇的對象，而是因為他竟考慮結婚，只擔心他身子不夠硬朗。我已經失去心愛的愛麗絲，這使我加倍珍惜剩下的孩子，加上里歐波的脆弱，教我怎不擔心。

我與伯弟討論此事，他認為里歐波若想結婚就要結婚。

「你明不明白他得的是什麼樣可怕的病啊？」我質問道。

「我知道他要是流血就有危險。可是您得讓他過日子呀，媽媽。要他單身還不如結婚得好。」

他說得自然沒錯。是我太宿命了。不管將來會發生什麼，我都必須作好準備。

於是里歐波訂了親，受封為奧巴尼公爵。

我正在前往溫莎城堡的路上，剛下火車，坐上在車站外等候的馬車。馬匹正要起步前進，忽然聽到一聲巨響，接著一陣纏鬥扭打，然後布朗滿臉蒼白焦慮地出現在窗口。

「剛剛有個人朝馬車開槍。」他說。

我覺得很不舒服。這種事我這輩子已經經歷第七次了，照說應該習以為常，卻始終做不到。

「我現在馬上帶妳到城堡去，」布朗說，「很快就到了。」

稍後我得知了詳細的事發經過。有兩名伊頓公學的男孩混在馬車附近的一小群人當中，看見有個人舉起手來，手裡握著槍直指馬車方向。其中一人便用雨傘打掉那人手裡的槍，另一人也用自己的雨傘毆打刺客。然後他們抓住他壓制著，直到他被捕。

這次確實有暗殺企圖，因為手槍裝了子彈。

格雷史東先生憂心忡忡地來到溫莎，我得承認他看起來的確非常真誠，其實很難想像格雷史東先生有任何不真誠的時候。但儘管他顯示出對這次意外的驚慌，那態度卻惹惱了我。

「那個人精神錯亂，」他說，「凡是企圖殺害陛下性命的人都是精神錯亂。其他國家的統治者都是因為政治原因遭到攻擊，很慶幸的是我們國家的刺客都是瘋癲之人。」

「對受害者的影響是一樣的，格雷史東先生。」我冷冷地說。

「是的，陛下，的確是，但動機不同。瘋癲之人有不同的思考力。」

現在他竟要我聆聽他大談瘋癲之人的動機以及英國刺客與他國刺客的差別。我打斷了他。

「多跟我說說這件事，我會安心一點。」我說。

他於是告訴我關於那兩名伊頓學生的英勇行為，無疑是多虧了他們才避免一場悲劇。

「我想讓他們知道我有多感激他們的行為。」

他說這主意再好不過。

他安排讓我接見全校學生（共有九百名男學生），看到他們聚集在方庭裡實在非常感動。我對他們說話，褒獎那兩位奮勇拯救我的同學，然後那兩名英雄本人便上前來接受我的特別感謝。

原來意欲向我行刺而失敗的是個名叫羅德瑞．麥林的人，上法庭受審後被判無罪，只是精神異常。

這項判決令我憤怒不已。他拿著一把上了子彈的槍瞄準我，若非那兩名男學生用雨傘迅速反應，我恐怕已經命喪槍下，結果他竟然無罪！看起來企圖殺死我臣民的人會被判謀殺罪，但若是企圖殺我，則都只是精神異常。

「那人精神錯亂已是毫無疑問，」格雷史東先生說，「在我們國家，企圖刺殺君主的人一定都是精神異常者。」

此人被判無限期拘禁，「等候女王發落」。

如果真能由我發落的話，就讓他永遠待著吧。

格雷史東先生以他貫有的沉悶方式表示，他確實明白了我的意思，也會著手研究類似案件的問題，看看能否修改律法。

遇刺後我的民氣驟升。這種情形向來令人滿意；只要能毫髮無傷地脫險，在享受人民歡呼時的喜樂，幾乎讓這些意外顯得值得了。

麥林事件過後大約一個月，里歐波結婚了。這回照例為了他的年俸在國會上演一場令人不快的爭執，但最後還是同意將金額提高到兩萬五千英鎊。一如預期，報上刊登了抗議王室從國庫拿取金錢的文章，有關於我蟄居的習慣性埋怨也再次出現：「她把錢用在哪裡，她又值不值得我們花這些錢？」而且有四十二名議員在表決時反對提高金額。然而還是得到了夠多票數得以通過。

我穿著黑色禮服參加婚禮，但還是在外面披上了婚禮用的白紗。我切切祈禱里歐波不會體力透支，我真的很為他害怕。他一輩子所受的失血之苦已經使他變得虛弱，他一定要明白這種病讓他和一般健康人有所不同。赫蓮娜是個十分能幹的年輕女子，不害怕說出自己的想法，即使對我也不例外。起初我有點愕然，但我很快便開始欣賞起她的性情，也開始覺得她正是里歐波需要的妻子。

我買下克雷爾蒙送給他們做為結婚禮物。那是我特別喜愛的一棟宅邸。李奧波舅父留給我，讓我終生可以使用，但我想將它納入名下，那麼便能送給這對新人了。

不久之後，我漸漸不再那麼擔心，因為里歐波似乎很適合婚姻，而且婚後不久赫蓮娜就懷孕了。孩子的預產期就在她婚禮後的第十個月，真的非常迅速。

孫子實在太多了，我得專注才能數得清。不過里歐波的孩子比較特別，因為我從沒想過他會有孩子。

我人在溫莎。去了一趟佛羅哥摩陪亞伯特，回來時心情異常低落，每回來過這裡都會這樣。當時想必是陷入深思，下樓時竟滑倒了。

現場一陣驚惶失措。布朗連忙衝上來，將所有人撥開後抱起我，一臉氣憤地看著我說：「妳這女人幹了什麼好事？」儘管腿傷疼痛，我聽了還是不禁微笑。

他抱著我回房間，每個人忙進忙出的，我卻說應該過一、兩天就會好了。

不料第二天腳一碰地就發疼。昨天那一摔引發了我的風溼痛，而且是前所未有的劇痛。醫師來看診，說我得多休息。

真教人厭煩，我最討厭不能自由活動。不過肯定是碰傷了，整條腿又腫又痛。

布朗通常會把我從床上抱到沙發上，後來覺得我應該呼吸點新鮮空氣，便取來他所謂的「小馬椅」，然後載著我在庭園裡兜轉。

要是沒有布朗，我該如何是好？我暗想。

每天早上他會不拘禮地進到我房間，問一句：「妳今天想做什麼？」好像當我是個任性小孩，得先問問我的意願，以免我哭鬧。我總覺得好笑，一見到他精神也跟著振奮起來。

我摔倒後剛滿一星期，進我房間來侍候的卻不是布朗，而是另一名僕人。

「布朗呢？」我問道。

「他今天早上無法侍候陛下。」

喔，我心裡暗笑。可能前一晚又有點「臉紅」了吧。

「好吧。」我說。

等他現身我再來嘲笑他。

可是布朗沒有出現。上午稍晚我讓人叫他來，來的卻是另一人。

「他的臉腫起來了，陛下。」他這麼告訴我。

「臉腫了！怎麼回事？他跌倒還是怎麼了嗎？」

我非得親眼瞧瞧，從這名僕人口中根本問不出所以然。

「我要見他，」我說，「叫他過來。」

他來了，乍見之下嚇了我一大跳。他整個臉確實又紅又腫。

「這是怎麼回事，布朗？」我問道。

「不知道。」他只簡短回道。看得出來他病了，我要他立刻回床上休息。隨後我請來詹納醫師。詹納替布朗看完診之後來見我，說他中了丹毒。

「那危險嗎？」我問道。

詹納醫師搖搖頭。

「我要讓他得到最好的照顧。你親自來，詹納醫師，還有芮德醫師。」

「其實不需要這樣，陛下……」詹納醫師話說到一半。

「我希望這麼做。」我以王者的氣勢說道。

詹納醫師鞠躬行禮。我猜想又該會有閒話了，因為我命令御醫治療布朗。但我不在乎，他對我太重要了。

儘管擔心布朗，聽到赫蓮娜平安生下小女嬰的消息還是很開心。里歐波當父親了！

雖然得讓人抱著上馬車，我還是非得馬上去看看她們母女不可。只可惜……抱我的不是布朗。產後的赫蓮娜恢復得不錯，看起來很健康，只是躺在沙發上。里歐波又出了一次血，醫師警告他這陣子要格外留意，因此他躺在另一張沙發上。由於我行動不便，便又為我加了張沙發。

我們三人各自躺在沙發上，這景象倒也有趣。

孩子抱來後，我們細細端詳一番。里歐波最是興致高昂，赫蓮娜則是非常自豪。這是個愉快的聚會，可是回到溫莎時卻聽到驚人的消息。布朗的病情惡化了。

「惡化！」我高呼道，「我還以為他得的不是什麼嚴重的病。」

「陛下，他好像無法擺脫病症。」

「但是他的體力比一般人好兩倍啊！」

「似乎沒有幫助，陛下。布朗確實病得很重。」

我心煩至極，立刻前去看他。他的模樣變了好多，而且也不認得我，只是不斷喃喃囈語。

不會吧，我心想，這樣太過分了！

但無奈的是，我開始恐懼的事情發生了。

次日早晨僕人來報，布朗在夜裡死了。

我不敢相信。死亡竟再次降臨。我身邊的人一個個地死去，這是老化過程的一部分嗎？彷彿不久前才失去親愛的友人畢肯斯菲勛爵，當時，布朗仍是我的慰藉……如今他也走了。

由於打擊太大，我恍惚了起來，無論到哪都得不到安慰。沒有一個家人與我同悲，他們從來就不喜歡他，也對我與他的關係感到遺憾。他們當然不了解，總說他是僕人之一。他不是僕人，他對我遠比僕人更為親近。

我想為他立個紀念碑，龐森比爵士深感不安，提出一些隱晦的警告。我們可不想讓報紙興高采烈地大作文章。如果他的死太受矚目，無疑會有人針對我與他的關係作出不利的揣測。

我並不在乎。我厭倦了報紙，也厭倦了安撫善變的民眾。他們聽信殘酷的誹謗與中傷，然而當伯弟險些喪命，我也可能遭暗殺後，人們又發現自己深愛我們。這種搖擺不定的愛有何價值？

像畢肯斯菲勛爵和率直的布朗這種朋友才真正重要。

我在巴莫羅豎立了一尊布朗的雕像，並請丁尼生勛爵題詞，他寫道：

朋友多於僕人，忠實、真誠、勇敢，

自我少於本分，即使死後亦然。

我發現布朗會寫日記，又想到馬丁爵士把《王夫親王傳》寫得那樣出色，便請他為布朗寫一篇傳記。我想馬丁爵士想必遭受到壓力，才會以妻子健康不佳為由婉拒。此事或許和龐森比爵士有關。他雖然是好友，卻總是對涉及布朗的醜聞感到不安，我知道他不想再爆發任何醜聞，而他相信一旦為布朗作傳就會出事。可是我想讓世人知道他是個多好的人。

既然馬丁不肯寫，我便找了一位麥奎格小姐和我一同編纂日記。

為了自我撫慰，我出版了《日記集錦續集：我們的蘇格蘭高地生活》。

我悲喜交集地回憶那段與亞伯特共度、孩子們也還小的日子，一切都清晰如昨。我可以一一重新體驗，只是傷逝沉重得令人難以承受。

有許多人向我道賀，但家人卻大感震驚。

聽說劍橋家的老公爵夫人說《集錦》的內容低俗、使用的英語拙劣、瑣碎無價值又無聊。

我從來沒喜歡過這個女人！

就連伯弟也提出抗議。

他認為這本書不應該廣泛流傳。「我們自己家族的人看一看無妨，」他說，「但不應該流傳出去。」他又補了一句說：「這是很私密的東西。」

「我認為民眾會有興趣。」

「我認為民眾對我們一舉一動都太有興趣了。」

「我的一舉一動沒有任何可恥之處。」我直接刺向伯弟，一針見血。接著又說畢肯斯菲勛爵覺得《日記集錦》很吸引人，也許因為他本身是作家，能了解這些東西。他經常說我們是作家同儕。

「他老是過於急著想要巴結諂媚。聽說他曾經說過他相信所有人都吃甜言蜜語這套，但是對王室更要下足工夫。」

我微微一笑。我倒很相信這個親愛的人說過這樣的話。不過他說欣賞我的書的確是真心話，他能了解寫作的欲望，這是伯弟這種人永遠不會懂的。其實他小時候就常逃避寫文章，也因此挨了不少打。是啊，伯弟是不可能了解的。

我相信背後有陰謀在阻止撰寫布朗的《傳記》，而且可能以龐森比爵士為首，他當然會有許多支持者，其中也包括威爾斯親王。

龐森比爵士後來說關於《布朗傳記》一事，他會去問問里朋主教科麥隆．李斯博士。

「他們這些人對這種事最清楚了，陛下。」他說。

後來他又邀請樓頓勛爵參與。我心想如果布朗知道自己幾篇簡單的書寫造成這些重要人物如此騷動，不知作何感想？

李斯博士認為最好將《傳記》緩一緩。他們請教了溫莎的教長蘭道．戴衛森，他很贊同延期的決定，同時大膽提出最好不要再出版《日記集錦》的想法。

他讓我非常生氣。難道這個惡劣的教長在暗示這本書低俗、不體面，與我的身分不符？

我無法不表達憤怒，教長明白自己觸怒了我，便遞上辭呈。他說很遺憾惹我不快，卻隻字未提他已改變想法。

我的怒氣確實發作得快，但消退得也一樣快。

我開始思考教長的事。讓他為這種事辭職是不對的。觸怒了我，他自己也知道，但他還是說出了自認為的事實。我不能因此懷恨，何況我心裡知道他是對的。

之前關於我和布朗的關係已是謠言滿天，若再出版他的日記，只會讓情形惡化。我與亞伯特和孩子們的生活也是隱私。我會讀自己的日記，我會記得所有的一切。我必須接受事實，並尊重那些冒著丟官風險向我提出建言的人。

我必須明智。那麼就不再出版《日記集錦》了，而我心愛的高地僕人回憶錄也得無限期推遲。

布朗去世已經一年，我仍為他哀悼。到處都有他的影子，尤其是巴莫羅。

赫蓮娜再度懷孕，而她的女兒小艾莉絲卓幾乎還是襁褓中的幼兒。赫蓮娜顯然也會多產，謝天謝地那可怕的血友病只會是母傳子，因此里歐波的孩子很安全。

之前里歐波又犯病了，醫師建議他到法國南部去，聽赫蓮娜說他在那裡健康大有起色。

就在布朗的一周年忌日三月二十七日當天，我接到坎城來的電報說里歐波跌倒，膝蓋受傷。由於當天醒來時想到令我思念不已的高地僕人，心中已是鬱鬱寡歡，聽到消息更是驚惶不定。我對於日期有一種疑慮。因為最心愛的亞伯特和愛麗絲雙雙在十二月十四日去世，我會感覺到這層特殊意義也不足為奇。不祥的預感實在太強烈，我便想動身前往坎城，但還來不及計畫，第二封電報就來了。里歐波出現痙攣，導致腦出血。里歐波死了。

自從知道他患有這種可怕疾病，便已預料到會有這一天。最初聽到里歐波的詳細病情讓我焦慮不安了數星期，但後來心情放寬了些，再後來他結婚、生下第一個孩子，我不禁開始懷疑自己是不是過慮了。我不斷提醒自己他曾經出血那麼多次，但每次總能復原。

殊不知我周遭充斥著死亡，感覺好像逃無可逃。我無時無刻不想著接下來又該輪到誰了。

里歐波的遺體運回來之後，葬在溫莎的聖喬治禮拜堂。

我已失去了兩個孩子，還有我心愛的夫婿！

里歐波死後三個月，赫蓮娜產下一子。

政治局勢令人擔憂；每個月我都深刻領悟到畢肯斯菲勛爵任內所採取的策略曾經那麼成功，但格雷史東先生卻有不同做法。

紛擾來自埃及，當時的埃及還幾乎完全受我們統治。蘇丹地區的居民在一個名叫馬赫迪的狂人領導下，目前正在威脅埃及邊境。英國政府有責任決定是否弭平叛亂，或是放棄蘇丹，將它劃出埃及版圖。格雷史東與他那群因循苟且的支持者自然想要放棄，倘若是畢肯斯菲勛爵主政，結果定然大不相同！格雷史東被他所謂的帝國主義嚇壞了。政府要是由畢肯斯菲勛爵領導會更強大，那麼馬赫迪無論如何都不敢作亂。像格雷史東這種以愛好和平為名採取軟弱政策的人，才應該為戰爭負責。會被扯進這些小騷亂都是因為太軟弱，而絕非國力強盛之故。帕默斯頓勛爵便了解這點，他那所謂的砲艦政策也是一再成功，他的信念是要在開始交戰以前送出警告。如今必須去援救蘇丹的駐兵，政府自然又是拖拖拉拉，但人民要求派戈登將軍去和馬赫迪談判，讓他們釋放遭困的駐軍。

我非常焦慮不安，尤其是當戈登在喀土穆遭受馬赫迪軍隊的圍攻。我一次又一次警告政府必須派兵支援戈登，但政府畏戰。慶幸的是人民站在我這邊，最後終於派沃斯禮勛爵前往支援戈登。只可惜他到達時已經太遲。喀土穆遭到猛烈攻擊，沃斯禮尚未趕到，戈登便已殉難。

我不僅驚駭，更為我的政府羞愧不已。我告訴他們，我強烈感覺到英國留下了污點。我下令為戈登塑半身像，置放在城堡的一道走廊上。

真希望政府能明白自己施政的錯誤，也希望他們能想起畢肯斯菲勛爵的行動力與天縱英才，也就是他們所謂的帝國主義。他們不明白擴充領土後必須給予支援，絕對、絕對不能示弱。

我對蘇丹的駐兵深感憂心，也對我們在那裡的表現深以為恥。

統治任務完全失敗，結果導致原來根本不該脫離埃及的蘇丹陷入野蠻狀態。

親愛的畢肯斯菲勛爵啊！他曾經滿懷熱忱所做的一切如今成了這副模樣，不知他是否正在天上看得目瞪口呆。

現在所有的孩子只剩碧翠絲還未婚。打從她老是說一些古怪有趣的話逗得所有人樂不可支以來，她一直和我很親近。

那個逗趣的小女孩已經大大改變。她和姊姊們不一樣，既內向又害羞。我知道她害怕人多的場合，她也坦承自己從來不知道與人交談時該說些什麼。

從某方面而言，我覺得慶幸。恐怕是我太自私，但我真的無法面對碧翠絲可能離開我的事實。

我去了達姆史塔參加外孫女赫塞的維多莉雅的婚禮，嫁的是她堂兄巴騰柏的路易士。里歐波才剛去世不久，還壓得我心裡沉甸甸的，起程時暗自希望在家人的環繞下能讓我忘卻憂傷。

那是個命定的機緣，因為在婚禮上碧翠絲認識了新郎的弟弟巴騰柏的亨利，結果碧翠絲與亨利愛上了彼此。

當碧翠絲告訴我她想結婚，我驚嚇得不能自已。

「不行！」我說，「妳只是暫時沖昏了頭。」

碧翠絲說不是那樣，她和亨利深愛彼此，也將心意告知了對方，最重要的是他們想結婚。

我要她不許再想這事。我受的苦夠多了，畢肯斯菲勛爵去世，布朗去世，里歐波也走了，現在還要讓我失去她，最後一個陪在我身邊的孩子！

可憐的碧翠絲心都碎了，但由於她是碧翠絲，便只是低下頭看似認命。

我當然不好過，食不下嚥，夜不安寢。

要失去碧翠絲！不行，我無法面對，這將會是壓垮我的最後一根稻草。她會忘記的，她命中注定不能結婚，畢竟她已經二十七歲，這麼大年紀的女孩就該把這些事拋到腦後。先前從未考慮過婚姻，不也過了這麼大段人生，現在又何必去想呢？太可笑，太荒謬了。

可是我又不忍心看我可憐的寶貝這麼傷心。

我告訴自己，要不是里歐波去世，就不會發生這種事了。碧翠絲和兄長們是那麼親密。

我們回到英國，可憐的碧翠絲一臉蒼白戚然。

我心想：不能讓這種事發生，不能步我那個瘋祖父的後塵。我想到在我小時候總是對我流露出莫大興趣的那些姑母，她們都顯得非常奇怪（有幾個已半瘋癲），也都過著無比悲傷的人生。她們的父親正是試圖把女兒都留在身邊，這麼做真是非常自私。

我再也受不了了。

我說：「碧翠絲，妳變了好多。」

她沒有否認。

我召來巴騰柏的亨利。

我對他說：「你也知道碧翠絲對我有多重要，我發現我不能沒有她。有時候覺得好孤單，因為失去了太多我所珍惜的人。如果要你到英國定居，有可能嗎？那麼你可以娶碧翠絲，我也仍然可以留她在身邊。」

他臉上的欣喜讓我開心不已。

我把碧翠絲叫來。

我說：「亨利要住在英國，我終究是不會失去妳了，我最親愛的孩子……」

婚禮十分簡單，我稱之為「鄉下婚禮」，但充滿了濃濃的快樂氣息。看到孩子與亨利結成連理後那樣快樂，我也同樣愉快。

碧翠絲舉行婚禮之際吹起了政治風暴。

格雷史東政府面臨困境，對此我並不訝異。對他的埃及政策感到厭惡的不只我一人，全國人民都覺得羞恥，而且預算案未能通過，代表格雷史東必須辭職。

我有意贈他伯爵爵位，就我個人而言是希望從此與他再無瓜葛。但是他推辭了。

我欣然邀請保守黨領袖索茲伯里勛爵來見我，只是他身為上院議員，組閣意願不高，並認為這項任務應該交給下議院中的黨魁史泰佛・諾思可。其實他真正想去的是外務處，但他至少同意了若能兼任外務大臣與首相二職，並且在國會解散前的幾個月間得到尚未去職的格雷史東某種程度的支持，他願意盡力組閣。

我必須承認格雷史東並不是很樂意幫忙，不過最後索茲伯里勛爵還是答應了。

我高興極了，因為我非常喜歡他。事實上，在格雷史東之後，不管是誰我應該都會喜歡。索茲伯里勛爵是第一個比我年輕的首相，這應該是在提醒我自己有多老了。

那一小段休憩時間很快就結束了。大選過後，自由黨重新掌權，我又再次面對格雷史東先生。

那個人可真是一個大考驗！他現在專注於要讓愛爾蘭實施地方自治，而且是忽然提出這個意圖，讓我和全國人民都沒有時間思考。我不認為人民想要這麼做，至於我本身就得因此違背即位時立下的「維持兩國統一」的誓言。他的論點說服不了我。

很高興有不少自由黨人決定否決格雷史東的自治法案，因此法案在下院未能通過。

當政府再次倒臺，重新召見索茲伯里勛爵，讓我大大鬆了口氣。

在格雷史東之後，索茲伯里勛爵特別令人愉快。

索茲伯里其實已是老友。在他與畢肯斯菲勛爵共事時，我便熟識他，雖然不是那個親愛的人再次回來，卻也多少帶給我慰藉了。他對外國事務極為嫻熟，依我看格雷史東對這方面是一無所知。

我讓人為他畫像，畫完之後便掛在我自己的住所，同時對索茲伯里勛爵說這是我所能給予的最高讚譽。

幸好自治法那個亂源被擱置了。有時候拖延的助益甚大。

這個時候，有一樁可憎之至的醜聞震撼了政壇，並充斥了報紙版面，全國人民無不渴切地想得知更多令人反感的細節。

我不禁感到興味（儘管是不名譽的事），因為事涉我的宿敵狄耳克爵士。真是不可思議，這些人在公開場合表現出一副那麼關心人民福祉的模樣，還想廢除君主制等等，私下裡的行為卻絲毫不懂得檢點。

輿論之所以沸騰是因為有一位克雷佛先生開始與妻子進行離婚訴訟。克雷佛先生是國會議員，有一位頗具姿色但略顯輕浮的妻子。狄耳克與克雷佛夫妻有姻親關係，是他們家中的常客，由於有親戚關係，並未引人非議。

克雷佛夫人與某位伏斯特上尉一直有曖昧的關係，克雷佛指控他是她的情夫，不料妻子遭到質問時，竟對丈夫說情夫不是伏斯特，而是狄耳克爵士。

接著，有關於那個為弱勢者捍衛權利的人的許多不堪細節開始一一出現。看起來他似乎曾是克雷佛夫人母親的情夫，而且克雷佛夫人也在無意中披露了狄耳克、她自己和一些女僕一起縱欲狂歡的事實。

那些僕人並未出面作證，但既然克雷佛夫人坦承私通，也就判准離婚了。

我不得不承認有某種滿足感，也大大慶幸伯弟這次沒有牽扯在內！每當聽說在某個社交圈發生這種事（而且狄耳克又是伯弟的朋友），我第一個念頭就是：求求上帝，別讓伯弟被發現！這正顯示了我內心的恐懼。為他的事擔了那麼多心，這樣的反應實屬自然。

狄耳克的前途當然是毀於一旦。

我與伯弟談及此事，不出意料之外，他又為狄耳克說話。

「對他來說太淒慘了，」他說，「他是個傑出的政治人物。」

「他確實很善於過雙重生活。」我反駁道。

「他本來也許可以當上首相的。」

「那麼我真的很慶幸發生這件事。想想看，要我接見這樣的人！」

「媽媽，我相信那個女人是誇大其詞。」

「法官似乎並不這麼認為。」我憂傷地看著他。「我好驚訝，伯弟，你父親為你做了那麼多，你卻還有這些奇怪的想法。這個人是共和主義者，曾經明白地發言反對我們……你竟和他成了朋友！」

「媽媽，他很聰明、機智……很有想法。」

「企圖毀滅我們的想法！多令人滿意啊！」

這件事到此尚未結束。狄耳克當然無法入閣，當時是格雷史東政府，因為事情發生在索茲伯里上臺的前夕。

約瑟夫．張伯倫是狄耳克的友人，企盼能讓他繼續留在議會，因此指出法庭並未證實狄耳克有罪，希望公訴人出面阻止這宗離婚案。狄耳克沒有坐上證人席，否則我相信他會被判有罪。

於是醜聞再度鬧得沸沸揚揚，結果把狄耳克搞得灰頭土臉。在接下來的調查過程中發現，克雷佛夫人所提到狄耳克、她本身與兩名女僕縱欲狂歡的地點，正是狄耳克前任女管家的屋子。這似乎說明了許多事情。

再次審判的結果對狄耳克不利，因為陪審團認定克雷佛夫人說的是實話。

狄耳克再無希望了。

我忍不住暗自竊喜。他自稱改革者，就讓他從改革自己的人生開始吧。

我經常想起他，甚至開始因為同情他而有些內疚。之前他擺出那麼道貌岸然的樣子，只是讓他的下場更慘。一個雄心萬丈的人看到自己前途全毀，不知是何感覺？

我應該感到欣喜，又打倒了一個敵人。經此一事，再看到那些公開宣稱渴望行善的人，我的確會抱著些許懷疑。

這也讓我想到格雷史東先生和他的夜遊。那會是我對他如此反感的原因之一嗎？至少這一點讓他稍具人情味。

不，我不能也不想相信，格雷史東會是另一個狄耳克爵士。

狄耳克事件使得因埃及政策引起民怨的政府更加失去民心，再加上預算案被駁回，它是肯定要倒臺的。

總之，我很慶幸有索茲伯里勛爵擔任我的首相。

14 登基五十周年慶

不能期望人生一帆風順，而我也沒有，但是可怕悲劇的突襲還是讓我措手不及。

我登基滿五十周年的時間就快到了。索茲伯里勛爵說應該昭告天下，因為必須讓人民了解這是個值得歡慶的大日子。

一想到就覺得疲憊，不過他說得當然沒錯。這麼重要的紀念日不應該讓它無聲無息地過去。

小維那裡傳來令人非常憂慮的消息。她的夫婿腓力染上一種可怕的喉疾——有傳言說是不治之症。小維心焦如焚；她在普魯士宮廷過得很不安穩，除了公婆對她極不友善，俾斯麥和她作對之外，兒子對待她也很惡劣。她不管做什麼都得忍受指責，英國人的血統讓她萬劫不復。

這一切我都知情，接到密語電報時，我猜想情況已相當嚴重。

解密後的電報內容披露德國的醫師希望進行手術，但她想先問問我們這邊某位醫師的意見。她指的是莫瑞爾．麥肯齊醫師，據說他是這方面疾病的權威。小維求我立刻派麥肯齊醫師前去，因為她反對動手術，或許麥肯齊醫師能說服德國的醫師打消念頭。

我立即召來御醫，詢問他們對麥肯齊醫師的評價。他們說他確實醫術高超，但是對金錢有極大欲望，因此需要注意。

我將此事告訴小維。

此時情勢格外緊張。德皇本身的健康狀況已經不佳，恐怕活不久了。如果他駕崩，就表示腓力將會登上皇位，萬一他也駕崩，便會由我的外孫威廉繼承，而他與母親的關係並不好。

那個歡慶的日子到來時，情勢便是如此。

前一天早晨醒來時陽光照耀，我便在佛羅哥摩的戶外用早餐。若在溫莎城堡的戶外是不可能有隱私的。搭車前往車站途中，大批民眾聚集圍觀並高呼萬歲，令人感到歡欣滿足。在帕丁頓下火車後，再搭馬車穿越海德公園，到達白金漢宮時聽到更多的萬歲歡呼聲。

親愛的孩子圍繞在身邊是多麼美好的事！我心想自己已經在位五十年，一路走來承受了無數的考驗與哀愁，著實不可思議。

花卉美不勝收，因為花農為了將自己的產品獻給我，彼此競爭激烈。其中有一束花高達四呎，最上方以突出的大紅鮮花排成V. R. I.[38]的字樣。

當天晚上有一個全家族的晚宴，他們全都在我身邊是最令我高興的事。

次日，二十一日，慶典才真正開始。我拒絕穿戴王冠與禮袍，雖然這是個盛大的場合，我卻希望愈簡單愈好。家人都深感困窘，他們覺得應該要非常隆重，便推派雅莉珊卓為代表來說服我戴上王冠，但我對她說這不關她的事，我不會任人支配。哈利法克斯勛爵大怒，他說人民會希望他們的錢是用來鍍金的，我覺得他這種表達方式十分低俗。還有那個好管閒事的張伯倫說君王應該要有氣派。我還是決定戴軟帽，應該非常迷人（裝飾著蕾絲和鑽石），但還是一頂軟帽。

羅茲貝利勛爵說，治理一個帝國用的應該是權杖不是軟帽。然而我就是固執己見，還命令所有女士戴上軟帽，穿著正式的長禮服，外披斗篷。

每逢這樣的場面我總會暗想：如果亞伯特能在場，該會有多自豪！

我搭乘由六匹乳白駿馬拉行的敞篷馬車離開王宮，由一隊印度騎兵護送。隨之在後的是家族中的男性——三個兒子、五個女婿和九個孫子。

可憐的腓力明明那麼不舒服，卻仍擺出一副威風凜凜狀。幾乎發不出聲音的他能來這趟，真是非常勇敢。獲得最響亮歡呼的人也許就是他，那一身銀白相間的制服加上頭盔的德意志老鷹標誌的確英姿勃發。普魯士人總是最能吸引目光，這點無庸置疑。

緊跟在家人與我後面的是歐洲、印度與各殖民地的代表隊伍，共有四名歐洲的國王（薩克森、比利時、希

38 譯注：Victoria Regina Imperatrix的縮寫，意為「維多利亞女王暨女皇」。

臘與丹麥），以及普魯士、希臘、葡萄牙、瑞典與奧地利的王儲。

這種冠蓋雲集的場面恐怕是歷來僅見，就連教宗也派了代表前來。我們經過憲法山、皮卡迪利街、滑鐵盧廣場、國會街，來到西敏寺參加感恩禮拜儀式。我在韓德爾一首進行曲的樂聲中走進西敏寺。

我堅持在儀式上演奏亞伯特的〈讚美詩〉與他的〈哥達〉頌歌（由他親自譜曲），聽到之後我深深感動，幾乎就像他在場陪著我。

經由白廳花園與帕瑪街回宮後，我覺得筋疲力盡，但這一天還沒結束。四點有個午餐會，然後我站到陽臺上觀看水兵行進通過。晚上還有晚宴，我幾乎難以保持清醒。不過這是個美好興奮的一天，值得懷念。

畢肯斯菲勛爵激起了我對印度的興趣，自從當上女皇以後，我便想多了解那個地方。我很想親自去瞧瞧，可是在當時似乎不可行。

前來英國參加我的登基五十周年慶的印度隊伍當中，有兩個人吸引了我的注意。一個是阿布杜・卡林，約莫二十四歲，父親好像是位醫師；另一個是穆罕默德，年紀大得多，身材相當肥胖，臉上總是笑咪咪。

我雇用他們進入內廷工作，以便就近探問關於他們與他們家鄉的事。卡林聰明過人，只是英語的理解力不太好，我便替他請了一名教師。

那名教師興沖沖地前來，以為要教的是哪個王公貴族，等到發現請他來是為了教一個僕人（還是個黑皮膚的僕人），他失望到了極點。

這事激怒了我，我不容許有人因為膚色不同於我們英國人而遭受歧視，而那個愚蠢的教師當然不敢冒犯我。

最令我覺得有趣的是卡林提議要教我印度斯坦語，我二話不說就接受了。我很著迷，也很想能夠用卡林和穆罕默德的母語與他們說話。

卡林會為我烹調辛辣的印度料理，我愛極了。布朗死後至今，我總算感到快樂許多。這兩名印度僕人很快便對我忠心耿耿。

身邊有這樣的人真好。

腓力在英國期間讓麥肯齊醫師看診了幾次，如今情況好多了。他相信麥肯齊醫師能夠治癒他，因此精神大為振作。見他有此改變實在太好了。

小維也很歡喜。腓力對她非常重要，因為他會與她並肩對抗所有對她極不友善的人。我很清楚腓力的家人讓她受什麼樣的委屈，尤其是小威廉，她認為這孩子已經野心勃勃又冷血到真的期盼著祖父與父親的死期，以便自己能戴上皇冠。

他著實令人厭惡。有一些殘酷的謠言說他母親有個情夫，當初之所以阻止夫婿動手術，就是希望保住他一條命，直到他父親去世，如此一來她便能當上皇后，到時有了皇室這些錢財還有情夫，腓力就可以走了。沒想到威廉完全不設法遏止這些傳聞。

這個年輕人的惡毒惹惱了我。我經常想起亞伯特對於小維這門尊貴的親事是多麼引以為傲，結果帶給她什麼幸福了嗎？反觀愛麗絲與路易斯過得有多快樂，還有碧翠絲雖然嫁給身分更卑微的巴騰柏的亨利，卻也同樣快樂。

可憐的小維，她是那麼聰明，那麼自負！而最難以承受的想必是親生兒子對她毫無愛意的態度。都怪俾斯麥與他的祖父母毀了他，也或許手臂的殘疾讓他更加冷酷。

次年二月，腓力接受了手術。幾星期後，皇帝崩逝，腓力於是成為德意志皇帝，小維則是皇后。

想到小維已是皇后真教人高興，這是亞伯特所希望的。他是那麼愛她，那麼以她為榮。要是他還活在人世就好了，也許他可以導正威廉。

我很為小維擔心，因為內心深處知道腓力已命不長久。我想見見他們兩人，便出國遊歷，在佛羅倫斯待了一小段時間，此地感覺非常賞心悅目。亞伯特曾經住過義大利，參訪他當時住過的宅子，我不禁感動萬分。每到一處都受到最熱情的歡迎，民眾對卡林和穆罕默德都非常親切，以為他們是印度王子，實在有趣得很。

俾斯麥聽說我要去看腓力和小維，怒不可遏。但是在柏林，我與這個令全歐洲喪膽的人見了面。我得承認，不管他做了什麼或是有哪些傳聞，我都無法不喜歡這個人。他很強勢，而我喜歡強勢的人。我感覺到他對我的印象也相當深刻，因此說也奇怪，原本可能針鋒相對的會面卻進行得十分順利。我覺得我們兩人都有意外的驚喜，將來應該會對彼此更尊重。

看到可憐的腓力讓我好悲傷，他整個人變得乾癟、病懨懨的，也不能開口說話。我知道他活不了太久，但至少他讓小維當上了皇后。我也見到威廉了，非常傲慢的年輕人，不過我確實稍稍壓制了他的氣燄。我告訴他我對他的行為極為不滿，要他承諾修正，大大出乎我意外的是他真的承諾了。

與小維臨別時，我告訴她說若需要我，一定要隨時來找我。必要的話我甚至可以來柏林。

回國後我召來麥肯齊醫師詢問有關腓力的真實情況。他說他活不過三個月了。

六月便傳來那可怕但不令人意外的消息。

腓力去世了。

我發了電報給威廉（如今已是德意志皇帝），除了表達心碎難過，還吩咐他要照顧好母親。最後署名外婆V.R.I.。

伯弟前往柏林參加腓力的喪禮，回來時怒氣沖天。幾乎不曾見他如此憤怒，因為他雖然像我，脾氣可能瞬間發作，卻很快便能平息。但威廉真的讓他動怒了，不只是小小的情緒波動。

他希望讓我了解這個外孫的真正性格。

「媽媽，」他說，「我覺得他一點也不為父親的過世傷心，甚至可以說欣喜若狂，因為這樣他就能登上皇位了。」

我回答說我並不驚訝，因為他派來告知父親死訊的使節一臉洋洋得意，讓我覺得為他感到相當可恥。

「德國現在是個不容忽視的強權，」伯弟說道，「我認為威廉有擴張勢力的雄心壯志。他對我毫不客氣，甚至幾乎有點欺負我，在在暗示我只是王位繼承人，而他已經是皇帝。他對小維的態度更是不可原諒。他是嫉妒您的，他也知道德國的地位不如英國，心裡很不是滋味。我真的相信他會企圖改變這種局面，恐怕還想把您拉下王位，自己取而代之。」

「伯弟，這不可能！」

「沒錯，他不可能做這種荒謬的事，但有這種想法，大有可能。他有俾斯麥撐腰呢。威廉年輕氣盛，或許會生出一些魯莽的念頭，但俾斯麥已經身經百戰了，媽媽，我們必須認清這一點。他想要在各方面都贏過我，喊我舅父的時候也有點暗示說他的人生剛剛開始，我卻已經老了。」

「我明白，我們得小心留意這個小威廉。」

「是啊，的確如此。他要我送他一件蘇格蘭裙和所有搭配的飾件，還要是斯圖亞特王家格紋，說是參加化妝舞會要穿的。我就替他送去了。結果看到他穿上後拍的照片，底下竟寫著：『我在等待時機。』這張照片還在德國各地發送。」

「真是無法無天。」

「威廉就是無法無天。」

這番談話讓我心煩意亂，便與索茲伯里勛爵談論起來，他說威爾斯親王與德皇顯然有些嫌隙，不過德皇年紀輕輕便登上如此崇高的地位，索茲伯里相信假以時日他就會變得沉穩。

這是一場家族糾紛，絕不能讓它演變成兩國的不睦。

小維前來與我們同住了很長一段時間。伯弟和索茲伯里勛爵都認為以目前和德國之間的情勢，邀請她來是不智之舉，但我責備他們太無情。小維是我的女兒，而且剛剛喪夫，她兒子和俾斯麥已經讓她夠難受了，我不會讓她更不快樂。

經過幾番長談，我才對她在婚姻生活中所經歷的辛酸多了一些了解，這期間只有腓力會站在前面，為她擋有時來自公婆、有時來自受控於俾斯麥的兒子的更大羞辱。

我說應該讓威廉明白他不能如此對待母親。她求我邀請他來訪，如此便能親眼目睹他的態度。

我勉為其難地答應讓他在夏天時來小住幾天。

出乎我意外的是威廉興奮地接受邀請，還說很高興能夠再回到親愛的奧斯波恩老家。他應該以何種打扮前來？可不可以穿英國海軍上將的軍裝？我說可以，接著便收到他一封極為謙卑、令人愉快的信。「那就穿納爾遜勛爵的那身軍裝吧，」他寫道，「那已足以令人目眩神迷。」

這是個好的開始。

他來了以後讓我很驚訝。他喊我「親愛的外婆」，對我畢恭畢敬，只偶爾流露出大皇帝的神氣，表現十分迷人。

難道說到底他只是自然而然地對伯弟反感？也許他覺得伯弟有些輕浮（在某些方面他確實如此）？會不會是小維有些專橫？她向來有點過於自信。亞伯特寵壞了她卻不肯面對事實。

我還記得有了第一個孫子的亞伯特是何等興奮激動。威廉始終是他最疼愛的一個。

我告訴威廉此事；他喜歡聽自己幼兒時期的故事，說到亞伯特，他也會洗耳恭聽。

真是奇怪，我原本擔心的這趟造訪竟是愉快無比，威廉離開時，我感覺十分快樂，自腓力死後從未如此快樂過。

我的卡林實在太有趣了。他是個有尊嚴的人（如同部分印度人），而且儀表端莊優雅。身為僕人必須在餐桌旁侍候，他一點也不喜歡。他說自己在亞格拉是個書記，當地稱為「文希」，然而在這裡要他做的工作讓他有失尊嚴。

我身旁的人都嘲笑這個年輕人傲慢，但我沒有。我了解尊嚴的意義，無論誰自覺尊嚴受冒犯都應該得到體諒。我要他不必再侍餐，並讓眾人改稱他為「文希」；若有關於印度的事務需要作簡單答覆，便交由他處理。

事後他高興極了，也從此對我忠心不二。

有人說：「他會是第二個約翰．布朗嗎？」

其實不然。不可能會有第二個他。

宮廷裡有某種程度的歧視，必須消除。我禁止任何人以「黑人」來稱呼印度人，因為這個字眼帶有一定的蔑視。我的印度斯坦語學得頗有進展，現在已能和印度人用他們的母語交談，幫助甚大。

我是印度女皇，因此對那個地方有責任。

最近幾年我和伯弟的關係大有改善。他的責任感大大增加，對我更是充滿了愛，令人備感欣慰。我想他漸漸了解到自己即將面對的是多麼艱鉅的任務。

接著麻煩再度現身，與川比莊醜聞有關。

這回無關女人，但情況幾乎一樣糟。

有一位名叫威爾森的富有船主住在川比莊，伯弟是他的座上賓；由於伯弟好賭眾所周知，他去那裡就是為了賭博。

賭客中有一位蘇格蘭衛隊的中校威廉．高登．卡銘爵士，在玩百家樂紙牌遊戲時被懷疑詐賭。

散局後，其他賭客聚集開會商量該採取什麼行動，結果他們當面質問，威廉爵士自然勃然大怒。然而，牌局中有五人說看見他做牌，他說他要馬上離開這宅子，從此不再和指控他的人說話。

伯弟總會對陷入困境的人心生同情（無疑是因為他自己也曾陷入太多次了），而且也不確定該相信威廉爵士或是那些說看見他詐賭的人。

不利於威廉爵士的證據似乎強而有力，伯弟便自告奮勇要負責調查，最後顯示此舉過於輕率魯莽。沒錯，他也是賭局中的一員，大家自然指望他出面做該做的事，只不過他應該謹慎一點。

他們逕自決定再也不能讓威廉爵士玩百家樂，而且要讓他簽一紙同意書。

伯弟說他當然會和大家一起簽名。即使到了這個時候，他還是沒學會白紙黑字有多危險。

威廉爵士起初拒簽，還說若是簽了就等於認罪。眾人於是展開激烈爭辯，伯弟更是全心全意地加入激辯，最後終於說服威廉爵士在紙上簽了名。

事情本該到此為止，但這種事總會走漏風聲，應該是透過僕人吧，而且通常會被加油添醋。傳聞提到在川比莊打牌的賭注極高，報紙聽信了，於是威爾斯親王的奢侈無度成了主要話題。至於威廉爵士也被揭露為詐賭人士，原本一樁私密事件如今成了公開的爭議。

威廉爵士認定自己別無他法，若不想身敗名裂，就只能向指控他的人提起誹謗訴訟。

伯弟嚇壞了。他有過出庭的經驗，可不想再經歷一次；再者他幾乎肯定會被傳為證人，這會讓案子更受矚目，這是他們所有人都想盡量避免的情形。

這一鬧恐怕危及威廉爵士的軍旅生涯，因此他考慮要退役。伯弟想阻止他這麼做，因為若在軍事法庭審判，便能祕密進行。但威廉爵士的顧問想爭取大筆損害賠償，卻只有在民事法庭才可能如願。

聽說事情鬧得不可收拾，我氣壞了。我正覺得伯弟已經開始意識到自己責任重大，竟又發生這種事！他都老大不小了，還犯這種幼稚愚蠢的錯，實在不可原諒。

當他被傳喚出庭作證，真教人惶惶不安。他到底在想什麼，竟會簽下那紙文書！愚蠢至極。這下可好，又要再度出庭作證。

不知情者恐怕不會相信此案的主角是卡銘，因為報上登的全是威爾斯親王。即使判決結果對卡銘不利，幾乎可以確定有罪了，報上羞辱的卻仍是伯弟。

報紙上說，未來的國王熱中於賭博、賽馬等等活動……卻不關心國事，他的收入顯然太多，錢其實可以更善加利用於其他事務上。格雷史東先生曾一度勸說親王從事一些慈善工作，於是他成了王室勞工階級住宅委員會的成員。

儘管有千般錯處，伯弟還是有一顆善良的心，對於某些窮人的生活狀況感到驚駭不已，並讓自己的想法廣為人知。這回報紙逮到了機會指控他虛偽，說這個人曾經為他人的不幸憤憤不平，其實他大可以有所作為，可以拿出一部分豐厚的收入幫助窮人，但他卻寧可在百家樂牌桌上豪賭。這就是將來有一天要當國王的人嗎？他耽溺於享樂，能對國家有什麼用處？

難以相信在他瀕死之際，他們曾經為他悲傷；還有當我們意氣風發地前往大教堂為他的病癒舉行感恩儀式時，他們曾經那麼大聲地為他歡呼。老百姓就是這樣。

有一份報紙指出法國大革命正是根源於這樣的行為，好不令人驚恐。

威廉佯裝震怒。當初伯弟去普魯士時，威廉頒給他普魯士衛隊榮譽上校的頭銜，如今這位孫兒寫信給我，振振有詞地說，沒想到他的上校竟如此不知檢點，以至於涉入醜聞，讓他深感顏面無光。

我不屑地嘲笑這個傲慢自大的人，並暗暗希望他就在身邊，好讓我也能坦率地跟他說說心裡話。伯弟大為光火，兩人之間的心結也愈來愈大了。

從小維那裡聽說威廉大肆張揚此事，占了德國報紙不少版面。

有一份德國報紙顯然是從威廉那裡得到的靈感，說威爾斯親王的紋章上換了新的箴言：「Ich Deal[39]。」可憐的伯弟！雖然我不認同他的生活方式，卻還是為他難過起來。

自從與畢肯斯菲勛爵建立友情後，我好像就開始轉變了，從那時起宮廷裡便比較不再像亞伯特死後那些年那麼陰鬱沉重。我不是不再哀悼亞伯特，也不是不再時時想念他，只是開始對某些娛樂產生了興趣。我一直很喜歡音樂，這也是我和亞伯特都喜愛的樂趣之一。

我們在奧斯波恩辦了幾場由賓客參與演出的業餘戲劇表演，有各種主題的活人畫劇，有歷史田園劇，有歌劇的精選片段等等。準備這些讓我深深樂在其中，彷彿又回到年輕時候。這是亞伯特去世後第一次請樂師到城堡裡來。他們演奏了吉伯特與蘇利文[40]的《船夫》，十分動聽。稍後是愛蓮諾拉·杜絲[41]表演《女店主》[42]，還有特里先生[43]將《紅燈》一劇搬到巴莫羅上演。此外為了祝賀我的七十六歲生日，還演出了威爾第[44]的《吟遊詩人》。我發現這些娛樂令人興奮而愉悅，也一如既往地暗想：亞伯特看了會有多喜歡。

不過，在此之前，我的孫子艾迪（亞伯特·維多，伯弟的長子）與泰克的五月郡主[45]訂婚了。

艾迪一直都不是很聰明，弟弟喬治在課業上就比他優秀，但父母對他卻偏愛得多。我想雅莉珊卓之所以格外疼他，不只因為他是第一個孩子，也因為他較為遲鈍，比其他孩子更需要她。不過當然了，他們所有的孩子都很愛父母親。

艾迪在情感方面並不順遂。先前他愛上了表妹小雅黎，但沒有結果；後來又看中西碧兒·聖克萊—厄斯金貴女——而且還不只她一個。事實上，艾迪經常有中意的對象，卻常常無疾而終。另外還有奧爾良的海倫郡主，本也稱得上門當戶對，但是不能忘記伯弟的長子將來是要繼承王位的，不能娶天主教徒。雖然幾經商議，最終還是沒能談成。

因此現在聽說他和五月訂了親，真是值得高興。我非常喜歡她母親，聽說她結婚時我們都大吃一驚，因為當時她已經不年輕；但是她的婚姻生活很美滿，還生下這個有才能的女兒五月。情勢至此圓滿之至。

他在盧頓胡莊園的一場舞會上跟五月「說了」，得到她點頭答應。她真是個好女孩，開朗活潑又能幹，也十分美麗。對可憐的艾迪而言正是最佳人選，他喜不自勝。他想要結婚已經想太久了。

五月的母親也很滿意這門婚事。這表示將來五月會成為王后，劍橋家當然是大力贊成。

婚禮預定於二月二十七日舉行。

過了聖誕節來到元月後，我接到桑德林罕的一封電報。

艾迪得了流行性風寒。雅莉珊卓說他本來身子挺好的，毫無預兆。

當時碧翠絲正幫著我在設計八幕活人畫，準備當天晚上演出。其中我特別感興趣的一幕是帝國，而碧翠絲代表的是印度。相較於印度人，她略顯豐腴，他們似乎都相當瘦。文希與高采烈地指導、糾正我們，這是他最

39　譯注：原本的箴言是「Ich Dien」（我侍奉），此處將「dien」改為發音相近的「deal」（發牌）做為調侃。

40　譯注：威廉・史凡克・吉伯特（William Schwenck Gilbert, 1836-1911）與亞瑟・蘇利文（Arthur Sullivan, 1842-1900）：分別為英國的劇作家與作曲家，兩人合作了許多膾炙人口、風趣詼諧的輕歌劇，由於專在薩伏伊歌劇院演出，因此作品又稱為「薩伏伊歌劇」（Savoy opera）。

41　譯注：愛蓮諾拉・杜絲（Eleonora Duse, 1858-1924）：義大利演員。

42　譯注：義大利劇作家卡洛・哥多尼（Carlo Goldoni, 1707-1793）於一七五三年創作的三幕喜劇。

43　譯注：賀伯・畢爾朋・特里（Herbert Beerbohm Tree, 1852-1917）：英國演員兼劇院經理，後因對戲劇的貢獻受封爵位。《紅燈》一劇由崔斯川（William Outram Tristram, 1859-1915）創作，也是特里擔任倫敦西區喜劇院經理所製作兼演出的第一齣戲。

44　譯注：朱塞佩・威爾第（Giuseppe Verdi, 1813-1901）：義大利作曲家，也被公認為十九世紀影響力數一數二的歌劇作家。

45　譯注：泰克公爵之女，本名瑪莉，因出生於五月而以此為小名。

愛的事。我想碧翠絲的演出會非常成功。我很高興她婚後幸福，而且她和亨利都留在我身邊——幾乎總是生活在同一個屋簷下。他們那群可愛的孩子為我帶來歡樂。知道能把碧翠絲留在身旁時，真是讓我鬆了一大口氣。

活人畫劇大為成功，到了第二天又收到桑德林罕的電報。艾迪的風寒已轉為肺炎，我這才驚覺當天是十三日，對於十四日我依然有一種迷信的懼怕，但至少不是在十二月。

我心想不知是否該去一趟桑德林罕，不過每次去總會引起大騷動，我猜可憐的雅莉珊卓這會兒應該快急瘋了，不會想要我去。

再隔天，致命的十四日，又來一封電報。是伯弟發送的。

「親愛的艾迪已經被帶離我們身邊。」

多麼令人哀痛的悲劇！本來準備的是婚禮，如今卻要舉行喪禮。

*

真教人傷心，議員的六年任期已滿，國會即將解散，這時我驚聞格雷史東正熱烈而積極地加入選戰。如果他再回來，我會承受不了。已經擺脫他那麼長時間，萬一他東山再起，教我情何以堪。

「想一想，」我對龐森比說，「一個被蒙蔽而滿心興奮的八十二歲老人，竟想帶著一群可悲的民主黨人來治理英國與其龐大帝國，未免可笑。就像開一個拙劣的玩笑。」

結果卻和我擔心的一樣糟。雖然沒有贏得原本預期的多數，格雷史東依舊第四度成為我的首相。

選舉過後幾天，他來到奧斯波恩向我行親手禮。比起上次見面，他改變甚大，不只老了許多，走路也駝背，拄著枴杖，臉頰似乎凹陷且氣色慘白，還流露出一種怪異的眼神，嘴唇顯得鬆垮無力，就連聲音也變調了。

我對他說：「我們倆都比以前衰老多了，格雷史東先生。」我也只能說這麼多，對一個從未喜歡過的人實在無法表達友善。他要是聰明就不該戀棧權位。人民崇拜他是有原因的，我想就是他的夜遊令人感到好奇。現在八成已經不這麼做了。

真希望我不需要接受他，但我當然沒得選擇。他是人民選出來的，他們卻並未對他展現極大熱情，我很懷疑他能以他的薄弱多數遂行所願。他對愛爾蘭有一股執念，仍繼續努力地提出自治法案。我認為以他那少之又少的多數，是沒有機會通過法案的。

然而他竟然真的讓法案在下議院過關了，只不過又被上議院否決。我很開心，希望這是最後一次聽到愛爾蘭自治法案。

一旦上了年紀，時間似乎過得特別快。一天接著一天地出現、消失，很快地一年就過去了。

可憐的雅莉珊卓對艾迪的死難以釋懷，不過我想當喬治與五月郡主訂婚後，她就會快樂一點。我們都很喜歡五月，既然哥哥去世，讓她嫁給弟弟似乎是對的。

婚禮在九三年七月舉行，夏日炎炎，可憐的雅莉珊卓顯得十分憔悴。我想她忍不住會想到站在五月旁邊的本該是艾迪，而不是喬治。

不過喬治是個好孩子，比艾迪穩重多了。我可以確定五月會發現喬治是比艾迪更合她意的夫婿。

參加婚禮十分愉快，只可惜被一起意外事故掃了興。格雷史東先生竟膽敢進到我的帳篷來！他大概以為這是首相的權利。而且他不只進來，還逕自坐下！我說：「他以為這是哪裡？公共帳篷嗎？」

但令我歡喜的是在婚禮上見到了沙皇太子尼古拉，他是個非常迷人的年輕人，長相與新郎神似。

婚禮過後不久，亞伯特的哥哥恩尼斯便去世了。我沒有太大的情緒起伏，因為一直以來都知道他不值得敬重，這兩兄弟的天壤之別著實令我訝異。我一生從未停止感謝命運給了我亞伯特而非恩尼斯。當然我自己的選擇判斷也功不可沒，因為當時兩人都有可能。我何其幸運選中了聖人而不是罪人。

他死後由亞弗烈繼承薩克森—科堡的公爵領地，他幾乎是立刻動身前往父親的故鄉承襲爵位。親愛的羅森瑙！我暗自承諾會去那裡看亞弗烈；只是去到那裡總教人悲喜交加，心情無比複雜，喜的是置身於如此完美的環境，悲的則是對亞伯特的記憶又會變得前所未有地鮮明。

有時候日子宛如平靜無波的河水往前流，也有時候重大事件一樁緊接著一樁發生。一八九四年就是這樣的一年。

三月裡，格雷史東先生到奧斯波恩來，告訴我他覺得自己年紀太大了，無法繼續勝任。我相當同意他的想法，而且難掩興奮。我知道我想必是無意中流露出來了，因為在轉述這次會面的情形時，他說道：「我告訴她的時候，她簡直樂不可支。」

也許我應該對這位老人家親切一點；無奈的是，我從來就無法對周遭的人假裝有（或沒有）感情。

他將辭意轉達給內閣官員時，眾人都相當激動，他本身倒是處之淡然，向下院議員發表最後一次演說時，他敦促他們與上院對抗；他還是念念不忘自治法案。

他來向我提出辭呈，當時我人在溫莎。他年屆八十四，因兩眼都有白內障，已近乎失明，我請他坐下，他也坐下了。我們交談片刻，但我與他向來無話可說。很慶幸他終於離開，但我也才察覺到自己沒有依照慣例感謝他多年來令人敬佩的貢獻。我就是說不出口，因為不覺得他對國家有太大的用處。畢肯斯菲勛爵（和我）所支持的，他全數反對。畢肯斯菲勛爵那麼欣然建立的強大帝國，他卻想要削弱。是個好人，也許有人這麼想，如果以善意眼光去看他那些夜遊的話；可是好人不一定會是好首相。

當我召請羅茲貝利勛爵前來，想邀請他出任首相，他顯得相當遲疑。一開始他十分軟弱，懇請同儕支持——依據政治競爭對手的一貫做法，他們當然沒有支持他。

格雷史東的自由黨確實已經窮途末路。要在英國實施這種政策，時機尚未成熟。接下來提出了一些極其荒唐的議案，如愛爾蘭的自治案、上議院的「整治或終結」案、撤銷威爾斯國教案，甚至也否決了酒類販售案。

若沒有愛爾蘭議員的支持，羅茲貝利不可能繼續留任，當他過於急躁地慷慨陳詞，說除非代表英格蘭選民的議員有大多數支持，否則就不會有愛爾蘭自治案，這話說完當然得不到支持。他多少讓人知道了自治法案已無限期擱置。

他的軟弱讓我瞧不起。我想他也不喜歡自己扮演的角色，畢竟當初答應得有些勉強。他深受失眠之苦，後來感染了流行風寒，補選結果也對他不利。上任才一年左右，他便遞出辭呈。

國會解散，保守黨東山再起令我欣喜不已，索茲伯里勛爵來見。我有了一位新首相，同時也是好友。

*

當時還有一件大事就是小雅黎與俄羅斯的尼古拉皇太子訂婚。雖然對俄國人有疑慮，我卻明白對小雅黎（我最喜愛的孫兒之一）而言這是一門多好的親事。她是個美麗的女孩，聰明又細膩……還是我心愛的愛麗絲的女兒，光是這點便足已讓我喜愛她。短短三星期內，這個女孩嫁為人妻又成了皇后，因為沙皇駕崩，尼古拉帶著我疼愛的小雅黎一起登上了皇位。

誰也不能否認這是絕佳的婚配。

另一件值得歡喜的事是喬治和五月生下了兒子，人民為我有了曾孫大感驚嘆也興奮不已。我倒不覺得有那麼神奇。如果八九年小雅黎沒有拒絕艾迪，我可能四年前就有曾孫了。

不過，能知道人民為此欣喜真好。

不能期望人生一帆風順，而我也沒有，但是可怕悲劇的突襲還是讓我措手不及。巴騰柏的亨利留下我們跟著探險隊到阿善提去了。我本不希望他去，把他和碧翠絲留在我的屋簷下是我的一大慰藉；過去幾年間，他們夫妻和可愛的孩子減輕了我不少傷痛，我也一再體認到當初將亨利帶到英國，讓他與碧翠絲結婚是多麼明智的決定。

我相信亨利想追求刺激的冒險。在他眼中，往返於奧斯波恩、溫莎與白金漢宮的生活可能多少有點平淡無奇。然而，他迫不及待地想去，碧翠絲也沒有自私地阻擋他。我對他說他絕不可能受得了當地的氣候，但他不為所動。

就在他剛離開後，發生了一件讓人非常苦惱不安的事。南非的克魯格總統不斷地煽動、製造糾紛，動亂頻仍。他認為南非應該由波耳人掌控。我不信任這個人，深信我們遲早會有大麻煩。

羅德西亞的執政官是一位詹姆森醫師，他異常大膽地執行一項推翻克魯格的計畫，雖然魯莽卻很勇敢。夜裡他帶著數百名騎警偷偷潛入特蘭斯瓦，試圖鼓動人民反叛克魯格。他的兵力薄弱，克魯格卻很強大，在極短的時間內，詹姆森和他帶去的人就被打敗了。不幸的是有一些文書被奪走，暴露了塞西爾．羅茲[46]與張伯倫主掌的殖民處全都涉及此密謀的事實。

這對我們而言是場災難，也確實導致了數年後爆發的波耳戰爭。不過當時我們並不知道，我也對詹姆森醫師懷抱些許同情，覺得他不但想法正確，還有勇氣付諸行動。波耳人是可怕的民族，殘忍又傲慢。

最令人忍無可忍的是威廉送了一封電報給克魯格，恭賀他得以維持獨立，實在不可原諒。以前就受過那個自大的年輕德皇的諸多小刺激，這回則是直接打擊。他竟敢！伯弟怒氣難消。

「今年不會邀請他來考斯了。」他說。

我還記得去年的情形完全是一團糟；雖然我出席了晚宴，他仍然遲到；他稱呼我們為同儕，見他將自己和我相提並論而且不是開玩笑的口氣，我氣惱不已。接著他又公然與索茲伯里勛爵起口角；還當著眾人的面說自己的舅父伯弟是個「老花花公子」，在現場作報導的人抓緊時間就把消息傳布出去了。

我寄出一封信譴責他，並告訴他那封電報的事會很久很久得不到原諒。

我想這不會對威廉造成太大困擾，他自認為是個高高在上的統治者，重要性與我不相上下，說不定他還覺得自己更偉大。

當時我就認為在未來幾年，威廉會讓許多情況更為緊張惡化，而這種感覺並未隨著時間推移而稍減。這場激烈突襲戰過後不久，接到電報說亨利感染熱病。接著一整個星期都在等消息。聽說康復了。只可惜康復沒能持久，二十二日令人害怕的電報就來了。亨利不治身亡。我可憐的寶貝！她悲痛欲狂。他們是真正因愛而結合，更不用說我自己也親身經歷過這一切，她是無以安慰的。

她非常堅忍、非常無私（碧翠絲向來如此），比之前的我更默默地承受哀傷。我感到孤寂。快樂又再度離棄了這個家。

46 譯注：塞西爾・羅茲（Cecil Rhodes, 1853-1902）：南非的英國商人、礦業鉅子兼政治家。

15 終點將至

經過某條較貧窮的街道時，有個人高喊：「加油，婆子！」我聽了深覺感動又有趣。
我面帶微笑揮手致意。

我已經七十八歲並在位六十年，是有史以來在位最久的君主，甚至比我那個瘋祖父喬治三世還久，他在位五十九年又九十六天。

每個人都想風光慶祝。這是個難能可貴的機會。

我答應舉行鑽禧慶典，希望藉此展現帝國的鼎盛榮耀。帝國勢力的擴張是我統治期間最傑出的成果，我要所有人都知道。所有殖民地的總理和來自印度與各屬地的代表都必須到場，尤其是軍中將士更應該參與。

場面的確非常盛大，在我僅餘的人生中絕無法忘懷。我希望愈多人看見我愈好，讓這慶典徹徹底底值得紀念；我希望人民能夠明白我已（盡己所能）為他們奉獻了六十年，心裡最記掛的也始終是他們的福祉。

聽到公園裡鳴炮宣告這重大日子的到來，感覺真好。彷彿所有人都湧上街頭，人山人海，希望不要發生意外才好。

我巡迴了一圈，看見民眾表達的忠誠與愛戴，令我感動落淚。

「她帶給人民長久幸福。」一面布條上寫著。

「我們的心，您的寶座。」另一面寫著。

多美的情感！

我何其自豪。如果亞伯特能在身邊，我的喜悅將更為圓滿。他做了那麼多事，不只為我，也為這些人民，但他們並未領悟，他們永遠不會。

我乘著馬車，家人環繞在旁，還有來自印度、澳大利亞、南非、加拿大、賽普勒斯、香港與婆羅洲的軍隊與將官。整個帝國的實力都展現在眼前。但願人民能體認到自己國家的偉大，也能一直攜手努力維持它的偉大。

從白金漢宮前往聖保羅教堂參加感恩儀式，然後驅車過倫敦橋，來到首都南岸較貧窮的地區，再經由西敏寺橋與聖詹姆斯公園返回。

我所受到的歡迎，人民所表達的愛，在在感人至深，我幾乎控制不住淚水。雖然精疲力竭，卻快樂萬分。我向來最在乎人民的愛，當他們背棄我也是我最痛苦的時刻。

如今他們是支持我的。

經過某條較貧窮的街道時，有個人高喊：「加油，婆子！」我聽了深覺感動又有趣。

我面帶微笑揮手致意。

伯弟受到的歡迎讓我十分欣喜，有人大喊「泰迪老弟」。真希望莫當案與川比莊的醜聞已被忘得一乾二淨。

在這樣的日子裡肯定是的。

回到宮裡，我發送電報給所有殖民地的人民，遍及整個帝國的每一處。

我發自內心感謝心愛的人民，願上帝保佑他們。

我確實已疲憊至極，但也快樂至極。

六十年了！的確是件大事。

如今我老了、累了，時間過得飛快，讓我驚惶失措。

鑽禧慶典過後發生了好多事。

格雷史東先生於次年過世。臨終前所有家人都圍繞在他身旁，他的兒子史蒂芬誦讀為臨終者的禱告。雖然我始終不喜歡他，但他是個好人。上下議院都立即休會，並一致向他致悼辭。

我們為他舉行了國葬，遺體開放供人瞻仰時，大批群眾都來向他們所謂的「人民的威廉」致上最後敬意。

他安葬於皮爾與畢肯斯菲勛爵的紀念雕像附近。

我的日子籠罩在巨大的悲傷中。除了波耳戰爭與中國反抗外國人的義和團暴動之外，還有一樁悲劇比這些惡行對我個人的打擊更大。

我可憐的亞弗烈染上一種喉疾，這讓我想起腓力，因此對於他可能面臨的下場深感恐懼。

我猜得果然沒錯！我最最親愛的兒子！在八十一歲高齡還被奪走一個孩子，真的很殘酷。

不過現在的我如此老邁、如此疲憊，隨時等待著死亡來臨。

有時候我會呆坐著幻想過往。一切都寫下來了，可供我閱讀。有時候我會悄悄溜回舊日做為消遣。那些情景歷歷在目！我覺得回顧之際比事發當時更能看清自己與其他人。我可以看到自己年輕、迫不及待的模樣，還有年幼時與李琴和媽媽相處的情景。當時的我是多麼衝動，隨時可能表達出我滿腔的熱情與我的恨意。

是亞伯特改變了我。他來之前，我性情輕浮，將熬夜跳舞視為最大樂趣。我偶爾會想，如果亞伯特沒有走進我的生命，我會變成什麼樣？還會繼續當那個愛笑的女孩嗎？不，我的命運太過嚴肅，不可能。不過亞伯特塑造了我、改變了我、造就了現在的我。我一直都希望能做好，這也是我最初發現自己可能繼承王位時說過的話。「我會好好做。」我當時說道，那是認真的。我想誠實向來是我最大的優點之一。

在我生命中扮演最重要角色並獲得我深愛的人都是男性：李奧波舅父、墨爾本勛爵、親愛的亞伯特、畢肯斯菲勛爵和布朗……從來都是男人。這其中必有深意。我想我是個需要被男人征服的女人，這也讓我陷於多少有些矛盾的處境，因為我在這個國家是至高無上的：是女王、是君主，而他們是我的臣民，每一個都是……包括亞伯特。

我一向都是感情用事，或許也一直有些天真，回想起來不禁納悶，我的觀察會不會因此稍微受蒙蔽？亞伯特塑造了我，在我心裡，他的想法就是最完美、最無與倫比的。但他真的完美無缺嗎？我們的結合果真是最幸福的婚姻嗎？驀地我想起了那些風暴，似乎向來都是我的錯，或者（我可以確定）至少亞伯特這麼認為……也讓我這麼認為。然而一直都是這樣嗎？是不是亞伯特死後就成了聖人，連帶地我們的婚姻也成了完美結合？

這些都是不忠的念頭。

亞伯特確實完美。在我們之間那些小衝突中，錯的人是我，始終都是我。

但那些的確存在過，經過這麼多年，我已經忘了。我曾經嫉妒過，因為有時覺得他愛小維多過於愛我。我為此蔑視自己。可是亞伯特也嫉妒伯弟，因為他是威爾斯親王，在國內的地位讓他這個王夫親王永遠望塵莫及。

伯弟挨亞伯特打時的哭聲穿透了多年的歲月傳來，雖然他總說自己比伯弟還痛，但真是如此嗎？

我真的老了，也變得糊塗了。怎麼能認為亞伯特會有絲毫的不完美？

若是這樣，這麼多年來的哀悼將失去它的苦痛、它的意義。

不，我想抑制這些念頭。如今我老了，一切也都結束了，為什麼這時候還冒出這些想法？

已經進入另一個新世紀。再來會發生什麼事呢？

我永遠無法得知。

現在該是我擱筆的時候了。

Hit

暢／小說

維多利亞女王

066

•原著書名：Victoria Victorious: The Story of Queen Victoria•作者：琴．普雷迪（Jean Plaidy）•翻譯：顏湘如•特約編輯：林婉華•美術設計：黃思維•責任編輯：徐凡•國際版權：吳玲緯、蔡傳宜•行銷：艾青荷、蘇莞婷、黃家瑜•業務：李再星、陳玫潾、陳美燕、枡幸君•副總編輯：巫維珍•編輯總監：劉麗真•總經理：陳逸瑛•發行人：凃玉雲•出版社：麥田出版／城邦文化事業股份有限公司／104台北市中山區民生東路二段141號5樓／電話：(02) 25007696／傳真：(02) 25001966、發行：英屬蓋曼群島商家庭傳媒股份有限公司城邦分公司／台北市中山區民生東路二段141號11樓／書虫客戶服務專線：(02) 25007718；25007719／24小時傳真服務：(02) 25001990；25001991／讀者服務信箱：service@readingclub.com.tw／劃撥帳號：19863813／戶名：書虫股份有限公司•香港發行所：城邦（香港）出版集團有限公司／香港灣仔駱克道東超商業中心1樓／電話：(852) 25086231／傳真：(852) 25789337／E-mail：hkcite@biznetvigator.com•馬新發行所／城邦（馬新）出版集團【Cite(M) Sdn. Bhd. (458372U)】／41, Jalan Radin Anum, Bandar Baru Sri Petaling, 57000 Kuala Lumpur, Malaysia.／電話：+603-9057-8822／傳真：+603-9057-6622／E-mail：cite@cite.com.my•印刷：前進彩藝有限公司•2016年（民105）9月初版•定價499元

國家圖書館出版品預行編目資料

維多利亞女王／琴．普雷迪（Jean Plaidy）著；顏湘如譯. -- 初版. -- 臺北市：麥田出版：家庭傳媒城邦分公司發行, 民105.9
面；　公分. --（Hit暢小說；RQ7066）
譯自：Victoria Victorious: The Story of Queen Victoria

ISBN 978-986-344-373-5（平裝）

873.57　　105014063